コウルリッジ，42 歳（ワシントン・オールストン画）

グリータ・ホール
(ケズィック)

コウルリッジの墓碑銘
(セント・マイケルズ・
チャーチ，ハイゲイト)

叢書・ウニベルシタス　994

文学的自叙伝

文学者としての我が人生と意見の伝記的素描

S. T. コウルリッジ 著
東京コウルリッジ研究会 訳

法政大学出版局

To the Memory of
Professor KOICHIRO HARA

文学的自叙伝

文学者としての我が人生と意見の伝記的素描

目次

凡例

第一巻

第1章 …… 5
本書執筆の動機――筆者の最初の詩集に対する反響――学校時代における鑑識眼の涵養――同時代の作家たちが若者の精神に及ぼす影響――ボールズのソネット――ポープ氏以前と以後の詩人たちの比較

第2章 …… 29
天才の性格とされる激しやすさ――これに関する事実の検証――このような非難の原因と契機――その不当性

第3章 …… 49
筆者が批評家から受けた恩義、そしてその理由と考えられること――現代批評の諸原理――サウジー氏の著作と性格

第4章　序文を付した『叙情民謡集』――ワーズワス氏の初期の詩――空想力と想像力――芸術にとって重要なその区別の検討　69

第5章　観念連合の法則――アリストテレスからハートリーに至るその法則の歴史　89

第6章　ハートリーの体系は、アリストテレスの体系と異なる限りにおいて、理論的に支持し難く、また事実に裏付けられてもいない　99

第7章　ハートリー理論の必然的結果――その理論が容認される余地を与えた根本的間違い、あるいは曖昧さ――記憶術　107

第8章　デカルトが導入した「二元論」――最初にスピノザが精密化し、後にライプニッツが「予定調和」説へと発展させた――物活論――唯物論――これらの体系は、いかなる連合理論に基づいても、知覚の理論そのものにはなり得ず、また連合の形成過程の説明にもならない　117

第9章　哲学は科学として可能か、そして科学となるための条件は何か――ジョルダーノ・ブルーノ――文学貴族階級、すなわち特権階級としての学識者の間にある暗黙の協定――筆者が神秘主義者から得た恩恵――イマニュエル・カントから得た恩恵――カントの著作における字義と精神との相違、そして哲学の教えにおける慎重さの擁護――批判哲学体系を完成しようとするフィヒテの試み――その部分的成功と最終的失敗――シェリングから得た恩恵、そして英国人著述家の中ではソマレズから得た恩恵……125
第10章　想像力すなわち形成力の性質と起源に関する章に先立つ幕間としての、余談と逸話の章――衒学および衒学的表現について――出版に関する若い作家への忠告――作家としての筆者の人生の様々な逸話、そして宗教と政治に関する筆者の意見の変遷……143
第11章　作家を志す若い人々に贈る心からの勧告……197
第12章　次章を熟読するか読まずにおくかについての、お願いと警告の章……207

第13章　想像力、あるいは一つに形成する力（エゼンプラスティック・パワー）について　249

第二巻

第14章　『叙情民謡集』出版のきっかけ、および当初の目的──第二版序文──続いて起こった論争、その原因と激烈さ──詩作品（ポエム）および詩（ポエトリ）の哲学的定義と注釈　263
第15章　シェイクスピアの『ヴィーナスとアドーニス』および『ルークリース』についての批評的分析から明らかになる、詩作力に特有の兆候　273
第16章　今日の詩人たちと、十五世紀および十六世紀の詩人たちとの間に見られる顕著な相違点──両者に特有な長所を併せ持ちたいという願望の表明　285

第17章　ワーズワス氏独特の信条の検討——鄙びた生活（とりわけ鄙びた下層の生活）は人間の言葉の形成にとって特に不都合である——言語の最良の部分を生むのは、百姓や羊飼いではなく哲学者——詩は本質的に理想的で普遍的——ミルトンの言葉も農民の言葉と同様に、いや、それよりもはるかに、現実の生活の言葉である……301

第18章　韻文の言葉、それがなぜ、いかなる点で散文の言葉と本質的に異なるか——韻律の起源と要素——韻律の必然的効果、および用語選択の際に韻文を書く者に課される条件……321

第19章　前章の続き——ワーズワス氏が、彼の批評的序文においておそらく念頭においていたであろう本当の目的について——その目的の解明と応用——中間的文体、すなわち散文と詩に共通する文体をチョーサーやハーバートらに範を取って例証する……357

第20章　前章の主題を引き続き論じる……371

凡例

一、本書は Samuel Taylor Coleridge, *Biographia Literaria; or Biographical Sketches of My Literary Life and Opinions*, 2 vols. (1817) の翻訳であり、James Engell & W. Jackson Bate, eds., *Biographia Literaria*, 2 vols. (1983) を底本とした。また必要に応じて次の二版を参照した。J. Shawcross ed., *Biographia Literaria*, 2 vols. (Oxford University Press, 1907); Henry Nelson Coleridge and Sara Coleridge eds., *Biographia Literaria*, 2 vols. (London : William Pickering, 1847).

二、原文中のイタリックで強調された語句は、原則として傍点で示した。

三、原文中のすべて大文字で強調された語は、原則として《 》で示した。

四、原文にはないが訳者が補った部分については、〔 〕で示した。

五、著者による原注は、本文の該当箇所の右脇に＊で示し、段落末に付した。

六、訳者による注は〔一〕、〔二〕等と記し、巻末に一括した。

七、原文中の引用の文言の著者による改変は、目立ったものについてのみ、訳注において指摘した。

八、聖書に関しては、原則として新共同訳を用いたが、著者の改変に従った箇所もある。『聖書』の中の書名の略記は新共同訳に従った。

九、人名の表記は、国内で最も普及していると思われるものを用いるよう心掛けた。

一〇、訳注および本文中の出典の引用を簡単にするために、以下の文献（コウルリッジの著作およびその他の主要な文献）については省略記号を使用した。

CC　Kathleen Coburn, general ed., *The Collected Works of Samuel Taylor Coleridge*, Bollingen Series LXXV (London & Princeton, N.J., Princeton UP, 1969–2002). 『コウルリッ

ジ全集』

AR John Beer, ed., *Aids to Reflection* (1825; 1993) *CC* IX. 『省察の助け』

BL James Engell & W. Jackson Bate, eds., *Biographia Literaria*, 2 vols. (1983) *CC* VII. 『文学的自叙伝』

BL (1847) Henry Nelson Coleridge and Sara Coleridge, eds., *Biographia Literaria*, 2 vols. (London: William Pickering, 1847).

BL (1907) J. Shawcross ed., *Biographia Literaria*, 2 vols. (Oxford University Press, 1907)

CL Earl Leslie Griggs, ed., *Collected Letters of Samuel Taylor Coleridge*, 6 vols. (Oxford: Clarendon Press, 1956–71). 『書簡集』

CM George Whalley and H.J. Jackson, eds., *Marginalia*, 6 vols. (1980–2001) *CC* XII. 『マージナリア』

CN Kathleen Coburn and Anthony John Harding, eds., *The Notebooks of Samuel Taylor Coleridge*, 5 vols. (London & Princeton, N.J., Princeton UP, 1957–2002). 『ノートブック』

EOT David V. Erdman, ed., *Essays on His Times*, 3 vols. (1978) *CC* III. 『時局に関する論説集』

Friend Barbara E. Rooke, ed., *The Friend*, 2 vols. (1969) *CC* IV. 『友』

Lects 1795 Lewis Patton & Peter Mann, eds., *Lectures 1795: on Politics and Religion*. (1971) *CC* I. 『政治と宗教に関する講演』

Lects 1808–1819 R. A. Foakes, ed., *Lectures 1808–1819: On Literature*, 2 vols. (1987) *CC* V. 『文学講演』

Logic J. R. de J. Jackson, ed., *Logic*. (1981) *CC* XIII. 『ロジック』

LS	R. J. White, ed., *Lay Sermons*. (1972) *CC* VI. 『一信徒の説教』
Misc C	T. M. Raysor, ed., *Coleridge's Miscellaneous Criticism*. (Cambridge, Mass., 1936) 『評論集』
PW	J. C. C. Mays, ed., *Poetical Works*, 3 vols. (2001) *CC* XIV. 『詩集』
SM	R.J. White, ed., *The Statesman's Manual* in *LS*. 『政治家必携の書』
SWF	H.J. Jackson and J.R. de J. Jackson, eds., *Shorter Works and Fragments*, 2 vols. (1995) *CC* XI. 『小品と断片集』
TT	Carl Woodring, ed., *Table Talk*, 2 vols. (1990) *CC* XIV. 『卓上談話』
Watchman	Lewis Patton, ed., *The Watchman*. (1970) *CC* II. 『ウォッチマン』
WP 1815	William Wordsworth, *Poems 1815*, in 2 vols., Oxford: Woodstock Books, 1989 (Revolution and romanticism, 1789–1834 : a series of facsimile reprints / chosen and introduced by Jonathan Wordsworth). 『一八一五年詩集』
W Prose	W. J. B. Owen and J. W. Smyser, eds., *The Prose Works of William Wordsworth*, 3 vols. (Oxford : Clarendon Press, 1974)
WPW	E. de Selincourt and Helen Darbishire, eds., *Wordsworth's Poetical Works*, 5 vols. (Oxford, 1940–49; rev. 1952–59)
LCL	The Loeb Classical Library

地図①　イングランド南西部

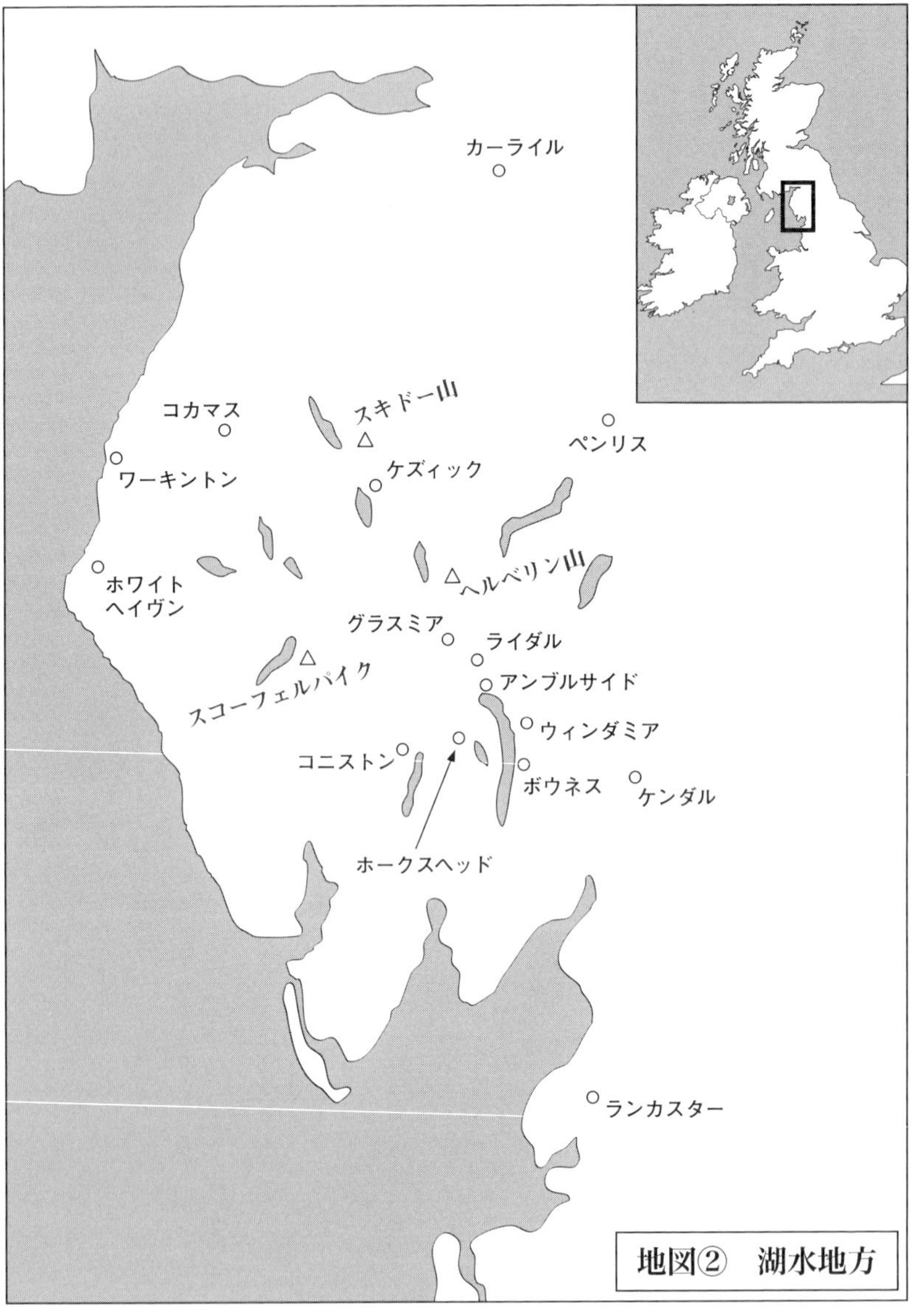

カーライル
スキドー山
コカマス
ペンリス
ワーキントン
ケズィック
ヘルベリン山
ホワイト
ヘイヴン
グラスミア
ライダル
アンブルサイド
スコーフェルパイク
ウィンダミア
コニストン
ボウネス
ケンダル
ホークスヘッド
ランカスター

地図② 湖水地方

第一巻

たとえ人に教える使命を与えられてはいなくとも、共感してくれると分かっている、あるいは共感してほしいと思うが、世界のあちこちに散らばっている人たちに対して、やはり心のうちを伝えたいと彼は願う。彼の願いは、旧友たちとの絆を新たに結びなおし、新しく築いた絆を保ち、そして残りの人生のあいだに、〔一〕新世代からさらなる友を得ること。自らが迷った回り道を、若い世代は歩まぬようにと願うのだ。

――ゲーテ

第1章

《本書執筆の動機――筆者の最初の詩集に対する反響――学校時代における鑑識眼の涵養――同時代の作家たちが若者の精神に及ぼす影響――ボールズのソネット――ポープ氏以前と以後の詩人たちの比較》

このところ私の名前が人々の話題にのぼったり、印刷されたりするようになりました。しかし、私の著作の数は少なく、重要性も乏しく、発行部数も限られていること、また私が文学と政治の世界からは退いて暮らしてきたということを考えると、私の名前がなぜしばしば取り上げられるのか、説明に苦しむところです。それは多くの場合、私には納得のいかない非難を伴っていたり、私が考えたこともない原理と結びつけられていたりしました。それでも、もし私にそれに対する弁明以外の動機や誘因がなかったとしたら、このような文章で読者を煩わすことはなかったでしょう。私のさらなる目的が何であるかは、以下の頁で明らかにします。私個人に関わる話は本書のごく一部であることが分かると思います。私が自伝的な語りを用いたのは、主として本書に一貫した連続性を持たせるためでした。本書は、部分的には、個々の特定の出来事から思いついた種々雑多な考察を目的としていますが、それにもまして、政治、宗教、哲学に関する私の原理を論述し、その哲学的原理から導き出された規則を詩と批評に応用するための導入になるよう意図したものでもあるからです。しかし私が自らに課した目的のうち、少なからず重要なことは、詩語の真の性質について長らく続いている論争を、可能な限り解決することであり、そしてまた同時に、かの詩人〔二〕の真の詩的特質を、できる限り公平に明らかにすることなのです。彼の著作によって最初にこの論争に火が点けられ、その後も油が注がれ、煽られてきたのですから。

一七九四年、ようやく成人に達した頃〔三〕、私はそれまでに書きためた詩を集めて一巻のささやかな詩集を出版しました。それらの詩は多少は好意的に受け入れられましたが、それは、何か本当に優れたところがあったからというよりはむしろ、それらが希望の蕾、将来のもっと優れた作品を約束するものと見なされたからだということは、若かったとはいえ、私にはよく分かっていました。当時の批評家たちは、最も好意的な者も、最も厳しい者も等しく、それらの詩の問題点として、分かりにくさ、全般的な誇張表現、そして新たに造り出した複合形容詞（double epithet）*の濫用を挙げている点で一致していました。一つ目の欠点は、作家が自らの作品の中で最も気づきにくい欠点です。そして私の知性は当時十分に訓練されていなかったので、自分自身の信念の代わりとして他者の権威を受け入れることができませんでした。その時なりの思想が、それ以外には表現し得ないか、少なくともそれ以上明確には表現できなければそれで満足して、その思想自体が詩の性質や目的にはふさわしくないほどの注目を要求していないかどうか、自問してみることを忘れていたのです。ただしこの批評は、唯一とは言えないまでも主として「宗教的瞑想

(‘Religious Musings’)」に当てはまるものです。その他の二つの批判は全面的に認め、公私それぞれの場での批評家の愛情のこもった忠告に対し、心からの感謝の意さえ表しました。その後の版では、私は複合形容詞の枝葉を容赦なく切り落とし、最善の努力をして、思想と表現の両方が大げさで華美になろうとするのを抑えるようにしました。もっとも実際のところ、こういった若い頃の詩に寄生するやどり木は、私の長篇詩にいつの間にか複雑にからみついてしまったので、花を摘み取ってはいけないという思いから、その雑草のからまりを解きほぐすのをやめざるを得ないこともしばしばでした。その頃から本書執筆のときまで、私は匿名の批評の俎上に載せられる可能性が少しでもあるようなものを、私の名のもとに出版したことは一度もないのです。友人の作品といっしょに出版された三篇か四篇の詩ですらも、非難を受けたとすれば、ほぼ同様な欠点についてでした。もっとも私にはその非難が以前と同じ正当性のあるものだとは思えません。それは、《不自然で凝りすぎた表現》に加え、《装飾過剰》という非難です(『叙情民謡集(*Lyrical Ballads*)』第一巻を評した『マンスリー・レヴュー』と『クリティカル・レヴュー』の中の「老水夫の詩(うた)(‘The Rime of the Ancient Mariner’)」に対する批評[三]を参照)。付け加えるなら、未熟な詩を書いていた若い頃でさえも、私は今日に劣らない明晰な洞察力を持っており、抑制のきいた自然な文体のほうが優れていることを理解し、認めていました。判断力のほうが、その命じるところを実現する能力よりも強かったのです。そして私の言語の欠点は、確かに部分的には主題の選択の誤りと、そのとき新しい世界を私の前に開くように見えた抽象的で形而上学的な真理に、詩的な色合いを与えたいという欲求のせいでしたが、また同様に、他と比較した私自身の才能に対するまったくの自信のなさから生じたものでもあったのです。――青春時代から成人となって間もない頃にかけての数年間、私はギリシア詩人やわが国の先輩詩人たちの男性的な簡潔さをあらためて取り入れた人々を尊敬していました。その尊敬の念が熱烈なあまり、彼らと同じ文体でうまく書きたいと思うこと自体が生意気に思えたほどです。おそらく他の詩も同様の過程を経てきたかもしれませんが、私の最も初期の詩には実際、自然さと簡潔さという特徴がはっきりと表れていました。そしてあまりうまくいかなかったかもしれませんが、その自然さと簡潔さを後の作品に活かそうと努めてきました。

＊ 若い作家たちにはミルトンとシェイクスピアを手本として指摘しておけば役立つであろう。ミルトンの『コーマス（*Comus*, 1634）』や初期の詩には複合形容詞が過剰に存在する。一方『楽園喪失（*Paradise Lost*, 1667）』にはごくわずかしか見られず、『楽園回復（*Paradise Regained*, 1671）』にはほとんどない。我々が誇る大劇作家の『恋の骨折り損（*Love's Labour's Lost*, 1594）』、『ロミオとジュリエット（*Romeo and Juliet*, 1594）』、『ヴィーナスとアドーニス（*Venus and Adonis*, 1593）』、『ルークリース（*The Rape of Lucrece*, 1594）』を、『リア王（*King Lear*, 1606）』、『マクベス（*Macbeth*, 1606）』、『オセロー（*Othello*, 1604）』、『ハムレット（*Hamlet*, 1600）』と比較してみても、ほぼ同じことが言える。複合形容詞を容認すべき場合の規則は次のようになるだろう。すなわちそれらがすでに我々の言語において市民権を得ている場合、たとえば「血に染まった（blood-stained）」、「恐怖に打ちひしがれた（terror-stricken）」、「自己賞賛的（self-applauding）」のような語であるか、あるいは新しい形容語句や書物の中のみに出てくるものが思いきって試されるときは、二つの語が単に印刷記号のハイフンによって一語にされているものではなくて、少なくとも一つの言葉として用いられている場合である。英語のようにほとんど格を持たない言語は、実際その性質上、複合語には向いていない。もし作家が、複合語を用いたいと思うたびに、同じ意味を表現する他の方法を探すようにすれば、もっとよい言葉が見つかる可能性が常に大きいのである。「岩を避けるように不慣れな言葉を避けよ」というのは、カエサルがローマの雄弁家たちに与えた賢明な助言である。そしてこの教訓は英語でものを書く作家たちにいっそうよく当てはまる。しかし忘れてならないのは、その同じカエサルが、日常語を、論理すなわち普遍的文法の原理とよく一致させることによって改善するために文法書を書いたということである。

グラマー・スクール時代、私は、非常に厳しくはあるがたいへん思慮深い師に出会うという、計り知れない幸運に恵まれました。キケロよりもデモステネスを、ウェルギリウスよりもホメロスやテオクリトスを、しかしオウィディウスよりはウェルギリウスを好むような鑑識眼を、先生*は早くから育成してくれたのです。その恩師のおかげで、私はルクレティウス、（当時は抜粋を読んでいた）テレンティウス、そしてとりわけカトゥルスの特に簡素で純粋な詩を、いわゆる白銀時代と青銅時代のローマ詩人たちのみならず、アウグストゥス帝時代の詩人たちとも比較し、意味の平明さと論理の普遍性を根拠に、思想と表現の両方における真実さと自然さという点で、前者のほうが優れていることを理解し、それを表現する習慣を身につけたのでした。ギリシア悲劇詩人たちを学ぶのと同時に、課題としてシェイクスピアやミルトンを読まされました。それは、先生の叱責を受けないですむ水準に達するにはたくさんの時間と労力を必要とするような訓練でした。私が先生から学んだのは、詩には、いかに崇高なものであっても、また一見最も感情の昂ぶったオードであっても、科学と同じくらい厳密な独自の論理があり、しかもこの論理のほうがより微妙で複雑で、またより多くの、はるかに捉え難い根拠に基づくだけに、いっそう難しいということでした。偉大な詩人においては、一語一語にそれが選ばれた理由があるだけでなく、それぞれの配置にもしかるべき理由がある、と先生はよく言っておられたものです。はっきりと覚えていますが、先生はディデュモスのホメロス注解〔四〕に見られる同義語を用いて、そのそれぞれの語について、なぜその語では同じ目的にかなわないのか、そして原典に用いられている語はどういう点で特にしっくりくるのかを、私たちに説明させようとしたのでした。

* ジェイムズ・ボイヤー師。長年クライスツ・ホスピタルのグラマー・スクールの校長であった。

英語の作文においても（学校教育の少なくとも最後の三年間は）、語句や隠喩（メタファー）やイメージが健全な感覚に裏づけられていない場合や、同じ意味をもっと平易な言葉で同じくらい力強く荘重に表現できる場合などは、容赦されませんでした。リュート、ハープ、リラとか、詩神(ミューズ)、学芸の女神たち、霊感とか、ペガサス、パルナッソス、ヒポクレーネの泉〔五〕といった語句は皆、先生の嫌悪するものでした。今でも空想の中で先生がこう叫んでいるのが聞こえてくるようです。「ハープ？　ハープだと？　リラ？　ペンとインクのことだろう！　ミューズ、ミューズ、ミューズだと？　おまえの乳母の娘のことだな！　ピーエリアの泉だと？　なんだ、修道院の井戸じゃないか！」いやそれどころか、ある種の書き出し文や直喩、そして具体例が言葉ごとに禁止事項のリストに挙げられていました。その直喩の一つに、毒リンゴの実〔六〕があったのを覚えています。同じくらいぴったり合う主題が多すぎるというのです。しかしその数の多さでは、テーマが何であれ、やはり同じくらいうまく適合するアレクサンドロスとクレイトス〔七〕という例にはかないませんでした。「野心のことか？　アレクサンドロスとクレイトスだ！――阿諛追従(あゆついしょう)？　アレクサンドロスとクレイトスだ！――怒り？　酩酊？　高慢？　友情？　忘恩？　遅すぎた悔悟？　これもまたアレクサンドロスとクレイトスってわけだ！」ついには農業礼賛の賢明な例として、もしアレクサンドロスが鋤を握っていたとしたら、友人のクレイトスを槍で刺し貫くことはなかったであろう、などという表現が出るに至って、長い年月役に立ってくれたこの旧友のような比喩は、永久追放の刑に処せられてしまったのです。この種のリスト、つまり話の導入表現であれ、つなぎの表現であれ、誰もが知っていて絶えず繰り返される常套語句と、へりくだった一人称表現や追従的三人称表現〔八〕等々を含めた禁止目録のようなものが、法廷や議会両院に掲げられれば、世の中にとって大きな利益になるだろうと考えたことさえありました。そうすれば国政の時間は大いに節約され、大臣たちにとっては計り知れない安堵となり、しかし何より個別法律案〔九〕を議会に通そうとしている地方の弁護士と彼らの依頼人から感謝されることは確実でしょう。

それはさておき、先生には、語らずにはおけない一つの習慣がありました。それは見倣うことが可能であり、見倣うに値するものだと思うのです。先生はよく時間がないなどの理由で私たちの課題作文をためておきました。その結果それぞれの生徒の未添削の作文が四、五篇ほどになります。すると先生はそのすべてを机の上に横一列に並べ、書いた生徒に、なぜこれこれの文は別の作文に入れると不適当になると思うか、と尋ねるのです。そしてもし満足な答えが返ってこず、さらに一つの作文に同じ類の間違いが二つ見つかったならば、決定的な判決が下され、作文は破り捨てられ、その日の課題に加えて、同じテーマでもう一つ書かされることになるのでした。このように一人の人物の思い出を敬意を込めて語ることを、読者はきっと許してくださることと思います。先生の厳しさは今でもたびたび夢に見るほどです。それは盲目の空想が寝苦しい夜の苦痛を勝手に解釈して精神に伝えているものなのですが、しかしそれほどの厳しさも、今私がしみじみと感じている道徳的、知的感謝の念を減らすことも曇らせることもありません。先生は私たちを大学に入れるまでに、ギリシア語とラテン語の大家に、そしてほどほどのヘブライ語学者にしてくれました。とはいっても古典の知識は、その熱烈で誠実な指導から私たちが得たすばらしい贈り物の中では最小のものにすぎません。今先生は天寿を全うし、名誉につつまれて天国へと旅立たれた。先生にとって最も大切な名誉は、ご自身が学び、生涯尽くした学校によって、感謝の印として与えられた名誉であり、それは今でも先生を、学校にとってかけがえのない人としているのです。

いくつかの理由から、といってもそれをここでは吟味しませんが、過去の模範的作品は、たとえどんなに完璧なものでも、現代の天才の作品のような生き生きとした効果を若者の心に与えることはできないものです。私の精神が受けた訓練は、「詩のなめらかな音や流れ、その巻き毛や花飾りによって惑わされることなく、その下に隠れているもの、その地面であり、支えであり、土台であるものを吟味し、その比喩が単なるレトリックによる装飾や色彩にすぎないのか、それともそのもの自体の心臓から流れ出てくる血の自然なほとばしりと本当の暖かさなのかを見分けるように」することでしたが、それは私の喜びを減らすことなしに、文体のすばらしさを評価する上での邪魔物を取り除いてくれました。このようにして私の中にボールズのソネットと初期の詩を味わう準備が整っていたことが、その詩の影響と、私の熱狂とを同時に高めてくれたのです。過ぎ去った時代の偉大な作品は、若者にとっては異民族のもののように見えます。それに対する若者の精神の働きは、ちょうど星や山に対するように、受動的で従順にならざるを得ません。しかし同時代の人、おそらく自分よりそれほど年長ではなく、同じ環境に取り巻かれていて、同じ方法で教育された人の作品は、若者にとって現実味があり、人が人に対して抱く本当の友情を生み出します。若者の抱く賞賛そのものが、彼の希望をかき立て育む風なのです。詩そのものが血と肉を持ったものとなります。詩を吟唱し、称え、擁護することは、返すべき借りを返すことにすぎず、詩人がそれを受け取るのは当然なのですから。

非常に違ったタイプの若者を生み出してきた、そして今も生み出している教育方法というものが現に存在します。その方法と比較すると、

その講堂にはいにしえの
無敵の騎士の鎧が掛かっている

〔ワーズワス『国家の独立と自由に捧げる詩（*Poems Dedicated to National Independence and Liberty*）』第一部一六番、九―一〇行〕

ような、わが国の名門パブリック・スクールや大学が軽蔑されるはめになるわけですが、それは子供たちを神童へと変身させようという教育方法です。そしてこのようにして生み出された恐るべき神童たちを、私はこの目で見てきました。うぬぼれ、浅薄、傲慢、そして背徳の神童たち。記憶力がとりわけ優れている時期に、成人して判断力を働かせねばならないときのために事実を記憶の中に蓄えておく代わりに、そして最も高尚な模範によって、ひたむきで混じり気のない《愛》と《賞賛》の気持という、青春期の自然で麗しい性質を目覚めさせる代わりに、改良された教授法によって育てられたこの種の秘蔵っ子たちは、論争して判断を下すことを教えられ、自分と自分の教師の知性以外はすべてを疑うこと、自分自身の軽蔑すべき傲慢さ以外はすべて軽蔑を免れ得ないと考えることを教えられます。こうして匿名の批評のあらゆる技術、あらゆる卑劣な感情と無礼さを修めた少年学士様になる。このような傾向に対してこそ、プリニウス[一〇]の忠告が必要なのです。「彼が今日の作家であるということが、彼の長所に対する偏見となってはならない。彼がはるか昔に活躍していたとしたら、その作品だけでなく、肖像や彫像も熱心に探し求められただろう。我々は彼を見飽きているからといって、また単に彼が我々の眼前にいるからというだけで、彼の才能が栄誉も与えられず、賞賛もされずに衰えて消え去るにまかせてよいだろうか。単に彼を見て、親しく会話を交わすことができるから、そして彼を称えるだけでなく、我々の友人とすることができるからというだけで、最高の賞賛に値する人に対し無関心でいるとすれば、それは実につむじ曲がりで妬み深い態度なのだ。」（プリニウス『書簡集』第一巻）

　私が十七歳になったばかりのとき、ボールズ氏のソネット全二〇篇[一一]が四折判の小冊子としてちょうど出版されたのですが、それを私に教え贈ってくれたのは、私たちより一足先に大学へ進んでいた学友でした。彼はクライスツ・ホスピタル[一二]の最上級生（私たちの学校の言葉では《グリーシャン》）だった間中、ずっと私の保護者で後見人でした。その人とはすなわち、真に学識のある、そしてあらゆる点において卓越したカルカッタの主教、ミドルトン博士のことです。

あの方は惜しみない賞賛の念で
私の天分と文章をいつも称えることによって
私の精神に鋭い拍車をかけてくれた。あらゆるものが地中に
埋葬されるわけではない。愛は生き残り、悲しみも生き続ける。
あのいとしい姿はもう見られないが、涙を流し、思い出す*ことはできる。
（ペトラルカ、『書簡集』第一巻、「バルバート・ダ・スルモナへの書簡詩（Epistola Barbato Sulmonensi）」一二―一六行）

* 読者に次の訂正をする必要ができたことは私にとって大変喜ばしい。この一節が書かれた後で、ミドルトン博士がインドへの航海中に亡くなったという知らせは間違いであることが分かった。彼は健在である。どうか長命であられますように。彼は命の続く限り同胞の現世における精神的安寧のために力を尽くされることと、私は予言したい。

何年ものあいだ熱狂的な喜びと霊感を与えてくれた一人の詩人〔ボールズ〕のことを、これほど尊敬していた友人から初めて教えられたことは、私にとって二重の喜びであり、今でもなつかしい思い出となっています。昔からの知り合いなら覚えていてくれるでしょうが、私は見境もなく夢中になって、猛烈な熱情で、仲間たちだけでなく、話を交わしたすべての人に対して、相手の身分も問わず場所柄もわきまえず、ボールズ愛好者にさせようと骨を折ったものです。学校時代の私の小遣いでは本を買うことができなかっ

たので、私はわずか一年半の間に四十冊以上の写本を作り、何らかの好意を抱いた人への精一杯の贈り物としたのでした。ボールズ氏のその後の三、四冊の著作も、初めと変わらない喜びを与えてくれました。

　私はそれなりに人間を見てきたので、自分の信念が他から理解されないということ、そしてそれが風変わりだという非難を受ける程度で済めば十分だと承知しています。だからといって、私は知的恩義こそ、感謝を述べるべき最も神聖なものの一つであると考えていること、そしてこれまでも常にそう考えてきたということを告白するのを、ためらうものではありません。貴重な思想、またはある一連の思想は、他の人の会話や書簡の中にあった考えとして特定できるとき、私にさらなる喜びを与えてくれます。ボールズ氏から受けた恩義は実に重要で、根本的に善いものでした。早熟な私は十五歳にもならない年齢で、形而上学や、神学的論争の迷路に迷い込んでいました。それ以外のものは何も楽しくなかった。歴史や個々の事実には、まったく関心を失っていました。詩に関して言えば（その年齢の生徒にしては、私は英語の作詩法においては標準以上であり、敢えて言えば、年齢とは関係なしに並み以上の作品を、そのときすでに二、三篇創作しており、それらは、校長先生の健全な良識が好ましくないと思ったほどにまで、私に名声をもたらしたが）詩自体が、いや小説やロマンスも、私にはつまらなくなっていました。「外出許可日（*leave-days*）*」に連れもなく一人で歩きまわっていたとき（私は親を亡く〔二三〕しロンドンにはほとんど知り合いもいなかったのです）通りすがりのどんな人でも、特に黒衣に身を包んでいる人〔聖職者〕が、会話の相手になってくれると、私は非常に喜んだものでした。自分の大好きな話題へと話を導く方法をすぐに見出したからです。そしてそのような話の中で私は

　　摂理、予知、意志、運命、

定められた運命、自由意志、絶対的予知について〔模索し〕、
そして迷路をさまよって出られなくなってしまった。

〔ミルトン『楽園喪失』第二巻、五五九―六一行〕

この本末転倒した探求は、私の生来の力にとっても、私の教育の進展にとっても、明らかに有害でした。そういうことを続けていれば、おそらく取り返しのつかないことになっていたでしょう。しかし幸いにもそこから抜け出すことができたのは、実際ある温かい一家[二四]にたまたま紹介されたからでもありましたが、主な理由は、ボールズ氏のソネットその他の詩のように、優しくてしかも力強く、自然で現実感がありながら荘重で調和のある形式を持った詩によって、生気を吹き込まれたおかげだったのです。もしまた同じ精神の病に陥るようなことが二度となかったなら、そしてまた形而上学の深淵という不健全な水銀の鉱床を掘り返すようなことをせずに、耕された地表から花を摘み穀物を収穫していたなら、私にとってはおそらくよかったことでしょう。後年になって私は体の痛みと、行く手を見失った感受性からの逃避を、難解な研究に求めました。このことは悟性の力と鋭敏さを働かせるだけで[二五]、心からの感情を呼び覚ますことはなかったのですが、それでもまだそのときまでには長い祝福された時期があり、その間に私の生来の能力は増大し、本来の性質も成長することができたのです。すなわち空想力、自然への愛、ものの形や音に美を見出す感覚です。

* クライスツ・ホスピタルの用語。いわゆる休日のことではなく、少年たちが学校のキャンパス外へ出ることを許可される日のこと。

私が若い頃に前述の詩（それに、しばらく後になって知った詩ですが、クロー氏[二六]の「ルイスドンの丘」

をつけ加えましょう）を熟読し、賛美していたおかげで得た二つ目の恩恵は、本書の主題にもっと密接に関るものです。私が言葉を交わした人々の中にはもちろん、ポープとその追随者たちの作品によって鑑識眼を養われ、詩の何たるかを学んだ人々が大勢いました。あるいはもっと一般的に言えば、前世紀から盛んになった流派――フランス詩の流れを汲む流派で、イギリスの知性によって凝縮され、活気づけられたもの――に学んだ人々です。私はこの流派の長所が分からなかったわけではありません。しかしまだ経験不足であったことと、その結果こういった詩の一般的な主題に共感できなかったことで、それらの詩にはほとんど感興を覚えず、当然のごとくその種の詩を過小評価し、恐れを知らぬ若さから無礼にも、この派の巨匠たちに詩人という正当な称号を与えなかったのでした。この種の詩の美点は、題材としては、特殊な上流社会に生きる人々や風習に対する公正で鋭敏な観察にあるということ、そして形式としては、流麗かつ力強い警句的二行連句によって表現される機知の論理にあるということは分かっていました。『髪の強奪（*The Rape of the Lock*, 1712）』や『人間論（*An Essay on Man*, 1734）』のように、主題が空想あるいは知性に向けられているときでさえ、いやそれどころか、あの比類なき才能と技量の驚くべき産物であるポープ訳『イーリアス（*Iliad*）』に見られるような、連綿と続く語りを考えてみても、やはり句読点がそれぞれの対句の二行目の終わりに予期されたのであり、全体はいわば警句の連鎖形式となっていた、あるいは論理学の隠喩の代わりに文法の隠喩を使うなら、警句の「離接的接続」〔一七〕となっていたのです。一方題材と表現は、詩的思想というよりは詩の言語に翻訳された思想によって特徴づけられているように私には思われました。この最後の点については、私は自分の考えを次第に明確なものとしていく機会を持ちましたが、それはエラズマス・ダーウィンの『植物の園（*The Botanic Garden*, 1789–92）』に関して、たびたび友好的な議論を闘わせたおかげです。この作品は何年かにわたって非常に賞賛されましたが、それも一般の読書する大衆だけでなく、天分と生来の優れた理解力によって、パルナッソス山麓の沼沢地から時々立ち上るこの「虚飾に彩られた靄」を、後に率先して消散させることになった人々までもが、最初は賞賛していたのです。ケンブリッジでの最初の休暇中に、私は友人を支援して、デヴォン州のある文学サークルに寄稿し、その中でダーウィンの作品を、きらきらと輝き、冷たくはかない、ロシアの氷の宮殿に喩えたことを覚えています。同じ寄稿文の中で、私はローマの詩人たちの詩文を、その本歌であるギリシア詩人のものと比較することによって主として得られたいくつかの根拠を示し、なぜグレイのオードよりもコリンズのオードのほうを良いと思うのかを述べました。またシェイクスピアの次の直喩について、

伊達な放蕩息子そっくりじゃないか、
故郷の港を出ていく満艦飾の船を見ろ、
娼婦の風にまつわりつかれ、抱きつかれ！
帰港する姿も放蕩息子そのままだ、
船腹は風雨に揉まれあばらは露わ、帆はぼろぼろ、
娼婦の風に身ぐるみ剝がれて、頰もげっそりすっかんぴん！

〔『ヴェニスの商人（*The Merchant of Venice*, 1596）』二幕六場、一四―一九行〕

この直喩が、〔グレイの〕「吟唱詩人（'The Bard'）」におけるその模倣よりなぜ良いのかを考察したのです。

朝が晴れやかに微笑み、西風はやさしくそよぐ（blows）。

誇らかに堂々と、紺青の海原に（realm）
装備も見事な金色の船は行く（goes）。
《若さ》が舳先に、《快楽》が舵を取り（helm）、
恐れもせずに行くのだ、不気味な凪で今宵の獲物を（prey）
待ち構える旋風のすさまじい勢力を（sway）。

〔七一―七六行〕

（ついでに言えば、この引用で、「海原に（realm）」と「勢力を（sway）」が押韻のために払った代償は大きい。）私が原作のほうを好む根拠は、グレイの模倣においては、語が擬人法であるのか、単なる抽象名詞であるのかは、印刷においてスモール・キャピタル〔小文字の大きさで印刷された大文字。右の例では《　》内の語を指す〕が用いられるかどうかに完全に依存していることで、それはこの例だけでなくグレイの他の多くの詩行においても同様なのです。私が今このことを述べるのは、グレイのいろいろな詩行を、そのもととなったシェイクスピアやミルトンの詩行と照らし合わせたり、また書き換えによってすべての特性がどれほど完全に失われてしまうかをはっきり認識したりしながら、その頃すでにある推測をするようになっていたからです。私はこのことを何年も経ってから思い出したのですが、それは、ワーズワス氏と話していたときに、彼がその同じ考えを、はるかに巧みに、そしてもっと十分に発展させた形で話し始めたことがきっかけでした。すなわちこの様式の詩、つまり先に述べたように、散文的思想を詩的言語に翻訳したような様式の詩は、わが国のパブリック・スクールでラテン語の詩を書く習慣があるのと、その習練が極めて重要視されていることに、全面的に起因しているとは言えないまでも、それによって維持さ

れてきたのではないかということです。十五世紀にはラテン語の使用が学識ある人々の間であまりにも当たり前で、エラスムスなどは母国語を忘れてしまったと言われるほどですが、ともあれ、今日では若者がラテン語で考えることができるとは言えませんし、また自分が使った表現の説得力や妥当性に関して、彼がその表現を借用した作者の権威以外に頼るものがあるとはとても期待できないのです。その結果、若者はまず思想を準備し、それからウェルギリウス、ホラティウス、オウィディウスから、あるいはもっと手軽に自分の『ラテン語韻律辞典』*（『詩歌への道（*Gradus ad Parnassum*, 1687）』）から、半行や四分の一行を拾い集め、それによって自分の考えを具体化するという手順を踏まざるを得ないのです。

＊　ポリツィアーノの『ニュートリシア』には次のような一行がある。〔一九〕
〈澄んだ（purus）小川がきれいな色の（coloratus）小石の間をさらさらと流れ続ける〉

大学の懸賞詩を眺めていて、次のような一行に出会った。

〈乳白色の（lacteus）小川が深紅の（purpureus）小石の間をさらさらと流れ続ける〉

さて『ラテン語韻律辞典』でpurusを見てみると、同義語の最初にはlacteusがある。coloratusを見てみれば、最初の同義語はpurpureusである。このことは、不揃いな寄せ集めの詩行をくっつけ固めるために最もよく用いられる手順の一つを明らかにするだろう。


十七歳から二十四、五歳の若者がある程度は議論好きであっても、彼が常に問題を一貫した立場で論じているのなら、私はそれに反対するものではありません。当時作品を通してしか知らなかった、私の愛読する現代詩人〔ボールズ〕の名誉のために、私の偽りない熱意がきっかけで始まった論争は、私の鑑識眼と批評的見解の形成、確立に大いに役立ってくれました。二行連句ごとに閉じる代わりに、句またがりで続いていく詩行を弁護し、また、たとえば、

――汝の姿を翼に乗せて
我が《空想》の眼前へと《記憶》に運ばせん

というような、古着市で買ってきた派手な衣装で飾り立てた表現を用いる代わりに、文語調でも卑俗でもなく、つまりランプの臭いもどぶ川の臭いもしない自然な言語、「あなたのことは忘れない」[二〇]という自然な表現を擁護するために、私はホメロスからテオクリトスまで含めたギリシア詩人たちの、そしてそれ以上にチョーサーからミルトンまでのイギリスの先輩詩人たちの、韻律や表現を絶えず取り上げなければなりませんでした。いやそれだけでは済まなかったのです。私への反論として、それ以後の著名な詩人たちから典拠として取り上げられたものに対して、私は常に《真理》、《自然》、《論理》、そして《普遍的文法の法則》に反論し得る典拠などはあり得ないと返答していたので、また形而上学的探求に対するかねてからの情熱によっても駆り立てられていたので、私は自分の意見が今後常に根拠とすべき確固とした土台を、人間の精神自体を構成する諸機能[二一]およびそれらの相対的地位と重要性という観念のもとに、築こうと努めました。どんな詩や語句も、それが与える喜びがどの機能や源に由来するかによって、それらの長所を評価したのです。私の読書と思索のすべてをもとに、私は批評に関する金言を二つ導き出し、それらが詩の文体の条件と基準を含んでいると考えました。第一に、一読したときではなく、再読したときに最大の喜びを感じる詩こそが真の力を持っており、本物の詩の名に値するということ。第二に、どんな詩行でも同一言語の他の表現に置き換えられたときに、その意味や連想や表現に値する感情の重要性が少しも損なわれないならば、その点ですでにその表現は不完全だということ。しかし特に留意していただきたいのは、「表現に値する感情」のリストから、単なる新奇さによって読者が感じる喜びや、自分の能力に対し驚嘆の念を呼び起こしたいという作者の欲求を、私が除外したという点です。それ以来しばしば私は、フランス悲劇を読むたびに、著者が自分の頭のよさを自賛していることを示す絵文字のように、各行末に感嘆符が二つも描かれているのが見える気がしたものです。偉大な詩人に対する真の賞賛の念とは、途切れることなく私たちの感情の奥底を流れているものなのです。賞賛の念はあらゆるところで感じられるものであって、どこにあっても孤立した感動となることはめったにありません。私はよく大胆にもこう断言したものです。ミルトンやシェイクスピアにおいて（少なくとも彼らの最も重要な作品においては）、内容を著者の意図するところとは違うものにしてしまったり、あるいはそれよりも悪くしてしまったりせずに、単語の一つを入れ換えたり、あるいはその位置を動かしたりするのは、素手でピラミッドから石を一つ押し出すのと同じくらい難しいものだと。わが国の先輩詩人たちに特有な欠点でさえも、現代詩人たちの偽りの美と比べれば大きな違いがあるのが、私にははっきり分かる気がしました。ダンからカウリーに至る先輩詩人たち〔二二〕においては、非常に風変わりで常軌を逸した思想が見られますが、それは極めて純粋で混じり気のない母国語の英語で述べられています。現代詩人たちにおいては、分かりきった思想が非常に風変わりで気まぐれな言葉で述べられているのです。先輩詩人たちの欠点は、精妙な知性と機知の発露のために、詩の情熱と情熱的な流れを犠牲にしたことですが、現代詩人たちは、繰り返し用いられるが*整合性がなくて異種混成のきらびやかなイメージのために、言い換えれば半ばイメージ、半ば抽象的意味からなる両生類的二重性を帯びたもののために、詩の情熱を犠牲にしています。前者は頭のために心を犠牲にし、後者は心と頭の両方を、飾り紐のついた派手な織物のために犠牲にしたのです。

＊ 若い商人の詩に次のような滑稽な例があったのを覚えている。
もうこれ以上愛の与える甘美な苦痛に耐えることはすまい、

詩とはこういうものだと当時考えられていた一般的な創作様式を読者が知らなければ、ボールズ氏の『ソネット集（*Sonnets*）』、『マトロックにて詠める哀歌（*Monody at Matlock*）』、そして『希望（*Hope*）』が私に与えた影響を理解することも説明することもできないでしょう。なぜならば独創的な天才は、同時代の人々の鑑識眼や判断力を首尾よく向上させればさせるほど、目立たなくなっていくからです。実際、ウェスト〔二三〕の詩には簡素で男性的な言葉遣いという長所がありましたが、しかしそれは冷たく、いわば下塗りされただけという感じです。一方ウォートン〔二四〕は最もよい詩にもぎごちない堅さがあり、それがギリシア詩の模倣のような外観を与えている場合が非常に多い。それゆえに、パーシーの編んだ『古謡拾遺集（*Reliques of Ancient English Poetry*, 1765）』が、今日最も流行している詩に対し、動機や刺激としていかなる関係を持っていようとも、一貫して弛みなく格調高い文体においては、当時存命の詩人たちの中では、私の知る限り、ボールズとクーパー*が初めて自然な思考と自然な表現を結合したのです。つまり心と頭を調和させた最初の詩人だったのです。

＊　クーパーの『課題（*The Task*, 1785）』〔二五〕はボールズ氏のソネット集よりも少し前に出版されたが、私がそれに親しむようになったのは何年も経ってからのことであった。それはすばらしい詩でありながらも、全体に流れる風刺的調子のために、またその宗教的見解が陰鬱な色合いを帯びていることもあって、おそらく当時は私の好みに強く訴えなかったのであろう。トムソンは自然愛によって楽天的な宗教へ、クーパーは憂鬱な宗教によって自然愛へ、導かれたようである。前者は仲間を自然へ誘（いざな）おうとし、後者は仲間を残して自然へ逃れてしまう。表現の簡潔さと、無韻詩に感じられる調和において、クーパーはトムソンを足元にも寄せつけない。しかしそれでもなお、私はトムソンが生まれながらの詩人だと思うのである。

すでに述べたように、自分自身の能力に対する自信のなさから、私はしばらく凝ったはなやかな表現を採っていましたが、それを自分でも、まったく悪いとは言わないまでも、非常に価値の低いものだと思っていました。しかし徐々に私の詩作は、より優れた判断力の要求に応えるものになってきました。そして私が二十四歳と二十五歳のときの作品（たとえば短い無韻詩や、サウジー氏の『ジャンヌ・ダルク[二六]』初版の第二巻の中の詩行で、この作品集[二七]においては「諸国民の運命――幻想（'The Destiny of Nations: a Vision,' 1817）」の序にあたる部分に採用されているもの、そして悲劇『悔恨（*Remorse*, 1812）』）は、文体の全体的な構成・感触において、私のごく最近の作と比べても、私の現在の理想にそれほど及ばないとは思えないのです。それらの詩に欠点があるとしても、それはせいぜい昔の癖の名残りでした。そして私の詩を、もっと優れた詩人たちの詩と同列に並べるという栄誉を与えてくれた多くの人々の中には、私の詩集から素朴さを装った例を挙げようと試みた人が一人二人いましたが、彼らが見つけたのは一例だけでした。それも半ば滑稽で半ば腹立ちまぎれの一群の詩から取ったもので、私が会話体によりふさわしいもののつもりで作り、自分でもそう分類したものでした。

　改良というものは、いくら必要でも、愚鈍な精神の持ち主によって行なわれれば度を越すものであり、改良自体の改良がすぐ必要になります。詩には陥りやすい三つの罪悪があり、そのうちの一つや二つは若い作家に極めてありがちですが、この三つの罪を最初に世間に曝して紛れもなく笑い種になったのは私自身だったのだと言っても、読者は許してくださるでしょう。その昔『マンスリー・マガジン』の第二号が出版されたとき、ネヘミア・ヒギンボトムという偽名で私は三篇のソネット[二八]を寄稿しました。一つ目の目的は、悲しみにくれた自分をひたすら語ろうとする精神に対し、また陳腐かつ気ままであるという二重の欠点を備えたお気に入りの言い回しの繰り返しに対し、善意の笑いを引き起こすことでした。二つ目は、素朴さを装って、卑俗で低調な言葉と思想に基づいて書かれたものです。そして三つ目は、私自身の詩から借用された語句のみでできていますが、凝った大げさな言葉とイメージの濫用に基づいたものです。これらの詩を注*に入れて読者の便に供したいと思いますが、それらは伝記としての目的で転載されたものであり、詩としての価値のためではないことは分かっていただけると思います。当時私の文体の典型的な欠点に関する見解は世間一般に広まっており、異論の余地のないものでしたから、ある有名な医師が（悲しいことに今は故人となりましたが）いつもの思いやりのある態度で、ある紳士と何か他の話題で私のことを話していたとき、その紳士はその後すぐに夕食会で私に会うことになっていたので、「コウルリッジ氏の前では『ジャックが建てた家』には触れないほうがいいですよ。彼はあのソネットを腫れ物のように嫌っているから」と、やんわり注意せずにはいられなかったとのこと。医師は私がその作者であることを知らなかったのです。

*

ソネットI

時は夕暮れ鬱々と、つらい浮き世の思いに沈む。
あわれ我が心は悲しみに満ち、私は月を見つめ
一つ、また一つ溜め息をついた。何と速やかに
夕べは夜へと悲しく暮れゆくことか。涙に曇る
虚ろな目で私はじっと見つめた、ほの白い月光を浴びて
そぼ濡れて光る牧場（まきば）の緑を。
そして孤独に歩む道すがら我が身を休め
思いを巡らした、荒涼たる悲しみの荒野を
歩みゆく哀れな人々のことを。しかし、ああ

思うはただ我がことばかり。するとそのとき
風さやぐ森から心なごむ息吹きが
私の耳にささやいた。「かくあるもまたよし、
されど一つのものにこだわりて、何の甲斐あらん。」
あわれ我が心の《得も言われぬ高まり》よ！

ソネットII

ああ、私はおまえを愛する、従順な《単純素朴》よ。
眠りを誘うおまえの歌の素朴さは
私の心に届き、小さな悩みを一つひとつ癒してくれる。
小さな悩みとはいえ、私にとっては大きなもの。
確かに私は運命の女神の柔らかい鞍にまたがって
進んでいく。なのになぜ、こんなにも私は
悲しいのだろう。友達と私が
怒ってむくれて別れると、とっても悲しい。
そんなときはソネットと同情によって
夢見る私の心の不可解な悲しみを葬る、
時には不実な友のことを悲しみ嘆き
時には人類全般に悪態をついて。
でも悲しんでいようが怒っていようが、結局は単純
皆とても単純だ、従順な《単純素朴》よ。

ソネットIII

そして、この崩れかかった家が、彼の建てたもの、
今は亡きジャック[二九]が。ここに彼はモルトを積み上げた、
注意深く、しかしその甲斐もなく。このうるさいネズミが
きーきーと鳴くのは親の罪を意識しなくはないからだ。
森の空き地に彼女の姿がかすかに輝くのを彼は見なかったか。
おそらくそれは彼女、ひとりぼっちの乙女。
角のねじれた牛の乳しぼりを彼女がしないからとてかまわない、
とわに変らず彼女は過ぎし日にさまよった谷間を訪れ、
とわに変らず彼女のそばには恋する騎士が付き従うのだから。
脚には常にいつものズボンをまとい
はき古して破れたままのそのズボンから
彼のふくらはぎが妖しく白く光る。
ああ、ちょうど夜の天中の雲の裂け目から
仲秋の名月がちらちらと白い姿をのぞかせるように。

次の逸話はまったく場違いというわけでもなく、読者も喜んでくれるかもしれない。趣味で詩を作っているある人が、私を知っている友人に、私に紹介してほしいという強い願望を打ち明けたのだが、友人がすぐに紹介しようというと、ためらいを見せたのである。その理由は「白状すると、実は私は彼の「老水夫の詩(うた)」に対してひどく手厳しい諷刺詩を書いたことがあって、それが彼にいやな思いをさせましたから」ということであった。私は友人に、「もしその諷刺詩がよくできていれば、それだけいっそうその作者と会いたいという思いが強くなるだけだよ、ぜひその朗読を聞きたいね[三〇]」と言った。すると、面白いと同時に驚いたことには、それはしばらく前に私が自分で書き、『モーニング・ポスト』紙に載せたものだったのだ。

「老水夫の詩」の作者へ
あなたの詩は永遠です。
作者殿、それは不朽の作品です。
なぜなら　まったく意味不明
頭もしっぽもないのです。

第2章

《天才の性格とされる激しやすさ——これに関する事実の検証——このような非難の原因と契機——その不当性》

一般の読者が批評家の側に立って著者を非難するときには、ある種の複雑な感情が働いているものですし、また彼らには、その昔ホラティウスが当時の三文文士を諷刺した「興奮しやすい詩人たち〔一〕」という言葉を、すべての詩人に当てはめたがる傾向があるものです。このような感情や傾向について分析し明確に意識化すれば、得るところがあり、またおもしろいのではないかと、考えることがたびたびあります。想像力が弱くて鈍いと、その結果として感覚の直接的な印象に頼らざるを得なくなり、確かに精神は迷信や狂信に陥りやすい状態になります。内から湧き起こる本来の熱を満足に持ち合わせていないこの種の人々は、「同じ寺院の回りに〔二〕」集まる群衆の中に、自分が単独では抱くことのない共通の熱を求めているのです。彼ら自身の持って生まれた性質は、湿った干し草のように冷たく粘液質であるため、山と積まれないと熱を持ったり火がついたりはしないのです。あるいは彼らは、ミツバチのように、集まった大群が引き起こす熱の上昇のせいで、落ち着かず激しやすくなります。そういうわけで、熱狂（fanaticism）を意味するドイツ語 Schwärmerey〔Schwärmerei〕は、（少なくとも元々の意味では）ミツバチが群がる、すなわち Schwärmen という語に由来しているのです。情熱は洞察力と反比例の関係にあるので、洞察力が曇れば曇るほど、情熱は生き生きとし、怒りはその必然的な結果です。真実でありかつ自分の安全と幸福に欠かすことはできないと信じているもののすべての拠り所が精神から失われてしまうと、必然的に感情は不安定となり、思わず不安感を抱かずにはいられなくなるものです。人間の本性が自らをこの不安感から救う手立ては、怒り以外にないのです。精神的に脆い人が採る最初の防御手段は、非難し返すことだということを、私たちは経験から知っています。

賢人なら誰もが知っている、
憤怒と恐怖が同じ病気であることを。
憤怒は燃え上がり、恐怖は凍りつく、
だがどちらも瘧に似ている。

（「猛り狂う雄牛〔の物語に例証される自説撤回〕」（'Recantation: Illustrated in the Story of the Mad Ox'）」〔*PW* I（1），507〕）

しかしながら、観念が鮮明であり、また観念を結び合わせ修正する無限の力が存在する場合には、感情や情動は、諸感覚の対象よりもこうした観念の産物と、容易にまた親密に混じり合うものです。精神は物よりはむしろ思想によって影響を受けます。そして、極めて重要な出来事も、偶発的事態も、それらが思索を通じて思想となって初めて、精神はそれらに対して必要な関心を感じるのです。精神の健全さは、一方では熱狂を伴う迷信、他方では外の世界に無頓着で、病的なほど行動に向かわない性質の熱中という、両極端の中間にあります。〔熱中がそのようなものであるのは〕精神の生み出す概念が、非常に鮮明かつ十分なものであるために、現実化しようという衝動が起こらなくなることもあるからです。この衝動がこの上なく強く抑え難いものとなるのは、単なる「才能（タレント）」（すなわち、他人の知識を利用し応用する能力）以上のものを持ってはいるものの、純粋な「天才」が有する創造的で完全に自己充足した力を、幾分か欠いている人たちの場合です。したがって彼らは支配型天才〔三〕なのです。純粋な天才は、思想と現実の間で、いわば、彼ら自身の生きた精神によって生み出される実体と、想像力によって創造され絶えず変化する形式とから成る、二つの世界の中間領域で、自足した状態にあるのです。他方、支配型の天才は、自分が前もって心に抱いたものを外の世界に押しつけずにはいられません。満足のいく程度の明確さ、独自性、個別性を付与して、逆にそれを自分の視界に再提示しようというのです。彼らは、平穏な時代にあっては、宮殿、寺院、風景式庭園といった形で完璧な詩を披露したり、また海と海とをつなぐ運河、うねる大波を背で押し返すことで自然の力を模倣し、身を寄せる艦隊を自然の慈しみをもって守る岩の防壁、あるいは山と山を隔てる広い谷に架かり、砂漠にパルミラのような都市を実現させた導水橋――このような形で、ロマンスを披露したりするのです。しかしながら、ああ、擾乱（じょうらん）の時代にあっては、彼らは荒廃をもたらす精神として現れ、一時の思いつきを押しつけようとして古今の知恵を破壊してしまい、風が雲を動かしその形を様々に変えるように*1王や王国を変える運命にあります。伝記に収められた様々な記録が、この仮説に確証を与えているように思われます。最も偉大な天才は、その作品や同時代人の記述から私たちが判断できる限り、彼ら個人に関することすべてにおいて、平静で穏やかな気質を有していたと思われるのです。彼らは永久不変の名声を心の内で確信しており、当面の評判に関しては、無頓着であるか諦めているか、どちらかであったように見えます。チョーサーの作品全体を支配している、ある種の快活さ、男性的な陽気さは、作者自身の中にも呼応する感情があることを疑う余地はほとんどないと思わせます。シェイクスピアの気質の穏やかさと優しさは、彼の時代においてはほとんど語り種になっていました。この気質が、他の詩人と比較した自分の偉大さを彼が知らなかったから生じたのではないことを示す証拠は、彼のソネットの中に豊富に見出せるのですが、この事実をポープ氏は知らなかったはずです。なぜなら我らの偉大な詩人は「期せずして不朽の人となった」と、ポープ氏は主張しているのですから。[*2] 自らが称えた人物について語りながら、また自分の作品の永続性と彼自身の寿命とを対照しながら、シェイクスピアは付け加えています。

あなたの名はこれから不滅の命を得る、
たとえこの身が、死んでしまえば全世界から消滅する定めだとしても。
大地が私に譲ってくれるのはどこにでもある墓穴ひとつ、
でもあなたは人々の目のなかに墓を得て横たわることになる。
あなたの記念碑となるのは私の心優しい詩、
まだ生まれ出ぬ者たちの目がそれを読み返し、
これから生まれる者たちの舌があなたの存在を語り継ぐ、

今この世に生きている者たちがすべて死んだときにも。
命の息吹がもっとも息づくところ、ほかならぬ世の人の口に、
あなたは永遠に生き続ける、私のこの筆の力によって。

（『ソネット集（*Sonnets*, 1609）』八一番、五―一四行）

私は最初に頭に浮かんだ例を挙げましたが、自分の競争相手に対して「声量豊かに」賛辞を与えるシェイクスピアの心意気や、賛辞を与えるに最もふさわしいと彼が考える人々と自分が同等であるという彼の確信は、ソネット八六番にも同じように表れています〔四〕。

あまりにも尊いあなたへの賛辞〔五〕をめざして
誇らかに帆を揚げる彼の偉大な詩のせいだというのか、
生まれ出ようとしていた私の詩想が脳髄のなかで葬られ、
詩想を育んだ母胎がその墓地になってしまったのは。
霊に導かれ人間業を超える詩を書いた
彼の精気が、私を殺したのだろうか。
いや、私の詩を震え上がらせたのは、彼でも、
夜中に彼の詩作に力を与える彼の仲間たちでもない。
彼も、また夜な夜な秘密の知識で彼をたぶらかす
あの愛想のいい使い魔も、

私を沈黙させる勝利者として誇ることはできない、
そういう者たちを恐れて心萎えたわけではないのだ。
ただ、あなたの好意が彼の詩行を満たしたとき、
私は題材を欠き、それで私の詩は力を失ったのだ。

＊1
古いものはすべて古すぎ、
良いものはどれも十分に良くはない、
ならば我々は示そう、自らが別の材料で
世界を作ることもできることを。

私もまた私の君主たちを持ち、
私から彼らに生と死の合図を与えよう、
王国をあちこち移動させよう、雲のように、
私の息のままに。

（ワーズワス「ロブロイの墓（'Rob Roy's Grave'）」八五―九二行）

＊2　ポープ氏は、彼の時代に共通の思い違い、今現在の時点においても完全に論破されたとは言い難いある思い違いをしていた。この思い違いは（私が講演の中で十分に解説し、また詳細にわたって証明したように）、ギリシア劇のある規則を劇に必須の要素と取り違えることにある。この規則をギリシアの賢い詩人たちが自らの義務として課したのは、劇の中の、自分の意志とは無関係な状況によって強いられた部分と、それ以外の部分すべてに、一貫性を持たせようとしたからである。そもそも劇文学自体がそのような強いられた状況から生まれてきた。シェイクスピアの時代における状況は、彼の力ではいかんともし難いものであったのは同じであるが、ギリシア劇の時代とは異なっており、また私の見解では、はるかに幅広い領域と深く人間的な関心を許容するものであった。批評家が往々にして忘れがち

なのは、「規則」とはある目的を達成するための手段でしかないということである。したがって、目的が異なっているところでは、規則も異ならざるを得ない。前もって目的が何であるかを確かめておかなければ、規則がどのようなものであるべきかを決定することはできない。この考えに基づいて私は判断し、十分な確信をもって次のように断言することをはばからなかった。すなわち、シェイクスピアの円熟した判断力は、彼の戯曲の全体的な構造ばかりでなくあらゆる詳細においても、その天才としての力やその哲学の深遠さもさることながら、さらにそれ以上の驚異をもって私を感銘させたということである。こうしたことを論じた講演の内容については、まもなく出版したいと考えている。またひとえに私自身に対しても私の友人たちに対しても公正であるべきだという思いから指摘しておくなら、私の最初の連続講演が（それ以後の講演も、同じ思想を述べるために用いる例にときおり変化を持たせたという違いしかないのだが）、王立科学研究所において、非常に多くの、そして言うまでもなく尊敬すべき聴衆を前に行なわれたのは、シュレーゲル氏がウィーンにおいて同じ主題で講演を行なうよりも以前のことだったのである〔六〕。

スペンサーには実際、性格的に優しく繊細な心、そして彼と並ぶ三人の大詩人と比較すると「女々しい」と言えるほどの心の働きを、辿ることができます。そしてこの性質は、バーリー（ウィリアム・セシル）からの不当な迫害や過酷な災難が彼の後半生に重くのしかかったために、暗さを増すことになったのでした。このような原因によって彼の作品の至るところに「物憂い優美さ〔七〕」が見られ、穏やかであるがゆえにそれだけ感傷的な調べがときおり奏でられています。しかし彼がほんのわずかでも激しやすかった形跡はどこにも見出せません。まして自分を酷評する人たちに対する好戦的な、あるいは取り澄ました侮蔑の形跡は、なおさら見出せないのです。

詩と詩の性格に限って言えば、スペンサーと同じ穏やかさと彼以上に強い沈着さが、ミルトンにも確認できるでしょう。彼は宗教と自由と祖国の敵のために、自らの怒りを取っておいたのでした。この偉大な人物の晩年を考えるときほど、厳かな思いを抱くことはできません。晩年ミルトンは、貧しく、病を患い、

年老いて、失明し、中傷され、宗教的迫害を受け、

　行く手には暗闇、後ろには危難の声

〔ワーズワス『序曲（*The Prelude*）』第三巻、二八八行〕

という状況の中、自分が論争してきた敵方ばかりか、支持してきた味方からもろくに理解されない時代に、そして彼があまりにも先を歩んでいるために彼の姿が小人にしか見えない人々の間にあって、それでも彼は常に自らの思想が奏でる調べに耳を傾け、また、さらに彼を勇気づけるものがあるとしても、二、三の孤独な人たちの予言的信念くらいのものでしたが、にもかかわらず彼は、

　――神の手にも意志にも
異議を唱えることなく、心や希望を
いささかもくじかれることなく、常に敢然とまっすぐに
舵を取り前進した

〔ミルトン「シリアック・スキナーに捧ぐ」（ソネット二二番）
（'To Cyriack Skinner upon his Blindness' (Sonnet 22)）六―九行〕

のでした。晩年においてミルトンを嘲笑し誹謗する人たちがいたことは、ただ彼以外の人々から知らされるばかりです。そして若さと希望に満ちていた頃でさえ彼には敵がいましたが、もし彼の敵が祖国の敵で

もあったという事実がなければ、私たちはそのことを知らずにいたことでしょう。

文学の発展した段階において、多くの優れた模範的作品が存在するようになると、高度な才能（タレント）が、鑑識眼と判断力に結びつき、想像力の生み出す作品に用いられるならば、偉大な天才の「名」が与えられるものだということはよく分かっています。しかし社会のある種の状態においては、本来ならばこうはいかなかったというほどに著作を大衆受けさせてしまうこともある、そのような天才の擬似物（アナロゴン）でさえ、作者自身の精神や気質の中に徒に（いたずら）探し求められるのです。この場合でも、徹底的に調べてみれば、作者の天才に起因するとされてきた激しやすさが、本当は身体の構造上の異常や、かすかな痛み、あるいは快感に対する感覚機能の体質的欠陥に起因するものであることに気づくことも多いでしょう。創作者であるがゆえの性質とされているものは、生身の人間に属するものであって、おそらく創作という仕事が人間らしさを与えてくれるおかげで、それ以上怒りっぽくならずに済んでいるのに、その仕事が激しやすい性質の原因にされてしまっているのです。

それでは、もしこの非難それ自体が、すでに示そうと努めてきたとおり、経験に支えられたものではないとすれば、この非難に対して一般に与えられている安易な信用をいかに説明すればいいのでしょうか。これはさほど解明困難な問題であるとは思えません。文学が広く普及している国ではどこでも、詩的天才の評判を獲得したいという強烈な欲望と、詩的天才を構成する実際の能力や生来の性向とを取り違える人がたくさんいるものです。しかし、自分自身の能力がまったく及ばない対象に最も大事な望みを向けているような人々は、いかなる場合においても、多かれ少なかれ、気が急いたり怒りっぽくなったりするものです。加えて、人間は、あることを知り、かつそれと反対のことを信じることもあると言えば逆説的に聞こえるかもしれませんが、実際、虚栄心の強い人間が習慣的に自分を自分でないものに見せたいという願望に身を委ね、その企てにたゆまぬ努力を重ねた結果、周りの人のみならず彼自身も、自分は天才だという信念を抱くようになるのです。それでも、この偽りで不自然な信念は、まさにそれを抱く当人の感情の中で、内的な力の現実的な感覚とは必然的に異なるのですから、この差異が猜疑心と嫉妬心に満ちた短気という形で露見することほど自然なことがあるでしょうか。それはちょうど、花に覆われた地面が揺れたり震えたりして、下の空洞が露見することがよくあるのと同じなのです。

しかし、悲しいかな、無数の書物によって、また文学が一般に普及したことによって、これとは別の、そしてより嘆かわしい影響が文学の世界にもたらされました。そして、傷つけられた天才の当然の苦情をくだらぬものとして退けたり、あるいはお笑い種として受け取ったりする侮蔑の感情を、決して正当化はできないながら説明するには十分な悪影響がもたらされたのです。チョーサーやガウアー〔八〕の時代におけるわが国の言語は、（この直喩の不完全さを大目に見ていただけるなら）葉擦れの音の響く荒涼たる葦原に喩えることができるでしょう。この葦原から牧神パーンやアポローンの寵児だけが、荒削りの葦笛を作ることができたのであり、またそれを作った人たちのみが、この葦笛を使って調べを奏でることができたのでした。しかし今日では、半ば後続の詩人たちの労苦によって、また半ば社会や社交のあり方が不自然になったことによって、言語はいわば手回しオルガンのような機械と化し、楽器と曲の両方を同時に提供しています。かくして耳の聞こえない者までも、大衆を楽しませようと演奏することになるのです。私は時折、大小様々なステロ版を繰り返し使う印刷室を引き合いに出して（直喩は酒の席での戯れのようなもので、一つ思いつけばまた一つ出てくるものですから）、文学との関係におけるわが国の言語の現状を説明することがあります。この当世風の印刷術のごとく、行ごとに区切って警句的に文を並べていく現在のフランスかぶれの英詩の流儀は、月並みな創意工夫さえあれば、どのようにでも変化をつけられ、しかも何かを、意味ではないとしても、それに非常によく似ているので意味同様に働く何かを生み出しています。ことによるとこちらのほうがもっとよい働きをしているかもしれません。それは読者が考える苦労を省き、読者を怠惰に耽らせながらその一方で無為を予防し、そして知識過多の危険のすべてから記憶を守ってくれるのですから。こうしてあらゆる商売の中でも、現在の文学は、最少の才能ないし知識しか要求しません。そして同様のことが、あらゆる文学様式の中でも、詩の制作について当てはまるのです。こうして濫作される作品と、天才の作品の間には、実際、卵と卵の殻ほど大きな違いがあります。それでも、離れて見ればどちらも同じように見えます。今や、大方の読者ばかりでなく、何か偶発的な出来事が起こったり、たまたま議論[*1]になったりして注意を喚起され用心深くならない限り、一流の能力を持った人々によっても、一般に純文学の作品がほとんど吟味されることなく読まれているというのが、実情であり注目すべき事実なのです。したがって、培った教養ばかりか生来の能力においても平均以下の人々、いや、それどころか、最も低級な職人の技能も身につけられない不器用者なのに、分別と感受性が欠如している分だけ傲慢になっている人々、始めは無為と無知からくだらぬ文を書き散らし、次に嫉みと悪意から誹謗文を書くようになる人々――こうした人たちこそ、書籍販売業者を取り込んで首尾良く商売を営むことができたばかりか、あらゆる追従の中でも最も効力のあるもの、すなわち、人類の不道徳で悪意に満ちた情念へ訴えることによって、大衆全般を動かし、つかのまの名声と評判を獲得するまでに出世しているのです[*2]。しかし、嘲笑や嫉み、そしてあらゆる悪意に満ちた性向は、すばやく対象を変えずにいられないものですから、そのような作家たちも必ず遅かれ早かれ虚栄の夢から覚めて、失望し怠惰になって、苦々しく毒気を帯びた感情を抱くことになる。成功を収めている短い間でさえも、彼らは、いかに移ろいやすい基盤に自らの成功が依拠しているかについて知らず知らずに敏感になり、賞賛されなかっただけで強盗にあったかのように憤慨し、最も公平な譴責に対してもたちまちかっとなって、暴力的で自制心を欠いた罵詈雑言を吐くのです。挙句に、急性の病が慢性の病となり、症状が目立たなくなるにつれてますます致命的になり、彼らは文学の価値を減じ道徳を貶めるにふさわしい手先となる。そうなると、彼らに異議を唱える者は必ず嘲笑を浴びずには済まなくなる。なにしろ、彼らは匿名の批評家であって、「教会会議に列席する代表[*3]」のように、「我々は」と言ってものを言う権限を与えられているからなのです。あたかも文学が、いかに虐待されようとも不当な扱いを受けていると考えることを許されない、インドの最下層民のような社会階級を形成しているかのようです。他のすべての場合において中傷をより悪質にするもの、すなわち中傷が匿名で行なわれるという状況が、この場合においては、中傷する者の立場を不可侵にすることに役立つだけであるかのようです。かくして、個人（確かに才能はあるが天才ではない人たち）がたまたま有していた気質、すなわち、自分を天才に見せたいという欲望ゆえにいっそう激しやすくなり、また、才人と天才の両者の単なるまがいものが多すぎる（実際に真の天才である人々の数よりも真の天才と考えられている人々の数のほうが、やはり比べ物にならないほど多い）ことがさらに強く作用して、よけいに激しやすくなった気質が一因となって、また文学作品という財産とその他の財産すべてとのあいだに大衆自身が作った、自然であっても不公平さと不当さが残る区別立てが一因となって、作品の受容に関する尋常でない激しやすさを天才に特有なものと見なす偏見が生じたのだと私は信じるのです。次のようなことを仮定してみれば、多くの階級の読者が有する道徳的感情は矯正されるかもしれません。ある評論誌が創刊されたとします。この雑誌の目的は、わが国のリボン職人、キャラコ捺染職人、飾り棚職人、そして陶磁器製造者によって大衆に提供された主たる作品のすべてを批評することです。この雑誌はわが国の文芸雑誌と同じ精神で作られ、同じように勝手気ままに個人の人格を論じる雑誌だとします。そうすればそのような雑誌の読者は、

「激しやすい人種」には詩人以外にも多くの「種」が含まれるものだということだけでなく、商売上の短気と比較すれば、詩人の憤激などたちまち対象のない闘いでしかなくなる、ということも認めざるを得なくなるでしょう。それとも、富こそが唯一の理にかなった人間の関心の対象なのでしょうか。あるいは、仮にこれを認めたとしても、詩人は自らの作品の中に財産を持たないのでしょうか。詩神の祭壇に仕える者が――徹底して迷いのない人間として、同胞である市民を教化したり洗練したりすることにわが身を捧げるために、自らの身分や富についての最も明るい見通しをおそらく熟慮の上で放棄した人が――詩神の祭壇から自分の生計を支える糧を引き出すのを余儀なくされるのは、稀な、または不埒な事例なのでしょうか。あるいは、より高貴な目的や動機のすべてを、私欲を超えた善意一切を、そして永遠の賞賛を得んとする野心という、杖でもあり飾りでもあるもの、人間の美徳の柔弱さを支えると同時にそれを暴きもするものさえ、私たちは無視すべきなのでしょうか。私たちの知的喜びのために力を注ぐ人の人格や性質は、酒屋や帽子屋の人格や性質よりも、仲間意識を共有する資格において劣るというのでしょうか。実際、鋭敏かつ強烈な感受性は、天才の特性のみならず、構成要素と見なすこともできるでしょう。しかしそれに劣らず真の天才に欠くべからざる徴となっているのは、感受性が自らの個人的関心にかき立てられる以上に、他の要因によって強くかき立てられることにほかなりません。というのも、天才は大体において、現在が常に未来ないし過去によって構成されている観念の世界に身を置いているのが明白だからです。また、彼の感情は、思想やイメージと習慣的に結びついていて、その数や明瞭さ、鮮烈さが、自己の感覚とは常に反比例の関係にあるからです。それでもなお、彼がいわれのない告発をつっぱねたり、誤った非難を正したりする機会を得た場合、問題が何であれ、彼の態度や言葉の全般的な激しさは[*4]、たまたまその問題が彼自身に関係があったために生じた個人的な苛立ちの結果であると誤解するのが、多くの人に最もありがちな反応なのです。

＊1　私は一連の講演の中で、ポープ氏の創作、特に諷刺詩と道徳論の、言葉の配置と選択がほぼ完璧であることを指摘する機会を得た。これは、それらを彼のホメロスの翻訳と比較するのが目的であった。ポープ氏によるこの翻訳をわが国の似非詩語の主たる源と見なすのは、私ひとりではない。そしてちなみにこれは、確かジョシュア・レノルズの「一般に、大衆の審美眼を形成し高めた人に次いで偉大な天才とは、それを腐敗させた者である〔九〕」という言葉に、またひとつ確証を与えるものである。特に私が取り上げて、一文一文、ほとんど一語一語、分析を加えたのは、

ちょうどそのとき、月が、光のまばゆい灯火が（云々）〔ポープ訳『イーリアス』八、六八七行〕

という有名なくだりであり、その分析の仕方は、その後〔サウジー氏が〕『クォータリー・レヴュー』で、チャーマーズの『イギリス詩人作品集（*Works of the English Poets*, 1810）』についての優れた論説において行なったのとほとんど同じであった。聴衆一般に対して与えた感銘は、彼らの予期していなかったもので、かつ明白なものだった。そして、賢明で高度な教育を受けた数多くの人たちが、後で事あるごとにその問題について私に話しかけてきた。彼らは、それまで自分がこれほど明白な真理に思い至らなかったのが不思議であると述べながらも、同時に次のようなことを打ち明けたのだった。すなわち彼らは、（詩を読む際に、全体として意味があるかないかを自問することなく、個々のイメージや詩句から逐次快楽を得ることに馴れてしまっているために）この同じくだりをこれから二十回繰り返し読んだとしても、おそらく賞賛の念が減じることはなかっただろうし、「満月の回りやその近くの星々は、とりわけ明るく輝く」という〔ホメロス原詩の〕一節が、月明かりの空の正確で的を射たイメージを伝えていること、そしてそれと比べて、

彼女の玉座の回りを、鮮やかな光放つ惑星は旋回し、

数知れぬ星々が、燃えるように輝く北極星を飾り立て、〔同六九一―九二行〕

というくだりでは、意味と表現がいずれ劣らず馬鹿げているということを一度も考えてみることはなかっただろう、というのである。そこで私はこう答えたのだった――私は学校教育から格別な恩恵を受けたし、私の詩論全般は当時も今と同じであったが、それでも、ワーズワス氏との会話がきっかけで、グレイの有名な挽歌〔『墓畔で詠んだ挽歌（*Elegy Written in a Country Churchyard*）』〕を偏見にとらわれず厳密に読み直すようになったとき、私自身〔私の講演を聴いて聴衆が感じたのと〕同じ感慨を抱き、新たに指導を受けたかのように感じたのだ、と。「吟唱詩人（'The Bard'）」における欠点にはかなり以前から気づいていたが、「挽歌」は、正当な攻撃のすべてに対して耐えうるものとそのときまでは見なしていた。それでも今日に至るまで、どちらの詩も読めば必ず喜びといくらかの情熱を感じずにはいられない。ともかく、ある特定のくだりの欠点をより明確に認識することで失う喜びがどれほどのものであれ、その他の部分を読むときに感じる新たな喜びはそれを補って余りあるほどなのである。

＊2　特に「この《個人批評の時代（Age of Personality）》、文学と政治の《ゴシップ（Gossiping）》の時代はそうなのである。それは脳なしの頭を個人的な悪意という毒を持った尻尾が補いさえすれば、最も卑しい虫けらも、一種のエジプト人的迷信深さで崇拝される時代である。つぎはぎの注釈（本文と比べれば詩的であるという長所はあるが）の中に名前を挙げられた同時代人の数が多いという理由だけで、また、刺激を増大させるために、著者が抜け目なく自分の名を伏せて噂や憶測に任せたという理由から、面白味ないことこの上ない諷刺詩が熱烈な大衆の関心の対象となっている。説教でさえ氏名を満載した二倍の付記を付けて出版される時代――このような時代にあっては、イギリス人特有の慎みがかくも変容を遂げた結果、ロンドンの新聞のきわめて短命な紙面から、スコットランドの教授の不朽の四折版に至るまで、ほとんどすべての出版物が、社会に蔓延するこの〔一〇〕異常な風潮を公然と示したり、それにおもねたりしている始末である。『レディーズ・ダイアリー』の〈去年の判じ物〉に対してさえ、悲嘆にくれるオイディプス気取りの人物が氏名と住所を付けて『わが父の死に』という厳粛な挽歌を書いて謎解きをしている。そして上述の判じ物について「同じようなやり方で他にもいろいろ独創的な謎解きがなされた」のである〔一一〕――この解答を寄せた人たちの名は、これまでのように、クリトン〔ソクラテスの親友〕やフィランダー〔恋する者〕、あるいはA、B、Yなどのイ

ニシャルではなく、普通のイギリス人名が五、六十人分も、フル・ネームでしかもそれぞれ住所付きで掲載されたのである。わが国の内気で世を忍ぶ先人たちの時代にあっては、実名を出すことは珍しかったが、それと同じくらいに、この時代にあっては、恥じらいを含んだ〈フィラレテス〉〔真理を愛する者〕や〈フィレレウテロス〉〔自由を愛する者〕〔一二〕といった名が、本の表紙や雑誌の署名に出てくることは珍しい。何しろ（実にお見事な例として）、この《叙事詩》には存命中の人が百人以上も実名で登場します〔一三〕、という特別な推薦文付きで、ある《叙事詩》が広告されるのを見る時代なのだから（マロとマエオニデスの霊よ、あなた方の新手の仲間を歓迎する準備を整えよ！）。」（『友』第一〇号〔*Friend*（CC）II, 138〕）

＊3　アンドリュー・マーヴェルの言葉〔一四〕。

＊4　これは、ある事実の半分を語って残りの半分を省略してしまう、数多いまやかしの一例である。実際は両方の相互作用と中和からこそ、真実の全体が、どちらとも異なる「第三のもの」として生じるのだ。こうしてドライデンの有名な一節にあるように、「偉大なる才知は」（ここで彼は天才のことを言っている）「必ず狂気と結び付けられる〔一五〕」ということになる。強い感受性は、確かに天才の構成要素のひとつだが、これのみを取り上げて単独で均衡を欠いたものと見なす限りにおいて、それは人を、精神錯乱に陥るいっそう大きな危険に曝すものだと言ってもいいかもしれない。ところが同時に、連想の並外れたすばやさ、思想から思想へ、イメージからイメージへ移る並外れた力もまた、等しく不可欠な構成要素なのである。そして《天才》の本質は、それぞれの要素が相互に適切に調整し合う点にある。それゆえ〔天才をめぐるそのような一面的な言い方が正しいとするなら〕、自らの注意を推進力か引力のどちらか一方にしか向けないで、地球は今にも軌道を外れるか、あるいは太陽に引き込まれるかの危機に瀕しているのだと不合理なことを主張する者も、まさに同じように正しいことになるであろう。

私自身について言えば、自分の感情から、あるいは他人の所見という、より疑う余地の少ない評価から、文学者としての短気や嫉妬に気づいていたとしても、私はその欠点を《天才》のせいにするほど愚かでも傲慢でもなかったでしょう。だが経験から、二十年の確かな経験から（こう付け加えたとしても、私の言葉を証明するために豊富な証拠は必要ないでしょう）私が学んだことは、私の性格上の根本的な罪は、世論や、世論に影響を与える人物の攻撃に対して、うかつにも無頓着だった点にあるということです。また、共感のしるしとして以外は、賞賛と感嘆を求める気持は年ごとにますます弱まってきており、それどころか、自分の作品の売れ行きと利益のことに関心を持つことでさえ——現在の状況ではぜひともそれを考えなければならないのですが——私には難しくまた気の滅入ることなのだということも分かりました。それでも、生まれながら、または教育によって私が授かった知力の量が、このような私の感情の習性と何かしら関係があるのだと信じたり思い描いてみたりしたことは一度もありません。また、思わしくない健康状態によって倦怠に陥ってしまう体質からくる怠惰、仕事を先延ばしすることによってますます悪化する窮状、そして気弱さ（これは仕事の先延ばしとは切り離せない関係にあり、この性質のせいで自分に直接関係のないことを考え、話題にしたくなってしまうのですが）——これら以外に、私の感情の習性を生み育てた要因があるとは考えたこともありません。要するに、私の欠点によるものにせよ、運命によるものにせよ、これらの身近な苦悩の種が、それに比べれば自分からは遠く馴染みのない害悪のために悲しむだけのゆとりを与えてくれないのです。

文学に関わる不当な行為への憤りは、もっと幸福な星のもとに生まれた人たちに任せましょう。私にはそのようなゆとりはありません。しかし私はそういう余裕がある人たちを非難する気はまったくなく、挑発の甚しさとその対象の重要さに見合った怒りを感じ、また表現することは、作家の義務であると思いますし、作家の心意気にかなうことだと考えます。詩を書くという職業ほど、若い頃から長期間にわたり弛まぬ心の傾注を要求する職業はありません。そして、仮にも鑑識眼と健全な論理の両方の要求を満足させるようなものであるとしたら、実際、文筆業全般についても同じことが言えるのです。単に韻文を作る技巧でさえ、どんなに難しく精巧さを要するかは、年をとってから詩作を試みた人たちの失敗から推し量ることができるでしょう。それでは、探求することが尊敬に値し達成すれば栄誉であると、あらゆる時代のあらゆる文明国が承認している一つの目的に、ある人がごく若い頃から全身全霊を傾けた場合、彼と彼の家族に関係するものすべての中で、彼の保護を要求する正当な権利を持ち、また自己防衛の行為を正当化しうるものとしては――その人の道徳的性格を除けば――彼の知性と知的精励の入念な成果に優るものがあるでしょうか。たとえ、生来の感受性が不足したり他へ向けられたりしているために、人間のより高貴な生の所産であり表現であるものに対して然るべき関心やふさわしい気遣いを実感できないとしても、思慮分別があれば、そうした関心や気遣いを示さずにはいられないでしょう。哀しいかな、不幸な経験から私は知っているのです。私はあまりに多くの卵を、ダチョウのような無頓着さとダチョウのような忘れっぽさで、この砂漠のような世の中に産み落としてきました。実際その大半は、踏み潰され、忘れられています。しかし少なからぬ数のひなが生を受け、殻から這い出し、なかには羽毛をたくわえて他人の帽子に飾りを提供しているものもあります。そしてさらに多くのものは、私の敵の、つまり、正当な理由もなく私の魂を攻撃しようと待ち伏せてきた人たちの、矢筒の中の矢柄に羽根を提供しているのです。

そのようにおまえたちは、自分のためにではなく蜜を作るのだ、ああ、蜂よ！

〔ウェルギリウス〕

原注＊１への補足――

『忠実な羊飼いの女（*The Faithful Shepherdess*）』を側に開いて、この原稿に修正を加えていると、四二頁の注を裏書きする一例が思い起こされる。シーワド氏はまずフレッチャーの次の詩行を挙げている。

かつてないほどの忌まわしい病を
熱き太陽がその灼熱を通じて生み出したとき、
犬は猛り狂う獅子を追い、霧と死をもたらす蒸気を
その怒れる息から噴出させ、
下界を疫病と死で満たす。

そして彼はこの源をスペンサーの『羊飼いの暦』に辿っている。

暴れまわる獅子を太陽がぴったりと追う、
悪臭放つ息を吐く犬を駆って。
その強暴な犬の吠え声は、急き立てるように、
責め苦を、疫病を、凄惨な死をもたらす。

この後シーワドは、プリアモスが見たアキレスの盾の様子を大犬座の天狼星(シリウス)（一六）に喩えたホメロスの直喩を紹介しているが、それを文字通りに訳せば次のようになる。

「これは実に鮮やかであるものの、不吉な兆しとされてきて、多くの破壊的な病を哀れな人間たちにもたらす。」これ以上に描写として単純で直喩として正確なものはない。これがポープ氏の手にかかると（シーワド氏の言では）次のようにみごとに翻訳されている。

恐るべき栄光！　その燃え立つ息は
赤い大気を、熱と疫病と死で染める！

さてここでは（法外な大言壮語は言うまでもないとして）いわゆる天狼星(シリウス)が、本物の犬に変えられている。これは非

常に変わった犬であり、火であり、熱であり、疫病であって、死を吐き、赤い大気を染める犬である。そして全体としての視覚的類似は失われ、その一方で効果的類似は誇張によってばかげたものになっている。スペンサー〔一七〕とフレッチャーの発想はもっともである。というのは、イメージが少なくとも一貫しており、この視覚化された「地口」の寓意によって季節を示すことが、この二人の詩人の意図したことであったからである。

第3章

《筆者が批評家から受けた恩義、そしてその理由と考えられること――現代批評の諸原理――サウジー氏の著作と性格》

私はたまたま世に知られ、いろいろな評価を受けていますが、その少なくとも三分の二は、知名度も社会的評価も様々な評論誌、雑誌、新聞等の匿名の批評家たちや、韻文か散文、あるいは韻文に散文の解説を付けて風刺する有名無名の作家たちのおかげによるものと私は心から信じ、断言するものです。というのも、一個人の氏名がこうまで頻繁に、しかもこんなに長い間、これほど多くの出版物の中に出て来ると、このような出版物（それらに一棚か二棚分の『名文選集』、『美辞麗句抜粋集』、『逸話集』を加えると、読書する大衆の読み物の九割になる）[*1]を読む人々は、その氏名に馴染まざるを得ないからです。しかも、その名が出されたのは賞賛のためだったのか非難のためだったのか、記憶も定かでないままに。そして、定期刊行物を読む習慣をアヴェロエスの『反・記憶術〔一〕』の目録、つまり記憶力を低下させるものの目録[*2]に正式に追加してよいとすれば（私はそう信じていますが）、これはなおさら起こり得ることなのです。しかしこれが当てはまらない場合でも、読者というものは、これほど無慈悲で長期にわたる攻撃を招く評判、あるいはそれに耐え得る評判には、特別に強力で大きな何かがあるに違いないと思いたくなるものです。ですから決して憤慨しているのではなく（憤慨する理由など、私には一切ありません）、ただ幾分驚きの気持をもって、以下のことを述べさせてほしいのです。確かに自分が持っていたある種の欠点のために厳しい批判を受けた後、審判の対象になるものは何もないままに、年ごと、四半期ごと、月ごとに（また「週刊や日刊」という、さらにもっと回転の速い様々な取るに足らない定期刊行物は言うまでもなく）、少なくとも十七年間、私は定期刊行物によって引っぱり出され、糾弾される者の筆頭に挙げられ続け、自分の欠点とは正反対の、身に覚えのない欠点を理由に、罵りの矢面に立たされるはめになったのです。これをどう説明すればいいでしょうか。

＊1　貸本愛好家〔二〕に関して、彼らの気晴らし、いやむしろ時間潰しをお世辞にも読書という名で呼ぶ気にはなれない。それは一種の卑しい白昼夢と呼ぶべきだろう。白昼夢に耽るうちにこういう夢想者の心に備わるのは、怠慢と少しばかりの感傷的な感受性だけである。一方、夢想の心象や内容全体は、印刷所で製造されたいわば精神の暗箱〔三〕によって、外界から与えられるのだ。その暗箱は、一人の人間の譫妄（せんもう）状態が作り出した動く幻影を一時的に固定し、映像化して送り出し、同じような茫然自失の状態、良識と明確な目的意識が完全に停止した状態にある多くの空っぽの頭を満たしてやるのである。したがってこの種の娯楽（ア・ミューズ・メント）は（ミューズの神々といっしょにいたことのない人でも、ミューズの神々から離れる（ア・ミューズ）と表現し得るなら、また、弓を引くような緊張感を経験したことがない人にも、息抜きがあるとすれば〔四〕）、読書という種概念から移動させて、包括的な部類に入れるべきである。つまり人間性の中に共存する相反する二つの傾向——怠惰に浸りたい気持と何もせずにいるのを嫌悪する気持——を

両立させる力を特徴とする部類である。この部類に属するのは、散文あるいは韻文（この場合、韻は踏んでいてもリズムや韻律はない）〔五〕で書かれた騎士物語や小説に加えて、その下位分類として、賭事をすること、ぶらんこを揺らすこと、あるいは椅子か門扉に乗って揺り動かすこと、橋の上から唾を吐くこと、煙草を吸うこと、嗅ぎ煙草を嗅ぐこと、夕食後の夫婦喧嘩、雨の日に居酒屋で日刊新聞の広告を一語一語覚えること等々。

＊2　たとえば「髪の毛から虱を取って、潰さずに砂の上に投げること」。熟していない果実を食べること。雲、そして（その類に属するものとして）空中に浮かんで動くものをじっと見つめること。ラクダの群れの中で、その一頭に乗っていること。頻繁な笑い。ひとくさりの冗談や滑稽な逸話を聞くこと――ちょうど（この学識あるサラセン人の意味するところを現代風にしてみると）一人がアイルランド人についての滑稽な話をすれば、必然的にまた別の人がスコットランド人の滑稽な話をし、さらに同じような離接的接続詞を使ってウェールズ人の軽率さについての話が続き、それがまたヨークシャー出身者へのふざけた風刺に至るといった具合。教会の墓地で墓標を読む習慣、等々。ついでながら、この目録は、奇妙に見えるかもしれないが、心理学に十分適った解説を付けることさえ不可能ではない。

他の人たちの場合がどうであったとしても、もちろん私には、このような攻撃が、個人的嫌悪あるいは嫉妬、または恨みを持った敵意の感情に起因するとは考えられないのです。個人的嫌悪は特に考えられません。なぜなら、現在のごくわずかな親しい友人たち、彼らが作家として知られるようになる以前から親しかった友人たちを除いて、私は偶然紹介されたり、いろいろな人の集まりでたまたま会ったりする以外に、著述家たちと知り合いになることは今までなかったからです。そしてこのような場合でも、言葉や表情が信じられる限りにおいて、私は嫌悪感を掻き立てたりしたことはなかったと確信しています。[*] 手紙でも会話の中でも、私は世間で普通に行なわれる意見交換の範囲を超えるような議論あるいは論争をしたことはありません。それどころか、私の確信していることが他の人の考えと根本的に異なっていると思うに至った場合、私の習慣としては、また加えて言うなら、私の性格的傾向としては、自分の信念そのものというよりはむしろ信念の根拠を挙げ、その説明を始める端緒となるように、両者が完全に共感できるいくつかの点、両者に共通の根拠を固めてからでなければ、異議を申し立てることはしないのです。

＊　サウジー氏への酷評で知られる有名な評論誌の責任者であり主任執筆者でもある紳士〔六〕が、何年か前、ケズィック〔七〕で一日か二日過ごした。酷評を書かれたからといっても、もちろん、そのためにいささかも損なわれることのない温かい心遣いで、サウジー氏も私も彼をもてなしたことは言うまでもない。しかし、私が敢えて言いたいことは、これほど短い間に、これほど多くの、そしてきらびやかに飾られた賛辞を受けたことは、私の人生のどの時期にも覚えがないほどだったということである。また我々は、どのような偶然が重なって、ワーズワス氏、サウジー氏そして私が隣人同士になったかということ、そして我々が何か共通の一派――ギリシア、ローマ、イタリア、英国の最も良き時代の長い伝統的模範によって確証されている優れた良識を有する一派というなら別だが、それ以外の何らかの一派――に属すると自認しているという憶測が、いかに事実無根であるかということも、事細かに伝えたのだった。さらにサウジー氏については（というのも私自身に関しては、自分の名を挙げるのも愚かしいほどに出版物も少なく、それもほとんど重要なものではないから）、彼がワーズワス氏と知り合う以前に、しかもワーズワス氏が修辞的で一本調子な表現を使わずに書くようになる以前に、すでに彼自身の作品の非常に多くを出版していたし、それらの作品とその後の作品とを少しでも比べてみれば、力量が増していっそうの卓越さを見せていることと、習慣および経験の蓄積から次第に熟練味が加わったという相違しかないのは歴然としているので、そのサウジー氏が、ワーズワス氏と詩の一派の形成に関わっていたはずだという見方が、いかに根も葉もないことであるかも、この紳士に話したのである。だが、この紳士がケズィックを去った後に書いた最初のいくつかの記事の中には、我々のことが「湖水地方を徘徊している、愚痴っぽいノイローゼ気味の詩人たちの一派」と表現されていた。この紳士が私に手紙をよこし、ドクター・ジョンソンよりフッカーの文体を、そしてバークよりジェレミー・テイラーを本気で好んでいるのかと尋ねてきたので、その返事として私は、宗教改革からチャールズ二世〔在位一六六〇―八五〕時代の前半期までの、わが国の最も優れた散文作家たちを特徴づける相対的な長所と短所を幾分詳しく説明し、現代とすぐ前の時代に活躍した人々の特徴についても述べた〔八〕。約十二ヵ月後、これと同じことを話題にした評論が発表された。その結びの一節において論者は、これを論じる主要な動機は、わが国の昔の作家たちの理性的で適格な賞賛と、最近の文人一派の見境のない熱狂ぶりと

を峻別することであったと断言している。今どきの文人は、自分が理解していないものを誉め称えたり、自分が真似できないものを風刺的に扱ったりするというのだ。そしてその論者は、暗に仄めかした人物たちについて少しの疑惑も残さないようにと、ベイリー嬢〔九〕、サウジー、ワーズワスそしてコウルリッジの名を添えている。さて、以下のことは単なる噂話だが、本当だと思わせるものがある。要するに、この不当な攻撃、特にベイリー嬢を引き合いに出すことについてはなおさら不当と言わなければならない攻撃に関して質問されると、この論者は次のような理由を挙げたという。まず、ベイリー嬢はエディンバラにいたとき、彼に紹介しようという申し出を断ったこと、サウジー氏は彼に逆らうようなことを書いたこと、そしてワーズワス氏は彼について軽蔑的なことを語ったこと、しかしコウルリッジに関しては、ただ単にこの三人、サウジー、ワーズワス、コウルリッジの名前がいつもいっしょに並んでいるので、ついでに言及したということ。しかし、批評家の中でも、その下す評価がわが国の読書する大衆の指針となっているような匿名の批評家たちの性質、資格、動機に関して、私自身が事実だと知っている話や、意図的に嘘をついたりできない人たちから聞いたいろいろな話のうちの半分でも、材料として混ぜ合わせる価値があるなら、旧約聖書外典の「ダニエル書」の言葉をここに借用しても構わないだろう。こうしてできた混合物は、ダニエルが竜退治のために「ピッチと油脂と毛髪」を混合して作った団子と同じ役に立つだろうと思うからである。——〔ダニエルは言った。〕「《王なる大衆》よ、お許しをいただければ、剣も棍棒も用いずに、この竜を殺してみせましょう。」〔王は「許す」と言った。そこで、〕ダニエルは、ピッチと油脂と毛髪を取り、いっしょに煮て団子を作り、竜の口に入れた。竜はそれを呑み込むやいなや体が裂けた。ダニエルは言った。「御覧ください。これが、あなたがたが崇めている神々です〔一〇〕。」

私に向けられた攻撃を嫉妬のせいにすることはなおさらできません。私が出版したのはほんのわずかであり、その時期も遠い過去のことで、しかもその売れ行きの程度は、人気を博することなど一度もなかったことの、あまりにも明らかな証拠なので、そのために嫉妬の気持を掻き立てることなどありそうにもなく、おそらく考えられもしないと言ってよいでしょう。それでも何か他のことで私に嫉妬する人がいるとすれば、その人はよほどの嫉妬狂に違いありません。

最後の三つ目ですが、恨みの気持から私に敵意を抱いていると考えることも、同様にほとんど理由らしきものが見当りません。すでに述べたように、私が知っている著作家たちは数が限られていて、しかも疎遠であり、議論も論争もしたことがないのです。私は社会に出た当初から、わずかな短い合間を除けば、海外で暮らしたり隠遁生活を送ったりしてきました。公にしたものと言えば、最初は『モーニング・ポスト』紙そして次に『クーリア』〔一一〕紙に何度か掲載された、国民的関心事についての様々な論説と、シェイクスピアやミルトンに関して述べた批評原理についての連続講演〔一二〕しかありません。ですから私が文壇の誰かの気に障ったとすれば、これらの場合しかあり得ないのです。ただ一度だけ、私の言葉がそもそも不適切な言い方で、それが不当にもある個人に向けられてしまった〔一三〕ことを除けば、同時代の著作家たちの誰かに不快感を抱かせてしまった覚えはありません。諸時代における英国詩特有の美点と欠点に関する連続講演を、一回目はチョーサーからミルトン、二回目はドライデンを含めてトムソンに至るまで、三回目はクーパーから現代までと、区分して行なうつもりであることを公表したことがありましたが、実際はその計画を変え、前の二つの時代のみに論説を限定しました。それも、私の言葉を軽率な人が取り違えたり、敵意ある人が悪用して、彼らなりの勝手な意味を刻み込み、饒舌と中傷の市場に通貨として広めてしまう口実を与えないようにするためでした。

無価値なものが賞賛されることは、熱心な人にしてみれば、価値あるものから賞賛が強奪されたように感じられるものです。ヒューム、コンディヤック、ヴォルテールが読まれるために、ベーコン、ハリントン〔一四〕マキャベリそしてスピノザが読まれないのは、紛れもない事実であり、またあまりにもよくあることです。しかし、多種多様な人々の間にあって、思慮深い人は、自分の得意分野と思われる領域での同時代人の功績に異議を唱えることはせず、自分が素晴らしいと思う人々を賞賛して満足するでしょう。もし私が個人の主張に異議を唱えることが自分の義務だと考えるときは、社会的に評価され知的反応が得られるような書物で異議を申し立てます。そのような本の中でなら、私の論拠や感情のすべてを、必要な限度内で加減しながら展開していくことができるでしょう。ところが言葉の正確な再生ができない会話ではこうはいきません。会話では、論拠がいかに強固でも、それらを論じさせる感情が、きっと誰か他の人によって嫉妬や不満に帰されてしまうことでしょう。その上、価値のないものを誉めちぎるのは無知で無思慮な人に決まっていて、鑑賞力も判断力もない批評家の賛辞は、感受性も天分もない作家が受けるべき当然の報いなのだということは、私は十分わかっており、その思いに基づいて行動して来たと信じています。まさに「それぞれが働きに応じて自分の報酬を受け取る」[二五]のです。

今述べているように、これら三つの原因が当てはまらないとすると、その三つすべてを動員して説明しなければならないほど持続的で根深い攻撃を、私はどうやって説き明かせばいいのか。その解決は、少し前の頁に付けた注〔五二―五三頁の原注〕の中に見出せる、あるいは少なくとも暗示されているように思われます。すなわち、私はワーズワス氏やサウジー氏と親しい間柄であったということ。しかしながら、これは問題解決の困難を取り除くというよりはむしろ、問題のすり替えにすぎません。「人はその友を見れば分かる」という古い格言を無理矢理に拡大解釈して、私の文学仲間が批判の滝の下にいるときには必ず、私もその飛沫を浴びてびしょ濡れにならなければならないとしても、そもそもその批判の滝を、どうして彼ら二人が浴びることになったのか。

まず、サウジー氏の場合です。私は彼の初期の出版物が一般にどのように受け取られたか[二六]を良く覚えています。それらは、彼がラベル氏と共にモスカスとビオンの名で出版した詩集、サウジー氏自身の名で出された二冊の詩集、そして『ジャンヌ・ダルク』[二七]です。批評の専門家たちによる酷評が現存しているので、例を挙げることは簡単です。たとえば、荒削りな詩行、それぞれの詩の出来栄えが一定していないこと、そして（比較的軽い作品においては）風変わりで奇抜なものへの偏好があること、つまり筆の速い若い作家にありがちな欠点が、実に余すところなく強調されたのです。また当時は、汚れない若々しい勇気をみなぎらせて、自分が自由のためと見なすことは熱意をもって主張し、そして圧制には、それがどんな名で崇拝されていようと憎悪を表明するような詩人に対して、その欠点をことさら重大化させてしまう党派的精神がないわけではありませんでした。しかし、彼が自分のやり方として、またよく考えた上で、荒削りな散文的詩行のほうを好んだのだとか、ホラティウスやクインティリアヌス、『雄弁術の堕落の原因』という素晴らしい対話編[一八]、あるいはストラーダの序論[一九]などから私たちが学ぶこと以外の、何か別の詩語法や詩語術を提唱しているのだとは、詩人本人は夢にも思わなかったことであり、そう提唱していると言って異議を唱える人もいなかったのです。たとえ実際は、生来の良識と、母語である英語で書かれた最高の模範となる諸作品について早くから学習することによって、同じ金言がもっと確実に、敢えて言うならばもっと本質的な意味で、彼の作品に浸透していなかったとしても。公平な目で見て推論できることは、作家の評価や好みにおいて、サウジー氏はジョンソンよりもウォートン[二〇]にはるかによく一致しているということだけです。またサウジー氏は、最も格調高い文体で気取っている代り映えのしない二十篇の詩より、最も素朴な文体の優れた一篇のバラッドのほうを好むという点で、サー・フィリップ・シドニーと同じ精神を常に持っていたことも、否定するつもりはありません。それ以後発表された彼の作品[二一]それぞれが、それ以前の作品に比べてさらに顕著に表している特徴は、今まで以上の輝き、より深まった哀感、深遠さを増した思索、そしてよりいっそう安定して保たれている言葉と韻律の威厳以外の何でしょうか。時期はずっと先のことになるかもしれませんが、彼の全作品が、彼の伝記作家となるに値する編者によって集められるときは必ず、過去二十年間の小冊子や定期刊行物の類から、彼の作品や名前そして特徴を攻撃した文章のすべての抜粋が付録としてきっと添えられることでしょう。しかし、それが今後の時代の薬になるとは敢えて期待しないことにします。なぜなら中傷を喜ぶ読者がいる限り、中傷する批評家はいるのですから。そのような読者は、文学がさらに広く普及して生噛りの連中が増加し、その生噛りの知ったかぶりが短気と図々しさをもたらすと、それに比例してますます増えていくことでしょう。昔は書物というものは宗教上の神託のようなものでした。文学が普及すると、書物は敬うべき教師になりました。それから啓発的な友人の立場にまで格下げされ、その数が増加するにつれて、さらに地位は下がって、面白い遊び仲間にまでなってしまいました。今日では書物は、それぞれ自選だが尊大さには変わりない裁判官、しかも気分次第や興味本位で、また敵意や傲慢さから判決文を書く裁判官の審判を待つ被告にまで落ちぶれてしまい、なす術もなく、（ジェレミー・テイラーの言葉を借りれば）「悪意をもって読むか、夕食後の気晴らしに読む人」の判決を甘んじて受けるのです。作者自身が読者に対して持つようになった関係においても、同様に少しずつ退化していく動きを見て取ることができるでしょう。

「これらはヴェルラムの男爵フランシスの瞑想録であり、これを所有することは後世の人々のためになるものと信じる」[二二]とベーコンは格調高く書きました。また、ピンダロスが君主あるいは大司祭に宛てた献呈の辞には、授かった栄誉が支援に対する感謝とみごとに釣り合って表明されています。

ひとつのことに秀でた人もいれば
また別のことに秀でた人もいる。
しかしその最高の栄えある頂点は王者のもの。

それより高く目指すのはやめよ。
願わくは、あなたは生ある限り高みに足を据えて立ち
私は生涯ずっと勝利者と共にあって
いたるところギリシア人の間に詩歌の賢者として
ありつづけられるように。

（『オリンピア祝勝歌集（*Olympian Odes*）』第一歌〔一一三―一一六行〕）

こうした格調高い文体に見られる礼儀または許される範囲内の自負の表現は、徐々に廃れていきました。

詩人と哲学者はまさにその数の少なさのために控えめにならざるを得ず、「学識ある読者」に向かって語りかけていました。それから「率直にものを言う読者」の好意を勝ち取ろうと目指し、やがて著作家が落ちぶれるにつれて批評家が台頭し、文学の素人が大挙して集まり、いわば裁判官の自治都市を作り上げ、何と《中心都市》とまで称せられるようになってしまった。そしてついに今日では、人は皆、読むことができ、そして読める人は皆判断することができるものと思われて、おびただしい数の《大衆》が抽象の魔術によってひとつの人格にまとまり、名ばかりの独裁者として批評の王座に就いているのです。しかし悲しいかな、他の独裁制の場合と同様に、その独裁者は姿の見えない大臣たちの決めたことをただ空しく繰り返すだけなのです。彼らの知性がミューズの神々の守護者を自任することは、大部分において、東洋の同胞たちがハレムの管理に就くのにふさわしいような身体的資格を得ることと類似しているようです。そういうわけで、聖ネポマックは橋から落ちて姿を消したから、橋の守護聖人に命じられたのだと言われたり、また聖セシリアは、音楽への試みに失敗して、音楽そのものや音楽に名を成した専門家たち全員が嫌

いになったので、音楽家たちはまず最初に彼女をなだめ鎮めたと言われたりしているのです〔二三〕。しかしこのような現状と、それが鑑識眼や天才そして道徳に及ぼす影響に関しての私の考えは、別の機会にもっと詳細に述べようと思います。

サウジーは『サラバ（*Thalaba the Destroyer*, 1801）』や『マドック（*Madoc: a Poem*, 1805）』において、そして比類ない*『シッド（*The Chronicle of the Cid*, 1808）』や『ケハマ（*The Curse of Kehama*, 1810）』、また最後の、それゆえ最も優れた作品『ドン・ロデリック（*Roderick: the Last of the Goths*, 1814）』においてはさらに明白に、次の言葉を十分に証明しています――「作品を大衆の手に委ねることは何と責任を要することか、あらゆる時代のあらゆる人を喜ばせたいと思う作品には、常に改訂を加えるべきだと確信せざるを得ない」（プリニウス『書簡集』第七巻一七）。しかしその一方で、もし不道徳なものは何も含んでいないとしても、五、六篇またそれ以上のおどけた詩、あるいはもっと一般的に言えば、読者の趣向や気分のままに喜ばれたり無視されたりするような作品を出版する罪悪や悪影響がどこにあるのか、サウジー氏にはまったく理解できていなかったと私には思えるのです。今の時代に、「いずれ無駄になるような紙は節約すること〔二四〕」などと言うのは明らかに無理な要求です。彼が今までに世に出した中の最も取るに足らない作品でさえ、馬鹿げた批評のすべてに比べれば十倍もインクと紙を使う権利があったのです。そのような批評は、その取るに足らない作品が、その批評家に読んでもらうために書かれたのではないことを証明しているにすぎません。また大衆にもっと敬意を払うようにという真面目な勧告と比べても、やはり十倍もインクと紙を使う権利があったのです。あたかも、本の受動的な頁が、その上に警句や滑稽な詩を刷り込まれることによって、たちまち自ら動き出す力を得たと同時に一種の遍在性を呈し、大衆の耳元でパタパタ、ブンブンとうるさく飛び回り、前述の〔批評家という〕正体不明の人物を大いに悩ませる結果となる、というような具合です。しかし、このような嘆きの声にさらに滑稽な馬鹿らしさを付け加えているものは、次のような奇妙な事実です。つまり、もし一冊の詩集の中に、批評家が特に無価値と思う詩あるいは詩句を見つけたとすると、必ず彼はそれを選び出して評論の中に転載するのです。そうすることによって、流行の評論集の発行部数が当の詩集の発行部数より多い分だけ、詩集の作者より多くの紙を、批評家は自分勝手な理由で浪費しているのです。ある場合には最も際立った例として、評論集対詩集が一万部対五百部のこともありました。詩人あるいは画家の価値を（その独特の欠点によって判定するのではなく――なぜなら天才のあるところ、欠点は常に独特の美点を暗示するものだから）、偶然生じた失敗や不完全な文節によって判定する以上に卑劣なことはありません。ただし、それを批評の適切な義務であり最も教育的な役割だとして擁護する図々しさには及びませんが。ラファエロの描く人物の表情、優雅さ、配置は無視するか、ざっと述べるだけにして、背景の木々として彼が描いているものを、箒や編棒だと言って事細かに茶化す。おまけに彼の描いた薬壷のことをあれこれといつまでも言い続ける。ミルトンの「快活な人」と「沈思の人」は優れていないとは言えないと認め、このように譲歩した代わりに、「大学専属運送屋を偲んで」という二篇の詩を完全復刻する。[二五] 彼のソネットの適切な見本として「テトラコルドンと題する書が最近出された」[二六]を引用し、彼の韻律と格調の特徴を表すものとしては、「詩篇」第一及び第二を彼が自ら逐語訳したものを引用する。そしてこうしたやり方を正当化するためには、もし主として詩人の長所や優れた点ばかりを述べたなら、これらに対する賞賛のあまり、未来の作家たちは、彼らが好み讃嘆する対象から目を逸らして、詩人がその詩人らしさを最小限にしか発揮していない数篇の詩や詩句の模倣へと注意を向けかねない、と主張しさえすればよいのです。

＊私は敢えて「比類ない」と表現した。というのも（フロアサール[二七]の古い英訳本の数章を除けば）わが国の言語で書

かれたこの種の作品を私は知らないからだ。すなわち、ロマンスと歴史の魅力を合わせ持ち、想像力をこれほど間断なく羽ばたかせ、しかもこれほど多くを読後の思索に委ねる作品はないからである。しかしこれと並ぶもう一つの、そして主要な理由は、この作品が、翻訳や選択や配列の様々な優れた点において、原作者よりも、現在の社会情勢に生きている編者の方にさらに偉大な才能を要求したばかりか、原作者に優る編者の天分を証明している編纂作品だということである。

しかし評論がこれとはまったく異なった原理に基づき、まったく異なった動機から行なわれるようになるまでは、また評論家が勝手な独断や気難しい皮肉の代わりに、あらかじめ人間の本性から導き出して確立した不動の批評基準に照らして、自らの判断を裏付けるようになるまでは、このように評論家が文人に対して、自分こそ鑑賞力と判断力の指導者だと称することは、思慮深い人からは評論家の傲慢と言われても仕方ないでしょう。ともかく、本の購買者や単なる読者にとってみれば、それは不正な行為なのです。新しい作品に欠点があることを私に教えてくれる人は、その情報があって初めて私が納得するようなことは何も教えてくれません。しかし独創的作品の優れた点を指摘し、明らかにしてくれる人は、私の経験からだけでは十分根拠をもって予測できないような興味深いことを教えてくれるのです。作者自ら「これらが取るに足らないものであることは分かっている」という言葉を添えて発表する作品に関して、たとえば二つの作品を、一方の作者は生存し、他方の作者はすでに亡くなっているという理由だけで、なぜ異なった基準で評価しなければならないのか。スプラット〔二八〕が友人カウリーを室内履きと部屋着のままの姿では人目に晒そうとはしなかったとき、彼の上品振りを残念に思わなかった文筆家がいるでしょうか。スウィフトの、より完成度の高い作品を読んだとしても、疲れていてうわの空だったり、ある意味で作者を幾分不当に扱うことになったりするときに、スウィフトと彼の文通相手の謎掛け、判じ物、韻を踏んだ三音節の句などを無邪気に楽しんだことがあるのは、おそらく私一人ではないでしょう。しかし天才のこうした息抜きの作品が、『ガリバー旅行記（*Gulliver's Travels*, 1726）』や『桶物語（*A Tale of a Tub*, 1704）』の作者としての彼の名声を貶めるために利用されるとすれば、一体どんなつむじ曲がりの判断によるものなのか、私は理解に苦しみます。もしサウジー氏が価値の低い、あるいは興味の偏った詩を、当代の新聞雑誌を賑わしてきたものの二倍も書いたとしても、それらの作品はただ単に、あるいは主として、彼の才能の多様性を証明するだけでなく、軽い気持のときでも、道徳面から悔いの残るようなものを一行も書かなかった精神の純粋さを証明するものとして、善良で賢明な人々の間で、彼の栄誉の輝きをいっそう増したことでしょう。

サウジーが受けるに値する確固とした名声と、若い頃から円熟期に至るまで、彼が匿名の批評家たちから浴びせられた罵りや執拗な敵意とを比較検討する義務を、将来の伝記作家に担ってほしいと私は思っています。しかしこれらの批評家たちも、自分たちが毒舌の対象にしている人物に対して、彼の道徳性を考えても、文学的資質を考えても、すでに恥じ入っていると思うのです。それが信じられないほど人間性というものを悪く考えることはできません。サウジーの学識の多様性と幅広さだけでも考えてみればいいのです。彼は歴史家として、また書誌学者として、誰にも引けを取りません。彼を人気のある随筆家と見なすとき（というのも、評論誌上に彼が書いたものの大部分が、特定の作品に関する批評というよりはむしろ深遠な、あるいは珍しい興味あふれる問題についての随筆だからです）[*1]、これほど多彩な情報を、これほど多くの深遠な源泉から、多くの正しく独創的な思索とともに、生き生きとして鋭く、しかも一貫して古典的で明快な文体で表した作家は他に見出せません。要するに、これほど豊富な知恵をこれほど豊富な機知と組み合わせ、豊かな真実と知識を豊かな生命と空想に結び付けた人はいないのです。彼の散文は常に理解しやすく、楽しめるものです。詩においては、彼は今まで知られていたほとんどあらゆる種類のものを試み、さらに新しいものも付け加えました。格調高い抒情詩（これにはわずかな人、最も偉大な人々の中でもごくわずかな人しか成功していない）を除けば、彼はすべての種類の詩を試み、成功しました。すなわち、心からの歓喜と国を愛する喜びを愉快に歌い上げた当代の政治詩から、怪奇的なバラッドに至るまで、[*2]また書簡体の気楽さや優雅な語り口から、厳しく激しい道徳的演説調に至るまで、そして情緒とイメージが常に好奇心を掻き立てる『サラバ』の田園的魅力と野性的な輝きや『ケハマ』（これは完璧な絵画が集合して一つの壮麗な空想作品となったもので、しかもそこでは道徳的荘厳さが、輝かしい色合いと大胆で新奇な筋立てを徐々に凌駕していく）の灼熱の炎から『マドック』の節度ある美しさに至るまで、さらには『マドック』から、傑出した創意と絵画的美という従来の長所をすべて保ちながら、言語と韻律、全体の構成、個々の詩句の壮麗さにおいてそれまでの力量を上回る『ロデリック』に至るまで、彼はあらゆるものの試みに成功したのでした。

＊1　『クォータリー・レヴュー』誌掲載の「メソディズム」に関するいくつかの論文、「教育の新制度」に関する小型本などを参照。

＊2　比類ない作品「モスクワ再訪（'Return to Moscow'）」（原題は「モスクワ遠征（'March to Moscow' 1813）」）や「バークリーの老女（*Old Woman of Berkeley*, 1798）」参照。

このあたりで結論を、と思いますが、そうはいきません。死者たちの人柄は、墓石に刻まれた賛辞のように、宗教的な敬愛を込めて語られるので、実際に寛大な共感の念を抱きつつ、なお理性的な斟酌を加えながら読まれるものです。もっと立派に描かれて当然の人々もいます。その人について知ることが、後世のみならず同世代の人々にも役に立つような個性を持った人物もいます。酷評であっても偏見がなければ、また嫉妬でさえも、目ざとく真価を見通したものであれば、故人にまつわる話を厳しく追求しても、人間としての礼儀を犯すことにはなりません。また賞賛しても、その誇張や虚偽が見破られてしまった者は、追従者として有罪の烙印を押された屈辱の中で、その卑劣さの報いを十分に受けなければならないのです。自分たちが勝手に作り上げた人物に向かって燃え木を投げつけるような人々（私は人間の徳義を期待したいところですが）によって、サウジー氏は公然と罵倒され、彼の才能は公然と見くびられ、彼の信条は非難されました。ですから、彼と親しい私が同じように公然と自らの義務としてなすべきことは、才能（タレント）と天才（ジニアス）という最高の天賦の資質を、それら特有の欠点なしに身に付けていたことが、まさにサウジーのほとんど類いまれな美点であることを、記録に残しておくことだと思うのです。約二十年前のパブリック・スクールや大学の状態を覚えている人にとって、いかなる悪習にも染まらないばかりか、一度も不摂生な行為あるいはそれに近い退廃的行為に身を汚したこともなく、ただまっすぐに純粋無垢の人から美徳の人へと成長することは、誰であれ並々ならぬ賞賛に値するものなのです。ミルトンは、壮年期に達した頃、その最初の一連の論争的文書〔二九〕の中で、自己弁護の特権を主張し、彼を中傷する者の反証を受けて立つ覚悟で、頭と心と習慣的行動の一体性を自分は持っていると断言しましたが、これこそが、ロバート・サウジーの生涯において再現されていることを、彼の学友、大学時代の仲間、そして先輩たちは、その親しさにふさわしい自信を持って証言してくれるでしょう。しかし伝記や自らの経験を通して、天才の一般的習慣を熟知している人々にとってさらに注目すべきことは、自分のやるべきことを追求するこの詩人の比類ない勤勉と忍耐、その追求が目指すものの価値と尊さであり、一時的な興味にすぎない仕事、それも彼の天才によってはじめて継続的な興味の対象となり得る仕事にも、寛大に従う姿勢なのです。そして情愛や分別を求められれば、それを十二分に満たしながらも、自分のために時間と力を駆使して、自分が選んだ意欲的な主題に全面的に専心しつつ、他のほとんどの作家よりも多彩な分野で、より大きな成功を収めたということです。サウジーは、天与の力をわがものとしているのであって、それに支配されているのではないのと同様に、人徳という面でも、徳高い行動が自在にできる人なのです。彼の規則正しく几帳面な研鑽の積み方は、最も機械的に行なわれる仕事にさえ滅多に見られないほどのものであり、単なる実務家にも羨ましがられるものですが、彼のやり方の威厳ある実直さにも、彼の精神の弾力性やその健全な活気にも、格式ばった様子の影もありません。常に専心していながらも、常にゆったりと構えている彼の姿を、友人たちは見ています。重要な義務を果たすときに確実なばかりか、些細なことにもきちんと対応する彼は、気まぐれな人が周りに撒き散らすつまらない悩みや不満を一切感じさせません。そのような悩みや不満は積み重なると、しばしば幸福と実利の両方への侮り難い障害になるのです。逆に彼は周りの人々や自分と関係のある人々に惜しみなく喜びを与え、心を安らかにしてくれます。重大事においても瑣事においても変わらない完全な一貫性と、（もしこう言ってよいなら）絶対的信頼性とが、そのような安らぎと喜びを与えずにはおかないのです。これはまた、親切や穏やかさによって、和らげられることはあっても、決して弱められることはありません。ある古代の文人〔三〇〕がマルカス・カトーの中に見出した人格に、彼ほど値する人物はほとんどいないでしょう。つまり、法律や外的動機に服従するのではなく、正しい行動以外はできないという恵まれた本性に従って正しく振る舞っているのだと思えるほど、まさに徳そのものに最も近い人格なのです。息子として、また兄弟、夫、父親、主人、友人として、彼は確実で、それでいて軽やかな、決して気取らない、しかも人の模範となるような足取りで歩んでいます。作家としては、何よりも人のためになるように、社会道徳や家庭への敬愛に最もよく資するように、自らの才能を常に変わらず駆使してきました。彼の大義は常に、純粋宗教と自由、そして国家の独立と国民の啓蒙の大義であったのです。将来、批評家たちが彼の受けた賞賛と非難を計り分けてみるとき、わずかながらも非難の材料を提供するのは、詩人としてのサウジーだけでしょう。そして同時に将来の批評家たちは、彼ほど誠実な友人はかつていなかったこと、あらゆる分野の善人たちのあいだに、彼ほど多くの友人や礼賛者のいる詩人はいなかったこと、そして教育におけるいかさま師、政治におけるいかさま師、批評におけるいかさま師が、彼の唯一の敵であったということを、必ず記録に残すことでしょう。*

* たとえば一人の若者が、知的能力や文学の知識においてのみならず、気質や行動の完全な純粋さにおいて傑出しているとき、それが彼と同時代の人々、特に同じ仕事や同じ精神を持った人々に及ぼす影響を判断するのは容易なことではない。ここ何年もの間、私はサウジー氏と旧交を温める機会がほとんどなく、会うにしても久しぶりに会うにすぎないのだが、ケンブリッジ在学中、休暇の初めに昔の学友に会いにオックスフォードへ行き、そこでサウジーと知り合ったとき、私の道徳精神が受けた強烈で突然の、しかし断じて一時的なものではない影響を、私は今なお変わらない喜びを持って思い出す。私の道徳的また宗教的信条への影響というわけではない。なぜなら私の道徳的、宗教的信条は汚されていなかったからだ。ただ言葉と行為の両方において、これらの信条に私の振舞いを一致させるという義務と尊厳の意識を、彼は目覚めさせてくれた。私と同じ立場にいた若者たちの間では全員とは言わないまでもほとんどが行なっていた不品行は、悪いことだと私は常にわかっていたが、そのとき初めて堕落であると感じるようになったし、その反対の行ない、当時は冷たい利己的な分別から来る手軽な善行と我々には思われていた行ないが、最も気高い感情に、また最も公平無私で想像力に富んだ観点に、その源を発しているのかもしれないと気付くようになった。しかし、熟慮の末に至ったこのような考えを記録しておこうという気持になったのは、感謝すべきいろいろな思い出があるからだけではない。私の名が挙げられると、それに関連して、まったく身に覚えのない悪行のために、あまりにも頻繁に自分の名も挙げられてしまう立場にある人に対して、ある意味で私は、公正に評する義務を負っているからである。一つの実例として、『反ジャコバン主義者名詩選集（*The Beauties of the Anti-jacobin*）』から注釈の一部をここに付記する。キリスト教を擁護したいという若い情熱に燃えていた私が、フランス哲学（もっと的確に言えば、「薄学（はくがく）」〔三一〕の転向者たちから偏屈者として厳しく批判されていた頃、ケンブリッジで理神論を説いたとして名誉を剥奪

されたことがあるのを、その注釈者は前もって公にした上で、次のような言葉で締めくくっている。「このとき以来、彼は故郷を去り、世界人となり、哀れな我が子を父なし子にし、妻を路頭に迷わせた。ここから学ぶがいい、彼の友ラムとサウジーよ。」子供を父なし子にし妻を路頭に迷わせた背信者であり逃亡者と非難された人間と、同じ道徳レベルにあるとして実名で公表されてしまった二人ではあるが、厳然たる真実として断言できることは、彼らほど家族愛に溢れた模範的な二人を選び出すことは、容易ではないだろうということだ。このような非道な中傷を書いた作者をそそのかし、公然とそれに報酬を与えたような連中に対して、多くの善良な人たちが、こんなことがなければおそらくあり得なかったほど長い間、反感を抱くことになったのは驚くべきことだろうか。〈あなたがどんな人間なのか私は知らないが、どんな人間に影響されて行動しているかは知っている。そしてそれを残念に思う。〉[三二]

第4章

《序文を付した『叙情民謡集』——ワーズワス氏の初期の詩——空想力と想像力——芸術にとって重要なその区別の検討》

本書の主題からかなり脱線してしまいましたが、それは、話の本筋から逸れずにいられなくなった私の気持に対して敬意を払ってくれるような読者を念頭に置いてのことでした。ですからここでも敢えて、そのような気持に共鳴してくれる読者が、少なからずいることを当てにしようと思います。ここではさし当って、サウジー氏の作品と私の作品はどちらも、詩の新しい一派なるものを作り出したり、その創始者や帰依者と考えられる者に対する騒がしい批判を呼び起こしたりしたきっかけではなかった、ということを証明できれば十分でしょう。

また「ワーズワス氏の『叙情民謡集』(一)」も、それだけではその原因とはならなかったと私は信じています。その表題の二巻本の詩集に限定してここでは話をしますが、それを繰り返し注意深く読んでみると、そこからせいぜい百行程度を取り除くだけで、その作品に対する批判の九割は免れていたであろうという確信を得ます。しかし私が敢えてこのような大胆な発言をするのも、そもそもこの詩集の読者が、家庭や日常生活の出来事から主題や興味を引き出し、それに詩人自身が語る瞑想の高揚した調べを交えた他のどんな詩集を読む場合とも同じように、この詩集を読み始めたということを前提としています。さらに、これらの詩が著者の特異な見解とは関わりなく読まれること、また読者がこれらの詩を読み始める以前に、著者の特異性に対して何ら関心を向けたことがなかったこと、という但し書きが付きます。その場合、サウジー氏の初期の作品が実際そうであったように、これらの詩においても、読者一般の趣味に合わないような詩行や一節があっても、それは単に不適当な表現と見なされ、著者の片意地な判断ではなく不注意によると考えられたでしょう。主として都会に暮らしてきたために、人々や風俗への鋭敏な視線が平易ながら正確で的を射た言葉で表現される箇所に最高の喜びを見出す実務家たちや、ほとんど詩を読んだことがないために、散文とかけ離れたような類の詩に最も刺激を感じる人たちは、おそらくこの詩集にまったく興味を示さなかったでしょう。また幅広い鑑識眼を持っていても、最も感情が高まったときに最も喜びを感じる質(たち)の人なら、文体や主題が高尚になればそれだけ著者は成功を収めていると考えて、満足したことでしょう。おそらくかなりの人が、「ティンターン修道院の近くにて詠める詩（'Lines composed a few miles above Tintern Abbey on revisiting the Banks of the Wye during a tour, July 13, 1798'）」、「イチイの木の下の腰掛けに書き残した」詩行（'Lines left upon a Seat in a Yew-Tree'）、「カンバーランドの老乞食（'Old Cumberland Beggar'）」それに「ルース（'Ruth'）」に対する賞賛の気持に導かれ、「兄弟（'The Brothers'）」や「鹿跳びの泉（'Hart-Leap Well'）」その他の詩、すなわち最も高尚な文体で書かれたものと最も卑近な文体で書かれたものの中間——たとえば「ティンターン修道院」と、「茨（'The Thorn'）」や「サイモン・リー（'Simon Lee, the Old Huntsman'）」の中間——に位置づけられるような詩のすべてをも、同様な気持で読もうという気になったと思います。たとえ人々の鑑識眼がこれ以上の詩の変化を甘受しようとせず、いま言及したような作品のあちこちに見られる口語的な言い回しやその模倣に抵抗を感じるとしても、それでもその数が少ないために、読者はそれを作品全体の価値をほんの少し減ずるにすぎないと考えたでしょうし、また新進作家の作品においては、その作家の天分の自然な傾向、つまりその固有の方向を確定する一助となるものとして、必ずしも不快感を与えないと見なしたでしょう。

したがって私は、ワーズワス氏がそれ以来被ることになった異例なほどの反発の真の原因は、『叙情民謡集』の序として付された批評文にあるのではないかと考えています。その理論の不当性を証明しようと、詩そのものの卑俗な部分が引用され論じられたのです。それ自体としては不完全な部分として、また少なくとも他の箇所と比較すれば失敗であったとして忘れられ、あるいは黙認されてもよかったはずのものが、意図的で、十分に考えた末の選択であったと宣言されたために、直接的な敵意を煽ることになったのです。こうして、すべての人から優れていると認められた詩と、大多数の人を満足させた詩は、合わせて詩集全体の三分の二をも占めるのですが、わずかな例外を償うものと見なされるどころか（読者が正しく判断を下したと考えるとしても、それらの詩は当然の権利としてそう見なされるべきですが）、詩と詩人の両方に対する反感をますます掻き立てることになったのです。当惑には一抹の不安が付き物であり、それが人の心を怒りに向けます。その著者が天才と力強い知性を備えていることを否定することができないままに、人々は、正しくないのは彼であって自分たちは間違っていないのだと、独断的に思い込みながらも、本当の確信は持てなかったのです。そのような不安な精神状態の人々は、その不安の原因となっているものを

攻撃して不安を軽減させようとしたり、また

　　きれいは汚い、汚いはきれい
　　　　　　　　　　〔『マクベス』一幕一場、一一行〕

と説く詩人——つまりこれまでずっと判断力をもたずに彼を賞賛してきた読者が、今度は何の根拠もなく非難しようとしているのだということを彼らに納得させようとして、長々と理屈っぽい序文を書いた詩人——の天の邪鬼ぶりに呆れてみせることで、不安を軽減しようとするのです。*

＊　長らく受け入れられてきて、我々がこれまで一度も疑問に苛まれることのなかった考えの中に、間違いがあると突然気づかされる（convinced）ことは、過失を咎められる（convicted）のと同じことである。またそれとは正反対の精神状態がある。それは我々が一見もっともらしいが実は矛盾した話をするときである。この矛盾は、両立しない〔二〕二つの考えを、それがつながっているという感じ（sensation）だけで結び付け、そのつながりの〔認識的〕感覚（sense）を持たないところから来る。その心理的な状態、あるいはその状態を生み出すことを可能にする要因は、二つの隔った考えが、それらを繋ぐ中間の心像（イメージ）あるいは概念の意識を消滅させたり曖昧にしたりするか、またはすっかりそこから注意を逸らしてしまうほどに、不釣合いな明瞭さをもっていることである。矛盾を含んだ言述として有名な次の文——「私（I）は良い子だったけれど、彼等が私（me）を変えてしまった（I was a fine child, but they changed me）」——はこうして生じるのである。ここで“I”という語で表された最初の概念は、自我の同一性（アイデンティティ）の概念——思惟する自我の概念であり、“me”で表された第二の概念は、精神が自分の過去の状態を自らに示すとき、あるいは正確に言えば、精神がかつての自分の姿を想像し、その自分自身を自らに再現してみせるときの視覚的心像あるいは対象——思惟される自我なのである。さて一つの視覚的心像が他の心像に変化することには、それ自体としては不合理はないのだが、ただそれが最初の考えと直接に並置されるときに馬鹿げたものになるのだ。これはその二つの概念の間に介在する「変え

てしまった」という想念に気づかないように、その二つの概念それぞれに順次すべての注意が向けられることによって可能になる。その介在する想念が、最初の考えである "I" と調和しないために、矛盾のある言述を作り出すのだ。次のことを申し添えておこう。この過程は、"I" と "me" が同じ意味で用いられたり、異なる意味で用いられたりするという事情によって起こる。すなわちそれらの語は、時には自己意識の行為を表し、また時にはその行為を精神が自らに示すために用いる外的心像、つまり精神の個別性(インディヴィジュアリティ)の結果と象徴を意味することもある。ところで、もしこれとは正反対の状態だったら、我々は二つの概念のつながりを、習慣がもたらす感じではなく、はっきりとした感覚によって認識するだろう。人は、まるで頭で立っているように感じても、実際には足で立っているのだということを必ず分かって〔つまり、感覚的に認識して〕いるのである。当然この〔認識とくい違う〕感じは、つらい感じとして、それを引き起こす人と結び付いてしまう傾向がある。ちょうど、痛みを伴う方法によって精神錯乱から立直った人が、その治療をした医師に対して思わず嫌悪感を抱いてしまうときのように。

このような推測が的外れでないことを私が信じたいと思うのは、自分自身の知識に基づいて述べることのできる注目すべき事実があるからです。すなわちその同じような一般的な非難が、様々な人によって、それぞれ異なった詩を根拠に行なわれてきたということです。私が公平さと判断力において高く評価する人々のうち六人が、『叙情民謡集』の詩のいくつかは非常に楽しいと認めつつも、皆ほとんど同じ言葉で、そしてまったく同じ趣旨で、その詩集に対する不満を述べていたのをはっきりと覚えています。しかも奇妙なことに、ある人が実にまずい出来だとして引用している詩が、別の人によっては特に気に入った作品として引用されているのです。実際私は心の中で、もし絵画についての、かの有名な話〔三〕と同じような実験がこの詩集についてなされたなら、その結果もまた同じであろうと確信しています。それは、ある日黒い石で覆われていた部分が、次の日には一斉に白い石で覆われていたという話です。

ともあれ、二、三篇の詩を白紙や本屋のカタログのように黙って読み飛ばすならまだしも、それらを全体から切り離して個別に注目し、それらがあたかも作品全体に影響を及ぼす疫病の発疹であるかのように反感を抱くとすれば、それは確かに厳しすぎるし、また不当なことでもあります。ましてや不道徳や下品さを指摘する者もなく、したがってそれらの詩は金塊の中に混入した不純物というよりも、せいぜい一包みの金貨の中の軽くて価値の低い硬貨程度の欠陥としか見なされないのですから。私がその才能を高く評価し、またその判断力と確かな良識に関してはほとんど常に崇拝している一人の友人がいますが、彼は、ワーズワス氏の小詩の文体と主題に関していつも私に不満を漏らすのです。確かに私も、韻律を用いて表現すべき十分な理由を見出し難いような物語や出来事がいくらかあることを認め、その例として「アリス・フェル（'Alice Fell'）」を挙げました。すると友人は言下に「いや」といつにない素早さで答えました。「その点については同意しかねる。私には実に心地よい詩としか思えない。」『叙情民謡集』に関しては（というのも、私はこの評言をその後の二巻本[四]にそのまま同じように適用できるほどの知識を持ち合せていないので）、すでに述べたとおり広く一般の賞賛を集めた格調高い詩を別にすれば、すべての詩について、様々なときに様々な人の口から賞賛と非難の両方を聞いてきました。それらの詩に対する非難が激しくまた長期にわたったことと、その非難を正当化するために述べられた欠点の性質との間の奇妙な対照が、より強固な理論的根拠をもたらしてくれたのですが、さもなければ、右の事実は自ずと私に批評の自信を失わせていたでしょう。カウリーやマリーニ[五]、あるいは〔エラズマス・〕ダーウィンの「魅惑的な欠点」は、半世紀にもわたって人々の判断力を堕落させかねないと思われるのも当然で、そのような王位簒奪者を退位させ正当な鑑識眼を復活させるには、戦いにつぐ戦いを二十年間行なう必要があると言えるかもしれません。しかし素朴さを装った紛れもない単純さ、弱々しい韻律で表現された散文的な言葉、稚拙な語句で伝えられる馬鹿げた思想、それに卑しく下品で、どうひいき目に見ても平凡な連想や人物を好む傾向が、模倣者の一派、すなわちほとんど「宗教的」とさえ言える崇拝者の集団をつくり出し、しかもそれが、情熱的な心をもち、高等教養教育(リベラルエデュケイション)を受け、

学問の栄誉を授からざる〔六〕

わけでもない若者の間にも見受けられるとは、まったくの驚きであって、批評にも値しないこの見え透いた詩のまがいものが、ほぼ二十年の間、書評、雑誌、論説、詩そして新聞記事の、唯一ではないにせよ主要な関心の的として批評をほとんど独占してきたことには、ただ唖然とするばかりなのです。しかしさらに驚くべきことは、そのような競演が、アリストファネスのバッカス〔ディオニソス〕と蛙の間で行なわれたように、今もって決着がつかず続けられているということ。バッカスは、昔の真の詩の精神を取り戻すために黄泉(よみ)の国へ降りて行きます。*

蛙の合唱とディオニソス

蛙　ケロケロケケケ、ケーロ、ケーロ。
ディオニソス　いまいましい。お前らも、その鳴き声もだ。
お前らなんか、ただ鳴くことしかできないくせに。
……
くたばっちまえ。私はちっともかまわない。

蛙　僕らは変らず鳴き続けるのさ、
　喉をおもいっきり拡げて歌うさ。
　一日中声高らかに鳴き続けるのさ。
蛙とディオニソス　ケロケロケケケ、ケーロ、ケーロ。
ディオニソス　鳴き方ではお前らに負けるものか。
蛙　あんたは僕らには勝てないよ。
ディオニソス　いやいや、お前らは私に勝てるわけがない、
絶対に。私も歌おう、
必要とあらば一日中、声を響かせて。
最後にはお前らの鳴き方を究めるのだ。
ケロケロケケケ、ケーロ、ケーロ。

〔アリストファネス『蛙』二二七―二九、二五六―六八行〕

＊しかし詩壇を改革しようとする異端者ワーズワス氏は、何も危惧していないようである。彼の最近の詩集〔『一八一五年詩集』〕の序文から判断してよければ、彼ならクサンティアスと同じように答えたであろう。

ディオニソス　しかしあなたはあの恐ろしい脅しと怒号が恐くなかったのですか。
クサンティアス　恐いですって。全然。まったく気にしません。

ここで、ワーズワス氏の文体の夥しいパロディーとわざとらしい模倣作品を書く著者たちに対して、少し言わせて頂

きたい。道化役者や道化師、いやシェイクスピア劇の中のドグベリー〔七〕にも見られるように、愚かさや愚鈍さを装って機知や英知を隠しつつ伝えるということは、確かに天才の、少なくとも諷刺的才能の証明である。しかし馬鹿げて子供じみた詩を、それよりもさらに馬鹿げて子供じみた詩を書いて冷かそうとする試みは、（もしそれが何かを証明するとしたら）そのパロディー作家が原作者よりもひどい間抜けであり、おまけにそれよりもはるかに性質（たち）の悪いことに、悪意ある道化であるということを証明するにすぎない。真似の才能は、人間が最も野蛮な所で最もよく発揮されるようである。ニュー・ホランド〔オーストラリアの旧称〕の貧しく裸のままの、かろうじて人間と呼べるような未開人が、真似に極めて秀でているということが分かっている。文明社会では、最も低級な種類の精神だけが真似（copying）によって諷刺をする。少なくとも正当な模倣（imitation）となるためには、相違が類似性と調和し均衡を保っていなければならないのだが、ここでは単に諷刺の形でしかないので、その中傷者の理解力に対する信頼を少しでも増すどころか、彼の心を卑しく見せることになるのだ。

私はケンブリッジにいた最後の年に、ワーズワス氏が最初に出版した『叙景的小品』〔八〕と題された詩を知ったのですが、独創的天才詩人が文学界の地平線上に出現したことが、これほどはっきりと告げられたことはありませんでした。その詩全体の形式、文体、手法、それにある特定の詩行や掉尾文の構造においては、情熱的な言葉や心像（イメージ）と結びつき一体となった粗さや激しさがあるのも事実です。それは、内部で豊かな実が形成されていた固くて棘のある外皮や殻から、華麗な花が咲き出る植物の一種を想起させます。その言葉は個性的で力強さを備えていますが、またそれ自身の性急な力によるかのように、時おり節くれだって捻じれたようになることもあります。一方そこに横溢する斬新な心像は複雑な文体と呼応し、それに対して読者は、詩が当然要求する以上の（少なくとも叙景詩が要求する以上の）細心の注意を常に払わなければならないのです。したがって、分かりにくいという不満がもっともな場合も少なくありません。私は以下の引用に、その詩固有の特徴とその当時の作者の天分が典型的に表れているのではないかと思ったことが時々あります。

嵐の日、去りやらぬ霧に閉ざされ
終日、川は水音を深めゆき
空も、心地よい光景も、すべてが帷（とばり）に包まれる。
辺りは暗闇に覆われ、はや夜のよう。
だが何と頻繁に、周囲を圧する光がほとばしることか。
嵐の懐の風に乗り、勝利者のように悠然と
炎をまとい旋回する鷲のきらめき。
東の彼方に輝くのは
樹々を頂き、湖に突き出た断崖。
アルプス一帯に無数の流れが姿を現し
忽（たちま）ち金色に輝く柱となる。
農夫は西日を避けようと帆影に隠れる。
膨張した太陽のように燃える西空。
巨大な坩堝（るつぼ）のなかで山は灼熱し
石炭のように燃え尽きる。

〔『叙景的小品』からの抜粋、『詩集』（一八一五）第一巻、七九―八〇頁〕

詩の魂は、十分発達するまでの過程において、ギリシア語でそれと同名の蝶[*1]と同じくらい、多くの変化を経るものなのです。そしていかに短期間に天才が、最も初期の作品に見られる欠点や過ちを取り除いていくかは、ただ驚くばかりです。その欠点は、最初期の創作においては、まずは一時的に使用された異質の要素として、発酵を引き起こすためにますます目立ち、集まるのですが、今度はその発酵そのものによって消滅していきます。あるいはその欠点をある種の病気に喩えることもできるでしょう。それは、体液に作用した後、表皮に現れ出る病気ですが、それでもう患者に再発することはないのです。ワーズワス氏を幸いにも個人的に知るようになったのは、私が二十四歳のときでした。彼が原稿から朗唱してくれた一篇の詩が突如として私の心に与えた影響は、記憶から消えることがないでしょう。その詩は未だ出版されていませんが〔九〕、その連の形式や文体の調子は、『叙情民謡集』第一巻の中の一篇として最初に出版された「放浪する女（'The Female Vagrant'）」と同じでした。そこには不自然な思想や無理な表現がなく、イメージが多すぎて混乱することもありませんでした。そして詩人自身の作品「ワイ川を再訪して〔ティンターン修道院〕」の中でいみじくも表現しているように、力強い思索と人間的な連想が自然の事物に多様性を付与し、同時にそれに対するさらなる興味を掻き立てるのです。熱情や欲望をもって自然を愛していた最初の頃は、詩人には、自然の事物はそのような思索や連想を必要としなかったし、許しもしなかったように思われたのです。自分の言葉のもつ表現力を十分に使いこなせないことから時おり生じていた曖昧さは、陳腐で突飛な、恣意的で非論理的な表現というさらに悪い欠点とともに、ほとんど完全に姿を消していました。そのような表現は普通一般の詩の技巧においては非常に目立つものであり、それが無益で不調和だということに詩人が格別注意を向けることがなかったならば、真の天才の場合でも、初期の詩においては、不純物として多少なりともその質を落としてしまうことになるのです。[*2] 先に言及した詩をワーズワス氏が朗唱したとき、その文体に限っては、その思想や方法と切り離せないような特異性を除けば、私は何ら特殊なものを見出しませんでした。スペンサー連〔一〇〕という形式は、いつもは多少なりとも読者の心にスペンサー自身の文体を思い起こさせるのですが、そのとき私は、この詩のスペンサー連が、敢えてヒロイック・カプレット〔一一〕を用いて悪効果を出さずに表現し得る以上に、日常的な言葉への移行を許容するに違いないと考えたのでした。しかしながらその詩がこれほど特別な印象をただちに私の感情に与え、続いて私の判断力に与えたのは、詩人に鑑識眼の誤り——一般的な欠点であれ、彼に固有のものであれ——がなかったからではありません。私に印象を与えたのは、深い感情と深遠な思想との融合、それに観察を通して知る真理と、観察される対象を変容する想像力との絶妙な均衡であり、そして何よりも、一般の人の目には習慣によってすべての輝きが曇り、きらめきや露の滴も乾ききってしまった姿や出来事や場面に対して、理想の世界の響きと雰囲気を与え、それとともにその深さと高邁さを与えるという彼独特の天分でした——「古きものと新しきものの合一に何ら矛盾を感じず、《日の老いたる者》〔ダニ七・9—10〕、すなわち神とそのあらゆる御業(みわざ)を、あたかもすべてが最初の創造の威令で生まれ出たかのように新鮮な気持で観照することは、この世界の神秘を感じそれを解明することに力を尽くす精神の特性なのです。幼年時代の感情を持ち続け、大人として持つ能力の一つとすること、すなわち子供が備えている驚異や新奇さの感覚を、おそらく四十年近くの歳月で日々見慣れたものになってしまった様々な現象、

　一年中昇っては沈む太陽と月と星々、
　そして男と女

〔ミルトン、ソネット二二番〕

という日常の情景と結び付けることは、天才(ジニアス)の特性であり特権であると同時に、天才と才能(タレント)を区別する特徴の一つでもあります。したがって、詩人と同様の感情と、肉体的かつ精神的な回復期に常に伴うような新鮮な感覚を、他の人の精神にも喚起するように、見慣れた事物を表現するというのは、天才の主要な長所でありその最も明白な表れ方なのです。誰でもこれまで幾度となく、水面に雪が降るのを見たことがあるでしょう。そしてバーンズが感覚的な喜びを、

　　川面に降る雪
一瞬白く、そして永久(とわ)に消えゆく雪に

〔「タモ・シャンター（'Tam o'Shanter'）」六一―六二行〕

喩えた詩句を読んで以来、その様子を新たな感情をもって眺めない者があったでしょうか。

＊1　ギリシア語で"Psyche"が魂と蝶の両方を表す名称であるという事実は、筆者の未出版の詩の中の一節に次のように言及されている。

蝶は、いにしえのギリシアの人により
魂の美しい象徴、その唯一の名とされた。
この世で奴隷のように働くことを免れた
魂の象徴よ。人はこの地上の姿では
地を這う爬虫類の運命と変らず、労苦に押しひしがれ、罪を犯し
どう動いてもうまく進めず

ただ我々の糧となるものを歪め、殺（あや）めている。

S. T. C.〔*PW* I(2), 821〕

＊2　この後者の欠点〔陳腐で突飛な、恣意的で非論理的な表現〕は、ワーズワス氏の最も初期の詩である『夕べの散策』と『叙景的小品』においてすら、同時代の大半の若い詩人たちと比べると数が少ない。しかしそのような欠点は、構文が荒削りで分かりにくいという、彼がより頻繁に犯した欠点とともに、次の詩行に例示されていると言えるだろう。

吹きすさぶ嵐、辺りは霞み
みさご、鵜、それに鷺も鳴いている。
望みを無くした荒野は活気づくこともなく
命の糧、実り豊かな穂も育たず
晩秋の小枝に残る梨は萎（しぼ）み
夏の陽射しのなかで青白く林檎は病んでいる。
このような所ですら、満足は微笑み、君臨する、
尊大な侮蔑の子、独立とともに。

〔『叙景的小品』三一七―二四行〕

言うまでもないことだと思うが、これらの詩行を引用したのは、私の論旨を十分理解して頂くために他ならない。ワーズワス氏自身が、まだこれら二つの詩をそっくり再版していないことは残念なことである。

「哲学的な論文と同じく、詩においても、天才は最も強烈で新鮮な印象を与える一方で、最も広く認められた真理を、それがあまねく認められているがゆえに陥っている無力状態から救い出すのである。中でも最も厳粛で神秘的な真理は、同時に普遍的な関心を集めるために自明のことと見なされてしまい、その

結果、真理のもつあらゆる生命と有効性を失い、最も軽蔑され論破された誤謬といっしょに、魂の寝室に枕を並べて横たわっているのだ。〔二二〕」（*『友』第五号、七六頁）

＊『友』は送料納付済みの紙に印刷され、郵送によってのみ、ごく限られた講読者に送られただけなので、この箇所が自分自身の文章でありながら、ここに改めて引用することにさほど抵抗はない。一般の人々にとって、それはまさに原稿のままも同然なのだから。

このような優れた性質は、ワーズワス氏のあらゆる著作の中で多かれ少なかれ中心を占め、彼の精神を特徴づけているのですが、私はそれを感じとるや否や、それを理解しようと努めました。繰り返し熟考してみて、まず私は、空想力（fancy）と想像力（imagination）が、一般的に考えられているように、同じ意味の二つの言葉か、あるいはせいぜい同一の力の程度の高低を表すのではなく、二つの別個の著しく異なる能力ではないかと思うようになったのです（そして人間の能力や、それ特有の現れや機能、効果について、より詳細な分析を行なうことで、この推察は確信へと熟していきました）〔二三〕。確かにギリシア語の“Phantasia”の訳語として、ラテン語の“Imaginatio”より適切な語を考えるのは容易ではありません。しかしまたどんな社会にも、一種の成長本能、つまり元来同じ意味をもつ語を「意義分化」*〔二四〕しながら進歩していく、ある種の集合的、無意識的良識があるのも事実です。そのような同義語は、ギリシア語やドイツ語のようなより同質的な言語では、方言が集まることで生まれ、私たちの英語のような混淆言語では、方言によるだけでなく、様々な国の原典が翻訳される際の付帯事情によっても、もたらされるのです。証明すべき最初の、そして最も重要な点は、完全に異なる二つの概念がまったく同じ言葉の下に混同されているということであり、（その証明の後は）その語を一つの意味にだけ充てて、その同義語を（もしあれば）もう一つの意味に充てることです。しかしもし（芸術や科学にはよくあることですが）同義語がなければ、一つの語を新たに造り出すか借用しなければなりません。右の例では、異なる意味に充てることはすでに始まっていて、それらから派生した形容詞においては、たとえばミルトンは非常に想像的な（imaginative）精神を持ち、カウリーはとても空想的な（fanciful）精神を持っていた、というように正当な用法が確立しています。したがってもし私が、一般に異なったものとして、その二つの能力の事実上の存在を確証することに成功すれば、その名称はすぐに決定されるでしょう。私がミルトンの特徴とした能力に対しては、想像力という用語が用いられ、もう一方の能力は空想力として明確に区別されることになるのです。この区別が、譫妄（せんもう）（delirium）と狂気（mania）の区別に劣らず自然の理にかなっていること、すなわちオトウェイの

リュート、大海老、海ほどのミルク、船に何艘分もの琥珀〔一五〕

という詩行と、シェイクスピアの

なんだと、娘達が彼をこんな目にあわせたのか

〔『リア王』三幕四場、六三行、嵐の場〕

という台詞や、それに先立つ自然の力への呼びかけの台詞との区別と同様に、道理にかなっていることがひとたび十分に確認されれば、当然美術の、そして特に詩歌の理論に、さらなる重要な光が当てられることになると思われます。それは、直接的な効果としては哲学的批評家に、そして最終的には詩人自身に、

一つの指針を提供することでしょう。真理というものは、精力的な精神に取り込まれることですぐに力となり、そして作品を見分け評価するときの導き手となることで、創作においても影響力を持つものになるのです。原理を基に賞賛することは、独創性を失わずに模倣する唯一の方法です。

＊ これは、たとえば"to put on the back"（裏面に書く）と"to indorse"（裏書きする）のように、一つの語に一般的用法を与え、もう一つの語に特殊な用法を適用することによって行なわれるか、あるいは"naturalist"（博物学者）と"physician"（医者）のように意味を事実上区別することで行なわれる。また"I"と"me"のように関係の違いによっても行なわれることがある（わが国の様々な地方に住む無教養な人々は、今もその二つの語のどちらかを一人称単数の人称代名詞のあらゆる格で用いている）。同じ語の単なる発音上の違いや訛りによってさえ、それが一般的に認められれば、明確に異なる意味をもった新しい言葉が生まれる。"property"（財産）と"propriety"（礼儀正しさ）はそのような例である。後者は、チャールズ二世の時代まで、その両方の語の持つすべての意味を表す書き言葉であった。同一の語"magister"（先生・師）を早口で発音した形である"mister"と"master"もそうであり、その他"mistress"と"miss"や"if"と"give"[一六]なども同様である。微小な原生生物にも一種のかろうじて認め得る不滅性があるのだが、それは本来、誕生も死滅も、完全な始まりも完全な死も持たないということである。というのは、ある時期に小さい細胞の核が背に現れ、その色が濃くなり長さを増し、ついにその生物は二つの細胞に分裂するのだ。そして今や完全体となったその二つの生物で、それぞれ同じプロセスが再び始まるのである。この比喩は突飛に思えるかもしれないが、語形成を具体的に表現するには決して悪くはないと思うし、またこれによって、理性的存在（人間）が社会的な状況の中で、わずかで単純な音から、いかに膨大な語彙を生み出すかが分かりやすくなるかも知れない。というのは同じ音が新たに適用されたり、刺激を与えたりする度ごとに、それは違った感覚を喚起し、それが必然的にその発音に影響を及ぼさずにおかないのだ。そして後にその音を思い起こせば、そのときのありありとした感覚がないので、さらにその発音を変えることになり、ついには元々あった音の類似性の痕跡はまったく無くなってしまうのである。

すでに気づかれたことと思いますが、形而上学と心理学は長い間私の得意とする分野でした。しかし得意の分野を持つこととそれを鼻にかけることは、同居していることが大変多いので、それらはほとんど同じ事として通っています。ですから、私自身にとって新しい真理は、一般の人々にとっても同じように新しいだろうと勝手に考えることで、その真理を知る私の満足がより強烈なものとなっていたかもしれない、と白状したなら、読者は私の独りよがりを責めるでしょうが、そのとき読者が浮かべる微笑みには、侮蔑よりも善意のユーモアがあると思います。一時期確かに私は、自分が同国人の中で、先の二つの用語〔空想力と想像力〕の持ち得る様々な意味を指摘し、それらが適用される能力を分析した最初の人であったと信じ、少しばかり名誉を感じたこともありました。私はまだ、W・テイラー氏の最近の類義語辞典〔一七〕は見ていませんが、*当該の用語の彼の記述が不十分で且つ間違いを含んでいるということは、ワーズワス氏の『叙情民謡集およびその他の詩』の最近の版に付された序文〔一八〕によって明らかにされています。ワーズワス氏自身が与えたその説明は、私のものとは違っていることが分かるでしょう。その主な理由は、おそらく私たちの目的が異なっているからです。彼自身のある一篇の詩をきっかけとして最初に私が関心を持つようになった問題をめぐって、彼と幾度となく会話を楽しんだことは有益な経験でしたし、またこの問題についての私の結論を、自然の事物が精神に及ぼす作用から引き出された数多くの適切な例によって、彼がより明確にしてくれたのですから、もし目的が違っていなければ、私たちの説明の違いもまず生じなかったでしょう。しかしワーズワス氏の目的は、詩の中にはっきりと現れた場合の空想力（fancy）と想像力（imagination）の影響を考察することであり、その異なった効果から両者の種類の相違を結論づけることでした。一方私の目的は、その生成の原理を調べ、そして「種類」から「程度」を導き出す〔一九〕ことです。私の友は、詩という果実と共に枝を見事に描きました。私はそれに幹と、そして根でさえも、それが地上に現れて私たちの共通の意識という飾りのない眼で見える限りのものを、描き加えたいのです。

＊　印刷所でたまたま見かけた一葉を除けば、と付け加えるべきであった。このわずかな見本からでさえ、その著者の才能は疑うべくもないこと、また彼の創意を賞賛しないではいられないことを私は知った。彼の用語の区別の大部分が、私の精神にとっては満足のいかないものであったという事実は、その区別が正確であるということを何ら否定するものではない。すなわち彼は、我々の言語にはいかなる完全な同義語も存在しないのだと考えることによって――私には彼がそう考えたように思えるのだが――時おり誤った判断に導かれはしなかったか、という疑義である。自分たちの子孫が今後区別して使用しなければならず、それゆえに非常に豊かな将来の富と見なすことのできる多くの語が、我々の母語には存在するのだと考えざるをえない。二つの異なる意味が一つないしそれ以上の語の下で混同されれば、(これは、我々の知識が発展途上であり、だから当然不完全でもあるというのと同じくらい確かな事実なのだが)、間違った結果が引き出され、その語の一つの意味において正しいことはすべてにおいて正しいとされるであろう。そのような結果に驚いた研究者は、(心の中のものにせよ、外のものにせよ)そのもの自体の中にその事実についての知識を求め、そこに違いを発見して、新しい語で置き換えるか、それまでごたまぜに用いられていた二つないしそれ以上の語の一つを適用することで、その曖昧さを排除するのである。言葉自体が(ちょうど職人が算術の知識の確実な代用として用いる計算尺のように)我々に代わっていわば考えるようになるほどに、この区別が自然なものとなり広く普及したとき、我々はそれが常識(コモン・センス)から見て明らかだと言う。したがって常識というのは、時代によって異なるのだ。学校で生まれ命名されたことが、徐々に広く世間に入っていき、市場や茶の間の財産になるのだ。少なくとも私は「常識」という言葉にそれ以外の意味を見出せない。もしこの言葉が、一般的な感覚や判断との何か特別な違いを表していて、しかも学問的に普遍的理性を表すために使われているのでないならば。したがってチャールズ二世の治世では、ある一つの誤りを発見するのに、哲学者たちがホッブズの詭弁的な道徳論によって武装し、最も有能な著述家までもが全力を尽くしたものだが、今ならば子供でも、次のことを思い起こしさえすれば、その誤りを明らかにできるだろう。すなわち“compulsion”(強制)と“obligation”(義務)は二つのまったく異なる概念であること、そして前者に属する意味が、単なる言葉の混乱によって後者に誤って移されたのだということである。

しかしながら、この企てにおいてすら、私は、このようなまとまりのない雑録集に許される以上に、読者の関心に頼らざるを得ないことに気づいています。フッカーのような精神が『教会政治の理法』のような作品を書いたとき、この賢明な著者は、言葉の運びや品位に劣らないくらい、明快さにおいても賞賛に値するにもかかわらず、また教養豊かな時代に学識者のために書いたにもかかわらず、それでも自分の主題を「最も高い所にある水源や泉まで」辿ろうとする際はいつも「曖昧さへの不満」に対して前もって備える必要性を感じていたのです。（彼の言葉を続ければ）そのような水源に「人は慣れていないために、我々の苦労が許容範囲をはるかに越えるほど必要とされる。そして我々が扱う問題は、目新しさのために（精神がそれらにもっと馴染むまでは）晦渋で複雑に見える」。そのような苦労無しに私の詩的信条を明瞭に述べる術を知っていれば、私は喜んで自分にも他人にも、苦労をさせずに済ませることでしょう。そしてその言述を、何の役にも立たない私の意見としてではなく、確立した前提から演繹したものとして、根本的な確信をもたらすか、あるいは根本的な反駁を受けるように意図された形で提示するのです。今一度フッカーの言葉を使うならば、「我々の話が退屈だと思う人々は、我々から害を被っているわけでは決してない。なぜなら自分たちが耐える気のないその苦労をせずに済ませるのは、彼らの意志次第なのだから」[二〇]。さらに付け加えるなら、少なくとも、あれほど腐心して私をひねくれた趣味を持つ者として嘲笑し、また自分自身の憶測以外に何の根拠もなしに、私が奇妙な考えを持っていると決めつけて、その攻撃を支持してきた人々に関して言うならば、私の認める理論についての私自身の言明に注意を向けるのを拒んだり、私がその理論の根拠とするところや、それを正当化するために述べる議論を検証する苦労を厭ったりしないようにすることは、私に対する責務であるばかりでなく、彼ら自身に対する責務でもある、ということです。

第5章

《観念連合の法則（一）——アリストテレスからハートリーに至るその法則の歴史》

いつの時代にも、まるで本能に駆られるかのように己の本質を問題として提起し、その解決に力を注いだ人々がいました。その第一歩は区分表を作ることでしたが、彼らはそれを、《意志》が存在するかしないかという原理に基づいて構成してきたように思われます。私たちの様々な感覚、知覚そして行動は、能動的か受動的か、あるいはその両方に関わる中間的なものか、そのいずれかとして分類されました。やがて、自発的な意志によるものと自然発生的なものとの間にさらに詳細な区分がなされました。知覚作用における私たちの心を、風景を映す鏡になぞらえても、あるいは何か未知なものの手が風景を描くための白いカンバスになぞらえても、いずれの場合も私たち自身は、外からの力に対して単に受動的であるように思われます。後者すなわち観念論の体系は、前者すなわち唯物論の立場と同じくらい遠い過去までその起源を辿ることができ、バークリー[二]が、少なくともガッサンディやホッブズ[三]の祖先にひけをとらないほど尊ぶべき古い祖先を自慢できるということは、注目に値する事実なのです。しかしながら、知覚がどのようにして起こるかに関するこれらの推論は、ものと思考は本来違うのだ[四]という考え方を変えることはできませんでした。前者〔もの〕においては、その起因はまったく外的なものと考えられ、それに対して思考においては、時には意志が生成因あるいは決定因として介入し、また時には私たちの本性が意志の意識的な努力なしに、あるいは意志に反してさえも、それ自身のメカニズムによって行動するのだと思われました。私たちの内的諸経験はこうして三つの部類、すなわち受動的な感覚、言い換えればスコラ哲学者が精神の純枠に受容的な性質と呼ぶもの、意志的なもの、およびこれら両者の中間に位置する自然発生的なものの部類に配属されたのです。しかしいかなる行動の様式も、それを支配する法則の探究をせずに考察するのは、人間の本性にそぐわないことです。そして人間の自然発生的行動の説明においては、形而上学者が、解剖学者や自然哲学者に一歩先んじていました。エジプト、パレスティナ、ギリシアそしてインドでは、実験的研究がまだ明け初めの幼児期であったころに、精神の分析はすでに真昼の壮年期に達していました。何世紀もの間、知性または道徳の哲学において、新しい真理を、いや新しい誤謬でさえも、提起するのは困難でした。しかし思考の自然発生的な動きを支配する法則と、その動きの知的メカニズムの原理に関しては、重要な例外と言える新しい発見があり、それは近代人にとって最高の名誉であって、しかもその功績においては、わが国が最も大きな役割を果たしたのだということが主張されてきています。サー・ジェイムズ・マッキントッシュ[五]は（その様々な才能と業績の中でも、彼の哲学的探究の深さと正確さは、その探求の成果の最も難解な部分を明瞭にし、最も無味乾燥な部分をも魅力的にすると言われる彼の雄弁さと同様に、高い名声を博していますが）リンカーン法学院で行なった講演において、最初に受けた諸印象の共時性に基づく連合の法則こそ、真の心理学の基礎を形成するものであると言明し、このような（すなわち経験論的な）心理学に含まれない存在論や形而上学は、単に抽象概念と一般概念が絡まりあった、クモの巣のようなものにすぎないと断言しています。彼は、この実り多い真理、この偉大な基本法則の最初の発見者はホッブズであると言い、それを知的体系全体に応用したのがデーヴィッド・ハートリーであると主張しました。つまりハートリーがホッブズに対する関係は、ニュートンがケプラーに対する関係と同じであり〔六〕、また連合の法則は精神にとって、ちょうど重力が物質に対する関係にあると言うのです。

右の主張の前半は、古代の形而上学者――彼らの注釈者であったスコラ哲学者も含めて――の功績と、ホッブズからヒューム、ハートリーそしてコンディヤックに至る現代フランス及びイギリスの哲学者の功績の、価値の比較に関わるものであり、それについてはここで論じることはできません。この紳士〔マッキントッシュ〕の哲学的信条と私のそれとの間には実に大きな隔たりがあるので、手を取り合うことはおろか、お互いの言葉を分かり合えるものにすることさえままならない有様で、その溝に橋を渡すには、私が持っている以上の時間と技術と労力が必要とされるでしょう。しかし後半は、大体において単なる事実と歴史の問題に関わるもので、その主張の正確さは、論証よりもむしろ証拠資料によって試されるべきものです。

まず私は〔連合の法則の発見者としての〕ホッブズの権利を全面的に否定するものです。ホッブズの『人間の本性（*Human Nature*）』よりも一年以上前にデカルトの『方法序説（*Discours de la méthode*, 1637）』が書かれており、ホッブズの思想はデカルトによってすでに述べられていたからです。しかしさらに注目すべきことは、ホッブズは彼自らが表明した原理の上に、何も打ち立てていないことです。彼はその原理が、物質の運動と衝撃に関する一般法則とは何らかの点で異なるものであるとさえ表明していません。実際、もっぱら物質的・機械的な彼の体系に合わせるならば、そうすることは不可能だったのです。デカルトの場合はまったく異なっています。確かにデカルトもまたその後の著作において、神経流体と物質的形態化〔七〕の仮説に基づいて連合の法則の説明を試みたことによって、真理を大いに曇らせてしまったのですが（そして彼の後継者ド・ラ・フォルジュ〔八〕その他の人々は、その点でもっとひどかった）、しかしデカルトはその興味深い著書『方法序説』において彼にこの問題を初めて考えさせることとなった状況について述べており、以来その出来事は、彼の法則の実例そして例証としてしばしば注目され用いられてきました。手術によって指を何本か切断されてしまった子供が、眼帯をしてそれが見えないようにされていたのですが、術後何日もの間、切り取られてすでにない指のここが痛い、あそこが痛いと訴え続けたというのです。この出来事からデカルトは、体内の痛みや苦しさが、どの場所から来るかを確実に特定することの難しさを考えるようになり、長い思索の末、それを一般法則として確立するに至りました。すなわち同時に与えられた印象は、ものの心像（イメージ）であれ感覚作用であれ、互いに機械的に喚起し合う。この原理を基盤として、彼は人間の言語の全体系を連合という一つの連続的プロセスとして構築しました。彼は一般的用語のみならず総称的イメージ（彼はそれを抽象的観念と名付けている）が、実際にはいかなる意味において存在するのか、そしてそれらの本質と力はどこにあるのかを示しました。一つの語が多くの語の一般的代表となることがあるように、一つの単純なイメージも連想によって、ある一つの種全体を表すことがある、ということです。〔話をホッブズに戻しますが〕実際ホッブズ自身も、彼が何らか〔九〕の発見をしたと主張しているわけではなく、この連合の法則つまり（彼自身の言葉では）「心の中の談話」を、彼は既知の事実として紹介しており、独創性を誇っているとすればその解明においてのみ、それも純粋に生理学的起因による解明においてのみなのです。彼の思想体系は簡単に言うと次のようになります。感覚が外界の対象物によって刺激を受けると、それが物体から反射される光線であっても、あるいは物体の微細な粒子の流出であっても、最も奥深く最も繊細な器官に、その刺激に対応する運動が起こる。この運動が表象を構成し、そこに同じ運動の印象、言い換えれば同じ運動を反復しようとする傾向のようなものが残される。我々が数個の対象を同時に感じるときはいつも、残された印象（あるいはヒューム氏の言葉では観念）は互いに結びつけられている。したがって一つの複合的印象を構成する運動の、いずれか一つが感覚を通して再現されると、他の動きは機械的にそれに続いて起こってくる、というわけです。それゆえその必然的結果としてホッブズもまた、連合は想定上の物質――その動きによって我々の思考が形成される――の結合と相互依存に由来するとしたハートリーその他の思想家たちと同じく、連合のあらゆる形を、時間という一つの法則に還元せざるを得なかったのです。しかしこの法則を哲学的正確さで表明したという功績でさえ、彼に譲るのは正当とは言えないでしょう。なぜならばある二つの観念*の対象が互いに連合されるためには、それらが同一の感覚作用の中に共存している必要はないからです。二つの観念のうち一つだけが感覚によって再現され、もう一つは記憶によって再現されても、同じ結果になるでしょう。

* ここで私は「観念（イデア）」という語をヒューム氏と同じ意味で用いている。それがイギリスの形而上学者たちの間で一般的に通用している意味だからである。ただしそれは私自身の判断に反してのことである〔一〇〕。というのも、この語の曖昧な使い方は、多くの誤謬とそれ以上の混乱の原因となってきたと確信しているからだ。「イデア」という語は、ピンダロス、アリストファネス、そして「マタイによる福音書」において用いられているような本来の意味においては、遠方の対象物の視覚的抽象化を表すものであって、その場合は各部分を区別せずに全体を見ているのである〔一一〕。プラトンはこの語を哲学用語として用い、「エイドーラ」〔一二〕すなわち感覚的イメージ――イデアの可変的、非永続的表象、あるいは内心の言葉――とは対照的なものであるとした〔一三〕。彼は「イデア」そのものを生命的、生産的、形成的で、時間を超越した神秘的な力と考えている。この意味における「イデア」の語はプラトン学派の専有物となり、アリストテレス

においても、「プラトンによれば」または「プラトンが言うには」というような語句を伴わずに使われることはほとんどなかった〔一三〕。イギリスの著述家たちは、チャールズ二世時代の終わりあるいはその少し後まで、この語をその元来の意味か、またはプラトン的意味か、もしくは名詞としての「理想（アイディアル）」の現在の用法にほぼ一致する意味において用いていたが、それは常に多かれ少なかれ、あるものの心像（イメージ）――その対象が眼前にあるかないかを問わず――とは対立する意味をもっていた。ジェレミー・テイラー主教による次の例は、読者にとっても興味深いことであろう。「聖ルイ王〔一四〕がシャルトルのイヴォ司教〔一五〕を使節として派遣した折のこと、その旅の途上でイヴォは、ある真面目な面持ちの落ち着いた女性が片手に火を入れた香炉を持ち、もう一方の手には水を入れた器を持っているのに出会った。彼女がもの悲しげで信心深そうな、そして浮き世離れした態度と表情をしているのを見た彼は、その二つの品物は何を意味するのですか、火と水とで何をするおつもりですかと尋ねた。すると彼女は答えて、この火は天国を焼き払うため、この水は地獄の火を消すためです、人々が純粋に神様への愛から神様にお仕えするようになるために、と言ったのであった。しかし美徳をあらゆる知覚可能な構成物から抽象し、その観念の純粋性を愛するという、このような形而上学的な愛徳の心を持った人に出会うことは、めったにないことである〔一六〕。」デカルトは自らの哲学の中に物質的観念という風変わりな仮説を取り入れていた。物質的観念とはすなわち外界の〔諸象の〕流入を受け入れるために脳に作られた、それだけの数の鋳型のようなものである〔一七〕。ロック氏もこの用語〔観念〕を取り入れたが、その意味を拡げて、精神が注目あるいは意識する直接的対象のすべてを含むものとした。ヒューム氏は、目の前にある対象の知覚を伴った表象と、精神自体によって再現された表象とを区別して、前者を印象（インプレッション）と呼び、観念（イデア）という語は後者の場合に限定している〔一八〕。

ところで連合の法則はホッブズやデカルトよりもはるか前にも、メランヒトン、アメルバッハそしてファン・ルイス・ビーベス〔一九〕によって定義づけられ、その重要な機能が明らかにされていました。特にビーベスの功績は大でした。彼が「ファンタシア」を理解力すなわち心の能動的な働きを表す語として用い、「イマギナティオ」は印象を感受する力（受容力）すなわち受動的な知覚であるとしたのは、注目すべきことです〔二〇〕。結合の力を彼は前者に帰属させました。「イマギナティオが単純に一つずつ感受したものを、ファンタシアは結合したり分離したりするのである。」そして思考が自然発生的に出現するための法則は次のように説明されています。「ファンタシアが同時に把握した二つのものの一つが姿を現すと、もう一つもまたそれに伴って現れてくる。」こうして彼は、連合を喚起する他のすべての原因を時間に従属させたのです。霊魂は「原因から結果へ、ここから器官へ、部分から全体へ」と進み、それから場所へ、場所から人間へ、そしてここから、それに先行あるいは後続するものへと進むのです。すべては一つの総体的印象の部分であり、各々が互いに呼び起こし合うからです。一見明らかな飛躍、「最もかけ離れたところへの飛躍と移行」は、同一の考えが二つまたはそれ以上の総体的印象の構成部分であった場合に起こる、とビーベスは説明しました。たとえば「スキピオと言えばすぐトルコの勢力が思い浮かぶのは、スキピオが、アンティオコスの統治下にあったアジアの地域において勝利を治めたからである」ということになるのです。

しかし私はビーベスから転じて彼の学説の根源へと移り、（今なお残存するギリシア哲学の遺産から判断し得る限りにおいて）連合の原理の最初にして最も充実し完成された論述、すなわちアリストテレスの著作に注目したいと思います。特に『霊魂論（*De Anima*）』、『記憶について（*De Memoria*）』、そして古い翻訳では『自然学小論集（*Parva Naturalia*）』と題された諸作品です。後世の著述家たちはアリストテレスの学説から逸脱したり、あるいはそれに付加したりしてきましたが、そうすることによって彼らは、間違いもしくは根拠のない仮定を伝えてきたように思われます。

まず注目すべきことは、この問題に関するアリストテレスの見解には虚構が混じっていないことです。このスタゲイラの賢人は（ホッブズのように）[二二] 粒子の連続がビリヤード球のように運動を伝えるなどとは言っていませんし、また（デカルトの継承者や一般の体液病理学者が唱えるように）神経精気や動物精気すなわち、生命も理性もない固体が溶かされて、蒸留されるかまたは上昇により濾過されて、生命と知力を持った流体となったものが、脳の版木を彫ったり彫り直したりするのだという仮説も語ってはいません。また彼は（ハートリーが説いたように〔二二〕）振動するエーテルが密な繊維と考えられた脳神経に作用して、ちょうど動物精気が、中空の管と考えられた脳神経の中で行なうのと同じ働きをするのだという推定もしていません。さらにはまた（最近の夢想家たちのように）選択的親和力による化学合成物を考えたり、内的な視覚の直接の対象であると同時にその究極的な器官とされる電気的な光――オーロラのように脳内に現れて、（プラスとマイナス、すなわち正と負のバランスが崩されたり立て直されたりするにつれて）いろいろな形で戯れながら、過去と現在両方のイメージを見せてくれる光――を想定しているわけでもないのです。アリストテレスは敢えて仮説を述べ立てることをせずに、正当な理論を打ち出しています。言い換えれば仮定という台座――すなわちいくつかの事実の下に置かれて共通の支えや説明となる事実――を設定することなしに、様々な事実とそれらの相互関係を総合的に見渡しているのです。もっとも、多くの場合これら仮説とか仮定と言われているものは、架空の土台すなわち虚構とでも名付けたほうがよいでしょう〔二三〕。彼は実際、いわゆる表象とか観念というものを表すのに、「動き（キネーシス）」という語を用いていますが、それを物理的な運動から注意深く区別して、後者〔物理的運動〕を表すときには常に「場所における」または「場所に関する」という語句を補っています。逆に『霊魂論』において彼は、表象作用にせよ意志作用にせよ、思考作用のすべてから、場所と運動とをまったく非合理で異質な属性として除外しています〔二四〕。

　連合の一般法則、あるいはより正確に言えば、刺激となる原因がすべてそのもとで働き、またそれによって概括されるような共通条件は、アリストテレスによれば次のようになります。すなわち複数の観念が、一緒に存在したことによって互いに想起し合う力を得る。あるいは個々の部分的な表象が、それが一部分をなしていた全体的表象を呼び覚ます。この共通原理が個々の想起の場合にどのように対応するかを実際に決定するにあたって、彼は五つの動因あるいは誘因を認めています。第一は時間における結合で、それは同時、先行、後続のいずれでもよい。第二は隣接すなわち空間における結合、第三は相互依存すなわち原因・結果のような必然的結合、第四は類似、そして第五は対比です〔二五〕。そして再生作用の継続が時おり断絶するように見えることの解明として、彼は次のような説明をつけ加えています。すなわちこれら五つの特質のいずれかを持つ動き、つまり観念が、仲介的連結の環として心の中を通りすぎたのだが、それは同じ印象総体の中に共存していた他の部分を呼び起こすには十分に明瞭であっても、それらの部分が明確に想起される——より適切に言えば再意識化される——ために必要な注意を喚起するほどには鮮明でなかったのだ、というものです。このようにアリストテレスの心理学においては、印象再生の全メカニズムが連合にあるのです。連合は受動的な空想（ファンシー）と機械的な記憶の普遍的法則であり、他のすべての機能に対象物を供給し、またすべての思考にその材料の構成要素を与えるものなのです。

　アリストテレスの『自然学小論集』に付けられた聖トマス・アクイナスの優れた注解を読んでいて、私はそれがヒュームの連合論に極めて似ていることにすぐ気づきました。中心的思想は両者とも同じであり、思想の配列も同じ、そして実例さえも同じで、ヒュームが時おり、より近代的な例と入れ替えている場合にのみ異なっているにすぎません。この状況を数人の文学者仲間に話したところ、彼らもその密接な類似性を認め、単なる偶然の一致とするにはあまりによく似ていることを認めました。しかしまた彼らは、ヒュームがこの天使のごとき博士アクイナスの頁をめくるに値すると思ったとは、ありそうもないことだと考えました。ところがその少し後に、王室厩舎の近くの〔書店主〕ペイン氏がジェイムズ・マッキントッシュ卿に、聖トマス・アクイナスの著作の何巻かを見せたのです。ジェイムズ・マッキントッシュ卿（当時はまだマッキントッシュ氏）が彼の講演の中で、この聖人哲学者について高い賛辞を述べたことを耳にしたのが、おそらくその理由の一部だと思いますが、主要な理由は、それらの書物がかつてヒュームの蔵書であり、そしてあちこちにヒューム自身の手による欄外の目印や書き込みがあったことでした。そしてそれらの書物の中には、何と前述のアクイナスの注解がびっしりと付けられた、古いラテン語版『自然学小論集』を含む〔二六〕一冊があったのです。

　続く論考の中で、私はまずハートリーがいかなる点においてアリストテレスと異なっているかを述べ、そして異なった結果、間違ってしまったという私の確信の根拠を明らかにしようと思います。次にその考察の結果として、選択と判断のどのような影響によって、連合の力が記憶になったり空想になったりするのかを示したいと思います。そして結論として、精神のこれ以外の諸機能を、理性と想像力に帰属させてみたいと考えています。このような問題に関して言語の性質が許す限り、明快に論じようと最大の努力をするつもりですが、このように「仄暗い危険な道を手探りしつつ」〔（ワーズワス『逍遥（*The Excursion*, 1814）』第三巻、七〇一行）〕行く間、読者の方々が好意と友情をもって忍耐してくださることを切に願っています。

第6章

《ハートリーの体系は、アリストテレスの体系と異なる限りにおいて、理論的に支持し難く、また事実に裏付けられてもいない》

神経に振動を伝えるエーテルというハートリーの仮想的媒体は、彼の体系とアリストテレスの体系を分け隔てる第一の最も明白な相違点ですが、この媒体の仮想的振動については、あまり触れようとは思いません。ハートリーのこの仮説は、視覚とは直接関係のないものを視覚対象として提示しようとした他の多くの試みと同様に、ライマールス（息子）[一]やマースらによって、すでに十分にその難点が暴かれています。機械論的であることを長所とする一つの体系において、機械論の原理そのものを踏みにじっているからです。この機械論的哲学以外に何らかの哲学が可能であるかどうか、またその機械論的体系が哲学と呼ばれるに値するかどうかは、別の機会に論じたいと思います。しかしながら、私たちが右の最初の問いを否定してあとの問いを肯定している限り、因果律という聖域に踏み込もうとするたびに当惑せざるを得ないのです。そして、苦心して推測を重ねても、空想の隙間を埋めるだけでしかないのです。視覚の専制のもとで――精神の第一の準備教育として、ピュタゴラスは数字という記号によって、プラトンは音楽的記号によって、そして両者はともに幾何学の鍛錬によって、視覚の専制からの解放を心がけたのでしたが――この〔視覚という〕強い感覚的影響力のもとで、私たちが不安を感じるのは、目に見えないものが視覚の対象とならないからなのです。また、形而上学の人気も、大方の場合、その体系の真実性によるのではなく、その体系が〔諸々の現象の〕原因をどの程度まで目に見える形で表せるかによるのであって、私たちの視覚器官が十分に強力でありさえすればいいわけです。

多くの反証が可能でしょうが、一つ挙げれば十分でしょう。ハートリーの体系によると、外界の対象Aから生じるaという観念すなわち振動は、外界の対象Mから生じるmという観念すなわち振動と連合可能となる。なぜなら振動aは振動mを再生するように伝わるからである。しかし、Mから得られた元の印象は、Aから得た印象とは本質的に異なったものだった。したがって、異なった原因が、同一の結果を生み出す可能性がないとすれば、振動aは決して振動mを生み出さないことになる。よって、このような振動による再生はaとmが連合される手段とは決してなり得ないことになります。これを理解するためには、注意深い読者ならただ次のことが分かればよいのです。つまり、ハートリーの体系では、諸観念は、それ自体それぞれ固有の波形を持った振動にすぎないということです。いかなる連合の鎖においても、それに先立って存在する諸観念を、接触した色とりどりのビリヤード球と考え、ある一つの対象すなわち玉突き棒が最初の白い玉を突くと、同じ運動が赤、緑、青、黒と次々に伝播し、そして全体を動かすことになると考えることは、空想の生み出した妄想にすぎません。そのようなことはあり得ないのです。これでは、白い玉を形成しているのと同一の力が、赤や黒の玉を形成していると仮定しなければならないでしょうし、同様にして円の観念が、三角形の観念を形成していると仮定せざるを得なくなります。でもそのような仮定は不可能です。

しかし次のようには言えるかもしれません。神経は、対象AとMから生じる感覚によって、aやmのように振動する性向を獲得した、したがって、振動mが再生されるためには振動aが反復されさえすればよい、と。そこで、しばらくは、物質としての神経にそのような性向の可能性があるかもしれないとして考えを進めてみましょう。だがこの考えは、風見鶏が東を向く習性を得たのは、かなりの間その方角に風が吹いていたからだというのと同じくらいに、馬鹿げています。もし生活環境を考慮に入れなければならないと反論されたとしたら、機械論哲学はどうなるのか。そして神経は、怠け者が鍋に入れた、例の火打石だとでも考えない限り、どのように考えればいいのか。これが〈石の煮込み汁〉の第一の材料で、あとは塩、蕪と羊肉を入れればできあがりというわけです[二]。だがこれはさておくとして、そういった性向が実際に存在すると想定するならば、次の二つの可能性が生じます——すべての観念はそれ独自の神経とそれに対応する振動を持っているとするか、または、持っていないとするかです。後者が真であるとすると、私たちはこういった性向から何一つ得るものがないのです。なぜならばその場合は、一つひとつの神経が複数の性向を持っているので、他の神経の運動が当の神経に伝播されてきたとき、予定に則った性向を同様に担った他の振動ではなく、まさに振動mが生起しなければならない根拠も理由もなくなるからです。しかし、もし前者を取るならば、つまり、すべての観念はそれ独自の神経を持つとすれば、すべての神経はその運動を他の多くの神経に伝播する能力を持たねばならないでしょうし、またこの場合も、他の任意の振動ではなく、なぜ振動mが生起するのか、これといった理由は何もないのです。

ハートリーの振動と微小振動を冷笑するというのが今日の流行です。そして、彼の著作はプリーストリーによって編集し直され、身体に関する物質的仮説の部分は省略されました〔三〕。しかしハートリーは、あまりにも偉大な人物であり、一貫した思想の持ち主だったので、こうすることで彼の理論の一貫性を維持することも、賢明な目的に役立てることもできなくなったのです。というのは、彼の体系の中で、身体に関する仮説以外のすべての部分も、彼の体系に特有のものである限り、これらが一度その機械論的基盤から切り離されてしまうと、中心的支柱のみならず、これらを適用しようとする動機までも、失われてしまうからです。だからこそ、アリストテレスが〔観念〕連合の法則すべてに共通する条件とした共時性の原理を、ハートリーは、唯一の法則として表さなければならなくなってしまったのです〔四〕。微小物質の空間における近接の法則以外の、どのような法則に支配されるというのでしょう。また、これら微小物質の運動は時間の法則以外の、どのような法則の支配を受け得るのでしょう。さらにこの必然的帰結として、意志、理性、判断力そして悟性は、連合を決定付ける要因とはならずに、連合の創造したものとして、かつ、連合の機械的諸結果の一つとして、表さなければならなくなるのです。たとえば、山岳地帯をうねり、無数の支流をもった広い河を考えてみてください。その支流は、山間からたまたま突風が吹きつけるに応じて変化したり互いに合流したりします。幾つかの支流が一時的に一つの流れに統合され、瞬時の主流を形作る、これがハートリーの意志の理論を正確に表しているイメージと言えるでしょう。

もし今述べてきたことが真であったなら、おそらく私たちの生活全体が、外部から受ける印象の圧制と、意味のない受動的記憶の圧制とに、二分割されるという結果になっていたことでしょう。ハートリーの法則を最も抽象的に、最も哲学的な形で、つまり、それぞれの部分的表象が、それが一部を成している全体的表象を想起させる、と考えてみましょう。するとこの法則はその包括性だけから考えたとしても役に立たないことになります。その法則を実際に適用しようとすれば、法則がないに等しいと分かるでしょう。セント・ポール大聖堂の上から眺めたときに受ける全体の印象の範囲がいかに広大なものであるか、そういった全体の印象の連続が、いかに迅速に現れ継続的であるかを考えてみてください。したがって、もし意志や理性や判断力の干渉がまったくないと仮定すれば、次の二つのうちいずれかの結果になるはずです。一つは、諸観念（すなわちそういった印象の残像）は、印象そのものの順序をそっくり模倣するでしょうが、その場合は、完全な譫妄状態を生み出すこと。もう一つの帰結は、その印象のいかなる部分であれ、それが他のいかなる部分を想起してもおかしくない、ということ。さらに（連続の法則から見ると、それぞれの印象総体の中に存在する一つあるいは幾つかの部分は、それに続く印象総体の構成要素となるのであり、これが無限に連続していくので）、いかなる印象のいかなる部分も、それが何であるべきかを決定する原因を欠いたまま、それ以外のどんな印象のどんな部分を想起してもおかしくない、ということになります。というのは、それら自身の原因のさらなる原因として、つまり、原因であると同時に結果として、意志または理性を持ち込むことは、神の存在証明を装って、知性の唯一の原因と根拠としてまず秩序ある構成を要求しながら、その秩序ある構成の原因と根拠として、知性の先在を平然と要求するような人たちをのみ満足させることなのですから。実際、この理論が当てはまる状態がただ一つあります。つまり、意識が完全に朦朧とした状態です。しかしこの場合でさえも、部分的にしか当てはまりません。なぜなら、意志と理性が完全に一時停止させられることはあり得ないからです。

　私がゲッティンゲンを訪れる一、二年前、ドイツのあるカトリックの町でこの種の実例となる出来事が起きていたのですが、私の滞在中もこの事件はしきりに話題にのぼっていました。読み書きのできない、二十四、五歳のある若い女性が神経性の熱病に見舞われ、当時、近隣の神父や修道士の証言によると、彼女は取り憑かれている、しかも極めて学のある悪霊に憑かれているように見えるという。彼女は極めて尊大な調子で、しかも実に明瞭な発音で、ラテン語、ギリシア語、ヘブライ語を絶えずしゃべり続けていました。彼女が異端者である、いや異端者だったということが周知の事実となっていたために、この悪霊憑きは余計に信憑性のあるものとされてしまったのです。ヴォルテールは、ユーモアを込めて、医者とは一切面識を持つなと悪霊に忠告していますが、もしその悪霊がこの忠告を受け入れていたら、悪霊の名声はもっと高まっていたことでしょう。この事例は、ある若い医師の注意を引いていましたが、彼の呼びかけに応えて、多数の著名な生理学者や心理学者がこの町を訪れ、直ちにこの事例調査のため彼女に尋問したのです。彼女自身の口から発せられた狂人のうわごとのような言葉が、何頁も書き留められました。この記録を成す文章の一文一文は、筋道立った理解できるものでしたが、文相互の関連性はほとんどないか、まったくなかったのです。彼女のしゃべるヘブライ語の中で、出典を聖書にまで辿ることができたのはほんの一部だけで、残りはラビ語訛りのようでした。悪戯や企みだとは、考えられませんでした。この若い女は、それまで無邪気で無知な娘であったからというだけではありません。そのとき彼女は明らかに神経性の熱病に罹って苦しんでいたのです。彼女はその町のいろいろな家庭で住み込みの召使として暮らしてきたのでしたが、問題はその町の中だけで片付くものではありませんでした。そこでその若い医師は、彼女の経歴を一歩一歩辿ってみようと心に決めました。患者自身は正気で答えることができなかったからです。そして遂に、彼は彼女の両親の住んでいた場所を首尾良く発見しそこを訪ねたが、両親はすでに他界していました。しかし幸いにも、一人の叔父が生存していて、医師が彼から聞き知ったのは、次のようなことでした。患者は九歳のとき、ある年老いたプロテスタント牧師に慈悲深くも引き取られ、牧師が亡くなるまで数年にわたりその家で暮らしていた。叔父はこの牧師がとても善良な人物であったということ以外は、何も知りませんでした。この医学研究者はいろいろと調べ上げた末にやっとのことで、牧師の姪を発見。この姪は、牧師の家で家事をしながら同居していた人で、牧師の家財を相続していたのです。姪は、患者である彼女のことを記憶していました。この高徳の叔父はその娘を溺愛していて、その娘が叱られているのを聞くのも耐えられないほどだったこと、彼女としてはその娘を家に置いておきたいのはやまやまだったが、牧師の死後、娘は自分のほうからそれを断ったことなどを、姪は語ったのでした。そこで、当然ながら医師は、牧師の習慣について、気にかかっていたことを幾つも尋ねたのです。そして、まもなくこの特異な事例の解決が得られたのでした。牧師は、台所の扉に通じる廊下を行きつ戻りつしながら愛読書を声高らかに朗読するのを、習慣にしていたらしいのです。彼の愛読書のかなりの冊数を、姪はまだ所有していました。姪が付言したところによると、老牧師は非常に学識のある人で、なかなかのヘブライ語学者だったというのです。彼の蔵書の中に、ギリシア・ラテンの教父の著した数冊の書物とともに、ラビたちによる文献も見つかりました。この医師は、例の若い女性の病床で書き留められた言葉と一致する多数の文章を蔵書の中に確認するのに成功し、この結果、理性的に考えれば、彼女の神経組織に刻まれた印象の真の起源について、何ら疑う余地はなくなったのです。

立証されたこの事例は、感覚の残像はいつまでも潜在する可能性があり、しかも最初に印象付けられたままの秩序で潜在し得るということの証明と実例を提供しています。そして私たちは、脳の熱病に冒された状態が刺激として働いたとする以外に合理的な仮定はできないので、この事実は（これ以外にも同種の事例を挙げるのは、さほど難しいことではないと思いますが）、次の仮定の蓋然性を高めるのに一役買ってくれるものと思われます。つまり、思考されたものはすべて、それ自体決して消滅するものではないという仮定と、また、もし人の知性的機能がもっと広範囲の領域を被うものであるとしたら、人の魂の過去の全存在の集合的経験を一人ひとりの魂の前に開示するには、別の天与の組織体、つまり、地上の体ではなしに天上の体だけがあればよいという仮定です。そしてこれこそおそらく、恐ろしい審判の書であって、そこには神秘的な象徴文字で、無駄話の一語一語までも記されていることになるのです。そう、生命を持った精神の本質から見て、たった一つの行為、たった一つの思考でさえ、それが生命的な因果の連鎖から解き放たれたり失われたりするという可能性に比べれば、天地が滅び去る可能性のほうが大きいかもしれません。意識的なものであれ、無意識的なものであれ、自由意志、つまり、私たちの唯一の絶対的自我は、この因果の連鎖を構成する環のすべてを被う領域を有し、それらの環のすべてと時空を共有しているのですから。しかし私はここで、敢えてこの論議を続けるつもりはありません。私はもっと高められた気分と高遠な主題が与えられる時を待ち受けており、またこれらの神秘を、「正義と英知の姿がいかに美しいか、そしてその美しさは明けの明星にも宵の明星にも優るものだということを一度も想像したことがない人たちに対して語る」のは冒瀆だということを、内からも外からも警告を受けているからです。「ものを正しく見るには、見る人は自分自身を、見られる対象と同種の、似たものにしなければならない。もし目の本質が太陽のようでなかったら（つまり目が光と本質的に似通っていて、あらかじめ光に適合するように造られているのでなかったなら）目は太陽を見ることができなかったであろう。そしてまた、美しくない魂も、美を直観することはできない。」〔五〕（プロティノス）

第7章

《ハートリー理論の必然的結果――その理論が容認される余地を与えた根本的間違い、あるいは曖昧さ――記憶術》

前章で述べたような法則は（偶然に支配されているものを法則と呼んでよいなら）、私たち自身の意識から引き出された、人間行動の可視的な現象によって押しつけられる見かけ上の合理性にすらまったく矛盾しているのですが、それには目をつむることにしましょう。この点は当面忘れることにして、この法則では、人間における目的因が動力因に従属させられている、という点に注意を向けようと思います。このことは次の仮定から必然的に生じるのです。すなわち意志〔一〕、そして意志とともに思考と注意力の活動は、すべてこの盲目的な機械的作用の部分および産物であって、連合という茫漠とした混沌を制御し、限定し、修正する機能を持つ独立した能力ではないのだという仮定です。そして魂は単なる論理上の存在となります。なぜならば魂が実在する独立した存在だとすると、それはスペクテイター紙に描かれた、一斉に猫琴をかき鳴らすグリマルキン猫〔二〕よりも、もっと価値のないばかげたものとなってしまうからです。というのも猫の方は、少なくとも実際に出来事の過程の一部をなしているのに対し、ハートリーの体系においては、魂はただつねられたりなでられたりするために存在するだけで、キーキーいったりゴロゴロいったりするのは魂とはまったく無関係で別の行為主体である、ということになるからです。そこには、何一つ共通の性質を持たない実体が相互に通じ合うことの難しさと不可解さ（少なくとも私には不条理と思えますが、そうまで言わないにしても）のすべてが含まれているのです。しかも判断力を手なずけて二元論的仮説を導入させるような、都合のよい結果も何一つありません。したがって、ハートリーの理論過程のこの残滓は、彼の後継者たちによって捨て去られ、意識とは結果であり旋律である、すなわち風と風鳴琴（イオリアン・ハープ）の共同生産物である、と考えられるようになったのです。もっともこれはまた一つの不条理を取り除いて、別の同じくらいばかげた不条理に道を開いたにすぎません。なぜならば調和（ハーモニー）とは、関係の一様態、つまり知覚されることがまさにその存在であるもの以外の何なのでしょうか〔三〕。調和とは、それを知覚することによって創造するという力を前提とする、原理的存在でなくて何でしょうか。かみそりの刃は、顕微鏡で強化された視覚にとってはノコギリのように見えます。パーセルやチマローザの快いメロディーは、私たちよりも一千倍も細かく分割されたテンポで聞く者には、とぎれとぎれの雑音となるでしょう。しかしこの障害もまた私たちは乗り越えたと想像し、「境界をひと飛びに飛び越え〔四〕」ていきましょう。それにしても、このハートリーの仮説に従えば、今私が読者に注目を求めているこの論考は、私が書いたと言ってもセント・ポール大聖堂が書いたと言っても、どちらも同じくらい本当のことになってしまうのです。なぜならばこれを書いたのは私の筋肉と神経の運動にすぎないからです。この筋肉と神経は、これもまた同様に受動的な外的要因によって動くものであり、その外的要因自体が、今存在する、あるいは今までに存在したあらゆるものと相互依存関係にあることになる。このように森羅万象のすべてが、一字一字のほんの一点一画を生み出すためにさえ協力し合い、ただ私自身は、いや私だけが、それには何の関わりもなく、その文字が書かれるのを、その原因でもなく結果でもなく傍観しているだけということになります。いやそれはおよそ傍観とも言えません。なぜならばそれは行為でもなければ結果でもなく、何ものでもない何ものかを、その正反対のものから創るという、あり得ないものだからです。それは鏡の裏の水銀メッキにすぎません。そしてこの哀れで無価値な私はそこにしか存在しないのです。私の道徳的、知的活動の総体は、その構成要素に分解されると、大きさ、運動、速度、およびものを形態化する働きの小型の複写――これがいわゆる想念、および想念についての想念を形成する――に還元されてしまう。このような理論をバトラーは巧みに表現しています――

形而上学とは単にねじ釘に結わえられた
操り人形の動きにすぎない。想念についての想念だ。
複写の複写であり、思考から不自然に取り出された
できの悪い草稿だ。
あらゆる身振り手振りの技を模倣しては
昔の十字架像のように八方に視線を投げる。
どんなものでも別の名前で呼んでは
違うものにし、真にしたり偽にしたりする。

真を偽に変え、偽を真に変えるのだ、
バビロニア人の歯の威力によって〔五〕。

（「雑感（'Miscellaneous Thoughts'）」〔九三―一〇二行〕）

〔このような理論が正しければ〕懐中時計の発明者は、実は発明したのではないことになります。彼はただ眺めていただけで、その間に、盲目の原因という唯一の真の名匠が腕を振るったのです。私の友人オールストンが、預言者エリヤの骨に触れて甦る死者の絵〔六〕を描いたときにも、そうであったことになります。サウジー氏とバイロン卿についても、前者が『ロデリック』を、そして後者が『チャイルド・ハロルド（*Childe Harold's Pilgrimage*, 1812–18）』を創作していると思い込んでいたとき、そうであったに違いありません。同じ理論が、あらゆる哲学の体系についても当てはまるはずです。またあらゆる芸術についても、あらゆる政治支配についても、海上および陸上のあらゆる戦争についても、要するにこれまでに生じたものであれ、これから生じるものであれ、すべてのものについて当てはまることになるのです。なぜならば、このハートリーの機械論的連合の体系によれば、愛情や情熱が感情や思考である限り、作用しているのはその愛情や情熱ではないからです。私たちは自分が理にかなった決意や、分別のある動機や、怒り、愛、寛容といった衝動から行動していると思い込んでいるにすぎない。このような場合はすべて、真の行為主体は、何かあるもの・何でもないもの・何でもよいものであり、それが行なうことのすべてを私たちは知っているが、それ自身は自分が行なっていることを何も知らないのです。

無限の霊の存在、知的で聖なる意志の存在は、この理論体系においては単に発声による空気の動きにすぎないことになります。なぜならば、人の悟性の働きは、単に連合による現象を結合したり用いたりするにすぎず（それ自身にはそう思われる）、そしてこれらの現象は最初に受けた感覚によって実在し、その感覚はまた、外界からの影響力によって実在するものとなるので、見ることも聞くことも触れることもできないような神は、その名前と特性を言い表す音と文字においてしか存在することができないからです。もし私たち自身の中に、意志、そして論理的理性のような機能がないのなら、私たちはそういう機能についての生得的観念を持っていなければならないか――そうなるとこの理論体系全体が崩れてしまうのですが――あるいは私たちはいかなる観念も持ち得ないか、どちらかになります。ヒュームが因果関係の概念を、錯覚と習慣による盲目の産物へと貶め、そして記憶の中のイメージと結びつけられた、生の推進力の単なる感覚へと貶めた方法は〔七〕、必然的に繰り返されて、倫理や神学の根本的な観念すべてを同様に貶めるに至るのです。

といっても、このような結果に対する嫌悪から、この思想体系を最初に作った人や、それ以来これを受容してきた人の人間性を責めるつもりはまったくありません。敬虔で卓越したハートリーについて特に注目すべきことは、第二部の初めにある神の存在と属性の証明において、彼は第一部の原理や結果にまったく言及していないことです〔八〕。というのも、もし第一部の原理を念頭に置くならば、彼が土台として仮定する観念は、神経と大気に共通するエーテル的媒体の振動の中にしか存在し得ないものなのです。実際、第二部の全体はほとんど例外なく、彼独特の体系とは独立した別のものです。人を救い、聖化する信仰は、総合的な力、すなわち道徳的主体がなす総力的行為であること、その生きた感覚中枢は「心」の中にあるということ、そして悟性の犯す間違いは、それが心から生じたものでない限り、道徳的にとがめることはできないということはまさに真実です。――しかしそういう間違いであるのかどうかは、自分自身の場合であってもほとんど確信が持てないのに、ましてや他人の場合には分かるはずがありません。そこで必然的結果として言えることは、おそらく人は何が異端であるのかを判断できるかもしれないが、誰が異端者であるのかは神のみぞ知るということです。だからといって、根本的に間違っている意見が無害であるということには決してなりません。百個もの原因が共存して、一つの複合的な解毒剤を作り出すこともあるでしょう。たとえ多くの人が手に取り、しかも毒に当たらなかったとしても、それでも蛇の毒牙が有害であることに変わりはないのです。この間違った思想体系を、その道徳的、宗教的結果のすべてにわたって受容した人々が、少なくとも不幸な隣国〔フランス〕にはいたようです。彼らは——

——自分がまったく自由だと思っている。
この目に見える限りの粗雑な地上に
翼もつ思考を鎖で縛りつけ、上昇をあざけり
自分は卑しいまま驕り高ぶっているだけなのに。
そして学問から得た空虚な騒々しい言葉で自らを欺き
彼らの言う微妙な流体、衝撃、精髄
自動式の道具、原因のない結果、そしてあの
盲目の全知者たち、あの全能の奴隷たちのすべてが
被造物からその創造主を追い出してしまうのだ。
〔「諸国民の運命——幻想」二七—三五行（'The Destiny of Nations: A Vision' 1796. *PW* I(1), 282)〕

こういう人々には、議論ではなく修養が必要なのです。賢くなる前に、より善い人とならなければなりま

せん。

論者自身が気づかない偽推論を発見し、明らかにしようという試みに注意を傾ければ、もっと有益でしょう。そういう偽推論の魔力によって、このような誤った信念が、より高貴な信条にふさわしい精神に入り込む隙を見つけるのです。こうした偽推論はすべて、それらの共通の類概念として、一つの詭弁に還元されるように思われます。すなわちあるものの条件をその原因および本質と取り違えること、そしてある機能を認識するに至る過程をその機能自体と取り違えることです。私が呼吸する空気は、私が生きるための条件であって、原因ではありません。私たちは見るという過程によってでなければ、目があるということを知り得なかったでしょう。しかしものを見たときに、見るという過程を可能にするためには目がまず存在していなければならなかったことが分かるのです。それではこの区別を導き手として、ハートリーの体系を吟味してみましょう。そうすれば共時性（ライプニッツの連続律）〔九〕は、精神の法則の限界かつ条件であって、それ自身はむしろ物質の、少なくとも物質的であると考えられる現象の法則であることが分かるでしょう。共時性と思考の関係は、せいぜい重力の法則と運動の関係と同じであるにすぎません。あらゆる意志的な動きにおいて、私たちは重力を利用するためにまず重力に逆らいます。あるものが反作用を受けるためには重力が存在しなければなりません。そして重力はその反作用によって、重力に逆らうために加えられた力を助けるのです。ジャンプするときに何を行なうかを考えてみましょう。まず純粋に意志的な行動によって重力に抵抗します。それから別の、部分的に意志的な行動によって、重力に身をまかせ、あらかじめ決めていた地点に着地します。さて何かを創作しているとき、あるいはもっと日常的な例として、名前を思い出そうとしているときの心の様子を観察してみましょう。そうすればまったく類似した過程が行なわれていることが分かります。大方の読者は、小川の水面に小さな水生昆虫がいるのを見たことがあると思います。日の当たった川底に、虹色の輪に囲まれて五つの点がある影を落としているあの昆虫〔アメンボ〕です。そしてその小生物が流れに逆らって上流へ進んでいくために、能動と受動の運動を交互に規則正しく行なって、まず水流に抵抗しては、次にそれに身をまかせることで、力を溜め、一瞬の足場を獲得してさらなる推進力を得ている様子を見たことでしょう。これは思考している最中に精神が体験することを象徴的に表しているといっても過言ではありません。明らかに二つの力が作用しているのです。それは相対的に能動と受動の関係にあります。そしてこのことが可能であるためには、能動であり同時に受動である中間的機能が必要です。（哲学用語では、この中間的機能を、そのあらゆる段階と傾向において《想像力》と呼ばなければなりません。しかし一般用語では、そして特に詩について語るときには、この機能の上位の段階のものが、それを制御する上位の意志的な力と結びついたもののみを想像力と呼ぶことにします。）

　すると共時性は、あらゆる連合の法則に共通な条件であり、また各部分が連合によって結びつけられるすべての対象物における一つの構成要素であるからには、あらゆるものと共存しているはずです。それゆえ不注意な人に、このあらゆるものに常に付随しているものを、すべてのものの本質であると信じこませることほど簡単なことはありません。しかし自分自身の意識に問うてみれば、ある特定の連合作用の原因としての時間自体ですら、あらゆる連合の条件としての共時性とは区別されることが分かるでしょう。私は鯖をスグリのソースで食べたので、鯖を見るとすぐにスグリを思い浮かべるかもしれません。このスグリ（gooseberry）の最初の音節は、その名で呼ばれる鳥のイメージと共存しているので、ガチョウ（goose）を思い浮かべるかもしれません。次の瞬間には白鳥のイメージが私の眼前に浮かびあがるかもしれません。もっとも私はこの二種類の鳥を同時に見たことはないのですが。最初の二つの例においては、時間における共存が、私にそれらを思い出させた状況であったことが分かります。そしてあとの例は、類似と対照の共同作用によって思い出されたのだということも同様に分かっています。原因と結果の場合も同じことが言えます。順序の場合も同じです。このように、Aを聞いてBを私に思い出させたものが、時間における近接か空間における連続かを私は区別することができます。実際、時間における近接も空間における連続も、共時性から切り離すことはできません。そのようなことをすれば、それらを精神そのものから切り離すことになるからです。意識するという行為は本当のところ、本質的な意味における時間と同一なのです。(私が言っているのは時間それ自体であり、私たちの時間の想念とは対照区別されるものです。なぜなら私たちの時間の想念は常に空間の観念と混合しており、その場合の空間とは時間の相対物で、それゆえ時間の尺度なのです。)それにもかかわらず、二つのものをたまたま同時に見ることとは、その二つのものを同じ場所で見た場合とは区別できる原因として働きます。したがって真の、実質的な連合の一般法則は次のようになります。すなわち、一つの印象全体の中のある部分をその他の部分よりも鮮明で明確に区別するものはすべて、精神がそれらの部分を、共時性あるいは(私の考えではもっと適切で哲学的な用語である)連続性という共通条件によって同様に結びつけられている他の部分よりも、優先的に思い出すように仕向けるものなのだということ。しかし意志それ自体が集中力を限定したり強化したりすることで[*]、どのようなものにでも鮮明さや明確さを恣意的に与えることもあり得るのです。したがってこのことから、最近のいくつかの理論の、不合理さとは言わないまでも無意味さを、論理的に導き出すことができるでしょう。それらの理論は記憶の技術を保証するというのですが、実際は空想力を混乱させ、その品位を落としてしまうだけなのです。常に個を種に帰属させ、そして種を属に帰属させるような健全な論理、因果関係に基づく諸事実の哲学的認識、ものの類似と対照に気づかせ、その結果、あるものを別のものに喩えて表すことができるようにさせる陽気で話し好きな気質、穏やかな良心、不安のない状態、健康、そして何よりも（受動的な記憶に関する限りは）健全な消化能力、これらこそが最高の、そして唯一の《記憶術》なのです。

＊　この語（「強化する」intensify）はジョンソン博士の辞書にも古典の作家にも出て来ないことが分かっている。“intend” という語は、ニュートンや、彼以前の人々がこの〔強化するという〕意味で用いているが、今では完全に別の意味に用いられるようになってしまったので、その語を用いるとあいまいになることは避けられない。一方その意味を分かりやすく言い換えて、「強い〜にする」（render intense）などとすれば、しばしば文が分断されて、語の連繫と思考の論理的連繫の調和が壊れてしまう。その調和はあらゆる文章の魅力であるとともに、厳密な哲学的考察においてはいっそう特別に求められるものなのである。それゆえ敢えて “intensify” という言葉を作ってみた。もっとも白状すれば、私自身にもその語はぎこちなく聞こえるのだが〔一〇〕。

第8章

《デカルトが導入した「二元論」――最初にスピノザが精密化し、後にライプニッツが「予定調和」説へと発展させた――物活論――唯物論――これらの体系は、いかなる連合理論に基づいても、知覚の理論そのものにはなり得ず、また連合の形成過程の説明にもならない》

デカルトは、私が知る限りにおいて、知性としての魂（soul）と物質としての身体（body）が絶対的、根本的に異質であると主張した最初の哲学者でした。デカルトのこの仮定と論述の形式は依然として用いられていますが、延長以外の属性を物体に認めないという、二元論の体系全体が拠り所とする立場は、論破されて久しくなります。不可入性[一]は抵抗という様態として初めて理解できるものとなるのであり、そのことを認めるとすれば、物体の本質は作用ないし力の中に位置づけられ、物体は作用ないし力を、精神と同様に所有することになります。したがって、身体と精神は、もはや絶対的に異質なものではなくなり、それらは一つの共通の基体を持つ異なる様態、あるいは完全性の程度が異なるものであると仮定しても、何ら不合理なところはないでしょう。しかし、この可能性が広く注目されることはありませんでした。魂は思考する実体、身体は空間を充たす実体でよかったのです。それでも一方で、明らかに両者が相互に作用し合うということは、哲学者に重くのしかかる問題になっていました。他方で、それと同じように重くのしかかっていたのは、因果律が、同質のもの、つまり、何らかの共通する属性を持つものの間でのみ成立し、異なる領域、対極となる領域の間では適用できないという明白な真理でした〔二〕。綿密に分析すれば、このような異質な領域間での因果律の適用が不合理であることは明らかでした。それは、ある男が妻に対して抱く愛情は、子供への愛の北東に位置するか、南西に位置するか、と問うようなものだからです。ライプニッツの予定調和説〔三〕は、彼が間違いなくスピノザから借用したもので、またスピノザ自身はデカルトの動物機械論〔四〕から示唆を得ていたわけですが、この学説は、それを常識的に解釈するとあまりに奇妙であったため、これを考え出した当人の死後は支持されることはありませんでした。私たちの常識にとっては、それは受け入れ難いものだったのです。（常識は、科学的な哲学の法廷においては、判決を下す権限こそ与えられていませんが、そのささやき声は常に強力で密かな影響力を振るうものなのです。）ライプニッツの学説を高く評価し、それを体系づけたことで有名なヴォルフ〔五〕でさえ、予定調和説については可能性を擁護するにとどめ、それを自分の体系の一部として採り入れてはいません。

　その一方で、物活論〔六〕の仮説は、すべての合理的生理学、さらに言えば、すべての自然科学を消滅させてしまうものです。なぜなら自然科学は条件の制限を必要としますし、神秘的な諸性質によって属性の数を増やす恣意的な力とは、両立し得ないからです。その上、物活論は何の役にも立たないのです。問題の数を増やして問題が実際に解決できるなら、つまり、人間は何百万もの霊魂を持ち、肉体を構成する一つひとつの原子は固有の霊魂を持つのだと知ることで、霊魂に関してより明瞭な概念を獲得できるなら話は別ですが。それよりはるかに賢明なやり方は、霊魂の問題の難しさをきっぱりと認めてしまい、そのまま静かに寝かせておくことです。器の底には確かに滓が沈殿していますが、その上の水はすべて澄んで透明なのです。物活論者のやることは、ただ器を振って中の水全体を濁らせてしまうだけなのです。

しかしながら、いかなる重要な問題についても、絶望してしまうのは人間の本質に反することですし、哲学者のなすべきことでもありません。円を四角形にするという問題のように解決不可能であると証明されるまでは、諦めるべきではないのです。存在することは、知ることと元来区別されるものと考えられますが、いかにして知ることと一体化し得るのか、存在はいかにしてひとつの認識に変容し得るのかは、次のような条件下でのみ想像可能なものとなります。それは、表象する力すなわち知覚力が、それ自体、特性ないし属性として、あるいは実体ないし自存として、一種の存在であるということが証明できれば、という条件です。前者は確かに唯物論が仮定するところであり、もしそれが約束する働きを実際に果たすのであれば、哲学者は大いにこの体系を利用せずにはいられないところです〔七〕。しかし、外部からの作用がどのようにして知覚や意志へと変容し得るのでしょうか。唯物論者はこれまで、実際自らがどう考えても分からないと気づいたこの問題を、分からないままに放置して来たばかりでなく、さらにそれを悪化させ、分かりやすい不合理にしてしまいました。外部の物体が、同質の物体に対するように、意識を持つ自己にも作用し得ると仮に認めるとしても、そのような作用はそれ自身と同質のものしか生み出せないのです。運動にできることは運動を伝播させることだけ。物質は内面など持ちません〔八〕。一つの表面を取り除いても、一また別の表面が出て来るだけです。できるのは一つの粒子を複数の粒子に分割することだけであって、一つひとつの原子は、それ自体の中に物質的宇宙の属性を内包しているのです。どの知覚の中にも、外からの衝撃ないし印象によって伝わった何かが存在するという仮説を基に、私たちの感覚的直観という明らかな事実を説明できるかどうか、反省的な精神に試してみてもらいましょう〔九〕。そもそも、与えられる衝撃によって知覚者すなわち「表象化する存在」に伝わるのは、対象物自体ではなく、その作用ないし効果のみです。鉄でできた鐘舌(ぜつ)ではなくその振動が、鐘の金属に伝わるのです。一方、私たちの直接的な知覚においては、単なる対象物の力や行為ではなく、対象物そのものが、直接的に存在しています〔一〇〕。この結果を一連の推論や帰結によって説明しようとすることもできるでしょうが、まず第一に、推論したり結論づけたりする機能そのものが、同じように説明を要することになります。そして第二に、因果のような論理的な概念がそのような形で介入することは実際にはありません。私たちの意識にとって存在するものは、対象自体であって、演繹的推論の産物ではないからです。あるいは、こうして対象が感覚に付随して生じているのは、ある生産的な機能が、衝撃によって始動されるからだと説明してもいいでしょう。その場合でもやはり、衝撃の起点となる物体そのものが知覚者へ移行するということは、ある力を想定することなのです。それは、霊魂に浸透してその全体を所有し、

そして神のごとく、霊的な業(わざ)で
全における全に、あらゆる部分における全となる

（カウリー〔「愛の遍在（'All-over, Love'）」九―一〇行〕）

ことが可能な力なのです。そもそも知覚者はどのようにしてここに現れたのでしょう。そして、このような驚異的な仕事のすべてを、単なる形、重さ、運動によって為したはずの、奇跡を約束する《物体》は、

どうなっているのでしょう。独断的な唯物論者が最も一貫した手順を踏むとすれば、「霊魂・身体二元論者」と共通の立場に後退することになります。つまり、神秘家を装い、一連の全過程はただ啓示が与えられているのであって理解されるべきものではない、それを綿密に吟味するのは不敬である、と宣言することになるのです――「それは与えられているが理解され得ない」。それでいて哲学者は、啓示が奇跡に裏付けられなくても、信仰が良心の命ずるものでなくても、自分に不敬な傾向があるとは露ほども思わずに、敢えて見過ごすことができるものなのかもしれません。

かくして唯物論は、実際それが一般に説かれてきたとおり、まったく理解不可能であり、唯物論への帰依者が存在するのは、明瞭な心像（イメージ）を明晰な概念と取り違えたり、またその逆に、そのもの自身の性質上心像化できないものは、概念化できないとしてすべて退けるという傾向が、人々の間に行きわたっているからにすぎません。しかし理解可能なものになるや否や、それは唯物論ではなくなるのです。思考を物質的な現象として説明するためには、物質を純化して、現象する機能と知覚する機能とを併せ持つ、知性の変種にすぎないものにしてしまうことが必要なのです。プリーストリーがプライスとの論争〔二〕の際に行なったのは、まさにこれでした。彼は物質から、その物質的な属性のすべてを剝ぎ取り、精神の力に置き換えたのです。その結果、物体があるはずのところには、何と、物体の霊が、今は亡き実体の亡霊だけが現出することになったのでした。

この問題についてこれ以上長々と述べることはやめましょう。なぜならそれは（もし神が健康と許しを与えてくだされば）詳細にわたりまた体系的に別の著作で扱われることになるでしょうから〔三〕。この著作とは、私がここ何年もかけて執筆準備をしているもので、人間および神における《創造的ロゴス》をテーマとし、それにヨハネの福音書への詳しい注解を加えて、その導入とするつもりのものです。私の当面の主題が要求する範囲で、私自身の言いたいことを理解していただくためには、以下のようなことを手短に述べれば十分でしょう。（一）すべての連合は、連合される考えと心像の存在を必要とし、また前提とする。（二）（この体系に従えば）私たちが実際に目にしているのは、私たち自身の存在の心像ないし変形でしかないが、外的世界はそうした心像や変形に正確に照応しているという仮定は、バークリーの唯心論と同じくらい徹底した観念論である。なぜなら、この仮定によれば、バークリーの場合と同様に（ことによるといっそう高い完成度で）、知覚は一切の現実性と直接性を剝ぎ取られ、私たちの住む世界は幻影や亡霊の夢の世界となり、他ならぬ私たちの脳の中で、複数の運動が、説明のつかない群れを成し、起源の辿れない発生をしていることになるからです。（三）知覚者は、外からの衝撃という魔法にも優る一触れによって、照応する対象を自ら創り出すとされるが、この知覚者の中にある機構や結び合う諸力について、この仮定は説明を提供しないし、かといってそうした機構や諸力の必然性を排除することもない。模写の形成は、オリジナルが先在するというだけでは解決されません。ラファエロの『キリストの変容』を模写する者は、ほとんど完全にラファエロの描く手順を繰り返さなければならないのです。網膜の上の心像からある考えを説明し、その心像を光の立体図形から説明することも、この光そのものがまさに同じ難題を提示しないのであれば、たやすいのでしょうが。それは、「世界を支える象を支える熊を支える亀」に関するバラモン教の信条を、「これはジャックが建てた家」の調子に合わせて正気で歌うようなものです。私たちは誰しも、「かくあれば神の意に添う」というのが十分な原因であり、神の善性が十分な理由であると認めます。しかし、「どこから」、「なぜ」という問いへの答えは、生理学者の唯一の関心事である「いかにして」に対する答えにはならないのです。それは単なる「怠惰な詭弁」です。それはまた（ベーコンが言ったように）小心者の傲慢〔一三〕であり、この傲慢が人間の空想という偶像を打ち立て、それを神の知恵の業として、天から降ってきた聖盾、あるいはパラディオン〔女神アテナの像〕として跪いて拝めと私たちに命じるのです。プトレマイオスの天動説の支持者たちも、まさにこれと同じ論法を用いてニュートンの説をはねのけ、自己満足のにやにや笑い*を浮かべて空を指差し、太陽は動いていないのか、地球は静止していないのかと、**常識**に訴えかけたことでしょう〔一四〕。

＊「たわけた輩が、にたりと笑い、バークリーを打ち負かす」（ポープ）〔一五〕。

第9章

《哲学は科学として可能か、そして科学となるための条件は何か——ジョルダーノ・ブルーノ——文学貴族階級、すなわち特権階級としての学識者の間にある暗黙の協定——筆者が神秘主義者から得た恩恵——イマニュエル・カントから得た恩恵——カントの著作における字義と精神との相違[一]、そして哲学の教えにおける慎重さの擁護——批判哲学体系を完成しようとするフィヒテの試み——その部分的成功と最終的失敗——シェリングから得た恩恵、そして英国人著述家の中ではソマレズから得た恩恵》

ロック、バークリー、ライプニッツそしてハートリーの学説を次々に学び、そのどこにも自分の理性が安住する地を見出すことはできないと悟った後、私は次のように自問し始めました。単なる歴史や歴史的分類とは異なる哲学体系は可能なのか。もし可能なら、その必要条件とは何か。私はしばらくはこの最初の疑問に、それは不可能だと答えて、人間精神にとって実行可能な活動は、観察、収集、分類のみであると認める傾向にありました。しかしまもなく、知性をこのように故意に断念してしまうことに、人間性そのものが反対しているのを感じ取ったのです。また同様にすぐ分かったことは、結果のすべてが考慮され、なおかつすべての矛盾が取り除かれているような体系は、自然に反すると同様、机上の空論にすぎないということです。「感覚の中に前もって存在しなかったものは〔二〕、知性の中に存在しない」という命題を、ライプニッツの「知性そのものを除いては」という限定条件なしに全面的に認め、加えてハートリーやコンディヤックが理解〔三〕していたのと同じ意味で、正しいと認めるとします。そうすると、原因と結果に関してヒュームがこの譲歩から例証的に演繹したことは、同じ圧倒的な力で、他の十一の範疇（カテゴリー）*すべてとそれらに対応する論理機能に当てはまるようになるのです。どうして藁なしで、レンガを作ることができるでしょう。〔四〕また、セメントなしで、どうしてレンガを組み立てることができますか。確かに、私たちは経験をきっかけにしてすべてのことを学びます。しかし、まさにそうして学びとった事実こそが、経験そのものを成り立たせるためには、経験に先立つものが心の内に存在することを前提にしなければならない、と私たちに認めさせるのです。〔五〕ロックの論説〔『人間知性論』一六九〇年〕の第一巻は（それが誤謬と想定して打ち崩そうとしているものが、単なる仮想にすぎない藁のようなものでないとすれば、すなわち、かつて誰も信じなかったし、信じることなど実際不可能であった馬鹿げたものでないとすれば）、別の何かを証明〔六〕する論理を誤用して構築されていて、「これとともに、したがってこれゆえに」式の昔からよくある誤りを含有しています。

＊　すなわち、量、質、関係および様相で、そのそれぞれが三つの下位分類から成る。『純粋理性批判（*Kritik der reinen Vernunft*, 1781）』九五、一〇六頁参照。〔七〕ロックとヒュームに関する思慮深い意見も参照のこと。

哲学という言葉は、真理を愛し求めるということです。しかし、真理は存在と相関的関係にあるものです。さらにこのことは、真理と存在は最初から同一であり、互いにもう一方を内包し合っている、すなわち知性と存在は互いにそれぞれの土台になっているということを必要条件としてこそ、考えられることです。これは成立し得る概念である（すなわち、論理的矛盾を一切含んでいない）と私は推定しました。というのも、ずっと長い間、至高の存在はいかなる可能的存在をも越えた最も純粋な実在であるというスコラ哲学の定義が、ローマ教皇派とプロテスタント派の両方の聖職者を通して神学の諸学派に受け入れられていたからです。青年時代に私は、有名なフィレンツェの学者（八）の解説や『プラトン神学』を用いてプラトンやプロティノスを研究し、プロクロスやジェミストス・プレトンを学んだことによって、さらにその後、ノーラ生まれの哲学者（九）——後援者の中にサー・フィリップ・シドニーやフルク・グレヴィルのような人物がいたことを誇りとしたが、一六〇〇年、無神論者としてローマの偶像崇拝者たちによって焚刑に処せられた——の著書『無限と無数』や『原因、原理および一者について』を学んだことによって、「私は存在するからこそ思考し、思考するからこそ存在する」というあり方、すなわち、一見大胆に思えるが確かに最も古く、したがっておそらく最も自然な哲学を、私の精神が進んで受け入れる下地をつくることができたのです。

　私はなぜ恐れる必要があるのか。いやむしろ、あのチュートン人の神智学者ヤコブ・ベーメ（一〇）を恥じるなどという大胆なことが、私にどうしてできるでしょうか。彼の妄想は、実に数多く粗野なものであり、敢えて独力で思索したこの貧しい無学な靴職人を、学者たちが打ち負かすに十分な機会をしばしば与えてしまったのでした。しかし、これらの妄想は、彼には知的訓練がすべて完全に欠落していたことから、そしてまた合理的な心理学を彼が知らなかったことから、予期され得るものであったことは念頭に置くとしても、合理的な心理学を知らなかったという欠点は、当時の最も学識のある神学者たちにも共通する欠点であったことを忘れてはいけません。彼は読書にも読書家にも親しんではいませんでした。温和で内気な静寂主義者であった彼の理知の力は、多くの信奉者たちや、また信奉者を増やそうという意欲から刺激を受けて、激しいエネルギーに変わるようなことはなかったのです。ヤコブ・ベーメは、最も厳密な意味において、熱中家でした。つまり、熱狂家とは単に違うというだけでなく、正反対として区別される熱中家だったのです〔一一〕。さて、これから述べる見解は、大陸の同時代の著述家〔一二〕が書いた内容を私が部分的に翻訳したものですが、前もって述べておきたいことは、その内容は、彼の小冊子が世に出される何年も前に書いた私自身の覚書から書き写すこともできたということです。しかし私自身の言葉より他の人の言葉をここに使うことにしたのは、一つには彼の本が出版されているという優先権に敬意を払う意図からであり、またさらに重要なことは、まったく偶然に意見が一致していたときに沸き上がる共感の喜びからなのです。

この二、三世紀間の哲学の歴史を熟知している者は誰でも、思弁的学問においては、一定の限度を超えないように、一種の秘密の契約が学識者間で暗黙のうちに存在していたようであると認めざるを得ません。自由思考の特権は非常に高く賛美されてはいますが、実際には、この限度内でなければ有効と見なされたことはありません。それどころか、一歩でもこの限度を超えてしまうと、その違反者には汚名が浴びせかけられるのです。学識者階級の中でも数少ない天才たちは、実際にこの境界を踏み越えてしまいながら、そうは見えないように懸命に努めました。そのために、学問の真の深みや内奥の中心——知識のすべての領域が、そこから分岐してはるか外縁に至る——に到達することは、無学な人たちや低い身分の人たちに委ねられてしまったのです。果てしない憧れや生来の満ちあふれる精神が彼らを突き動かして、万物の内にある生きた基盤の探求へと駆り立てたわけです。その結果、これらの人々は、学識者組合の中に名前が登録されていなかったために、そこに登録されている同業組合員から、自分たちの権利や特権を侵害した者として迫害されました。皆一様に、狂信者や夢想家の烙印を押されてしまったのです。奔放で途方もない想像力が実際に奇抜でグロテスクな幻想だけを生み出した者や、大体において、純粋な創造的霊感の粗雑な戯画や貧弱な模写しか作り出せなかった者だけでなく、本当に創造的霊感に導かれた人々や独創的な人々もまた、同様の扱いを受けました。彼らがこんな目に会ったのは、彼らが無学で、身分の低い卑しい職業に就いているというだけの理由でした。「天地の主である父よ、あなたをほめたたえます。これらのことを知恵ある者や賢い者には隠して、幼子のような者にお示しになりました」〔ルカ一〇・21〕という神への賛歌を、一体いつ、知的職業に携わるどの文人の口から私たちは聞いたでしょうか。聞いたことはありません。学問に仕える傲慢な聖職者たちは、生きるための水を敢えて水源から汲み出した人々すべてを、学問の諸派や交流の場から追い払っただけでなく、まさにその殿堂からも追い出してしまい、そうしている間に「売り買いをしていた人々、両替人」〔マタイ二一・12〕がなすがまま、そこを「強盗の巣」〔マタイ二一・13〕にしてしまったのです。

けれども、ベーメ、デ・トイラス、〔一三〕ジョージ・フォックス〔一四〕らへの軽蔑で最もよく名を知られている知識階級の人々が、このような侮蔑を込めた自尊心を抱く実質的な根拠は、見つけようとしてもなかなか見つかりません。彼らは正書法で綴り、流れるような美文を書くことができ、著述業の流儀にほとんど文字通り習熟していたのに対し、ベーメたちの側は、素直な精神のまま、言葉に直接自らの気持を響かせたということ以外に、何があるでしょうか。だから彼らは、たとえば、「それは私に告げられた」、「私は語るまいと努めた」、「私は言った、もう黙っていようと」、「だがその言葉は、燃え盛る火となって心の中にあった」、「そして私は我慢できなかった」というような表現をたびたび使ったのであり、このような言葉が、直接的霊感に見せかけるものと誤解されてきたのです。また、だからこそ、人を不快にさせたくない気持もあったのです。つまり、自分たちに対する非難への恐れと配慮が、こうした人々の作品の中に非常にしばしば見受けられ、当然のことながら、彼らに唯一親しい書物〔聖書〕の言葉を使って表現されているのです。「ああ、悲しい、この私が諍いの人、論争の人となってしまったとは。――私は平和を愛している。人々の魂は私にとって大切だ。だが、私が光を探し求めているから、皆が私を罵るのだ！」〔一五〕。どのような力をもって、心の中のどのような奮起と興奮とともに、新しく重要な《真理》の直観が無学な天才を捉えるのかを理解するには、論法や流暢な表現を子供の頃に手習いとして身につけた人々の大多数が持っている以上の、深い感情と強い想像力が必要なのです。学の無い天才の瞑想は、ほとんど必然的に、果てしないもの、永久不変なものに向けられています。なぜなら、「世界も世界の法も、彼の味方ではない」〔シェイクスピア『ロミオとジュリエット』五幕一場、七二行〕からです。そうだとすれば非常に強力で極めて異様な興奮状態のもとで、その人の身体が精神の苦闘と同調しても驚く必要があるでしょうか。あるいはまた、彼が妄想に駆られすぎて、自分の神経の昂ぶった感覚やそれと共存する空想の幻影を、自分に明かされた真理の一部あるいは象徴と取り違えたとしても、驚くほどのことでしょうか。実際には、まことしやかにこんなことが言われています。すなわち、このような無知な神秘主義者たちの著作から何か利益を得るためには、また何か明瞭な意味をまとめ上げるためには、著者自身よりも優れた精神と判断力を読者は持っていなければならない、と。

自分が持っているものを、どうして他のところに探し求めなければならないのか？

（『楽園回復』第四巻、三二五行）

——これはミルトンにはふさわしくない詭弁です。この点で私はウォーバートン〔一六〕と完全に同意見です。ミルトンがこの言葉を言わせた畏敬すべき人物〔イエス・キリスト〕に関しては、なおさらふさわしくないでしょう。私自らの経験から得たこととして、敢えて一つ断言するならば、人間の悟性や本性に関する二折判の書物の場合も、その膨大な書物全体の中に、〔一七〕ジョージ・フォックスやヤコブ・ベーメ、そしてベーメの注解者である敬虔で情熱的なウィリアム・ローの素朴な頁の数々に満ち溢れるのと同じくらいの心と知性の豊かさがあったとすれば、現在の高い地位と名声を受けるにもっとふさわしいものとなっているでしょう。

　これらの人々に対して私が抱いている感謝の気持の赴くままに、予想また意図していた以上に話が横道に逸れてしまいました。しかし、私の文筆生活や文学上の意見を自伝的に語るとき、彼らに触れずに通り過ぎることは、恩義を認めず、恩恵を隠匿することのように私には思えたのです。なぜなら、これらの神秘主義者の著作は、一つの教義体系の枠組みの中に私の精神が閉じ込められるのを防ぐ働きを、少なからずしてくれたからです。彼らの著作は頭の中に心を生かし続ける手助けをしてくれました。単なる反省的思考力の産物はすべて《死》の性質を帯びていて、〔一八〕冬にかさかさと乾いた音を立てる細枝や小枝のようなものであり、それが私の魂に糧や住処を与えてくれるためには、私が到達したことのない根から樹液が送り込まれなければならない、という不明瞭ながら刺激的で有益な暗示を私に与えてくれたのです。たとえ彼らの著作が、昼間にはしばしば私にとって、もうもうと立ち上る煙であったとしても、それでも懐疑の荒野を彷徨う間、夜には常に火の柱〔出エジプト一三・21〕となり、そのおかげで私は完全な無信仰の砂漠に迷い込むことなく避けて通ることができたのでした。その体系が反宗教的な《汎神論》に変貌し得ることは、よく分かっています。スピノザの『倫理学（エチカ）』〔一九〕は、一つの例であるかもしれませんし、そうでないかもしれません。しかしそれ自体において、そして本質的にそれが、自然宗教であれ啓示宗教であれ、宗教と両立しないと思ったことは一度もありませんでした。そして今では逆に両立すると完全に確信しています。批判哲学の開祖、ケーニヒスベルクの傑出した賢人〔カント〕の書物は、他の何にもまして私の理解力を鼓舞し、同時に鍛えてくれました。その思想の独創性、深遠さ、凝縮性、その弁別内容の新奇さと精妙さ、しかもその堅実さと重要性、論理の堅固な連鎖、そしてこれらに敢えて付け加えると（書評家やフランス人たちからイマニュエル・カント観を得た人々には逆説に思えるかもしれませんが）『純粋理性批判』、『判断力批判』、『自然科学の形而上学的原理』、『たんなる理性の限界内の宗教』[二〇]に見られる明晰さと明証性が、まるで巨人の手のように、私を捕らえたのです。十五年間これらの書物に親しんできて、今なお私は少しも損なわれることのない喜びと、ますます沸き立つ賞賛の思いを抱きながら、これらの書物やその他の彼の著作すべてに目を通しています[二一]。それ相応の考える努力をしてもよく分からないままになっている若干の箇所（たとえば根源的統覚についての章）や、一見矛盾しているように思われるところは、カントが明言することを慎重に避けたか、あるいは、人間性全体ではなく思弁的知性のみの純粋な分析においては、常に触れないままにされるものと彼が見なしていた観念の暗示や仄めかしであることに、私はすぐ気がつきました。ですからこの場合、彼はどうしても、反省すなわち人間生来の意識の問題から始めざるを得なかったわけです。一方、道徳体系においては、もっと[二二]高度な基盤（意志の自律）を、良心の無条件的命令すなわち（カント学派の専門用語を使うと）定言的命令から推定される《要請（ポステュレイト）》として想定することができました。法を蔑ろ（ないがし）にした所業と聖職者の意のままの迷信が奇妙に混在する前代[二三]のプロイセン国王の統治下で、カントは迫害の危機に晒されていたのです。おそらくは高齢のため、ヴォルフのような運命や間一髪の逃亡を再び繰り返す気にはならなかったのでしょう。弟子たちの中でカントの理論体系を完成させようとした最初の人物〔二四〕がイエナ大学から追放され、ザクセンとハノーバーの法廷が力を合わせて気に障る彼の書物を差し押さえ発禁処分にしたことは、この尊敬すべき老師の慎重さが決して根拠のないものではなかったことを、経験的に実証しているのです。したがって、彼自身の宣言にも関わらず、彼の言う「本体〔二五〕」すなわち《物自体》に込められている意味が、彼の言葉が表しているものでしかないと信じることは、私にはできなかったのです。また、彼自身の概念の中で、形成力全体を知性の諸形式に限定し、外的原因、すなわち私たちの感覚の材料として、形のない物質というまったく考えられないものを残しておいたなどということも、信じられないことでした。彼は道徳に関する要請に全重点を置いていたようにさえ見えますが、彼自身の頭の中で本当にそう思っていたのかどうか、私は同様に疑念を抱いたのです。

《観念》は、その言葉の最高の意味においては、象徴を用いなければ伝えられないものです。そして、幾何学の場合を除いて、象徴はすべて一見すると矛盾しているように思われるものを必然的に含んでいます。「彼は賢者たちに語った〔二六〕」のであり、したがって彼の書物は、この象徴の外殻を看破することのできない人々に向けて書かれてはいないのです。どんな質問も、人が完全に答えようとすると、個人的な危機に晒されてしまうならば、それは正しい答えを得る資格のない質問です。しかしこんなことをあからさまに言えば、多くの場合、虎視眈々と狙っている敵に付け入る隙を与えてしまうでしょう。誠実さとは真実を語ることにあるのではなく、真実を伝えようとする意図にあるのです。虚偽を含めずには、そして同時におそらくは最も悪意に満ちた感情を掻き立てることなしには、真実のすべてを語ることができない哲学者は、架空の話として、あるいは曖昧な形で、自分の考えを述べざるを得ない。そういうわけで、カントが、真意を明確にすることによって、注釈者たちの論争に自ら決着をつけるよう執拗に求められたとき、ただ次のように答える以外に、どうすれば咎められずに殉教者の名誉を免れることができたでしょうか。「私は言ったとおりのことを意味している。八十歳も近くなれば、自分の書物に注釈を付けるよりもっと他のこと、もっと重要なやるべきことがあるのだ。」[二七]

フィヒテの知識学、すなわち根本的知識の学問は、最も重要な要石を加えることになりました。そして物つまり物質の代わりに、行為から出発したフィヒテは、スピノザ自身の哲学を学んだ結果として、スピノザ学説に最初の致命的一撃を確実に与えたのです。そして真に形而上学的な体系と真に体系的な形而上学という観念（すなわち、それ自らの内にその源泉と原理を持つもの）を加えました。しかし、彼はこの基本観念の上に、単なる想念の山と、独断的内省による心理作用の数々を積み上げたのです。そういうわけで、彼の理論は粗雑な主観的観念論*へと堕落し、《自然》に対しては、生命のない、神のいない、まったく神聖さを欠くものとして、高慢で過度に禁欲的な敵意を抱くまでになってしまいました。[二八]一方、彼の宗教は、一般に《神》と呼ぶことが許されている単なる《自ら秩序立てる秩序》の想定にあり、彼の倫理学は、自然な情熱や欲求を抑圧する、禁欲的な、ほとんど修道士的苦行にあるのです。

＊　フィヒテの主観的観念論（エゴイズム）に関する次のパロディーは、おそらく、その理論体系を学んだ数少ない人たちには楽しめるだろうし、それを知らない人々にも、戯画と承知の上で予想できる程度には、フィヒテの観念論に似たものをそれなりに伝えてくれるだろう。

定言的命令、すなわち新しいチュートン民族の神の告知、《私——一者であり全者であるもの》。文法学者であり高等学校副校長であるクエルコプト・フォン・クラブシュティック[二九]作の熱狂的オード。

我神之代官、我即神也

（ぼくらの言葉で話してくれ、友よ！）私こそ命令する神、

ここ、この市場の十字路で、声を大に私は叫ぶ
私、私！　私、それ自体私！
形と実体、何かと何故か
何時かと何処か、そして下と上、
内部と外部、大地と空、
私と君と彼、彼と君と私
すべての魂とすべての体は、私、それ自体私！
　　すべてそれ自体私！
（愚か者たちよ！　この出だしでもうやめておけ！）
　すべて私の私！　すべて私の私！
単に下らないたわごとだと言う者は異端の犬だ！
このように神は最高の権威をもって叫んだ。
美をあざ笑うような堅苦しさこの上ない礼装で
彼は代名動詞命令法となって輝いた――
それから実名詞となり単数・複数形となって
彼はこう語りつづけた！　見よ、ただ私だけの中に
（なぜなら倫理学は独自の統語法を誇っているから）
あるいは君の中にというなら、それは私が君を代理人に任命したからだが、
ああ！　私の中に君を見よ、義務の呼格である君を！
私は世界の語彙全体の根源だ！
さらに触覚、聴覚、視覚の全世界の
属格と奪格。
間違いの対格、正しい主格

そしてすべての場合に絶対格！
私は自らの意味を定めて、他のすべての叙法を拒否する。
あるのは命令法のみ、私たちは何ものにも由来しない。
だが私の超越的根本原理として
意味の解明されない先行詞を、私は
X、Y、Zという不定の神に帰する！

シェリングの『自然哲学』〔三〇〕と『超越論的観念論の体系』の中に、私は自ら苦労して得た多くの成果との自然な快い一致と、これからしなければならないことへの力強い手引きを、初めて見出しました。

このようなことを述べるのも、自伝的に語るという本書の性質にふさわしいと思うからですが、それは私の現在の論点に関するよりも、むしろ前の章で出版を予告した著作〔『ロゴソフィア』〕を念頭に置いてのことです。私の作品をこれから読んでくださる方々に次のように予告しても、私自身にとってまったく正当な主張と言えるでしょう。すなわち、私の作品にシェリングとの思想の一致、あるいは表現の類似さえあったとしても、それは必ずしもシェリングから文節を借用した証拠とか、着想を彼から得た証拠にはならないということです。この場合、剽窃の責めに対する自己防衛という同じ動機から、私が以前に言及したシュレーゲルによる演劇講演の場合と同じように、最も明らかな類似点の多くは、いや実際のところ、そのすべての主要な基本的考えは、このドイツ人哲学者の書物を一頁も見ないうちに私の心に生まれ、熟成したのです。さらに嘘偽りなく断言しますが、それはシェリングのもっと重要な作品が書かれる以前、少なくとも公表される以前のことでした。またこれは、驚くべき偶然の一致などでもありません。私たちは同じ学派で学び、同じ土台となる哲学で鍛えられたのです。すなわちカントの書物です。また私たちはジョルダーノ・ブルーノの極性の理論と力動的哲学にも等しく恩恵を受けています。ベーメその他の神秘主義者たちの功績に対して、私がずっと前から抱いていたのと同じ親愛に満ちた尊敬の念を、シェリングは最近、しかも近年に得たものとして表明しています。シェリングの体系とベーメのある種の概念との一致に関して、シェリングは単なる偶然の一致であると断言していますが、私自身が得た恩恵はもっと直接的なものでした。彼はただ共感の思いをベーメに寄せればいいだけですが、私はベーメに恩義があるのです。偉大な独創的天才であるばかりか、《自然哲学》の始祖、力動的体系の最も成功した改良者としての栄誉は、明らかにシェリングのものであり、それを彼と争う気持が私にあるのではないかと疑われるなど、とんでもない話です。力動説の体系はブルーノによって始められ、カントによって（その不純物と非現実的な付随物とがすべて取り去られ、もっと哲学的な形で）、再び世に示されました。カントにおいては、それは彼自身の理論体系の自然で必然的な成熟の結果でした。しかしながらカントの弟子たちは、（大体において）師の外套を羽織っただけで、師の精神に達することなく、あるいはほんのわずかな一部分にしか達することができなかったのです。単に機械論のいっそう洗練された類のものとしてのみ、師の力動的観念を取り入れたのでした。フィヒテのものと認めないわけにはいかない一、二の基本的観念を例外とすれば、哲学におけるこの改革の完成と最も意義深い勝利を、私たちはシェリングに負っています。もし私が自国の人々にとってその体系そのものを理解しやすくし、それを最も重要な目的のために最も荘厳な問題に対して適用することに成功すれば、私にとって十分満足であり栄誉なことです。一つの作品が、その人自身の精神の所産であり、独創的思考の成果であるかどうかは、その唯一正当な審判者である人々によって、単にその執筆時期への言及よりもっと優れた分析吟味を経て、明らかにされることでしょう。一般の読者の場合は、同時代とはいえ私の先輩にあたるこのドイツ人の学説との類似や一致を、私のこの著書あるいは将来のどの著書にでも見つけたら、すべてシェリングのものと見なしていただいてかまいません。ただし、私が実際に彼から得た思想や引用文を明示するような言及を必ずしも正確にすることができなかったり、このような包括的な謝辞をすでに済ませた後にはもうその必要がないと私が判断した場合などに、彼の著作への明確な言及が欠落しているからといって、卑怯な隠蔽や意図的な剽窃として私を非難したりしないでいただきたい。実際、私はこれまでのところ（ああ、哀れ、貧困の生活！）彼の書物は二冊しか手に入れることができませんでした。彼の論文集[三一]の第一巻と『超越論的観念論の体系』です。しかしこれらに、フィヒテに反論する小冊子[三二]を付け加えなければなりません。その小冊子の精神は、私の印象ではその学説とひどく不釣り合いであり、（通常許される範囲の対照的表現で言えば）愛の知恵より知恵への愛を表すものと言えるでしょう。私は真理を聖なる腹話術師[三三]と見なしています。その言葉がはっきり聞き取れて、意味明瞭でありさえすれば、それが誰の口から発せられていても構わないのです。「とはいえ、それを世に出すべきかどうか、半分迷っていることを私は告白しなければならない。それは世間の目には明らかに反し、しかも世間はほとんどどの人の心にあまりにも影響を及ぼしているので、私は黙殺されるか理解されないかの危機に晒されるだろうから。」――ミルトン『教会統治の理由』[三四]

* リチャード・ソマレズ氏[三五]の名前を無視して素通りすることは、ほとんど犯罪的といっていいほど不当な行為であろう。彼は医師として、そして博愛主義者としても等しく名を知られている紳士であるが、この問題を扱うにあたっても、一七九七年出版の八折判二巻本『生理学新体系』、及び一八一二年出版の『生理科学と物理科学の原理』と題された八折判一巻本における「今日普及している哲学の自然的および人為的体系の検証[三六]」の著者として、注目されるに値する人物である。著作としては後者は、文体や内容の配列において、前者とまったく同じというわけではない。後者では著者の哲学の原理を、色彩、大気中の物質、彗星などに関する彼の推測から区別する必要性がより著しくなっている。それらの推測は、正しかろうが間違っていようが、彼の哲学の必然的結果では決してない。だが、私が比較的

劣っていると考えるこの著書のこの部門においてさえ、有限の物質に無限の力が内在するという考えを根拠のないものとするソマレズ氏の論証は、非凡な知性の所産である。そして空気の膨張性に関する実験は少なくとも説得力があり、非常に独創的である。しかし、書物としても著者としても、後世に立派な名を残すことを保証する長所は、絶妙な論証力と帰納法的結論の豊富さにある。それらによって、彼は生理学の機械論的体系の専制を非難して（私の意見では）打ち崩し、そして目的因の存在のみならず、哲学的という名に値するあらゆる体系における目的因の必要性と有効性をも立証した。生命と進展する力を、惰性的な力という矛盾したものの代わりに置き換えたことによって、彼は英国における力動的哲学の創立者として知られ、記憶される権利をもつものである。この著者の見解は、彼自身に関する限り、借用されたものではなく、完全に彼自身のものであった。なぜなら彼は、その哲学の萌芽が見られるカントの著作に関する知識を少しも持っていなかったし、彼の書物もまたそのような知識を示していないからである。また彼の本は、これらの萌芽がシェリングによって十分に育まれる何年も前に出版されていたからである。ソマレズ氏によるブラウン医学説の問題点の看破〔三七〕が当時になした貢献は、並々ならぬものであった。私は、どの問題に関するどの著書においても、これほど完全に満足できる論破を目にした記憶はほとんどない。ここではこれだけの事実を述べるに止めよう。なぜなら、この著述家にして本物の哲学者である彼の長所については、私はすでに予告したロゴスに関する著作の序文で詳細に説明したからである。彼がもう少し深くまた広い基盤を持っていたならば、私が費やした努力のかなりの部分に取って代わるものを生み出していただろう。

これまで述べてきた引用の問題の締めくくりとして、一般には使用されていない書物からの一連の引用文を、説教の前のオルガン演奏として読者に楽しんでもらうことにしましょう。「人々、特に自らキリスト教徒と明言している人々が、文学の甘い誘いにすっかり心奪われ、即座の満足を与えてくれるものしか読む努力をしないことは、ほんとうに悲しむべきことである。その結果、より厳格で専門的な哲学の分野は、学者によってさえも、ほとんど完全に無視されている。——このような勉学の仕方は、すぐに是正されなければ、私たちの先祖の時代に野蛮行為がなした以上の悪い結果を引き起こすであろう。野蛮行為が我意を通すまったく身勝手なものであることは私も認めるが、その盲目的強情さにもかかわらず、この種の作品ほど有害な力はない。文学の柔軟で説得力ある知恵は、もし理性が欠けるなら、親しみと知識を見せかけて、卑劣にも人を惑わすのだ。私の考えでは、やがてそのうち、我々の時代の未熟さと粗雑さの後に、人を陥れるような見かけ倒しの文学の通俗性が続くであろう。その通俗性は、十分用心しなければ、知性の頑健さや男性的力強さのすべて、美徳の男性的堅忍精神をことごとく打ち砕き、消散させてしまうのだ。」

これは、ジーモン・グリュナエウス[三八]の「公正な読者へ」からの引用で、マルシリオ・フィチーノによるプラトンのラテン語翻訳版（リヨン、一五五七年）への序文として書かれたものです。このあまりに予言的な言葉は、一六八〇年から一八一五年の現在に至るまで、現実のものとなっています。注記――グリュナエウスの言う「説得力ある知恵」は、学問や哲学的理性とは反対の、自己満足的な常識を意味しています。

「賢明な人々の間にも、たとえば上流階級の中に騎士階級があるように、中間階級がある。彼らは賢く、人間社会の諸問題には適していても、最高級の資質は持っていない。この階級の人々は数が多い。勤勉で、無計画に発言したりせず、努力することに慣れていて、知恵と謙虚さを表面に出すことで理解力の乏しい部分を隠す。一方、彼らは習慣と慣れのおかげで国の諸問題に力を発揮することができるようになったのだが、多くの場合、それを生来の素質や才能の偉大さと勘違いしている。」――〔ジョン・〕バークリー[三九]『アルゲニス』、七一頁。

「したがって、医師はしばしば自分が最もふさわしいと思う治療法を止めざるを得ず、病人の我慢できない様子に押し切られて、やむなくできるだけの力は尽くそうとするものだが、それと同じように、饒舌で頭の弱い現代では状況はどうかと考えると、我々が（自分たちの主題の許容範囲内であれば）いつもその場の流れに身を任せてしまう様子が見えてくるのだ。そうやって我々は自説を立証して満足するのだが、今は社会一般の愚鈍さゆえに、その論説自体が拙劣になればなるほど、逆にますます受け入れやすいもの、許されるものになるのだ。」――フッカー[四〇]。

フッカーが生きた論争好きな時代に、その学問的論理の強固な規律の下でも、このような不安を抱くのが当然のことであったとすれば、現代の著述家が、根気強い注意力ばかりか思考する努力がなければ伝達も理解もされない真理や、難解この上ない論題に、耳を傾けてもらえる見込みは薄いと思うのも無理もないことでしょう。

私の計算に間違いがなければ
愚鈍の星が私たちを支配し
ロバ星とラバ星が重なっている。
もうアプレイウスの時代を例に挙げるのはやめよう。
なぜなら　当時はロバのような人間が一人だけいたとすれば
今は人間のようなロバが千頭もいるのだから！

（サルバトール・ローザ[四一]『諷刺詩』第一巻第一章、一〇〔一一五〕行）

第10章

《想像力すなわち形成力の性質と起源に関する章に先立つ幕間としての、余談と逸話の章――衒学および衒学的表現について――出版に関する若い作家への忠告――作家としての筆者の人生の様々な逸話、そして宗教と政治に関する筆者の意見の変遷》

「"Esemplastic"〔一〕――こんな単語はジョンソンの辞書には載っていないし、目にしたこともない。」――私も見たことはありません。一つのものに統合するという意味のギリシア語 εἰς ἓν πλάττειν から作った、私の造語なのです。新しい意味を伝えねばならない場合、新しく言葉を造れば、私が意味するところを思い起こすのに役立つのみならず、"imagination" という語の通常の意味と混同せずに済むと考えたのです。

「しかしそれは衒(てら)いというものだ。」――いや、必ずしもそうとは言えないと思います。もし私が間違っていなければ、時と場所と相手にそぐわない言葉を用いることこそ衒いというものです。市井の言葉を学校で用いれば衒いとなります。それは衒いという言葉では非難されないかもしれませんが、学校で教わる言葉を市井で用いることと同じなのです。日常の会話に出てくるような言葉のみが科学的な論文に用いられるべきであり、しかも日常的な使い方以上に正確に用いられる必要もないと主張する世俗的な人は、語りかける相手の学識を買いかぶっているか、あるいは自分自身が専門的、学問的な術語に精通しているために、酒の席でも博物館や実験室のことばかり考えながら話をする学者と同様、まったくの衒学者なのです。もっとも後者は、妻に「お茶を入れて」くれるように頼む代わりに、「必要十分な中国茶葉に熱素が飽和した水素酸化物を加える」ように命じることすらやりかねませんが。日常的な（そして実際のところ幾分下卑た）比喩を用いるなら、〔修道院や大学の〕回廊の衒学者も、人のたむろする休憩室の衒学者も、ともに専門家臭くはあるが、それでもロシア革で製本した、良質の、古くていかにも本物という感じのする二つ折判や四つ折判から漂う香りのほうが、居酒屋や湯殿〔売春宿〕から立ち上る湯気ほどには不快ではありません。まあ、学者の衒学趣味は幾分自己顕示的なところもありますが、健全な道徳心の持ち主なら、傲慢で無知な下層階級（サン・キュロット）の革命家たちよりは、学者の虚栄心を満たす手柄である「狐の尾」〔二〕を大目に見てやれるのではないでしょうか。彼ら革命家たちは、そのようなもったいぶった余計な尾っぽを嘲笑って自分を慰め、それを切り落とすのを手柄としている輩なのですから。

　哲学の鍛錬の第一課は、学ぶ人の注意を、《程度》（degrees）——日常生活の語彙はすべてこれを基に造られている——から引き離し、程度から抽象された《種類》（kind）へ向けること〔三〕です。このようにして、化学を学ぶ学生は、氷に含まれる熱や潜在的で固定可能な光に関する論文にも驚かないように教育されるのです。そのような論説においては、教授者は古い言葉に新しい意味を込めて用いるか（これは〔エラズマス・〕ダーウィンが『ズーノミア（*Zoönomia*）』で用いた方法です）、あるいはリンネや今日の化学用語を造った人々に倣って新しい術語を導入するしか他に手がないのです。もし前者の方法が単にまったく同じ行為の中で二重に考える努力を要求するだけであれば、後者のほうが明らかに好ましいでしょう。前者の場合、読者（あるいは聞き手）は、新しい意味を覚え心に留めておくだけではなく、それまで慣れ親しんだ意味を忘れ、頭から締め出しておくことを要求されるからです。このほうがよほど困難で厄介な事であり、またそのために単にうわべだけ衒学を慎んでも、私には十分な代償が得られるとは思えません。確かに、適切でありながら、もっともな理由もなしに使われなくなってしまった言葉を思い浮かべられるなら、その言葉を復活させたほうが、新たに言葉を造り出すよりも害が少ないでしょう。それゆえ私は、受動的で、単に外の刺激を受け入れる知覚に属するものをすべて一語で表現するために、先輩の古典的作家が用いていた“sensuous”（感覚的）という語〔四〕を借用したのです。というのも、“sensual”（肉感的）という語は、現在では悪い意味、少なくとも道徳的な識別としてしか用いられておらず、また“sensitive”（敏感な）や“sensible”（分別のある）もそれぞれ異なる意味を表しています。同様に私は、フッカー、サンダーソン、ミルトンらに倣って、認識行為や認識対象の「直接性」を表すのに“intuition”（直観）という語を用いました。この語は、ちょうど私たちが“thought”という語を、時に思考、すなわち考えるという行為として、また時に思想、すなわち私たちの思索の対象（object）として用いても混乱や曖昧さが生じないのと同じように、場合によっては「認識の対象として」も用いられるのです。“objective”（客観的）や“subjective”（主観的）という語そのものも、昔の諸学派で常に繰り返し用いられてきましたが、私は敢えて再び採用しました。他の日常的な言葉ではそれほど簡潔に、また都合よく「知覚するもの」と「知覚されるもの」を区別できなかったからです。最後に、《理性》と《悟性》についても、私は、名誉革命以前のイギリスの真の神学者や哲学者の権威によって意を強くし確証を得た上で、慎重に区別しました〔五〕。

――生命と感覚、
空想と悟性を与えられ、そこから魂は
理性を受ける。そして《理性》こそ魂の本性である、
《推論的》であれ、《直観的》であれ。推論*は
しばしばお前たち人間のものであり、直観はほとんど我々天使のものだが、
それらの違いは程度だけで、種類においては同じなのだ。

（『楽園喪失』第五巻〔四八五―九〇行〕）

尊敬すべき権威によって「確証を得た上で」と述べたのは、すでに私自身に、理性と悟性の区別が、倫理学的なものであれ神学的なものであれ、形而上学におけるあらゆる健全な思索の必要不可欠な条件として、また核心部分として重要であり、むしろなくてはならないものであると確信する、より強い動機があったからです。その区別をすることが、『友』の発行の主要な目的の一つでした。もっとも、『友』は、出版されたというより印刷されただけと言ったほうがいい作品、あるいは、不運な著者にとっては原稿のままのほうがよかったかもしれないような形で出版された作品で、私の文学者としての人生を語るにあたって、このような作品に言及するのが適当かどうかはわかりませんが。その出版については、この作品の予約購読者の多くはいとも簡単に忘れてしまうでしょうが、私には今でもそれを忘れられない辛い理由があるのです。このような辛い心情を述べるのは、控えるべきだったかもしれません。しかし私は、読者が東洋の杖刑（じょうけい）執行人ほどは厳しくないと信じたいのです。執行人は「棒に訴えて」容疑者から全面的な自白を引き出そうとしながら、彼の苦しみの叫びをさえぎってこう言う。「本題からはずれおって。こうやって喚

いても、《質問》に対する答えになっておらん。まったくの的はずれだ。」すると拷問に苦しむ者は答える。「ああ、でもこれこそあなたの杖刑に一番ぴったりの答えなのです。」

＊私がたまたま目にしたシェイクスピアやその他の作家に関する様々な注がなかったならば、ここやその他の諸所で用いられている「推論（discourse）」という言葉が今日我々が「論述（discoursing）」と呼んでいるものを意味するのではなく、「知的推論」――すなわち一般化と包摂、演繹と結論の過程――を意味しているということをとりたてて言う必要はないと考えたであろう。つまり哲学はこれまでは《推論的》であったが〔六〕、幾何学は常に、また本質的に《直観的》なのである。

軽率な人間であっても普通の善良さをもっていれば、自分の軽率な行為すらできる限り人に役立たせたいと願わずにはいられないのです。ですから半ば自伝的語りである本書を読んでいる読者のうちの一人が、定期刊行物の出版の準備をしたり企図したりしているのであれば、その人に対しては第一に、予約購読者名簿にある名前の数を信用してはならないと忠告しましょう。その名前が確かに本人の許可を得て書かれたのか定かではないし、仮にそれが確認されたとしても、熱心すぎる友人の要求によって強要されたかもしれませんし、購読者が単に断る勇気がなくて名前を貸しはしたものの、購読をなるべく早く中止しようと考えていたかもしれないのです。ある紳士は『友』のために百人近い名前を獲得してくれましたが、彼の勧誘がいかにうまくいったかを事あるごとに私に思い出させただけでなく、購読者に対する恩義を私に印象づけようとしていました。というのも（彼がいみじくも私に諭してくれたように）「実に多くの慈善の対象が篤志家の援助を強く必要としている時代にあって、年に五二シリングというのは、一個人に与えるにはかなり大きい金額であった」からです。この百人の後援者のうち九十人もが、次のような事情を十分承知の上で、第四号が出る前に何の通知もなくその出版物を投げ出してしまいました。すなわち遠隔地への配達と、その配達が遅れ不定期であることから、私は送料納付済みの用紙を少なくとも八週間前には買いだめしておかねばならなかったし、しかもそれは印刷所に届く前に、一枚につき五ペンスかかったのです。それでいて購読代金は、発刊から二一週目でようやく手に入るのです。その上、私が二、三号分の代金を受領するには、事実上それと同額の郵送料を支払わなければなりませんでした。

私の最初の忠告の裏づけとして、多くの事実から一つだけ紹介しましょう。私の購読予約者名簿には、どれもこれも嬉しい気持にさせる多くの名前に混じって、コルク伯爵の名が住所といっしょに記載されていました。名前はコルクでなく、もしかしたらボトル伯爵だったかもしれません。なにしろ私は、爵位を持った個人というよりは、爵位そのものに対し満足して敬意を払っていたのですから。もちろん『友』は、私の記憶が正しければ、第一八号まで、すなわちあと二週間で購読料が支払われるというときまで定期的に発送されました。ところが何とちょうどその頃、伯爵から、礼儀正しいどころか尊大な言葉で、私があつかましくも彼に冊子を送ったと非難する一通の手紙を受け取ったのです。彼は私のことも私の雑誌のこともまったく知らなかったのです。しかしその雑誌の一八号か一九号分を、伯爵は捨てないでおいたのでした。おそらく召使が料理する際に使えるように、あるいは料理の後始末のために。

二つ目の忠告としては、業者を通じて本を出版するという通常のやり方と違う方法はとらないほうがよいと申し上げたい。実際には購読者にとっては購読料の三〇パーセントが本屋に行こうが政府に行こうがどうでもよいことであり、その本を自宅まで郵送してもらえることを考えれば、後者のほうが好ましいだろうと私は考えました。何年にもわたって資料収集と整理に骨を折り、生活必需品をそろえた後に残るお金をすべて、本の購入や、現地に出向いて文献を調べたり取材したりする旅行に費やした挙句、用紙を購入し、業者が支払う場合よりも少なくとも一五パーセント増しの額を印刷代などとして支払い、そして最後に、ただ本を置く棚や倉庫を提供し、奉公人を使ってカウンター越しにその本を客に手渡させるだけの書店主に、純益ではなく総売上げの三〇パーセントを渡すこと、そういうことは確かに辛いことです。その上、書店の場合も売れるのは一冊一冊で、その本が哲学や科学に関するものであれば、その版が売り切れるまでに何年もかかるでしょう。はっきり言えば、こういったことはすべて苦難にしか思えませんし、他のいかなる努力の賜物であっても、このような苦難を伴うものはないと思えるのです。それでもこのほうが、著者としての仕事と出版者としての仕事を一緒に行なうよりは、はるかにましなのです。しかしもっとも賢明なやり方は、業者が申し出る最高の条件で、少なくとも初版分か複数版分の版権を売ることです。たくさんの報酬を期待できる人はほとんどいないでしょう。それでも、五〇ポンドを手にして気楽でいられるほうが、五〇〇ポンドを手に入れる可能性と引き換えに必ず侮辱を受けたり屈辱的な心配に悩まされるよりも、文筆家にとっては実利が大きいでしょう。もしこのように述べたことが、書店や出版者を誹謗する目的で書かれたと考えられたとしたら、私はひどく誤解されたことになります。個人個人が自分たちの商売の決まりや慣習をつくり出したのではなく、他のすべての商売と同じく、自分たちが見出したままにそれらを取り入れるだけなのです。その弊害をなくすことが可能で、なおかつそれに代わるものが今と同じかそれ以上の不都合をもたらさないということが証明できるまでは、そのことに不満を漏らすのは賢明ではないし、男らしくもありません。しかし個人としての業者を悪く侮辱的に語ったり、あるいはそのように考えたり感じたりする口実としてその弊害を利用するならば、それは賢明でないとか男らしくないといった程度のことでは済まされないでしょう。それは、不道徳であり、誹謗中傷にあたります。私の真意がまったく違った方向に、そしてまったく違った目的に向いていることは、この章の結論部分で明らかにされるでしょう。

何年も前のことですが、一人の学識ある立派な老牧師が、信徒たちの哀悼と祝福のうちに亡くなりました。彼は生前、自費で『新救済論』と題された八つ折り判の二巻本を出版したことがあったのですが、『マンスリー・レヴュー』か『クリティカル・レヴュー』のどちらかは忘れましたが、その誌上で酷評されたのです。〔七〕そしてこのいわれのない敵意は、その善良な老牧師が友達との会話の中で好んで取り上げる話題となりました。「よろしい（彼はよく声高に言ったものです）、『第二版』でその匿名批評家の無知と悪意を暴く機会があるでしょう。」しかしその本の印刷と出版を請け負っていた書籍販売業者からは何の連絡もなく二、三年が過ぎてしまった。その業者は、著者がかなりの資産家として知られていたので、すっかり安心していたのです。とうとう明細書が書かれ、二、三週間のうちに商人を通じて、自宅にいる本人に直接手渡されました。年老いた私の友人は、眼鏡をかけ、幾分弱々しい手でその一覧表を持って読み始めました。「『紙代、――』なかなか安いな。まったく予想通りだ。『印刷代、――』よし、これも安いな。『綴じ代、表紙代、広告料、運送料等々、――』これも間違いはないな。『売上金（selleridge）』（単語の正しい綴り方などは本屋が身につけなければならない文学のたしなみには入っていない）三ポンド三シリング。おやおや、その『売上金』とかいうものの額がたった三ギニーかい。」「それだけです」と商人。「いや、これは安過ぎる。」と年老いた友人は言いました。「二巻本の本を千部も売って、たった三ギニーだなんて。」「ああ、旦那様（若い商人は叫んだ）、あなたはその言葉を誤解なさっています。その本は一冊たりとも売れておりません。それらはずっと前にロンドンから返送されてきました。そしてこの三ポンド三シリングというのは、『地下室使用料（cellaridge）』、すなわち私どもの書店の地下倉庫使用料のことです。」その結果、その本は出版社の薄気味悪い地下室から著者の屋根裏部屋に運び込まれ、老紳士はその本を知人に一部贈呈するたびに、大いにユーモアを込めて、そしてそれ以上に人の良さを示して、この逸話を披露したものでした。

彼と同様に世間知らずだった私は、著述業を始めた当初、彼以上にこのことで苦労しました。閑寂として常に誉れ高いケンブリッジ大学ジーザス・コレッジの慣れ親しんだ回廊や楽しい森を去らねばならなかった、あの不幸なときから最初の一年が経とうとしていた頃、私は『ウォッチマン（*The Watchman*）』と題された定期刊行物を出版するよう、いろいろな慈善家や反戦論者から説得されました。それは（その雑誌全体の標語に従って言えば）すべての人が真実を知り、そしてその真実が我々を自由にしてくれるようにと意図されたものです。印紙税がかからないようにするために、そしてまた自由を弾圧する戦争がもたらすと考えられる罪にできる限り手を貸さないようにするために、その雑誌は八日ごとに三二頁の八つ折大判で活字をぎっしり詰めて、しかも価格はわずか四ペンスで出版することになりました。そんな次第で私は、「知識は力なり」とか、政治状況を広く報道するため、といった熱烈な発刊趣意書を携えて、顧客を獲得するために北の方へ、ブリストルからシェフィールドへと出発し、途中ほとんどの大きな町で無償のボランティアとして、またバビロンの女〔八〕のような風情に見られないように青い上着と白いチョッキを着て説教を行ないました。私は当時もそれ以後も長い間、哲学上は（プラトンに倣って）三位一体論者でしたが、宗教的には熱心なユニテリアンだったのです〔九〕。より正確に言えば、「キリスト人間論者」、つまり主イエスがヨセフの本当の息子であったと信じ、十字架での死より復活を重視する者の一人だったのです。ああ、当時を思い起こしても、決して恥も後悔も覚えることはありません。なぜなら私はとても真摯で公正無私だったからです。確かに私の見解は多くの、きわめて重要な点において間違っていました。しかし心は一途でした。富や地位や生活それ自体は、真理（と私が考えていたもの）や我が創造主の意志を知りたいと思う関心に比べれば、安っぽいものに思われました。私は自分自身を、虚栄心に駆られたなどと責めることはできません。自分の熱意を広めてゆく際にも、決して自分自身のことを考えることはなかったのですから。

勧誘活動はバーミンガムから始まりました。そして最初の勧誘対象は厳格なカルヴァン派の獣脂ろうそく製造業者でした。彼は背が高く色黒で、横幅よりも背丈がかなり目立っていたので、鋳造に使う火かき棒として使えたのではないかと思えたほどです。ああ、その顔、まさにその顔が今でもありありと目の前に浮かんできます。その細く黒々として縒り糸のような髪の毛は、脂でぎとぎとしていて、黒い火薬のような短くてまばらな眉毛にそろえて一直線に切ってあるのですが、その眉毛は一週間前に剃った後の干からびた二番刈りのように見えました。彼の上着の後ろ襟は、硬いが滑らかな紐――彼に言わせれば自分の髪――と色艶ともに完全に調和していました。そしてその髪はうなじ（彼の体全体の中で唯一湾曲に似た曲線を見せる部分）のところで内側にカールして、チョッキの中にそっと入り込んでいる。一方、細長くて浅黒く、とてもいかつい顔に深い縦皺が刻まれたその風貌は、まるで煤と脂だらけの鉄製の使い古された焼き網の向こうから、誰かが私を見つめているかのような感じを与えるものでした。しかし彼は教養人の一人で、自由を真に愛する者であり、（聞くところによると）ピット氏はヨハネの黙示録の中で竜のように語った第二の獣〔黙示録一三・11〕の角の一本であると立証して、多くの人を納得させたそうです。私の推薦状を受け取ったある人物が彼に私を紹介してくれたのですが、それは私の人生の中でこれまでにない事でしたし、著述家として、しかも自己責任で商売をする著述家として着手した最初のひと仕事でした。私の紹介者は歯切れの悪い説明を少しして、「アー」だの「ウー」だの言葉にならない声を発した挙句、訪問の目的の説明をすっかり依頼者の私に委ねてしまった。そこで私は、自由を愛するその獣脂ろうそく製造業者に対して、推論調から演説調へと、また演説調の中でも感傷的な調子から憤激した調子へと、雄弁術の全音域を使って様々に調子を変えながら、三十分にもわたって長広舌をふるったのです。私は論じ、説明し、約束し、預言しました。諸国民が囚われの状態となっているという話から始めて、至福千年がもう間近であるというところまで語り、最後はその輝かしい状態を描写した箇所を私の「宗教的瞑想」から引用して全体を締めくくったのです。

許された来訪者のように
大地に漂い来る至上の喜び。
その厳粛な歓喜の中で
楽園の重厚な扉は広々と開かれ
そこから片々とほとばしり出るのは
この世のものとも思えぬ旋律の心地よい響き、
不凋花（アマランス）の園から運ばれてくる芳しい香り
そして煌めく命の川から新しい翼に乗って
舞い上がるアンブロシアのようなそよ風。

（「宗教的瞑想」三四三―五一行）

光を放つロウソクのようなその人は、辛抱強く、そして賞賛に値する忍耐力をもって聞いていました。「そよ風と言ってもアンブロシアのようにはいきませんねえ」と後で私が不満をもらしたとき、彼が言うには、その日は彼にとってはまさに融けだすような日だったそうです。「それで旦那（彼は少し間をおいて言った)、代金はいくらになりますか。」「たったの四ペンスです(ああ、何という竜頭蛇尾か、四ペンスという言葉で高尚な話から何と急転落したことか)。八日ごとに刊行される雑誌が、一部たった四ペンスですよ。」「でもそれも一年経てばかなりの額になりますな。その額でどのくらいの分量になるとおっしゃいましたか。」「活字をぎっしり詰めた八つ折大判で三二頁ですよ。」「三〇と二頁だって。これは驚いた。安息日にくつろいで読むものを除けば、旦那、それは私が一年間で読む以上の量だ。私はブラマジェム〔バーミンガムの俗称〕にいるどんな人にも負けないくらい自由とか真理とかそのような類のものには熱心ですがね、ただこの件に関しては(気分を害されないことを願いますが)、ご勘弁いただきたい。」

このようにして私の最初の勧誘は終わりました。そして後にお話しする理由から、私自身で注文を取ろうとしたのはもう一回だけになりました。今度の勧誘はマンチェスターでのことですが、堂々たる裕福な綿糸卸売商が相手でした。彼は紹介状を手に取り、それをじっくり読み、頭のてっぺんからつま先まで、さらにつま先から頭のてっぺんまでじろじろと私を眺め、そして品物の明細書か送り状があるか尋ねました。私が趣意書を手渡すと、彼は一頁目にざっと目を通しながら「ふうん」と言い、二頁目と最終頁はもっと速く目を通し、それを指と手のひらで揉みくしゃにし、それから非常に慎重に、そして意味ありげに一方の端をもう一方にこすり合わせて皺を伸ばしました。最後にそれをポケットに入れ、「こういう手合いのものが世の中には溢れすぎている」と言って私に背を向け、後は何も言わずに会計事務所に引っ込んでしまった。正直、この様子は表現しようもないくらい面白いものでした。

すでに述べたように、これが私の二度目にして最後の試みになりました。ブラマジェムの愛国者を相手にオルフェウスの奇跡を再現しようと試みて失敗に終わった一回目の勧誘から帰ってすぐに、私を彼に紹介してくれた商人と食事をしましたが、食後に彼は、自分ともう二、三人の同じような身分の識者と一緒にパイプを吸おうと私をしきりに誘いました。私は、その夜ある牧師とその友人たちに会う約束があるのと、これまでに一、二度しか煙草を吸ったことがなく、しかもそのとき吸ったのはオロノウコウを混ぜた薬草煙草であったという理由で、その誘いを断ったのです。しかしその煙草は同じくらい軽いものであると保証され、またそれが黄色であることが分かったので（いやだと断って周りの人がすることを自分だけしないでいるときに、いつも経験してきた悲しい苦しさを忘れられなかったので）、パイプの下半分に塩を詰めて半分だけ煙草を吸った。しかしまもなく眩暈（めまい）と目の痛みのために煙草を止めざるを得ませんでした。お酒はエールをたった一杯飲んだだけですから、その症状は煙草の影響に違いありません。程なく気分もよくなったように思ったので、私は約束の場所へ出かけていきましたが、歩いたのと新鮮な空気にあたったために、先ほどの症状がすべてぶり返し、私は牧師の居間に入り、彼が私に代わって受け取っていてくれたブリストルからの手紙の束を開けるや否や、眠るというより気絶するような感じでソファーに身を沈めてしまったのです。幸いにして、自分の混乱した精神状態とその原因を彼に知らせるだけの時間はありました。こうして私は白壁のように真っ白な死人のような顔で、額からは冷汗を流して横たわっていたのです。その間、そこに招待されて私とその夜を一緒に過ごすことになっていた様々な紳士たちが一人また一人とやって来て、その数は十五人から二十人になりました。煙草の毒はわずかな時間しか作用しないので、やがて私は意識を回復し、一同を見回しましたが、その間に灯されたろうそくで目が眩んでしまった。私の混乱を落ち着かせようと、紳士の一人が話し始めました。「コウルリッジさん、今日の新聞を読みましたか。」私は目をこすりながら答えました。「私は、キリスト教徒は単に政治的で時事的な関心で書かれた新聞や書物など、決して読んではいけないと考えています。」この言葉は、彼らに知らされていた私のバーミンガム訪問の目的、そして彼らが集まって私に力添えを与えようとしていた目的とは滑稽なくらい似つかわしくなく、むしろ矛盾さえしているので、思わず一同がどっと笑ったのです。実際、その爆笑の瞬間から翌日の早朝までその部屋で楽しんだときほど、長く愉快な時間を過ごしたことはめったにありません。おそらくこれほど様々な多くの人が集まって、このように賑やかで様々な情報に富み、そして途切れることない逸話で活気づいた会話は、それ以来聞いたことがないと思います。そのときもそれ以後も、彼らは皆一致して私が計画を続けるのをやめさせようとし、この上なく打ち解けていながらも私を引き立ててくれる言葉で、この仕事は断じて私には合わないし、私自身もこの仕事には合わないと言うのでした。それでも、もし私がこの仕事をやりぬく覚悟でいるならば、予約購読者獲得のために最大限の努力を約束するが、私が自ら依頼して回るのはこれくらいにして、以後は是非とも代理を立てて勧誘を続けなさいと言ってくれました。これと同様な温かいもてなしと説得、そして（その説得の効果がなかったために）同様に好意的な尽力を、私はマンチェスター、ダービー、ノッティンガム、シェフィールドなど、実際私が滞在したすべての場所で受けることになったのです。私はしばしば、そのとき見ず知らずの私に関心をもってくれた多くの尊敬すべき人々を、親愛の情とともに喜びをもって思い出しますが、そのうちの多くの人は今でも私の友人です。彼らは私のために、そのときすでに私の原理がジャコバン主義〔一一〕や民衆政治〔一二〕の原理といかに違っていたかを証言してくれるでしょうし、『友』の一〇号と一一号に私が記した言葉がまさしく正確であったことを立証できるでしょう。

この思い出深い旅から帰ったときには、『ウォッチマン』の予約購読者名簿にはほぼ千人の名前が載っていました。しかし慎重に考えれば計画を断念せざるを得ないものと納得しかけてもいたのでした。けれどもまさにそのことが理由になって、私は頑張ってやり続けたのです。というのもその頃の私は、自分が利己的な動機に影響されているのではないかという恐れに非常に悩まされていたので、ある行動の仕方が慎重さによって決められていると知ることは、自分の気持の中では、その反対の行動の仕方こそ義務が命ずるところであるということの、一種の推定証拠となっていたのです。そういうわけで私はその仕事に着手したのですが、それはこれまでに見たこともないような大きな文字で書いた大げさな広告によってロンドンで宣伝され、(私自身は見なかったので人から聞いた話ですが)宝くじの宣伝の華やかささえも霞んでしまうほどのものだったとのこと。ところが何と『ウォッチマン』第一号の出版が、発表してあった予定の日よりも遅れてしまったのです。第二号では、イザヤ書からの一節を大いに非難を招くようなやり方で題辞に用いて断食日[一三]に反対する論説を書いたので、一挙にほぼ五百人の予約購読者を失ってしまった。続く三、四号ではジャコバン主義者と民衆政治主義者の後援者をすべて敵に回してしまいました。というのも、彼らが不信仰であることや、フランスの道徳をその「薄学」[一四]とともに取り入れたことにうんざりしていましたし、またおそらく、慈善は最も身近なところから始めるべきだという考えからだったと思いますが、私は、自分に期待されていたように政府や特権階級の人を中心に、あるいは彼らだけをもっぱら非難することはせずに、[一五]「現代の愛国主義」に非難を浴びせ、さらに次のような信念さえ明言したからです。動乱煽動取締り法案(すなわち当時一般に呼ばれていた「言論の自由抑圧」法案)を支持する大臣たちの動機がどうであれ、その法案自体は、真に自由を愛するすべての人が望む一つの効果を生み出してくれるのではないか、という信念です。ただし真実を原理的に究めていない論題に関して公共の場で熱弁を振るうのを人々に思いとどまらせたり、「貧しい人や無知な人のために訴えるのでなく、そのような人に向かって訴える」のをやめさせることに役立つのであれば、という条件をつけましたが。同時に私は、国民教育や、それと平行してなされる福音の普及が、いかなる真の政治的改善にも必要不可欠な条件であるという自分の信念も披瀝しました。かくして『ウォッチマン』第七号が刊行されるまでには、それまでの号の雑誌が方々の古道具屋で一部一ペニーで店晒しになっているのを見るという屈辱を味わったのです。（しかしこのようなことを言う必要があるでしょうか。本当のところ私は世俗的な利益にはほとんど関心がなかったので、そういうことで屈辱を感じることはまったくなかったのですから。）私は第九号でこの仕事を終わりにしました〔一六〕。しかしロンドンの出版者からは一シリングももらえなかった。彼は×××で、私を無視したのです〔一七〕。他からもごくわずかな収入しかなく、それもほとんど価値がなくなってしまうほど遅れてから受け取ったのです。八十数ポンドの支払いを一ヵ月待つことさえ拒んでいたブリストルの印刷業者のために私は間違いなく刑務所送り〔一八〕にされるところでしたが、決して裕福とは言えないある親友〔一九〕が私の代わりにお金を支払ってくれたのです。彼は、私がブリストルに初めて訪れて以来私を慕ってくれ、時が経っても、また私自身が表面上は義理を欠いても、変わらぬ誠実さをもって私の友であり続けてくれました。彼が与えてくれる忠告はいつも賢明であり、注意を与えるときも常に優しさと愛情に溢れていました。

　私は良心に従って第一次革命戦争〔二〇〕に反対していました。それでもなお、私が嫌悪していた理論をイギリスで支持する人たちの真の性格と無能さをしっかりと見きわめながら（政府が認可しない団体の一員になることで個人として行動することを止めてしまった者は、誰でも市民としての権利を失うというのが私の政治的信条の一つなので）、しかも熱心な反与党主義を貫いていました。しかしフランスのスイス侵攻以後はそれ以上に熱心な反仏主義者となり、そしてそれ以上に熱烈な反ジャコバン主義者となって、ストーウィの田舎家に引き籠もり、ロンドンのある朝刊紙に詩を投稿してわずかな生活費に充てる身になりました〔二一〕。文筆業が生活費を稼げる職業ではないということは、はっきり分かっていました。というのは、私の才能が他の点ではどうであれ、少なくとも自分を人気作家にしてくれる類〔二二〕のものではなかったということと、それに私の意見が本来どのようなものであれ、ピット派、フォックス派、そして民衆政治主義者という主要な三つの派閥からほとんど等距離で隔たっていたということは、隠しようもない事実でしたから。私の書いたものが売れないものだということについては、ある朝、家の女中によって思い知らされる面白い出来事がありました。たまたまいつもより早く起きて、彼女が火をつけるのに多量の紙を暖炉に詰め込むのを見たので、その浪費振りに対して彼女を優しく咎めたのです。「あら、旦那様」と何も知らない女中は答えました。「『ウォッチメン』しか使ってませんけど。」

当時、私は詩と、それに倫理学や心理学の研究に夢中になっていました。その頃はハートリーの『人間についての考察』に深い感銘を受けていて、自分の長男に彼の名前を付けたほどです。私がストーウィに住むことにした唯一の理由は、ある紳士〔トマス・プール〕との交流を深めるためで、彼は私の家の小さな果樹園に庭が接している隣家に住んでいましたが、この人ばかりでなく、私がそこに住み始めてまもなく、もう一人の人物とつき合い、近くに住むことによって、幸いにも計り知れない恩恵を受けることになったのです。その人〔ワーズワス〕は詩人としても、哲学者としても、また一人の人間としても等しく尊敬すべき人でした。彼の話は、物理学と政治以外のほとんどすべての話題に及んでいました。政治に関しては、彼は敢えて自らを煩わせることは決してなかったのです。しかし私は、田舎に引っ込んで当時のあらゆる論争にまったく触れないようにしてはいても、油断のならないその頃の状況では、疑念や誹謗から免れることはできませんでした。しかもその疑念や誹謗は私だけにとどまらず私のすばらしい友人にまで及び、彼にはやましいところがまったくないということさえ、逆に彼の有罪の証しとして提示されてしまったのです。忙しく立ち回る当時の多くの〔二三〕「密告者（sycophants）」*の一人（私はここでこの言葉を、輸出〔外に伝えること〕を禁止された「イチジク」あるいは勝手な空想を密輸した〔他国に伝えた〕という廉（かど）で、自分の隣人たちを密告し有力な派閥にへつらう卑劣漢という元来の意味で用いています。道徳に当てはめれば、密輸品がイチジクでも勝手な空想でも同じことです。）――このような密告者である法の犬どもの一人が、近所の人々の政治について語り、次のような意味深長な言葉を発しました。「コウルリッジに関して言えば、あいつは大して害はない。真っ先に頭に浮かぶことを何でも口に出す、そそっかしい奴だからな。だがあの××ときたら。奴は腹黒い反逆者だ。その話題については人前で一言も口にしない。」

＊ Σύκους φαίνειν. アッティカ地方の外に輸出することを禁止されていたイチジクを見せたり探り出したりすることの意。

ちょうど人が野生の象を飴と鞭で手懐けるように、今では神の御手によってヨーロッパ全土がしらふの状態になりました〔二四〕。またあらゆる階層のイギリス人が以前のイギリス的な考えや感情を取り戻しています。それゆえ今となっては、一七九三年からアディントン内閣の発足の年、すなわちアミアンの休戦〔一八〇二年〕の前年にかけてのあの不安定な時期に、人を陰で誹謗するという精神が（党派心には常につきものですが）いかに大きな影響力を持ち、その影響を及ぼしていたかは信じ難いかもしれません。その時期の後半までには、党派心の強い人の精神は過剰な刺激に疲れ果て、そして相互の失望によってくじかれて、元気を無くしていったのです。国家を和平に向かわせたのと同じ大義が、個人を和解へと向かわせたのです。対立する両派は共に自らの過ちに気付いていました。一方は明らかに革命の道徳的性格について誤解していましたし、他方はその道徳的手段と物理的手段の両方に関して見込み違いをしていました。和平の試みは非常に大きな、ほとんど屈辱的と言っていいような犠牲を払ってなされました。識者たちは、その試みが少なくとも直接的な表向きの目的においては失敗すると予想していました。しかしそれは安い買い物であり、しかも表向きの目的と同等の価値があり、そしてもしかすると、よりいっそう重要な目的を実現したのです。なぜなら、それはエリザベス一世の治世以来わが国の歴史で例を見ない国民的な合意をもたらしたのですから。神の摂理は、各人がそれぞれの役割を果たせば、良い仕事に必ず応えてくれるものですが、それがやがてスペイン擁護という国民共通の関心の対象をもたらしてくれました。そのために私たちは皆、対立する両派の好みを満足させると同時に修正することで、再び本来のイギリス人に戻ったのです。王権を心から尊重する人たちは、自由という大義と手を結ぶことで、忠誠心という大義の品位が高くなると感じました。他方、国民の中でも実直な、熱狂的民衆信奉者は、自由それ自体が王に対する忠誠心によって人間味を帯び、宗教的原理によって神聖化されるので、より魅力的な姿になるということを認めざるを得ませんでした。若い熱中家は、フランス革命の暁の虹で得意になって、自分たちの希望や恐れを国籍離脱させることを自慢していましたが、今ではその後の激動の嵐を通して鍛えられ、年月と共に酔いも醒め、愛国心を国家の独立を守る最高の手段として、またその国家の独立を国民の権利のうちで絶対不可欠な礎として、尊重し誇りとするように教えられたのです。

　スペインにおいてもまた、私たちの先走った期待が失望によって摘み取られてしまったとしても、〔二五〕抑えつけられたすべてのものが破壊されたというわけではありません。おそらく作物としては茎の部分が高く伸びすぎて、しっかり種を作ることができなかったのでしょう。そしてそこには確かにフランス主義という胴枯れ病の兆候がありました。しかしもし迷信や圧制が貪欲な羊を解き放ち、その羊が作物を踏みつけ地表まで食べ尽くすのを放任したとしても、根は生き続けているのであり、次に成長するときはその一時的な妨害によって、それだけますます力強くまた健全になることもあるのです。いずれにせよ天は、私たちイギリス人にとってはずっと正しく、恵み深かったのです。イギリスの国民は最善を尽くし、それにふさわしい報酬を受け取ったのです。私たちがいつまでもその天の恵みを受けるに値する国民であり続けますように。これまでの政治家が広く習慣的に別世界のものであると見なしてきた様々な大義が、今やあらゆる階層の人々によって、私たちの成功の主要な要因であったと認められています。「もろもろの星は天から戦いに加わり、その軌道からシセラと戦った〔二六〕。」それゆえもし道徳的な感情に基づいた合意が私たちの国家の栄光の最も確かな源の一つであったとすれば、原理を明らかにし立証することによって、そのような合意を維持し継続することに自分の人生と最大限の知的努力を捧げる人こそ、愛国者として国民の尊敬を得るに値するのです。そのような原理によってあらゆる意見は究極的に試されなければならず、そして（人間の感情が考慮に値するのは、それがその人間の変わらぬ見解を表す場合に限られるので）偶然でも一時的なものでもないあらゆる合意は、その原理に関する知識に立脚しなければならないからです。このような主張を疑う学者は、アメリカ独立戦争が始まった頃のエドマンド・バーク〔二七〕の演説や著書を調べ、フランス革命が始まった頃の彼の演説や著書と比較してみればいいでしょう。そうすればその原理がまったく同じであり、推論もまた同じであることが分かるでしょう。しかし実際には、一方の結論は、他方で導かれた結論とはほとんど正反対です。しかも両方とも筋道が通っていて、さらにそれぞれが現実の結果によって裏付けられているのです。バークはどこからそのような優れた先見の明を獲得したのか。同一の問題に対して彼が示した根拠と、彼に賛同した人々が示した根拠の間に、一体どうして著しい相違が、そして多くの場合矛盾すら生じたのか。エドマンド・バークの演説と著書は、それが最初に公になったときより今日のほうが興味をひくという周知の事実を、私たちはどう説明すべきでしょうか。一方、彼の協賛者として知られていた著名な人たちの演説や著書は忘れられてしまっているか、あるいは単に、一人の人間がすでに科学的に導き出した結論が他の人間によって、それもたまたま運良く間違いが相殺し合った結果として明らかにされることもあり得るということを、証明するためだけに存在しているのです。この違いの原因をバークの友人たちの才能の不足、あるいは経験や歴史的な知識の不足に求めることは、事実としては間違っていますが、もし間違っていなかったとしても、推測としては不適確でしょう。満足のいく説明は、エドマンド・バークが、あらゆる事物、行為、出来事を、それらの存在を決定づけ、それらの可能性の領域を制限する法則に関連させて見る眼をもち、その眼を丹念に研ぎ澄ましていたということでしょう。彼はいつも原理に言及していました。彼は科学的な政治家でした。そしてそれゆえに先見者でもありました。あらゆる原理には預言の胚胎が含まれているからです。預言する力が科学の本質的な特権であるように、その科学の神託の実現は、科学がその名に値することを目に見える形で示すことであり、(一般大衆にとっては)そのことを証明する唯一の基準なのです。バークの洗練された演説に、議場で聞いていた議員たちはうんざりしたかもしれませんが、それでもヨーロッパ中の知識人たちが、

——彼はなおも言葉に磨きをかけ、
人々が食事のことを考えているときでさえ、人を説得することを考えていた〔一八〕

と、感謝するのも当然なのです。街の看板を見ただけでも、この世にティツィアーノのような大画家がいたということが分かる(と、ある著名な友人が私に言った)のですが、同じように、議会内での討論、わが国の宣言書や公文書のみならず、新聞雑誌の論説や社説までも、どれもこれもがエドマンド・バークを想起させるのです。このことは、フランス革命が始まった頃とその後五、六年間の野党系新聞と、現在およびここ数年の同じような新聞雑誌に見られる議論の論調と根拠を、思い出すなり調べるなりして比較すれば、容易に納得できるでしょう。

ジャコバン主義の精神はバークの著作によって上流階級や文人からは追放されましたが、それでも『ハ

ムレット』に出てくる亡霊のように地下室で動き回り穴を掘っている音が聞こえないかどうか、しかも騒がしくない分ますます危険な活動をしていないかどうかは、問題にする余地があるかもしれません。私はこの件に関する意見とその根拠を、フレッチャー判事がウェックスフォード大陪審を非難したために私が判事に書いた手紙〔二九〕の中で述べ、その手紙を『クーリア』紙上で公にしています。〔三〇〕しかしたとえジャコバン主義が残っていたとしても、嫉妬という邪悪な精神が敵意と中傷というケルベロスの子を引き連れて、知識人の間を徘徊したりすることはもはやないのです。

　しかし次のような逸話が私に思い起こさせる時代は、まったく違っていました。ある非常に詮索好きな人の邪推が、私たちの近所に住む貴族のドグベリーなる人物の強い警戒心と符合した結果、私と友人を「監視するために」、政府から実際に一人の《スパイ》が送り込まれてきたのです。大臣たちの意のままになる「立派な人たち」が大勢いて、しかもその中には様々な人がいたに相違ありません。というのは、そのスパイは実に正直な人であることが分かったからです。彼は、まさしくインディアンのように根気よく、三週間にもわたって私たちを尾行した（私たちはたいてい一緒にいました）。その間私たちはめったに外出することがなかったにもかかわらず、彼は私たちの話が聞けるところにうまく身を隠していた（しかもその間まったく疑われずに。そのような疑念は私たちには思いもよらぬことでした）。そのような尾行の後、彼は、もう少し尾行を続けるようにというドグベリー卿の要請を拒んだばかりか、逆に彼に対して、自分が知り得た限り、私の友人と私は国王陛下の領地内の誰にも劣らず善良な臣民であるという信念を明言さえしたのです。彼が言うには、彼は何回も、また何時間も続けて（私たちが好んで腰をおろす場所である）海辺の土手の背後に身を隠し、私たちの会話を盗み聞きしたそうです。〔三一〕彼は当初、私たちが危険に気づいていると思っていました。というのも、私がよくスパイ・ノーズィなる人物のことを話すのを聞いたからです。それを彼は自分のことを言っていると思い、また自分の顔立ちの特徴を指していると解釈しました。しかし彼はすぐにそれが本を書いた人の名前で、しかも昔の人であることを確信したのです。私たちの話題はたいてい書物に関することで、これを見て欲しい、あれを聞いて欲しいと、常に相手に求め合っていましたが、その話の中で彼は、政治に関する言葉は一言も聞けなかったのです。一度彼が道で私と一緒になったとき（私の家から約三マイルのところにある友人宅から私が一人で帰宅する途中のこと）、彼は旅行者を装って私と話をし始め、しかも私からいろいろと聞き出そうとして故意に「民衆政治主義者」を装って語りかけました。その結果彼は、私がジャコバン主義者では決してないと確信したばかりか、（彼は付け加えて）私が「ジャコバン主義を悪い風潮であると同時にまったく馬鹿げたことであるとはっきりと言い切ったので、自分はただジャコバン主義者のふりをしていいただけなのに恥じ入ってしまった」と言ったのです。私はそのときのことをはっきりと記憶していて、帰るや否やバードルフ〔シェイクスピア『ヘンリー四世』、『ヘンリー五世』その他の登場人物〕のような真っ赤な鼻の旅人の言ったことと、それに対する私の返事を繰り返して語りました。私は「糾弾者になる前の誘惑者〔サタン〕」（『楽園喪失』第四巻一〇行）の本当の目的にはまったく気づかなかったので、そのときの会話が、誤った考えを持った哀れなその不満分子にとって何らかの役に立ったのではないかという期待と信念を、少なからぬ喜びをもって語ったほどでした。この出来事のおかげで、私は以下の報告の信憑性に疑いを挟むことはできなかったのです。その報告とは、ある人が村の宿屋の主人から聞いた話を好意で知らせてくれたものです。宿の主人はその「政府関係の紳士」を丁重にもてなすようにと言われ、しかし何よりも、そのような人物が自分の宿に居ることを決して口外しないように命じられていました。そうこうするうちに宿の主人は、例の客人と一緒に最後の会談に同席するよう、ドグベリー卿から命令を受けた。そして「大臣たちの信任厚いその紳士」が私の無罪を支持した後、主人は以下の質問に次のように答えたのです。

ドグベリー卿　さて主人、例の人物について何を知っているかね。

主人　私は彼がよく地主の××様（主人の宿屋の持ち主）や、時にはホルフォードに新しくやって来た人たちと一緒に歩いているのを見かけます。しかし一度も彼に話しかけたこともかけられたこともありません。

ドグベリー　しかしお前は、彼が煽動的な文書やビラを民衆に配ったことがあるのを知らんのかね。

主人　いいえ、旦那様。そんなことは聞いたこともございません。

ドグベリー　お前はこのコウルリッジ氏が、住民のちょっとした集まりなどで演説をぶったのを見たことも聞いたこともないのかね。――おい主人、何を笑っているのだ。

主人　お許しください。住民たちが唖然としてあの人を見ている様子を想像していたものですから。もし私の聞いたことが正しければ、皆、あの人が話した言葉のどれ一つも理解できなかったでしょう。ウインザーの名門校〔イートン校〕の校長であり大聖堂の参事会員で、私どもの教区牧師でもあるL博士がこちらにいらっしゃったとき、地主の××様の家で晩餐会がありました。そこに居合わせた農園主の一人が言うには、あの人と博士は食事の後、ちんぷんかんぷんの言葉を一時間も交し続けたそうです。

ドグベリー　主人、私の質問に答えなさい。奴は民衆に向かって演説をぶってはいないか。

主人　どうか怒らないでください。私は知っていることしか申せません。あの人が地主と牧師、それに例の見慣れない紳士以外の人と話をするのは見たことがございません。

ドグベリー　彼が本や書類を手にして、この地の海図や地図を描きながら海峡に面した丘や海岸線を歩く姿を見かけなかったか。

主人　はい、そのことでしたら確かに聞いたことがございます。人の悪口は言いたくはございませんが、そのことを聞いたのは確かでございます。

ドグベリー　はっきり話しなさい。恐れることはないぞ。お前は国王陛下と政府のために義務を果たしているのだ。何を聞いたのだ。

主人　人が言うにはあの人は詩人で、クォントックやこの辺り一帯を詩にしようとしているそうです。彼とその見慣れない紳士はほとんどいつも一緒にいるんで、その紳士は何かその詩人の仕事にかかわりがあるのだろうと思います。

——こうしてこの恐ろしい尋問は終わりました。ただこの後半の部分だけは説明を要しますし、そしてこの後半部分があればこそ、この逸話は私の文学者としての生涯の中に位置づけられるのです。〔クーパーの〕『課題』という素晴らしい詩について私が欠点だと考えていたことは、その作品の題名にもなっている主題が、最初の三、四頁までしか続かず、実際続けることができなかったということであり、その詩全体を通じてそれぞれの部分の繋がりがしばしば覚束なく、その展開が突飛で気まぐれであるということです。私が探し求めていた主題は、叙景、出来事、それに人間・自然・社会に関する情熱的な考察に同じくらいの紙幅と自由を与え、しかもそれ自体が各部分に対して自然な繋がりを、そして全体に対して一貫性を与えるものでした。そのような主題を私はある小川に見出したように思いました。その小川はクォントック丘陵の、黄褐色の苔と円錐形のグラスの形をしたスゲの繁みの中に源を発し、最初の裂け目、すなわち滝へと流れていくのですが、そこで初めて落下する水音が聞こえるようになり、一つの水路が形成されます。小川はそこからさらに泥炭を蓄える納屋（それ自体も黒っぽい泥炭を四角く切ったものでできている）へと流れ、さらに羊小屋、最初の耕作された畑、荒地を切り開いて建てた一軒家ともの寂しい庭、そして部落、村、市の立つ町、工場地帯、港へと流れていきます。そのため私はほとんど毎日クォントックの丘の上と傾斜のある谷間を散策しました。手に鉛筆とノートを持って、画家が言うところの習作を描き、そしてしばしば題材と風景を目の前にしながら、種々（くさぐさ）の思いを詩に作り上げていたのでした。「小川（“The Brook”）」と題されるはずだったその詩は、良くも悪しくも様々な事情から完成させることはできませんでしたが、もし完成していたら、「わが国の公安当局に捧ぐ――海図および地図収録」とでもしてやろうかと怒りにまかせて考えたりしたものです。何しろ、私は、フランス軍の侵攻を助けるため、海図と地図をフランス政府に提供すると思われていたのですから。しかも私が描写したのは、クリーヴドンからマインヘッドにかけての、漁船もほとんど近寄れないような海岸地帯だったのです。

　この世に生まれてから今日に至るまでの私のあらゆる経験は、次のような警鐘的処世訓を裏づけるものでした。すなわち、同時代の政治的あるいは宗教的な熱狂家と真っ向から対立する人のほうが、わずかな点で考え方が異なる人や、おそらく程度においてのみ異なる人よりも、彼らの非難を受ける危険が少ないということです。公の問題の議論に私的生活の中での感情を持ち込むことは、党派的熱狂という蜜蜂の群れにおける「女王蜂」にも匹敵する働きをするものですが〔三〕、このため党派心の強い人は、穏健な友人よりも極端な反対者のほうにより共感するのです。私たちは今、一時的な平和を享受しています。どうかこの平和が続きますように。今日のわが国の聖書協会や国家的あるいは慈善的目的をもったその他の多くの団体は、はるかに高尚でより重要な功績に加えて、他愛もない大げさな言葉で人心を動揺させるような過剰な活動や熱狂振りと、混乱した支配を取り除くのに役立つかもしれません。しかし毒の樹は、その樹液が一時（いっとき）根のほうにまで下がっていたとしても、枯れないものなのです。私たちは少なくとも、自分たちがまったく安全であるという考えには陥らずに、自分たちの最高の気分に対してさえ監視を怠ることのないようにしましょう。私はこれまで、信仰の自由が支持されながらひどい不寛容が示されるのを見てきました。様々な宗派を差別なくまとめることを促進しながら、宗派的反感が目に余るくらい露骨に表明されたり、また残虐な、ほとんど背信行為とでも言えそうな行為が、人類の利益にきわめて重要な目的を推進する中で行なわれてきたのを目にしたことがあります。しかもこのようなことはすべて、生来優しい性質で模範的な行動をとるような人によってもなされるのです。

　熱狂という魔法の杖は人間性のまさに深奥に蓄えられており、新たに芽を出して以前の果実をつけるためには、ただ再び活気づかせる名人の手の熱がありさえすればよいのです。ドイツにおける農民戦争〔三三〕の恐怖や再洗礼派〔三四〕の教義の恐ろしい影響（その教義とジャコバン主義の教義との違いは、神学用語を哲学用語の代わりに使っているということだけです）が、一時ヨーロッパ全土を恐怖に陥れました。しかしこのような出来事についての鮮明な記憶も、すべて忘れ去るのに一世紀もあれば十分でした。その二つの騒動ほど恐ろしくはないが同じような結果を伴った同様の原理が、チャールズ一世の投獄から息子のチャールズ二世による王政復古に至る期間〔三五〕、再び働いていたのです。狂信的行為を迫害によって根絶しようとする狂信的な信条は、内乱を引き起こすこととなりました。結局その戦争は反乱者側の勝利に終わりましたが、それまでの気質は変わりませんでした。ミルトンが「長老派教会の長老は《昔の司祭》を尊大にしたにすぎない」〔三六〕と主張するのはもっともでした。ありがたいことに、この激情的行動がもたらした一つの良い結果は、教会の再建でした。そしてこのとき、その有害な精神はしばらくの間閉じ込められ、「これ以上国民を惑わすことのないよう、封印された」〔黙示録二〇・3〕と人々は期待したかもしれません。しかし実際にはそういかなかった。迫害の精神は以前に劣らぬ激しさで、それまで迫害されていた人々に受け継がれたのです。厳粛同盟[三七]の下、大聖堂を馬小屋に変え、芸術と古人の敬虔な心が作り出した類まれな記念物を破壊し、学問と宗教の最も輝かしい装飾品を穴蔵や部屋の片隅に押しやった、あの狂信的な原理と同じ原理が、今また監督主義という旗印の下で闊歩し、まずはイングランドの監獄をスコットランドの哀れな盟約派[三八]で一杯に満たし、彼らに対して復讐の思いを晴らしたのです。(ラングの『スコットランド史（*The History of Scotland*, 1802)』、ウォルター・スコットの『スコットランド国境地帯の詩歌（*Minstrelsy of the Scottish Border: Consisting of Historical and Romantic Ballads*, 1802-3)』など参照。）最後には慈悲深い摂理が、両派を共通の敵に対して強制的に連合させたのです。続いて賢明な政府が誕生し、英国国教会は信仰の自由の最も輝かしい模範になったばかりか、それを守る最高で唯一の確かな砦となったのであり、また現在もそうなのです。狂信的な迫害の新たな波を防ぐための真の、そして不可欠なこの防波堤が、永遠に存続しますように。

それから長く静かな時が訪れました。あるいは、疲労困憊のために悪寒の発作が生じたのだと言ったほうが適切かもしれません。その兆候は、大勢の人の間に無関心が広まったことや、知識層の人々が不信仰や懐疑の傾向を示したことに現れていました。そしてついに、党派的で民衆主義的な狂信が引き起こした犯罪やばかげた行為に対してしばしの間大多数の人々が抱いていた嫌悪感と憎悪は、貴族たちの高圧的な特権やヨーロッパの宮廷に見られる奢侈（しゃし）、陰謀、そして情実に向けられるようになりました。これと同じ原理が、当世風の哲学の派手な装いで再び勝鬨（かちどき）を上げつつ台頭し、フランス革命を引き起こしたのです。先のフランス専制支配の忌まわしい原理やそれに似合った手段が、すでに民衆主義的狂乱についての人々の記憶を朧にしてしまったのではないか、またそれによってそのような記憶を蓄積し支えていた感情の電撃的な力が他の対象に向けられてしまったのではないか、そして政治の世界の反対側に雷を引き起こし、そこから落雷させるためには、様々な出来事が都合よく同時に起こるしかないのではないか——こういったことをここ三、四年の間私たちが危惧するのももっともではないでしょうか。(『友』一一〇頁〔*Friend* (*CC*) I, 180 (II, 106)〕参照。)

希望に満ち溢れたときでさえ体質からくる怠惰が自分の熱情を抑えてしまうということもありますが、それ以上に古典教育と学問研究の習慣と影響のために、文学的、政治的冒険を始めて一年経つか経たないうちに、私の精神は論争に関しても論争する党派に関しても、すっかり嫌悪と落胆の状態に陥ってしまった。詩的感情以上のものをもって、私は次のように叫びました。

「官能」と「無知」は抵抗しても無駄だ。
それらは自らの力で奴隷になっている者。
狂気の戯れの中で、彼らは手枷を破り、
それ以上に重い鎖に刻まれた「自由」の名を身につける。
ああ自由よ、報われぬ努力を続けて
私は長い間疲れ果てながらもお前を追い求めた。
しかしお前は勝利者の華やかさを誇ることもなく
人間の力の様々な姿にお前の魂を吹き込むこともなかった。
お前はどんなに称えられようと、あらゆるものから、

（祈りも誇らしい名もお前を引き止めることなく）
邪教の強欲非道な怪物の手先からも、
党派的な冒瀆行為の忌まわしい奴隷からも、
お前は智天使の翼を拡げて去っていく、
家無き風を導き、波と戯れながら。

（「フランス」改詠詩、八五―九八行）〔*PW I* (1), 467〕

私はクォントック丘陵の麓のサマセットシャーにある小さな家に隠棲し、自分の思索と研究を宗教と道徳の基礎固めのために費やしました。ここで私は、自分が錨の切れた船のように拠り所がないことに気づきました。疑念が沸いてきたのです。疑念は「大いなる深淵の源から」突然現れ、さらに「天の窓から」降ってきた〔創世記七・11〕。自然宗教の根源的な真理も啓示の書も、ともにその疑念の洪水を大きくしたのです。かなり経って、ようやく私の箱舟はアララトの山に辿り着き休息しました。私にとって至高の存在という観念は、無限の空間という観念が空間を限定するあらゆる幾何学的な形に含まれているのと同じくらい必然的に、個々のあらゆる存在様式に含まれているように思えたのでした。神の観念はその実在性を内包するという点で他のあらゆる観念と区別される、というデカルトの考え〔『方法序説』第四部〕を私は気に入っていましたが、完全に満足していたわけではありません。そこで私は、あるものが外界に存在するということに関して、いかなる証明〔三九〕ができるかを自問し始めました。たとえば現象すなわち私の知覚におけるイメージとは切り離された物自体としてのこの一枚の紙に関して、いかなる証明ができるかということ。物の本質においてそのような証明は不可能であることを私は理解しました。また感覚の対象とはならないあらゆる存在様式に関しては、その存在は精神それ自体の本質から生じる論理的必然性、つまりそれを疑ういかなる動機もない、ということによって仮定されるのであって、反対のこと〔それが存在しないこと〕を仮定すると絶対的な矛盾が生まれるという理由からではない、ということが分かったのです。それでもなお、あらゆるものの存在の根拠である一つの存在が、道徳の創造者であり、かつ支配者であるものの存在を意味するということにはなりませんでした。「あらゆる実在は、属性として必然的存在に内在するか、あるいはその存在基盤である彼を通して存在するのだ、という見解においては、知性と意志という特性を至高の存在に帰すべきだというとき、それが前者の意味においてなのか後者の意味においてなのか――すなわち知性と意志は至高の存在にとって内在的な属性なのか、あるいは彼を通して他のものの中に存在する結果でしかないのか――が曖昧なままである。※したがって有機的構造と運動は神に内在するものではなくて神に由来するものであると考えられるのである。※もし後者が真理だとすれば、畏怖すべき宇宙の基盤としてのその存在の充足性、統一性そして独立性ゆえに《第一動者》とされるものに由来する、あらゆる優越性を考えても、その《第一動者》の本質は、我々が《神》という概念において必ず理解するはずのものには、はるかに及ばないだろう。自己の知識や自己の意思決定がなければ、それは単に他のものや他の精神のための、盲目的で必然的な基盤でしかなくなってしまうからであり、それはより明確に分かりやすく説明されているというだけで、ある古代の哲学者たちが言う《運命》とまったく変わらないことになるからである。」（カント『神の存在の唯一可能な証明根拠』第二巻、一〇二及び一〇三頁）〔四〇〕

　実際かなり長い間、私は人格と無限性の折り合いをつけることができませんでした。そして頭ではスピノザの考えに共鳴しながらも、心情ではパウロやヨハネに共感していました。〔四一〕しかし私には、『純粋理性批判』と出会う前にもすでに、一種の案内灯がありました。単なる知性だけでは、神聖で叡智をもった第一動者を確かに見出すことができなかったとしても、その第一動者の真理を正当に否定するような議論を知性から導き出すこともできないという証明を、その案内灯が提供してくれるでしょう。その案内灯は、いまだかつて知恵（論理的思考力としたほうが適切な訳ですが）によって神を知ることができた者はいないという聖パウロの主張（一コリ一・17―21）以外の何ものでもありません。それはまさしく、地上で最も崇高でおそらく最も古い書物が私たちに教えたことにほかならないのです。

人は銀や金を探し出し、
大地から鉱石を取り出し、闇を光にかえる。
だが知恵はどこに見出されるのか、
思慮の地はどこにあるのか。
深い淵は叫ぶ、「それは私の中にはない。」
大海はそれに応えて言う、「私の中にもない。」
では、知恵はどこから来るのか。
思慮はどこにあるのか。
すべて命あるものの目からそれは隠されている。

空の鳥にすら、それは隠されている。
地獄や死が答える、
「それについて耳にしたことはある。」

神は、それへ至る道をはっきりと示される。
神こそ、その場所を知っておられる。

神は地の果てまで見渡し、
天の下、すべてのものを見ておられるからだ。

そして神が風を量り分け、海の大きさを測り、
雨の降り方を決定し
雷（いかずち）の道を定め
稲妻の輝く道筋を定めた時、

その時神は知恵を見、
そしてそれを計り、
その深さを調べ、

線でそれを囲んで定めた。

しかし神は人間に言った、
主を畏れ敬うこと、それが《汝》の知恵、
そして悪を遠ざけること、
それが汝の思慮である、と。

（ヨブ記、第二八章）

宗教は、道徳の礎石であり要石（かなめいし）でもあるので、道徳的起源を持たねばならない、と私は確信するようになりました。宗教の教義の明証は、抽象的な科学の真理とは異なり、意志とまったく無関係ではあり得ないということは、少なくとも信じていました。そうなると、宗教の根本的真理は否定されることがあり得ると考えられることになります。ただしそれを否定するのは、愚か者だけです。しかも心の狂ってしまった愚か者だけです。

したがって、神がその本質によって宇宙の礎として存在するだけでなく、その英知と神聖な意志によって世界の造り主および審判者として存在しているとする私たちの信仰についての問題は、以下のようになるでしょう。科学的な理性は、純粋に理論的なものを対象とし、理性という名と姿がその教理に反対する人によって奪われない限り、中立のままでいます。しかしその次に理性は、間違った見せかけの論証の正体をあばいたり、同様に論理的な前提からまったく反対のことが同様に証明可能であることを示すことで、私たちの信仰の強い味方になるのです。他方、悟性は信仰の契機になり、経験による類推は信仰を促します。自然は永遠の啓示によるかのように、その信仰を喚起し思い出させます。私たちの感情は信仰をほとんど必須のものとし、良心の掟は有無を言わせず信仰を私たちに命じるのです。いやしくも良心の掟に適う議論は、信仰を支持します。その崇高さに怯む以外に、信仰に反対する理由は何も生じないのです。信仰は知的に明証されれば必ずや道徳的には力をなくし、強制的であるがゆえに価値のない同意に基づく冷たい機械論のために、信仰の命を犠牲にして、自らその目的を妨げてしまうでしょう。神と来世への信仰は（もし受動的な黙従を事実以上に良く解釈して信仰と呼ぶならば）いつも良い心を生み出すというわけではありません。しかし良い心はごく自然に信仰を生み出すので、ごく少数の例外は、奇妙で不幸な環境から生まれた奇妙な変則と見なさなければなりません。

　以上のような前提から私は考えをさらに進め、以下のような結論を出しました。第一に、無限でしかも自己の意識を持つ「創造主」の存在をひとたび完全に認めれば、実在するとすでに認めたものを、同時に不合理であると証明しようとするような議論に基づいて、他の信仰箇条のいずれをも不合理だとすることは許されない。第二に、自己を把握し創造的である精神を認めることから推論できることは何でも、神性に関するさらなる神秘の可能性を証明する正当な論拠になり得るということです。ライプニッツは公爵に宛てた手紙〔一六七一年一〇月ヨハン・フリードリヒ・フォン・ブラウンシュヴァイク・リューネベルク宛て〕の中で次のように述べています。「不信仰者や異端者の攻撃に対して、私は神秘（三位一体など）の可能性の矛盾を取り除こうとしているのであって、〔神秘の〕真理の矛盾を取り除こうとしているのではありません。真理は啓示によってのみ確立されるからです。」そしてさらに以下のような適切で重要な言葉を付け加えています。「ヘラクレスのように強力な無神論者と異端者の手から、不可能と矛盾という棍棒が奪い取られるまでは、伝統や聖書を引用しても教義の証明にはならないでしょう。というのも、異端者は常に、聖書の字義通りの意味はあらゆる道理を超越しているというよりも、まったく道理に反しているのだから、ヘロデ王は狐である、というように比喩的に理解されねばならない、と答えるでしょうから。」

私は以上のような原理を哲学的には考えていましたが、啓示宗教という面では熱心なユニテリアンのままでした。私は三位一体の理念を、創造的知性としての神という存在から正しく導き出されたスコラ哲学的推論だと考えており、したがって三位一体という考えは、自然宗教の深遠な教義として位置付けられるに値すると考えていました〔四二〕。しかし、そこに何ら実践や道徳との関連性を認めないまま、私はそれを哲学の学派間の問題に限定して考えていたのでした。ロゴスを〔三位一体のうちの〕一つの位格（つまり単なる属性でもなければ人格化でもないもの）として認めても、キリストの受肉と十字架による罪の贖いに関する私の疑念は、決して拭い去られることはありませんでした。その受肉や贖罪を、理性において超然たる神と両立させることはできませんでしたし、道徳的感情においても、物と人間の間の侵されざる違い、すなわち身代わりによる借金返済と身代わりによる罪の償いの違いとを両立させることはできなかったのです。自分の哲学的な原理をより徹底的に改めていく必要がありましたし、自分自身の心をより深く洞察する必要があったのです。それでも、私の形而上学的な考えと一般的なユニテリアンの考えとの相違が、最終的に私をキリストにおけるあらゆる真理に立ち返らせたことは確かだと考えます。それはまさに聖アウグスティヌスが自ら告白していることと同じなのです〔四三〕。彼の場合、マニ教というはるかに未開の異教に従うことでいっそう深刻になっていたとはいえ、同じ過ちから彼の信仰が救われたのは、あるプラトン哲学者たちの著書がきっかけとなったというのです。

私の心がこのように困惑していた頃、〔四四〕感謝してもなお余りある慈悲深い神慮によって、ジョサイア・ウェッジウッド氏とトマス・ウェッジウッド氏が惜しみなく支援を与えてくれ、おかげで私はドイツでの勉学を修了することができました。そのときから私は、自分自身の未熟な考えや幼稚な文章で人を煩わせることはせず、よりしっかりと他人の英知を自分の頭に蓄えることに専念しました。時間とお金を最も有効に用いることができたので、私の人生の中でこれほど純粋な満足感をもって振り返ることができる時期はないくらいです。ラッツェブルクでかなりのドイツ語の知識を身につけた後*——そのことはラッツェブルクまでの旅路の記録と共に雑誌『友』で述べました——私はハノーバーを経てゲッティンゲンへと向かったのです。

* ある国の言葉をその国で習得しようと考えている人に対しては、私があるやり方で言葉を学ぶことから得た計り知れない利点のことを話せば役に立つかもしれない。それは、英語を介在させることなく、その言葉が指す対象物を目の前において、そうやって学び得るすべての単語を学ぶというやり方だった。ラッツェブルクでの最初の六週間は、下宿先の人のいい親切な老牧師のお供をして、地下室から屋根裏まで行き、庭や農家の中庭などを通り抜け、どんな細かいものでもすべてのものをドイツ語で言うのが、私の朝の勉強の決まった日課だった。広告、笑劇、ジョーク集、それに子供たちと遊んでいるときの彼らの会話は、文学作品だけから学ぶ以上に、あるいは上流社会の人たちとの付き合いから学ぶ以上に、日常的な言葉を知るのに役立った。ルターが解釈ということに関してドイツ語で書いた手紙の中に、誠実で健全な感覚を表している一節がある。ドイツ語は読めてもこの英雄的改革者の膨大な量の二つ折り判は読んだことがなさそうな人のために、素朴で力強く独特な原文の言葉を、その訳文の前に付け加えておこう。〔ドイツ語原文省略〕

（訳文）ドイツ語をどのように話すかを知るには、ラテン語で書かれた書物に拠るのではなく、家にいる母親や小道や路地にいる子供、あるいは市場の庶民に尋ねるべきである。そう、そして彼らが話しているときの口の動きを観察し、その後で意味を解釈することだ。そうすれば彼らはあなたを理解し、あなたが自分たちとドイツ語を話していることに気づくだろう。

ゲッティンゲン大学では、ブルーメンバッハの指導を受けながら午前中は生理学、午後は博物学の講義を休まず受講しました。この人の名は、その大学で学んだことのあるあらゆるイギリス人にとって親しみ深いだけでなく、ヨーロッパ中の科学者にとっても尊敬すべき名でした。アイヒホルンの新約聖書に関する講義は、ラッツェブルク出身の学生のノートをもとに復習しました。その学生はしっかりした学識を持ち根気強く勤勉な学生でしたが、今では確かハイデルベルク大学で東洋語の教授をしているはずです。しかしながら私が最も力を注いだのは、基礎知識としてのドイツ語とドイツ文学でした。私はティッヒセン教授から、ウルフィラス〔四五〕のゴート語に関して様々なことを学び、その文法や頻繁に用いられる基本語に十分親しむことができました。そしてこの哲学的言語学者の助けを時おり借りながら、オットフリード〔四六〕による福音書の韻文訳*やテオティスカ語、すなわちゴート語からシュヴァーベン時代の古代ドイツ語へと変わっていく過渡期のチュートン語の、現在残っている最も重要な文献を通読したのです。この時期のものでは吟遊詩人（ミンネジンガー）〔四七〕（すなわち恋愛詩人であり、シュヴァーベンの宮廷のプロヴァンス風抒情詩人）や韻文ロマンスを丹念に正確に読みました（この時期の洗練された言葉はちょうどわが国のチョーサーの言葉のようなものですが、その後その言葉はより濃密になり語彙が豊富になった一方、美しさや柔軟性の喪失がそれ以上に大きかったのではないかという疑問を、当時の哲学生であった私は今なお抱いています）。そしてさらに職匠歌人（マイスタージンガー）〔四八〕の数多くの典型的な作品を苦労して読んだのです。職匠詩人は吟遊詩人の後継者としては技量において劣りますが、それでもニュルンベルクの靴職人ハンス・ザックスの未熟ながらも面白い詩によって、時おり喜びを味わうことができました。彼の天分の一部を示す作品としては、二つ折り判の二段組五巻本として印刷されたものが現存していて、またほぼ同数の詩が手稿のままで残っています。この精力的な詩人は、それでも、詩作した分だけ、作る靴の数を減らすようなことはせず、まじめに自分の手で大家族を養ったのだということも、読者に伝えようと心を砕いているのです。

＊　この韻文訳はシャルルマーニュ大帝の頃のものであるが、この訳には詩的に非常に優れたところが時おり見られるのは確かである。以下の詩行（第五章の最終部）には流暢な調べや穏やかな情熱があり、それは次の拙訳においても読者の関心を引くのではないかと心密かに思っている。オットフリードはイエス・キリスト降誕の直後の状況を描写している。

喜びに満ちた聖母マリアはその純潔の乳房を差し出した。
御母はそれを隠すことなく露わにし、
かの聖なる御子に乳を吸わせる。
聖なるかな、聖なるかな、その乳房、
幼き救い主が口づける乳房よ。
聖なるかな、聖なるかな、御母よ。
マリアは幼き御子の身体を産着に包み、
子守唄を口ずさみつつ膝に乗せ、
優しく身をかがめ、愛情溢れるまなざしを注ぎ、
御子をやすらかに寝かしつける。
幸いなるかな、御母は御子を
湿った冷たい大気より守る。
幸いなるかな、幸いなるかな、マリアは
聖なる臥所（ふしど）で添い寝する、
この世の赤子と母親たちがするように。
幸いなるかな、幸いなるかな、とこしえに、
マリアは乙女の唇で御子に口づけし、
両腕で、その胸にしっかりと

聖なる御子を抱きかかえる、
聖母マリアが聖なる御子を。
御母を讃える歌をうたえるものは
この地上には誰もいない。
力強い母、清い乙女、
御母が、夜の暗闇の中、
天上の主をわれらのために産み給うた！

すべてのイメージがまったく自然でありながら、神秘的な何ものかを信じることによって感情が自然な状態を超えて高まるときの効果を考えることは、大変興味深い。宗教や詩が最も人の心を打つのは、そのようなときなのである。

ピンダロス、チョーサー、ダンテ、ミルトン等には、詩的才能が自由や真の改革を愛する気持と密接に結びついている実例があります。これらの詩人たちの名にこの実直な靴屋の名を連ねたとしても、少なくとも良心に悖（もと）るようなことはないでしょう（ちなみに靴屋という職業は哲学者と詩人を輩出することで際立っています）。「明けの明星」と題されたザックス〔四九〕の詩はルターを賞賛し支持した、まさに最初の出版物でした。また彼の素晴らしい賛美歌は、その価値を反映してほとんどすべてのヨーロッパの言語に翻訳されましたが、それは英雄的改革者ルターがプロテスタントの教会を訪れたときは必ず歌われたものでした。

「ドイツ語」という言語の始まりは、ルター自身がドイツ語で書いた著作と、特に彼のドイツ語訳聖書からであったと言えます。私がドイツ語といっているのは、今日の書き言葉としてのドイツ語であって、平坦な北部地方の方言である《低地ドイツ語》や中部および南部ドイツの方言である《上部ドイツ語》とは対照区別される《高地ドイツ語》と呼ばれる言語です。高地ドイツ語は、まさに「共通語」であって、どの地方の土着の言葉でもなく、すべての方言の中から選び抜かれた香り豊かな言語です。それゆえにその言葉は、あらゆるヨーロッパの言語の中で最も表現が豊富であると同時に最も文法がしっかりしている言語なのです。

ルターの死後一世紀もしないうちに、ドイツ語には衒学的で粗雑な表現が氾濫しました。私は好奇心からその時期の本を数冊通読しましたが、それはそれらの各頁の外見自体がこれ以上に風変わりなものはめったにないと言えるようなものだったからです。ほぼ三語に一語がドイツ語化した語尾をもつラテン語で、ラテン語の部分は常にローマン体で印刷され、語末の音節はドイツ文字がそのまま使われているのでした。〔五〇〕

ついに一六二〇年頃にオーピッツが現れました。彼の才能は、今私の記憶に浮かんでくるどの詩人よりも、ドライデンのそれに似ていました。最も鋭い批評家レッシングや最初の辞書編集者アーデルングの意見に拠れば、オーピッツと彼の弟子のシレジア〔五一〕の詩人たちは、ドイツ語を復活させただけでなく、今でも純正な表現を用いる模範的作家であり続けています。この件に不案内の私にはそのような問題の是非を判断する資格はありませんが、それでも繰り返し彼らの作品を熟読した後の私の気持としては、彼らの判断は正しかったように思います。私は彼らから、後世の作家の文体において何が純正であるかを感じとる、ある種の感触を学んだ気がします。

ゲレルト、クロプシュトック、ラムラー、レッシング〔五二〕、それにその仲間たちで始まった素晴らしい時代に関しては、特に述べる必要はないでしょう。私は彼らの作品に親しむ機会を享受しましたが、もしその機会を持ちながらそれらの作品に親しむことがなかったならば、恥ずべきことだったでしょう。ずっと後になって私がその著作の大部分を知ることになったドイツの哲学者たちに関しては、この自伝的素描に必要な程度のことはすでに述べました。

ドイツから帰国するとすぐに私は『モーニング・ポスト』紙の文芸および政治欄を担当して欲しいと頼まれました。そこで私は、新聞が今後ある一定の公表された方針に基づいて編集されること、また特定の政党や特定の事件を支持してその方針から逸脱することを私に義務づけたり要請したりしない、という条件のもとでその申し出を受け入れました。結果的にその新聞は反政府系となり、その後何年もそうあり続けました。ただし野党に対する賛成もごく控えめに示し、また反政府の立場以上の真摯さと熱意をもって反ジャコバンと反フランスの立場をとっていました。私は第一次対仏戦争に関し、開戦のきっかけにおいてもその処理においても、賛成する理由を未だに見出せません。またいかなる理由でパーシヴァル氏〔五三〕（私は変り者なので、彼こそこの時代の最高で最も賢明な大臣と考えている）や現政権〔五四〕が、ピット氏の政策に従っていると言えるのか、理解できません。母国を愛し、フランス人の主義主張と野心に根気よく抵抗することは、確かに彼らと、彼らより前のピット政権に共通する立派な性質です。しかしパーシヴァル政権および現政権が成功した理由が、彼らがピット氏の取った方策とまったく反対の方策を講じたからであるということは、事実という証拠によって明らかにされる歴史上のどのような問題にも劣らず明瞭だと思います。ピット氏と反対の方策とは、たとえば、国力を一つの目的に集中させること。資金提供によって協力を得るような政策を破棄すること。少なくとも、大陸の宮廷を煽動あるいは買収して戦争をさせ、遂にはそこの国民たちがその戦争を自ら進んで行なっているのだと信じるような事態を招かないこと。そしてとりわけ男らしく寛容に英国民の良識を信頼し、また信頼関係と財産の相互依存によって国民の心そのもの*と結びついている忠誠心を信頼することなのです。

＊　最近グレンヴィル卿〔五五〕は、対仏戦争の前半に国内で革命が起こる切迫した危険があったことを（上院で）再度主張した。私は卿が真剣であることは疑わない。またそのような危険を信じることが彼にとって心地よいということは間違

いないだろう。しかし将来の歴史家が依拠できるような危険の証拠は、いったいどこにあるのか。また歴史家は単なる主張に頼らなければならないのだろうか。『友』からこの件に関する一節を引用することを許して頂きたい。「私が語ってきたことは、無法者の議論に対抗するために、反ジャコバン派は法律をいったん停止し、特別の法令をさし挟むことで、スパイや密告者が好き勝手に活動し不気味な闇夜に乗じて逃げられるように、万民のための日の光を遮ることを企てたということである。財産恐慌で正気を失い混乱している人々こそ、実際はそれを煽動する張本人であったのだが、このような思い違いをした連中が、改革と反乱を望む全体的傾向が実際にある国に暮らしたことがあるとしたら、どうなっていただろうか。もし彼らが、シシリーや革命の第一波が迫るフランス、あるいは私たちの隣の島〔アイルランド〕の各地を旅したことがあったとしたら、彼らは当時イギリス中で支配的だった精神状態や意見に関する彼らの言明を引っ込めざるを得なかったであろうに。あの当時なら（神よ、願わくはそのような時が過去のことでありますように）、狭い海峡を渡ることで、近づいて来る危険の真の兆候がどういうものかが分かり、警官の姿を見ただけで度を失って縮み上がってしまうような反政府的扇動の集会や虚しい熱弁を、嵐や地震のような国全体の争いに先立つ恐ろしいざわめきや異様な驚愕と勘違いせずに済んだかもしれなかったのである。〔革命前夜のフランスでは〕コーヒーハウスや大衆劇場のみならず裕福な人々の食卓でも、当時の政権の支持者たちが、自分たちが少数派であることを意識しているような言葉や調子で、自分たちの主張を弁護するのを聞いたことだろう。しかしイギリスにおいては、革命に対する警戒が最も厳しかったときは、どの都市、どの町、どの村でも、民衆政治主義を信奉していると疑われた人は、外に出れば必ず人々の憎しみの不快な証を何らかの形で感じたであろう。そのような憎しみが国民の大多数によって、その人が信奉していると考えられた意見に対して向けられていたのだから。そして大衆の過激な言動や憤りの例は皆、政府や国教会の肩を持つものだけだった。しかしここでそういった不快な事実を指摘する必要はないだろう。歴史書を繙(ひもと)いて、財産の影響力が大きく財産家の利害が絡み合っている国ならどの国でもよい、貴族や聖職者あるいは富裕な階層の人々が協力せずに革命がもたらされた事例を一つでも探してみよ。フィリップ二世下のベルギー地方の革命、一世代前のフランスでの内乱、アメリカ独立革命の歴史、あるいはスウェーデンやスペインにおけるもっと最近の出来事を調べてみよ〔五六〕。そうすれば、一七九一年からアミアンの和約までのイギリスにおいては、徒党を組もうとする動きや、実際組まれた徒党で、現行法がそれに対して十分な対策やしっかりした処罰を規定していないものはなかったということが、おそらく分かるはずである。しかし何ということか！　財産恐慌は第一に政党の利益のために始まったのである。そしてそれが一般の人々に広まると、それを広めた人たち自身もそれに取り憑かれ、しまいには自分たちの嘘を自ら信じてしまった。ちょうどボロウデイルの雄牛〔五七〕が自分たち自身の鳴き声の反響で時おり狂乱するのと同じように。結果は最悪だった。我々の注意はもっぱら怪物に向けられていたが、その怪物よりもそれを生み出した混乱のほうが長く続いたのである。賢明なバークでさえ、まるで永続的で組織的な無政府状態に陥る危険もあったかのように話し、推論することもしばしばだった。したがって我々は、フランス主義と戦う一方で、それを覆すための手段が逆にフランスの野心というはるかに恐ろしい悪を助長し増加させるのではないかということに関しては、ほとんど注意を払わなかった。我々は、子供のように野良犬のほえ声から逃げて、狂暴な軍馬の足元に避難したのである。」〔*Friend* (*CC*) I, 218–20, II, 142–4〕

それはともかく、『モーニング・ポスト』紙は、穏健に反政府の立場をとっていると一般に考えられていたために、公にピット氏を賞賛するよりもむしろ、最も重要な問題に関しては結果的に政府の有力な味方となったと私は信じています。（数は少ないでしょうが、もし好奇心や気まぐれで当時の雑誌をめくってみる人がいるとしたら、以上のことを示す証拠のほんの一部を、『モーニング・クロニクル』紙が『モーニング・ポスト』紙に対して、これこれの記事や社説は大蔵省から送られたものだ、としばしば非難している文章の中に見出すかもしれません。）『モーニング・ポスト』紙の売上げが急速に、しかも異常に伸びたということは、かなりの文学的な才能を持つと同時に真に公正であれば、たとえ政党や政府の後援がなくても必ず新聞は成功するのだということを証明しています。しかしここで私が公正と言っているのは、明確な原理の規約をあらかじめ公表し、人々や事件に関するあらゆる判断に役立つように忠実にそれに立ち戻り、十分に理解した上でまじめに従うことをいうのであり、見境のない誹謗でもなければ、編集者自身が悪意に満ちた怒りに耽ることでもありません。ましてや、愚かな大衆の妬みや貪欲さ、それに止むことのない復讐心や自惚れにおもねることによって、お金を稼ごうと決断することなどではありません。たとえ実行可能だったとしても。それはほとんど悪魔の決断です。しかし私は、そのような大衆に迎合する人たちの中でも最も悪名の高い人が、そういう決断を誇らしげに公言したことがあるのを知っています〔五八〕。アディントン政権が始まってから今まで、私が『モーニング・ポスト』紙に、あるいは（それが他の経営者に代わってからは）『クーリア』紙に書いてきたことはすべて、政府の政策を擁護し、また促進させるものでした。

このような性質のものは、それを生み出した夜が明けてしまえば
ほとんど死に絶え、見る間に滅びてしまう。
死後の生命からも見捨てられたため、死後はほとんど忘れられ
「そんなものもあったね」と語られるだけ。

（カートライト『王様の奴隷』の序詞より〔五九〕）

それでもそのような仕事に私は従事し、贔屓にしてくれる友人を信じて、自分の知的全盛期を費やしてきました。確かにその仕事は、財産を増やしてくれることも名声を高めてくれることもありませんでした。一週間の勤勉は一週間の必要を満たしてくれるだけで、政府からも政府の後援者からも報酬を受けたことはなく、またそれを期待することもなかった。そればかりか、たった一度の感謝や満足のしるしすら受けたことがありません。それでも過去を振り返ってみると、決して苦痛でもなく後悔もないのです。実際私は、この前の戦争（「この前の」という修飾語を用いるのが早すぎないことを信じて）はあの『モーニン

グ・ポスト』紙が引き起こした戦争だというフォックス氏の主張が、党派間の議論の中でのとんでもない誇張にすぎないことが分からないほど愚かではありません。もしそのようなフォックス氏の言葉を額面どおり信じていたとしたら、私は誇らしくその言葉を自分の墓碑銘にするでしょう。そのフォックス氏の言葉と同じく私が重要視しなかったのは、アミアンの和約による和平の間に『モーニング・ポスト』紙に書いた論評のために、イタリア滞在中に私の名前がナポレオンの怒りの対象として具体的に挙げられたという状況です。（このことについては、プロイセン全権大使で当時はローマ駐在プロイセン王室公使であったフォン・フンボルト男爵から直接警告を受け、またフェッシュ枢機卿自身からも秘書を通じて間接的に警告を受けていました。）そしてこのことを裏付ける事実、すなわち私の逮捕命令がパリから出されたという事実も、同じく重視しませんでした。幸い私は、ある高貴なベネディクト会修道士の親切な計らいによって、そして現在教皇であられるあの優しい方が親切にも見逃してくれたおかげで、その危機から脱することができたのです。先の暴君の執念深い欲望は何に対しても向けられ、アンガン公爵のような人[*1]〔六〇〕も、新聞にものを書く人も、同等に餌食にしたのでした。ナポレオンは、本物のハゲワシ[*2]と同様な遠目の利く目を持ち、また略奪にあたっても同様に荒っぽい好みを持っていたので、目も眩むような高さから、茂みの中の子ウサギや草むらの中の野ネズミにまで襲いかかることができたのです。しかし私は自分の論評が、一つ一つの法案に対して、その政策や拙策を恒久的な原理にまで辿ることで権威を与え、そしてその原理に対しては、それを個々の法案に適用することで自分たちとの関わりを与えることによって、今日の問題や出来事を道徳的な観点から捉えるという習慣を導入することに貢献したことを知って嬉しく思います。確かにバーク氏の著作には、ほとんどすべての政治的真実の芽を見出せるかもしれません。でも私は、ジャコバン主義の性質を初めて明確に定義し分析した功績は、自分のものであると考えています。しかも私は、ジャコバン党員を共和主義者、民衆主義者そして単なる民衆扇動者から区別して、ジャコバン主義という語が単なる悪口にとどまらないようにし、その上ジャコバン主義への反論を熱心に唱えながらも、なおその体制の最悪の部分が論理的に導き出され得る元の原理は認め支持していた多くの正直な人々に、警戒を促したのです。ジャコバン主義体制の最悪の部分が、そのような原理の実際上の必然的結果でないのは、私たちの性質が幸いにも一貫していないからです。この一貫性の欠如により、心は理解の誤りを修正できるのです。執政政府〔六一〕とそれがつくった憲法を装ったものを詳細に調査した結果、またその政府が仮面を被ったまったくの独裁であるということを私が証明した結果、以前はその憲法を賢明かつ節度ある自由の完全な形として賞賛した『モーニング・クロニクル』紙でさえ、その主張を撤回することを余儀なくされました。大きな事件が起きるたびごとに、私は過去の歴史の中にそれに最も似た事件を見出すように努めました。可能な場合はいつでも、当時の歴史家、回顧録執筆者、それに小冊子作者を確保し、そして公平に類似点から相違点を差し引き、天秤がどちらに傾くかによって、その結果が同じになるか異なるかを推測したものです。「ナポレオン治世下のフランスと初期皇帝治世下のローマの比較」と題された一連の論文[*3]や、「予想されるブルボン王朝最後の復活について」に続く論文が多くの知識人に与えた影響を考えると、もしその日付がなければ〔六二〕、それらの論文はここ十二ヵ月以内に書かれたと思われただろうと断言しても許されるでしょう。スペイン革命が始まったときも私は同じ方法を取り、比較の対象としてネーデルラント北部七州同盟がフィリップ二世に対して起こした戦争を選び、同様の成功を収めたのです〔六三〕。私がこのような事を言うのは、虚栄心からでも自己防衛からでもありません。ただ自己防衛に関しては、私が全力を尽くして論破し欠点を暴こうとした意見のためにどれほど頻繁に手ひどく非難されたか、またこうした非難のせいで、マルタ島にいた間〔六四〕も私がどれほど耐え難い不利益を蒙ったかを考慮すれば、ある程度の自己主張も正当化されるでしょう。あるいは、私が心からマルタ島に身を落ち着けたいと願ったとしても、やはり同様に不利益を蒙ったことでしょう。いずれにせよ、私が過去と現在の比較の有効性ということに言及したのはこのような動機からではなく、次のようなことを確信していたからです。すなわち、歴史と人間精神という二重の知識を備えている人なら——もし過去の一次資料を現在の信頼すべき解説とともに入手できれば、そしてもし事実の中で真に重要なことは何かを感じ取り、したがって多くの場合、単に時代の好意によって歴史家と呼ばれる現代の編集者の書物から《歴史の威厳》が排除してしまった事実を感じ取る哲学的な力を持っていれば——その人は未来の国家的な事件の実質的な意味に関して、判断を誤ることはほとんどないはずだと固く信じているからなのです。

＊1　私はこの有名な皇子殺害のことを考えると、必ずと言っていいほどヴァレリウス・フラッカスの詩〔六五〕（『アルゴナウティカ』、一巻三〇行）を思い出す。

——さらに彼の心に重くのしかかったのは
英雄自身の名声と、暴君が忌み嫌う勇気。
それゆえ彼は機先を制し、その息子を滅ぼそうとした。

＊2　というのもその鷲は、雁やカモシカ
野ウサギ、それに牛すらも餌食にする。
（フィレス〔六六〕『動物の特質について』）

＊3　私が『モーニング・ポスト』紙と『クーリア』紙に投稿した数多くの記事の一部は、主にジャコバン主義の起源と影響、及びある種の政治経済体系とジャコバン的専制政治とのつながりを考察したものであるが、それらは、私が目下まとめている『友』の一部になる予定である。『友』は主題に従って既刊号を章ごとにまとめて、近々出版（再版とは言い難いので）されると言い添えておく〔六七〕。

お前の生命を取り戻せ。死すべき肉体を捨て、
姿を変え、より美しくなって現れよ。〔六八〕

無為に生きたということは、どんな人にとっても辛い思いに違いありません。文学を生業にしてきた人にとっては、なおのことです。したがって私は、自分の政治的論文が（全部にしろ一部にしろ）わが国の多くの地方紙のみならず、アメリカの至る所でその連邦派の新聞の中でも再録されたことで私が味わった満足感を、せいぜい虚栄心や自己愛程度の価値しかない感情だと考えるような人に対しては、憤るより気の毒に思うべきでしょう。アメリカとの先の不幸な〔一八一二年の〕戦争が始まる少し前および始まったときに私が書いた記事から、考え方のみならず時には表現そのものまでが、マサチューセッツ州のいくつかの公文書に借用されたという事実は、自分のこれまでの仕事がまったく無駄ではなかったということの証左だと私は考えたのです。

しかし以上のような動機のどれか一つ、あるいはすべてがあったとしても、自分自身が不快に思うような発言はしないで済んだはずでした。ところが私は不当にも私生活に干渉され、私の性格は繰り返し非難され、どうしようもないほど怠け者であるかのように、そして豊かな才能を授かりそれをさらに伸ばす機会にも恵まれていたのに、それを自分自身のためにも同胞のためにも効果的に使う努力をせずに錆びつかせてしまったかのように言われたのです。私が世に出した作品で、著者としての自己愛を満足させるにはほど遠いものであっても、必ず広く普及するような形で公にしたものが、もし書物として出版されていたなら、単なる一時的な関心に基づく文章を省いたとしても、かなりの冊数にのぼったでしょう。私の散文はいくつかの点で非難を受けてきました。それは、内容に不釣合いなほど集中力が要求されること、真理に到達する方法において手が込みすぎていること、ざっと見渡せるようなところも道を踏みならし苦労し

て進んでいくこと、長くて面倒な構文の果てにようやく終止符がくることなどであり、要するに、分かりにくさと逆説志向ということで非難されてきたのでした。しかし最も厳しい批評家でさえ、私の文章の中に平凡さとか、思考の苦しみから逃れようとする精神の形跡が見られるなどと主張する者はいなかった。誰一人として、他人の思想を別の言葉で飾り立てたとか、英文学や哲学の「すでに十回も温めなおされたキャベツ」を新たに焼き直したといって私を非難する者はいませんでした。私が一日で書き上げたものでも、取材や調査に前もって一ヵ月かけていないものはまずなかったのです。

しかし書物は、有益な知性が流れることのできる唯一の経路でしょうか。真理の普及は出版物によって評価されるべきでしょうか。それとも出版物が、それが普及させる真理、あるいは少なくともそれが含む真理によって評価されるべきなのでしょうか。私は、ある非難によって苦しめられた者が感じる当然の怒りをもって語っているのです。その非難は、最大部数の評論の中で述べられたのみならず、また定期刊行物の中で最も大部のものに記録され、その上頻繁に繰り返されたために、私的な文学サークルでは既成の事実となり、さらにそれは私の友人を自称する実に多くの人々によって、彼ら自身の記憶ではまったく反対のことが思い出されたはずなのに、軽率にも繰り返し語られ続けたのです。学者の有用性が、その人が一般に広めることに貢献した真理の数と道徳的価値を基準にして決められるか、あるいはその人の会話や書簡によって活動し始め、その後の成長のきっかけを与えられた人々の数と価値を基準にして決められることを願いたいものです。たとえそうであっても私の努力に対して輝かしい地位は与えられないかもしれませんが、それでも私は敢えて自信を持って、名誉ある無罪放免を期待したい。私は、様々な時に様々な場所で私の講演を聞いてくださった多くの尊敬すべき聴衆に、敢えて訴え訊ねたいのです、主題を扱う私の視点がすでに知られていたかどうか、また私の推論の根拠をすでにどこかで聞くか読むかしていたり、あるいは講演の後、過去の出版物の中に見つけたりしたかどうかと。私が良心から明言できることは、『悔恨』を上演した初日が申し分なく成功したということ以上に、その平土間や仕切り席が馴染みの顔でいっぱいなのを見ることができたことのほうが、心底から大きな喜びを与えてくれたということです。その人々については名前も何も知らなかったのですが、彼らが私の連続講演のいずれかを聴いてくれたということだけは分かっていました。「やりかけたことは最後まで」やり通したほうがよい場合があるという諺は、幾分通俗的かもしれませんが素晴らしい金言です。私は人生を無益に夢うつつに過ごしてきたという噂から、深い心の傷を、自分でも思い出したくもない、ましてや文学者としての自叙伝に書き留めるのはもっと辛い心の傷を受けましたが、このことをまったく知らない人々がいます。あるいは彼ら自身の感情や他人を軽蔑することの快感から、ヨブの友人[六九]のように、不当な評価を受けたせいで私が述べることになった不満の原因を、自惚れや図々しい虚栄心だと考える人々もありました。こうした人々に対しては、私はすでに豊富な材料を提供してきたので、いまさら残りを差し控えても何も得るものはないでしょう。したがって、私自身のことも私の周りの事情も長く知っていて、私に関して判断を下し審判となるのに最も適した人たちの良心に向って、ためらうことなく次のように尋ねましょう。「各人にその人相応の分を」返還するとすれば、私の文学者としての評判は上がるのか、それとも下がるのかと。このような弁解をするにあたって、私は自分自身について相対的に、しかも私に与えられた時間と才能に対して他人がどこまで要求し得るかに応じて、語っているのだと理解していただきたい。私は成し遂げてきたことによって仲間から評価されるべきなのであって、成し得るはずだったことは、私自身の良心にかかわる問題です。私には、自らの責任において、自制心が欠如していたことや永続的な仕事の実現のために力を集中しなかったことを、嘆くだけの十分な理由はおそらくあったでしょう。しかし次のような苦しみのために「嘆く声」は、どちらかと言えば、散文ではなく詩の声なのです。

動揺した赤子のように目覚めて
心の中で叫ぶ愛の、身を切るような痛み。
希望の目を避けてきた片意地な不安、
不安と区別がつかないような希望。
青春が終わり、空しく壮年期を迎えたという意識、
空しく才能が与えられ、空しく知識が得られたという意識。
そして人里はなれた森の小道で私が摘んだすべてのもの、
忍耐強く働いて育て上げたすべてのもの、
君との親交が花開かせてくれたすべてのもの、それらは結局
私の躯(むくろ)に撒かれ、私とともに棺に入れられ、私の墓まで
棺台で運ばれていく花でしかなかったという意識。

〔コウルリッジ「ワーズワスに（'To William Wordsworth' 1817）」六五―七五行〕

このような苦しみは、将来、そのときの感情が生み出した詩の中にだけ、あり続けると信じています。心優しい読者よ、そういう詩の中においてのみ、

あなたは人の心の様々な情熱を読み、執拗な悪意による戦争について読む。

私がまだ若かった頃に拙いペンで書き記した他愛もない心配事を、
あなたは熟読する。またあなたは悲しい涙についても知る。
矢筒を背負い鋭い矢じりを持ったキューピッドが少年の私に負わせた傷、
その傷についてもあなたは知るだろう。
進みゆく時間は、徐々にあらゆるものを飲み込んで、
我々は生きながら死につつあり、休みながらも先を急いでいる。
後で今の自分と比べても、私はもはやその自分ではないだろう。
私は顔も生き方も変わり、まったく新しい心を持ち、
声の響きも変わる。すでに人生の勉強が多くを与えてくれた、
何があっても悲嘆に暮れず、あらゆることを耐え忍ぶように。
もはや経験が、少しずつながら、私の涙を拭ったのだ。
〔ペトラルカ「バルバート・ダ・スルモナへの書簡詩」四〇―五〇行、五五―五七行〕

第11章

《作家を志す若い人々に贈る心からの勧告》

何をするにしても、単一の動機から行なう者はいないというのが、故ホィットブレッド氏〔一〕が好んで口にした言葉でした。本書で述べてきた省察や逸話を生み出したそれぞれの動機、あるいはむしろその折々の気分は、個々の例ごとに読者に明らかにしてきました。しかし私のすべての感情に常に伴う（いわば）伴唱歌となっていたのは、私が人生の旅に初めて出た頃とあまり変らない状況に現在置かれているような人たちの、幸福を願う気持だったのです。ホワイトヘッドは桂冠詩人という権威ある立場から、若い詩人たちに宛てた《訓示》を歌った詩を書きましたが〔二〕、それは彼の作品の中でおそらく最高の、そして確かに最も興味深いものです。私は共感と真摯な好意を抱いていること以外には何の特権もないので、自分自身の経験に基づいて、若い文学者たちに愛情のこもった勧告を述べたいと思います。それはほんの短いものになるでしょう。なぜならば、初めも半ばも終りも、一つの訓示〔三〕に収斂されるからです。つまり「文筆を生業として行なってはいけない」ということ。一人の非凡な人物の例を除いて、私は人が、とりわけ天分を持った人が、職業を持たずに健康あるいは幸福であったのを見たことがありません。ここで言う職業とは定職と言ってもよいもので、そのときの意志に左右されるものではなく、またごく機械的に続けることができるので、ただ平均的な健康、精神力そして知力の発揮があれば忠実にやり遂げられる仕事のことです。よけいな心配事に悩まされることなく、気分転換や楽しみとして喜んで待ち望むような余暇が三時間あれば、何週間も否応なしに取り組まねばならない場合よりも、多くの真に天分を生かした文学作品を生み出すのに十分でしょう。収入を得て直ちに名声も手にすること――これは文学的活動の、随意の副次的な目的になるだけです。何らかの努力で収入や名声を高めたいという希望は、しばしば勤勉への刺激剤になります。しかしどうしてもそれらを獲得しなければならないという必要性は、天分を生かそうとするあらゆる活動において、刺激剤を麻酔剤に変えてしまうのです。動機は度が過ぎるとその動機の性質を一変させ、精神の働きを活発にする代わりに停止させ、麻痺させます。というのは、天才(ジニアス)を才能(タレント)から区別する一つの要素は、その主要な目的が常に手段の中に含まれていることだからです。そしてこのことが、天才と美徳の類似性を確立する多くの点の一つなのです。さて才能は天才なしにも存在するかもしれませんが、天才は才能なしには存在し得ず、もちろん天才として表れることはできません。そこで、自分の中に天賦の力の働きを感じている学者の一人ひとりに私が勧告したいことは、天才と才能とを区別して、自分の才能は何か一般的な商売や職業に適した能力の獲得に捧げ、自分に与えられた天才は、落ち着いて偏見なく選んだ対象に捧げなさいということです。そうすれば、自分の義務を遂行したいという誠実な欲求によって、天才と才能の両面において同じように力を発揮しているのだという意識が、両者を同じように貴いものにしてくれるでしょう。親愛なる若き友よ（私ならこう言います）「自分が何かまともな職業で身を立てていると想像なさい。工場や会計事務所から、裁判所から、あるいは最後の患者の往診をすませてから、夕方、

家庭の心地よい感覚が一番心地よく感じられる
大切な静かな時——

〔「ワーズワスに」九二—九三行〕

家族の団欒を期待しながら家に戻るのです。妻も子供たちも皆顔を輝かせます。少なくとも家族からすれば、あなたが一日の労働によってその日に必要とするものを満たしたのだという思いがあるので、お帰りなさいと迎える声も二倍の歓迎となって響くのです。それからあなたが書斎に引きこもるとき、書棚に並んだ書物の中で、あなたはたくさんの敬うべき友人たちを再訪し、彼らと話し合うことができます。それらの書物の中で今なおあなたのために生きている偉大な精神とほとんど同じくらいに、あなた自身の精神も個人的な心配事から自由になるのです。何も書かれていない紙や、その他様々な文具の置いてある机でさえ、あなたの思想のみならず感情を、過去あるいは未来の出来事や人物と結びつけることのできる花綵のように見えることでしょう。この花綵は、容赦のない現在の要求や感情を思い起こすことで、あなたを将来のことや遠くかけ離れたことに縛りつける鉄の鎖ではありません。でもなぜ私は引きこもると言わねばならないのでしょうか。活動的な生活をし、世の中の動きに日々接していることが、あなたに自己管理の力を与えているので、家族がそこにいることは少しも妨げにならないでしょう。それどころか、妻や妹

の親しみのある沈黙、または邪魔にならない話し声は、元気を回復させる雰囲気を醸し出してくれるか、あるいは夢の世界を作ってしかもその夢の対象にはならないような優しい音楽のように聞こえると思います。文学において重要な成果をあげつつ、文学とは別個の本業をこなす可能性を立証する事実が必要ならば、古代においてはキケロとクセノフォンの業績を見ればよいでしょう。またサー・トマス・モア、ベーコン、バクスターの例もあり、その後の時代および私たちと同時代の人々としてはダーウィンやロスコーの例〔四〕が、ただちに問題を解決してくれます。」

しかしながら、これらの例を模倣するに十分なだけの自己管理を自らに請合う勇気をすべての人が持っているわけではないでしょう。ただ怠惰、焦燥、あるいは目先の満足を求めて汲々とする虚栄心が、判断の妨げになっているのではないか、そして自己欺瞞の目的のために謙遜という仮面を着けているのではないか、自らに厳しく問うてみることが、常に必要ではあるでしょう。それでも教会は、学問と天分のあるすべての人に、文学を最大限に生かすことと、職業的義務の最も厳格な遂行とを結びつけることは可能なのだという道理に適った希望を抱かせてくれるような職業を提供しています。キリスト教が与える多くの恵みの中でも、国教会の導入は学者や哲学者たちから特別の感謝を受けてしかるべきでしょう。少なくとも英国においてはそうです。英国ではプロテスタンティズムの諸原則が政府の自由と協同し、教会の悪弊を取り除くことでその有益な力のほうをすべて倍増させる結果となったからです。

純粋な徳を表す格言のみならず、徳の基本のほんの断片だけでも、

高貴で厳粛な悲劇詩人は
合唱歌（コロス）や短長格（イアンボス）の詩で教えた。

彼らは徳と分別の最高の教師で、その教えは
簡潔な格言として喜んで受け入れられた。

（ミルトン『楽園回復』第四巻、二六一―六四行）

そしてプラトンのような人物でも会得することが難しく、それを表すのはなおさら困難であると考えたような、神性の統一とその特性に関する崇高な真理。この格言、徳の基本、そして真理が、幼い者にも貧しい者にも、またあばら家や仕事場でも、代々受け継がれていく宝となっていること、そして無学な人々にさえも日常の言葉として聞こえるということ――これは驚くべきことであり、それゆえに、たとえ説教壇や聖書台の役割でも、最も卑しい心の持ち主でない限り軽んじることはできないはずです。しかし国教会の影響力をその公的な仕事にのみ限定する人々は、あまり高い知性の持ち主であるとは考えられません。〔五〕英国全体の一つひとつの教区にまで文明の萌芽が植え付けられていること、どんなに人里離れた村落にも、その場所が持つ様々な可能性がその周りに結晶して輝くような中心核があり、模倣したいと思わせるに十分なほど優れていて、しかも模倣を助け容易にするに十分なほど身近に手本となるものがあること――これが押しつけることなしに常に働きかけるプロテスタント教会の力であり、これこそが、平和への愛と人類の前進的改良への信念を結びつけたいと願う愛国者や博愛主義者が、いかに高く評価してもしすぎることはないものなのです。「オフィルの黄金によっても値をつけることはできず、貴重な瑪瑙（めのう）やサファイアでも計れない。珊瑚や真珠は言わずもがな、知恵の値打ちはルビーをもはるかに超える」〔ヨブ二八・16、18の意訳〕。聖職者は教区の人々とともにあり、彼らといっしょに生活しているのです。彼は僧院の個室に籠っているのでも荒野で修行しているのでもなく、隣人であり家族を持った人なのです。彼の教養と階

級は、彼を富裕な地主の邸宅に入ることを許しますが、務めとして彼は農家や田舎家を足しげく訪れます。彼は結婚によってその教区や近隣の地の家庭と縁を結んでいるか、あるいはその可能性を持っています。それゆえ貪欲という性質がその常として招く盲目的、良くても近視眼的な見方の様々な例の中でも、教会の財産に反対する農民たちの叫びほど唖然とさせるものはほとんどありません。聖職者に支払われなかった分は、次の借地契約では必然的に地主に支払われたものですが、現在の制度では、教会の収益はある意味ではすべての家庭にやがて還元され得る財産なのです。それらの家庭からは教会に奉仕するために教育された人間や、聖職者の妻となる娘が出てくるかもしれません。聖職者の住む土地は独占された不動なものではなく、実は本質的に流動的で循環的な、他に類例のない不動産なのです。不都合がまったくないと敢えて主張する人は、誰もいないでしょう。〔六〕でもこの種のものが、他の種のものよりも不都合が大きいというべき証拠や、聖職者をトラリバー牧師のようにするか、あるいは月給取りの役人にすることで、農民か聖職者のどちらかが恩恵を受けるだろうというべき証拠は、まだ見つかっていません。それどころか私は、農民たちがどんな不満の理由を挙げようとも、真の原因は次のことにあるのだという強い確信を表明します。すなわち、彼らは牧師を騙すことができても財産管理人を騙すことはできないということです。だから合法的な請求よりも五ポンド差し引いて支払えばよいと目算していたときに、二ポンドしか差し引けなかったということで、彼らはがっかりするのです。いずれにせよ、学問と天才の育成との関連において考えるならば、この国教会は非常に効果的であると同時に負担をあまり強いずに保護を与えるものであって、キリスト教国家そしてプロテスタント国家以外では、それに類するものあるいは匹敵するものを持つことは不可能なほどなのです。人間の知識の諸分野の中で、学者が一聖職者として必ず関心を抱くような批判的、歴史的、哲学的、道徳的な様々の真理と何らかの関係を持たないものはほとんどありません。

また、天分をもった人に値する仕事で、〔聖職者の仕事と〕不調和を起こすようなものは一つもありません。書物としての聖書の歴史を教えることは、私たちが現在所有しているすべての文学と科学の起源、すなわちそれらを最初に呼び起こしたものを語ることにほかならないのです。この〔聖職者という〕職業が強いる節度こそがまさに、天才の最善の目的にとって好ましいものであり、天才に最も頻繁に見られる欠点を補ってくれるものです。そして最後に言いたいことは、長いあいだ英国国教会を照らしてきた偉大な燃える光である代々の指導者たちを見倣おうという気持にならない者、そして彼らの聖なる霊廟から発せられる声、

父がアエネーアス、伯父がヘクトールであることが、彼を励ます〔七〕

という声の反響を自らの内に聞こうとしない者は、感受性に欠けているとしか言えないということです。

しかし選んだ職業または商売が何であっても、生活の必需品と安楽のために、いかなる程度であれ自分の作品の売り上げに頼って、ただ文筆のみで暮らしている人の状況と比較すれば、多くの重要な利点があります。文筆業と他の職業を合わせ持った人は、自分が住んでいる世界と共感しながら生活します。少なくとも、一般の人々が共感するものは何かを、より良くまた速やかに知る機転を身につけます。彼は自らの天分を、より思慮深くまた効果的に発揮するようになるのです。同様に彼の能力と教養は、より誠意ある賞賛を彼にもたらします。それらが他の人々の通常の予想を上回っているからです。彼は作家であることを別にしてもひとかどの人物であり、したがって単に作家としてのみ見られることはありません。人々は同じ階級の仲間に対するように、彼に向かって心を開きます。そして彼が知人たちとの会話の輪の中で

話す努力をしてもしなくても、沈黙が高慢さと見なされたり、饒舌が虚栄心と見なされたりすることはないのです。このような利点に、家庭生活における幸福の機会をより大きくするという利点を敢えて付け加えましょう。女性が大体において家の中にいることが大切であるように、男性は日中は家の外で働くことが自然であるという、ただそれだけのことにしても。しかしこの問題は、考慮すべき非常に多くの、また微妙な点を含んでいて、文筆家たちの伝記から十分な参考資料を得る余地と必要がありますから、ここでは単についでに触れておくだけにしましょう。様々な時に、様々な人々――ただし何か一つの共通点を持った人々――に同じ状況が起こったならば、その状況は当の本人たちに起因するだけではなく、ある程度は、彼らすべてが持っている共通点によっても起こるのだと考えるのは道理でしょう。女性嫌いのボッカチオが文学者たちに説いている、熱烈でほとんど誹謗ともいえる結婚反対論（『ダンテの生涯（*Origine, vita, studi e costumi del chiarissimo Dante Alighieri*）』一二、一六頁）の代わりに、私は次のような単純な忠告をしましょう。単なる文筆家になってはいけない。文筆をあなたの家の紋章に追加する名誉ある加増紋とするのはよろしい、しかしそれのみで紋章盾をこしらえたり、盾全体を埋め尽くしてはならない。

良心から生じる異論に対しては、私はもちろん次のように答えることしかできません。つまり（すでに述べたように）、その異論を唱える若者自身が厳しく自己吟味することによって、他の影響力が働いていないかどうか、「救われていない」霊が「天から来るのではない」声で囁きながら〔八〕、意識の薄明りの中を歩き回っていはしないか確かめていただきたい。疑念となるものを列挙し、それを明確で分かりやすい形にしてごらんなさい。またその問題に関する最も優れた最も基本的な諸作品を、従順な心と好意的な精神をもって読んできたことを、自ら確認するのです。かつては自分と同じような疑念を持っていた人々、そして探究の末に、その疑念が根拠のないものであり、少なくとも反対側にあるものの重みと釣り合うほどのものでは決してなかったことを、はっきりと確信するに至った多くの著名な人物の偉大で輝かしい特質を、知性と心情の両面で受け入れてきたかどうかを確かめるのです。そのような疑念を持った若者が、自分より年長の同時代人で、自分と同じような能力と同じくらい鋭い感性を持っていて、同じ疑念を抱きながらそれに従って生きてきた人物に出会ったとしましょう。そしてその年長者が後になって（その歩みはもはや取り返しがつかないけれど、まさにそれゆえに、彼の反省が真に公平無私なものになったときに）振り返って考えて、一般に容認されている見解に背いたことは誤りを悟るに至るだけだったこと、りっぱな努力によって築かれた王道の上に彼のために示された針路を逸れた結果、迷路に迷い込むだけだったこと、そしてそこで眩暈を感じるまでさまよったあげく、最大の幸運はついにふたたび出口を見出したことであって、それは思慮分別の点では遅すぎたとはいえ、良心と真理のためには決して遅すぎはしなかったのだということを悟った経験を持つ人物であれば、こういう人物との出会いは、ためらう若者にとって何と幸運なことでしょうか。この遅れによって費やされた時間は、実は勝ち取られた時間なのです。なぜならその間に人間は成熟していき、それとともに知識が増加し、判断力が高まり、そして何よりも感情が節度を得るからです。たとえこれらが何の変化ももたらさないとしても、少なくともこの遅れは最終的によしとする決断を下すとき、かつては決断を急き立てていた性急さと虚栄心に対する内心の咎めが、そこに混じり込むことを防いでくれるでしょう。堅実でまっとうな職業や仕事で、人が誠意と誇りをもって働き続けなくてもよい仕事があると考えるならば、それは一種の無信仰であり、また人間性への侮辱とも言えるでしょう。また同様に、誠意や誇りとは正反対の方向に、時おり人を誘惑しないような職業もあり得ないということも確かです。しかし文学という職業、あるいは（もっと率直に言えば）著述家という稼業が、教会、法曹界、または商業の様々な分野と比べて、それに携わる人たちを陰険な誘惑に陥れることは少ないだろうと想像する人は、自分が嘆かわしくも間違いを犯していたことに気付くでしょう。しかしこの不愉快な問題については、本書の初めのほう〔第二章〕で十分に論じてきました。ですから本章は、ヘルダー[九]からの短い引用文をもって締めくくろうと思います。ヘルダーの名は、詩神に仕える者としての成功を、確固たる職業の誠実な履行のみならず、その職業の最高の名誉とりっぱな報酬に結びつけた人々の輝かしいリストに、つけ加えておいてもよかった名前です。英訳は次の注に添えておきます。*「できる限りの配慮をもって著述業を避けよ。あまりに早く著述を始めたり、節度なしにそれを行なったりすることは、頭を荒廃させ心を空虚にする。たとえそれ以上悪い結果はもたらさないにしても。ただ活字にするためだけに読書する人は、大体において間違った読み方をするものだ。そして、心に浮かんだ考えを、何でもすぐさまペンと印刷機を通して送り出すような人間は、ほどなくすべての考えを出しきってしまい、印刷所の日雇い職人、つまり植字工になってしまうだろう。[一〇]――ヘルダー」

* 私からこれに付け加えておきたいことは、医学生理学者たちがある種の分泌物について確認していることが、私たちの思考についても同様に当てはまるということである。思考もまた、精神とその知的所産の両方に対して健全な活力を約束するためには、循環経路の中に取りこまれて何度も分泌を繰り返さなければならないのだ。

第12章

《次章を熟読するか読まずにおくかについての、お願いと警告の章》

哲学的著作を熟読するとき、私はこれまで一つの決意によって大いに助けられてきました。この決意を、格言や金言特有の対照語法的表現で、またそれらに許容される古風な趣を込めて、私は次のように言い表すのを習慣としています。「著者の無知を理解するまでは、著者の理解していることが分からないのは自分の無知のためだと考えよ。」私のこの黄金律は、その深遠さというよりは曖昧さにおいて、ピュタゴラスのそれに似ていると思います。しかしヒエロクレスのように、私が自分自身の注解者となるのを読者が許してくださるなら、この黄金律の意味は下記の例証によって十分解き明かされていることが分かるでしょう。いま私の目の前には、夢想や超自然的経験に満ちた、ある宗教的狂信者〔一〕の論文が置かれています。私にはこの著者の依って立つ根拠と、その根拠の空虚さが明らかに読み取れる。また彼の身体という媒体を通して彼の精神に働きかけていた諸原因をも完全に見抜くことができる。さらに一般に受容され確証されている諸法則を適用することによって、この著者が自分自身に関して記録している奇妙な出来事のすべてについて、満足のゆく説明を私自身の理性に対して与えることができる。しかも、意図的に人を欺こうとしているのではないかと疑うことなく説明することができる。霧の中や当てにならない月明かりのため道に迷ってしまった旅人の足跡を、昼の光の中で辿るように、しかも同じように冷静に確実さを感じながら、私はこの途方にくれた夢想家の足跡を辿ることができる。つまり《私は著者の無知を理解しているのです》。

他方、私は精神力すべてを傾注し、プラトンの『ティマイオス（*Timaeus*）』を繰り返し熟読してきました。私は理解したすべてのことに深く感銘を受け、著者の天才的資質に尊敬の念が込み上げてきますが、この作品には、意味の上で首尾一貫しないと思われる箇所がかなりあるのです。この哲学者が一般の人に理解できるように書いた他の幾つかの論文では、見事な良識、言葉の明晰さ、帰納推論の適切さに喜びを感じました。思い起こせば、この著者の数多くの章句は、今では完全に理解していますが、かつては今問題になっている章句と同様に理解できなかったのです。それらの章句を直ちにプラトン流の難語として片付けるのが当世流なのだろうということには気づいています。しかし、矛盾と思われる箇所を解決するのに十分な原因を捜し求めても自分には見つからないからと言って、このように片付けてしまうのでは私の精神は満足しないでしょう。これほど傑出した賢人が、彼自身にも生半可にしか分からず、したがって当然読者には皆目見当もつかないような言葉を使うなどということは、どう考えてもあり得ないのです。このように私自身の理性が示唆する動機に加えて、連綿と名を連ねる多数の偉人たちが、プラトンの諸作品を長期にわたり熱心に研究した後で、口をそろえて、人間性を超越しているとも言えるほどの形容語句でプラトンの名を称えたのを明確に思い起こすとき、私が軽蔑的な判定を下したとしても、それは私の謙虚さの欠如を立証することにはなっても、それを優れた洞察力を持つ証拠として思慮分別のある人たちが受け入れてくれることはまずないと思います。したがって、プラトンの無知を理解しようとするあらゆる試みに挫折して、《彼の理解していることが分からないのは自分の無知のせいだと私は結論するのです》。

著者の側の不安から、見知らぬ読者にいろいろなお願いをする代わりに、私はただ一つだけ次のお願いをしたいと思います。次章を無視して飛ばしてしまうか、全体を関連付けて読もうと思うか、ここで決めていただきたいのです。最も美しい肉体の最もきれいな部分ですら、有機的「全体」におけるあるべき位置から切り離されてしまえば、崩れた形、奇形と見えることでしょう。いやそれどころか、一見些細な多少の相違が種類における相違となるような微妙な問題に関しては、たとえ主要な観念と補助的な観念を忠実に表示していても、観念を包むと同時に限定している形態から遊離してしまえば、おそらくそれは骨格の表示となるかもしれませんが、それは警戒させおじけづかせる骸骨にすぎないのです。あらゆる先入観を心から取り除いておいてほしいとか、眼前の体系を吟味している間は既成のあらゆる体系を忘却していてほしいとか、著者が読者に望む例は、これまで数多くあったと思いますが、私は読者にそういうことを望んではいません。実際、そのような要求は、バカン博士が自家療法で心気症患者に与えた助言、すなわち、始終平静で上機嫌な状態を保ちなさい、という助言にかなり似かよっているように思われます。記憶の活動を将来阻害することも判断力を損なうこともなく、昔の記憶を壊滅させてしまうような術を私が発見でもしない限り、このような要請をするのは早計ですから止めておくべきでしょう。したがって、先入観に囚われない精神で読んで頂きたいのはやまやまですが、それが必要条件であるなどと言おうとは思いません。

私に敢えてできることは、一つの規準を提案することだけです。読者がこの論考や、似通った原理に基づいて書かれた他の論文を熟読して、時間を無駄にし、その上さらに癇癪を起こしてしまうか否かを、あらかじめ理性的に推測するための規準です。ただ、もし、この規準の提示によって読者から除外されてしまう人々の道徳的ないし知的な資質に対して、少しでも敬意を欠いていると思われたならば、それは大変辛い誤解です。この規準は次のようなものです。すなわち、物質・精神・霊魂・肉体・行動・受動性・時間・空間・原因と結果・意識・知覚・記憶と習慣といった一般的概念は根源的事実であって、したがって当然証明できず、それ以上の分析もできないと考える人や、また他のあらゆる概念を、もっともらしい従属関係と適切な配列関係を用い、これらの仮定上の諸要素のいずれかに分析・分類してしまうことができさえすれば、これらの一般概念のすべてに完全に安んじて満足していられる人——そのような精神の持ち主のためには、次章は書かれていないことを、できるだけ丁重に申し述べておきたいと思います。

貴方は善良なお方、学もあり思慮分別もあるお方。でも私は貴方のために笛を吹くつもりはない。〔二〕

というのも、右に列挙した用語は、実は、人の精神が解決を求めて提示し得るあらゆる困難を内に秘めているからです。したがってこれらの概念を一まとめにして吟味もせずに受け入れてしまうと、あとは論理学の初歩をひと通り身につけてさえいれば、ちょうど村祭で手品師が次から次へとリボンを口から引き出してみせるように、これらの用語の内容を、あらゆる形や色で飾って引き出すことができるのです。これらの用語を再びそれぞれの類概念に戻すのは、それ以上に容易なことです。しかし、そのような分析は私たちの知識を明確にするのに大いに有益ではありますが、実際には知識を増すことにはなりません。つまり、私たちがそれまで所有していた富をより強力に支配する力を与えはするが、富自体を増加させることにはなりません。弁論の目的や、社会の既成の職業にとっては、この分析で十分でしょう。しかし、究極の真理の学、したがって諸学の枢要としての最も高尚な意味における哲学にとっては、用語をこのように単に分析することは、たとえ必須の予備的訓練ではあっても、あくまで予備的なものにすぎないのです。

　ましてや、ある種の簡略な哲学に導き入れられた人たちに、好意的な熟読など、どうして期待できましょう。この哲学は、精神について語りながら、レンガやモルタル、あるいは同様に物体から抽象されたその他の心像を思い浮かべて、物質に異名をつけては精神の理論を作り出し、そして、この哲学を学ぶ最も愚鈍な生徒にさえ、二、三時間の手ほどきで、あらゆる物を印象、観念、感覚に還元することによって、「知覚し得るすべてのもの」を説明する[三]資格を与えてしまうような代物なのですから。

　しかし、今こそ真理を語るべき時なのです。あらゆる主題の論究を、専門用語や学問的象徴（シンボル）を使う特権なしに《大衆》に向かって語らなければならない時代と国家において、このように言明するには多少の勇気がいるのは事実ですが。すべての人が、あるいは多くの人が《哲学者》になることは、不可能であり不必要なことだと私は思います。すべての内省的な人に生得的に備わっている自然な意識の下に、あるいは（いわば）背後に、哲学的な（さらに、自由な努力によって実現されるゆえに、人為的な）意識があります。[四]古代ローマ人が自分たちの北方区域をアルプスのこちら側と向こう側とに区別したように、私たちも人間の知識のあらゆる対象を、自然な意識のこちら側にある対象と向こう側にある対象——すべての人が共有する意識のこちら側と向こう側——とに分けることができるかと思います。後者はもっぱら《純粋》哲学の領域であり、したがって超越論的と正当にも呼ばれているのです。それは一方においては単なる反省や表象から、他方においては好き勝手な思弁の飛翔から、一度に純粋哲学を識別するためです。好き勝手な思弁の飛翔は、人間の知的能力の限界と目的を踏み超えてしまうために、あらゆる明晰な意識から見捨てられて、超越的[*1]と非難されるのも当然なのです。人が生活する小さな谷間を取り囲んでいる最初の山脈が、その谷間の大多数の住人にとっての地平線なのであって、その山脈の峰々の上に、皆に等しく光を放つ太陽が昇り、沈んでいきます。峰々から星が昇り、峰々に触れては消えていく。多くの人々には、谷間を囲む自然の境界であり防壁であるこの山脈ですら、不完全にしか知られていません。山脈の比較的高い所は未開拓の沼沢地から立ち上る霧や雲によってほとんど隠されていて、そこへ敢えて突き進む勇気や好奇心を持つ者はほとんどいません。このような蒸気は、下界の大多数の人の目には恐るべき力を働かせるものが出没する暗い場所、そこに押し入って罰せられずに済む者はいない場所として映ります。また時には、自らの色とは異なる色で灼然と輝き、幸福と力の宿る素晴らしい宮殿として、凝視の対象となるのです。しかし深い谷合の、人を寄せ付けない滝壷にまで踏み込んで、川の長さや深さを測り、水源はもっと高く奥深い所にあると見極めた者が、いつの世にもわずかながらいるものです。また、平坦な地の細流の中にも、谷そのものや周囲の山々には存在せず供給されようのない成分を発見した者も少数ながらいるのです。このような思索、蓋然性の高い出来事、それを確認する洞察力（ヴィジョン）、直観知が、究極的にどのようにして、どこから起こるのかは、事実によってのみ知り得るのです。いま提示した問いに対しては、プロティノス[*2]が同様な難問について、《自然》ならこう答えるだろうと想定した言葉を挙げておきましょう。「誰かが自然に、どのようにして働いているのかと問い、自然が丁重に耳を傾けて答えてくれるとしたら、自然は次のように答えるだろう――私の心を質問で煩わしたりせずに、黙って理解しなければならない。ちょうど私が黙って、言葉を用いずに仕事をしているように〔五〕。」〔六〕

＊1　超越論的（transcendental）と超越的（transcendent）との区別は、これまでの神学者や哲学者たちがスコラ学的に意

見を表明するときにはいつも厳守されている。確かにジョンソン博士はこの二語を混同しているが、彼の引用している典拠は彼の定義を裏付けていない〔七〕。この名高い辞書について敢えてひとこと言うならば、この辞書に対して尊敬と感謝の念も無しに、書物としてはなかなか教育的で面白い、そしてこれまでのところでは残念ながら不可欠な一冊だと言うような人は、気難しい性格なのだと疑わずにはいられないということだ。だが正直に言って、辞書としては、極めて控えめな賞賛ならまだしも、それ以上の言葉が哲学的で綿密な学者から発せられるとすれば驚きである。私はここで、いくつかの生粋の単語が省略されていることを言っているのではない。なぜならこのようなことは、ウェイクフィールド氏がすでに言及しているように、（おそらく、ジョンソン博士の辞書以上に）わが国の最良のギリシア語辞書にも当てはまり、しかも非常に多くの学問の巨匠たちが労苦を重ねてきた後にも起きているからである。私が今言及しているのは、もう少し重大な遺漏と過誤についてである。それはどのようなことか、少なくとも私なりの見解については、再版され完成版となる『友』において詳しく述べることになるだろう〔八〕。

ウェイクフィールド氏とフォックス氏の間で交わされた書簡に関する記事を、月刊誌『マンスリー・レヴュー』（一八一五年九月一六日）で今朝見るまで、両者の文通についてはいっさい聞いたことがなかった。私が立てていた希英辞典の計画とほぼ同じものをウェイクフィールド氏も企て、かれこれ十年前から取り組んでいたということを知って、私は少なからず嬉しく思った。だが、彼がこの完成を見ずして世を去ったのは、極めて残念なことである。今、ステファヌスの希羅辞典〔九〕の増補再版に莫大な費用が注ぎ込まれているが、より強固な哲学的基礎に立脚して、ラテン語のみならず英独仏の同義語を掲載した新しい辞書の計画に、同額の費用が回されなかったということは痛恨事だと考えずにはいられない。英語やドイツ語の語彙では、ほとんどすべての事例において、厳密な個々の意味が付与され得るかもしれないが、ラテン語の場合、単に一般的で包括的な語で満足せざるを得ないことが余りにも多い。世界の言語の中で最も語彙が豊かで、意義識別の精妙さゆえに最も賞賛されている言語を、最もお粗末で意味不鮮明な言語の一つにしてしまおうとしている現在、また、特に、ギリシア語やラテン語が生きた言語として使われていたときに書かれた比較的多数の作品が現存している今、このような事態を避けるには、実際どうすればよいのだろうか。裕福な個人または団体が、彼らの国と人類に与え得る最も偉大で純粋な恩恵は何だと思うか、と尋ねられたら、「希・羅・独・仏・西・伊の同義語と、それに対応する索引を付けた哲学的基礎を持つ英語辞書」であると、私はためらうことなく答えるだろう。学問に用いる言語が、そのような辞書によって、より適切に、半分の時間で習得できるようになるだろうが、それさえもこのような書物からもたらされる利点のほんの一部であり、それも決して最も重要なものではない。自由と独立が損なわれることなく、わが国の政府が戦争遂行と予算立案の委員会以上のものに高められることが、神の摂理によって許されたならと願わずにはいられない。すべてのことが政府に委ねられた時代があった。我々はその対極に飛んできてしまっているのではなかろうか。

*2 『エネアデス（*Enneades*）』三・八・三〔現代の版では四〕に出て来るギリシア語の "συνιέναι" は「理解する（understand）」という語では不完全にしか表せない。英語の慣用句「同意する（to go along with me）」がその表現に最も近い。この後に続く含蓄豊かな文章は、明らかに原形が損なわれていると思われる。実際プロティノスほど、新しいもっと正確な版が必要であり、作るに値し、しかも作ってもらえそうもない文筆家はいない。――「では、我々は何を理解すべきなのであろうか。生じてくるものは何であれすべて直観知であり、私はただ黙っているということ。そして、このようにして生まれたものは、その本性からして、観照されたもの（テオーレーマ）つまり観照の形相だということである。この観照によって私に生じるものは、観照的な本性（ナトゥラ・ナトゥランス）を持つに至るのである〔一〇〕。」またシネシオスは言う、「聖なる産みの苦しみ、言い表せぬほど神聖な生成〔一一〕」。産み出す自然のプロセスと幾何学者のプロセスとの比較がこの後に続いているが、それは哲学の核心から引き出されたものである。

同様に、第五エネアスの第五部においては、論証的知識と区別される最高の直観知、ワーズワスの言葉を借りれば、

洞察力（ヴィジョン）と神聖な能力

〔ワーズワス『逍遥』I、七九行〕

について述べながら、プロティノスは次のように語っています。「それ〔直観知〕が場所と運動の支配を受けるものであるかのように、どこから来たかを問うことは不適切である。直観知はこちらへ接近してきたのでもないし、再びここからどこか他所へ去って行くのでもない。それは私たちに現れて来るか来ないかなのである。それゆえ、私たちはその秘密の源泉を探ろうとしてそれを追究すべきではなく、それが突然私たちを照らすまで静かに待つべきである。昇ってくる太陽を、目が辛抱強く待ち望むように、天与の光景に備えるべきである。(二三)」空気の精の翼が毛虫の薄い表皮の内側で形成されているという象徴を、心のうちで静かに解釈し理解できる人たちだけが、哲学的想像力つまり自己直観の神聖な力を獲得できるのです。触覚を持つ虫がまだサナギの間に、被膜のうちにやがて生じてくる触覚のために余地を残しておくようにするのと同様の本能を、自分たちの精神のうちに感じる人々だけが、それを獲得できるのです。彼らは、ちょうど現実的なものの働きかけを今受けているように、自分たちの中で、潜在的なものが働いていることを、知っているだけではなく感じているのです。つまり、感覚のあらゆる器官は、それに対応する感覚の世界に合わせて作られており、私たちはその感覚を備えています。精神のあらゆる器官は、それに対応する精神の世界に合わせて作られてはいますが、これら精神の器官は、すべての者に同じように発達しているわけではありません。しかし、精神の器官はすべての者に現実に存在しており、これらはまず倫理的存在として現れてきます。そうでなければ、世俗的人間でもまったく品性劣悪という訳でないなら、純真で私欲のない善人を、憐れみと尊敬との矛盾した感情を懐いて眺めるということが、どうして起こり得るでしょうか。「かわいそうに。彼はこの世には向いていない。」ああ、この言葉の中に、普遍的成就の預言が表されています。なぜなら、人は天へ上昇するか地に埋没するか、いずれかを取らねばならないのです。

もうこれ以上充実した知識に到達し得ないということが証明されない限り、不完全な解明の光には決して満足できないのが、真の哲学者の本質的特徴と言えましょう。〔人類〕共通の意識そのものがそれ自身の赴く方向によって自ら証拠を示していること、この共通の意識が表面下を流れる主流に直結しているということを、私はとりあえず一つの要請と見なすことにしましょう。このことが認められたとしても、当然議論の持ち上がることが予測されますが、すべての人が、たとえ最も学識と教養のある階級の人々でも、哲学を理解できるわけではないという前述の主張が同じように真実だということを、この要請から推論しても差し支えないと思います。人間のうちにある霊的なもの（私たちの自然な意識の向こう側に在るもの）を、精神に直観させることを第一原理とする体系は、〔一三〕この隠れた意識を訓練したことも強化したこともない人たちには、きっと多大な不可解さを懐かせるに違いありません。自分の固有の存在という最も高貴な財宝が、生命と洞察力の欠けた想念による不完全な言い換えを通してのみ語られているような人たちには、確かにその体系は、ゴセンの地〔一四〕とは正反対に、光と豊饒さを完全に喪失した国、暗黒の地に相違ないのです。想念による理解そのものが、生きた現実の真理の影のような抽象化にすぎないように、想念による言い換えの大部分には、想念の影でしかない語が用いられます。すべての人に備わっている《直接的なもの》に、また、根源的な直観あるいはその無条件的肯定（この直観は、直接的なものと同様に、すべての人に備わってはいるが、すべての人が意識するというわけではない）に、知識の一切の確実性が依存しています。だがこのことを外側から単に言葉だけで人に分からせることはできないのです。精神がお互いを理解し合うのに用いる媒体は周囲の空気ではなくて、精神がその存在に共通の天上的要素（エーテル）として共有している自由なのです。この自由の振動による交感が、魂の内奥にまで波及していくのです。人間の精神が自由の意識によって満たされていない場合（たとえそれが、拘束されてもがいている者のような焦燥から生じたものであっても）、あらゆる精神の交わりは、他者との交わりに限らず、自己との交わりにおいてさえ妨げられてしまうのです。そういう人が他者に理解されないだけではなく、自分自身にも理解されないままであり続けても、何ら驚くにはあたりません。また、意識の恐ろしい砂漠の中で、言葉を発しても、自分の心からも仲間の心からも、親しみのこもった応答が帰ってこない空虚さに疲れ切ってしまうのも当然なのです。想念の幻影を追い求めて、つまり、活気のない澱んだ自分自身の悟性という、ものを歪める媒体を通して、目には見えない遠い真理が屈折して映し出されたにすぎないものを追い求めて、当惑してしまうのも当然のことなのです。同様な状況についてシェリングが声高に主張したように、そういう精神の持ち主から理解されないでいることは、神と人間の前ではむしろ誉れであり良き評判と言えましょう。

哲学の歴史は（シェリングが言うには）幾世代もの間、謎のままであった諸体系の実例を含んでいます。彼はライプニッツの体系をそのようなものと評価していますが、別の著者は（これは軽率で不当だと私は思いますが）ライプニッツこそ自説を深く確信していた唯一の哲学者であると激賞しています。しかしながら、これまで解釈されてきたところでは、ライプニッツ自身が極めて啓発的文章で、真の哲学の規準として記しているような結果を、彼の学説は生み出していないのです。すなわち真の哲学の規準とは、一見したところ最も首尾一貫性のない諸体系の中に散在している真実の断片を説明し、かつ収集してくれるものだというのです。彼に言わせると、真理は普通信じられている以上に広い範囲に散在している。[二五]ところが真理は、しばしば着色されていたり、隠蔽されていることもさらに多く、時には切断され、また時には、残念ながら有害な誤りと密接につながっているのです。しかしながら、事物の基底に深く入れば入るほど、私たちはより多くの真理をより多くの哲学的学派の諸説の中に発見します。感覚の対象には実質的実在が欠如しているという懐疑論者の考え。あらゆるものを調和や数、原型と観念(イデア)に還元したピュタゴラス学派やプラトン学派の学説。スピノザ主義とはまた違った、*パルメニデスやプロティノスの一と全。他の諸学派の自発性と適合する、ストア学派による事物の必然的関連性。感覚作用の普遍性を仮定したカバラ主義者〔二六〕やヘルメス主義者〔二七〕の生命論的哲学。アリストテレスとスコラ哲学者・神学者の実体的形相〔二八〕とエンテレキー〔二九〕、そして一方では、デモクリトスと近代哲学者たちによるあらゆる個々の現象の機械論的解明――これらはすべて、一つの中心的視点から見た様相においては一致していることが分かるのです。その視点は、他のいかなる視点から見ても混乱して歪んで見えるに違いない対象そのものの、規則性とそのすべての部分の共時性を示してくれます。派閥意識は、私たちがこれまでに犯してきた過ちであり、失敗の原因でした。私たちは他者の諸概念を排除するため自ら引いた線で、自分たちの概念を閉じ込めてしまっています。「大抵の学派は、主張の多くの部分では正しいが、否定するものにおいては、それほど正しくないということが私には分かった」のです。

＊ これはシネシオスの『賛歌』第四〔実際は第三〕からの三行において、適切に表現されている。

一にして全 ――(これだけを解釈すれば)スピノザ説。
すべてを貫く一 ――これは世界霊魂にすぎない。
すべてに先立つ一 ――これは機械論的有神論。

〔『賛歌』第三、一八〇―八二行〕

だが、〔これら〕三つの説を統合してみよう。するとその結果は聖パウロとキリスト教の一神論になる。シネシオスは魂の先在説ゆえに咎められた。しかし私の知る限りでは、彼は汎神論ゆえに法廷に召喚されたり、異端と断定されたりすることはなかった。ジョルダーノ・ブルーノやヤコブ・ベーメにもまして、汎神論を大っぴらに公言していたにもかかわらずである。

秘儀の手ほどきを受けた精神は
御身の畏れ多き深淵の
周りを輪舞しながら
このように繰り返し語る。
御身は生成するもの、
そして生成されるもの。
御身は照らす光であり、
また照らされるもの。
御身は啓示されたもの、
〔そして隠されたもの〕
しかも、御身自身の放つ光のうちに
隠れているもの。
一にして全、
自己に包含されたる一者にして、
そして万物にゆき渡るもの。

〔『賛歌』第三、一八七―二〇一行〕[二〇]

したがって、汎神論は、無神論的に説かれることがあるかもしれないが、必ずしも非宗教的でもなければ異端でもない。だからスピノザは、神を「知性における自然」[二一]と呼ぶシネシオスには同意するであろうが、その数行前の「知性でありまた知性的なもの」〔『賛歌』第三、一七七行〕という記述には賛成しかねるであろう。

本書は私の文筆生活の伝記的素描なので、シネシオスの八つの賛歌をギリシア語からアナクレオン詩風の英語に翻訳したのは、私が十五歳になる前のことだったとここで述べても、許していただけるだろう。

記憶を除く知性の全機能を用いて記憶を推論しようとする体系は、記憶を超えた、記憶に先立つところに、必ずその基点を置かねばなりません。さもないと、解明の原理自体が、解明されるべき問題の一部となってしまうのです。したがって、まずそのような基点が要求されなければならず、最初に掲げる問いは「その基点はいかなる権利によって要求されるのか」ということになります。このため、哲学における《要請》の導入に関して、多少予備的な言及をしておくのがよいかと思うのです。要請（公準）という語は、数学から借用されています〔二二〕（シェリング『知識学の観念論の解明のための諸論考』参照）。幾何学では、その基本的（プライマリー）な構成は証明されるのではなく、公準と見なされています。空間においては、この最初の最も単純な構成は、運動している点、つまり線です。点が同一方向に動かされているかどうか、また、その方向が連続的に変えられるかはまだ不定です。しかし、仮にその点の方向が決定しているならば、その方向はその点以外の点によって決定され、そのときは空間を取り囲まない直線が生じます。あるいは、点の方向がその点以外の点によって決まらないときは、その点は、もとの点に舞い戻ってこなければならなくなる、つまり、空間を取り囲む線の作る円が生じます。もしも直線が正と仮定されたなら、円は直線を打ち消す負となります。円はどの点においても真直ぐには伸びることなく、連続的に方向を変えている線なのですから。しかし、もし基本的な線の方向が不定と考えられ、直線の方向は一貫して決定されていると考えられるならば、円は両者から合成される第三のものです。その線は、不定であると同時に決定されている、つまり、外部のいかなる点によっても定められず、その点自身によって定まっているのです。このように、幾何学は哲学に原初的（プライマリー）な直観〔二三〕の例を与えており、明証を要求するすべての学問はこの原初的な直観から構築を始めなければならないのです。数学者は、証明可能な命題から始めずに、直観から、つまり、実践的な観念から始めます。

しかし、ここで一つの重要な区別が明らかになってきます。哲学は《内的感覚》〔二四〕の対象に適用されるのですが、幾何学の場合とは違って、内的感覚に対応する外的直観をすべての構成に当てはめることはできませんそれでもなお哲学は、明証を目指すものであるならば、最も根源的な構成から着手しなければなりません。そこで問題は、何が《内的感覚》にとって最も根源的な構成であり、最初の生産的行為であるか、ということになります。その解答は、《内的感覚》に与えられる方向性に依存しています。しかし哲学においては、《内的感覚》は、いかなる外界の対象によってもその方向性は決定され得ないのです。線の原初的な構成は、石版や砂の上に書かれた目の前の一本の線によって、必然的に理解されます。このようにして書かれた一筋の線は、実は線そのものではなくて、線そのものの形象ないしは絵なのです。私たちが線について学ぶのは、一本の筆跡からではなくて、逆に、私たちがこの筆跡を、想像力の行為が産み出した原初的な線〔の観念〕に引き合わせて観るからなのです。さもなければ、線を幅ないしは厚みを持たないものとして定義することはできないでしょう。それにもかかわらず、この筆跡は、根源的あるいは観念的な線の感覚的イメージであり、すべての想像力を駆り立てて線の本質を直観的に把握させる有効な手段となるのです。

そこで、《内的感覚》の方向が、その特定の形象ないしは外的な絵によって決定されることが可能な数学の場合と同様に、哲学においても、内的感覚の方向を決定する手段が見つけられるかどうかを解明することが求められます。さて、内的感覚は自由という行為によってのみ、その方向性の大部分が決定されます。ある人の意識は、外部からの印象によって自己のうちに生じる快・不快の感情にまでしか拡張しません。また、形状や量を意識するところまで内的感覚を拡張する人もいます。また、イメージに加えて、ものの概念ないしは想念を意識する人もいます。さらに、自分の持っている様々な想念についての一つの想念に到達する人もいます——つまり、自ら内省した事柄を内省するのです。ですから、人によって所有する内的感覚に大小の違いがあると言っても間違いではないでしょう。このように、人によって内的感覚に大小の違いがあることは、すでに、哲学というものが第一原理において理論的・思弁的な面と同時に実践的・道徳的な面を持たなければならないということを示しています。程度におけるこうした相異は、数学には見られません。プラトンの著作に描かれたソクラテスは、無知な奴隷が最も難しい幾何学の問題を理解し自分で解けるよう教え導くこともできるという例を示しています〔二五〕。ソクラテスは奴隷のために砂の中に図形を描きました。批判哲学の門弟たちは、同じように（ラ・フォルジュその他何人かのデカルトの後継者によって実際になされたように）、銅版を用いて私たちの表象作用の起源を表すことができるかもしれません。しかし今日に至るまで、誰一人それを試みたことはありませんし、試みたとしても、まったく無益なことでしょう。エスキモーやニュージーランド人にとっては、私たちに最もよく親しまれている哲学ですら、まったく不可解なものかもしれません。その哲学のための感覚、つまり内部器官は、彼らにはまだ生じていないのです。同様に私たちの中にも、いや、自分は哲学者だと思っている人たちの中にも、哲学に必須の器官がまったく欠けている者が多数いるのです。そのような人にとって哲学は、聾者における音楽理論、盲人における幾何光学と同様に、単語と想念の遊戯にすぎません。部分の関連性や部分の論理的依存関係は理解され記憶されるでしょうが、その全体は、基礎を欠き空虚なものであって、生きた接触によって維持されることなく、ものごとを実感する直観が伴っていないのです。その直観は、直観の実在を肯定する行為によって、またその行為において、実在するものとなるのであり、存在するがゆえに知られ、知られるがゆえに存在するものなのです。擬人化した自然に語らせているプロティノスの次の言葉は、哲学する力にも当てはめることができます。「私にとっては、観想の行為が観想される対象物を創り出すのである。ちょうど観想する幾何学者がそれに対応する線を描くように。しかし私の場合は線を描くのではなく単に観想することで、ものを表す形相が立ち現れ実在し始めるのだ〔『エネアデス』三・八・四〕。」

哲学の要請であると同時に哲学的能力の試金石であるものは、天与の言葉《汝自身を知れ！》（――「それは天から下された、『汝自身を知れ』」[二六]）ということに他ならないのです。そしてこのことは、実践的であると同時に思惟的なのです。なぜなら、哲学が単に理性や悟性の学問でも、また単なる道徳の学問でもなく、《存在》一般の学問であるように、哲学の根本的基盤は、単に思惟的でも単に実践的でもなくて、両者が一つになっていることなのです。あらゆる知識は、客体と主体の合致に基づいています[二七]。（すでに〔第10章で〕読者の方々に、著者の便宜のためだけでなく、読者の便宜のためにも注意しておきましたが、私は主体という用語を、スコラ哲学的な意味で、精神すなわち知覚力の備わった存在と同等なものとして、また、客体すなわち「精神に対して提示されているものすべて」の必然的な相関名辞として用いていま す。）なぜならば、私たちは真理であるもののみを知ることができ、そして真理は、思想と物の合致、表現と表現される客体との合致において、普遍的に位置付けられるからです。

そこで、単に《客体的》なものの総体を、これからは《自然》と呼ぶことにします。ただし、この用語を、自然の受動的かつ物質的な意味に限定するとともに、自然の実在を私たちに認識させるあらゆる現象を包含するものとして用います。他方、《主観的》なものの総体は、《自己》または《知性》の名において理解されるでしょう。知性と自然という二つの概念は必然的に対立関係にあります。知性はもっぱら表象するものとして、自然はもっぱら表象されるものとして考えられます。前者は意識するものとして、後者は意識のないものとして考えられるのです。さて能動的な認識というあらゆる行為において、これらに必要なのは両者の相互的協働、つまり意識的存在と、それ自体は無意識的なものとの協働です。私たちの問題は、この協働、その可能性そして必然性を説明することです。
認識行為の過程で、客観的なものと主観的なものとはすぐさま結び合うので、両者のいずれが優先しているのかは決定しかねます。客観的なものと主観的なものとはすぐさま結び合うので、両者の間に優先順位はないのです。両者は同時的であり、一つなのです。この親密な結合を説明しようと試みながらも、他方で私はそれを分解して考えなければなりません。そこで私は一方から出発し、したがってこれに仮定上の先行権を付与し、もう一方に辿りつこうとすることになります。しかしこの問題には、主観と客観というただ二つの要因・要素しかなく、また、両者のいずれから始めるべきかは未決定のままになっているわけですから、等しく可能な二つの事例が考えられます。
一《客観的なものを最初に在るものと考えるならば、これと合体する主観的なものが付随して発生することを説明しなければならない。》
主観という概念は、客観という概念には包含されていません。むしろ両者は互いに排除する関係にあります。したがって、主観的なものは客観的なものに付随して生起するのでなければなりません。自然という概念は、自然から観念としての写しを作る知性、つまり自然を表現する知性との、共存を包含していないことになります。たとえば、この机は、たとえそれを見つめる知覚者がいなくても、（私たちが自然に考えれば）存在するでしょう。そこでこのことが自然哲学の問題となるのです。つまり、この哲学の立場は、客観的または無意識的な自然を最初に在るものと仮定します。したがって知性がどのようにして自然に付随して生じるのか、または、自然そのものがどのようにして知性へと発展するのか、これを説明しなければなりません。すべての賢明な自然主義者が、この問題を自らに明確に提起することなしに、それでもなおこの問題の解決に向かって絶えず動き続けてきたように見えるとすれば、このことは、この問題自体が自然のうちに根拠付けられているという揺るぎない仮定を示していることになります。というのは、もしすべての認識がいわば〔主観と客観の〕両極を持っていて、それらが相互に必要とし前提としているとするならば、すべての学問はどちらかの極から出発せねばならず、両者が融和して同一となる等分点まで対極の方向に向かって進まねばならないからです。したがって、すべての自然哲学の必然的傾向は、自然から知性へという方向性を示します。そして、まさにこのことが、私たちが本能的に自然現象についての見解に理論を導入しようと努める真の根拠なのです。自然哲学を最高度に完成することは、あらゆる自然の法則を直観と知性の法則へと完全に精神化することにあるのであって、現象（質量的なもの）は完全に消失し、法則（形相的なもの）だけが残ることになります。そこから次のことが起こってきます。自然そのものの中に法則の原理が現れてくるのに比例して、自然の外皮は脱落し、現象そのものはますます精神的なものになって遂にはまったく私たちの意識の中で終るのです。光学的諸現象は、単に光によって線を引かれた幾何学にすぎないものとなり、この光自体の物質性も、すでに疑われています。磁気の現象においても、物質のすべての痕跡は消失しており、また、ニュートン学派の少なからぬ著名な学者たちが、霊的な力の直接な働きとしてしか理解できないと言明した重力の現象に関しても、その法則以外には何一つ残りません。この法則が壮大な規模で成就されたのが、天体の運行の仕組なのです。自然哲学の理論が完成するとしたら、それは次のような時でしょう。すなわち全自然が、私たちの知り得る最高度の力においては、人間の中に知性と自己意識として存在するものと本質的に同一であると立証された時であり、また、偉大な預言者〔モーセ〕が、神性の裾野にある〔シナイ〕山で神の幻を見た時と同様に、天と地がその創造者の力のみならず、神の栄光と存在を明らかにする時なのです。

これまでに述べたことで十分な証明になっていると思われますが、存在している事物の現実と実体としての物質現象から始める自然科学でさえも、無意識的に、そしていわば本能的に理論付ける必然性によって、終局的には知性としての自然に到達するのであり、またこの傾向によって自然科学は、最終的には、根本的な学問の二極の一つである自然哲学となるのです。

二《主観的なものを最初に在るものと考えるならば、そこに生じる問題は、どのようにして客観的なものが主観的なものに付随して起こるのか、ということである。》

これらの両極をなす二つの学問の追究にあたって、それぞれが成功するか否かは、対極の学問に属している原理を注意深く分離・排除しつつ、それ自身の原理を厳格に忠実に遵守するかどうかにかかっています。客観的なものに目を向ける自然哲学者が、自分の認識に主観的なもの、たとえば、独断的仮説あるいは虚構、秘術的性質、精神的動因、そして作用因の代わりに置き換えられた目的因などが混じるのを何よりも避けるのと同様に、超越論的な、つまり知性を扱う哲学者は、客観的原理を、自分の学問の主観的原理に差し挟むようなことは一切したくないと切望するのです。たとえば、実物と仮定されたものから、光線によって網膜上に描かれた縮小像に相当する刻印ないしは形状を、脳の中に仮定するといったようなことですが、実物と仮定されたものも、実は視覚の直接的な実在の対象物ではなくて、説明のために視覚から推論されたものなのです。このような精神の純化は、絶対的で科学的な懐疑によってもたらされます。人間の精神は、未来の確実性という特別な目的のために、自由意志によってこの懐疑へと自ら向かって行くのです。デカルトは（『省察』の中で）、少なくとも近代人としては最初の人として、この自由意志による懐疑、この自ら決めた未決状態の見事な例を示していますが、またそのような懐疑が、慢心や不信仰からくる懐疑とはまったく相違していることも見事に示しています。「ただ疑うためにだけ疑い、不決断であることを衒うこと以外に何も求めようとしない懐疑主義者を、私はここで真似したわけではない。むしろ、私の魂の全体は、何か確実なものを発見したいとひたすらに希望していたのである（デカルト『方法序説』〔第三部〕）。」また、その〔二種の懐疑の〕相違は、この懐疑にふさわしい対象においても、この懐疑の動機と究極目的においても、明確です。自由意志による懐疑の対象は、一般の懐疑の対象である教育や環境による先入観ではなく、自然が自らすべての人間に植え付けた根源的で生得的な先入観であり、またこの先入観は、哲学者以外のすべての人にとって、認識の第一原理であり、真理を判断する究極の試金石なのです。[28]

さて、これらの本質的な先入観は、[29]すべて《外界の事物は存在する》という一つの根本的な仮定に還元できます。この仮定は、一方では根拠や論拠に起因するものではなく、しかも、他方では根拠や論拠によってこの仮定を排除しようとするあらゆる試みに対しても無傷で耐え得るのです。「熊手で自然を払いのけても自然は必ず戻ってくる」（ホラティウス『書簡詩』第一巻第一〇歌、二四行）。一方でこの仮定は、証明不可能でありながら人を信服させてしまう命題として、《直接的》確実性を要求しますが、他方では私たちと本質的に異なるもの、いや私たちと対立さえしているものに言及しているので、どのようにしてそれが私たちの直接的意識の一部になり得るのか、（言い換えれば、仮定によって存在し、私たちの存在の外部にあって異質であり続けるものが、どのようにして私たちの存在になり得るのか）という問題を、理解不可能のまま放置しています。したがって、哲学者はこの信念を、確かに生得的で人間固有のものではあるが、やはり先入観にすぎないものとして扱わざるを得ないのです。

もう一つの命題、すなわち、哲学者の学問上の理由から、そしてまた人類全般の常識にとっても、その直接的確実性の承認を要求するのみならず必然とする命題、つまり、《私は存在する》という命題については、これを先入観と称するのは先の命題の場合ほど適切ではありません。確かにこの命題には根拠がありません。しかしそれは、この命題が、まさにその観念自体においてあらゆる根拠を排除しているということなのであり、直接的意識から遊離するならば、意味と重要性とをそっくり喪失してしまうのです。確かにこの命題は根拠を持っていませんが、それはこの命題自体が他のあらゆる確実性の根拠になっているからにすぎないのです。さて、先の命題、すなわち、「外界の事物は存在する」という命題は、その本性からして直接的に確実にはなり得ませんが、この命題が、私たち自身の存在の実在と同じ程度に、盲目的に、かつあらゆる根拠とは無関係に、受け入れられるべきだというのは、一見したところ矛盾しています。この矛盾を超越論的哲学者は単に次のように仮定することにより解決することができます。つまり、「外界の事物は存在する」という命題は、「私は存在する」という命題の中に無意識のうちに包含されており、前者は私たち自身の直接的自己意識と結びついているのみならず、それと一致し、また同一なものであると仮定するのです。この同一性の証明こそが、超越論的哲学者の役割であり、また目的なのです。

もしもこれが観念論（アイディアリズム）だと言われるとすれば〔三〇〕、忘れてならないのは、これが同時に最も真実で最も拘束力のある実在論（リアリズム）であり、また、これが観念論であるというまさにその理由によって実在論であるという、その限りにおいてのみ観念論と言えることです。人間にとっての実在論の特質はどこにあるのでしょうか。何が、どのようにして、またどこでかは分からないけれども、人間の知覚対象を生起させる何かが、人間の外に存在するという主張にあるのか。いや違います。このような主張は、人間固有のものでもないし、普遍的なものでもない。それは、学派の中で少数の者が学び教えてきたことであり、多くの者が自分の意味していることについて自問することもなしに、ただ繰り返してきたことです。すべての人間に共通の実在論は、知覚の起源に関するこの仮説的説明、すなわち機械論的哲学を、表面的に拾い読みして得られた説明よりも、はるかに古く、極めて深いところに根付いています。〔食卓を見るとき〕常識のある人なら、自分が見ているのは食卓そのものであって、自分の目で見ていない食卓の実在性を、理屈で推論する根拠となる食卓の幻影だなどとは信じないものです。もしも私たちが実際に見ているあらゆるものの実在性を破壊するのが観念論であるとするならば、私たちを影の国へ追放し、亡霊で取り囲み、同じ夢を見ている人たちの多数票によってのみ真実と幻影を区別する近代形而上学の体系こそ、その途方もない観念論なのではないでしょうか。「私は世間が狂っていると主張した。だが、世間は私が狂っていると言った。いまいましいことに、世間は数で私を打ち負かしてしまった」と、可哀想にリー〔三二〕は叫んだのです。

ここで注目していただきたいのは、真実の、かつ初めから人間に根付いている実在論なのです。この実在論は、自分が見ているか自分に提示されている対象は実在する対象であり、まさに対象そのものであるということを信じまた要求しますが、それ以上のこともそれ以下のことも、信じたり要求したりはしません。この意味において、どんなに私たちが観念論者であることに抵抗しても、私たち人間は皆生まれながらの観念論者なのです。そしてそれゆえに、それゆえにこそ、私たちは実在論者でもあるのです。しかし、諸学派の哲学者たちは、とうの昔に人間性の消失してしまった言葉遣いや想念の集まりの中で暮らし活動しているために、このことについて何も知りませんし、また、この信念を無知な大衆の先入観と見なして軽蔑しています。自己の存在に畏敬の念を懐き、心の中で神と共に謙虚に歩むあなた方〔ミカ書六・8〕、あなた方こそ、より良き哲学をするのにふさわしいのです。死者は、死者に葬らせなさい〔マタイ八・22、ルカ九・60〕。でも、あなた方は自分の人間性を大切にしてください。この人間性の深みは、想念や単なる論理上の存在物から作り上げられた哲学によっては、未だかつて推し量られたことはないのです。

本書の終わりで予告する『ロゴソフィア』の第三論文の中で、私は学問的に整理された力動論的哲学の証明と構成を（神の御心に叶えば）示すつもりです。私の確信するところでは、私が論じようと考えている力動論的哲学は、ピュタゴラスとプラトンの体系を不純な混合物から再興し純化したものに他ならないのです。「多くの人手によって伝えられた理論は、遂には気の抜けたぶどう酒と化す。」算術においては、規則が実際に適用されて役立ち、そしてその特定の目的のために、規則そのものが完全に証明される前に、適用の結果によって十分に承認されるような諸例が見られます。規則は、理解できるように表現されてさえいれば、それで十分なのです。私に従い次章を読み進もうとしてくださっている読者のために記した次の諸命題のうちに、このことが成し遂げられていると私は信じています。次章においては、その結論を応用して想像力を演繹し、そしてそれとともに、芸術の制作の原理と、天才的創造力と協働する芸術批評の原理を導き出そうと考えています。

命題 一

真理は存在と相関している。照応する実在を欠く認識は、認識ではない。もし我々が認識するとすれば、認識される何かがなければならない。「認識する」ことは、本質において、〔対象がなければ成り立たない〕能動的動詞である。

命題 二〔三二〕

あらゆる真理は、間接的、つまり、他のある一つの真理またはいくつかの真理に由来するものであるか、直接的で根源的であるかのいずれかである。後者は絶対的で、その公式をA・Aとしよう。前者は従属的か条件付きの確実性を持ち、公式B・Aで表される。そして、Aに在る確実性はBに帰因する。

《注解》連結したすべての環を安定させる基となる一個の留め金を欠いている鎖、すなわち、最初ものが欠けた連続を、盲人の行列に喩えたことがあるが、これはなかなか的を射た寓話である。すなわち、盲人たちはそれぞれ自分の先を行く人の上着の裾を持ち、見えなくなるほど遥か遠くまで、全員が一本の真直ぐな線上を少しもはみ出すことなく進んでいる。盲人の列の先頭には案内人がいるものと考えるのが当然であろう。それを「いや、案内人はいない。盲人が無数にいて、無限の盲目が視覚の代わりをするのだ」と反論されたとしたらどうだろうか。

学問の体系においても、対等な諸真理が、それぞれの真理に固有の領域を定めているような共通の中核的原理を欠いたまま、ひとつの環を形成しているというのは、先の例と同様に、考えられないことである。しかし、そうした不条理がそれほどすぐには我々を驚かさないということ、また同様に、そのような不条理が想像不可能とは思えないということは、想像力の秘めたる行為のためなのである。それは本能的に、また我々がそれと気づかないうちに、中間に介在する空間を満たし、「B・C・D・E・Fなど」からなる一巡りを、それらのすべてに共通する統一した軌道を与えて、一繋がりの円環「A」として考えさせるのみならず、ある種の「意識下の力」によって、その動きを調和的で周期的なものにする一つの中心的力をも与えるのである。

命題〔三三〕 三

それゆえ我々は、他の命題に確実性を与えることができ、しかしそれ自身は他から確実性を受けたことがない、ある絶対的真理――すなわち、自ら根拠を有し、無条件的で、かつ、それ自身の光によって認識される真理――を求めなければならない。手短かに言えば、それが存在している理由が、存在しているということ以外に何もないような何かを見出さなければならない。そういうものであるためには、この真理は、それ自体の賓辞となっていなければならず、他のあらゆる名詞的賓辞は、その真理の諸様態や反復であると少なくとも言えるようでなければならない。この真理の存在はまた、原因や先行するものを要求する可能性を排除しても、不条理が生じないようなものでなければならない。

命題　四

そのような原理はただ一つしか存在し得ないということは、先験的に証明されるであろう。二つ以上の原理があるとすれば、それぞれの原理が他の原理に頼らなければならず、このことにより各原理の対等性が確認され、その結果いずれの原理も、その仮説が要求するような自立的根拠を持たないことになる。またこのことは、経験的には、この原理がその概念自体のうちに普遍的な先行者を含むものとして見出されるとき、この原理そのものによって証明されるであろう。

《注解》もしも我々が板を見て、その板は青いと認める場合、その賓辞（青）は偶有的なものであり、主辞（板）には含まれていない。もしも我々がある一つの円について、その円は等半径であると認める場合は、その賓辞は主辞の定義に含まれている。しかし、主辞そのものの存在は偶然的なものであり、原因と知覚者の両者を前提としている。同じような推論が、証明不可能と想定されている多数の真理にも当てはまるだろう。それらの真理は、常識を哲学の玉座に即かせた学派の愛すべき創始者ビーティ〔三四〕や、彼ほど雄弁でも深くもない他の同学派の者たちによる哲学研究の俗な取り組みから免れている。彼らの取り組みは、もし理性を常識と調和させ、常識を理性にまで高めようとすることが哲学の二重の機能だというだけであれば、実りのない試みなのである。

命題　五

そのような原理は、いかなる《事物》でも《客体》でもあり得ない。事物はどれも、他の事物の結果として存在している。無限の独立した事物は*、無限の円や辺のない三角形と同様、矛盾でしかない。その上、事物は、それ自身がその唯一の知覚者ではない客体になり得るものである。しかし客体は、その対立物としての主体なしには考えられない。「知覚されるすべてのものは、知覚者を想定する」のである。

＊ 属・種・個のいずれでもない絶対的な事物（唯一の実体）というのは、哲学体系の基礎的命題としてまったく不適切であるのみならず、想定不可能であるということは、『ロゴソフィア』の第五論文で扱われるスピノザ批判において証明したいと思う。

しかしこの原理は、客体と対照的に区別される、主体としての主体の中にも見出されない。「すべての知覚者には、知覚される客体がある」からである。それゆえこの原理は、別々に考えられた主体のうちにも、また客体のうちにも、見出せないのである。したがって、他に第三者は考えられないので、この原理は、もっぱら主体であるものにも、もっぱら客体であるものにも見出されることはなく、両者の一致の中に見出されなければならない。

命題　六

このような特質を持つこの原理は、SUM すなわち I AM（我在り）として現れる。今後私はこれを区別なしに精神・自己・自己意識という語によって表すことにしよう。これにおいて、これにおいてのみ、客体と主体、存在と認識は一致し、それぞれ一方が他方を包含し想定している。換言すれば、自己を、自己に対して客体として見るという行為によって主体となるような、主体のことである。しかしこの主体は、それ自身のため以外には決して客体とはならず、まさにその客体化の行為によって主体となる限りにおいてのみ、客体となるのである。それゆえこのことは、一つの同じ力が、お互いを前提とし、しかも対立するものとしてのみ存在し得る客体と主体へと、つねに自己を二重化することだ（三五）、と記述し得るかもしれない。

《注解》もし人が、自分の存在をどのようにして認識するのかと問われたならば、「私がいるのだから、私は存在するのだ」と答えることしかできない。しかしながら（これが絶対的に確実であることは認められているとして）、もし個人としての自分が、どのようにして存在するに至ったかと再度問われたならば、その人は、自己の存在の認識の根拠ではなく、自己の存在そのものの根拠に関して、「神が存在するのだから私は存在する」、あるいはさらに哲学的に、「私は神において存在するのだから、私は存在する」と答えるかもしれない。

しかし、もし我々の概念を絶対的自我、あの偉大で永遠な「我在り」まで高めてゆくならば、存在の原理と認識の原理、観念の原理と実在の原理、すなわち、存在の根拠と、存在の認識の根拠は、絶対的に同一となる。「私が存在するがゆえに、私は存在する。*」自分自身の存在を認識するがゆえに、私は存在するのであり、私が存在するがゆえに、私は自分自身の存在を認識するのである。

＊ 極めて注目に値するのは、ヤーヴェが個人に限定することなく自らを初めて啓示したとき、つまり彼の絶対的存在を初めて啓示したとき、あらゆる哲学の根本的真理をも同時に啓示したことである。あらゆる哲学は、絶対的なものから始まるか、あるいは特定の始まりを有しないか、すなわち哲学であるのを止めるか、いずれかなのである。わが国の素晴らしい欽定訳聖書が〔出エジプト三・14において〕、"in that"（〜という点で）あるいは "because"（〜であるから）を用いる代わりに、that という語を曖昧に用いたために、その表現が一般の読者や聞き手の心の中に卑近な解釈の余地を残してしまったことを、私は残念に思わずにはいられない。これ〔"I AM THAT I AM" という欽定訳聖書の表現〕では、神の名を問うという無礼な問いに対して "I am what I am"（私は私という存在である）と、神が単に非難

しているようにも取れ、どんな存在でも同じように自分自身について主張できるような言い方になっている。デカルトの「我思う、ゆえに我在り」には、異議を唱える余地がある。というのは、「我思う」がその属すべき場を無視して使用されており、その上で「我思う」が「我在り（sum）」に含まれてしまって同語反復（トートロジー）となっているか、または「我思う」が或る特殊な様態または位階として受け取られ、そしてあたかも属に対する種のように、あるいは修飾された主語に対する修飾語のように「我在り」の下位に置かれていて、論証に必要と思われるような予めの位置付けがされていない。「我思う」とは「私は思っている存在だ」ということだからである。このことは、その逆の命題が根拠を欠いていることから明白である。「彼は思う、ゆえに、彼は在る」というのが真実なのは、それが「属にあるものはすべて種にもある」という論理学の規則の単なる応用としてのみである。「彼は（思っている）存在だ、ゆえに彼は存在する。」それは桜の木だ。ゆえに、それは木である。しかし、「彼は在る、ゆえに彼は思う」というのは非論理的である。なぜならば、「種にあるものは必ずしも属にはない」からである。それが真実の場合もあるかもしれない。「真に存在するものはすべて、自らを真に肯定することを通して存在する」というのは真実だと思う。しかし、それは派生的真実であって、直接的真実ではない。そこで、条件的で有限な我（経験を契機として明確な意識の中で知られる自我で、カントの信奉者たちが「経験的我」と呼ぶもの）と、絶対的な「我在り（神、I AM）」との区別が予見されるとともに、前者が後者に依存し内在していることが予見されるだろう。「我らは〔現在神の中に〕生き、動き、存在を得ている〔使一七・28〕」と聖パウロは神の力を受けて主張している。この言葉は（ニュートンやロックのような）機械論学派の有神論者たちとは大きく隔たっている。彼らによれば我々は、存在とともに生命と生きる諸力を、神から〔過去のある時点で〕得たのだと言わなければならないだろう。

命題　七

そこでもし私が、ただ私自身を通してだけ自己を認識するのだとすれば、自己の賓辞として、自己意識という賓辞以外の何かを要求することは矛盾になるだろう。精神の自己意識の中においてのみ、客体と表現の間に必要な同一性が存在するのである。なぜならばこの自己意識の中にこそ、自己を表現するという精神の本質があるからだ。それゆえ、もしもこのことが唯一の直接的真理であって、その真理の確実性のうちに、我々が共有する知識の現実性が基礎付けられているとすれば、精神が見ているあらゆる客体の中に、精神はただ精神自体を見ていることになる。このことが証明されれば、あらゆる直観的認識の直接的な現実性が保証されるだろう。精神は、それ自体の客体でありながら、しかも元来は客体ではなくて、絶対的主体であり、その絶対的主体にとっては、それ自体も含めたすべてのものが客体となることが可能なのだということは、すでに論証されてきた。したがってそのような精神は、一つの《行為》でなければならない。というのは、すべての客体は、客体としては死んでおり、固定されていて、それ自体では行動をなし得ず、したがって必然的に有限だからである。それにまた、(元来、客体と主体の合一である)精神は、この同一性を意識するためには、ある意味で同一性を分解しなければならない。「精神は他者となり、しかもそれ自身のままである。」これは一つの行為を意味している。それゆえ「意志によって」あるいは「意志において」でなければ、知性あるいは自己意識は不可能だということになろう。したがって、自己を意識する精神は意志なのだ。そして自由は哲学の基盤と考えられなければならず、決して哲学から導き出されるものではないのである。

命題　八

同様に、根源において客体的なものはいかなるものも、そのようなものとしては必然的に有限である。精神は元来客体ではなく、しかも、主体として、客体と対立して存在するので、それゆえ元来有限ではあり得ない。しかし精神は、客体となることなしに主体となることもできないし、またそれは元来両者の合一なのであるから、無限・有限のどちらか一方で捉えることはできず、両者の最も根源的な融合であると考えられる。この矛盾の存在、調和、反復の中に、産出と生命の過程と神秘が秘められている。

命題　九

《意志》あるいは自己二重化という原初的《行為》に存するものとしての、この存在と認識に共通する第一原理は、あらゆる学問の媒介的または間接的原理である。しかしこの原理は、根本的究極の学問、すなわち超越論的哲学に限っては、無媒介的で直接的原理となるのだ。これらの命題はすべて、対極をなす二つの学問の一つ、すなわち主観的なものから始めて、厳密に主観的なものの内に自己を限定する、超越論的哲学にのみ関係していることを忘れてはならない。客観的なものは（もっぱら客観的である限りにおいて）超越論的哲学の対極をなす自然哲学に委ねられるのである。それゆえ、我々が共有する《認識》に関する体系的知識（知の知）としての超越論的哲学の観念においては、知性と知覚によるあらゆる個々の行為の源泉であると同時にそれに付随する形式として、認識の或る一つの最高原理が必要になってくるが、それはすでに論証された通り、自己意識の行為と発展のうちにのみ見出されるものである。我々は存在の絶対的な原理を究明しているのではなくて、認識の絶対的な原理を究明しているのだ。前者の究明においては、我々の理論に対して多数の妥当な反対論が唱え始められるかもしれないからである。両極にある学問の成果、つまり、その両極から等距離に在る点は、分断されず融合された完全な哲学原理となることだろう。（それは命題六に付した注解と原注の中で、深慮の結果、予想される問題として述べたところである。）換言すれば、哲学は宗教に取り込まれ、宗教は哲学を含むようになるであろう。我々は「自己自身を知る」ことから始め、最後に絶対的な「我在り」〔神（I AM）〕に達しようとする。《自己》から着手し歩を進め、ついには《神》のうちに自己のすべてを失うと同時に自己のすべてを見出すのである。

命題 一〇

超越論的哲学者は、我々の認識行為の外にどのような究極の認識基盤があるかを問うのではなく、認識において我々が越えられない究極とは何であるかを問うものである。認識の原理は、我々の認識の領域内に求められるのだ。それゆえ、その原理は、それ自体認識され得るものでなければならない。主張できることはただ、自己意識という行為は、我々に可能なあらゆる知識の源泉であり原理であるということだけである。あらゆる認識行為の形式であるこの根源的自己認識を越えたところに、もっと高度な何ものかが、我々とは別に存在するのかどうかは、結果から決定されなければならないであろう。

自己意識は、我々にとって、すべてのものがしっかりと接合され付加される不動の点であることは、これ以上証明を必要としないと思う。しかし自己意識は、存在のより高位な形式の、おそらくはより高位な意識の、変形であるかもしれず、その高位な意識は、さらにいっそう高位なものの変形であるというように無限に遡及していく――要するに自己意識は、ある〔究極の〕ものに行き着くものとして説明し得るかもしれない。しかし我々の知性の全体的統合は、まず自己意識の中において、自己意識を通して形成されているのだから、その究極のものは我々の認識の可能性を越えたところにあるはずであり、したがってこのことは、超越論的哲学者としての我々が関わることではないのである。なぜなら、我々にとって自己意識とは、一種の存在ではなく、一種の認識行為であり、しかも、我々のために存在するものの中で最も高遠な認識行為なのだから。しかし一方で、客体的なものを第一のものと仮定するときですら、我々は自己意識の原理を越えては進めないということは証明できるであろうし、またすでにその一部は二二五―二二七頁において証明されている。仮に我々が自己意識の原理を越えて進もうとしても、立脚点から立脚点へと押し戻されてしまい、各立脚点はそこに進んだ途端に依拠すべき立脚点ではなくなってしまうことだろう。

我々は無限に連続する渦巻きに深く呑み込まれてしまうに相違ない。しかしこのように立脚点を失えば、理性はそのすべての目的、すなわち統一と体系の成就において、挫折することになるだろう。もしくは、そのひと続き〔の過程〕を恣意的に中断して、絶対的な或るもの——それ自体おのずから原因であるとともに結果であるもの（自己原因）、主体であるとともに客体であり、あるいはむしろ、両者の絶対的一致であるもの——の実在を肯定しなければならない。しかし、このことも自己意識において以外は考えられないので、自然哲学者として出発しても、やはり超越論的哲学者として出発したのと同じ原理に到達することになるのである。つまり自己意識においては、存在の原理と認識の原理は、原因対結果の関係にはなっておらず、両原理は互いに内在し合い一致しているのである。こうして自然哲学の真の体系は、事物の唯一の実在性を、自己原因でありまた自己結果であるもの、「自らの父でありまた自らの息子である」〔シネシオス『賛歌』第三、一四六および一四八行〕《絶対者》のうちに——つまり自然哲学が自然と呼び、その最高の力能においては自己意識的な意志または知性にほかならないような、主体と客体の絶対的同一性のうちに——置くことになる。この意味で、「我々は万物を神のうちに見る」というマルブランシュ[三六]の見解は、厳密な哲学的真理なのである。またホッブズやハートリーや、彼らの師匠である古代ギリシアの哲学者たちが言うように、あらゆる現実認識はそれに先立つ感覚を仮定しているという主張もまた真実である。なぜならば、感覚それ自体は、実は生まれつつある洞察（ヴィジョン）なのであり、自己の構築の過程における初期の力として現れた知性そのものであって、知性の原因ではないからである。

祝福に満ちた神よ、あわれみたまえ
父よ、あわれみたまえ

与えられている秩序を超え
私の定めを超えて、
御国に私が踏み込むならば……

〔シネシオス『賛歌』第三、一一三―一七行〕

さてここで、知性は自己の発展であり、実体に付随して生起する性質ではないということを心に留めておくならば、天文学から借りた隠喩を用いれば遠心力と求心力とでも呼べるような、二つの対立し相反する作用を持つ一つの不滅の力という観念のもとに、私たちはあらゆるものから程度を抽出し、さらに哲学の構築のために、程度を種類に還元することができるでしょう。知性は、遠心力が働いているとき、知性自身を客体化する傾向にあり、求心力が働いているときには、客体のうちに知性自身を認識する傾向にあります。このような作用を現す力から当然生じてくる漸進的な諸体系を、一連の直観によって構築し、人間の知性の十全な状態に到達することが、私のこれからの仕事なのです。この目的のために、右に述べたような力を私の原理として仮定するのですが、それはこの力から、ある機能を導き出すためなのです。この機能の発生、作用、応用が、次章の内容を形作ることになります。

私は先に、哲学における専門用語の使用が、思想の混乱を防ぐのに役立つ場合は常に、その用語の使用を正当化してきましたし、また用語に馴染みがないためにしばしの間注意力が乱されることがあっても、それ以上に、用語の意味の単一性によって記憶しやすくなるような場合は、専門用語を正当化してきました。専門用語を使用する特権を用いても、自分が主張した領域を越えることはなかったと信じています。たとえば「多数（multitude）」の代わりに「多数性（multeity）」を用いるように、すべての程度から種類を区別するため、換言すれば程度を抽象して種類を表すために、哲学用語が役立つ場合、また二番目として、「主体（subject）」と「客体（object）」のように、相互に依存し合ったり対照的だったりする用語で音の照応がある場合、そして最後に、くどい言い回しや定義などがうんざりするほどくり返されるのを避けるような場合だけです。それゆえ、私は代数学者に倣って、力の特定の程度を表すために、「勢位（potence）」という語〔三七〕を敢えて用いようと思います。いくつかの力の結合や移動を表すために、私は「勢位を与える（potenziate）」という新しい動詞を、その派生語とともに思いきって使用してみたこともあります。新語または見慣れぬ用語が使用されるのは、法廷や議会で特権を用いるのと同じなのです。目的に適う実定法がすでに存在する場合、正当な特権などはあり得ません。法が実際に存在しない場合は、特権は、あらゆる法の目的または目的因に一致させることによって、正当化できるのです。耳慣れない新しい造語は、確かに一つの害悪です。しかし、思想の曖昧さ、混乱、不完全な伝達のほうが、はるかに有害です。今はやりの形而上学によって普及した用語以外を用いる必要に迫られたすべての体系は、分かりにくい表現で書かれていると評されるでしょうし、また、その著者は、明晰な概念の代わりに、学者仲間にだけ通じるわけの分からない言葉を使ったという非難を覚悟しなければなりません。他方、わが国の現代の哲学者たちの信条に従えば、明確な表象によって表現できるもの以外は皆、明晰な概念とは見なされていません。このようにして、思考できるものはすべて描けるものの領域内に還元されてしまうのです。〔以下はカントからの引用〕「そういうわけで、表象できないものと不可能なものとは一般に同義と見なされているので、連続量の概念と無限の概念が多くの人々から拒絶されたのはもっともなことであった。なぜなら、双方の表象は直観的認識の法則に従えばまったく不可能だからである。少なからぬ学派によって拒絶されたこれらの概念、特に連続量の概念を私はここで弁護するわけではないが、しかし間違った議論の仕方をする人々がきわめて深刻な誤謬を犯すことに注意を喚起するのも、このうえなく重要であろう。というのも、知性と理性の諸法則に対立するものはいうまでもなく不可能である。しかしながら、純粋理性の対象であるがゆえにたんに直観的認識の諸法則にだけ服さないものは、これを同じように不可能というわけにはいかないからである。なぜなら、この感性的能力と知性的能力（これらの本来的性格についてはまもなく説明する）との相違が示すのは次のことでしかないからである。すなわち心は、知性から受け取った抽象的概念を具体的なものにおいて充足し、それらを直観のうちに転じることがしばしばできないということである。しかしこの主観的な抵抗がよくあるように、何か客観的な対立であるかのように我々を欺くのであり、また人間の心を取り囲んでいる制約がものごとの本質そのものに含まれている制約であるかのように見なされることで、不注意な人々をやすやすと誤解させるのである。＊」――『可感界と可想界の形式と原理』〔三八〕一七七〇年〔邦訳は山本道雄訳に拠る〕。

＊〔右の原典（ラテン語）のコウルリッジによる英訳〕「そういうわけで、連続の概念と無限の概念を、多くの人々がいかなる理由から拒絶しているかは明白である。つまり、彼らは「表象できない」という語と「不可能な」という語を同義と見なしている。感覚的証〔三九〕拠の形式に従えば、連続〔の概念〕と無限の概念は確かに不可能である。少なからぬ学派の者が論破すべきだと考えたこれらの法則、特に前者（連続の法則）の根拠を、私はここで弁護しているわけではない。しかしこのように間違った推理の仕方をする人々が極めて深刻な誤謬を犯していることに、読者の注意を喚起するのは、この上なく重要なことである。悟性と理性という形式の原理に対立するものは、いかなるものであれ、明らかに不可能である。しかしながら、もっぱら純粋な知性の対象であるがゆえに感覚的証拠の諸形式に服さないものを、同じように不可能というわけにはいかない。なぜなら、この感性的能力と知性的能力（これらの本来的性質についてはまもなく説明する）の不一致が示しているのは、まさに次のことだからである。すなわち、心は、純粋な知性に由来する抽象的概念を具体的なものにおいて表現し、それらを明確な形象に変容させることが必ずしも適切には

行なえないということである。しかしこの矛盾、つまり、本来は単に主観的な矛盾（すなわち、人間の本性における無能力）が、あまりにもしばしば対象（すなわち、概念そのもの）における不調和ないしは不可能性として通用してしまっており、また、人間の諸機能にある種々の制約を、在るがままのものごとに含まれている制約であると、不注意な人々に誤解させてしまうのである。」

私はこの機会に次のことを述べておきたい。カントは、随所で直観という語や、その能動的動詞（Intueri をドイツ語化した Anschauen〔眺める、直観する、観照する〕）を用いているが、それはもっぱら空間的・時間的に表現され得るものに用いられている（ただ残念ながら英語にはそれに相当する語はない）。それゆえカントは首尾一貫して、そして当然の結果として、知的直観の可能性を否定していることになる。しかしながら直観という語をこのように特に限定した意味で用いなければならない適切な理由は見当らないので、わが国の先達の神学者や形而上学者によって正当な根拠を与えられた、より広い意味に立ち返ってみたのである。彼らによると直観という語は、媒体なしに人間が知り得るあらゆる真実を含蓄しているのだ。〔四〇〕

衒学的であるとか不明瞭であると言ってすぐに非難する批評家たちは、「言葉の言語」の他に「精神の言語（内的言葉）」があって、前者は後者を伝達する媒体にすぎないという重要な事実を、最も見過ごしやすいのです。その結果として、哲学的文筆家の言うことは分からないものだという彼らの信じ込みは、その哲学に反証を挙げる代わりに、同じ程度に、いやいっそう強く、自分自身の哲学的才能を否定する根拠を与えることにもなるのです。

イギリスの形而上学者が遭遇しなければならない種々の障害は、実に大きなものです。彼らに対する極めて立派で知的な裁定者の中には、人間生活の関心事や利害に専心してきた人々、ある哲学体系の吟味に際して、効用と応用がすぐに分からないような思弁には嫌悪感をもって臨むのを常とする人々が大勢いることでしょう。こういった人たちをまず、私は彼ら自身が尊敬している権威、ベーコン卿の権威に対峙させたいのです。「それ自体効用がなくても、知力を明敏にし整える学問であれば、効用がないと考えるべきではない〔四二〕。」

また、さらに手に負えない偏見を抱いている人たちもいます。それは彼らの偏見が、自分たちの道徳的感情や宗教的原理に基づいていて、その感情や原理が、ヒューム、プリーストリー及びフランスの宿命論者つまり必然論者たちが擁護している不敬で有害な教義によって、警戒心と反感を植え付けられているからです。彼らのうちのある者は、形而上学的推論を曲解して、キリスト教の神秘や、キリスト教特有のあらゆる教義を否定するものだとし、また、正邪のすべての区別を破壊するものだと考えた人さえいたのです。このような人々には、キリスト教信仰を立派に擁護したある著名な人物が述べた次のことを、熟考していただきたい。つまり、真の形而上学は真の神学に他ならないこと、また、実際に、彼らにこうしたもっともな不快感を与えた著述家は、形而上学者というよりはソフィストであったということを考えていただきたいのです。ソフィストたちは、論理学が不幸にして世間一般から軽視されたのにうまく付け入っただけでなく、形而上学者という名称を、無意味なものとして打破しようとした最初の人たちでした。次に、形而上学に偏見を抱く人々に以下のことを思い起こしてほしいのです。すなわち、「汝自身を知れ」ということが、自己の本性に発する本能であり命令であるような人々がこの世に存在する限り、形而上学者や形而上学的思索も存在するであろうということ、偽りの形而上学は真の形而上学によってのみ効果的に阻止できるものだということ、さらに、もし推論が明晰で堅実かつ適切であれば、演繹された真理は、その真理がどこか深い奥底から引き出されてきたからといって、価値が劣るということは決してあり得ないということです。

第三のグループの人々は、自分たちは形而上学に対して好意的であると明言し、自分たちも形而上学者であると信じています。彼らは、ロック、ヒューム、ハートリー、コンディヤック、またはおそらく、リード博士やスチュワート教授[四二]などの著作を通して親しみ慣れた方法や命名法が用いられていれば、体系や専門用語に何ら異を唱えません。こういった立場からなされる反対意見に対しては、次のように答えれば十分でしょう。つまり私の試みの一つの主な目的は、〔フランス〕革命以降フランスとイギリスの形而上学の諸学派で用いられている用語が、曖昧であったり不十分であるのを証明することでした。また、私が非難しようとしている誤謬は、まことしやかで明確さに欠ける命名法の仮面の背後に隠れているときしか、存立し得ないのです。

しかし、最も悪質で広範囲に及ぶ障害が今もなお残っています。それは、あらゆる力強い真の形而上学的研究のまがい物であると同時に不倶戴天の敵でもある通俗的な哲学の圧倒的な支配です。またそれは、あらゆる体系のみならずあらゆる論理的関連性をも放棄し、実にまことしやかで目立つものなら何でも選び取り、方法論にはお構いなしに警句を吐く折衷主義者たちが持ち込んだ、あの堕落です。これらの折衷主義者は、まったく思索することなしに、多少とも意味らしきものを纏（まと）った語ならば何でも選択する、つまり、自分たちの無知が一瞬でも気づかれるようなことは注意深く避けつつ、自分たちが理解してもいないことを話題に乗せるようにしてくれるものなら何でも選択する。ああ、これは癒し難い病です。この病に罹ると、ある特定の体系を嫌うというよりも、むしろあらゆる体系やあらゆる哲学に対する鑑識眼や能力を、完全に喪失してしまうからです。山々に響き合うこだまのように、こういう人たちの毀誉褒貶（きよほうへん）は、最初のラッパ銃の銃声がした後しばらく一斉射撃のように響き渡ります。「それは同意というよりも付和雷同であって、最悪なのは、この精神の卑小さに傲慢と優越感が伴うことである。[四三]」（『ノヴム・オルガヌム』）

さて、想像力の本性と発生について話を進めてゆくことになりますが、まず敢えて指摘しておかなければならないことは、ワーズワス詩集の新版の序文に述べられた想像力に関する彼の意見をかなり正確に精読した後、私の結論は、それまで自然に受け入れていたほどには、彼の結論と一致していないことが分かったということです。人間精神とその感覚器官について考察した私の論文をサウジー氏の『雑録集』に寄稿したことがありましたが、その中に次のような記述があります。「これら（人間の諸機能）を、私はそれぞれ異なった感覚や能力に従って、次のように整理してみようと思う。目・耳・触覚など。自発的かつ自動的な、模倣の能力。想像力、つまり形成し変容させる能力。空想力、つまり集合させ連合させる能力。悟性、つまり統制的で、実体化・具現化する能力。思弁的理性、すなわち理論的・学問的能力、換言すれば、先験的*原理によって私たちのあらゆる知識の中に統一・必然性・普遍性を産み出し、あるいは産み出そうとする能力。意志、すなわち実践的理性。選択の能力（ドイツ語ではWillkür）と（道徳的意志と選択のいずれとも異なる）意志作用の感覚。この後者は、かつて私が単独触覚と二重触覚の項目の中に含めるべき理由を見出したものである。〔四四〕」これに対してワーズワス氏は、目下の主題、つまり「集合させ連合させる能力」に関する限りでは、「唯一の反論は、その定義があまりにも一般的だということである。集合と連合、喚起と連結は、空想力に属するだけでなく想像力にも属する」と述べていますが、私は次のように答えたいのです。ワーズワス氏の言う喚起し連結する能力が、私が述べた集合し連合する能力と同じ力を意味し、それ以上のことを意味しないならば、私はワーズワス氏が言うこの能力が想像力に属するということは否定し続けるでしょう。そして彼は、空想力と想像力の共存・協働を、想像力のみの働きであると誤解しているのではないかと考えたくなります。人間は二つの大いに異なる道具を同時に用いて仕事をすることができます。〔四五〕それぞれの道具には、それぞれ仕事上の分担があり、それぞれが成し遂げる仕事は明らかに別個のものであり異なっています。しかし、ワーズワス氏の論題が必要としたか、または許容したよりも、はるかに根源的に考えることが必要だと思われるので、少なくとも彼があの序文を書いていたときは考慮していなかった意味を、空想力と想像力の両者に私が付与していることが、次章でおそらく明らかになると思います。彼は正しい判断を下してくれるでしょう。彼のような多くの読者に出会えることを祈っています。ここで、ジェレミー・テイラー主教の言葉を引用して、この章を終えることにします。「万物を一者と受け取り、万物を一者に引き寄せ、そして万物を一者の中に見る者は、精神の真の平和と休息を享受できるであろう。」（ジェレミー・テイラー、「平和の道」）[四六]

＊「先験的（a priori）」という表現は、一般に目にあまるほど誤解されており、しかも、この表現が担わなくてもよいばかばかしさを負わされている。先験的知識という表現は経験に先立って何らかのものを知り得るということを意味するのではない。もしそうなら、それは用語における矛盾と言えよう。その意味するところは、次のことである。経験という契機（つまり、外部から我々に働きかける何物か）によって我々がひとたび何かを知ったなら、そのとき我々は、それが前もって存在していたに違いない、そうでなければ経験そのものが不可能であっただろうということを知るのだということ。経験によってのみ、私は目を持っていることを知る。だが、そのとき私は理性により、その経験をするためには前もって目がなければならなかったことを確信するのである。

第13章

《想像力、あるいは一つに形成する力（エゼンプラスティック・パワー）について》

おおアダムよ、唯一の全能の神が在（いま）し、その神から
万物は発して、善から逸れることがなければ
ふたたび神へと帰るのだ。万物は〔一〕完全なものとして
造られていて、一つの始源的な自然が
様々な形を賦与されたものであり、物質には
様々な段階が、生物にはまた生命の段階が授けられている。
そして神に近いほど、神により近く向かうほど、
いっそう浄化され、霊的になり、純化されてゆき、

それぞれが活動の範囲を与えられ、
その種類にふさわしい分限のなかで
肉体から霊へと上昇するのだ。このようにして植物では
根からより軽い緑の茎が生え、そこからさらに軽やかな
葉が生じて、ついには輝かしく完成した花が
芳しい精気を放つのだ。花とその実は
人間を養い、次第に階梯を上昇して
生気へと高まろうとする。そして動物精気へ、
さらに知力へと！——生命と感覚、
空想と悟性を与えられ、そこから魂は
《理性》を受ける。そして理性こそ魂の本性である、
推論的であれ、直観的であれ〔二〕。

（『楽園喪失』第五巻〔四六九—八八行〕）

もし実際に物体的なものが物質しか含んでいないとすれば、それは流転するものであってなんら実体を持たないというのは真理であろう。かつてプラトン主義者たちがそう認めていたのも、正しいことであった〔三〕。——したがって、純粋に数学的なものと空想力〔四〕に従属するものの他に、ただ精神によってのみ知覚され得る、ある種の形而上学的要素が認められなければならないこと、そして質量としての物質には、なんらかのより高い、いわば形相的原理が付け加えられなければならないことを、私は

結論するに至ったのである。なぜならば、物体的な事物に関するあらゆる真理は、ただ論理的、幾何学的公理だけからでは、つまり大と小、全体と部分、形と位置に関する公理だけからでは引き出すことができず、事物の秩序の根拠を支えるような他の公理〔五〕、すなわち原因と結果、能動と受動についての公理が加わらなければならないからである。この事物の原理をエンテレキーと呼んでも力能と呼んでもかまわないが、ただそれは力の観念によってのみ、理解可能な形で説明され得るということを覚えておかなければならない。（ライプニッツ『全集』第二巻第二部五三頁、第三巻三二一頁）

知性的なものたちの間に宿る隠れた秩序に
私は畏敬の念を抱く。
だがどこにも配列し難い
仲介的な何かが存在する。

（シネシオス『賛歌』第三、二三一行）

デカルトは、自然学者として、そしてまたアルキメデスに倣って、次のように語っています。「物質と運動とを与えよ、そうすればあなたたちに宇宙を構成してみせよう。」彼のこの言葉は、宇宙の構成を理解可能にしてみせようという意味であったことを、私たちはもちろん理解しなければなりません。同じ意味において、超越論的哲学者は次のように言います。「二つの相反する作用を持った一つの自然を与えよ。作用の一つは無限に拡がろうとし、そしてもう一つはその無限の中で自らを把握しあるいは見出そうと努める。そうすれば私は知的存在の世界を、それらの表象の全体系とともに、あなたたちの前に出現させてみせよう。」哲学以外の学問はすべて、知性を、あらかじめ存在している完全なものとして前提していま す。しかし哲学者は、知性をその成長の途上において熟視し、その誕生から成熟に至るまでの歴史を、精神の前にいわば描き出してくれるのです。

尊敬すべきケーニヒスベルクの賢人〔カント〕は哲学に負の量を導入することに関する論文〔六〕を一七六三年に公刊し、この主要思想の有力な先駆者として、その進歩を導きました。この論文において彼が行なったことは、『アナリスト』におけるバークリーのように形而上学によって数学を攻撃すること〔七〕ではなく、またヴォルフのように、存在論のいっそう深い基底を想定し、その基底から幾何学の第一原理を導き出そうという無駄な試みによって、数学を不純にすることでもありませんでした。その代わりにカントは、人間が純粋な学問として確立するのに成功した唯一の知識分野〔すなわち数学〕が、不安定で敵対し合い混乱している哲学の領域に、安定と平穏をもたらすための材料、あるいは少なくともヒントを与えられないものかどうかを吟味することこそ、形而上学者にふさわしい務めであることを示したのです。数学的な方法を模倣しようとする試みは、サウルの鎧を着けようとしたダビデの試み〔八〕がうまくいかなかったのと同様に、成功したことはありませんでした。しかしもう一つの活用法が可能であり、その見込みのほうがはるかに大きいのです。すなわち、幾何学の数々の発見をあれほどすばらしく増大させた諸命題を、必要な変更を加えて、哲学の諸問題に実際に応用することです。カントは、空間、運動、及び無限小の問題において、数学者が用いるような試みが有用であることを簡潔に説明したのちに、負の量の観念へと進み、さらにその負の量を、形而上学的考察に転用しています。「対立」には二つの種類があり、絶対的に相容れない論理的な対立か、あるいは矛盾することのない実在的な対立のいずれかである、と彼はいみじくも語っています。彼は前者を「表象不可能な否定の無〔九〕」と呼び、その対立の結合は無意味を生み出すとしています。運動している物体は何ものかである――つまり「考え得る何ものか」であるが、運動していると同時に運動していない物体というのは無であるか、せいぜい無意味に発せられた言葉にすぎないのです。しかしある物体に対して一つの方向に働く運動力と、同じ物体に対して反対の方向に働く等しい大きさの運動力は、矛盾するものではなく、その結果である静止は、実在であり表現することが可能なものなのです。数学的計算という目的のためには、どちらの力を負と呼び、どちらを正と呼ぶかは関係のないことであり、したがって私たちは正という呼び名を、たまたま私たちの考えの主要な対象となるものに適用しているのです。たとえば、もしある人の資産が一〇で借財が八であるとすれば、資産を負の借財と呼んでも、あるいは借財を負の資産と呼んでも、差は同じになります。しかし借財は実際に資産との関わりにおいて存在するのですから、私たちは当然その合計を一〇マイナス八と表すのです。大きさの等しい二つの作用力が反対の方向に働いていて、それらが両方とも有限であって、それぞれはただ作用する方向によってのみ区別されるという場合、その二つの力が中和し合う、あるいは互いに相殺して静止状態になることは、同様に明らかです。ところで超越論的哲学は次のことを要求します。第一に、互いにその本質によって対立し合うような二つの作用が考えられなければならないこと。つまりそれらは、各々が偶然に反対方向から働いている結果として対立しているのではないのみならず、あらゆる方向に先んじるものとして、いや、あらゆる可能な方向の条件がそこから派生し導き出される基本的な作用として、対立するものでなければならないということ。第二に、これら二つの作用はともに同じく無限であり、同じく不滅であると考えられなければならないこと。そこで問題は、このような二つの作用の結果あるいは成果を、有限で単に方向という状況によってのみ異なる作用の結果と区別して、明らかにすることです。これら二つの異なった種類の作用、及びそれらがもたらす異なった結果について、推論的理性の働きを通して、概要または輪郭を描き出したならば、私たちが次になすべきことは、この措定を概念的なものから現実的なものへと高めることですが、それは、不滅でしかも対立する二つの作用を内包する一つの力と、それら二つの作用の相互浸透から生じる結果あるいは所産とを、私たち自身の自己意識の生きた原理とその過程の中で、直観的に観想することによって行なうのです。どのような手段によってこれが可能であるかは、問題の解答そのものが明らかにするでしょうし、同時にまた、それが誰にとって、また誰のために、可能であるかを示してくれるでしょう。「私たちは皆何でもできるわけではない(ウェルギリウス『牧歌(*Eclogues*)』八・六三)」。詩的天才と同様に哲学的天才があり、その天才は、最高に完成された才能と比べても、程度ではなく種類の上で異なったものなのです。〔一〇〕

さて、想定された二つの作用の対立は、それらが反対の方向から出合うということによるものではありません。それらの中に働く力は不滅であり、したがってそれは尽きることなく湧出を繰り返すものです。そして何かが、ともに無限でともに不滅な、これら二つの作用の結果としてあるはずであり、休止や中和はその結果とはなり得ないのですから、その結果生じるものは、第三の何ものか、すなわち有限な所産でなければならないという考え方以外は不可能でしょう。したがってこの考え方は必然的なものなのです。さてこの第三のものは、相対立して働く二力の相互浸透であり、両者の性質をともに帯びたものに他ならないのです。

*

印刷のために本書の筆写がここまで進んだとき、私はある友人〔一一〕から次のような手紙を受け取りました。彼は、私が高く評価し尊敬して余りある実際的判断力を備えた人であり、もし同じような良識を持っていても、気配りと感性では劣っている人々からの助言ならば、私の自尊心が言わせずにはいられなかったかもしれない抗弁を、すべて控えさせてしまうほどの判断力と感受性の持ち主なのです。

親愛なるC氏へ

想像力に関してあなたが書かれた章について、私自身がどのような印象を受けたか、そして《一般の読者》はどのような印象を受けると私が考えるか、あなたは意見をお求めになりました。一般の読者といっても、この本の題名と、それからこの本が一巻の詩集のための、ある種の序文の形式をとっていることから考えて、あなたの作品の読者の大半を占めると思われる人たちのことです。

私自身に関しては、まず私の理解力にもたらした効果について申し上げるならば、あなたのご意見と論述の方法は、私にとってたいへん目新しいものであるのみならず、私が今まで習慣的に真理と見なしてきたものすべてとまったく正反対なので、私があなたの掲げられた諸前提を十分に理解してそれらを受け入れたとしても、そしてあなたの出された結論の必然性が分かったとしても、それでもなお私は、あなたが七二―七三頁の注において実に巧みに論述されたあの心の状態、つまり人がわれ知らず滑稽な矛盾を犯してしまうときとは正反対の心の状態になったことでしょう。あなたご自身の言葉を借りるならば、私は「まるで頭で立っているように感じ」[一二]ただろうと思います。

一方、私の感情にもたらした効果はと言いますと、私が明るく開放感のある居心地のよい現代風の礼拝堂しか知らなかったとして、最も壮大なゴシック式大聖堂の一つに、それも風の吹き荒れる秋の月夜に初めて連れて行かれて、一人で置き去りにされたような感じというのが、いちばん良く当てはまるかと思います。「朧げな光の中や、薄暗がりの中」[一三]、そしてしばしば恐怖の寒気を感じずにはいられないほどの暗闇に包まれました。それから突然、真昼のような、だが幻想的な光の中に出てきたのです。そこには様々な色を帯びた幻影があり、それらは不思議な形をしていて、しかもみな神聖なしるしと神秘的象徴で飾られていました。そして時おり、私も名を知っている偉大な人々の肖像画や彫像の前にやってきたのですが、それらの像は、私がそれまで習慣的に彼らの名に結びつけてきたものとはまったく違った顔つきや表情で、私を見つめていました。知性の偉大さでは、ほとんど超人として尊敬するように教えられてきた人々が、グロテスクな矮人になって小さな雷紋細工の壁龕（へきがん）に座っている一方で、それまで私がグロテスクだと信じてきた人々が、神聖の極致としてのすべての性格を備えて、中央祭壇を守っていました。つまり私がそれまで実体だと思っていたものが薄くなって影となり、反対に影のほうが、あらゆる所で濃くなって実体となっていたのです。

影のように見えるものを実体と呼べるならばだが、
なぜなら影とも実体とも見えたのだから。
（ミルトン『楽園喪失』〔第二巻、六六九―七〇行〕）

しかし結局のところ私は、あなたが『友』の中で、あなた自身の詩の原稿から引用してワーズワス氏の作品に添えた数行を、ここに繰り返さざるを得ないのです。言葉は二、三換えさせていただきました。

――まさにオルフェウスの語り、
高遠で情熱的な思想の理解し難い話を

不可思議な音楽に合わせて歌っている！

〔「ワーズワスに（'To William Wordsworth' 1807）」四五―四七行、*PW* I (2), 817〕

しかしながらあなたが約束し公言された《構成的哲学》に関する大著を、私が首を長くして待っていること、そしてそれを理解しようと最善の努力をするつもりでいることを信じてください。ただ、トロポーニオスの暗い洞穴[二四]にあなたといっしょに入って行き、そこで私が見ることを求められる火花や光きらめく像を作り出そうとして、目をこすることはお約束できませんが。

以上が私自身の感想です。しかし《一般の読者》に関しては、この章を本書から取り下げ、あなたが予告された、人間と神におけるロゴスすなわち伝達する知性に関する論考[二五]のためにとっておかれることを、ためらわずにお勧めしたいと思います。なぜならば第一に、私はこの章を不完全にしか理解していないとはいえ、あなたがあまりに多くを論じすぎて、それでいて十分に論じきれていないことは、はっきりと分かるからです。凝縮する必要性のために、繋ぎの部分をたくさん省略しなければならなかったのでしょう。そのために残った部分は（さきに用いた譬えをもう一度使うならば）大昔の塔の廃墟に残された、ばらばらの螺旋階段のように見えるのです。そして第二の点はもっと有力な理由ですが（少なくともあなたにとってはよりいっそう説得力があると思います）、それは読者たちに不平を言う権利と理由を与えてしまうだろうということです。この章が印刷されればとても百頁では済まないでしょうから、この本の価格はたいへん高くならざるを得ないでしょう。そして私と同様に、これほど難解な問題をこれほど難解に取り扱っている研究を読む準備もなく、おそらく読むのに向いていない読者は、先にもそれとなく申し上げたように、一種の詐欺の罪であなたを非難する権利を得てしまうのです。なぜなら実際に読者はこう言うかもしれません。本の扉に「文学者としての我が人生と意見」とあり、数々の詩を集めた一巻の書への序文でもある、と書かれているのを見て、いったい誰が観念論的実在論の長い論文を、それも難解さにおいてはプロティノスがプラトンにひけを取らないのと同様、そのプロティノスにもひけを取らない論文を、予期するでしょうか。推測すらするでしょうか。もしあなたがこの著作の中に、すでにあまりにも多くの形而上学的論考を入れていなければそれで良いでしょう。もっともその論考は大部分において歴史的なものですから、「一つに形成する力」についてのあなたの考察がまったく分からないような、その道に不案内な多くの人たちにとっても、それは興味深く有意義であることは疑いないことですが(二六)。もしあなたがこの著作の中で、この章を公になさったら、あなたはきっとバークリー主教の『サイリス』を思い出すことになるでしょう。タール水についての論文として発表されたその書物は、タールの話で始まり三位一体論で終わっていて、その間にはおよそ知り得ることのすべてが含まれているのです。私が言うのは、この章をこの著作の中に入れるならば、ということです。あなたがたいへん多くの歳月と精魂込めた多彩な研究を捧げてこられた、あのもっと大きな著作(二七)の中ならば、この章はまさにあるべき場所を見出すでしょう。あなたが書かれる内容紹介が、その大著の内容とその性質を説明し公表することになると思います。ですからそこで扱われている問題に何ら興味を感じない人がその本を買ったならば、それはその人の責任です。

　これらの問題にもう一つ、金銭上の動機から、そして特に今回の出版物の売れ行きに及ぼすかもしれない影響から生じる問題を、付け加えることができるかもしれませんが、それらのことはさきに述べた問題と比べれば、あなたにとってはそれほど重要ではないことでしょう。それに、長い間あなたを拝見していて思うのですが、あなたご自身の個人的利害ということから出てくる問題は、あなたにとって刺激剤になるよりも麻酔剤になることのほうが多いようですし、金銭に関わることがらでは、あなたの精神的傾向の中には、少し豚に似たところがあって、あなたはこの愛すべき動物と同じく、ボートに乗せるためには時おり逆にボートから引き離そうとしなければならないのです。どうか成功なさいますように。もし熱心に考え熱心に読むことが美徳であるならば、あなたは成功に値する方なのですから。

親愛なるあなたの友より

このたいへん思慮分別に満ちた手紙が、私の心を完全に納得させてくれたので、将来の出版物のために取っておくことにしたこの章の、主な結末を述べることで、さしあたりは満足することにしました。その出版物の詳しい内容紹介は、第二巻の終りで読者にお見せすることになるでしょう〔一八〕。

さて《想像力》(イマジネーション)について、私はそれを第一(プライマリー)あるいは第二(セカンダリー)のいずれかとして考えます。第一の《想像力》はあらゆる人間の知覚の生きた力であり主要な行為者であって、それは無限の「我在り(アイ・アム)」〔一九〕における永遠の創造行為を、有限な心のうちで反復するものであると私は考えています。第二の想像力は第一の想像力の反響(エコー)であり、意識的な意志と共存しますが、その行為の種類においては第一の想像力と同一であって、ただ程度とその働きの様式においてのみ異なっているのです。それは溶解させ、拡散させ、消散させて、再創造します。あるいはこの過程が不可能な場合でも、なお常に理想化し、統一しようと努めます。すべての客体が（客体としては）本質的に固定され死んだものであるのに対し、第二の想像力は本質的に生きたものなのです〔二〇〕。

それに対して《空想力》(ファンシー)が相手とするのは、固定されたものと限定されたもの以外にはありません。実際、空想は時間と空間の秩序から解放された記憶の一つの様式に他なりません。それは私たちが《選択》という言葉で表している、意志の経験的現象と混じり合い、その現象によって変化させられます。しかし空想力は通常の記憶の場合と同様に、その材料のすべてを、連合の法則によってすでに作られたものとして受け入れるのです。

想像力の働きとその特権に関して、本書で述べるのが適切だと思われる以外のことは、詩における超自然の効用、及びその導入を統制する諸原理に関する評論において扱うつもりです。それは『老水夫の詩』に付ける序文の中で読んでいただくことになるでしょう。[一二]

第一巻の終り

第二巻

第14章

《『叙情民謡集』出版のきっかけ、および当初の目的――第二版序文――続いて起こった論争、その原因と激烈さ――詩作品(ポエム)および詩(ポエトリ)の哲学的定義と注釈〔一〕》

ワーズワス氏と私が近くに住むようになった最初の一年〔二〕は、私たちの会話はしばしば詩における二つの主要な点に向けられました。それは自然の真実に忠実であることによって読者の共感を呼び起こす力と、想像力が与える色合いによって変化させることで、目新しさという興味を生み出す力のことです。光と影の戯れ、月光や日没の光が、よく知っている見慣れた風景一面に与える思いがけない魅力は、この二つの力を統合することの実現可能性を示しているように思われました。これは自然が生み出す詩です。そこで次のような考えを思いつきました（私たちのどちらが思いついたのかは忘れましたが）。すなわち二種類の詩から構成される詩集が作れるのではないかということです。一つは、出来事や人物が、少なくとも部分的には、超自然的であるものです。そして目指すべき美点は、そうした状況を現実のものと考えたならば、そこに当然伴うであろう感情の劇的真実さによって、情動をかき立てることにあります。この意味において、そのような状況は、錯覚の原因が何であれ、自分が超自然的な作用を受けていると一度でも感じたことのある人なら、誰にとっても現実なのです。もう一つの種類の詩では、主題は日常生活から選ばれます。登場人物や出来事は、村やその近隣のどこにでも見られるものですが、そこには、そうした人物や出来事を探し求め、それらが現れればすぐに気づくような、思慮深く鋭敏な心を持つ人がいるものです。

『叙情民謡集』の計画はこのような考えから始まったのでした。そこで合意したことは、私が主に取り組むのは超自然的な、あるいは少なくとも伝奇物語的な登場人物にするということ。ただしそれは、私たちの内面から人間的な興味や真実らしさの感覚を十分に引き出し、想像力が生み出すこのような影像に対して不信の念の自発的な一時停止を可能にするものでなければなりません。これこそが詩的信仰の特質を成すものです。〔三〕一方ワーズワス氏が課題としたことは、日常的な物事に目新しさという魅力を与え、精神の注意を習慣的な嗜眠（しみん）状態から目覚めさせ、それを私たちの眼前にある世界の美しさと驚異へ向けることによって、超自然に触れたような感情を呼び起こすことでした。眼前にある世界は尽きることのない宝庫ですが、慣れという被膜と利己的な懸念のために、私たちは目があっても見ることをせず、聞く耳を持たず、感じたり理解したりする心も持たずにいるのです。

この観点から私は「老水夫の詩（うた）」を書いたのでした。そして他の詩とともに、「黒婦人（'The Ballad of the Dark Ladiè'）」と「クリスタベル（'Christabel'）」を書こうとしていました。これらの詩によって私は最初の試みよりもさらに私の理想の実現に近づけたはずでした。しかしワーズワス氏の勤勉さのほうがはるかに成果を上げ、彼の書いた詩のほうがずっと数多かったので、私の作品はバランスを取るというよりは、異質なものが挿入されているように見えてしまったのです。ワーズワス氏は、彼自身の言葉で語った二、三の詩[四]を付け加えましたが、その熱情的で高らかな弛みない表現は彼の天才を示しています。このような形で『叙情民謡集』は出版され、そして彼によって一つの実験として紹介されたのです。すなわち題材の性質が、一般の詩が用いる文飾や口語的表現を超えた文体と相容れない場合、それを日常生活の言葉で描き出すことで、心地よい興味を生み出せないものだろうか、という実験です。その興味を与えることが詩の固有の役割なのですから。第二版に彼は相当な長さの序文[五]を付けました。その中には、明らかに異なった趣旨の文章がいくつかありましたが、彼はこの形式を、あらゆる種類の詩へと拡張することを主張していると解釈され、また彼が（遺憾ながら曖昧な表現を用いて）、現実の生活の言語と呼んだものに含まれないような表現や文体は、すべて不適切で弁明の余地がないものとして排除しようとしていると取られたのでした。この序文は、たとえ目指す方向が間違っているように思われたとしても、独創的な天分の存在を否定できない数々の詩に付けられたものであって、このことから、あの長く続いた論争のすべてが始まったのです。攻撃する人々がその議論を実に執念深く、そして時には悲しいことに、辛辣な激情をこめて行なってきたのは、明らかに認められる実力が、異端と思われる考え方と結びついていたことが原因だと私は考えます。

もしワーズワス氏の詩が、長らくそう言われ続けてきたように、ばかげて子供じみたものであったならば、またそれが本当に卑俗な言葉とつまらない思想によってのみ、他の詩人の作品と区別されるのならば、そしてそれが実際に、そのパロディーや模倣と称する作品と同程度の内容しかないのならば、彼の詩はたちどころに自らの重みで忘却の沼へと沈み、いっしょに序文も引きずり込んでいたでしょう。しかし年月が経つにつれて、ワーズワス氏の賞賛者の数は増えていきました。しかも彼らは、読書する大衆の中の下層の人々だけでなく、もっぱら鋭い感受性と深く考える精神を持った若者たちだったのです。そして彼らの賞賛は（ある程度は、反対意見によって煽られたのかもしれませんが）、その激しさ、その宗教的な熱情とでも呼べるものを特徴としていました。以上のような事実があり、また、彼の知性の力強さが、外面的には乱暴なまでに否定されても内心では多かれ少なかれ明らかに感じられるために、それが彼の意見に対する嫌悪の情や、その意見が生む結果に対する危機感と相まって批判の渦が生じ、それがすさまじい力で詩をぐるぐると回転させるうちに、渦自体が詩を浮かび上がらせることになったのです。この序文の多くの部分について、それらが示しているとされ、言葉からも明らかにそう捉えられると思われる意味においては、私は決して同意していませんでした。逆に私はそれらの部分が原理において間違っているとして、また同じ序文の他の部分、および著者自身が詩そのものの大半において実践していることの両方に、（少なくとも外見上は）矛盾しているとして、異議を唱えたのです。ワーズワス氏は最近の詩集において、この序文としての論考を格下げして第二巻の末尾へと移し、読むか読まないかは読者に任せているのを知りました〔六〕。しかし彼は、私が分かった限りでは、詩に対する彼の信条に何の変更も加えていませんでした。とにかくそれが論争の原因であると思われ、その論争において私の名前がしばしば彼の名前と共に挙げられるという身に余る栄誉を受けているので、どういう点で私が彼の意見に同意し、どういう点で完全に意見を異にするのかを、この際はっきり述べておくのが適切であると思われます。しかしわかりやすくするために、前もって私の考えをできるだけ簡潔に説明しておきましょう。まず《詩作品（ポエム）》について、それから次に《詩（ポエトリ）》というものについて、その種類と本質に関して。

　哲学的論説の役割は正しい弁別にあります。ところで弁別は分離することではないということを常に意識していることは、哲学者の特権です。どのような真理であれ、その適切な概念を得るためには、知性によってその区別可能な部分に分割しなければなりません。これが哲学の技術的な手続きです。しかしそれを行なった後、私たちは概念の中で、それらを統一体へと戻さなければなりません。実際には部分は統一体の中で共存しているのですから。これが哲学の帰結というものです。一篇の詩作品は散文作品と同じ要素を含んでいます。したがってその違いは、企図される目的が違うことからくる、要素の組み合わせ方の違いにあるはずです。目的の違いによって、組み合わせ方が違ってくる。目的が、単にある事実や観察の記憶を、人工的な並べ方によって容易にすることだという場合もあり得ます。単に韻律または脚韻あるいはその両方によって散文と区別されるというだけの理由で、作品が詩となることもあるでしょう。このような最も低度な意味では、

三十日あるのは九月、
四月、六月、十一月、云々

という、よく知られた月の日数の数え歌や、他の同じような部類と目的のものにも、詩という名前を与えることもできるでしょう。そして音（おん）とその長さの繰り返しを予期させるところに特別な快感があるので、この魅力が付加された作品は、内容が何であれ、詩という称号を与えられることもあるのです。

表面的な形式のことはこれくらいにしましょう。目的と内容の違いがさらに弁別の根拠を与えてくれます。直接の目的が真実の伝達であることもあります。それは、科学論文のように絶対的な、そして証明可能な真実であったり、歴史のように、経験され記録された事実であったりします。喜び、それも最高の、そして最も永続的な種類の喜びは、目的の達成から生じる結果かもしれませんが、それ自体が直接の目的

ではないのです。また別の作品においては、喜びの伝達が直接の目的となることがあります。そして道徳的真実であれ知的真実であれ、真実が究極の目的となるべきではあっても、このことは著者の性格を識別させるものであり、その作品が属する部類を区別するものではありません。正当な究極の目的が歪められると直接の目的もくじかれるような社会の状態こそ、真に祝福されるべきでしょう。つまり、アナクレオンのような詩人の描くバシラスやウェルギリウスの描くアレクシスでさえも〔七〕、言葉や表現の魅力によって嫌悪感や不快感から免れることなどできないような状態のことです。

しかし喜びの伝達は、韻文を用いない作品の直接の目的でもあり得ます。そしてその目的は、小説や伝奇物語に見られるように、かなりの程度まで達成されてきたようです。ではこういう作品に、韻を踏むか踏まないかは別として、単に韻律を付け加えるだけで、詩という称号を与えることができるのか。その答えは、いかなるものも、なぜそれがそのようであり、それ以外ではないのかという理由を自らの中に持たないものは、永続的に喜びを与えることはできないということです。もし韻律が付け加えられるならば、それ以外の部分はすべてその韻律と調和しなければなりません。強勢（アクセント）と音（おん）の正確で対応し合った繰り返しは、各部分への絶え間ない注目を喚起するように意図されていますが、その個々の注目を、他のすべての部分が正当化してくれるようでなければならないのです。こうして導き出される最終的な定義は、次のように表現されるでしょう。詩作品は、真実ではなく喜びを直接の目的とすることで科学の論文とは対照的である。また（この目的を共有するような）他のすべての種類の作品との相違は、構成する各部分から得られる個々の満足感と調和するような喜びを、全体からも得られるようにすることを本領としている点にある。

論争は、その当事者たちがそれぞれ同じ言葉に異なる意味を当てはめた結果生じることが少なくありません。そして目下の話題ほど、このことが顕著な例はまずなかったのです。もしある人が、韻を踏んでいるか、あるいはリズムがあるか、あるいはその両方を備えている作品をすべて詩と呼ぶことにするならば、私はその人の意見に反駁しないままにしておきます。この区別は、少なくとも作者の意図を示すことはできています。もしそれに付け加えて、全体が物語としてあるいは一連の興味深い省察として、同様に楽しませてくれるか感動を与えてくれるということがあれば、私はもちろんそれをまた詩にふさわしい新たな要素として、そしてさらに詩の価値を高めてくれるものとして認めます。しかし、もし求める定義が正統な詩についてのものであるなら、私はこう答えます。すなわち詩とはその各部分が相互に支え合い説明し合うものであり、すべての部分がその割合に応じて、韻律を持った言葉の配列の目的や既知の影響と調和し、それを支えるものでなければならないと。哲学的な批評家は、いつの時代でもどこの国でも、最終的な判断においては一致して、人目を引く詩行や二行連句の連続に対しては、正統な詩としての賞賛を与えることを拒否します。そういう要素のそれぞれが、読者の注意すべてをそれ自身に引きつけてしまうため、その部分は文脈から離脱してしまい、全体と調和した部分である代わりに独立した全体となってしまうからです。一方、調子の一貫しない作品に対しても、賞賛を与えることを拒否しています。そういう作品からは、読者は大まかな結末だけを性急に拾い集め、構成する部分に魅力を感じることがないからです。読者は、好奇心を機械的にかき立てられることや、最終的な解決に辿り着きたいという落ち着かない欲求だけで、あるいは主にそれだけのことで、先へと進んでいってはならないのであり、道程それ自体の魅力が促す精神の楽しい活動によって進んでいくべきなのです。エジプト人が知力の象徴とした蛇の動きのように、あるいは大気中を伝わる音の進路のように、読者は一歩ごとに立ち止まり、半ば後戻りし、そしてその後退の動きから前進の力を得る。こうして「自由な精神は先へと急ぐものである」と優雅の判定者ペトロニウス〔八〕は実に適切に述べています。「自由な」という形容辞がここでは後に来る動詞と均衡を保っています。そしてこれ以上の意味をこれ以下の語数に凝縮することは容易ではありません。

　しかしたとえこれが一篇の詩の特徴を十分に表わしたものと認められたとしても、詩（ポエトリ）というものの定義をさらに見つける必要があります。プラトンやテイラー主教の作品、そしてバーネットの『地球の聖なる理論』〔九〕は、最高の種類の詩が、韻律を持たなくとも、また詩作品特有の目的を持つことさえなくても存在し得るという、疑いようのない証拠を提供するのです。イザヤ書の第一章（実のところ、この書全体の大部分）は、最も明確な意味で詩なのです。しかし預言者イザヤの直接の目的が真実ではなくて楽しみであると断言したとすれば、奇妙どころか不合理でしょう。要するに、詩という言葉にどんな特定の意味を与えようとも、必然的な結果としてそこに関わってくるのは、どんな長さのものであれ、一篇の詩作品（ポエム）の全部が詩（ポエトリ）であるということはできず、そうである必要もないということです。それでも、調和のとれた全体が生み出されるためには、残りの部分も詩（ポエトリ）の部分と調和するように保たれなければなりません。そしてそれを成し得るのは、詩（ポエトリ）特有のではないにせよ、その一つの属性を帯びるような、言葉の熟慮した選択と技巧的な配列以外にはないのです。そしてこのことがまた、話し言葉にせよ書き言葉にせよ、散文の言葉が目指す以上に継続的で均質な注意を呼び起こす性質に他ならないのです。

　詩（ポエトリ）という言葉を最も厳密に用いた場合の、その性質に関する私自身の結論は、前出の空想力と想像力に関する論考の中で前もって部分的に述べておきました。〔一〇〕「詩とは何か」とは「詩人とは何か」というのと極めて近い問いなので、一方への答えはもう一方の解答に包含されています。詩というものは、詩人自身の精神の中にあるイメージや考えや情感を維持し修飾する、詩的天才それ自体から生じる特性だからです。詩人とは、理想的な完璧さで描くならば、人間の諸機能をそれぞれの相対的な価値や位階に応じて相互に従属させながら、魂全体を活動させる[11]ものです。詩人は一つの基調、そして統一の精神を行き渡らせます。それが、あの魔術的な統合の力によって、それぞれを相互に混ぜ合わせ、（いわば）融け合わせるのです。その力に限って、私たちは想像力という名前を与えてきました。この力は、意志と悟性によってまず働きだし、そしてそれらの絶え間のない、しかし穏やかで気づかれない（手綱をゆるめた）制御のもとに置かれ、対立する、あるいは不調和な性質の、均衡ないしは調和として現れてきます。同一を相違と、一般的なものを具体的なものと、観念をイメージと、個を典型と、新奇さや新鮮さの感覚を古くからある見慣れたものと、格別な感情を格別な秩序と、常に目覚めた判断力や不変の冷静さを、熱狂や深く熱烈な感情と調和させます。そして自然なものと人工的なものを混ぜ合わせ調和させながら、なおも人工を自然に、手法を素材に、そして詩人への賞賛を詩への共感に従属させます。ジョン・デイヴィス卿[12]は魂に関して次のように述べています（彼の言葉はわずかに換えるだけで、より的確に詩的《想像力》に適用できるでしょう）。

確かにこのようなことはあるはずがない、魂が
不思議な昇華によって肉体を霊魂に変えているのでなければ。
炎が、燃やすものを炎に変えるように、
我々が食物を我々の性質に変化させるように、
それは肉体の粗雑な物質からその形を抽出し、
事物から一種の精髄を引き出して

それを自分の性質そのものに変化させる、
天界の翼に乗せて軽やかに運ぶために。

このようにして魂が、個々の事物の有様から
普遍的な性質を抽出すると、
事物は新たに様々な名前や運命をまとい
感覚を通して密かに精神に辿り着く。[一三]

最後に付け加えると、《良識》が詩的天才の《身体》、《空想》がその《衣装》、《動き》がその《生命》であり、そして《想像力》は、遍在し、また個々の中にあり、すべてのものを一つの優美で知的な全体に形成する《魂》なのです。

第15章

《〔一〕シェイクスピアの『ヴィーナスとアドーニス』および『ルークリース』についての批評的分析から明らかになる、詩作力に特有の兆候》

多少とも不完全な作品を評価する際に使用される実践的批評に前述の原理を適用して、私は以下のことを明らかにしようと努めました。すなわち詩作力の将来性や特有の兆しと見なすことができる詩の特質とは何か、ということです。この詩作力は一般的な才能（タレント）とはまた別なものです。才能は、天才的で生産的な性質を持った霊感の導きによるのではなく、偶発的な動機により、意志の働きによって詩作に向かうものだからです〔二〕。この究明においては、おそらく人間性がこれまでに生み出した最高の天才、すなわち万人の心*を持つシェイクスピアの最も初期の作品をじっくり読んでみるのがいちばん良いと私は考えました。それは『ヴィーナスとアドーニス』および『ルークリース』で、これらは、彼の天才の力が発展する確実な将来性と同時に、その未熟さの明らかな証拠をも見せてくれる作品です。これらの作品から、独創的な詩的天才の一般的特徴として、以下の点を抽き出してみました。

＊　これは、あるギリシア人の修道士から私が借用した表現で、コンスタンチノープルの総大主教のことを言い表したもの。借用したというよりむしろ、本来あるべきところに戻したというべきだったかもしれない。なぜならこの表現は「彼自身に特有の権利として、そして自然の特例として」、シェイクスピアにこそ与えられるべきだと思えるからである。

一　『ヴィーナスとアドーニス』においては、第一の、そして最も明らかな卓越性は、韻律の完璧な快さ、韻律と主題との適合、そして言葉の歩調を変化させるときに発揮される力で、その変化は、思想が要求する以上にまで、また主要な音調感を保つ適正さが許す以上にまで、高雅で荘重なリズムへと移行することはありません。明らかに独創的であり、容易に模倣できる技法の結果でないなら、たとえ欠点と言えるほど過度であっても、音の豊かさと快さが織り成す楽しさは、若者の作品において非常に有望な将来を約束するものだと私は思うのです。「心に音楽を持たない人」〔三〕は決して本物の詩人にはなり得ません。詩的イメージ（自然から得られた場合もそうですが、旅行記や航海記そして博物学の書物などから借用されたものであればなおのこと）、また感動的な出来事、筋の通った思想、興味深い個人的あるいは家庭的感情、そしてこういうものに加え、これらを組み合わせたり織り交ぜたりして詩を構成する技巧はすべて、才能のある読書家には、不断の努力〔四〕によって、一種の生業として身についていくのかもしれません。そのような人は、かつて述べたように、詩人としての名声を得たいという強烈な欲求を生来の詩的天才だと誤解し、気まぐれな目的に執着することを独特の手段を持つことだと思い違いしてきたのです。しかし、音楽的喜びの感覚は、それを生み出す力と共に、想像力の賜物であり、これは多様なものをまとめて統一された効果を生み出す力や、何か一つの中心的な思想または感情によって一連の思想に変化を加えていく力と共に、涵養され高められるかもしれませんが、決して学んで身につくものではないのです。ここにおいて言えることは、「詩人は生まれるのであり、作られるものではない」〔五〕ということです。

二　天才であることの第二の兆候は、作者自身の個人的な興味や事情からは遠く離れた主題の選択です。少なくとも私がこれまで見てきたところでは、主題が作者の個人的気分や経験から直接に選び取られている場合、そういった詩の長所は、本物の詩作力を示す徴（しるし）としては不確かであり、保証としては当てにはならないことも多いのです。ここで、おそらく例の彫刻家の話が思い出されることでしょう。その彫刻家は、制作した女神の彫像の脚の美しさのおかげでかなりの評価を得たのですが、他の部分は理想の美をただ平凡になぞっているだけのものでした。やがて彼の妻は夫の評判に得意になって、自分が常に彼のモデルであったことを、遠慮がちに認めてしまったのです。『ヴィーナスとアドーニス』の中には、本物の詩作力を示す証拠がありすぎるほどあります。それは作品の至るところに存在します。あたかも〔六〕、外に表われたあらゆる姿や行動だけでなく、最も繊細な思想や感情のすべてにおける心の潮の満ち引きについても、登場人物以上に直観的で深い意識をもった優れた精神が、私たちの眼前にその全体像を見せてくれているかのようです。そうしながらもその精神自体は、登場人物の様々な情熱に関与することなく、的確に深く熟慮したことを生き生きと表現するときも、その精神自身の力強い熱意から結果として生じる愉快な興奮によってのみ、行動に駆り立てられているのです。そのとき彼の中では、詩人を劇へと向かわせた偉大な本能が密かに働いていたということを、これらの詩から推測すべきであったと思います。その本能は、常に生き生きとし、途切れることがないためにしばしば細密になっている一連の詩的イメージによって彼を刺激し、また言葉の可能性を駆使して言葉で絵を描き出す最高度の努力によって、他のどの詩人も——ダンテでさえも例外ではなく——実現し得なかったような努力によって彼を推し進めます。そして彼は視覚的言語、つまり劇作品においては俳優から当然期待できる語調、表情、しぐさが常に介在して同時並行した解説となるものの代わりを提供するのです。彼の『ヴィーナスとアドーニス』は登場人物そのものであり、同時に申し分のない俳優たちによる、これらの人物の完全な表現であるかのように見えます。すなわち、何も物語られていないが、すべてを目の前で見て聞いているかのように思えるのです。主題そのものは繊細な人の楽しみを損なわざるを得ないものでありながら、他に例を見ないほど道徳的に危険性の少ない詩となっているのは、読者の側に要求される絶え間ない注意力の働き、思考や形象の速やかな流れ、素早い変化や陽気さ、そしてとりわけ詩人が描き分析する対象から自らを離脱させている、敢えて表現するなら、詩人自身の感情が超然としていることによるものです。アリオストやさらに不快なヴィーラント〔七〕がやったように情熱を欲望へ、愛の試練を情欲の足掻きへと歪めて貶めるようなことはせず、シェイクスピアはここで、動物的衝動そのものを、それに対する一切の共感を排除するようにして描いたのです。外観や背景を形作る無数の形象や、ときに美しく、ときに風変わりな様々な状況の中に読者の注意を分散させることによって、あるいは詩人の常に活動的な精神が、イメージや出来事から導き出したり繋ぎ合わせたりする、いつもの機知に富んだ、あるいは奥深い、頻繁な思索を通して主題から私たちの注意を逸らせることによって。読者は人間本性の単なる受動性に感応するにはあまりにも多すぎる活動を強いられるのです。強風が霧を波やうねりにして吹き払っていこうというとき、霧が湖面にのんびりと停滞していることなどできないように、目覚めて活動する心に、卑しくどんよりとした感情がたれ込めていることはできないのです。

三　すでに述べたように、いかに美しいイメージでも、それが自然から忠実に写し取られ、言葉で的確に表現されていたとしても、それだけでは詩人の特徴となることはありません。それらのイメージは、ある主要な情熱や、その情熱によって喚起された関連し合う思想やイメージによって変容されるとき、あるいは多様を統一に、連続を瞬間に変える効果を持つとき、さらには

大地、海そして空に自己の存在を投射する

(「フランス」一〇三行)

詩人自身の精神から、人間の知的生命がこれらのイメージへと移し変えられるとき、はじめて独創的天才の証拠となるのです。

たとえば次の二行には、適切な場所に置かれたとき、叙景詩の一部を構成する妨げになったり、異議を唱えられたりするようなものは何もありません。

あの松の並木を見よ、夕暮れの薄明かりの中で、
潮風に刈り込まれ、たわみ、折れ曲がった姿を。

〔*PW* I (2), 848〕

しかし韻律を少し変えると、同じ言葉がそのままで地誌学の本や旅行記の中でも適切なものになるでしょう。また同じイメージが次のように表現されれば、詩らしきものになります。

薄暗がりにぼんやり浮かぶ

あの荒涼たる幻想の松並木、
見よ、長い髪を激しく靡かせ、
吹き荒れる潮風から逃れる様子を。

〔*PW* I (2), 849〕

これらの〔自作の〕引用は、私が考えていた特別な卓越性を説明するためのものであり、決して実例として挙げたのではありません。この卓越性においてシェイクスピアは、晩年の作品と同様に最も初期の作品においても、他のすべての詩人を凌いでいるのです。それによってシェイクスピアは、自ら描く対象に常に威厳と情熱を与えています。この威厳と情熱は、あらかじめ刺激を与えられなくても、生命として、また力として、一気に私たちの眼前に現れます。

私は何度も見ている、輝かしい朝が
王者の眼差しで、山々の頂を喜ばせるのを。

（シェイクスピア、ソネット三三番〔一―二行〕）

私自身の懸念も、将来を夢で見る広大な世界の
予言者の心も――
……
……

この世の月は月食に耐え、
陰気な占い師は自らの予言を嘲る。
不確実さが今や安定の王冠を戴き、
平和はオリーブの木の永遠の命を宣言する。
今この最も快い季節の水滴に濡れて
私の愛は生き生きと見え、《死》も私に屈伏する。
死は愚鈍で無言な連中を威圧するが、
死をものともせず、私はこの拙い詩に生きよう。
そして圧制者の紋章や真鍮の墓標が磨り減っていっても
君はこの詩の中に君の記念碑を見出すのだ。

（ソネット一〇七番）

イメージは、心の中の最も重要な状況や情熱や性格に従って自らを形作り色付けるとき、より価値が上がると同時に、詩的天才の特徴をいっそう強く示すものになるのは確かです。この卓越性を表す比類のない例として、読者は『リア王』や『オセロー』を思い起こすでしょう。要するに、「偉大な、永遠に生きる故人」〔八〕の劇作品以外のものが思い浮かぶでしょうか。「豊かさが私を貧しくした。」〔九〕これがいかに本質に忠実であるかは、シェイクスピア自身がソネット九八番で愛の例において見事に表現しています。

春の間ずっと私はあなたのもとを離れていた。

輝かしい四月が色とりどりに装って、
あらゆるものに青春の息吹を注ぎ、
あの物憂い農耕神サトゥルヌスも共に微笑み、飛び跳ねた春に。
しかし鳥たちの囀りも
様々な色や香りの花々から漂う甘い香気も
私に夏の話を語らせはしなかったし、
花々が育つその見事な膝元から、花を私に摘ませることもなかった。
また私はユリの白さに感嘆もせず、
バラの深紅を愛でることもなかった。
花々は美しいが、あなたの面影を写す喜びの影にすぎない、
あなたこそ、それらすべての原型なのだから。
まだ冬のように思われた。あなたがいないのだから
あなたの影と思って、私は花々と戯れたのだ！

詩人シェイクスピアが、画家以上の力をもって、連続のイメージを同時性の感覚と共に最も生き生きと描き出すとき、その詩的イメージは、彼が

気高い言葉を語る
独創的天才、真の詩人

〔アリストファネス『蛙』九六―九七行〕

であるという確実な証拠、たとえ作品の価値は劣るとしても、絶対必要な証拠を与えてくれるでしょう。

こう言って、胸に抱かれた彼はその美しい腕の
魅惑的な抱擁から逃れ出て、
暗い芝原を通り抜け、家路へと素早く走り去る。
見よ、輝く星が空から放たれるさまを！
その星さながら、彼はヴィーナスの目から闇夜の中へと滑り去る。

〔『ヴィーナスとアドーニス』八一一―一三、八一五―一六行〕

四　これから述べる最後の特質は、前に述べたものと結び合わせて考えられなければ、ほとんど何の証拠にもならないでしょう。しかしこれがなければ前に述べたものの存在も大きな意義を持つことはできないし、（もしできたとしても）はかない閃光や流星のような力を約束するにすぎないものになります。この特質とは《思想の深さと力強さ》です。深い洞察力をもった哲学者でなくして偉大な詩人になり得た人は、かつてありませんでした。なぜなら詩は、あらゆる人間の知識、人間の思想、人間の情熱、感情そして言語の花であり香りであるからです。シェイクスピアの詩作品の中では、創造的な力と知的活力が、戦っているかのように取っ組み合っているのです。この二つの力は勢いがありすぎて、相手を消し去ろうと互いに脅かしているように見えます。そしてついにこの両者は「劇」において和解し、互いの盾を相手の

胸元に掲げて格闘しているのです。あるいは二つの急流が、狭く岩の多い両岸の間で最初に出会ったとき互いに跳ね返そうと努め、不本意ながらも混ざり合って奔流となり、やがてより広い川床とより柔軟な岸辺を見つけて、お互いに混和して広がり、一つの流れとなって、一つの水音を立てながら流れ続けていく様子と似ています。『ヴィーナスとアドーニス』はおそらく、これ以上の深い情熱を表すことを許容しなかったのでしょう。しかしルクレーティア〔ルークリース〕の物語は、情熱の最も強烈な作用に与し、要求さえしているように思えます。しかもシェイクスピアがこの物語を取り扱うやり方には、哀感もなければ、劇的な性質も何一つありません。そこには前の詩と同じように細密で忠実なイメージが同じような生き生きとした色合いで表現され、同じように激しい思考の力によって活気づけられ、同化や変容の力の同じような働きで分散したり収斂したりしているのです。それも、広範囲の知識と内省をより明らかに表しており、さらには言語の全領域においても、同じように完全な優勢を保ち、ときには支配さえしています。では私たちはどう言えばいいのか。まさに次のようなことでしょう。すなわち、シェイクスピアは単なる自然の児ではない。天才の自動人形でもなければ、自らは霊を支配せずにただ霊に操られた、霊感の受動的媒体でもないのです。知識が自分の習慣的な感情と密接に結び付いて習性となり直観的なものとなるまで、彼はまず忍耐強く研究し、深く思考して詳細に理解し、ついに自分の分野では自らに匹敵する人も次ぐ人もいないほどのすばらしい力を生み出し、競争相手としてではなく友人としてのミルトンと共に、詩という山の栄光に輝く二つの頂上の一つに座を占める力を発揮したのです。シェイクスピアは自ら身を投じ、あらゆる種類の性格や情熱へと変わる、炎とも奔流ともなるプロテウスであり、ミルトンはあらゆる形態や事物を自らに引き寄せ、彼自身の《理想》へ統一していきます。ミルトンという存在の中ではあらゆる事物や行動様式が新たに形成されるのです。一方、シェイクスピアはすべてのものに姿を変え、しかも常に彼自身のままであり続けています。ああ、わが祖国イングランドよ、あなたは何と偉大な人たちを生み出したことか！

シェイクスピアの話した言葉を話し、
ミルトンの信念と道徳を持つ我々は、
自由でなければ死も同然。すべてにおいて我々は、
大地の最初の血を引いて生まれ、有する権利も多種多様！

（ワーズワス〔『国家の自由と独立に捧げる詩』第一部一六番、一一―一四行〕）

第16章

《今日の詩人たちと、十五世紀および十六世紀の詩人たちとの間に見られる顕著な相違点――両者に特有な長所を併せ持ちたいという願望の表明》

キリスト教国は、封建制度を土台として成立したその最初の時期から、組織は不完全でも、これまで一つの大きな集合体を成してきたので、どの時代を見ても、その集合体のすべての構成部分の中に、似通った精神が働いてきたのが見出されるものです。シェイクスピアの詩作品の研究は（彼の劇作品もまた格別に詩という名に値するものですが、ここでは除外するとして）、わが国と外国の同時代の詩人たちを、もっと注意深く吟味してみようと私に考えさせる契機となりました。ところで私の関心は、特にシェイクスピアの生誕から死までの間のイタリアの詩人たちに向けられました。イタリアは芸術が最も入念に、そしてこれまでのところ最も大きな成果をもって育成されてきた国だからです。それぞれの時期の優れた作家たちの、個々の天才の程度や特殊性から抽き出された共通の特質は、十五世紀および十六世紀の詩と現代の詩との間にある一つの顕著な相違点を明らかにしてくれるように思われます。このことは姉妹芸術の絵画にまで押し広げて言うことができるでしょう。少なくとも絵画は詩の例証になると思います。現代では、詩人は（ここでは個人の名を暗示することなく一般論として語っていると理解してほしいのですが）その主要な目的として、またその芸術の最大の特徴として、新奇で際立った《イメージ》を、感情を惹きつけ好奇心を喚起する《出来事》とともに取り入れようとしていると思われます。作品中の人物や描写はできる限りの特殊性と個人性を与えられており、それは肖像画とさえ言えるほどです。その一方で用語や韻律に関しては、現代詩人は比較的無頓着です。韻律は従来の方式に則ることなく、根拠となる原則は詩人の便宜以外にありません。そうでなければ何か機械的なリズムが用いられるのですが、そこに見られる時おりの変化も、明らかに偶然や言語自体の性質から生じたのであって、熟考や知的な目的から生じたのではないと思われます。それには一つの二行連句かスタンザがあれば十分な見本となるでしょう。さらに「ポープの訳によるホメーロス」から「ダーウィンの自然の殿堂〔二〕」に至るまでの言語の特徴をまさしくありのままに言うならば、それが詩的だと言えるのは、いくつかの顕著な例外は別としても、会話体や散文では読むに耐えないだろうという理由からにすぎません。しかし、残念ながら、私たちの散文作品でさえも、いや、より型にはまった論説の文体でさえも、流行に遅れまいと努め、これ見よがしの詩神（ミューズ）の、汚れて着古された晴着で身を飾り立てているのです。この点においては、最近わが国の最も人気高い作家の間で大きな進歩が認められることは確かです。しかし平明な意味と生粋の母語としての英語に立ち戻ろうとする動きは、〔三〕一般的と言うにはほど遠く、現今の小説、雑誌、公開の場での熱弁等々は、あたかもエコーとスフィンクスが額を寄せ合って作り上げたかのように、思想が貧弱でしかも表現は謎めいているというのも事実なのです。いや、このような悪影響から最もよく身を守ってきた人々の中でさえも、崇高なダンテが『日常語の修辞法』〔三〕という論考で詩人の第一の義務と宣言した母国語の純粋さを、彼と同じくらいの熱意をもって守ってきた者はわずかだったと私は確信しており、この確信を述べずにいたならば、私は不誠実または臆病の罪に、内心うしろめたく思わずにはいられないでしょう。言語は人間精神の武器倉であり、過去の勝杯とともに未来の征服のための武器をも備えているのです。「言葉の不適切な用い方がいかにたやすく事物そのものに関する誤謬につながるかに注意せよ。」（ホッブズ『今日の数学の検討と修正』〔四〕）——「この短い人生と未知の自然には、時間をかけて研究するに値するものがたくさんあるので、〔混乱して曖昧な〕言葉を理解するために時間を費やす必要はないのだ。〔ああ、多くを語るゆえに何も語らない霧のような言葉が、何と大きな荒廃をもたらすことか。それはむしろ教会と国家の双方に暴風雨を引き起こす雲なのだ。〕プラトンが『ゴルギアス』〔五〕の中で〈言葉を知る人は事物をも知るであろう〉と言ったのはまさに正しい。またエピクテトス〔六〕は〈言葉の勉強は教育の初めである〉と言い、ガレノス〔七〕は思慮深くもこう書いている、〈言葉の混乱した用い方は、事物の理解をも混乱させる〉。実際スカリゲル〔八〕も『植物について』第一巻において賢明にも語っている、〈知恵ある人の第一の努めは、自分のために生きられるよう、よく考えることであり、第二の努めは、国家のために生きられるよう、正しく語ることである〉と。」（ゼンネルト『脈拍の違いについて』〔九〕）

現代詩の題材と構成に類似した何かが、わが国の一般的な風景画家の中にも見られるように思います（ただしこの点では、私はまったく自信なしに語っていることを理解していただきたい）。彼らが描く前景と中間部の広がりは比較的魅力に乏しく、風景の中で主に興味をひくものは、むしろ背景へと押しやられていて、そこでは山々や滝や城がそれより先へ眼が進むのを遮り、しかも元の道を辿って戻ろうと誘うようなものは何もありません。しかし偉大なイタリアやフランドルの巨匠たちの作品では、風景の前面と中間部に置かれたものが最もわかりやすく明確で、見る者の関心は背景に向うにつれて次第に薄れていきます。絵画の魅力と独特の価値は、言葉の代わりに形を用いた視覚的言語によって知性に伝えられる特定の対象物よりも、むしろその対象物を描いている色彩や線や表現の美と調和に存在するのです。したがって主題の新奇性を追求するよりも、むしろそれを避けたわけです。同一の主題を取り扱う際の方法がどのくらい優れているかが、芸術家の真価の試金石なのです。

同様なことは十五世紀と十六世紀の、特にイタリアにおける優れた詩人たちに関しても言うことができます。用いられるイメージはほとんど常に一般的なもので、太陽、月、花、そよ風、小川のせせらぎ、鳥のさえずり、心地好い木陰、愛らしくて冷淡な美女、妖精(ニンフ)、水の精(ナイアス)そして女神たちが、すべてに共通した題材であり、各詩人は自分の判断または空想によってそれらを形作り配置するのであって、そこに付け加えたり特殊性を出したりしようとはしないのです。一部のイギリス詩人たちを名誉ある例外として別にすれば、思想もまたイメージと同様に、ほとんど目新しいものを含んでいません。物語詩の寓話は、大体において神話かそれと同等によく知られた話をもとにしていて、その主要な魅力は物語の描き方、つまり情熱的な言葉の流れや絵のような配置に由来するのです。現代とは反対に、しかし極端さにおいては同様な誤りですが、彼らは詩の精髄を技巧に置いたのです。彼らが目標とした秀逸さは、見事に磨きあげた言葉が完全な素朴さと結合していることでした。この主要な目的を達するために、彼らは紳士が風格ある会話では用いないような言葉はすべて避け、しかも学識者だけが用いるような語句も皆避けたのです。そして各部分がそれ自体の旋律を持つのみならず、それぞれの音が、同じ文または連の中で先行または後続するすべての語が織り成す旋律と響き合って、全体の調和に貢献するものとなるように、語や句を入念に配置しました。そしてさらに同様な労力を払って——表に出ないのでいっそう大きな労力となりますが——それらの韻律の動きに、変化と様々な和声的効果を加えたのです。しかしながら彼らの韻律の多様性は、新しい形の韻律を導入したことによるものではありません。新しい形の韻律の導入とは、例えば最近では、ドイツから借用され、「アロンゾとイモジン」[一〇]で試みられたものやその他の韻律が挙げられます。それはその構造自体の中に独特の強烈な音調を備えていて、寛大な読者は自分の声と強勢音を、言葉の意味や音価に注目するよりもむしろ著者の気ままに合わせて読むのですが、ギリシア・ローマの音楽的韻律に親しんだ耳にとっては、スプリングのないドイツの乗り合い馬車が石畳の上を駆け抜けて行くのに似ていなくもない効果をもたらすのです。それとは反対に昔の詩人たちは、イタリアでもイギリスでも、自国の一般的な韻律法の範囲内で、無数の変形や音の微妙なバランスによって、はるかに豊富でまた魅力的な多様性を生み出しました。後世まで残る羨むべき名声は、一つの統合を試み、実現するような天才にこそ与えられるのです。高い完成度を蘇らせ、適切さ、熟練、微妙な均整、そして何よりも、全体に漲りわたる雅趣を感じさせるような天才です。これらの特性が、カトゥルスの「雀」[一一]やアナクレオンの「燕」、「きりぎりす」その他あらゆる小さな愛すべきものに寄せた詩[一二]を、あたかも貴重な琥珀の神殿に埋め込まれたかのように保存してきたのです。そしてキリスト教ヨーロッパの青春期と成年初期の頃に、より小さいとはいえ輝かしい光輪をもって、アルノ川の谷間とアイシス川やケム川*[一三]の森へとふたたびやって来ました。天才であればこれらの特性に、より鋭い関心、より深い哀感、より力強い内省、より新鮮で変化に富んだイメージを結合させるでしょうし、このような要素が、私たち自身の世代とその直前の世代に名誉をもたらした詩人たちに、これからも消え去ることのない価値と名声を与えてくれるのです。

＊　これらの考えが浮かんだのは、ジョヴァンニ・バティスタ・ストロッツィのマドリガル集を読んでいた時であった。

それは一五九三年五月一日フィレンツェ（セルマルテッリ印刷所）で著者の息子ロレンツォとフィリッポ・ストロッツィにより出版され、亡くなった父方の伯父「レオネ・ストロッツィ氏、サンタ・キエザの戦いの軍司令官」に捧げられたものである。それらの詩も作者も、イギリスの書物で言及されているのは見た覚えがなく、またイタリアの一般的な詩集の中にも見つけたことがない。それにこの小さな書物はまれにしか見られない本なので、ここにその何篇かを書き写しておこう。私の感じでは、読む者を満足させるあの一貫性すなわち、アナクレオンの魅力である様式と題材のあの完璧な適合に、カトゥルスの持つ優しさと彼以上の繊細さを加えたものを、これほどに備えた作品にはめったに出会ったことがない。軽い詩だとはいえ、それらはおそらく非常に入念に作られているのだろう。しかし読んでいると、それらは意志的な努力というよりもむしろ自然発生的な力に基づいているのだと思われる。磨かれた鑑識眼にとっては、題材とは別に、題材を表現する完璧さそのものに対する喜びがあり、それは磨かれた鑑識眼でなければ理解も評価もできないものなのである。

　このようなことを述べたからには、翻訳を提供するのは厚かましく見えるだろう。もっとも、イギリスの精神と言語は、高度な洗練の条件として、より密度の高い思想〔一四〕を要求するという点でイタリアとは異なった特質を持っており、その相違が翻訳の試みを思いとどまらせたのだったが。イタリア語は他の多くの面で我々の言語に劣ってはいるが、イタリア語では、詩の言葉と散文〔一五〕の言葉の違いが英語の場合よりも明確だという有利さがあることも、同様に認めざるを得ない。まずトスカナの詩人たちが現れて名声を確立したちょうどその頃から、時を同じくしていくつかの独立〔一六〕小国が作られて、書き言葉が多様になり、イタリア人は詩の慣用語法を持つようになったのだが、それはかつてギリシア人が同じ原因から、より大きく変化に富んだ区別——たとえば英雄詩にはイオニア地方語、諷刺詩にはアッティカ地方語を用い、そして抒情詩あるいは聖職者の用語と田園詩の用語には、ドーリス地方語の二つの型を使い分けるなど——を伴う慣用語法を導入したのと同じであった。それらの区別は我々よりもギリシア人にとって、より明白であったことは疑いない。

　詩を転写する前に、もう一つの考察を敢えて付け加えておこう。現今の詩と、一五〇〇年から一六五〇年までの詩との相違点について私が述べてきた見解は、一般に受容されている意見とは反対であることに私は気付いている。私がこの問題についてある友人と話し合っていたとき、善良で分別ある召使いの女性が入って来たので、私は二つの版画を彼女の前に置いてみた。一つは現代のピンクがかった色彩の図版であり、もう一つはサルヴァトール・ローザの銅版画の秀作であった。どちらが好きか、と彼女に返答を強いると、ちょっと顔を赤らめ戸惑った後、彼女はこう答えた。「まあ、だって旦那様、分かりきってますわ。（フリート街の版画屋で買った商品を指さして）これはとても上手で優雅ですけど、もう一つのほうは引っ掻いたようでぞんざいな作りですもの。」ある画家（サー・ジョシュア・レノルズ）は彼の絵画にほとんど劣らないくらい価値の高い著書〔一七〕を残しており、その書物の権威には、私が自分の作品に期待する以上の敬意が払われるようになるだろうが、その画家が、それも自らの経験から語っているのは、優れた鑑識眼は努力して修得すべきもので、他のすべての優れたものと同様に思索の結果であって、最高の模範に従って従順に学んだ結果なのだ、ということである。では「何をそのような模範と考えればよいのか」と尋ねられたとしたら、答えは次のようになるだろう。幾時代にもわたって認められることにより、評判が名声へと成熟してきたような作品を、最高のものとみなすがよい、と。なぜならば知恵は、確信によってではないとしても黙従〔一八〕によって、常に最終的には多数の支持を得るからである。サー・ジョシュア・レノルズに加えてソールズベリのハリスを挙げておこう。彼はその哲学論文の一つで、アリストテレスの正確さとクィンティリアヌスの優美さをもって、正しい鑑識眼を修得する方法を述べている。

マドリガル

（一）

夏の昼日中、愛は私に教えてくれた、
静かに澄んだ冷たい小川を。
森は燃え、坂も丘も焼け付いていた。
真冬の霜にも熱ほとばしる私は
急いで川に行ったが、流れはあまりに清く美しく、
それを乱す気になれなかった。
私は川面にわが身を映し、心地よい岸の木陰に休んだ、

流れのささやきにじっと聴き入りながら。

（二）

そよ風よ、私の苦悩に満ちた生の吐息、
やさしい慰めよ、
その心地よさに、身を焦がすことも死ぬことも、
欲望さえももはや過酷なものとは思えない。
氷も雲も悪天候も
吹き飛ばしておくれ、きれいな波と
それに劣らず愛しい木陰が
祝祭と歓喜を誘い、
森と牧場ではしゃいで歌えと促すのだから。

（三）

穏やかだが、しばしば花と草との
愛の戦いのなかにいるそよ風よ、
まだ花咲き初めない季節の
百合と薔薇の緑の紋章を、
揺り動かすがいい、そっと、そっと、
たとえ平安でなくとも、停戦か束の間の休息を見出せるように。
それがどこにあるか私は知っている――ああ愛らしくおとなしい眼差しよ、
アンブロシアの香る唇、嬉々とした笑い声よ！

（四）

いま彼女は岩のように動かないと思えば、
今度は川のように流れ去る。
いま野生の熊となって吼えると思えば、
今度は慈しみ深い天使となって歌う。
彼女が変身しないものがあろうか、そして私をも変身させる、
石に、小川に、
獣に、神に――いとしい女よ、私には分からない、
君は妖精か魔女か、女人か女神か、
優しいのか、それとも無情なのか。

（五）

泣きながらあなたはキスをし、
笑いながら拒んだ。
悲しい時には優しくて、
楽しい時には残酷だった。
喜びは嘆きから生まれ、
苦しみは笑いから起こった。
哀れな恋人たちよ、
不安と希望をいつも一緒に持ちたまえ。

（六）

愛らしい花よ、お前は私にあの美しい顔の

濡れた頬を思い出させる。
あまりにも似ているので
彼女を見るかのように、お前をよく見ている。
私は盲目（めしい）だが、ときには彼女の愛らしい笑い、
ときには澄んだ眼差しを見る。
しかし薔薇よ、なんと足早に
朝は逃げ去って行くことか。
誰がお前を雪のように溶かし、それとともに私の
心と命も溶かしてしまうのだろうか。

（七）

私のアンナ、優しいアンナ、ただその名を呼ぶだけで、
いつも新しく、ますます明るい音色で、
なんと甘美な響きが聞こえることか。
私は懸命になって探すが、
地上のわれわれの間にも
天空にも
君の名に優る調べはない。
天も愛も私の心臓の鼓動も、
ただこの調べだけを奏でる。

（八）

森の中で、草地が色を失ってゆく今、

静かに翳る空に
漂っている、高き安息よ！
私をひと夜だけ、ひと時だけでも休ませておくれ。
獣も鳥も、皆それぞれが
時折は休息の時を持つ。
でも哀れな私は、彷徨（さまよ）い、涙し、
叫ばないときがあろうか、しかもなんと激しく。
安息が聞いてくれないなら、わずかでもいい、死よ、聞いておくれ。

（九）

私は愛に笑い、また泣いた。でも書いたのは
いつも炎の中、波の中、風の中。
時々情けを見つけたが
それは残酷なもの。私は自分の中で死に、他の人の中で生きた。
ある時は暗い深淵から天国へ昇り、
ある時はそこから落ちた。
いまは疲れ果て、ここに我が身を納める。

MADRIGALE〔1〕

Gelido suo ruscel chiaro, e tranquillo
M'insegnò Amor, di state a mezzo'l giorno:
Ardean le selve, ardean le piagge, e i colli.
Ond 'io, ch' al più gran gielo ardo e sfavillo,

Subito corsi; ma sì puro adorno
Girsene il vidi, che turbar no'l volli:
Sol mi specchiava, e'n dolce ombrosa sponda
Mi stava intento al mormorar dell' onda.

〔2〕

Aure dell' angoscioso viver mio
Refrigerio soave,
E dolce sì, che più non mi par grave
Ne'l arder, ne'l morir, anz' il desio;
Deh voi'l ghiaccio, e le nubi, e'l tempo rio
Discacciatene omai, che l'onda chiara,
E l' ombra non men cara
A scherzare, e cantar per suoi boschetti
E prati Festa ed Allegrezza alletti.

〔3〕

Pacifiche, ma spesso in amorosa
Guerra co'fiori, el' erba
Alla stagione acerba
Verde Insegne del giglio e della rosa
Movete, Aure, pian pian; che tregua o posa,
Se non pace, io ritrove:

E so ben dove–Oh vago, et mansueto
Sguardo, oh labbra d'ambrosia, ah rider lieto !

〔4〕

Hor come un Scoglio stassi,
Hor come un Rio se'n fugge,
Ed hor crud' Orsa rugge,
Hor canta Angelo pio: ma che non fassi ?
E che non fammi, O Sassi,
O Rivi, o belve, o Dii, questa mia vaga
Non so, se Ninfa, o Maga,
Non so, se Donna, o Dea,
Non so, se dolce ó rea ?

〔5〕

Piangendo mi baciaste,
E ridendo il negaste:
In doglia hebbivi pia,
In festa hebbivi ria:
Nacque Gioia di pianti,
Dolor di riso: O amanti
Miseri, habbiate insieme
Ognor Paura e Speme.

〔6〕

Bel Fior, tu mi rimembri
La rugiadosa guancia del bel viso;
E sì vera l'assembri,
Che'n te sovente, come in lei m'affiso:
Ed hod dell vago riso,
Hor dell sereno sguardo
Io pur cieco risguardo. Ma qual fugge.
O Rosa, il mattin lieve ?
E chi te, come neve,
E'l mio cor teco, e la mia vita strugge.

〔7〕

ANNA mia, ANNA dolce, oh sempre nuovo
E più chiaro concento,
Quanta dolcezza sento
In sol ANNA dicendo ? Io mi pur pruovo,
Nè quì tra noi ritruovo,
Nè tra cieli armonia,
Che del bel nome suo più dolce sia:
Altro il Cielo, altor Amore,
Altro non suona l'Eco del mio core.

〔8〕

Hor che'l prato, a la selva si scolora,
Al tuo Sereno ombroso
Muovine, alto Riposo !
Deh ch 'io riposi una sol notte, un hora !
Han le fere, e gli augelli, ognun talora
Ha qualche pace; io quando,
Lasso ! non vonne errando,
E non piango, e non grido ? e qual pur forte ?
Mo poiché non sent' egli, odine Morte !

〔9〕

Risi e piansi d'Amor; ne peró mai
Se non in fiamma, ò 'n onda, ò 'n vento scrissi;
Spesso mercè trovai.
Crudel; sempre in me morto, in altri vissi !
Hor da' più scuri abyssi al Ciel m'alzai,
Hor ne pur caddi giuso:
Stanco al fin qui son chiuso !

第17章

《ワーズワス氏独特の信条の検討——鄙びた生活（とりわけ鄙びた下層の生活）は人間の言葉の形成にとって特に不都合である——言語の最良の部分を生むのは、百姓や羊飼いではなく哲学者——詩は本質的に理想的で普遍的——ミルトンの言葉も農民の言葉と同様に、いや、それよりもはるかに、現実の生活の言葉である》

さてワーズワス氏は、序文においてわが国の詩語における改革を主張しました。しかもたいへん見事に主張しました。初期の詩人たちにおいては、熱情は本物であったこと、そして文彩や隠喩には劇的妥当性があったことを、彼は明らかにしました。これらは今や、使用を正当化する理由を取り去られ、単なる連結ないし装飾の技巧に変えられて、現代詩人たちの詩の様式の特徴である虚飾と化しています。そして彼は同じ鋭さと明確さで、このような変化が起こった過程に注意を向けさせ、また、聞き慣れない言葉とイメージの連続から起こる心地よい思考の混乱によって読者の心が陥る状態と、熱情のこもった自然な言葉によって引き起こされる状態との類似点に注意を向けさせました（一）。以上の点に関する限り、彼は有益な仕事を手掛けたのであり、その試みと遂行の両方に対して、大きな賞賛を受けるに値します。真理と自然のためにこのような抗議をするよう駆り立てた言動は、この序文発表の前も後も、常に絶えまなく起こっていたのです。さらに付言せずにいられないことは、過去十年ほどの間に発表された価値ある詩作品と、序文が世に出る以前に作られた詩の大半とを比較してみれば、努力は決して無駄ではなかったとワーズワス氏が信じる根拠が十分にあるのは疑う余地がないと思われることです。ワーズワス氏の天才に対する賞賛の念を明言してきた人たちの詩ばかりでなく、彼の理論に対する敵意と彼の著作への非難で有名になった人たちの詩の中にさえも、彼の信条の刻印が明らかに目に見える形で存在しています。こうした彼の信条の中に、それほど明白でない理論や、論拠の乏しさと不完全さのために不安定で覆し得るものが、混じっていた可能性はあります。しかし、これらの説明不足や誇張という誤りが、論争に火をつけ油を注ぐことで、それに伴う真理をいっそう広めることにつながったばかりでなく、刺激された状態にある精神に頻繁に提示されることによって、より永続的で実際的な結果を得るようになったことは、単なる可能性に留まるものではありません。論敵の主張の一部を拒否し続けることが正しいと感じているとき、論敵から別の一部を借りることはいっそう容易になるものです。依然として自分の言い分が正しいと感じることができ、また敵対し続けるための堅固な基盤を依然として見出せる重要な点を残しつつ、自分自身の信念に最も近かった相手の見解を、拒絶する当の理論ほどは自説に矛盾しないものとして、次第に採用するようになるのです。同じように、一種の本能的賢明さで、自分の論陣の最も弱い持ち場を少しずつ放棄していき、ついにはそれらがかつては自分の持ち場であったことを忘れてしまったように見えたり、それらは偶然の

「取るに足らない付加物」〔二〕程度のもので、それを取り除いても、自分の要塞は損害を受けることも危険に曝されることもないと考えているふりをしたりするのです。

ワーズワス氏の理論の一部と考えられているものと私自身の理論の相違点は、次のような前提に立脚しています。すなわち、詩一般にふさわしい言葉は、然るべき例外を除き、完全に現実の生活で人々が話す言葉から採用された言葉遣い、自然な感情に影響を受けて人々が交わす自然な会話を実際に構成する言葉遣いにあるというのが、彼の言説の正しい解釈だという前提です。私の反論は、第一に、いかなる意味においても、この規則が適用できるのは、ある一定の部類の詩のみだということ。第二に、この一定の部類でさえ、この規則が適用できるのは、（私の知識と読書経験に照らせば）誰も否定したり疑念を抱いたりしたことがないような自明な意味においてだけだということ。そして最後に、この規則は、実践可能である限りにおいて、また実践可能な程度において、規則としては有害ではないにせよ無益なものであり、したがって実践される必要もないし、また実践すべきでもない、ということです。ワーズワスは、一般に鄙びた下層の生活を選んだと読者に告げていますが、鄙びた下層の生活として選んだとは言っていません。つまり、身分が高く上品な人たちが、身分の低い人たちの無礼で垢抜けしない態度や談話の巧みな模倣からしばしば得ているような、道徳的効果の疑わしい快楽を、再現する目的で選んだとは言っていないのです。そのようにして得られる快楽の源を辿れば、快楽を掻き立てる三つの原因が見出せるかもしれません。第一の原因は、表現されているものが持つ、事実そのものとしての、自然な性質です。二番目の原因は、表現の持つ外見上の自然さです。この自然さは、著者自身の知識と才能が、気づかれない形で注入されることによって高められ、修正されるもので、この注入こそが、表現を、単なる模写と区別された模倣にする〔三〕のです。第三の原因は、自分とは対照的なものが提示されることによって目覚めさせられる、読者の優越感に見出されるかもしれません。まさにこれと同じ目的のために、昔の王侯貴族たちは、ときには実際の道化を、多くの場合はそのような役を演ずる利口で機知に富んだ人物を、召し抱えていたのです。しかしながら、こういうことがワーズワス氏の目的ではなかったのです。彼が鄙びた下層の生活を選んだのは、「そのような環境にあるとき、心の本質的な熱情はよりよい土壌を見出し、その中で成熟を遂げ、抑制から解放され、より素朴で力強い言葉を発するからである。そのような生活環境にあっては、我々の基本的な諸感情が、より素朴な状態で共存し、結果として、より正確に熟視され、より力強く伝達され得るからであり、また田舎の生活の習慣が、そうした基本的な感情から芽生え、田舎の生業（なりわい）の必然的性格から、さらに理解されやすく、より永続性を持つからである。そして最後に、そのような環境の中では人間の熱情が、美しく永続する自然の姿と合体するからである〔四〕。」

さて、著者が多かれ少なかれ劇的な調子で書いている最も興味深い詩、たとえば、「兄弟」、「マイケル（'Michael, a Pastoral Poem'）」、「ルース」、「狂った母親（'The Mad Mother'）」などにおいては、登場する人物が、一般に受け入れられている意味において鄙びた下層の生活から取られたものでは決してないということは、私の目には明白です。そして、同じように明白なのは、これらの詩に示される感情や言葉遣いが、そのような人々の精神や会話から実際に写し取られたと考え得るとすれば、それらは、「彼らの生業や居住地」と必ずしも関係のない原因や環境によるものだということなのです。カンバーランドやウェストモーランドの谷間に住む牧羊農民たちの考えや感情、言葉や態度は、それらの詩に実際に採用されている限りにおいては、町であれ田舎であれ、あらゆる生活環境において同じ結果をもたらすであろう原因、また実際もたらしている原因から、説明することが可能でしょう。それらのうち二つの主要な原因と私が考えるものを挙げると、一つは《自活可能な収入》で、これは、奴隷状態や他人の利益のために日々あくせくと働く身分よりは高い位置に引き上げてくれるものの、勤勉の必要性や倹しく質素な家庭生活を越えさせるほどではない収入です。そしてもう一つは、そのような状態に伴う、地味ではあるものの堅実で宗教的な《教育》で、聖書や祈禱書あるいは賛美歌の本には親しむけれども、それ以外の本にはあまり親しんでいないといった状態です。この後者の原因は遇有的なもので、特定の場所や仕事から生まれるのではなく、特定の国や時代の恩恵なのですが、この原因があればこそ、詩人は、詩に描く人物たちが、彼の表現にかなり類似した感じ方、考え方、話し方を、現実においてもするだろうと思わせることができるのです。ヘンリー・モア博士に、次のような優れた評言があります（『克服された熱狂』三五節）――「限られた教育しか受けなくても、有能な人間は、聖書を読み続けることで、学識のある人よりも、人を惹きつける堂々たる修辞を自然に習得するものである。様々な言語や不自然な言い回しが混じると、かえって自分の文体の価値が落ちてしまうのである〔五〕。」

さらに、健やかな感情と内省的精神の形成にとって、欠如は、詭弁や悪しき混合に劣らず、手に負えない障害を意味することを考慮すべきです。田舎の生活の中で人間の魂が成長するためには、ある一定の有利な素地が前もって必要であると私は確信しています。すべての人が、田舎の生活や田舎の労働によって向上する見込みがあるわけではありません。もし、自然の変化や形態、出来事が十分な刺激となることを実証しようというなら、教育ないしは生来の感受性のどちらか、またはその両方があらかじめ存在しなければならない。そして、これらが十分でない場合、精神は刺激不足によって萎縮し硬化して、その人は利己的で好色で下品で冷酷な人間になります。リバプール、マンチェスター、ブリストルにおける《救貧法》の運営と、農場主が貧民の監督者であり保護者であるような、農村における救貧税の直接分配とを比較してみてください〔六〕。もし私自身の経験ばかりでなく、私がその問題に関して言葉を交わしたことのある多くの立派な田舎の牧師の経験が格別不幸なものでなかったとしたら、鄙びた下層の生活自体がそれのみで与える望ましい影響に関して、この比較の結果は懐疑以上のものを生み出すだろうと思います。その反面、スイスその他の山岳地帯に住む人々の地域への強い愛着や進取の精神から結論づけられることはすべて、真の意味で共和制的な態度を許容し生み出す財産形態のもとでの、田園生活の特殊な形に当てはまるものであって、一般に言う田舎の生活や人為的な教養の不在という条件に当てはまるものではないのです。反対に、風習を褒め称えられてきた山岳地帯の人々は、概して、別の地域の同じ身分の人たちに比べて教養があり、よく本を読む人たちなのです。しかし、北ウェールズの農民に見られるように、このような条件に当てはまらない場合、太古からの山々は、恐怖と光輝をもってしても、目の見えない者にとっての絵、耳の聞こえない者にとっての音楽でしかないのです。

　この部分についてこれほど詳細に立ち入るべきではなかったのですが、この点こそ、違いを示すすべての線が、その源であり中心であるものに向かうかのように収斂していく点であると思われます（つまり、詩についての私の信条が、彼の序文で公表された理論と実際に異なる限りにおいて、また異なるすべての点において、ということですが）。私は確信をもってアリストテレスの次の原理を採用しましょう。すなわち詩は、詩の性格として、基本的に理想的なものであり、*すべての偶然性を避け除外する。そこに描かれる身分や性格、職業の外見上の個別性は、類を代表するものでなければならない。そして、詩の登場人物は、類の構成員すべてに当てはまる属性、その類に共通の属性をまとわねばならない。それは一人の恵まれた個人が所有するかもしれないような属性ではなく、人物の置かれた状況から考えれば、その人が所有するだろうとあらかじめ十分予想できるような属性である〔七〕。もし私の仮定が正しく、私の推論が正当であれば、テオクリトス〔八〕の描く田園の若者と、想像上の黄金時代における田園の若者との間に、詩的中間像というようなものは存在し得ない、という結論になります。

＊私が抽象概念を推奨しているとは言わないでいただきたい。というのは、一人の登場人物に教訓性を持たせている、類としての人物の特徴は、シェイクスピア劇においては、個々の人物ごとに修正され特殊化されているので、人生そのものも、実在の人間が持つ個別性の感覚を、これ以上にはっきりと喚起することはないほどなのである。逆説的に聞こえるかもしれないが、幾何学の不可欠な性質の一つが、劇における優れた性質にとっても同様に不可欠なのである。それゆえにアリストテレスは、個別性の中に普遍性を内包させることを詩人に求めたのだった。幾何学と詩の主な違いは、幾何学においては、意識の最上位にあるのは普遍の真理であるのに対し、詩の場合は、真理を包んでいる個の形だということである。古代の人々について言えば、また同様にイギリスやフランスの先輩劇作家たちの場合にも言えることだが、喜劇と悲劇の両方が詩の種類であると見なされていた。彼らは喜劇において、単に笑わせようと努力したのではなかった。ましてや、顔を歪めて見せたり、隠語を突発的に使用したり、その時代にだけ通用する卑俗な言葉を用いたり、登場人物の仕事場や職業から引き出された隠喩で月並みな教訓を包み込むことなどによって、笑わせようと努力することもなかったのである。また悲劇においても、観客の前で、彼ら自身の卑しさの模写を実際の卑しさで演じることによって、観客の賞賛を首尾よく手に入れようとしたり、酔って泣き上戸になるときの涙に比べても決して上等とは言えないお涙頂戴で、観客の怠惰な共感に働きかけたりするほど、身を落としてはいなかったのである。彼らの悲劇の場面は、我々の心を動かすことを意図したものではあったが、それは快楽の範囲内のことであり、我々の悟性と想像力の両方の活動と結びついたものであった。彼らが願ったことは、価値のない「あるがままの現実」[九]や、各人がたまたま置かれた特定の状況をつかの間忘却し、個人的な記憶を一時停止させ、より高貴な思想の奏でる音楽のただ中で寝つかせて、精神を現実から運び去り、その偉大さの可能性を感じさせて、偉大さの種を植えることだったのである。[一〇]（『友』二五一、二五二頁）

「兄弟」という詩における教区牧師と羊飼い兼水夫、「マイケル」におけるグリーンヘッド・ギルの羊飼いの人物像は、詩の目的が要求し得る本当らしさや典型としての性質すべてを備えています。彼らは、一般に知られており永続的に存在する階層の人物であり、彼らの習慣や感情は、その階層に共通の状況から自然に生まれるものです。「マイケル」を例にとってみましょう。

気丈で、頑健な老人だった。
体は、若い頃から歳をとるまで
並はずれて頑丈だった。心は鋭敏で
熱くかつ慎ましく、万事に必要な才があり、
羊飼いの仕事においては、人並み以上に
機敏で細心だった。
それゆえ、彼は、すべての風、
あらゆる音色の突風の意味を学び知っていて
誰も気づかぬときに、南風が
遠いハイランドの山々に響くバグパイプの音さながらに
地鳴りのような音楽を奏でるのを聞き取ることもよくあった。
羊飼いは、そんな前兆を感じるとき
羊たちのことを考え、そして呟くのだった、
やれ、風のおかげでまたひとつ仕事が増えたと。
そして実際、嵐がくれば
旅人が避難小屋へと逃れるなかを

彼は決まって山へ登って行った。ただ独り
霧のただなかにいた、幾度となく降りかかっては
彼を山頂に残し去ってゆく霧のなかに。
そうして八十年の歳月を彼は生きた。
だから、緑の谷や小川や岩が
羊飼いの心に関わりないと考えるとしたら
それはたいへんな間違いだ。
心軽やかに彼が大気を吸い込んだ野原、
力強い足取りで何度も登った丘、
それらは彼の心に刻んでいたのだ、
困難、技量や勇気、歓喜や恐怖の
数々の出来事を。またそれらは
彼が命を助け、餌と小屋を与えた
もの言わない動物たちの記憶を、
本に書き記すように蓄えたのだ。
そもそもありがたい、そうした行為が
名誉ある報いにつながるという確信とともに。
野原は、丘は、彼自身の血潮以上に彼の命そのものだった。
――そうでないはずがあろうか、それらは

彼の愛情をしっかりと捉え、彼にとって
盲目の愛がもたらす喜びの感情、
生そのもののなかに在る喜びだったのだから。

（四二―七九行）

他方、「ハリー・ギル（'Goody Blake and Harry Gill'）」や「白痴の少年」などの、比較的低い調子の作品においては、詩人は思慮深くも場面を田舎に設定して、自分自身を興味深いイメージの近くに置き、その美しさについての感傷的な認識を、自分が描くドラマの登場人物のものとせずに済むようにしていますが、それでも、これらの作品に描かれる感情は、一般的な人間性の感情です。「白痴の少年」において、実際、母親の性格は、「心の本質的な熱情がよりよい土壌を見出し、その中で成熟を遂げ、より素朴で力強い言葉を発するような状況」が生み出す、実際のその土地特有の産物というよりは、むしろ判断力に見放された本能を擬人化したものとなっているのです。したがって、以下の二つの非難は、完全に根拠のないものとは思えません。少なくとも、それらは、私が聞いた限りで、そのすばらしい詩に対してなされた唯一の妥当と思われる異議なのです。その一つは、作品自体の中で、普通の病的な白痴という、著者が表現することをまったく意図していなかった不快なイメージを、読者が心に抱くことがないよう十分に配慮されていないことです。「バア、バア、バア」という語は、それに先行する少年の美しさの描写のどれによっても打ち消されることはなく、かえって著者はその言葉によって病的な白痴を想起する手助けさえしているのです。もう一つの異議は、母親の愚かさが、少年の白痴的言動とまったく互角に描かれているために、一般読者にとっては、母親の愛情のありがちな作用を分析的に示すというよりは、むしろ、老いた母の溺愛の盲目性を描く滑稽な諷刺劇になってしまっていることです。

「茨」においては、詩人自らが注の中で、詩の語り手となる人物の性格をあらかじめ描いておくような導入的な詩の必要性を認めています。[一二] この物語の語り手は、並みの想像力を有し、知的な能力は鈍いが深い感情を持った迷信深い人物、「たとえば、小さな貿易船の船長で、中年を過ぎ、引退して、年金またはささやかな独立した収入を得て、自分の生まれ故郷ではない、あるいは住み慣れていない、どこかの村か田舎の町で生活している。そのような人は、何もすることがなく、怠惰から、軽信的でおしゃべりになる」。しかし、詩作品においては、ましてや抒情詩においては、愚鈍で饒舌な人物を忠実に模倣しようとすれば、必ず詩自体が愚鈍で饒舌になるものです。（ちなみに、もしシェイクスピアの『ロミオとジュリエット』の《乳母》が、まさにこの愚鈍で饒舌な話者の例だとみなすことができるとすれば、この乳母の例一つだけでも、この評言を劇詩にまで拡大して適用することを思い止まらせます。）ともあれ、敢えて主張したいことは、詩人自身の想像力から発せられ、詩人自身の言葉として語られていてもよかったし、むしろその方がよかったと思われる部分こそ（しかもこれが全体の圧倒的割合を占めている）、普遍的な喜びを与えているし、またこれからも与え続けると思われる部分だということです。そして想定された語り手に特にふさわしい箇所、たとえば、第三連の最後の二行連句や、[*1] 第一〇連の最後の七行、[*2] そして第一一連からの五つの連は、第一四連の初めのすばらしい四行を除けば、多くの公平で素朴な人々にとっては、詩人がそれまで彼らの心を高揚させていた高み――そして詩人は後で再び自らと読者の両方をそこへ導いていくわけですが――その高みから、突然、不快にも引きずり降ろされたように感じられるのです。

＊1　〔第三連の最後の二行連句〕
端から端まで測ってみた。
縦三フィート、横二フィートだ。

＊2 〔第一〇連（最後の七行）とそれに続く五つの連〕

いや、いくら頭を絞っても無駄なこと。
知っていることは全部教えよう。
だが、茨のあるところまで
そして少し先の池まで
足を延ばしてみてほしい。
ことによると、そこに行けば
女のことが少しは分かるかもしれない。

山に登るなら、その前に
寂しい頂上へ行く前に
できるだけの助けをしてあげよう。
知っていることを全部教えよう。
もう二十と二年も前のこと、
女は（名前はマーサ・レイ）
乙女らしい純真な気持で
スティーヴン・ヒルとつき合うようになった。
スティーヴン・ヒルのことを考えると
いつも女は明るく陽気になった、
いつでも、いつでも幸せだった。

（三二一—三三三行）

そして二人は婚礼の日を
二人が結ばれる朝を決めた。
ところが、スティーヴンは別の娘にも
誓いを立てていた。
そして、スティーヴンは考えなしに
その娘と教会に行ってしまった。
哀れなマーサ！　その悲しい日
無情な失望の激痛が
魂に送り込まれた。
炎が胸を焦がして
休むことなく燃え盛った。

このことがあって丸六か月、
まだ夏の葉が青い頃
女は山頂に出かけては
そこでよく姿を見られたらしい。
胎（はら）に子供がいたそうな。
もう誰の目にもはっきりわかった。
女は身重で、気が狂っていた。
それでも時おり正気に返り
異常な苦しみで辛い思いをすることもあった。
ああ、どれほど願ったことだろう、
いっそ、あの冷酷な父親が死ねばいいものを！

……
……
……
……

去年のクリスマスのこと、これが話題になったとき
百姓のシンプソン爺さんが言った、
胎のなかの赤ん坊が
母親の心に働きかけて
それで女が正気に返ったと。
ついに産み月が来たときには
女の顔は穏やかで、意識は鮮明だった。

残念ながら、これ以上は知らない、
知っていたなら全部話してやるところだが。
かわいそうな子供がどうなったか
誰も知る者はいない。
子供が生まれたかどうかも
知る者はいないのだ、ほんとうに。
無事に生まれたか死産だったか
さっきも言ったとおり誰も知らない。
ただ、マーサ・レイがこの頃
しょっちゅう山に登って行ったのを
よく覚えている者はいる。

（一〇四―六五行〔一四四―四七行省略〕）

ですから演繹的に、すなわち理論の根拠に基づく見地からだけでなく、詩人自身がそれに支配されたと考える必要がある少数の例や、そうした例が相対的に劣っているという事実からも、登場人物選択の基準となるその理論に疑問を抱かざるを得ませんし、そうだとしたら、先の引用のすぐ後に続く次の引用文に対しては、同意するにはいっそうの躊躇を感じざるを得ません。それは、特殊な事実としても一般的な法則としても、認めることができないのです。「こうした人たちの言葉も採用した（ただし、実際の欠点と見えるもの、常に嫌悪や反感を招いても当然の原因はすべて取り除いている）が、それは、そのような人たちが、言語の最良の部分の起源である最良の事物と絶えず交わっているからであり、また、彼らの社会的身分ゆえに、また彼らが常に同じ狭い範囲のつき合いしかしないために、社交上の虚栄心の作用にあまり支配されることなく、自分の感情や考えを、素朴で手の加えられていない表現で伝えるからである。[一二]」

これに対して私は次のように答えます。田舎の言葉は、田舎訛りや下品さをすべて除去し、文法の諸規則（すなわち、本質的には、まさに普遍的な論理の諸法則が心理の素材に応用されたもの）に一致するほど改造されたとしたら、伝えなければならない概念の数が少なく、雑然としていることを除けば、他のどんな常識人の言葉とも——その常識人がいかに学識豊かで洗練されていても——変わらないものになるでしょう。このことは、次のような（明白さは劣るものの重要性は等しい）考察を付け加えれば、いっそう明確になります。すなわち、田舎の人は、能力の開発がより不十分であることから、また教養がより低い状態であることから、ばらばらの諸事実、つまり自分の乏しい経験か伝統的な信念かのどちらかに関わる事実を伝えることをもっぱら目指すのです。一方、教養のある人は、主として、多少なりとも一般的な法則を引き出すことができるような、物事のつながり、事実と事実の相対的な関係を、発見し伝えようと努力するのです。事実は、賢明な人にとって、主として内在する法則の発見につながるという理由で価値があるからです。この内在する法則こそ、物事の真の存在、その存在形態の唯一の解明であり、またこれを知ることが、私たちの威厳となり力となるのです。

同様に、田舎の人が絶えず交わる事物から言語の最良の部分が形成されるという主張にも賛成しかねます。第一に、もし事物と交わることが、その事物を識別して考察の対象とすることが可能になるほどそれをよく知ることを暗に意味しているとしたら、教養のない田夫野人に特有な知識が提供する語彙は、非常に乏しいものになることでしょう。その人の物質的な衣食住の便に必要なわずかなものや行動の様式のみが個別的に表現される一方で、残りの性質のすべては、少数の混乱した一般的言葉によって表現されることになるでしょう。第二に、明確な知識を伴うにせよ、混乱した知識を伴うにせよ、その田舎の人が馴染んでいる事物に由来する語や語の組み合わせが、言語の最良の部分を形成するというのは妥当ではありません。多くの種類の動物が、食糧や隠れ場や安全に関わる対象物について注意を互いに伝達し合うことを可能にする識別音を持っているのは、まず間違いないでしょう。しかし、比喩としてなら別ですが、そのような音の集合を言語と呼ぶのはためらわれます。人間の言語の最良部分と呼んでふさわしいものは、精神そのものの働きについての内省に由来するものです。それは、内的な働きに、想像力の作用と結果に、一定の記号を意志的に適合させることによって形成されます。こうしたことの大部分は、無教養な人の意識の中には存在しないものなのです。ただし文明化された社会では、宗教の指導者やその他の優れた人々から聞いたことを、模倣したりただ思い出したりすることによって、教養のない人たちでさえも、自分が種を蒔くことも刈り入れることもしなかった収穫にあずかることができるのですが。わが国の小作人たちの間で日常的に流通している言い回しの歴史を辿ったなら、この事実をそれまで意識しなかった人も、三、四世紀前には大学や学校だけのものであったのが、宗教改革が始まって学校から説教壇へと委譲され、そうやって徐々に一般人の生活の中に広まった言い回しが非常にたくさんあることが分かって驚くことでしょう。文明化されていない種族の言語の中には、最も素朴な道徳的・知的作用を表す語すら見出すことは極めて困難であり、往々にして不可能ですが、この事実が結果的に、極めて熱心で巧みな伝道師にとってさえ、その行く手を阻むおそらく最大の障害となったのです。しかしこうした未開の種族は、わが国の小作人と同じ自然に、しかもいっそう強い印象を与える姿の自然に、囲まれています。そしてさらに彼らは、その自然の形のもっと多くを個別化する必要があるのです。したがってワーズワスがさらに付言して、「それゆえ、そのような言語は」（つまり前述のように、田舎訛りを取り除いた田舎の言葉は）、「経験の繰り返しと日常の感情から生じるものであるが、それは、恣意的で気まぐれな表現を弄すれば弄するほど、自分自身にも自分の芸術にも名誉となると考えるような詩人がしばしば代用する言葉に比べ、より永続的ではるかに哲学的な言語なのだ（一三）」と書いているのに対しては、こう答えればいいでしょう。すなわち、彼が心に描いている言葉が田舎の人の言葉だとすることは、フッカーやベーコンの文体を、トム・ブラウンやロジャー・レストレンジ卿（一四）の文体だと言っているのと同じなのだ。おそらく、それぞれの様式に特有のものをそれぞれ取り除いたとしたら、結果は必ず同じになるだろう。さらに、非論理的な語法を使ったり、意味もなく奇を衒って、低級で移ろいやすい驚きの快感のみを掻き立てるのに見合った様式を使用したりする詩人は、田舎の言葉の代わりというよりは、良識的で自然な感情の言葉の代わりに、愚劣で空虚な言葉を使っているのだと。

　ここで私が反論しているワーズワス氏の主張は、次の文の中に含まれているということに留意していただきたい。すなわち、「人々が話す《実際の》言葉を選んで」――「これらの人々の言葉（すなわち、鄙びた下層の生活をしている人々）を模倣し、できるだけ彼らの言葉をそのまま採用しようと思う。」「散文の言葉と韻文作品の言葉の間には、本質的な差異はないし、また存在し得ない。〔一五〕」私の反論は、もっぱらこれらの主張に対して向けられているのです。

まず私は、「実際の」という語の曖昧な使用に異議を唱えるものです。人の言葉はそれぞれ、その人の知識の範囲、諸能力の活動、感情の深さと鋭敏さによって変わります。各人の言葉は、第一にその人の個人的特徴、第二にその人が属する階級に共通の特徴、そして第三に普遍的に使用される語や言い回しを有しています。フッカー、ベーコン、テイラー主教そしてバークの言葉が、学識ある階級の共通語と異なっているのは、彼らが伝えようとした思想や物事の関係の数と新しさにおいて優っているという点においてのみです。アルジャーノン・シドニー〔一六〕の言葉は、すべての教養ある紳士なら書いてみたいと願う言葉、そして話したいと願う言葉（会話には自然で特有な、熟慮と一貫性に欠けた思考を正当に差し引いて考えるなら）と、何ら異なるものではありません。どちらの場合も、教養ある社会の一般的な言葉との差は、ワーズワス氏の最も素朴な作品の言葉と普通の小作人の言葉との差の半分もないのです。それゆえ、「実際の」という語の代わりに、私たちは普通の、あるいは共通言語の、という語を使わなければなりません。そしてこれは、すでに証明したように、いかなる階級の言葉遣いにも見出せないのと同様に、鄙びた下層の生活の言葉遣いにも見出せないのです。それぞれの特徴的な点を取り除いてみてください。結果は当然ながらすべての言葉に共通のものになるはずです。そして確実に、劇やその他の公然たる模倣は別にして、いかなる種類の詩であれ、詩に移すことができるようになる前に、田舎の人々の言葉になされるべき削除と変化は、商人や製造業者の普通の言葉を同じ目的に合わせる場合に必要とされるのと、少なくとも同じくらいに数多く重大なのです。ワーズワス氏によって大いに称揚された言葉は、州ごとに、いや、村ごとに、教区牧師がたまたまどのような性格であるか、学校があるかないかによって変わるのは言うまでもなく、それどころか、収税吏が、パブの主人が、床屋が、たまたま熱心に政治に関心を持ち、「大衆の利益になる」〔一七〕週間新聞を読んでいるかどうかによって変わるかもしれないのです。ダンテがいみじくも述べたように、教養を身につける以前のすべての国の共通語は、部分的にはあらゆるところに存在するが、全体としてはどこにも存在しないのです。

また、「気分が高揚した状態にある」〔一八〕という言葉を付け足しても、問題は少しも弁護しやすくはなりません。というのは、歓喜や悲しみ、怒りに強く動かされているときに人が発する言葉の本質は、その人の心の中にそれ以前に蓄えられていた、一般的な真理、概念とイメージ、そしてそれらを表現する言葉の数と質にどうしても依存するからです。情熱の性質は創造することではなく、活動をより活発化することなのです。少なくとも、思想やイメージのどんな新たな繋がりを、あるいは（それ以上とは言わずとも同じくらい、強い興奮に特有の効果である）真理や経験のどんな総合を、情念の熱が生み出そうとも、それらを伝える言葉は、話し手の以前の会話の中にすでに存在していなければならず、並外れた刺激によって、ただ集められ、まとめられたものなのです。確かに、無意味な反復、習慣的な言い回し、その他の意味のない転用語が、詩作品の中に使用されることは大いにあり得ることです。それは、知力が十分備わっていないか混乱している場合しきりに挿入されるもので、その目的は、常に忘れそうになる主題をつかんでおき、思い出す時間を確保するためであったり、あるいは、役者の数が少ない田舎舞台で、マクベスやヘンリー八世の行進の場面に、人のいない空間を目立たなくしようと同じ役者が行ったり来たりするのと同じように、空間を埋めるためだけに挿入されるのです。しかし、これらが詩人にとってどのような助けになるのか、詩作品にどんな飾りになるのか、推測するのは困難です。これらは起源においても様式においても、次に挙げるような類語反復とは似ても似つかぬものでしょう。それは、外見上は類語反復ですが、熱情を掻き立てるイメージや出来事のたった一つの表現では言い尽くし満足することができないほど熱情が大きくて長く持続するような、強烈でかき乱された感情が促す反復です。そのような反復は最高の種類の美であると私は認めます。ワーズワス氏自身が、デボラの歌からその例を引用しています。「彼女の足もとに、彼はかがみこみ、倒れ、伏した。彼女の足もとに、彼はかがみこみ、倒れた。かがみこみ、そこに倒れて息絶えた。〔一九〕」

第18章

《韻文の言葉、それがなぜ、いかなる点で散文の言葉と本質的に異なるか——韻律の起源と要素——韻律の必然的効果、および用語選択の際に韻文を書く者に課される条件》

したがって、結論として言うと、この試みは実行不可能なのです。実行不可能でなかったとしても、無益ということになるでしょう。選択する力があること自体、選択された言葉をあらかじめ所有していたことを暗に意味するからです。そうでなければ、詩人はどこで生きてきたというのでしょう。また、詩人の選択を方向付ける基準となる規則は、彼が自分自身の判断に照らして言葉を選択し配置することを可能にさせた規則でなくて、一体どんな規則だというのでしょうか。私たちは、ある階級の言葉遣いを採用するとき、その階級が使用する、少なくとも理解すると思われる語をもっぱら採用するだけではなく、そのような人々が使う語が習慣的に連なる順序にも倣うのです。では、無学な人々がやりとりする際の言葉の順序とはどのようなものかというと、知識と能力が優れている人たちの言葉遣いとは対照的に、何であれ伝えたいと願うことを構成する部分において、乖離と分裂の程度が大きいという特徴があります。彼らの会話には精神の先見性、すなわち俯瞰する視点が欠けているのです。つまり、ひとつの点に関連して伝えようとすること全体を見通し、それによって様々な部分をその相対的な重要性に応じて従属させ配置し、伝えたいことを一度に、しかも有機的全体として伝えることを可能にする視点が欠けているのです。

さて、『叙情民謡集』の、たまたま開いたところにあった詩の第一連を取り上げてみましょう。言葉遣いに関しては、最も素朴で特異性が少ない連です。

遠い国々を旅したが、
健康な男、大の大人が
ただひとり公道で泣く姿は
まず目にしたことがない。
だが、そういう男に会ったのだ、
このイギリスの地の、広い街道で。
広い街道を、男はやって来た、
頬は涙で濡れていた。
悲しんでいるが、丈夫そうな男だった。
その両腕に子羊を抱えていた。

〔「最後の羊（'The Last of the Flock' 1798）」一―一〇行〕

ここで使われている語は、確かに、あらゆる階層に通用している語であり、商店や工場、大学、宮廷と同様に、当然小さな村や田舎家でも通用しています。しかし田舎の人々はこのような順序で語を配置するでしょうか。同じ話を次のようにもっと締まりのない語り口で始めたほうが、彼らの言葉をはるかに忠実に写し取ったものになると考えてまず間違いないでしょう。「遠いところも近いところも、あちこちいろんな所に行ったけど、大の男が公道で、ひとりで泣いている姿なんて見た覚えはない。病気でもないし怪我をしているのでもない大人の男のことだよ。」云々。これに対し、「茨」の次の連に目を向けてみましょう。

昼といわず夜といわず
この哀れな女はそこへ行く。
星のすべてが、吹く風すべてが
この女を知っている。
茨のそばに女は座る、
青い昼の光が、空にあるとき
つむじ風が、丘に吹くとき
外気が肌刺す鋭さで立ち込めるときも。
そしてひとりで泣き叫ぶ、
なんと惨めな、なんと惨めな
悲しい身の上、なんと惨めな。

〔「茨」六七―七七行〕

これを、普通の人々の言葉遣い、あるいは、この詩についての注釈〔一〕の中で想定されているような話者の口から、実際の生活の中で出てきそうな言葉遣いとして想像できるものと比較するとき、そしてイメージもしくは文の繋がりという点で比較するとき、私が思い出すのは、国教会の祈禱文に反対していたミルトンが、一般的な言葉で表された即興の祈禱の正しい見本として示している、また非国教徒の秘密礼拝集会において自らの霊感で語る司祭の誰からも聞かれそうな、崇高な祈りと賛歌なのです〔二〕。そして、私は大きな喜びを感じながらしみじみと思うのです。真の詩的天才においては、自ら作り上げた理論であっても、単なる理論が本物の想像力の作用に与える障害は、いかに少ないかを。真の詩的天才とは、

洞察力と天来の能力

〔『逍遥』第一巻、七九行〕

を所有する者であって、人間が所有できるものだとすれば、ワーズワス氏こそ間違いなくこれを所有しているのです。

そこで、一つだけ、しかしまさに最も重要な問題点が残ります。実際それを吟味することが、ここまでの探求を促す主たる動機であったのです。「散文の言葉と韻文の言葉の間には、本質的な差異はないし、また存在し得ない。」それがワーズワス氏の主張です。さて、散文自体、少なくとも、すべての論理的で筋が通った著述の場合、会話の言葉遣いとは異なっているし、異なって当然です。それは、朗読することと談話することが当然異なるのとまったく同じことなのです。* したがって、否定されている差異が、あら

ゆる文体の著述に共通の素材としての語のみの差異ではなく、普遍的に認められている意味での文体そのものの差異であるとすれば、散文と普通の会話を区別すると考えられる違いよりもいっそう大きな違いが、詩作品の構成と散文の構成の間に存在すると考えるのが自然でしょう。

＊　話すように朗読することを強制するのは、子供たちにとって気の毒な苦痛であるばかりでなく、教師の側の誤りにほかならない。いわゆる歌うように読む癖、すなわち、話す場合と調子を変えすぎる癖を直すために、子供は本から目を離してその本の語句を繰り返させられる。そうすると、確かにその子の調子は話すのに似る。びくびくし、ベソをかき、震えて、続けられなくなるまでは。しかし、再び目が印刷された頁に向けられると、とたんに新たな呪縛が始まる。本能的な感覚が、子供の感情に告げるのである。自分自身のその瞬間の考えを発することと、他人が書いた考えを、他人のものとして、しかも自分よりはるかに賢い他人のものとして朗唱することは、大きく異なることだと。そしてこの二つの行為は大変異なった感情を伴うので、その感情が異なる発音の仕方を正当化するに違いない。ジョゼフ・ランカスターは、優秀なベル博士のこの上なく貴重な制度に数々の改造を加えているが、その中でも、この歌うように読む欠点の矯正法として、子供に足かせと鎖を下げて歩かせている。この足かせと鎖の音楽に合わせて、この子の前を歩く生徒たちの一人が、この子の最後の申し開きと懺悔の言葉、生まれ、家柄、教育を、悲しげに、大声で唱えるのである。しかも、この魂を凍えさせる恥辱が、法の侵犯を罰する究極の恐るべき刑罰を真似た、この邪悪で心を非情にする茶番が――厳めしい、やり慣れた裁判官役の生徒でさえも、この刑を宣告する際には突然泣き出してしまうこともよくあるのだ――適切で巧妙な矯正法として称揚されてきたのである。何を、そしていかに矯正するというのか。ひとつの行き過ぎを矯正しようとして、それに劣らず良識からは程遠い別の行き過ぎを招くだけのことだ。すなわち、内心いらいらしながらも落ち着きと尊大な外見を装うことを強いることで、自然な感情を抑圧し、それが後になってゆがむ危険性をもたらすという点で、むしろ新たな行き過ぎは、確実にいっそう悪しき道徳的影響を与えることだろう。ベル博士には、〔ベルとランカスターという〕二人の名前を結びつけてしまったことに対し赦しを乞わねばならないが、相違は、類似に劣らず、連想の力強い原因となることを、博士ならご存知だろう。

実際、文学の歴史には、一見逆説(パラドクス)と思える言説が、新しい驚くべき真理として大衆の驚嘆の念を呼び起こしたものの、よく吟味してみると、おとなしい、無害な自明の理へと後退してしまう例がかなりあるものです。ちょうど猫の目が暗闇で炎と見間違えられてしまうことがあるように。しかし、ワーズワス氏の場合、彼の精神と性格を理解する機会を少しでも得た者にとっては、この種の思い違いをするとは最も考えにくいのです。そのような著者が、当然のこととして異論を予期している場合、その異論に対する彼の答えは、現在否定されているか、これまで否定されてきた、あるいは可能性として否定される余地がある何らかの意味で解釈せざるを得ません。だとすると、私の目的は、ここで言う「本質的に異なる」という言葉自体の不明瞭さと共通性を除外して、その言葉に何か別の意味を発見することでなければなりません。というのは、ギリシア語やイタリア語の詩語にいくらかでも似た種類の用語が英語に存在するかどうかは、さほど重要でない問題だからです。実際、そのような言葉が英語にあったとしても、その数は少ないでしょう。そしてイタリア語やギリシア語の場合でも、詩語を構成するのは、一般の語と異なる語というより、むしろ同じ語を活用させ語形変化させた、語形における小さな差異なのです。おそらく、かなり遠い昔に、どこかの種族または地方の一般的な語尾変化であった語形が、偶然詩に用いられるようになったものなのです。それは、その言語をたまたま母語とする卓越した知性の持ち主、最初に地位を確立した霊感の巨匠たちが、広く人々の賞賛を受けたからです。

「本質」というのは、その第一義的意味において、個別化の原理、すなわち、あらゆるものの、それ自体としての可能性の最も深い原理を意味します。それは、哲学的正確さで観念という言葉を使用する場合の、物の観念に相当するものです。一方、「存在」は、現実がそこに加わる点で本質から区別されます。だから私たちは、円の本質、円の持つ本質的な属性のことを語っても、現実に存在するものが数学的な円であると主張するわけではないのです。同様に、同語反復に陥ることなしに、私たちは神の存在を主張します。すなわち、神という観念に照応する現実を主張するのです。次に、本質という言葉の第二義的な用法があります。この用法において、この語は、同じ物または実体の二つの異なった形を対照区別する点または根拠を意味します。だから、ウェストミンスター寺院とセント・ポール大聖堂が、同じ石切り場から、同じ形に切り出した石の固まりで作られたのだとしても、二つの建築様式は本質的に異なると言えるのです。詩の言葉遣い（すなわち、語や句の形式上の構造、いわば建築様式）が、本質的に散文の言葉と異なることをワーズワス氏が否定しているのは、本質という言葉の後者の意味においてのみに違いありません（この意味においてのみ、一般の意見は詩と散文の言葉が異なることを肯定しているのですから）。さて、立証の義務は、一般的な信念を支持する者ではなく、異議を唱える者が負わねばなりません。そこでワーズワス氏は、以下のことを彼の主張の証拠としました。「すべての優れた詩、最も高尚な性質の詩でさえ、その大半を占める言葉は、韻律以外の点では、優れた散文の言葉となんら異なるものではない。そればかりか、最も優れた詩の最も興味深い部分のいくつかは、まさにうまく書かれた散文の言葉であることが分かるだろう。この主張が真理であることは、ミルトンの作品をも含むほとんどすべての詩作品から無数の箇所を引用して証明することもできるだろう。」そう言って、彼は、グレイのソネットを引用します。

わが心は虚しい――幾度となく微笑む朝が輝いて
赤々となりゆく太陽神（ポイボス）が黄金の炎を掲げても。
鳥たちが恋の歌を合唱し
陽気な野原が緑の衣装に着替えても、虚しいばかり。

ああ、この耳が焦がれるのは、別の声
この目が求めるのは、違う姿。
この孤独の苦悶を共に哀れむ人もなく
この胸で、喜びは、喜びとならぬまま息絶える。
朝はなお、微笑み、忙しい者を元気づけ
生まれたての悦楽を幸福な者にもたらす。
野は、すべての者にいつもの贈物を捧げ
鳥たちは、愛しい雛を温めつぶやくように鳴く。
私は、届かぬ耳に無益な嘆きを発し
泣いても虚しいゆえに、涙はさらに増す。

〔トマス・グレイ「ソネット――リチャード・ウェストの死にあたって（'Sonnet on the Death of Richard West' 1742）」〕

そして、彼は次のような所見を付け加えています。「このソネットのいくらかでも価値のある部分は、傍点を付した数行だけであることを、容易に理解していただけるだろう。韻を踏んでいることと、ただ一つ『無益にも』の代わりに『無益な』という語を使用していること（これは、この点において欠点である）を除けば、これらの詩行の言葉は、いかなる点においても散文の言葉と異なっていないことも、同じように明白である。〔三〕」

ある観念論者は、自分の体系を弁護しようとして、人は眠っているときに自分が目覚めていると信じることがよくあるという事実を引き合いに出したとき、素朴な隣人によって見事にやり返されました――「だけど、起きているときに、自分が寝ていると思う人はいないでしょう。」同一のものは入れ換え可能でなければならないのです。先の引用も同じような詭弁に依拠しているように見えます。問題は、散文において、詩に用いても等しく適切であるような語順が起こりうるかどうかではなく、また、優れた詩の中に、優れた散文で表しても等しく美しく、しっくりくるような行や文が頻繁に出てくるかどうか、ということでもないのです。どちらの場合も、否定したり疑問視したりした者はいないのです。真の問題は、まじめな散文作品において適切で自然な位置に置かれているが、韻律を持った詩では不釣合いで異質なものになってしまうような、表現様式、構文、文の順序が存在しないかどうかでしょう。またその逆に、まじめな詩の言葉遣いにおける語と文の両方の配置、そして（いわゆる）比喩表現の使用と選択が、いずれも、その種類、頻度、場合について見たとき、同じように重要な主題を扱う正確で堂々たる散文に用いられたら、欠点となり違和感を生じる例が存在しないかどうか、ということなのです。どちらの場合も、入れ換えたときしっくりこないことが頻繁にあり、またあって当然だと私は主張します。

　そこで、まず韻律の起源から考えてみましょう。韻律の起源は、熱情の働きを抑制しようとする無意識の努力によって生ずる、精神の均衡に辿れるでしょう[四]。さらに、この有益な反目作用が、それが対抗している状態そのものによっていかに助けられているか、そして反目し合うもの同士のこうした均衡が、意識的に、そして快感という予見される目的のために、意志と判断力の付随する働きによって、（通常受け入れられている意味での）韻律へといかにして作り上げられていったかも、容易に説明がつくでしょう。これらの原理を私たちの議論の与件と見なすと、それらから、批評家がすべての韻文作品に期待することができる、二つの妥当な条件が導かれます。一つ目は、韻律の要素の存在は、興奮の高まりに依拠しているので、韻律自体も興奮を表す自然な言葉を伴う、という条件です。二つ目は、これらの要素は、感情に喜びを与える力を融合させるという構想と目的をもって、意図的な行為によって、人為的に、韻律の形にまとめられるので、韻律のある文全体を通してこの意志の痕跡が相応に認識される、という条件です。これら二つの条件は、調和し共存しなければなりません。協力関係だけでなく、統合がなければならないのです。すなわち、熱情と意志の、無意識の衝動と意図的な目的の、相互浸透がなければならないのです。さらに、この統合が表れ得るのは、形式と比喩表現（もともとは情熱の子として生まれたが、今では力の養子となっているもの）が頻繁に使用されるという形においてのみですが、感動が意志作用によって刺激され、意志による抑制と支配を受けることで、快感を伝達し得るようになった状態に保たれていないと、そうした表現の多用は、不必要、あるいは堪え難いほどになるのです。この意志と感動の統合は、絵画的で鮮烈な言語の使用を命じ、また自ら生み出す傾向にありますが、それは今ここに見るような詩人と読者の間の事前の合意、つまりこのような種類および程度の心地よい興奮を読者は期待する資格があり、詩人はそれを提供する義務があるといった、暗黙ながらよく理解された合意が存在しなかった場合には、不自然なほど頻繁に思われるでしょう。ここに言う統合は、『冬物語（*The Winter's Tale*, 1610）』の中で、縞石竹（せきちく）を蔑むパーディタに対してポリクシニーズが与えた応答に当てはめてみることができるかもしれません。

〔パーディタ〕　その花の斑模様は、
偉大な造化の自然に人工の手が加わってできたのだといいますもの。
　ポリクシニーズ　そのとおりかもしれない。
だが、自然が何かの手立てによって改良されるとすれば、

自然がその手立てを作るのだ。だから、
自然への付け足しだとあなたが言うその人工の手も、
自然が作るもの。いいかな、
育ちのいい若枝に、野育ちの幹を娶らせ、
高貴な芽によって、卑しい樹皮を孕ませる、
そういうこともある。これこそが、
自然を改良する、というより、変化させる人工の手だ、
しかしその人工そのものが自然なのだ。

（シェイクスピア『冬物語』四幕三場、八七―九七行）[五]

次に、韻律の《効果》という点から論じましょう。韻律は、元来、それ自体で作用する限りにおいて、感情全般と注意の両方をより活発にし、より敏感にする傾向があります。韻律はこの効果を、驚きの感情を持続的に掻き立てることと、好奇心を絶えず満足させてはまた掻き立てるという迅速な往復運動によって生み出します。この好奇心の往復運動は、あまりにも軽微で、一瞬一瞬においては明確な意識の対象にはなり得ませんが、全体としては相当な影響力を持つものになります。薬の作用で気分が変わるように、あるいはワインが会話を一層活気づかせるように、韻律は気づかれずに力強く作用します。それゆえ、このようにして喚起された注意や感情に対して、それ相応の材料とふさわしい内容が提供されないと、必ず失望を感じることになります。それは、暗闇で階段を降りていて、三段か四段飛び降りるつもりで力を入れたのに、飛び降りてみると、最後の一段だったときの失望感に似ています。

ワーズワス氏の序文における韻律の諸力に関する議論は、大いに独創的で、あらゆる点で真理に触れています。しかし、その諸力について、理論的に、別個に取り上げた言説はまったく見出せません。反対に、ワーズワス氏は常に、韻律が詩の他の要素と結びついているとき（そして、私が思うに、結びついた結果として）発揮する諸力によって、韻律を評価しているように見えます。こうして、先の問題点、すなわち、何らかの快感を与えるという目的に対して韻律がそれ自身の効果を生むためには、いかなる要素に結びつかねばならないかという問題が、答えられないままに残されているのです。二重韻・三重韻は、確かに、低次元の種類の機知〔六〕を形成し、韻を踏むためだけに使われても、一時的な楽しみを生むかもしれません。かわいそうなスマートが、野ウサギを彼に贈ると約束していたウェールズの大地主に宛てた二行連句のように。

お聞かせください、偉大なるカドワラダーのご令息、
例のウサギは今何処（いずこ）、もしやあなたのおなかのなかか。
〔「野ウサギを贈る約束の不履行について、パウエル師に宛てて」一三―一四行〕

しかし、詩的な目的に使われると、韻律は（もしこの直喩の適切さに免じてその凡庸さを許していただけるなら）酵母菌に似ています。酵母菌は、それ自体は無価値で不快なものですが、適量混ぜ合わせると、酒に元気と精気を与えてくれるのです。

序文における「森の子供たち」〔七〕への言及も、決して私の判断に照らして満足できるものではありません。私たちは皆喜んで子供時代の感情にしばし立ち戻ります。それゆえ、私たちはこのバラッドを昔の自分の

子供らしい感情を回想しながら読むのですが、このような回想は、ワーズワス氏自身でさえけばけばしい技巧的な装飾とは対極的な意味での欠陥詩とみなす詩をも、同じようにいとおしく思わせるのです。印刷技術が発明される前は、そして書法が導入される以前にはなおさら、韻律、特に頭韻を用いる韻律は、(『農夫ピアズ』〔八〕のように、単語の始まりの頭韻を持つものであれ、単語の末尾で押韻するものであれ)あらゆる一連の真理や出来事の記憶の助けとなり、結果としてその保存の助けとなるものとして、独立した価値を有していました。しかし私は、様々な事実を照合しても、「森の子供たち」〔九〕が歌い継がれ人気があるのは、韻律形式のおかげであるという確信は得られません。マーシャル氏の選集は、たくさんの散文の物語を提供していますが、それらは哀感と全般的な価値においては劣るものの、そのいくつかは「森の子供たち」と同じくらいに古く、多くは同じくらいに広く知られています。「怪力のトム・ヒカスリフト」、「巨人殺しのジャック」、「おくつが二つちゃん」、「赤ずきん」〔一〇〕は、手ごわい好敵手です。そしてこれらの物語が散文のままであり続けてきたことは、その思想とイメージが相対的に凡庸なゆえに、韻律の最も素朴な形態さえも使えなかったのではないかという憶測では、十分な説明にならないのです。「おくつが二つちゃん」の教会の場面は、申し分なく韻律をつけて語ることができます。また、勇敢な《トム・ヒカスリフト》の挑戦に怪物が応えたとき発した恐ろしい声に怯え、「ミヤマガラスの群れが一斉に、巨人の顎ひげから飛び立った」場面ほど、目を見張るような生き生きとした描写は、現代の「傑作中の傑作」と言われるものの中にさえ、探しても見つからないのです。

　これらの物語から目を転じ、広く、子供時代の連想とは一切無関係に、愛され称えられる作品に注意を向けるなら、スターンの「マリア」、「修道士」、「貧者の驢馬」〔一一〕は、言葉は変えずに脚韻を用いて書かれていたとしたら、現状よりも多くの喜びをもって読まれるでしょうか。あるいは不朽の名声を勝ち取る確率が、より高くなったでしょうか。まず間違いなく、一般的な回答は「否」でしょう。それどころか、正直に言うなら、ワーズワス氏自身の詩集の中で、「父親たちのための逸話（'Anecdote for Fathers' 1798）」、「サイモン・リー」、「アリス・フェル」、「乞食（'The Beggars' 1807）」、「水夫の母（'The Sailor's Mother' 1807）」は、彼が自分の思想の音楽を挿入しているところでは、作品のそれぞれに見出せる美点があるのですが、それでも、もしこれらを、彼が道徳論や徒歩旅行記の中で語るならそうしたように、散文で語り書き上げていたとしたら、私にとってもっと楽しいものになったと思われるのです。

韻律そのものは、単に注意を喚起するものです。そこで、なぜ注意は韻律によって喚起されねばならないのか、という問いが生じます。しかしながら、韻律自体が喜びを与えるというのでは、この問いの答えにはなりません。すでに示したように、この喜びは条件次第のものであって、韻律形式が付加された思想や表現の適切さに依拠するからです。また、私が韻律形式で書くのは、散文とは違う言葉遣いをしようとしているからである、というのが私の思いつく唯一の合理的な返答です。さらに、言葉遣いがそのようなものでない場合、哲学的精神がその詩の思想や出来事から導き出し得る考えがいかに興味深いものであったとしても、韻律そのものは効果の弱いものにならざるを得ないことが多いのです。例として、「水夫の母」の最後の三連を見てみましょう。その出来事が実際に起こった時点で一人の人間として作者の感情にどれほどの影響をもたらしたか、心中察する気持をしばし傍に置くことが許されるなら、私は敢えて作者自身の判断に訴えたいと思います。韻律そのものの中に、韻律を使用して、このくだりを書く十分な理由を見出したかどうかと。

さらに続けて女は言った。

息子が一人おりまして、何日も
航海に出ていましたが、亡くなりました。
デンマークで難破したというので
ハルまで出かけました、
息子が遺した服や持ち物を確かめに。

鳥と鳥かご、どちらも息子のものでした。
鳥は、あの子が手を掛けて飼っていたもの。
この鳴き鳥は、息子といっしょに
何度も海に出ていましたが
最後に海に出るときに、息子は置いて行ったのです。
悪い予感がしたのでしょうか。

息子は鳥を仲間に預け、頼んで出かけました。
また戻るまで、世話をして
餌をやってほしいと。
息子が亡くなり、私はそのことを知ったのです。
この愚かな女を、神よお助けください！
私は鳥を連れて歩いています、あの子が可愛がっていた鳥を。

（一九—三六行）

もし、脚韻がわかりやすくなるように、これらの連を、強勢をことさらに強めて読むとしたら、これほど徹底的に口語的な文の中に、そもそも脚韻が存在することに、思いがけない奇異な感じを抱くのですが、ここで感じる違和感は、たとえ三音節の脚韻でも生み出すことはできないと思うほどです。さらに私は詩人に問いたい。この女性の人物像と詩人自身の天才の感受性によって、彼の想像力が置かれていた幻視状態（すべての上にその影響力と色彩を広げ、興奮を掻き立てる原因と共存し、その中で、

　もっとも素朴で見慣れたものが
　周囲に畏れを放つ不思議な力を獲得する*

状態）を別にしたとすれば、このすぐ前にある次の引用連から、この三連に移行する際に、一転して調子が落ちていると感じはしなかったでしょうか。

　古（いにしえ）の精神は滅びず
　古き時代の息づかいがそこにある、と私は思った。
　わが祖国が、このような力を
　かくも見事な威厳を生んだことが誇らしかった。
　貧者のように、女は施しを乞うた。

あらためて女を見たが、私の誇りに陰りはなかった。

（「水夫の母」七―一二行）

*『悔恨』の悪夢（Night-Mair）の描写に変更を加えたもの。

おお、何と恐ろしかったことか！　おぞましくて
思い出すこともできない亡霊に、追い詰められ、睨まれたかと思えば
今度は何も見えず、思い描くこともできず
ただただ怖くて、恐怖で息もできない。
その間も、心地よい、見慣れた形は、どれもこれも
私を恐怖で包む不思議な力を持っていた。

〔『悔恨』四幕一場、六八―七三行〕

注意――シェイクスピアは〔『リア王』で〕、すべてを正当なものにする彼自身の目的のために、子馬を従えた夢魔（Night-Mare 夜の雌馬）という表現を用いたが、Mair は、女（Sister）、あるいはおそらく魔女の意である。〔一二〕

見落としてはならないし、また注目に値することは、先に引用した三連こそ、ワーズワス氏の全作品の中に私が見つけることができた、地方色に染まらない、鄙びた下層の生活の、現実の真正な言葉を実際に採用した、もしくは忠実に模倣した唯一の正当な例を提供しているという点です。

第三に、私はこの〔韻文の言葉と散文の言葉は本質的に違うという〕主張を、別のところで挙げた原因、つまり韻律を詩固有の形式にし、韻律なしでは詩を不完全で欠陥のあるものにするすべての原因から導き出します。韻律は、こうして非常に頻繁に、しかも特別に適するものとして詩歌と結びつけられてきたの

で、詩以外で韻律と組み合わされるどのようなものも、それ自体は本質的には詩的なものではなくても、その素材とそれに付加された韻律との間の、親和力の媒介物として、いわば（実用的な化学から有名な用語を敢えて借りるなら）媒染剤〔一三〕として、やはり詩歌と共通する何らかの特性を持たなければなりません。さて、ワーズワス氏は、詩は常に《熱情》を伴うと正しくも主張しています〔一四〕。この熱情という言葉は、ここでは、その最も一般的な意味、つまり、様々な感情と機能が興奮した状態という意味で理解しなければなりません。そして、すべての熱情にはそれにふさわしい律動があるように、またそれ独特の表現様式があります。しかし、ものを書く人に、詩人の栄誉を目指す資格を与えるほどの天才と才能が存在するところでは、詩の創作という行為そのものが、尋常でない興奮状態であり、かつそうした興奮状態を伴い、それを生み出すことを許容されるのです。そしてこの興奮状態は、愛、恐れ、憤怒、嫉妬の興奮に比べると程度こそ際立っていないかもしれませんが、同じくらい忠実に、興奮に対応して通常とは異なる言葉遣いをすることを、当然ながら正当化し要求するのです。ダンやドライデンにおける描写や演説調表現の持つ躍動感は、主題と素材を構成する思想や形式や出来事から生じるのと同じくらいの量と頻度で、描写する者の力と熱情から生じています。車輪はその回転の速さからだけでも火を発するのです。どの程度、そしてどのような限定のもとでこれが作用することを許されるかは、この異議に対するワーズワス氏の返答――いやむしろ、彼の序文であらかじめ想定されていた、この返答に対する彼の異議と言うべきか――について後に意見を述べる際に明確にしようと思います。

　第四に、そして、同じ主張をより一般化したとは言わないまでも、これと密接に結びついているものとして私が提示したいのは人間の高次の精神的衝動で、それは調和のとれた調整によって統合を求めるように私たちを促し、そうすることで、有機的な全体のすべての部分は、より重要で本質的な部分に同化していなければならないという原理を確立するものです。これと先般の議論は、次の考えによって強固なものになるかもしれません。すなわち、詩の創作は模倣的芸術に属するものであり、模写と対立するものとしての模倣の本質は、根本的に《異なる》もの全体に《同じ》ものを浸透させるか、根本的に同じ基盤全体に異なるものを浸透させるかのどちらかにあるという考えです。〔一五〕

最後に、《本質的》という言葉の、単なる自明の理を除いたすべての意味において、散文の言葉と韻文作品の言葉の間には、本質的な差異があり得るし、実際にあり、またあって然るべきだという（前述の内容すべてから導き出される）意見を、あらゆる国のあらゆる時代における最高の詩人たちの実践に照らして根拠づけてみましょう。

ワーズワス氏によるグレイのソネット批評においては、様々な部分についてのワーズワス氏の賞賛や非難に対する読者の共感が、あまりにも安易に当然視されているように思われます。少なくとも、彼は、論証的な分析によって読者に共感してもらおうとか、読者を共感させようという試みはしていません。少なくとも私自身の考えでは、まったく無価値なものとして彼が退けた詩行は、最初の二行を除けば、真に卓越したものとして彼が強調体で印刷した詩行〔傍点部〕と同じ程度に、日常生活の言葉と異なるとも類似しているとも言えるのです。名誉にも他と区別された五行のうちの二行は、語の配置という点で、前後の詩行と比べていっそう散文と異なっています。

　この目が求めるのは、違う姿。
　この孤独の苦悶を共に哀れむ人もなく
　この胸で、喜びは、喜びとならぬまま息絶える。

しかし、仮にそうでないとしても、このことは、誰もが疑ったことがない事実、すなわち、韻文にも散文にも両方に等しく適合する文が存在するという事実以外の何を証明するというのでしょうか。確かに、これは唯一証明を要求する点、つまり、一方に適しているがもう一方には適さないような部分はない、ということを証明するものではありません。このソネットの第一行〔わが心は虚しい——幾度となく微笑む朝が輝いて〕は、「朝」に付けられた形容辞によって、日常的な言葉と区別されます。(「微笑む」という特定の語が陳腐であり、そして——それは一種の擬人化を伴うので——「輝いて」という語の一般的・具体的な性質と必ずしも調和しませんが、これはひとまず忘れることにしましょう。)そしておそらく、そのものの性質に対する特別な注意が何ら要求されないときに、付加的描写を目的としてこのように形容辞を加えることは、会話に詩的な色合いを与えるものとして注目されるでしょう。もし狩猟に出かける人が、「さあ、出かけよう、薔薇色の朝が君たちを呼んでいる!」と叫んだとすれば、何か歌の文句でも思い出しているのだろうと思うでしょう。しかし、彼が「雨の朝だからといって寝ているのはやめよう」と言うなら、そんなふうに考える人はいないでしょう。だとすると、もっぱら描写を目的とするこのような形容辞の付加は、詩の場合には欠点になるか、そうでないか、どちらかということになります。詩の場合には欠点だという見解を肯定するすべての人に、私はお願いしたい。ホメロスからミルトンまで、アイスキュロスからシェイクスピアまで、明らかに偉大な詩人なら誰のどんな詩でもいいから、丹念に読み直してください。そしてこの種の例をすべて削除してみてください(頭の中で、という意味ですが)。もし、こうやって想像の中で削除した箇所の数の多さにびっくりしないとしたら、あるいは、もしその削除すべき箇所を完全に取り除いたことによって作品が良くなると相変わらず考えているとしたら、その人には、並々ならぬ説得力と証拠を有する理由、人間性の本質に根ざした理由を提出していただかなくてはなりません。

さもなければ、そういう人は、権威に屈しないというよりは権威に無感覚な人だと、私は躊躇せずに見なすことでしょう。

二行目の、

赤々となりゆく太陽神(ポイボス)が黄金の炎を掲げても

は、確かに語の数とほとんど同じくらいの欠点があります。それでも、この詩行が拙い詩行である理由は、散文の言葉遣いとはっきり異なっているからではなく、不調和なイメージを伝えているから、すなわち原因と結果を混同し、現実のものと、擬人化された表象とを混同しているからなのです。つまり、《良識》の言語と異なっているのが原因なのです。「太陽神(ポイボス)」が陳腐で、幼稚なイメージ〔一六〕だということは、著者がそれを書いた時代に拠る偶発的な欠点であって、ものの本質から導かれたのではありません。このイメージがすでに廃れた神話の一部だからというなら、その批判にはより深い根拠があります。とは言え、古代の学識の松明(たいまつ)が再び燃え立ったとき、その光は非常に人を元気づけるものであったので、わが国の先達詩人たち——一般に是認されていた体系からキリスト教によってすっかり切り離され、自然の偉大な事物の世間で認められた守護者や象徴をすべて取り上げられていた詩人たち——は、*彼らの偉大な師匠たちの詩を読むときに熱い歓喜を与えてくれた寓話上の人物や自然の中の超自然的なものの形を、詩的な言葉として自然に採用するようになっていったのです。いや、今日でさえ、共感的鑑識眼を持った学者であれば、現代詩人の中に見つけたらおそらく幼稚だと非難するようなものでも、ペトラルカ、チョーサー、スペンサーに見出したとき、それらの寓話や超自然的なイメージに共鳴し、喜びをもって読まない者があるでしようか。

＊しかし〔超自然的なものからの〕この分離をいっそう強めるのは、哲学の機械論的体系なのである。この体系は、我々の神学的見解に不必要な影響を与え、世界と神の関係を、建物とそれを作った石屋との関係と見なすことを教え、神の遍在という観念を、我々の理性という迎賓室における単なる抽象概念のままにしておくのだ。

ワーズワス氏の吟味に問題なく耐え得る作品を書いた詩人と言えば、スペンサー以上の人は思い出せません。それでもワーズワス氏は言うでしょうか、以下の連の文体は散文とも日常生活の言葉遣いとも区別されないと。あるいはこれは堕落した文体で、この連は『妖精の女王』の汚点だと。

このときすでに、北天の御者は
七頭立ての馬車を、不動の星の後ろに据えていた。
この星は、大海の波に洗われたことなく、
常に定まった位置にあって、大海原をさまようすべてのものに
遥か遠くから光を送る星。
そして陽気な雄鶏が、すでに一度、かん高く告げていた、
長らく夜に居場所を占められ妬んだ太陽神（ポイボス）の
炎の馬車が急いで東の丘を昇っていると。

（第一巻、第二歌第二連）〔一七〕

ついに、偉大なる天の

黄金の東の門が麗しく開き始め
太陽神は、花嫁のもとに駆け寄る花婿のごとく潑剌と
露に濡れた髪を振りながら踊り出て
薄暗い大気を貫き輝く光を投げた。
目覚めていた妖精はこれに気づくと、ただちに
陽光に照り輝く武具を帯び、戦の仕度を整える。
あの驕り高ぶる異教徒と戦う日だからだ。

（第一巻、第五歌第二連）

これとは逆に、賛美歌でも無韻詩でもいい、それが散文の文体だからというただそれだけの理由で、まったく詩的でない節をどれほどたくさん挙げることができるでしょうか（読者が不快でなければの話ですが）。読者は、次のような詩行を私が思い浮かべるだろうとは考えないでしょう。

私は頭に帽子をかぶって
ストランド街へと入っていった。
そこで別の男に会った
男は帽子を手に持っていた。〔一八〕

このような実例に対する公平で完全な応答としては、これらの詩行がまずいのは詩的でないからではな

くて、そこには一切の意味も感情も欠けているからだ、そして猿は人間でないのが明らかなのに、猿がニュートンのような人物でないことを証明するのは空しい試みだろう〔一九〕、と言えばよいのです。これに対し、意味は優れて重要であり、言葉遣いは正確で荘重、主題はおもしろく、気持を込めて扱われるとしましょう。それでも、これらの長所にもかかわらず、文体については、それが散文的だという非難を受けても正当な場合があります。しかも、語と語順が、散文ならばしっくりおさまるだろうが、韻律を伴う作品にはふさわしくない、というだけの理由で。サミュエル・ダニエルの『内乱』〔二〇〕は、教訓に満ちていて、おもしろい作品とさえ言えます。しかし、次の詩行を見てください（多数の例から、これよりはるかに際立った例を選び出すこともできたかもしれませんが）。

そして最後まで、我々がより容易に
この真実の話を理解できるように、どうか示し給え、
この時代のほんの少し前の時代が、どのようなものであったかを、
我々がより大きな利益を得てこの時代を知るように。
いかにして世がこの病に罹ったか、
そしていかにして、これほどの乱調が起こったかを教え給え。
そうすれば、それがどの段階までできたのか、世の中が、最盛期から
いかにあっけなく混乱へと陥るものか、我々は分かるだろう。
ノルマン征服王に始まり、十人の王が

さまざまな運命に出会いつつ統治した後、
イングランドは、権力、支配、栄光、富、国威において
最高の域に達した。
称号を争う君主たちの暴力や
古き時代の特権を求める貴族たちの
度重なる反乱を、苦心の末
この国が耐え忍んだ果てのことだった。

それというのも、最初に力によって征服したノルマン王は
手に入れたものを、力で保持せざるを得なかったからだ。
わが国の習慣と権利の形態を
自ら持ち込んだ異国の制度と混ぜ合わせ
ありとあらゆる容赦なき手立てを使い
力ある者を屈服させ、貧しい者を卑しめ
そして継承をおぼつかないものとして
あらたに手に入れた国家を、分裂させ騒乱状態にした。

（第一巻、第七―九連）

これらの詩行はつまらなくて無意味だという主張になるのでしょうか。あるいは、これは散文的ではな

く、まさにその理由から詩的でないということになるのでしょうか。この詩人にふさわしい異名は、「言葉の達人ダニエル」です。しかしまた、後代のすべての批評家ばかりでなく、同時代の人々も認めた呼び名は、「散文的ダニエル」でもありました。しかし、彼の作品の大部分において詩語が韻律と頻繁に照応しないことからこの賢い愛すべき作家のことを散文的と呼ぶ人々も、その他の点で彼の作品は価値があり興味深いと見なすだけでなく、彼の詩全体に、特に『書簡詩』と『ヒュメナイオスの勝利』の中に、散文と韻文の中立地帯として両者に共通する文体の見事な実例が多数見出せることを、快く認めるのです。他の美点同様、この種の用語における完成度によって卓越している、優れた、ほとんど欠点のない抜粋が、ラムの『英国劇詩人精選集（*Specimens of English Dramatic Poets*, 1808）』に見出せるかもしれません。これは、（すべてシェイクスピアと同時代の劇から採った）抜粋そのものの性質に由来する様々な興味を刺激する作品であり、新鮮な創意をもって表現され、公正で独創的な批評に満ちた注釈によって、高い付加価値を有しています。

散文と韻文の文体を同一視しようとする理論に実際に固執する結果（たとえこの理論が、現実生活の口頭のやりとりにおける平均的な文体に、韻文のほうがもっと類似していると主張するわけではないとしても）、様々なことが起こると考えられますが、その中でも、次のことは少なからず起こる可能性があると考えていいでしょう。それは、先に述べたように、散文との唯一の認められた差異である韻律そのものが、ときおり見た目だけの韻律となることです。たくさんの連続する詩行が、単純に散文の形に書き換えたとき、最高に鋭敏な耳にも韻文として認識できない、あるいは韻文のつもりで書かれたものと認識できないものになり得る場合——その詩が無韻詩であれば、まったく変更せずに、あるいは、作者の都合以外の理由なしに移動させせられていた単語をせいぜい一語か二語、本来の場所へ戻すだけで、そして脚韻を踏む詩であれば、行末の単語を等しく適切で重厚な音調のよい同義の単語に変えただけで、韻文として認識できないものにすることが可能な場合――散文的表現というものが存在すること、そしてそれが詩の長所を損なうということを、ついには認めねばならないのです。

＊ 創意に富む紳士が悲劇のミューズの影響を受けて、「今日も一日お元気でお過ごしください。――ありがとう。あなたもどうぞお元気で」の語順をずらして、二行の無韻の英雄詩体にしたような場合である。

今日もまた、お過ごしください、お元気で。
ありがとう、どうぞあなたも、元気でね。

こういうことが実践可能な例は、周到にかつ規則に則って散文に近づかないよう警戒している多くの詩に比べ、ワーズワス氏の作品中で私が徹底的に調べた部分には数少ない。実際、すでに引用した「水夫の母」からの数連を除くと一例しか思い出せない。英国の田園詩の典型で、涙なしには読めない「兄弟」という作品の中の四、五行の短い一節である。「ジェームズは、その山の頂きを指差して（そこを超えて彼らは皆いっしょに帰ってくるつもりだった）、自分はそこで待っていると、彼らに告げた。彼らは別れ、仲間は二時間ほどしてそこを通ったが、約束の場所に彼の姿はなかった。その状況は彼らが気に留めるものではなかった（a circumstance of which they took no heed）。しかしたまたま一人が、当時ジェームズが住んでいた家に入って、そこで知ったのだ、その日は一日中誰も彼を見かけていなかったことを。」この書き換えで唯一変更されたのは、「そこで（there）」という瑣末な語、二ヵ所の位置である。〔二〕元の詩における位置は、明らかに普通の会話で採用されないような位置である。この他に傍点を付して注目した箇所は、立派で英語らしい表現ではあるが、同格として用いられている単語（circumstance）に関しても、またその属格の関係代名詞（of which）による接続に関しても、日常の会話の言い回しではないからだ。一般の人なら、「だが、彼らはその状況をまったく気に留めなかった」と言っただろう。この詩の言葉遣いは、序文の理論を根拠に、語り手が教区牧師だということによってのみ正当化される。しかし、もし耳で聞いて、これらの文は韻律を持つものとして印刷されているのではないか、と感じることがあり得るとしたら、その根拠になり得るのは、まさに〔一般の会話とは異質な〕これらの言葉遣いであろう。

「韻律が他の諸々の特徴への道を開く」という予想される意見に対する序文の返答ないし異議は、次の言葉の中に含まれています。「押韻と韻律の特徴は、意志を伴う規則正しいものであって、（いわゆる）詩語が作り出す特徴のように、恣意的で、いかなる予測も不可能な無限の気まぐれに左右されるようなものではない。詩語の場合、どのようなイメージや言葉を詩人が選んで感情に結びつけるかに関しては、読者は、詩人の思うままである〔二二〕。」しかし、詩人が語っている詩人とはこのようなものなのでしょうか。もちろん違います。これではむしろ愚か者か狂人、よくてせいぜい虚栄心が強いか無知な夢想家です。これほど見当違いで欠陥のある頭脳の詩人なら、押韻や韻律についても、表現様式や比喩の場合とまったく同じような無秩序をもたらしはしないでしょうか。どうして読者がそのような人たちの思うままになるというのでしょう。もし読者がそういう詩人の書いた戯言（たわごと）を読み続けるとしたら、読者のほうが悪いということになりはしないでしょうか。批評の究極の目的は、他人が書いたものに対していかに判断を下すかについての規則を提供することよりも、むしろ、文章を書くことの原則を確立することなのです（二つのことを実際切り離すことが可能ならばですが）。しかし、市場、祝祭の席、街道、耕作地で耳にする種類の言葉や語順を忠実に真似るわけではないとしたら、いかなる原理によって詩人は自分自身の文体を整えるのか、と尋ねられたなら、私はこう答えます。詩人が依拠する原理とは、それを知らなかったり無視したりすればその人は決して詩人ではなく、愚かでおこがましくも詩人の名を不当に使用する者だと証明するような原理、すなわち、文法、論理、心理学の原理である、と。要するに、自分の芸術にもっとも関係がある物質的・精神的な諸事実の知識によるのであって、その知識は、良識によって支配され用いられ、習慣によって本能的なものになれば、私たちの過去の意識的な推論、洞察、結論の雛型となり報いとなって、《鑑識眼》の名を獲得するものなのです。読者を詩人の思うままにせず、詩人に好き勝手をさせることを許さないような、いかなる規則によって、詩人は、押し殺した怒りを表すのにふさわしい言葉と、猛烈な怒りの特徴を表す言葉の区別をつけるのでしょうか。あるいは、憤怒の言葉と嫉妬の言葉の区別をつけるのでしょうか。その規則は、教養のない社会をさまよい歩き、怒った人や嫉妬に燃えた人たちの言葉を模写することによって獲得されるのか。むしろ、人間の本性一つひとつの中のすべてに赴く想像の力によるのではないか。観察よりは内観によるのではないか〔二三〕。そして、内観があってこそ初めて得られる観察によるのではないか。観察は、眼のようなもので、内観が、観察のためにあらかじめ視野を定め、その器官として、観察に顕微鏡的な視力を伝えるのではないか。今言及したものこそが天才の眼識の真の源泉であるということを、自分自身の内的経験から、ワーズワス氏以上に明瞭に直感している人は、今生きている人々の中にはいないと私は固く信じます。同じ過程を経て、同じ創造的な働きによって、詩人は詩の創作という行為そのものが生み出す興奮の程度と種類を識別するでしょう。同じように直観的に、詩人は知るでしょう。どのような種類の文体をそれが示唆し同時に正当化するかを。意識的な意志をどのように織り交ぜるのがその状態には自然か、また、どんな場合にそのような比喩表現や文飾が、単なる恣意的な目的の産物、飾りと繋ぎのための血の通わない技巧的工夫へと堕落するのかを。真理がそれ自身の光であり証しであって、真理と虚偽とを同時に顕わにするのとまさに同じように〔二四〕、自分の本当の子を、虚栄の小人や流行の妖精が揺りかごに置き本物の子の名で呼んだ取替え子から、親として本能的に見分けるのは、まさに詩的天才の特権だからです。もし、規則が外部から与えられるようなものであったとしたら、詩は詩ではなくなり、機械的な技術に堕してしまうことでしょう。それは型に合わせて作ること〔μόρφωσις〕であって、創造すること〔ποίησις〕ではなくなってしまうでしょう。《想像力》の規則は、それ自体、まさに成長と産出の力なのです。この規則は言葉に還元することができますが、言葉は、果実の輪郭や外見のみを提示します。表面的に形と色を似せて人を欺くまがい物を工夫して作ることはできるかもしれませんが、大理石の桃は冷たくて重たく、それを口に持っていくのは子供だけなのです。ダンの「魂の遍歴（'Progress of the Soul' 1601）」第二連における太陽への呼びかけは優れたものであり、自らの情熱によって呼び起こされた詩的熱情の正当な言葉遣いであることは、容易に認めることができます。

天の目よ、この偉大な魂は、おまえを妬みはしない。
万物は、おまえの男の力によって生まれる。
おまえは一番に東の空に輝き始め
そこで朝の芳香と島の香料を吸い
やがて手綱を緩めて馬を走らせ
タホ、ポー、セーヌ、テムズ、ドナウで正餐をとり
夜には、西の鉱山の世界を見る。
それでもおまえは、魂ほどは、多くの国を見ていない。
魂は、おまえより一日前に存在し始め
おまえの光が陰り消えても、おまえより長く長く生き続ける。

（一一―二〇行）

あるいは一つ飛ばして、その次の連、

大いなる運命、神の代理人
すべてのものに、歩むべき道と時期とを定めた者よ
我々が生を受けた時点で
我々の行く道もその果ても一瞬で見る者よ
すべての因果の結び目よ！　おまえは表情を変えず
微笑むことも眉をしかめることもしない。おまえの永遠の書を開いて
示してほしい、私の物語がどう描かれているかを。

（三一―三七行）

偽物の詩が装う狂気や、抽象語を主題とする様々なオードや頓呼法で読者の意表をつく、力もないのに力みすぎた結果の驚愕のヒステリーに対しては、心からの熱意と高揚感の栄誉など与え〔二五〕ないようにすることも、同様に難しいことではありません。嫉妬、希望、忘却に寄せるオードや、ドズリーの詩集や当時の雑誌に見る似たような詩は、その種の詩なのです。そういう〔二六〕詩を見るとよく思い出すのは、次の一行で始まる、オックスフォード版詩集の二人のサットンに関する詩です。

《予防接種》よ、天の乙女よ、降臨せよ！

明らかに才能がある人、そして、第一級のではないにしても、真の天分がある詩人でさえ、間違った理論から自分自身と他人の両方を惑わせて、正反対の方向に向ってしまうことがあることは否定できません。かつて私は、良識があり立派な教育を受けたご婦人方に、『ピンダロスのオードの文体と流儀を模倣して書かれた、ピンダロス風オード』に対するカウリーの序文の導入部を朗読したことがありました。カウリーによると、「もしピンダロスの逐語訳を試みるとしたら、気がふれた男が、気がふれた男の作品を翻訳したのだと思われることだろう。それは、原文を理解しない者が、ピンダロスをラテン語の散文に逐語訳したものを読むのと同じような様相を呈するだろう。このような逐語訳ほど錯乱して見えるものはない。」〔二七〕私はこの序文に続けて、テーベの鷲〔ピンダロス〕を合理的に解説するという慈悲深き目的のためにカウリーが作った、第二オリンピア祝勝歌の自由訳を朗読しました。

すべての調和あるもの
踊る言葉、そして、もの言う弦の女王よ
どのような神を、どのような英雄を、おまえは歌うのか。
どのような幸福な男に、等しい栄光をもたらすのか。
始めよ、始めよ、おまえの高貴な選択を
そして丘陵一帯におまえの声の姿を映し出せ。
ピサはユピテルのもので
ユピテルとピサはおまえの歌を求める。
戦(いくさ)が生んだ麗しい最初の果実、オリンピアの競技をヘラクレスはユピテルに捧げる。
ヘラクレスが、おまえの弦も動かすように！
しかし、おお、いかなる男が、この仲間に加わる価値ありと証明されようか。
テロンを、大胆に彼らの聖なる名に加えよ。
テロンは次の名誉を要求する。
テロンは誰にも負けない。
彼はピサの競技と美徳の競技で一番だ。
そこにおいてテロンが、テロンただ一人が
彼の駿足の祖先たちにも勝（まさ）ったのだ。

朗読を聴いた婦人の一人が、もし原文がこの翻訳以上に狂っているのなら、その狂気は救い難いものに違いないと叫び、他の婦人たちも完全にその意見に同意したのでした。私は次に、ギリシア語から、できる限り原文に近い逐語訳で、このオードを翻訳しました。すると、文の全体的な進行、繋がりと移行の形式、高遠な意味の厳粛さという点で、婦人たちの印象では、それまでに聞いたどんな詩よりも、それは英訳聖書の預言書の文体に迫るように思われたというのです。この第一段を示せば見本としては十分でしょう。

竪琴を操る賛歌よ、（あるいは）竪琴の支配者たる賛歌よ
どのような神を、どのような英雄を

どのような人を称えようか。
確かにピサはユピテルのものだ
しかしオリンピア紀（あるいはオリンピアの競技）の創始者はヘラクレス、
戦利品の最初の果実だ。
だが勝利をもたらした
四頭立ての馬車ゆえに
テロンを今高らかに称えるべきだ。
正義の人、情厚き人
アグリジェントを守る者
高名な祖先たちの鑑（かがみ）、
まさしく、自分の生まれた都市を
まっすぐに安全に保つ彼を。

しかし、このような修辞的奇想曲が非難すべきなのは、現実の生活の言葉遣いから逸脱しているという理由だけでしょうか。そしてそれは、韻律の区別は別として、散文と韻文のすべての区別を退けることによってしか、排除できないのでしょうか。疑いなく良識と人間精神の構造についての適度な洞察があれば十分証明できることですが、そのような言葉遣いや言葉の組み合わせは、空想力からも想像力からも自然に生まれたものではなく、それらの作用は、大きく異なるものや相容れないものを並置したり、*見かけ*上調和させたりすることによって、驚きの感情を掻き立てることにあります。たとえば、「丘陵に声の姿を映し出す」というように。もちろんこのような強制的並置は、印象的または快い形象が内的ヴィジョンに提示されることによってもたらされるのではなく、またそれは変容の力——それによって詩人の天分が彼の思想の全対象物に統一性と生気を与えてきたその力——への共感によってもたらされるのでもないことは、特別な鑑識眼がなくてもはっきり分かります。それは一種の機知、意志の純粋な働きであり、思想と感情両方の気楽さと平静さを意味するものであって、主題の遠大さに取りつかれ、それに満たされている精神の不動の熱情とは、相容れないものなのです。すべてを一文で要約しましょう。文体の比喩表現や構造に明らかな欠陥があるが、その欠陥を非難する理由が、実際に人が会話する文体と異なっているということ以外には見出せないような、一篇の詩ないし詩の一部が挙げられない限りは、私はこの理論が妥当ないしは実際的であると見なすことはできないし、あるいは、作者自身の心の中で、文法、論理、そして一つの国や一つの時代に留まらない名声を得た権威ある諸作品によって確証された、物事の真理と本質についての考察からも、これほど容易に、安全に、しかも自然に、導き出すことができなかったかもしれないような法則、手本、警告のいずれかを、この理論が提供可能であると見なすことはできない。

第19章

《前章の続き——ワーズワス氏が、彼の批評的序文においておそらく念頭においていたであろう本当の目的について——その目的の解明と応用——中間的文体、すなわち散文と詩に共通する文体をチョーサーやハーバートらに範を取って例証する》

ワーズワス氏の序文の前半の数節からは、彼が、自分の文体論、および人々が実際に使用する言葉との一致の必要性を、鄙びた下層の生活から選んだ特殊な主題に限定しようとしたと見えるかもしれません。彼はその特殊な主題を、実験的に、新種の主題として英詩の中に取り入れようとしていました。ところが、その後に続く一連の議論や、ミルトンへの言及、グレイのソネットに対する批評の精神を考えれば、この前半の数節は、彼の理論体系を実際に限定したというよりも、単に儀礼的な謙遜にすぎなかったように思えるのです。それでも彼の理論体系は、詳細に調べてみると、あまりにも根拠を欠くように見えるため、また結論においてもあまりに奇異で有無を言わせぬ勢い*であるため、私はワーズワスが、彼自身その理論を何の制限もなく採用したとは信じられないし、また信じてもいません。それでも、他の人々は彼の表現を無制限に適用されるものとして理解しているし、また解釈のあらゆる一般的な法則に従えば、確かに彼の表現はそのような意味を担っているように思われます。それでは、彼は何を言おうとしたのか。私が理解するところでは、彼は、あまりに多くの人々の間で詩語として広く通用している文体の飾りすぎたわざとらしさにはっきり気付き、それに対する嫌悪感や軽蔑の念もないわけではなかったので（実際そのような文体は、論理や良識はもとより、詩となる資格もありませんが）、さしあたって自分の見解を限定して述べたのだと思います。彼は、非常に卑近で飾り気ない形であっても、自然で良識に基づいた言葉に対しては正しい嗜好を持っていたので、彼が打破しようとした虚偽虚飾の文体とはかけ離れた文体への好みを、あまりにも誇張した、しかも断定的すぎる言い方で表現してしまったのだと思います。この好みは、最初は単に相対的なものであったのが、一時、直接的な偏愛に変わっていったとも考えられます。しかし彼の念頭にあった真のねらいは、彼よりもはるか前に、賢明で心優しいガルヴェ〔二〕――その著作は正当にも今なおドイツ人に愛され高く評価されている――が、ゲレルト〔三〕についての批評の中で、その特徴として的確に明らかにした一種の卓越性であったと私は確信しています（『クリスティアーン・ガルヴェ評論集』参照）。以下の文章は、その一節の逐語訳です。「優れた詩を書くのに必要な才能は、哲学者が自分の力の中に直ちに認める、あるいは自分で獲得できると考える才能よりもおそらくもっと偉大なものであろう。その才能とは、思想に適した表現だけを探し出し、それと同時に押韻や韻律を見出す才能である。この幸運な才能を持ち合せている詩人がいたとしたら、それはゲレルトであった。彼の寓話が初めて出版された際に広く与えた強い印象に貢献し、その人気の持続に役立ったものは、この才能をおいて他にないであろう。人がこう語りたいと思うような調子で、しかも威厳を持って、魅力的に、興味深く、それと同時に音節の数を正確に合わせ韻をそろえながら、あらゆることを表現した詩を読むということは、馴染みのない珍しい現象であったし、ドイツではこれまでに例のないことであった。詩がこのような優れた長所を発揮するとき、散文よりはるかに強い印象を与えるのは確かである。実際その印象はとても強いので、韻そのものが与える満足すら、もはや卑しむべきものでも瑣末なものでもなくなるのである。〔三〕」

＊ 私は、著名なメンデルスゾーン〔四〕が、批判哲学の偉大な創始者カントに用いた、印象的だが翻訳不能な形容辞 alleszermalmende を念頭においていた。すなわちすべてを圧倒する、あるいはすべてを押しつぶし無にするという意味である。複合形容辞を作る容易さと力強さにおいては、格や屈折変化の数という点から見て、ドイツ語は

美しい言葉の幸運な結びつきに恵まれている〔五〕

と言われるギリシア語に近い。ドイツ語がギリシア語に引けを取るのは、その非常に残念な耳障りな響きにおいてのみである。

この現象がゲレルトの時代のドイツでいかに新奇な現象であったとしても、英語においては決して珍しいことではなく、また最近起こった現象でもありません。スペンサーは時おりかなり強引に語の綴りを押韻に合わせていますが、それでも『妖精の女王』全体は、この美しさがほとんど一貫して現れている例です。ウォラーの詩「行け、美しい薔薇よ」〔六〕はたいていの読者によく知られていることでしょう。コットン〔七〕は不当にも『戯作ウェルギリウス』の著者としてよりよく知られていますが、もし彼の詩集が私の手もとにあったら、私はこの文体の優れたいくつかの見本を選び出して自ら満足していたでしょうし、そうする

ことで、この詩人のまじめな作品をあまり知らない多くの人を喜ばせていたでしょう。その詩集には、もっと穏やかな詩神(ミューズ)に私たちが期待し望むような思想、イメージ、情熱のすべてにおける卓越性を十分に備えた詩が少なからずあります。しかもそれらの詩は、語の選択においても配列においても、同じことを適当な会話で語ってもおかしくないように見えながら、その内容を他の方法で表現するとどうしても意味を失ったり損なったりしてしまうとしか考えられないのです。

実際、英語には、英詩の黎明期以来ずっと、このような卓越性の目立った作品が特に豊富に見られます。今日では発音されない語末のeは、チョーサーの時代には、随意に発音されたりされなかったりしていました〔八〕。私たち自身も、今なお、押韻やリズム、あるいは荘重な響きをどの程度持たせるかという目的に応じて、beloved［-vid］かbelov'd［-vd］を使い分けています。そこで、語末のeと最終音節の強勢の両方に関して、この詩を読む人が、チョーサーと彼が生活していた宮廷の発音を採用して読むとしましょう。その上で敢えて問いたいと思います。上品で気取らない女性（「純粋で穢れない英語」を用いる特別なご婦人たち）の日常会話においてさえ、チョーサーの『トロイルスとクリセイデ』の以下の一節以上に自然で、一見巧まざる言葉を聞くことができるでしょうか〔九〕。

そしてこの後、彼は馬を駆って城門へと行きました、
クリセイデが去って行った城門へと。
彼はその場を何度も行ったり来たりして、
繰り返しつぶやくのでした。ああ、
この場所から、私の喜びと慰めが馬で出て行ってしまった。

神の思し召しによって、
再び彼女がトロイに戻ってくるのを見ることができますように。
　向こうの丘へと、私は彼女を連れて行った。
そして、ああ、そこで彼女に別れを告げた。
私は、彼女が父のもとに乗り行く姿を見守ったが、
そのときの悲しみのために、私の心は張り裂けんばかりだ。
夜になって私は家に戻ったが、
今、あらゆる喜びから見放されている、
再び彼女にトロイで会うまでは。
　彼はよく、自分自身が、やつれ、青ざめ、以前よりも
やせ衰えたと思い、そして想像しました、人がそっとこう言うのを――
どうしたことだろう、いったい誰に本当の理由が分かるだろうか、
トロイルスがこんなにも悲しんでいる理由が。
これもすべて彼の憂鬱のなせる業、
そのために彼は自分についてそんな幻想を抱くのです。
　またある時には、こう想像するのでした。
彼の傍らを通り過ぎる人がすべて
彼を哀れみ、ああかわいそうに、トロイルスは死んでしまう、
と言っているに違いないと。

このようにして彼は、聞いての通りの状態で、
一日二日と過ごしたのです。希望と不安に揺れながら、
そのような生活を送ったのです。
　そのために彼は、できる限り、
悲しみの原因を歌に表現したくなりました。
そして短い言葉で歌を作ったのです、
自分の辛い心をいくらかでも癒そうとして。
そして誰も見ていないときには、
優しい声で、今はいない愛する彼女のことを
こんなふうに歌うのでした。

……

　彼はこうして歌うとすぐに
再びいつものため息をつくのでした。
そして相変わらず、毎晩、
明るい月を眺めては、
その月に自分の悲しみのすべてを語るのでした。
そしてこう言うのです、全世界が偽りのない世界であれば、
お前が次に新月になるとき、私は幸福になっているだろう。

この種の文体のもう一人の優れた使い手はジョージ・ハーバート〔一〇〕です。彼の場合、学者と詩人としての資質が材料を提供し、育ちがよい完璧な紳士としての彼がそれを表現し配列しています。彼の『聖堂、あるいは宗教詩と個人の叫び』は、その主題の性質やあまりに頻繁に見られる奇異な思想のせいであまり知られていないので、その中の二篇を引用しましょう。最初の詩はソネットで、思想の重み、数、表現においてだけでなく、その言葉の飾らない荘重さにおいても等しく賞賛すべき作品です。（ただし、好みの難しい人が六行目後半に反感を抱かなければの話ですが。）もう一つの詩はもっと長いもので、私がそれを選んだのは、目下論じている目的のためだけでなく、この著書の最初の章で敢えて述べた主張〔一一〕に明確な具体例を与えるためでもあります。すなわち、わが国の古い時代の詩人たちに特徴的な欠点は、今日の韻文作家の中の非常に多くの人を特徴付ける欠点と正反対であるということ。前者は最も奇異な思想を最も正確で自然な言葉で伝え、後者は最も瑣末な思想を最も奇異な言葉で伝えています。後者は言葉上の謎であり、前者は思想上の難題です。前者はドレイトンの『イデア』の中の奇妙な一節を思い起こさせます。

ソネット九番

他の人同様、私自身も考える、
なぜこのように、無理な工夫を凝らすのか、
なぜこんな眩暈を起こす隠喩を使うのか、
多くの人が歩む道から逸れてまで。
お答えしよう、私は狂人だからである。〔一二〕

今日の韻文作家のほうは、「ユダヤ教会堂、あるいは聖堂の影」という一連の詩の、いっそう奇妙な一節を想起させます。これはハーバートの『聖堂』の模作として書かれ、いくつかの版では『聖堂』に添えて載せられているものです。

ああ、なんと私の心は
　砂利だらけ。
　　心に浮かぶ
どんな思想も、
　すべて縺れて
　　意味不明。
残った糸くず、
　布べりの
　　細い切れ端、
飾り結びが縺れた襞襟、
　縒り糸のばらばらに
　　解けた房。
これらは皆、私の引き裂かれた思索のぼろぼろの衣装。
それが巻かれて織られてできるのは、誰にも着られぬ服。
ひとしきり考えては、私は苦しむ、

その考えを考えなかったことにする方法を考えて。〔一三〕

こんな滑稽な詩を引用したすぐ後では、ハーバートの詩から次の三連を間に挟んで馬鹿げた感情の調子を変えでもしなければ、約束した詩の引用へと進むことはできません。

徳（'Virtue'）

麗しい日よ、こんなにも涼しく、穏やかで、輝いて、
まさに地と天の婚礼の宴。
今宵、夜露は涙してお前が没するのを悲しむだろう、
　　お前は死なねばならないのだから。

麗しい薔薇よ、お前の赤く華やかな色は、
思慮もなく見る者にその眼をぬぐえと命じる。
お前の根はいつもお前の墓の中。
　　だからお前は死なねばならない。

麗しい春よ、麗しい日々と薔薇に溢れ、
麗しいものの詰まった巣よ、

私の音楽は、お前たちにも終わりが来ることを語るのだ。
　　そしてすべては死なねばならない。
（一一二行）[一四]

胸の内の罪（'The Bosom Sin'）[一五]——ジョージ・ハーバートによるソネット

主よ、あなたはなんと周到に私たちを囲ってくれたことか。
初めに父母が私たちを掟に慣れさせ、次に学校の先生が
掟に引き渡す。掟は私たちをさまざまなものに束縛する。
理性の決まりごと、聖なる使者たち
説教壇と安息日、罪に付きまとう悲しみ
いろいろな苦悩、大小さまざまな苦痛
私たちを捕らえる目の細かい網と策略
開いて置かれた聖書、無数の驚き
あらかじめ用意された祝福、感謝の絆
耳に響く栄光の調べ
私たちの外には面恥（つらはじ）、内には良心
天使たちと御恵み、永遠の希望と恐れ！
それでもこのあらゆる囲いを、そのすべての陣立てを、
たった一つの狡猾な《胸の内の罪》が吹き飛ばしてしまうのだ。

知られざる愛（'Love Unknown'）

親愛なる友よ、座っておくれ、話は長く、悲しいものだ。
私の心が弱っているとき、君の愛は
私を助けるというより、わかってくれると思う。私には主人がいたし、
今もいる。そのお方の、もっと価値が上がるかもしれない土地を
二代に亘って借りている。前世と来世の二つの命のために。
主人のもとに、ある日、皿に盛った果物を捧げ、
その真中に私の《心》を置いた。ところが主人は
　　（語るのも悲しいことだが）
召使に目をやった。彼は、君が私を知る以上に、
あるいは（同じことだが）私が私を知る以上に、
主人の目を知っている。召使は即座に
果物をうち捨て、私の「心」だけを摑み取った。
そして泉の中に投げ入れた。するとその中に
大きな岩（二六）の脇腹から湧き出た血潮が
流れ込んだ。私はすべてをよく覚えているが、
それにはもっともな理由がある。その中で私の「心」は浸され、染められ、
洗われ、絞られたが、その時絞られたために、今でも

涙が出てくるのだ。「君の心は穢れていたのではないか。」
確かにその通り。私は、私の借地年限では支えきれないくらいに
数多の罪を犯してきたし、今も犯している。
それでも私は許しを請い、そして拒まれることもなかった。
だが、聞いておくれ、私の心がよくなり、
清く、美しくなった後、ある夕暮れ時に、
(伝えるのも悲しいことだが)
一人で外を歩いていると、大きな、
広々とした竈(かまど)が炎をあげているのが目に入った。
その上には煮えたぎった大釜があり、その縁の周りには
大きな文字で《苦悩》と記してあった。
その大きさで、所有者がわかった。そこで私は
自分の羊の中から生贄を取りに行った。
こうして差し出す生贄で、冷えてしまったかと恐れていた
そのお方の愛を温めようと考えたのだ。
ところが私の心がそれを差し出すとき、
それを受け取るはずのそのお方が手を滑り込ませ、
私の「心」を煮えたぎった釜に放り込んでしまわれた。
生贄を持ってきた私の心を(君に分かるだろうか)、

「奉納者」の心を。「君の心は硬くなっていたのではないか。」
確かにその通り。私自身、心の中に、硬いものが
拡がり始め、大きくなり始めていることに気付いていた。
だが私はたびたびそれを洗った。煮えたぎる熱湯よりもっと貴重な薬で、
聖なる血すら使って。その血は、
多くの人がただのワインを飲んでいる間に、食卓で、
友人が私によかれと、杯にそっと注いでくれたもの。
それは心の中に取り込まれ、心のかたくなさを解すほどに
神聖なものだ。私は、ようやく
その大釜から這い出ると、すぐさま家に立ち戻り、
失った力を取り戻そうと
急いで床についた。
しかしこれらすべての過ちを眠って忘れようとしたところ、
（話すのも悲しいことだが）
ある人が、その寝床に、様々な考えを詰め込んでいたのだ、
「茨」とでも言うべきものを。ああ、喜びだけでなく休息すら失われ、
私の心は張り裂けんばかりだった。
誰がそこにいたのか、はっきりわかっていた。
私は、一人を除いて、誰にも鍵を渡さなかったのだから。

それはあのお方に違いない。「君の心は鈍くなっていたのではないか。」
確かに、弛(たる)んだ、不活発な精神が、
しばしば私を捕らえた。だからお祈りをする時も、
口は動いても、心はそれについていけなかった。
しかし私の借金はすべて、私の罪〔一七〕を一身に背負ってくれたお方が
支払ってくださったのだ。「友よ、本当のところ、
私が聞く限り、君のご主人は、君が知っている以上のご好意を
示しておられるようだ。結果を見てみよ。
泉はひとえに古くなったものを一新し、
大釜は硬くなりすぎたものを柔らかくし、
茨は鈍くなりすぎたものを蘇らせたのだ。
すべては、君が損なってしまったものをひたすら治そうとしたものだ。
それゆえ、元気を出して、そのお方を心のかぎり称えよ、
一週間のうち、毎日、毎時間、四六時中。
そのお方は、君を新しく、柔らかく、生き生きとしてくださるのだから。」

第20章

《前章の主題を引き続き論じる》

前章で明確にされ例証された文体の卓越性は、ワーズワス氏の文体に特徴的なものではないと、私は自信をもって明言します。なぜならそのような卓越性は、ワーズワス氏が持つ、より高度な力とは相容れないものだと、同じくらいの率直さをもって付言できるからです。純正で論理的な英語を一貫して用いたという賛辞は、ワーズワスに与えられるべきです。いや、「一貫して」という言葉を強調するとしたら、あらゆる現代詩人の中で、彼のみに与えられるべきだと敢えて付け加えましょう。ただし「一貫して」という言葉を幾分緩やかに用いれば、ボールズ氏、バイロン卿、それに後期の作品にみるサウジー氏を含めるべきことは確かです。彼らの作品には例外的な箇所はほんのわずかであり、それも重要ではないからです。しかしガルヴェからの引用[一]で述べられている特別な卓越性に関しては、他の詩人の作品に、より多くの、そしてより明らかな具体例を見出せるように思います。たとえば、トマス・ムア氏〔二〕や今日の著名な桂冠詩人〔三〕の小作品です。私にとって常に奇妙で注目すべき事実は、このような「一般的言葉」を最善の文体としてのみならず唯一推奨し得る文体として確立するような理論が、あらゆる詩人の中でも、シェイクスピアやミルトンに次いで最も個性的で特徴的な文体を持つ詩人〔ワーズワス〕から生まれてきたということです。また私は、現時点でワーズワス氏の批評的序文の中の論争になっている箇所を、彼が意図していると考えられる趣旨や目的によって解釈しているのであって、彼の意図を斟酌せずに読んだ場合、その言葉自体が必ず伝えることになる意味によって解釈しているのではない、ということも覚えておいていただきたいと思います。

少しでも鑑識眼があって、シェイクスピアの主要な劇を三つ四つ研究したことがある人なら、著者名が付されていなくとも、それ以外のシェイクスピアのどんな作品からの引用でも、まず間違いなく彼の作品であると認識できるでしょう。その引用がたとえ数行であっても。同様の独自性が、シェイクスピアほどではないにせよ、ワーズワス氏の文体にも伴っています。彼が自分自身の声で語っている時はいつでも、またたとえば『隠者』の中のそれぞれの登場人物のように他者を装ってはいても、彼が自分自身で語っていることが明らかな時はいつでも、その独自性が表れるのです。彼が特に劇的にしようと意図している他の詩の中にも、彼の独自性が時おり突発的に現れる詩が少なくありません。読者は詩の登場人物に関して、詩人自身の言葉を借りて、

　この歌を一行一行なぞってみると、
半分だけが彼らのもので、より良い半分はあなたのもののように思える〔四〕

と詩人に語りかけることもしばしばあるかもしれません。
ワーズワス氏の出版物のかなりの部分を前もって読んでいて、しかも彼の天才を十分に感じつつそれらを熟読したことがあるならば、虹に寄せた小詩がワーズワス的であると直ちに主張しない人がいるでしょうか。

子供は大人の父である、云々。〔五〕

あるいは「ルーシー・グレイ」の中の以下の一節。

ルーシーはただ一人の友もなく
広い荒地に住んでいた。
人里に育った中で
最も愛らしい娘であった。

（「ルーシー・グレイ、あるいは孤独（'Lucy Gray'）」五―八行）

あるいは「暢気（のんき）な牧童たち」の一節。

石だらけの川べりで、
ひばりは楽しげに歌を歌い

鶫(つぐみ)は森で忙しく
嬉々として力強く高らかにさえずる。
岩の上にはたくさんの子羊がいて、
みんな生まれたばかりだ。大地も大空も
佳節を祝う。そして何よりも陽気な、
緑の花冠をかぶったその少年たちには
あの鳴き声が聞こえない、
ダンジョン渓谷の奥底から
丘を上って聞こえてくるあの悲しげな鳴き声が。

（「暢気な牧童たち（'The Idle Shepherd-Boys'）」二三―三三行）

「ハイランドの盲目の少年」の中の海につながる湖の精妙な描写は言うまでもありません。ワーズワス氏以外のいったい誰が、炉辺で小さい子供たちに次のような言葉で話をしてやれるでしょうか。

しかし彼は幾たびも落ち着かない夢を見た、
鷲が甲高く鳴く声を耳にした時も、
急流が轟音を立てて流れるのを聞いた時も、
また彼らの小屋のすぐ近くの岸辺に
湖水が打ちつけるのを聞いた時も。

小屋は湖の辺に立っていた。
それはここにある穏やかな湖とは違い、
大きく、そして怪しげな湖で、
荒れたときも静かなときも常に変化していて
　湖底はざわついていた。

それは、昼も夜もこの湖に
いくつもの丘の間を巡り経て
大海の水が流れ込むから。
その流れは、あらゆる美しい小川も、
　力強い大河をも飲み込んでゆく。

そしてもと来た道を急ぎ戻り、
常に同じ使命を帯びて海へと帰って行く。
この大地が生まれたばかりの頃にこのような営みが始まり、
そしてこの大地がある限り
　永遠に繰り返されるだろう。

潮が差してきた時は

森や聳える岩の間を縫うように
小船や大船が颯爽とやって来る。
そして羊の番をする者に
　遠い国の物語を伝えてくれる。[六]

（「ハイランドの盲目の少年（'The Blind Highland Boy'）」四六—七〇行）

「ルース」に関しては全部引用してもいいのですが、以下の連を引きましょう。

しかし前にも話したとおり
陽気で快活で大胆で、
とてもきれいな羽飾りを揺らした
その若者は、未開の荒地を
放浪していたこともあったのだ、
　西部のインディアンの流浪の一団と。

風や空高く吼える嵐や
熱帯の空のざわめきは、
彼には危険な食べ物だったかもしれない。
この若者に与えられていたものは、

広々とした大地と広々とした空と
　とても激しい気性だったのだから。

そういう土地で彼が見つけた
あらゆる変わった姿、変わった音が
彼の心に与えたものは、
無法の衝動。それらは
彼自身の力と結びついているように思われ、
　彼の心の働きに味方した。

自然の麗しい姿も
美しい木々も愛らしい花々も
官能的な思いを煽るだけだった。
そよ風は、ただ自らの憂鬱を伝え、
星々は感情を持ち、それを
　あの不思議な木陰へと送り込んだ。

それでも悪事をおこなっている時でさえ
時には気高く、清い希望が彼の心に

湧いたと私は思う。
こんなにも美しく壮麗な自然の姿と
結びついた情熱は、高貴な情操を
　含んでいるに違いないのだから。

（「ルース」一一五―四四行）

しかし、ワーズワス氏の作品のすでに四分の三を占め、今後はさらに大きな比率を占めることになると私が確信するいっそう格調高い作品からは、それが押韻詩であれ無韻詩であれ、彼独特の用語の具体例、すなわち模倣すれば必ずワーズワス氏に由来すると直ちに認められるような文体の具体例を選び出そうとしても、それは困難で、またほとんど余計なことになるでしょう。より崇高な調子の彼の詩の一篇を開いて、このような例を含まない箇所を見つけるのは容易ではなく、それも優れた詩行であればあるほど、そして最も作者らしい詩行であるほど、なおさら容易でないのです。たまたま彼の作品にあまり親しむ機会がなかった人のために、ほとんど無作為に選んだ三つの例を挙げましょう。最初は「ウィナンダーミアの少年」についての詩からの引用です。その少年は、

ひっそりと黙り込んでいる梟が自分に答えるようにと、
彼らの鳴き声をまねた。すると谷川の向こうから
その呼び声に一声、また一声と答えるのだった。
その響き渡る応答の声、鋭い叫び、大きなこだまは

二倍三倍に反響し、歓喜と陽気なざわめきの
騒がしい合奏となった。そしてたまに鳴き声が途絶え、
彼の技をからかうように深い沈黙が訪れるとき、
時おり、そのような沈黙のなか、彼が耳を澄ましていると、
軽い驚きの穏やかな衝撃が
彼の心の奥底に山の急流の声を
送り込んだ。あるいは目に見える光景が、*
そのすべての厳かな姿、その岩、
森、それに動かない湖面の懐に
映し出されたあの不確かな大空と共に、
彼の心に知らぬ間に入ってきたのだった。〔七〕

* ワーズワス氏は賢明にもこの節で、以前の版で用いた「騒がしい光景」（a wild scene）を「騒がしい合奏」（concourse wild）に替えているので、言葉の使用が彼より不正確な詩人の作品に関してなら決して言わなかっただろうと思うことでも、彼自身の名誉のために敢えて一言述べたくなる。それはこの詩の中にまだ残されている“scene”という語の妥当性に関すること。私が調べた限りでは、ドライデンがこの語を曖昧な意味で用いた最初の人であり、比較的ぞんざいに書かれた作品においてのみ、韻を踏む都合上用いたのだった。その曖昧な用法は、それ以来今日の一流の作家においてさえも一般的な用法となり、（残念ながら）ジョンソン博士の辞書に、その最初の説明として記載されていて〔八〕、それゆえに不注意な読者からはその本来の意味として受け取られる恐れがある。シェイクスピアやミルトンにおいては、この語は必ず、その実際の意味であれ比喩的な意味であれ、演劇に関連して用いられているのだ。たとえばミルトン

の以下の一節。

杉、松、樅、それに枝を広げた棕櫚が立ち並ぶ
森の舞台（scene）。その鬱蒼とした木々が
陰の上に陰を重ねて聳える様は
まさに荘重な光景を表す森の劇場（theatre）〔九〕。

"Scene" という語の意味はすでに望ましくないほど曖昧になっているので、私はこの語の意味の拡張には反対である。私が推奨する限定的な用法においてすら、その語は異なった二つのことがらを表すことができる。すなわち舞台の場面と、個々の場面の上演中に表われる登場人物とその動作である。だから、その語を不明瞭にしないためには、その本来の意味をはっきりと念頭に置くしかないだろう。再びミルトンを例に取ると、

また別の舞台（scene）を見る心構えをせよ〔一〇〕。

二番目の例として「ジョアンナ」から、ドレイトン*を見事に模倣した（単なる偶然の一致でないとしたら）一節を挙げましょう。

私はおそらく二分ほど見つめていただろうか。
その時ジョアンナは私の目を見て
その恍惚とした様子に声を上げて笑った。
岩は、眠りから覚めたもののように

ジョアンナの声を模倣し、笑い返した。
ヘルム・クラグ山の上にある老婆岩も
すぐに洞窟に反響させて答えた。ハマーの断崖や
シルバー・ハウの切り立った絶壁も
高らかに笑った。南のラフリッグ山はそれを聞き
フェアフィールド山は山彦でそれに答えた。
ヘルベリン山は遥か高く澄んだ青空に
彼女の笑い声を伝えた。蒼古のスキドウ山は
語りかけるようにラッパを吹き鳴らした。その声は
雲の向こうのグララマラ山から南へと返ってきて、
それをカークストン山が霧深い山頂から放り投げた。

（「ジョアンナへ（'To Joanna'）」五一―六五行）

*

コプランド山が声を発するや否や、周辺のあらゆる丘が
近くの谷間をその声で満たした。
ヘルベリン山が山頂からその声を山々に響かせると、
同じようにすばやく、ダンバルレイズ山がその音を受け取った。
岩を頂く山頂から、その音はウェンドロス川に響き
その川は、再び海に向かって、その音をデントに響かせた。
川は、堤の内側でその音に驚き、

大海に向かいながらエグレマウンドにそれを伝えた。
建物、歩道、街路は、木霊（こだま）を朗々と響かせて、
蒼古のコプランドの歌を力強く褒め称えた。

（ドレイトン『多幸の国』第三〇歌）

三番目の例は脚韻を踏んだもので、「牧人クリフォード卿が先祖の地へ復帰するにあたって、ブロウアム城での祝宴で詠める詩（うた）」からの引用です。

「しかし今日はこれまでとは違う日、
よりふさわしい希望とより高貴な運命の日だ。
彼は牧杖を捨て、
書物を土深く埋めた。
広間で錆付いていた鎧は、
クリフォードの血に呼びかける。
スコットランド人を鎮圧せよ、と槍が叫ぶ。
我をフランス中心部へ連れて行け、
と盾は切望する。
汝の名を名乗れ、震える戦場よ、
死の戦場よ、お前がどこであろうと、
我が勝利とともに、呻くがいい。

幸福な日、力漲る時、
我らの牧人は力を持ち、
槍と剣を持ち、鎧を着け、馬にまたがり、
祖先の地に立ち返り、
さながら再び現れた星の如く
また彼方より来たる栄光の如く、
軍隊の陣頭に真っ先に立つのだ。」
　ああ、この情熱的な竪琴奏者は知らなかった、
この唄が穏やかな人のために作られたということを。
長らく身を落として生きることを余儀なくされるうち
その人の気持は和らぎ、心静まり、穏やかになった。
彼は、貧しい人々が住まう賤が家に愛を見出していた。
彼の日々の教師は、森や小川であり、
星空にある静けさ、
寂しい丘に囲まれた眠りであった。[二二]

右の抜粋の語そのものは、確かに大部分が十分に一般的な語です。(しかし、技術や科学を韻文に翻訳しようとする不幸な二、三の試みを除けば、いったいそうでない詩があるでしょうか。)『逍遥』では、多音節の語(すなわち一般の人が言うところの辞書的な語)の数が多くなっています。著者の観念の数や多

様性と、それらを正確に表現しようとする配慮に応じて、そうなるのは必然です。しかし現実の生活において、一般的な語が、同じ思想や外界の事象を表現するのに、詩の中に置かれているような配置で普通に用いられるでしょうか。これらは話し言葉の日常的なやり取りで用いられる文体でしょうか。そうではない。語のつながり方も違い、ましてや間の空け方や話の展開の仕方も違います。いったい詩人以外の誰が、声高く囀る鳥を「鶫は森で忙しく」と描写したでしょうか。少なくとも、それと分かるほど快活に自分自身を表現しているのだと意識せずには、誰もそのようには描写しないでしょう。あるいは色あせた帽子に蔓草(つるくさ)を巻きつけた少年を、「緑の花冠をかぶった」少年と呼ぶでしょうか。美しい五月祭を「大地も大空も佳節を祝う」と言い換えるでしょうか。また海につながる湖の様々な特徴や状況を、生きて活動する力の働きとして想像したでしょうか。水面に映った空を「動かない湖面の懐に映し出されたあの不確かな大空」と描写したでしょうか。文法構造ですら、たとえば"The wind, the tempest roaring high, the tumult of a tropic sky, might well be *dangerous food to him*, a youth to whom was given, &c."(「風や空高く吼える嵐や熱帯の空のざわめきは、彼には危険な食べ物だったかもしれない。この若者に、云々」)のように、特異である場合が少なからずあります。連辞省略(すなわち、文法的に単独の語として用いられ、すべて同一格で、同一の動詞を支配するかまたは支配されている、いくつかの語の最後の語、あるいはいくつかの文の最後の文の前で、接続辞を省略すること)の頻繁な使用に特異性が表れていますし、同格による統語法(to him, a youth のように)においても同様に特異さが表れています。要するに、ワーズワス氏の詩作品から、彼の序文における理論を文字通り適用したなら取り除かれてしまう部分をすべて排除した場合、彼の詩の際立った美しい表現の、少なくとも三分の二は抹消されてしまうに違いありません。昨今の他の詩人の場合よりもはるかに多くの詩行が犠牲になってしまうでしょう。ワーズワスの詩から得られる喜びは、好奇心による興奮や語りの素早い流れに由来することが少なく、その印象的な詩行が詩の価値の大部分を占めているからです。このことを私は、他の詩人と比較した卓越性の正当な基準として示しているのではなく、そのように見なしているのでもありません。単に事実として示しているのです。今日の作家からは、これほど多くの詩行を、その詩行を含む詩に言及せずに、それ自身の重要性や美しさのために引用することはできない、と私は断言します。私自身の経験の範囲内でも、並々ならぬ能力と学識をもった三人の人物が思い出されますが、彼らは他の詩人たちの詩を楽しみながら読み、その作者たちを詩人としていっそう高く評価していました。しかし現代のどんな作品の中にも、様々な時にこれほど多くの詩行が新しく心に浮かび上がってくるような作品、また様々なきっかけとなって瞑想的な気分に浸らせてくれるような作品は他にはなかった、と私に告白したのです。

第21章

《文芸批評誌の今日の編集方法に関する見解（一）》

詩人としてのワーズワスの特徴が、彼の出版された作品を根拠として、公正にまた哲学的に考察され、そして彼の作品の特徴的な長所、欠陥、及び弱点が相対的にではなく絶対的に評価されるのを見たいと、私は長い間願ってきました。いかなる者であれ、単なる個人の意見が著者自身の意見を押しつぶす権利があるなどということは、聞いたことがありません。著者には生みの親としての贔屓目がありうるとしても、問題をおそらく誰よりも長く深く考えてきたのは彼だということを考慮に入れるべきでしょう。しかし、批評家が詩全般の拠りどころとする原理を明示し確立しようとすると同時に、その原理を様々な部類の詩に適用しながらそれを具体的に示すような研究は、正当で哲学的である、と私は考えたいのです。こうして賞賛や非難のために批評の基準を整えた後、批評家はさらに、その基準を適用できると考えられる最も顕著な箇所を列挙し、同様の長所と短所が頻繁に、あるいは時おり、繰り返されるのを正確に注視し、そして同じく正確に、特徴的なものを偶然的なもの、つまり単なる翼の弛みから峻別するでしょう。もしその批評家の前提が合理的で、推論が筋の通ったものであり、結論が正しく適用されたなら、読者は、そしておそらく詩人自身も、公正な判断に照らし、独立した自由な立場で、彼の判断を受け入れるかもしれません。もし批評家が間違っているならば、彼は自分の間違いを明確な場所で、はっきりと分かる形で提示し、松明をかかげて、その間違いの発見へと導くのです。

『エディンバラ・レヴュー』〔二〕誌やそれと同様の企画に従ってその後刊行された他誌が、知識の普及において社会に果たした役割を、私は積極的に認め、かつ高く評価しています。私は『エディンバラ・レヴュー』誌の創刊を、誌上批評の歴史において重要な画期的出来事と見なし、論証的批評が可能で、それに値する著作だけを批評するという方針を初めて打ち出したことに対して、文学界はもとより、一般読者層からも感謝される資格があると考えます。それに劣らず有益で、しかもはるかに忠実に、そして概してはるかに手際よく実行されたのは、駄作や二流作品は賢明にも自らの重さで忘却の淵に沈むに任せ、その分空いたスペースを、宗教であれ政治であれ、現代の最も興味深い主題に関する独創的な論文で埋めるという企画です。そのような論文では、冒頭に書かれた著書や冊子の表題は、単にその論説の題名ときっかけを示すだけのものになっています。私は、その評論の罵倒するような文体の激しさや辛辣さ自体は非難しませんが、それは、著者がそのとき審理されている彼の著書の単なる代表者として呼びかけられ論じられる限りにおいてです。辛辣さという点では何の不服もありません。ただし、私生活への言及は認めないこと、またその評論誌が発刊される何年も前に出版され、すでに忘れ去られていたかもしれない若かりし頃の作品を（新たな裁判のために）あらためて審理するようなことをしないという前提がなければなりません。

強引に読者の目を若い頃の作品に向けさせることの動機には、批評家自身の個人的な悪意か、あるいはもっと悪質な、単なる気まぐれという形で現れる悪意の習性以外考え難いからです。

彼らは、私的怨恨、個人的恨みを必要としない。
《生体解剖》そのものが楽しみなのだ。
あらゆる敵意、あらゆる嫉妬を否認する彼らは、
我々の評判を誰彼かまわず盗む輩(やから)、
隣人の名声を、冷静に素面(しらふ)で抹殺する者たちだ。

(S. T. C.)〔三〕

批評家がある出版物に関していかなる批判や皮肉を述べても、批評の対象であるその作品を目の前にして正当化しうるのであれば、それは批評家の権利です。著者は反論する権限がありますが、不満を言うことはできません。また誰一人として、批評家に、彼がそのような非難や嘲笑を表すために選択する言葉を、どの程度穏やかにするか、あるいは厳しくするか、好意的にするか辛辣にするかを指図することはできません。批評家は、どのような効果を生み出すことが自分の目的なのかを知っていなければなりません。そしてその効果を念頭に置きつつ、自分の言葉を吟味しなければならない。しかし批評家が、作者の出版物によって分かるはずの事以上にその作者について知っているということを漏らしてしまうや否や、また著作以外によって得たこの私的な知識によって、その著者を批判することを少しでも書こうものなら直ちに、批評家が行なう批判は個人攻撃となり、皮肉は個人的侮辱になるのです。彼は《批評家》であることを止

め、理性ある者が堕落し得る最も軽蔑すべき人物、すなわち噂話を好み陰口を叩く諷刺家に成り下がってしまいます。しかもさらにひどいことには、不穏で真理を歪める俗世の情念を、礼拝堂や祈禱室に次いで我々の聖所であり安全な避難所である詩神(ミューズ)の神殿にこっそり持ち込み、詩神の祭壇に忌まわしいものを捧げ、その囲われた神聖な場所を嘘つきの穢れた霊を呼び出すための場所にしてしまうのです。

このような無法な個人攻撃と、当然認められる正当な批判とを明確に区別することは、議論するまでもなく正しいことです。(この区別は部分的にはかの有名なレッシングに負っていますが、彼自身、鋭く生気あふれる、時に痛烈で、しかし常に論証的で立派な批評の典型なのです。)私自身は正当な批判を行なう権利のすべてを行使するつもりはありませんが、無法な個人攻撃が排除されるのであれば、不満も言わず憤慨もせずに、他の人からの正当な批判を甘受しましょう〔四〕。

科学や文学における様々な分野の何名かの識者の間で、一つの連絡機関を創設したらどうでしょうか。その機関の会長と執行部がロンドンにいてもエディンバラにいても、彼らがあらかじめ個人的立場を離れ、表向きだけでなく心の中でも、一つの制度や規定に則って判断を下すと誓いさえすれば、そしてその規定を特定の作品や作家に適用することを前もって予想せずに普遍的道徳と哲学的理性という二重の基礎に立脚させることによって、おのおのがその団体の代表として語る資格を獲得するならば、私は彼らに敬意と祝福を与え、独断ではありますが、立派な爵位を授けましょう。それは紋章院に彼らのことを問い合わせたり、貴族名鑑で彼らの名前を調べたりできる場合以上に喜ばしいことです。名声が妨げられ台無しにされたとしてどんなに激しい抗議があっても、無慈悲な厳格さや我慢ならない専制支配に対する不満がどんなに数多く切実であっても、私はその批評機関(マシーン)を弁護し正当化すること以外には何も感じず、発言することもないでしょう。もしも文学界のドン・キホーテのような人物がその機械(マシーン)の音と規則的な動きに腹を立てたとしたら、私はサンチョ・パンサといっしょに、それは巨人などではなく風車であると諭すでしょう。それは常に自分の場所にあり、小高い丘に立っていて、決してその場を離れて、わざわざ人を攻撃しに行くこともありませんし、誰に対しても、また誰からも手助けしたりされたりしないのです。公共の印刷所がその印刷物を風車の石臼に放り込んでしまうと、それは誰彼の区別なく、またそのときどのような風が吹いていようと、あらゆる人の印刷物を平等に挽いて粉にします。四方八方から吹く風が、同じようにその風車に役立つのです。この風車は、広々とした大気中で、その翼が回転するのに必要以上の空間は少しも必要としません。ただしその翼が回転するための空間は、自由でなければならず、動きが妨げられてはなりません。蚋(ぶよ)、甲虫、雀蜂、蝶、それにあらゆる短命な生き物や微小な生き物が、近くを飛び廻り、ぶんぶん羽音を鳴らし、耳障りな音を立てたりするかもしれないが、罰せられることも気づかれることもありません。しかしもっと大きくて高慢な姿の怠け者や威張り屋は、その風車の翼の動く範囲内でどのように身を置くかに注意しなければなりません。ましてや風車の翼に敢えて手を触れてはならないのです。その翼の力は、それを回転させる風の力以上でも以下でもありません。情け容赦ない風車の腕によって投げ上げられたり空中で回転させられたりする者は誰でも、自分自身にのみ非があると知るでしょう。もっともその腕が彼を投げつける際、その落下の力は弱められるというよりも倍増することが多いのです。

《国の関係者》や、《個人的な》好みまたは反感による、あまりに露骨で頻繁に行なわれる干渉はさておき、またしばしば文学上の懲罰というより法的な懲罰に値する、私生活の神聖な領域へのもっと悪辣で犯罪的な侵入については後でより深く考えることとして、問題の評論誌の編集方法に関して私が非難し遺憾に思う主な理由と原因が二つあります。第一に、下品でも不道徳でもないが、大きさの点でもあまり重要性がなく、批評家自身の判断でも美点がまったくない作品を批評の対象にすることで、その評論誌が自ら公表した立派な計画が忠実に実行されていないということです。そのために特に公平な人には、反感や復讐心が働いていたのではないか、あるいは人間性に宿る悪意の情念を掻き立てることによって雑誌の販売を促進しようという冷徹で打算的な事前の打ち合わせがあったのではないか、という疑いが生じてしまうのです。証拠もなく責めることで、私が今他人に向けて言っている非難の対象に自分自身が陥らないように、実例として、『エディンバラ・レヴュー』誌の創刊号のレンネル博士の説教に関する記事を挙げましょう〔五〕。もしも読者がこの雑誌のその後のすべての号に目を通してみた結果、この例が唯一のものであったとしたら、私は、根拠がないか、あるいは誇張した非難の当然の結果として、尊敬を失うという辛い罰を受けなければなりません。

この評論誌に対する二つ目の異議は、誌上批評を行なう他のすべての雑誌にも共通しています。少なくともこの異議は、特定の記事については例外であったとしても、誌上批評全体の一般的な仕組みに共通して当てはまります。あるいはもしこの異議が『エディンバラ・レヴュー』誌と、その唯一の対抗馬である『クォータリー・レヴュー』誌に固有なものとして特にはっきりと当てはまるならば、それは両誌が紛れもなく示している才能、学識、情報の優越性に起因し、そしてこのことが、非難とは言わないまでも明らかに遺憾の念を強めるのです。私が異議を唱えるのは、論証せずに断定していることであり、恣意的で時に怒りに任せた評決が頻繁に下されることです。その評決は、非難の対象からの引用があれば、評者の判決の正当性を証明できなかったとしても、少なくとも彼の言おうとしていることは説明していたでしょうが、裏付けとなる引用が一つもないことも珍しくないのです。また引用がある場合でさえも、それは、指摘されている性質が欠点であること、あるいは容認しがたいものであることを導出し得る一般的論拠あるいは規則に一切言及することなく、また引用された一節にそのような性質が実際にあるのかを例証する試みも一切せずに、引用されるのです。私はワーズワス氏の詩からのそのような引用に出会ったことがあります。その引用は、評者がワーズワスの作品を読む前に批評文を書いてしまっていて、その後で前もって抱いている自分の考えの様々な枝葉末節を例証するための箇所をピンでほじくり出して探したのではないかと私に想像させるような、そんな断定と結びついていたのです。全能の神の御業の壮麗な現れによって心を動かされた、孤独な祈りの熱烈さを描いた次の詩行を、まったくのたわごとや理解不可能に向かう作者の傾向の、証明と具体例として引用する批評家は、（少なくともキリスト教国において、彼自身も願わくはキリスト教徒だとして）一体どのような合理的選択の原理によって導かれたと想像したらよいのでしょうか。

ああ、そのとき彼の魂はどのようであったか。
彼は高い山の頂に立ち、太陽が昇り、
世界を光で満たすのを眺めた。彼は見た——
海と大地、大地の強固な骨格と
海の壮大なうねり、これらが彼の足元に
輝きと深い喜びの中に横たわっていた。雲は色づき、
その静かな表情の中に、彼はえも言われぬ愛を
読み取った。何ものも音を必要としなかった、
喜びの声すらも。感覚、魂、そして姿形が
飲み込んだ。彼の精神はその光景を、

すべて溶け合い彼と一体になった。それらは
彼の生身の存在を飲み込んだ。それらの中に彼は生き
それらによって彼は生きた。それらは彼の命そのものであった。

（『逍遥』第一巻、二一九―二二一行）

せいぜい批評家自身の嘆かわしい鑑識眼や感受性しか証明していない判断に対して、作者自身や作者を尊敬する人々はまじめに注意を払う気になれるでしょうか。この評論誌を開くと、彼らの愛読する作品の一節が目に入ります。その一節の力強さと真理に関しては、彼らは、自らの内的経験から直観的に確信を持つのですが、もしその直観に承認を得られるとしたら、それは自分たちの最も賢明な友人たちの共感を得ることによるものです。その友人たちの何人かは、世間の評価でも、おそらくその批評家自身がおこがましくも要求するよりは、知的に高い地位にあります。しかし彼らは、まさにその一節が、理性に見捨てられた精神の特徴的な発露として選ばれていることを知るのです。著者はたわごとを語っている、さもなければ意味もなく要領も得ずこのように言葉をつなぐことはできなかっただろうという主張の証拠として引用されていることを知ります。鑑識眼がどんなに違っていたとしても、判断上のこのような対照は説明がつかないように思えます。

私がある文章、あるいは詩を過大評価してしまった、それがどのくらい優れているかに関して見誤ってしまったということなら、そのことを納得し理解するのは容易かもしれません。しかし私が意味を分析し、知性による最高の信念のすべてに調和しているとわかった詩について、そしてそのような私の信念の周りに、イメージや言い回しが最も楽しいと同時に最も気高い感情を集めてくれたような詩について、まった

く無意味で気違いのたわごとであると私に認めさせることは、どのような巧妙な議論をもってしてもできないことです。また鑑識眼に関するこんなにも大きな革命が、数少ない大雑把な主張によって引き起こされるというのも、ほとんど不可能に思えます。むしろ、そのような批評に対して、「悪意ある心に英知は生まれない〔六〕」という賢人の箴言を借りてけりをつけずにおくためには、努めて慈悲深くなる必要があるでしょう。

それでは、もし当の批評家が、卓越した独創的な美点を持っていると自ら認める詩行や長い文章をたくさん引用したとするならどうでしょうか。彼自身が、同じくらい優れた美点がその本の中のあらゆるところにふんだんに見受けられると認めたとしたらどうでしょうか。しかも、そのような印象を受けながらも、下品な勝ち誇った態度で、「これではだめだ」という、それ自体の実現を確実にするための預言の言葉で、批評を始めたとしたら。自分の判断力からその作品の優秀性をどうにか認めておきながら、それでも退屈だ、たわごとだ、飛躍だ、単調だと次から次へと非難し始め、ついには著者を治療不可能な患者用の病院に委ねてしまい、明らかに批評家自身の道徳的連想の病的状態に基づいた極めて失礼な侮蔑的調子でその批評を終えてしまうとしたら。しかもそれらがすべて、何一つ指針となる原理が確立されておらず、公表すらされず、また論証的な推論が一切試みられないままなされていると想像してみて下さい。詩人の方が、詩における独自の判断原理を前もって公表し、一貫した論理でその原理を立証することによって、そのための機会を普通以上に与えていたにもかかわらず。

詩人の役割と義務は、

事物のこの上なく幸福で明るい姿〔七〕

ばかりでなく、この上なく威厳に満ちた姿を選び出すことです。その逆が（というのも、すべての場合に逆が考えられますから）、戯作やパロディーにふさわしい仕事です。それを主に好むということは、低俗で堕落した精神の特徴と常に見なされてきました。ローマにいたとき、私は何度もユリウス二世の墓を訪れましたが、ある時、天才で潑剌とした感情を備えたプロイセンの芸術家と一緒でした。ミケランジェロのモーセ像を眺めていたとき、私たちの話題は、その圧倒的な彫像の角と髭になりました。これら二つは一方を支えるためにもう一方が必要なこと、角が与える超人的印象、その像の姿とそれによって掻き立てられる感情の両方に調和と完全さを与えるためには、角と髭の二つの存在が必要であることなどについて話したのです。その二つが無い場合を想像してみれば、彫像は超自然ではなく、不自然になってしまうでしょう。私たちは、朝日の光の角を思い出し、そこで私はテイラーの『聖なる死』〔八〕の高貴な一節を暗誦したのです。角は東洋の諸国では力と主権の象徴であったということ、そして今でもアビシニア（エチオピア）ではそう考えられているということ、古代ギリシア神話のアケロオス〔九〕のこと、人間と獣を融合させた姿をおそらく最初に思いつかせた観念と感情のこと、そのような融合によってギリシア人は、より謎めいた力が混合した知力、すなわち人間〔一〇〕の意識的な知性としての知力よりも深遠で力強く、普遍的な知力を表象するものとして、神秘的な牧羊神を想像し具象化したこと、このような考えや記憶が次から次へと私たちの頭をよぎったのです。このプロイセン人は、フランス人に対して、彼の同胞が一般に抱いている以上の憎しみの感情を抱いていましたが、私にこのようなことを言ったのです。「フランス人は、人間の姿かたちをした唯一のけだもので、宗教や詩など決して理解できないんですよ。」するとその時、身分の高い著名な二人のフランス人の将校が教会に入ってきたのです。「いいですか」とプロイセン人はささやきました。「あの下劣なやつらが真っ先に気づくのは（彼らは全体から受ける印象でしばし立ち止まって賞賛するということをせず、すぐに部分的にその彫像を見ることから始めるので）角と髭でしょう。そして彼らがすぐにそれらから連想するのは、《雄ヤギ》と《妻を寝取られた夫》なのです。」これほどうまく言い当てた者はいませんでした。私たちが眺めていたその偉大な立法者モーセの預言の力を一部でも受け継ぐ者がいたとしても、これほど結果と一致する言葉を発することはできなかったでしょう。というのも、まさに彼が言ったようになったからです。

ワーズワスは『逍遥』に、質素ではあるが決してみじめではない境遇に生まれた一人の老人を登場させています。その老人は、書物からも、またそれ以上に畏敬すべき自然の鍛錬からも、普通以上に教育を受ける機会を享受できました。この人物を、詩人は、絶えず活発に働く熱烈な感情によって、また求めてやまない知性から、漂泊の生活に駆り立てられた人物として描いています。その結果、彼は大人になるとすぐ、人生の大部分を村や部落で一軒一軒売り歩き、

背負った荷物で腰が曲がった放浪する行商人

（『逍遥』第一巻、三二五行）

として過ごした人物なのです。ここで、この人物が崇高な教訓詩にふさわしいかどうかということが、おそらく問題になります。このことは論争の格好な題材です。そしてこの問題は、その人物が詩の本質的な構成要素として認められるものと調和するかしないかによって解決されるべきです。しかし次のような批評家――その行商人の生き方が与えたであろうあらゆる機会を見過ごし、自然の自由と孤独、そして孤独の中で考えるというあらゆる利点や、彼が歩んできた様々な場所と季節と、それらがもたらす変わりゆく

心象のすべてを無視し、さらにはこのような毎年の旅の思い出がこの人物の心に呼び起こしたに違いない
あらゆる人間観察、

彼らの風習、娯楽や生業（なりわい）
彼らの情熱と感情

をも無視するような批評家——つまり考え得る数多の連想からこれらのものをすべて無視して、行商人が背負う商品の中にあったかもしれないピンの紙包みやコルセットの紐にもっぱら注目するような批評家は、私の意見では、前述のフランス人と比べて、より高尚で健全な道徳的感情を持っていたとはけっして考えられないのです。

第22章

《ワーズワスの詩の欠点の特性、およびそれを欠点と見なす判断の基準となる原理――美点に対する欠点の割合――その欠点の大部分がもっぱら彼の詩論の特性に由来すること》

ワーズワス氏が提示した詩の原理を支持するのに彼の議論が不十分であるならば、その議論を論駁し、より哲学的な原理で置き換えることによって、彼自身および彼の意見を採用した人々の考え方を、矯正することができるでしょう。それでもなお、彼の理論に含まれている真理の割合とその重要性には、当然の敬意が払われねばなりません。彼はもっぱらその真理に注意を向けるばかりに、その真理本来の限界を越えてまでそれを適用させたい気持になってしまい、理論の過ちが生まれることになったのです。彼の間違った理論が詩作に多少とも影響しているならば、その影響を指摘し、例を挙げてみましょう。しかし同時にその影響力がどこまで及んでいるのか、全体に浸透しているのか、それとも単に突発的なものなのか、その影響力に感染した詩や詩行の数と重要性が、健全な部分と比較して大きいのかわずかなのか、そして最後に、それらが彼の諸作品の構造の中に不可分に織り込まれているのか、あるいは織り込まれずに分離可能なのかを示さなければなりません。このような考察の結果は、ワーズワス氏の詩の特徴と見なされるものが、賞賛されていても非難されていても、真の素朴さであってもただの単純さであっても、また自然の本質への忠実な固執であっても、あるいは人間性の最も卑俗な姿を最も魅力に欠ける連想から意図的に選んだものであっても、彼の天分と精神の成り立ちのみならず、彼の詩全般の真の特徴からはほど遠いのだということを疑いの余地なく明示し、今こそそれを決定的にまた声高に言明すべきであることを明らかにするでしょう。

　比較的少数の詩において彼はある実験を試みましたが、その試みは失敗に終わったと思われます。しかしこれらの詩においてさえ、この詩人の精神の生来の傾向が、偉大な対象と高邁な思想に向けられていることを認めずにいるのは不可能です。「忠誠（'Fidelity'）」と題する詩は、大部分において、二巻の詩集〔二〕の いずれの詩にも劣らず日常的で飾らない言葉で書かれています。しかし次の一連を、同じ詩の中でそれに先行する連と比較してみましょう。

そこでは時おり飛び跳ねる魚だけが
歓声を池に響かせる。
岩山は大鴉の鳴き声を反響し
厳かなシンフォニーを奏でる。
そこには虹も訪れ、そして雲も、

また風にはためく幕を広げる霧も来る。
日の光が射し、轟々と鳴る突風は
できることなら急いで通り過ぎるだろうが
あの巨大な障壁に閉じ込められてしまう。

（「忠誠」二五―三三行）〔二巻、一五一頁〕

あるいは結びの連の後半の四行を、前半の四行と比較してみましょう。

旅人がこうして亡くなったその日から
犬が辺りで主人を見守っていたか、
それとも彼のすぐ側に
ずっと寄り添っていたことは確かだ。
どのようにしてかくも長くそこで生き延びたのか、
それは高貴な愛を与えたものが知っている。
人間の判断を超えた偉大な感情の
強さを教えたものが知っている。[二]

（五八―六五行）〔二巻、一五三頁〕

公正で知性ある読者なら、これら二つの部分のどちらが、この詩人の天分の傾向と生まれながらの特徴を最もよく表しているかを決めるのに躊躇しないでしょう。一方は詩人がそのように書こうと意図して書かれたものであり、他方は、彼が精神の力と偉大さを完全に抑制することができなかったもので、どの作品においてもどこかでは、そのように書かずにはいられなかったと判断しないでしょうか。つまり彼の唯一の病は、彼が本領をはずれるところにあるのです。ちょうど白鳥がしばらくの間、川の堤でぱしゃぱしゃと水草をかきわけて楽しんだ後で、またすぐに、鏡のような、ゆったりと流れる川面で特有の威厳ある動きへと戻って行くようなものです。ことわっておきますが、私は自分が訴えかけている想像上の裁定者が、ワーズワスの理論に対して、それが一般に認められている芸術の原理と異なっている限り反論しようと、すでに決めてかかっているものと想定して話をしています。

　ここで私はワーズワス氏の作品の詳細な吟味に入ることはできません。しかし長年の知己として、また繰り返しその作品を読んだ者として、私自身の判断の主要な結論を述べたいと思います。偉大な精神の欠点を評価するには、前もってその特徴的な卓越性を理解することが必要ですが、それについて私はすでに十分に述べてきたので、逆の道を辿ることで生じるかもしれない悪効果の大半は、予め防ぐことができると思います。したがって、彼の既刊の詩の目立った欠点と思われるものから話を始めましょう。

　これらの詩の中に見出されると思う第一の特徴的な、しかし時おり見られるだけの欠点は、文体の《変わりやすさ》です。この言葉で私が意味するのは、独特な巧みさを持った（ともかく印象的で独創的な）行や文が、無感情のみならず何の特徴もない文体へと、突然、予期されぬままに移行してしまうことです。彼はあまりにも頻繁に、あまりにも唐突に、そのような文体へと調子を落とすのです。その文体は、言語を次の三種に分類したならば、二番目に属すべきものです。すなわち第一は詩に特有なもの、第二は散文においてのみ適切なもの、そして第三はそれらの中間あるいはその両方に共通するもの。今までにもカウリーのクロムウェル論〔三〕のように、散文と韻文が入り混じっていて（ただしボエティウスの『哲学の慰め』〔四〕やバークリーの『アルゲニス』におけるように、前もって散文で述べられた出来事について語ったり書いたりしたと思われる詩を挿入するのではなく）、詩人が、思想の性質または彼自身の感情に従って、一方から他方へと移行する作品がありました。しかしこの創作様式は、鍛えられた鑑識眼を満足させるものではありません。これほど異なった感情の状態を行ったり来たりさせられることには何か不愉快なものがあり、これはまた、読む喜びが、なかば読者自身の心の準備と予めの期待感に由来するような種類の作品においても起こるのです。現代の喜歌劇に独唱歌を導入することにつきまとう、ぎこちなさに似たものが感じられるのです。これを避けるために、賢明なメタスタージオ〔五〕（彼の詩的天分に関していかなる疑問が抱かれようとも、その申し分ない鑑識眼については躊躇なくこう言える）は詠唱（アリア）を必ず場（シーン）の最後にもって行き、同時にほとんど必ず、すぐ前の叙唱部の言葉の格調を高め情熱的にしたのでした。現実の生活においても、一方には思想を表す任意の記号として用いられる言葉、つまり人の手から手へと渡る間に、刻まれた像や文字が摩耗して滑らかになった市場の通貨のような言葉があり、他方には絵を伝える言葉——すなわち、ある一つの外的対象から借りてこられて他の対象の輝きと特殊性を際立せるために用いられる絵や、語る人の内面の状況を寓意的に体現する絵、あるいは話者の独特な性質やその能力の並外れた大きさの、少なくとも説明となるような絵を担っている言葉——があるのですが、これら二種類の言葉の間には、明白で大きな相違があります。実際この相違はあまりにも大きいので、私的な生活の社交の輪の中でも、この絵を伝える言葉の目立った使い方は会話の全体的な流れを止め、注意が一つのことに集中してしまうことによって起こる心の動揺が、その後何分かの間、場をしらけさせ会話を中断させてしまうことがよくあります。しかし芸術的文学作品を読むときは、私たちはそのような言語のために心の準備をします。そして作家の仕事は、非常な壮麗さと顕著さを要求する主題を描く画家の場合と同様に、沈んだ中間的な色調の明度を高めることによって、別の描き方では主要な色となるかもしれないものを、この場合は全体の効果を生み出すのに必要な穏やかな沈降の手段として用いるようにするのです。詩においてこれが達成されていないとき、韻律は読者にその期待を思い出させはしてもただそれを裏切るだけのことになり〔六〕、この欠点にしばしば出会うと、読者の感情は期待はずれと期待しすぎで交互にぎくしゃくさせられるはめになります。

読者には、別の目的のために先に引用した「ハイランドの盲目の少年」の絶妙な数連を思い出していただき、続けて同じ詩から、このような文体の不調和の例と私が考える二連を紹介してみましょう。

そして一番珍しいのは亀の甲羅だった〔七〕。
哀れな少年はそれをよく調べていた。
緑色の海亀の甲羅で、薄く
空ろな甲羅――その中に座れるほど
　それは広く、深かった。

ハイランドの少年は足繁く
この宝物のある家を訪ねたが、ある日
思い立ってか偶然か、そこに来たとき
家には誰もおらず、

扉の閂ははずれていた。

〔一八一五年版、一一六―二〇、一三六―四〇行（一巻、五四、五五頁）〕

あるいは第一巻一七二頁の

それは忘れてしまったけれど、できるだけ
やってみましょう。あの子の微笑みの一つ二つ――
私は思い出すことができる。今も見える、
全世界にも換えられないその微笑みが。
可愛い赤ちゃん、あなたを寝かせなければ。
あなたは不思議な恐れで私を悩ませる。
笑顔を見せてくれるのね、あなただけの可愛い微笑みを。
あなたを抱き続けていられない、
この微笑みが私を混乱させるから。本当のところ私は、
自分の子の微笑みを忘れてしまった。

〔「移民の母親（'The Emigrant Mother'）」[八] 五五―六四行〕

あるいは第一巻の二六九頁、

お前の巣は愛と休息のためのもの、
怠惰に悩むことはないが
酔いしれている雲雀よ！　お前は私みたいな
旅人にはなりたくないだろう。
　幸せな、幸せな住人よ
山間の小川のごとき強い魂を持ち、
万能の神への賛美の歌を降り注ぐ！
喜びと楽しみがわれら双方にあってほしい。
歌うのはお前かそれとも仲間か、その歌を聞きながら、
　ともに楽しい兄弟として
私はゆっくりと地上を歩いて行こう、
ただ一人、楽しく、日が暮れるまで。

〔「雲雀に（'To a Skylark'）」一八―二九行）〕

右の一節に私が感じる不調和は、傍点を付した格調高い二行と、その前後の部分との不調和です。同じように第二巻三〇頁の次の部分、

池のほとり、向こう側の岸に
彼は一人立っていた。一分ほどと思われる間

私は彼を見つめていたが、彼はそのまま動かない。
私は向こう岸まで近づいて行った、
その間ずっと彼の姿を見続けながら。

〔「決意と独立（'Resolution and Independence'）」五九―六三行〕

これを、二連とばした次の一連の中で繰り返されている同じイメージと比較してみましょう。

そしてなお静かな足取りで近づいて行くと、
小さな池か湿原の水たまりのそばで
雲のように動かず老人は立っていた。
声高な風の呼びかけに耳もかさず、
動くときには一斉に動く雲のように。

〔八〇―八四行〕

また最後の例として、次の三連の中の第二連を、第一連、第三連と比較してみます。

それまでの思いが蘇って来た、心を押しつぶす不安、
そして膨らむのを拒む希望、
寒さ、苦痛、労役、そしてあらゆる肉体の病（やまい）、

そして悲惨のうちに死んでいった偉大な詩人たち。
しかし今、老人の話に当惑して
ふたたび私は熱心に問いかけた、
どのようにお暮らしなのか、お仕事は何かと。

老人は微笑み、それから話を繰り返した。
彼は言った、蛭を採りながら遠く広く
旅をしたのだと。蛭の棲む池の水を
こうやって足下で掻き回しながら。
「昔はあらゆる所にいたものだが、
長い間にだんだんと減ってしまってね、
でも私は頑張って、いそうな所で探すのだよ。」

老人がこう話している間、その寂しい場所、
その老いた姿そして言葉が、ことごとく私の心を乱した。
この老人が憂愁の荒れ野を歩み続け、
ただひとり黙々とさまよい続ける姿を
心の目で見るように感じたのだった。

〔一二〇―三八行（二巻三三頁）〕

実際この素晴らしい詩は、作者の特徴をとりわけよく表しています。彼の作風の欠点も優れた点も、この詩に例示されていないものはほとんどありません。しかしこの欠点のほうはほんの時おりにすぎないことを、繰り返し述べておかなければ不当というものでしょう。二巻の詩を注意深く読んだ結果、批判すべき部分が百行まであるかどうかも疑わしく、頁数にすれば八分の一にもなりません。『逍遥』においては、不調和な感じは、どの箇所もそれ自体独立して考えれば、用語から起こってくることはほとんどなく、むしろその前後の文脈をなす他の箇所に突然現れる卓越性によって生じてくるのです。

第二の欠点は、もし読者がぎこちない造語を許して下さるならば、かなりの正確さで概括することができます。つまりいくつかの詩には、自明的事実が稀ではないことです。これを分類するならば、第一に、対象物とそれが詩人の前に現れた時の状況が、念入りに細かく忠実に表現されていることであり、第二には、彼の描く生きた人物の性格や動作を十分に説明する目的で付随的な状況が挿入されていることです。こうした付随的な状況は、聞き手がまだ何も知らない現実の出来事を述べるときに、その可能性を納得させるには必要かもしれませんが、読者が自ら進んで信じようとしている〔九〕詩においては、余計なことに見えます。このような付随的事実に私が反対するのは、それがアリストテレスの言う詩の本質とは相容れないものだからです。詩とは「最も高貴で最も哲学的な種類のもの」、すなわち人間の手になるものの中で最も情熱的で重みがあり、知恵を追求する創作物であるとアリストテレスは言い、その理由として彼は、詩は最も普遍的で精髄的であるから〔一〇〕、と付け加えているのです。ダヴェナントがホッブズ宛の書簡形式で書いた序文の中の次の一節は、この真理をよく表しています。すなわち、「描こうとする行動（人物の性格を暗示するもの）を考えたとき、現代のものよりもむしろ昔のものを選ぶほうが良いと私はあらためて確信しました。それもはるかに昔の世紀のものを選んで、詩の必要条件を知らない人々や、詩人の自由を奪い取って彼に歴史家の足枷をかけることがいかに詩の興趣（英雄詩の面白さも無益ではない）を損なうかを知らない人々の、不当な詮索を受けないようにするのです。厳格な歴史家が真実と契約を結んだからと言って、詩人が物語の中で運命の陰謀を、ありそうなもっと楽しい架空物語に変えることに、なぜ疑念を抱く必要があるのでしょうか。真実との契約は詩人にとって、殉教者でもない人を間違った見解のために鎖につないで拘束するのと同様に、馬鹿げた不必要な義務なのです。しかしこれによって私が意味したいのは、過去の叙事的な真実は、（死滅したものを崇拝する）歴史家の偶像であり、生産的でその結果が常に生きているような真理こそが詩人の女神であって、その女神は事物の中にではなく理性の中に存在するのだということなのです」〔一一〕

ある場所の風景を描く際の細かな正確さの例としては、顕著な例とは言わないまでも、私の意味することを例証するものとして、『逍遥』の九六、九七、九八頁〔一二〕を挙げることができるでしょう。デッサン画家なら鉛筆を数回走らせるだけで、あるいは色彩画家なら筆を数回動かすだけで、見る目をはるかによく満足させてくれるようなものを、何行もの韻文で描写するように促すものがあるならば、それは何らかの強力な（たとえば、その描写が物語の理解のために必須であるというような）動機でなければなりません。そのような描写は、作者を理解しようと決心している読者の心の中に、あまりにもしばしば骨折り仕事のような感覚を覚えさせるのですが、それは幾何学の長い定理のために、一本一本線を描いて作図する時の苦心の感覚に似ていなくもありません。切り刻まれた地図の破片を箱から取り出すのにも似ているように思われます。私たちはまず一つの部分を見てそれからもう一つの部分を見、それらを繋ぎ組み合わせます。そして注意深い継続的行為が終了したとき、精神は、後ろにさがってそれを一つの全体として眺めようと努力します。「詩人」は想像力に従って描くべきであり、空想力に従って描くべきではありません。これら二つの機能の区別を具体的に示すのに、この上なく適切な例があります。想像力による詩的描写のすぐれた例は、ミルトンの作品に豊富に見られるのです。たとえば、

そのイチジクの木は実によって知られる種類とは違い、
今日ではインドのマラバルやデカンで見られるような
大きく長く枝分かれして広がる種類で、〔一三〕
地面に垂れ下がった小枝が根を張り
母木の周りに娘の木々が育って柱木となり
高い弓形天井の木陰を作って、
木々の間は《木霊の響く柱廊》になる。
インドの牧人たちはそこで暑気を避け
涼しさに憩い、鬱蒼とした葉叢の隙間から
草を食む家畜を見守る。

（ミルトン『楽園喪失』第九巻、一一〇一―一一一〇行）

これは絵を描くのではなくて創造なのです。もし絵を描いているとしても、それは日光が暗箱の中に映し出すような絵であって、眼前にぱっと閃いた絵の全体が共存しているのです。ところで、詩人はまた同様に、ベーコンが感覚の**共通印象**と呼んだもの〔一四〕、すなわち各感覚機能の中には全感覚が潜在すること、さらに特定して言えば、不思議な二重ペンによって書くときのように、音と、音の具体的表現が、視覚を喚

想像力の世界における創造的言葉と称される資格を持っているのです。このような例こそ起することを理解し修得しなければなりません。それゆえ《木霊の響く柱廊》は、エジプトの立像メムノンの頭[二五]について言い伝えられた物語を逆にしたものだと言ってもかまわないでしょう。

第二の種類の欠点は、人物と出来事における自明的事実への、目に見えて細かなこだわりに関するもので、蓋然性の面では伝記物を書くような注意を払い、そして説明と回想に砕心している点です。この問題に関しては、ワーズワス氏と彼に反論する人たちとの論争の重要な点、つまり彼の《人物の選択》について、私が最善の考察を尽くした結果を、心にもない遠慮など抜きにして述べたいと思います。彼を批判する人たちが今まで用いてきた論法とはまったく異なった立場を私がとっていることは、すでに明言してきましたし、その正当性をも示してきたと信じています。彼らの質問は、なぜこのような人物、あるいはこのような階層の人物を選んだのか、というもので、私に言わせればワーズワスは正当にもこう言い返すでしょう。ではあなたはなぜ、私の人物の構想に、卑しく滑稽な連想を勝手に選んで結びつけるのか、それは私が与えたものではなく、あなたの病的で気難しい感情が付け加えたのではないかと。人それぞれによって異なるようなものに主要な価値を置かせ、《人間の本質》に属する高貴な威厳、すべての階層の人々に見出され得る、そして見出されるはずの感覚と感情を、忘れさせ無視させるような連想のあり方を攻撃し制圧することを意図し、そのことを主導的原理、主要な目的としている一人の作家にとって、このような議論が何らかの重要性を持つことなど、実際にあり得たでしょうか。私たちがキリスト教徒として、様々な階層の会衆が彼らの共通の造り主の前で立ち上がりまた跪くのを見るときの感情、その感情をワーズワス氏は私たちに、いつでも人間としてまた読者として抱いてもらいたいと願いました。そして詩の中でこの高邁でしかも慢心のない公平さを呼び起こすことで、現実の生活の中でもその公平さが続くように促すことになればと期待したのです。彼が善良な人々の賞賛を受けんことを！　現実の生活において、そして想像力の世界においても、教育を受けた強みの有無とは関係なく、私は徳高く賢い人を尊びます。紋章を掲げた男爵、桂冠を戴いた詩人であれ、あるいは年老いた行商人やさらに高齢の蛭採りの老人であれ、頭と心の同じ特質には同じ敬意が払われねばなりません。そして私は詩においても、詩人自らが表現していない思想やイメージによって、私の感情が乱されたり害されたりした覚えは一つもないのです。

　しかしそれでもなお私が反論するのは、次のような理由からです。第一に、念頭に置かれた目的が、直接の目的としては道徳哲学者に属するものであり、高揚した詩よりも説教や道徳論において考察されたほうが、より適切であるのみならず、〔一六〕私の考えではより大きな成功をもたらすと思われるからです。それは実際、その直接の目的として喜びの代わりに真理を持ち出しているので、詩と散文の区別のみならず哲学と小説の間の、主要で基本的な区別をも取り壊してしまうように思えます。そこで、真理自体が喜びとなり、両者が言葉においてのみ区別されて、感情においては不可分であるほどに一体となるような祝福された時が来るまでは、詩人の務めは、現実に一般的なものとして存在するような連想のあり方に基づいて話を進めることであって、初めにそれを、あるべき状態にすることを試みてから、次に喜びを付随させるのではないのです。ここには不運にもちょっとした前後倒錯があります。第二には、もし私がひと時、この議論には根拠がないと認めることになったとしても、それでも身分の低いある職業の名を、そのような職業には最も見出し難そうな能力、見出しやすいとは決して言えないような特質と単に結びつけることによって、道徳的効果がどうして生じるのか、ということです。詩人は自分自身の立場で語りつつ、情感によって私たちを喜ばせると同時に向上させ、その情感が私たちに、善や叡智そして天分でさえも、富の恩恵とは独立したものであることを教えてくれるのです。彼は皇帝アントニヌスの玉座の前でふさわしい敬意を払った後、同じ畏敬の念をもって、奴隷たちの間にいるエピクテトスの前で頭を下げ、〔二七〕

そして彼の威厳を
目の当たりにするのを喜ぶ

〔『逍遥』第一巻、七九―八〇行〕

でしょう。《詩人》ワーズワスが自ら次のように謳うとき、喜びと同時に自らが高められたと感じない者がいるでしょうか。

「自然」によって種撒かれた詩人は数多い。
最高の天分を備えた人たち、
洞察力と神聖な能力を持ち、
しかし韻文作法の教養に恵まれず、
自らの力量を高める境遇にもないまま
年を重ねて行く人たち、
天分に恵まれたこれらの人々は
まれに見るわずかな人々を除けば、その生涯を

自らの内面に持つものを貯えたままに過ごし、
知られることもなくこの世を去る。最も力強い精神は
喧噪に満ちた世間の耳には
最も届き難いことが多い。

〔『逍遥』第一巻、八一—八四、九〇—九七行〕

日常的な言葉で言えば、このような言語で語られたこのような感情は、人の心に良い影響を与えます。ただし私自身としては、ここに書かれた見解の真実性を全面的に信じているとは言えません。(一八) 反対に私は、こうした例は極めて稀だと確信しており、詩作品の中にこのような人物を描くことには、空想上の美しい風景画の湖面に黒鳥の番(つが)いを描き込むことに対して抱くのと同様の、強い反発に近いものを感じてしまうのです。ほとんど誰もが読み書きのできる国では、ホメロスやヘロドトス、ピンダロス、アイスキュロスでさえも読むことができなかったような、何と多くの、そしてはるかに良い書物を、誰もが手にすることができることとか、しかも天才の力は何と休みなく働き、埋もれたままでいることが難しいかを考えるとき――さらにまた、ワーズワス氏に言わせれば純粋で詩的な言語の形成に最も好都合な状況、想像力の最も壮大な対象物を身近に持つことを保証された状況においてさえも、スコットランドの牧人の間ではバーンズただ一人があるのみ、そしてイングランドの湖水・山岳地方の牧人たちの間には、素朴な生活を送っている詩人が一人もいないことを考えるとき、私は《詩的天分》が、単に繊細であるのみならず非常に希少な植物であると結論するのです。

しかしこのことはさておき、

私はあの驚異的な若者チャタートン〔一九〕を思う、
誇りを持って世を去ったあの眠ることない魂を。
そして山腹を犂で耕しながら
栄光と歓喜のなかを歩いたバーンズを思う

〔「決意と独立」四三―四六行（二巻、二九頁）〕

その時の感情は、物語の中に詩人的で哲学者的な人物を描く機会を持った作者が、その人物を煙突掃除人にすることを選び、それからその題材に関するすべての疑念を取り除くために、主人公の生まれ、両親、そして教育についての説明を考案し、いかに不思議で幸運な偶発的出来事が合わさって、彼を同時に詩人、哲学者、掃除人としたのかを書いた詩作品を読むときの感情とは、大きく異なっているのです。このようなことを正当化できるのは伝記物だけです。小説においてすら、それが許されるのは人物史として通用するように意図されたデフォーの様式による小説でなければならず、フィールディング式のものではありません。それはモール・フランダーズやジャック大佐の生涯であって、トム・ジョーンズのような主人公も、ジョゼフ・アンドリューズのような人物でさえも当てはまりません〔二〇〕。ましてや、人物が最も個性的でありながらなお典型的でなければならない詩作品においては、そのような人物を描くのはいっそう不適切なのです。この点においてホラティウスの教訓〔二一〕は、詩と人間精神の両方の本質に基づいています。それらは独断的というよりも賢く慎重な提言です。なぜなら第一に、それらの教訓から逸れると読者の感情を惑わすことになり、偶発的な出来事を、より蓋然性の高いものに見せるためにわざと作られた状況のすべてが、読者の信頼感を補助し支えるのではなくて、むしろ混乱させ不安にさせてしまうからです。どのように試みても、作り事はおのずから現れようとするもので、それも運の悪いことに架空ではなく偽りとして現れるのです。読者には、感情や言語が詩人自身のものであること、またそれらは彼が作り出した登場人物においても、詩を作る人としての彼自身のものであることが分かるのみならず、そうでないと思わせようとする無駄な努力のために、読者はそれを忘れることさえ許されないのです。その効果は、クロプシュトックの『救世主』やカンバーランドの『カルヴァリー』〔一二〕のように、物語と登場人物を聖書の歴史から引き出してきた叙事詩が生み出す効果と似ており、ミルトンの『楽園喪失』におけるように聖書〔一三〕の歴史から単に示唆されて書かれた場合とは異なるのです。幻惑と対照区別される幻想、いわば消極的信仰は、表現されたイメージがそれら自身の力で動くことを素直に許し、それらの現実の存在を判断力によって否定したり肯定したりしないものですが、そのような幻想は、周知の絶対的な真理を表す言葉や事実がすぐ側にあるときには不可能になります。歴史的確信さえも超越するような信仰は、信仰の単なる詩的相似物（アナロゴン）を完全に打ち消してしまわずにはいません。ちょうど夏の太陽がいっぱいに照りつけるとき、暖炉の火はかき消されてしまうように。そんなことがなければ楽しい架空物語として受け入れられるはずのものが、不快な偽りとして拒絶されます。この場合、読者の真面目な信念から生じる結果は、私がここで批判してきた事例においてもある程度生じるのですが、それは読者に信じさせようとする作者の試みが失敗に終わるからです。

右に述べたすべてに加えて、構想とそれを支えてくれるはずの挿話が、両方とも一見無用に見えるという点を指摘しましょう。たとえば『逍遥』の中の行商人の言葉に、行商人らしいものがひと言でもあるでしょうか。前置きの説明の助けが何もなくても、ここに表れた心情は、いずれも行商人のものというよりは、識者らしい洗練された言葉が自然であり予期されるような階級や職業の、賢くて善意の老人が吐露したと考えたほうが、より真実味があると思えないでしょうか。その人物の階級を知ることが何の説明にも例証にもならないような所で、その階級が特定される必要があったのか。逆にこの情報が、その人物の言葉遣い、感情、感想そして知識を不可解な謎にし、その謎自体が挿話や逸話によって解き明かされなければならなくなるというのに。結局のところ、ひとえにこのような事情から、生粋の詩人が、高尚で普遍的な関心を喚起する主題を謳ったこの上なく格調高い詩の中に、（雑誌に出た追悼文で、無名の町に住んでいたある無名の人を悼んで、先日逝去されしわが町の誇りのためにと、友人たちが書き連ねるのと似ていなくもない）次のような細かい事実を書き込むことになったのです。

アソルの丘の狭間に彼は生まれた。
そこの親譲りの小さな農地、
荒れた不毛なひとかけらの土地に
彼の父親は住んでいたが、貧しさのなかで死んでいった。
その哀れな身の上話を振り返ってみると、彼自身は
三人兄弟の末っ子でその時はまだ赤ん坊、
幼くて、家族が失ったものが分からなかった。
しかし幼年時代も過ぎないうちに、
寡婦になった母親は次の連れ合いとして
村の学校の教師といっしょになった。
義父は妻の連れ子たちに必要な知識を

熱心に教え込んだ。
……
六歳にもなると、この話題の少年は
夏には丘陵で家畜の番をした。
しかし厳しく寒い危険な日々が
長くいつまでも続く冬の間は、
少年は義父の学校に通ったのだ。

〔『逍遥』第一巻一一二―一二三、一三四―一三八行〕

この語りに挿入された賞賛すべき部分はすべて、行商人ではなく詩人という役柄における一人の詩人についての物語であれば、わずかに変更するだけではるかに適切に、またはるかに強い迫真性をもって語られただろうと思われます。しかももう一つの欠点を招くこともなかったでしょう。その欠点をこれから指摘しますが、その十分な例はここですでに予想されています。

第三の欠点は、ある種の詩に見られる劇的な形式への不必要なこだわりであり、これは二つの悪効果のいずれか一つを生み出します。思想と用語が詩人自身のものと異なり、そこから文体の不調和が生じるか、あるいはそれらが区別不可能で一種の腹話術の様相を呈し、二人の人物が語り合っていながら実際には一人だけが語っていることになるか、そのいずれかです。〔三四〕

第四の欠点は、右に挙げた悪効果の前者と密接に関係しています。しかしそれはまた、描かれた対象の知識と価値には不釣り合いな感情の強烈さからも、同様に起こってくるような欠点です。つまりその感情の強烈さは、一般の人々から、そして最も教養ある階級の人々からでさえ、正当に期待されるような知識と価値には釣り合わないものであり、それゆえそのような強烈な感情に共感すると考えられる者はごくわずかであり、特異な環境に置かれた者だけなのです。この種の欠点に含まれるのは、時おり見られる冗漫さ、繰り返し、そして前進する代わりに渦巻き状に堂々巡りする思考です。例としては、『詩集』第一巻二七、二八、及び六二頁〔二五〕、そして『逍遥』第六巻の最初の八〇行を参照して下さい。

　最後に第五の欠点は、主題にとって思想とイメージが壮大すぎること。これは言葉上の大言壮語とは別の、精神的大言壮語に近いものです。なぜなら、言葉上の大言壮語では思想にとって表現が不釣り合いであるように、ここでは状況と場面にとって思想が不釣り合いだからです。ところでこれは天才のみが犯し得る過ちです。それはオムパレーの糸巻き棒を持たされている、強靭なヘラクレス〔二六〕のようなぎこちなさなのです。

　動いている鮮やかな色は最も強烈な印象を生み出し、またその印象を目に残すことはよく知られた事実です。またこのようにして生じた鮮明なイメージまたは視覚的残像が、最初の印象に伴っていた感情と心象を想起するときに、連想の結合の輪となることは、大いにあり得ることでしょう。ところでこのことを次の詩行のように表現した場合を考えましょう。

　　それらは内なる目にきらりと輝く
　　これこそ孤独の祝福である。

堅実に過ごしてきた生活全体の心象や有徳の行為が、まさに内なる目である良心の前をよぎって行くとき、それこそ「孤独の祝福」ですが、私たちはその回想の喜びをどのような言葉で描けばよいのか。確かなのは、この二行から次の二行へと移って行くとき、茶化されたとは言わないまでも大変唐突に、そしてほとんど寄せ集めのメドレーを聞くときのように、興ざめの思いをするということです。

そのとき心は喜びに満たされ
水仙とともに踊る。

第一巻、三三九頁〔「雲のように孤独に（'I wandered lonely as a cloud'）」二一—二二、二三—二四行〕

次に見る第二の例は、第二巻一二頁から取ったものですが、そこで詩人は楽しい一日の散策に出かけ、朝早くジプシーの一群に出会います。彼らは子供たちとロバを伴って、道端の野原に藁の床を敷き、毛布のテントを張っていました。暮れ方になって家路についた詩人は、また同じ場所に彼らを見つけます。「十二時間が」と彼は言います。

十二時間が、十二時間という豊富な時が、大空のもとで
私が旅をしていた間に過ぎた。その間私は
たくさんの変化と楽しみをこの目で見た。
それなのに彼らは、私が立ち去った時のままここにいる！

〔「ジプシー（'Gipsies'）」九—一二行〕

この様子を見て詩人は、浅黒い肌をした貧しい放浪の人たちが、おそらく何週間も続けて大通りや小道を、ヒースの原野や山の中を歩いてきたこと、だからここで彼ら自身と子供たちと家畜が、丸一日の休息を取ることをまさに喜んでいたに違いないということを考える様子もなく、そしてこのような休息が彼らにとっては必要であり、それはちょうど、より幸運な詩人にとっては同じ時間の散歩が楽しく健康的なのと同じなのだという自明の真理を見逃して、彼の怒りを何行かにわたって表しているのです。その用語とイメージは、巨大な中国の帝国が三〇世紀にわたって進歩を止めていたとでもいうのに用いるならば、標準以下ではなく標準以上の評価をしてもよかったかもしれません。

疲れた《太陽》は休息に入り、
その時《宵の明星》が茜色の空に現れ、
目に見える神のように、彼が辿った光の道をも
はるかに超える光で輝く。
そしてひと時の暗闇ののち、
一夜その力を休めたのちに、
登る壮麗な《月》を見よ！　あたかも
彼らを見るかのようにこちらを見る――だが彼らは
月を見ることもない――ああ、過ちや戦い、
無駄な行為や悪でも、こんな生き様よりはましだ！
《天界》は黙したまま動き続け、

《星々》は課せられた仕事に励む——だが彼らは何もしないのだ！

〔一三—二四行〕

第五の欠点の最後の例は（私はすでに言及したもの以外には知らないので）、第二巻三五一頁の「オード（'Ode. Intimation of Immortality'）」からの一節ですが、そこで詩人は一人の子供を「身丈も小さい六歳の愛しい子」と呼び、次のように続けています。

お前は神の遺産をいまだに保っている
最高の哲学者！　盲目な者たちの間でひとりもの見る目よ、
聞かず、語らず、永遠の深みを読み、
つねに「永遠の精神」のひそかな訪れを受ける——
力強い預言者、祝福された先見者よ！
われわれが生涯かけて見出そうとする真理も
お前には授けられている。
幼子よ、不死の魂はお前の上に
日の光のように、また奴隷に対する主人のように、
退けられぬ存在として覆いかかっている。

〔「オード——幼年時代の回想から受ける不滅なるものの暗示」一一〇—一一九行〕

さてここで、頓呼の対象である「目」に、「聞かず、語らず」という述語を結びつけるという大胆な隠喩の精神はひとまず許容し、(もし「目」がその前にある「哲学者」を指すとしても)この一節の統語法が誤った曖昧なものであることも見逃すとします。そして「主人が奴隷の上に覆いかかる」ことや、そもそも日の光が何かの上に覆いかかることの適不適を検討することも止めるとして、単にこれ全体が何を意味するのか、問うてみましょう。一体どのような意味で、この年齢の子供が哲学者だと言うのでしょうか。どんな意味で彼は「永遠の深み」を読むのか。またどのような意味で彼は《至高の存在》の訪れを常に受けているのか、あるいは力強い預言者、祝福された先見者というすばらしい称号を受けるほどの霊感を持っているのでしょうか。反省によってか、知識によってか、意識的な直観によってか、それとも意識のなんらかの形または変形によってか。これらは実際に音信(おとずれ)にはなるでしょうが、それは霊感を受けた伝達者への直接的な啓示を前提とし、その霊感を証明するためには奇跡を必要とするような音信なのです。この年齢の子供たちは、彼ら自身についてそのような情報を与えてはくれません。またどのような時期に私たちは、忘却(レテ)の川に身を浸し、これほど神に似た状態を完全に忘却させてしまったのでしょうか。六歳の頃をふり返ると、多くの人々が多少なりともはっきりとした思い出を持っているものですが、残念なことに値打のない藁くずばかりが浮かび上がり、ゴルコンダやメキシコの鉱脈をも藁しべに見せるような宝物は、どこか未知の裂け目を通って未知の深淵へと吸い込まれてしまっているのです。

しかし、このことが詩人の意味したことだと思うのはあまりに乱暴で法外だと仮定しましょう。またこれらの神秘的な天与の賜物、能力そして働きが、意識を伴わないものであると仮定しても、他の誰がそれらを意識するのでしょうか。子供の意識的存在の一部でないものが、どうして子供と呼ばれ得るのか。おそらく私の中の思考する「精神」は、生命および生命作用の原理と実質的に一体をなしているのでしょう。

またおそらくそれは、私の身体の驚異的な組成と有機的活動の中で二次的な作用力として用いられているかもしれません。しかし確かなのは、私が自分の心臓を構成するとか、私が自分の神経にもっと繊細な推進力を働かせるとか、あるいは私が自分の脳を圧縮して眼のまわりに眠りのカーテンを引くとか言うならば、それは奇妙な言葉に聞こえるはずです。スピノザとベーメは思想体系において異なってはいても、ともに汎神論者でしたし、古代の人々の中にも、「一にして全」すなわち「神は全てである」のみならず、この「全て」が神を構成しているのだと教えた哲学者たちがいました。しかしこれらの人々さえも、部分としての部分を全体としての「全体」と混同することはありませんでした。そうです、スピノザの哲学は他のどの体系にも増して、個であるものと神との区別、「変形」と唯一の「実体」との区別を明瞭に示しています。ヤコービは事実レッシングについて次のように語っています。詩人グライム（ドイツ詩壇のテユルタイオスとアナクレオンとも言うべき詩人）[二七]の家で、ヤコービはレッシングと談論していたのですが、その話の中でレッシングはヤコービに、自分は至高の存在の人格的存在という概念は受け入れ難い、人格の可能性は有限な「知性」において以外は考えられない、と個人的に話していました。彼らがテーブルを前に座っていると、不意に夕立がやって来た。庭でいっしょにワインを飲むことになっていたので、グライムはこの不意の雨を残念がりましたが、そのときレッシングは、彼一流の半ば真面目、半ば冗談口調で「たぶんこれをしているのは私なのだ」、つまり雨が降っているのは、ということです。そしてすかさずヤコービは応じました、「いや私かもしれない」。グライムは何も説明を求めずに、二人をじっと眺めて満足していたのでした[二八]。

さきの一節についても同様です。一体どのような意味で、引用した素晴らしい属性を、もっぱら子供に適用して、蜂や犬や麦畑、さらには船やそれを進ませる波にまで適用させないのか。遍在する「精神」は、子供の中で作用しているのと同様にそれらのものの中でも作用しており、子供が意識していないのは、それらのものが意識していないのと同様なのです。先のオードの引用部分に続く四行がその説明を含んでいると考えるのは、本当に不可能でしょうか。

　子供にとって墓場は
昼の世界や暖かい光を感じることも見ることもない
　寂しい寝床にすぎない、
われわれがそこで待ちながら横たわる、思索の場所なのだ。

〔一二〇―一二三行〕

実際、この驚異の念を起こさせる呼びかけが、「私たちは七人（'We are Seven'）」という小詩に対する注釈にすぎないと見るのは不可能でしょうか。つまりこの四行の意味全体をまとめて言えば、大方のキリスト教徒の家庭なら六歳頃までにはもっと良い教えを受けていたはずの子供が、死とは暗くて冷たい場所で横たわっていることだという観念しか持っていないということになる、と考えるのは不可能でしょうか。それにしても私は、墓が思索の場所などであってほしくはないし、その中で目覚めたまま横たわっているなどという恐ろしい考えはごめん蒙りたい。死と眠りの類比は分かりやすく自然で、子供たちにこのような恐ろしい考えを抱かせたりはしません。仮に彼らが、すべてのキリスト教徒の家庭の子供たちとは違って、眠りという言葉が死を表すのを聞く習慣になかったとしても、〔二九〕やはりこうは考えないでしょう。しかし、もし子供の信仰が単に「彼は死んだのではない、眠っているのだ」というだけならば、それは彼の父親と母親、あるいは教育のある他の大人の信仰と、どこが違っているのでしょうか。有が無になるという観念、あるいは無が有になるという観念を形成することは、年齢も教育の有無をも問わず、すべての有限な存在にとって等しく不可能なのです。見事なパラドクスとは一般にこのようなものです。もし言葉を常識的に解釈するならばそれらは不合理を伝えます。そしてもし辞書や習慣を軽んじて不合理を避けるように解釈するならば、それは何か味気ない自明の理になり下がります。こうして私たちは、何らかの意味に到達するためには言葉を一般的意味に反して理解しなければならず、それと同時に、それらの言葉から何か崇高または讃嘆の感情を受けようとするためには、一般的意味に従って理解しなければならないのです。

ワーズワス氏の詩におけるこの種の欠点の例はたいへん数少なく、それら自体としては、読者の注意をそこに差し向けるのは正当と言い難いかもしれません。それでも私は、この理由ゆえになおさら、その欠点について考察をめぐらせてきました。数少ないその欠点が、最も厳しい分析にも耐え得るような深遠な真理の数々をその作品の真骨頂とさえする著者の名声を、目に見えるほど傷つけることはあり得ないのですが、しかし少数とはいえ、その欠点は彼の盲目的崇拝者が最も模倣しがちで、また模倣しやすいものだからなのです。しかしワーズワスの場合、真にワーズワスであるところでは、「写し屋」によって真似されたり「剽窃者」によって盗まれたりすることはあり得ても、生来の模倣者でない人々によって以外は、模倣され得ないのです。[三〇] なぜならば彼の感情の深さと想像の能力なしには、彼の感覚はその生きた温かさと独自性を欠くことになるでしょうし、また彼の強力な感覚なしには、その神秘主義は病的なもの、単なる霧と仄暗さになってしまうでしょうから。

引用箇所に見られるような単に折々の欠点に対立するものとして、私は次の（大部分において対応する）卓越性を挙げてみたいと思いますが、この場合は公正で知的な読者の異論を受ける恐れがはるかに小さいでしょう。第一に、文法と論理の両方における言語の厳正な純粋さ、つまり意味に対する言葉の完璧な適切さです。このことを私がいかに高く評価しているか、またいかにこの模範を、今日特に尊重すべきものと考えているかは、すでに述べたところです〔三一〕。また部分的には、厳密で正確な表現を習慣とすることが道徳的そして知的に重要であることを裏づける、その理由も述べてきました。傑作のみが見られ賞賛されてきた場合は、芸術の傑作についてのほんの限られた知識でも、適格で感受性豊かでさえある鑑識眼を形成するのに十分だということは、注目すべきことです。しかしその反面、あらゆる時代と国々の優れた諸作品についての最も正しい概念や最も広い知識も、無趣味あるいは歪曲された趣味が生んだはるかに数多い作品と親しんでそれらに感染することを、完全には防いでくれないのです。このことは音楽や絵画においては悪名高い事実なのですが、それならば言葉を、言葉のみを、道具として用いる芸術の実践において、大量で日常的な実例に感染せずにいることはいっそう困難でしょう。一つひとつの行、一つひとつの句が熟考と慎重な選択の試練を経るような詩においては、欠点のない文体の確実な試金石として私が敢えて提案してきた究極原理に到達することは、かろうじてながら可能です。その原理とはすなわち、意味を損ねることなしに、その詩を同じ言語の他の言葉で言い換えることはできない、ということです〔三二〕。しかし注意してほしいことは、言葉の意味の中には、その語に対応する対象物のみならず、それが想起させるすべての連想が同様に含まれていることです。なぜならば言語は対象物のみならず、それを表している人間の性格や気分や意図をも伝えるように作られているからです。詩においては言葉を、虚飾や誤用による退廃から守ることが実行可能です。虚飾や誤用は、玉石混淆の著述家たちと、混淆でないといっても同時代の作品に偏って精通しているからにすぎない読者たちとが、一般に広めてきたものです。しかし自分自身の領分として作品を書く詩人にとってさえ、言葉の純粋さを守ることは困難な仕事です。それゆえにそのような仕事は、油断なく注意を払う良識と洗練されて聡明な識別力、そして完全な沈着さの結果と証しとして、それと同様に困難で価値のある、そして稀であるからこそいっそう価値のある業績に与えられるすべての名誉を、当然受けるべきでしょう。それはあらゆる時代に、悟性を養う適切な食物ですが、修辞法が堕落した時代にあっては、食物であると同時に解毒剤でもあるのです。

散文においては、説教から新聞記事に至る、また議員の熱弁から宴席での乾杯の発声や挨拶の言葉に至る、あらゆる所で出会う堕落した用語法の中で、私たちの文体をまったく混じり気なしに保つことはそもそも可能なのかどうか、疑わしく思われます。不平を言っているその間にさえ〔三三〕、私たちを拘束する鎖が不快な音を立てているのです。ボエティウスの詩は、シドニウス・アポリナリスその他、彼の同時代人の詩と比べるとき、高い評価に値します。彼の詩はもっと純粋な時代にふさわしいとさえ言えるかもしれませんが、それらの詩はちょうど鉛や鉄の王冠に嵌められた宝石のようであり、それを取り巻く散文は、作者の真の時代を露見させているのです。しかし教育の効果は大きいでしょう。私は、理論からだけでなく、限られてはいても実際の経験によって、その事実を自ら十分に確認し、次のように信じています。つまり少年期の初めから、一つひとつの言葉の意味、およびその選択と配置の理由を考えるように導かれた若者にとっては、「論理学」とは新しい名前で現れた昔からの知り合いなのです〔三四〕。

将来何かの機会に、特にそのような論考が要求されるようなときに、私は真実性と知的正確さの習慣の間の密接な関連の証明を試みたいと考えています。言葉の正確さが、特に不明瞭なスローガンで感情を支配する狂信を避けるために有益な影響力を持つことを明らかにし、そして言語のみが、少なくとも言語が他のどんな手段にも優る容易さと正確さをもって教育者に示す優位性、すなわち恒常的で、感知し難く、いわば元素や原子によるかのようなやり方で知的エネルギーの諸様式に刻印する結果、やがては第二の本性を形成するその力の優位性を、明らかにしたいと思うのです。判断力の育成は道徳律の明らかな要請です。なぜなら理性はその原理のみを与えることができ、良心はその動機のみの証人となる一方で、応用と結果は判断力に依存しなければならないのです。また私たちの成功と安楽の大部分は、類似を同一と区別すること〔三五〕、個々に特有なものをそれが他と共通して持つものと区別し、それによって単に可能的なものや明らかに不適切なものの代わりに、最も蓋然的なものを常に選択することに依存しています。これらのことを考えるとき、語ることや会話することを教わるのと同じく記憶されていない過程によって、しかも決して忘却されない結果をもって、落ち着いて賢く考えることを若者たちに教える媒体、自然と社会がすでに準備してくれている媒体を、熱意と実践的真剣さをもって尊重すべきことを私たちは学ぶでしょう。現代の作家、特に現代の詩人が、青年期や成人初期の人々に抱かせる関心がいかにより熱烈であり、現実性と実践可能性の感覚がより快適であり〔三六〕、したがって模倣への衝動がいかにより強いものとなるかについては、本書の中ですでに述べてきました。私が付言すべきことはただ、このように重要な目的のためにこれほどの影響力を及ぼしたことへの賞賛は、同じ完璧さで同じく優れているものは稀であるという讃嘆の念とともに、まさにワーズワス氏が受けてしかるべきものだということです。とはいえ、文体全般において同様な卓越性を持っている詩人たちがいることを、決して否定するものではありません。たとえばムア氏、バイロン卿、ボールズ氏、そして後期のより重要な作品における現在の栄誉ある桂冠詩人ロバート・サウジー氏などです。しかしワーズワス氏の作品ほど例外を見つけることが少ないと思われるものは他にありません。そうした引用や実例を挙げることはここでは場違いになるでしょう。それはここに述べた賛辞の正当さを疑い無効にしようとする批評家に任せておけばいいことです。

　ワーズワス氏の作品の卓越性の第二の特徴は、思想と心情——書物から得られたのではなく、詩人自らの瞑想的観察から得られた思想と心情——の重さと健全さが呼応し合っていることです。それらは新鮮で今なお露を帯びています。彼の詩神（ミューズ）は、少なくとも、力の満ちた翼で彼女の本領である空中のはるか高くに留まっているとき、

一連の真理の歌を聞かせる。
深遠な真理の甘美に続く歌、
習ったのではなく生来の、彼女本来の歌を。

〔コウルリッジ「ワーズワスに」五八—六〇行〕

彼の小品を通して見ても、何らかの正しく独創的な思索によって価値ある作品になっていないものは、ほとんどないのです。〔三七〕第二巻の二五頁を見て下さい。あるいは彼の最も慎ましい作品の一つの、次の数行を見て下さい。

ああ読者よ、あなたの心の中に
沈黙の思いがもたらす思想の宝庫があるなら、
ああ優しい読者よ、あなたはあらゆるものの中に
物語を見出すだろう。

そして

親切な行ないにも常に冷たく応える
不人情な心のことも聞いてはきたが、
ああそれ以上に、人が感謝で応えるとき、
私には悲しみの後味が残る。

〔「サイモン・リー」七三―七六、一〇一―一〇四行〕

また一三四頁には、より高揚した調子で書かれた六つの美しい四行連があります。

われわれが老いてもそれは変らない。
だがもっと賢い精神は
年月が取り去ってゆくものよりも
残してゆくものを悲しむ。

夏の木立に遊ぶ鶫
丘の上の雲雀は
好むがままに歌をさえずり
気の向くがままに休む。

自然に対し彼らはけっして

愚かな戦いを挑まない。彼らは
幸福な青春を過ごし、その老年は
美しく自由だ。

だがわれわれは重い掟に抑圧され、
しばしば、もはや輝きはなくても
喜びの顔を装うのは、遠い昔
輝いた時があったからだ。

墓に眠る親しいものたち、
彼のものだった愛しい家族を
悼まねばならぬ人がいるならば
それは喜びの人。

友よ、私の日々は残り少ない。
私の生涯は認められ
愛してくれる人も多いが、誰からも
真に愛されてはいない。

〔「泉（'The Fountain'）」三三―五六行〕

あるいは第二巻二〇二頁のボナパルトに寄せるソネット、そして最後の例として（一巻分の作品を全部挙げても例を挙げ尽くせず、切りがないので）、第二巻三一二頁の枯れたキンポウゲを歌った詩の最後の連を読んでみましょう。

浪費家の寵児となり——そしてもっと悪いことには
守銭奴から年金を受ける——われわれの運命を見よ。
ああ人間よ、お前の美しく輝く青春から
若さには不要だったものを、老齢が受け取ることができるなら。
〔「小さなキンポウゲ（'The Small Celandine'）」二一—二四行〕

ここに見る卓越性と前に述べた卓越性の両方において、ワーズワス氏は、エリザベス朝というわが国の黄金時代の輝かしい作家たちの一人であり昨今では理由もなく顧みられなくなったサミュエル・ダニエルに驚くほど似ています。ダニエルの用語は時流の跡や時代の特異性を帯びることなく、現在も、そしてわが国の言語が存続する限り将来も、今日の言葉であり永遠の言葉であり続けるでしょう。そのくらい彼の言葉は、時代に特有な一時的流行よりも分かりやすいのです。彼の情感についても同じ賞賛が当てはまります。繰り返し読んでもその新鮮さは失われません。それらはあらゆる読者にとって日の光のように分かりやすいにもかかわらず、それらが汲み出されてきた深みは、いかなる時代にもそこを訪れる特権が与えられた者、そこへ下降する勇気と意向を持った者はほとんどいなかったような深みなのです。もしワーズワス氏が、作品のどの表現も平均的に理解できるすべての読者にとって、ダニエルと同じようには分かりやすくないとすれば、その相対的な難解さは、鉱石がより不純だからではなく、金属の性質と使い方によるものです。詩は一般的人気を目指さないからといって、必ずしも分かりにくいとは限りません。それが対象とする人たち、そして

数少なくともふさわしい聴衆

〔ミルトン『楽園喪失』第七巻、三一行〕

にとって理解されれば十分なのです。

ワーズワスは「オード——不滅なるものの暗示」に、ダンテが彼自身のカンツォーネに呼びかけている次の三行を、序詞として付けてもよかったでしょう。

ああ抒情の歌よ、お前の真意に到達する者は
ほんのわずかだと私は思う。
お前は彼らにはあまりに険しくあまりに高い。

〔『饗宴（*Convivio*）』第二巻、「カンツォーネ」一、五三—五五行〕

しかし「オード」は、深い内面の本質に生じる潮の満ち引きをじっと眺め、時には意識の薄暮の領域に敢えて踏み込んで、内奥の存在の様式に深い関心を抱くような習慣を持ち続けてきた人々を対象に書かれています。その内奥の世界には、時間と空間の属性は当てはまらず異質ではありますが、なおそれは、時

間と空間の象徴によって以外は表現され得ないものであることを彼らは知っています。そのような読者にとって意味は十分に明らかであり、通常解釈されているようなプラトン的前世をワーズワス氏が信じていると言って彼を非難しようとは思わないでしょう。それはプラトン自身がそのような前世を意味したり教えたりしたと私が信じようと思わないのと同じことなのです。

彼は速飛びの矢を矢筒に入れて
小脇に抱えている。
そのたくさんの矢の音は理解する者に
語りかける。
だが大衆にとっては
解釈者が必要だ。真の詩人は天性で
多くのことを知っている。
しかしただ習い知った人は
騒々しく節度もなく
ゼウスの神鳥に向かっていたずらに鳴く
つがいの烏さながらだ。

〔ピンダロス「オリンピア祝勝歌集」二、八三―八八行〕

第三は（この点では彼はダニエルのはるか上を行っている）、個々の行と節における引き締まった力強さと独創性、そして彼の用語にしばしば見られる考え抜いた巧みさですが、これについてはすでに言及してきたので、あらためて実例を挙げる必要はないでしょう。この美しさはワーズワスの詩の顕著な特徴として、彼に対する最も乱暴な攻撃者でさえも認め賞賛せざるを得ないと感じてきたのです。

第四は、自然から直接に取ってこられた彼のイメージや叙景に見られる、自然の完璧な真理であり、それは自然の諸相に観相学的表情を与える霊そのものと、長く快い親密さを保ってきたことを証明するものです。静かで澄みきった湖に映る緑の野原のように、像（イメージ）が実体と区別されるのは、ただそれがより柔らかで光彩があるということだけです。小石を濡らす湿り気や磨いた輝きのように、天才はその対象物を歪めたり偽の色づけをしたりはせず、反対に、普通の観察の目からは逃れてしまうようなたくさんの筋や色合いを際立たせて、習慣という埃っぽい街道を急いで行く旅人には蹴飛ばされてしまったかもしれないものを、宝石の高さにまで引き上げるのです。

第一巻四四頁から四七頁にわたるスケートの描写全体を見てみましょう。特に次の数行。

こうして暗闇と寒さの中をぼくらは疾走し、
どの声もそのまま消えはしなかった。その間ずっと
断崖はざわめきで大きく鳴り響き、
葉の落ちた木々と凍てついた岩々は皆
鋼の響きを立てていた。一方で遥かな山々は
この騒ぎの中に不思議な音を送ってきた。
それは憂愁の音、気づかれぬ音ではない。星々は

東の空に明るく輝き、そして西の方では
　橙色の夕空が消えていった。
（「自然の影響」三八―四六行〔三八〕）

あるいは第一巻二四四頁のアオカワラヒワの詩。その結びの二連ほど、正確でなおかつ美しい描写は他にあるでしょうか。

さっと吹く風にひらめく
向こうの榛（はしばみ）の木立のなかに、見よ
喜びに我を忘れて木に止まり
　それでもまだ空に浮かぶかのようだ。
ほら、彼の羽ばたきが
彼の背と体の上に
蔭と陽の閃きを投げかけ
　彼の全身を覆う。

彼が眼前にきらめくとき
その姿は木の葉の仲間かと見える。
そのとき一瞬、彼は溢れるように

愛らしい歌を注ぎ出す。
茂みのなかで葉の群れとともに
踊りながら真似していた
木の葉の姿を嘲りからかうのが
嬉しいかのように。

〔「アオカワラヒワ（'The Green Linnet'）」二五—四〇行〕

それから二八四頁のアオガラと昼どきの静けさの描写、または二九九頁のカッコーに寄せる詩、[三九] その他言及したいのはこの十倍もの数になりますが、最後に、次の行で始まる完全にワーズワス的な詩を挙げておきたいと思います。

太陽と雨のもとに彼女は育ち三歳となった。

〔「彼女は育って三年（'Three years she grew in sun and shower'）」一行（第二巻、三一三頁）〕

五番目は瞑想的な哀感、深く繊細な思想と感受性との結合、人間としての人間への共感です。その共感は、共に苦しむ者あるいは仲間というよりは、むしろ実際に観想する者（当事者ではない観察者）[四〇] としての共感であって、彼の視線の中では、いかなる階級の相違も人間性の等しさを隠すことはなく、風や雨嵐、労苦や無知でさえも、神に与えられた人間の顔を偽装させることはできないのです。彼にとっては、造り主の銘とその似姿は、罪や災難がそれを消し去ったり横筋を入れたりするのに書き込んだ黒い線の下に、いまだに読み取れるものとして残っているのです。ここにおいて人間と詩人は融合し、人間は光彩を、詩人は実体を与えられて、互いの中に自分を見出します。この穏やかで哲学的な哀愁において、ワーズワスに比肩する人はいないでしょう。彼はそのような詩人であり、そのように書くのです。第一巻の一三四から一三六頁を見て下さい。〔四二〕また一六五から一六八頁の極めて痛ましい作品「マーガレットの苦悩（'The Affliction of Margaret—of—'）」は、これを読んで涙しない母親はいないでしょうし、私自身の経験から判断すれば父親とて同じです。あるいは一七四から一七八頁の、前の版〔一八〇七年版〕では「狂った母親」と題されていた、あの生粋の抒情詩を見て下さい。その詩からどうしても引用したい二連がありますが、それらは両方とも切々とした哀感があり、初めの連の結びの二行に見る微妙な推移は、錯乱した心の状態をよく表しています。そこでは苦悩する女の注意力が、高まった感性から突然に個々の些事の方へと逸らされ、またそれと同時に、彼女の心を占めている一つの思いによって再び以前の状態に引き戻されて、その際に、混合し融合する想像力と情熱の力によって、一瞬彼女の注意を逸らせた無関係な事物を、もはや無関係なものではなく協力者、同居者としていっしょに連れ帰ってくるのです。

お飲み、可愛い子、もう一度お飲み、
それは私の血を冷まし、頭を鎮めてくれる。
私は感じる、可愛い子よ、お前の唇は
心の痛みを取り去ってくれる。
ああ、お前の小さな手を押し付けておくれ、
それが胸にある何かを緩めてくれる。

締めつけるあの恐ろしい帯のあたりに
お前の小さな指がさわってくれる。
ああ木に風が吹いているのが見える
赤ん坊と私を涼ませに来たのね。

お前の父さんは私の胸など構わない。
これはお前のもの、可愛い子よ、ここでお休み、
これはお前だけのもの——そしてこの色が、
きれいだったこの色が変ってしまっても、
可愛い子、お前には十分きれいでしょう。
私も美しかったけれど今は色褪せてしまった、
でもお前は私といっしょに慈しみの中で生きる。
私の頬が浅黒いからと言ってそれがどうなの、
かえって幸い、青白くやつれた頬を
お前は見なくてすむのだもの。

〔「彼女の目は狂おしく（'Her eyes are wild'）」三一—四〇、六一—七〇行〕

最後に、そして特筆すべきこととして、私はこの詩人[四二]には最も高度で厳密な意味における《想像力》という天賦の才があると主張したいと思います。空想力の働きにおいては、ワーズワスは、私の感じでは必

ずしも優美でなく、ときには難解です。類比は時おりあまりに奇妙だったり、あまりに特殊な視点を要求するものだったり、あるいは自然発生的というよりも予め定められた考察の所産であるように見えます。実際彼の空想は、単なる無限定な意味での空想として表れることはめったにありません。しかし想像の力においては、すべての現代作家たちの中で、彼こそシェイクスピアとミルトンに最も近く、しかもいっさい借り物でない自分自身の特徴を持っています。例であると同時に説明でもある彼自身の言葉を借りるならば、彼は実際すべての思想とすべての事物に

輝きを加え、
海にも陸にもかつてなかった光を添え、
聖化し、そして詩人の夢を描く。

〔「ピール城の絵に示唆されて書いた悲歌（'Elegiac Stanzas, Suggested by a Picture of Peele Castle'）」一四―一六行（第二巻、三三八頁）〕

この能力を最も明らかに表している数例を選んでみましょう。しかし、もし私が幸運にも、想像力とその起源および特性の分析を、読者にとって十分にわかりやすいものにすることができたならば、読者はこの詩人の作品のどの頁を開いても、この能力の存在と影響とを、多かれ少なかれ認めずにはいられないと思います。

第一巻三〇三―四頁のイチイの木を描いた詩から、次の部分を読んでみます。

しかしもっと注目すべきは
ボロウデイルの四本の兄弟の木々、
いっしょになり一つの荘厳で大きな木立を作っている。
巨大な幹よ——そしてそれぞれの幹は
縒り合わさった樹皮が大蛇のように
巻き上がり、頑固に絡み合っている。
そこには幻想と、俗人を脅かすような
様相がなくもない——柱なす木々の下陰の
草もない赤褐色の地面は、
松に似た〔四三〕葉叢から落ちる葉で一年中変らず
色づいたもの——その黒々とした枝の屋根の下は、
あたかも祭の準備のように無愛想な赤い実で飾られ、
昼時には妖怪が集まるのか——《恐怖》と震える《希望》、
《沈黙》と《予見》——骸骨の姿をした《死》
そして影のように忍び来る《時》——彼らはここで
ひっそりと苔むす石の祭壇が
あちこちに据えられた自然の殿堂にいるように
ともに礼拝を行なうのだ。または黙って横たわって休み、
グララマラの奥深い洞から流れ出る

山の瀬音に耳傾ける。

〔「イチイの木（'Yew-trees'）」一三―二三行〕

第二巻三三頁の「諦観と独立」〔「決意と独立」〕の詩では、老人の姿が印象的。

こうして彼が話していた間、この寂寞とした場所、
老人の姿、その語りが、皆私の心を痛めた。
私は心の目で見たように思った、老人が
茫漠たる荒れ野を絶え間なく歩きまわり
独り黙々とさまようのを。

〔一三四―一三八行〕

あるいはソネットの中の八番、九番、一九番、二六番、三一番、そして三三番、それに二一〇頁のスイス征服についてのソネット。〔四四〕さらに最後のオードですが、そこから特に二つの連または節を選びましょう。まず三四九から三五〇頁です。

われわれの誕生は一つの眠り、一つの忘却にすぎない。
われわれと共に昇る魂、われわれの生命の星は
かつてどこかで沈んだもので

　はるか彼方からやってくる。
完全に忘れ去ったのではなく、
まったくの裸で来たのでもなく、
栄光の雲の衣を曳きながら
故郷である神のもとからくる。
幼時には天があたりを取り巻いているのだ。
やがて牢獄の影が、成長する少年に
　覆いかかり始める。
それでも少年は光を見、その流れ来る源を知り
　喜びをもってそれを眺める。
青年は日ごとに東の空から離れて
旅ゆかねばならないが、それでもまだ自然の祭司、
輝く幻影に伴われて
彼自身の道を行く。
ついに大人となってその幻影は消え失せ、
日常の光へと色褪せてゆく。

次は同じオードの三五二から三五四頁です。

ああ喜ばしいことよ、われわれの残り火にも
いまだに生きたものがあるとは、
あれほど消えやすいものを
自然がいまだに憶えているとは。
過ぎ去った日々への思いは私の心を
尽きない感謝の祈りで満たす。だがそれは
最も祝福すべきものへの感謝ではない。
遊びまわるときも休むときも、
生え揃ったばかりの希望の羽を胸の内にはばたかせる
幼年時代の歓喜と自由と素朴な信念――
私はこれらのもののために
感謝と賛美の歌を捧げるのではない。
いや、むしろ感覚と外界のものたちへの、
われわれから抜け落ち消え去ってゆくものへの、
あの執拗なほどの問いかけ、
現実化されない世界を動きまわる
生き物の漠然とした不安、
生き物としての本性が不意を襲われた罪人のように
恐れおののいた、あの高貴な本能のために歌うのだ。

また初めて覚えた情愛や
朧げな回想のためであり、
それらはどんなものであれ、
いまだにわれわれの日の光の源、
すべてのものの見方を支配する光なのだ。
それはわれわれを支え——慈しみ——この騒々しい年月を
永遠の静寂のなかの一瞬と見せる
力を持っている。つねに目覚め
　けっして滅びることのない真理、
それは倦怠も狂おしい努力も、
大人も少年も、
喜びを敵とする全てのものをもってしても
滅ぼし去ることはできない。
それゆえ静穏な季節にわれわれが
遠く内陸にいようとも、
魂はわれわれをここに導いた
あの不滅の海の光景を見る、
一瞬の間にそこへ旅行き——
子供たちが浜辺で遊ぶのを眺め、

寄せては返す大海の永遠の波音を聞く。

〔「オード——不滅なるものの暗示」五八—七六、一三三—七一行〕

この抜粋は、ワーズワスの特徴を見事に表していますが、その思想と主題の性質のために限られた読者にしか興味を抱かせず、ことによると理解もしにくいと思われるので、この抜粋で章を結ぶのは不適当かもしれません。そこでこの詩人の最近の出版作品の中から、同じようにワーズワス的な一節を付け加えることにします。その美しさとそこに現れた想像力については、皆同じ一つの意見と一つの感情を持つでしょう。「白い牝鹿」の五頁です。〔四五〕

教会の庭は人々で一杯になる——そして間もなく、
ごらん、彼らは行ってしまった、
入口の周囲にいた人の群れ、そして修道院長の樫の木の
木陰に座っていた人たちも。
彼らの姿が見えなくなるや
讃美歌の前奏が聞こえてくる——
人々は一斉に喜び歌う、
高らかな声で会堂を満たして。
彼らは心から讃美して歌う、
偉大な女王エリザベスの黄金時代、

彼らの熱意は曙光のように輝き
信仰と希望は青春のただ中なのだから。
やがて熱唱の音は止み
外も内もすべてひっそりと静まる。
司祭が静かに聖なる祈りを
唱える声をも翳らせて、
聞こえるのはただ近くを流れる
小川のせせらぎの音。
ふとその時、静かに！——木々の暗がりの間、

そして開けた緑の野原を貫く
生き物の気配もない小径を通り、
木蔦のまつわるアーチ門の下の
自由に境内に入れる入口へと導く
あそこの通路を通って、
それから新緑の芝生を横切り
まっすぐ神の館へと向かうものがあった。
それは美しい光を放ち滑るように来る、
穏やかにゆっくりと滑るように来る、

夢のように柔らかく静かな
ただ一頭の牝鹿！
六月の百合のように彼女は白く、
夜空から雲が吹き消されて
天にただ独り残された
銀色の月のように美しい。
あるいは、ある穏やかな日に陽光の中、
遠く海を行く船――
大海原を自らの領土として
きらめき輝く船のように。

……

打ち壊され荒れ果てた大聖堂を
回りまわって牝鹿が歩くとき
なんと調和と哀愁に満ちた
変化が彼女に表れることか。
天井もなく開けた空の下を
彼女が一歩二歩と歩くとき、
魅せられた陽光は彼女に寄り添い
輝くその姿をいっそう輝かせる。

高々と残るアーチや壁の
下を彼女が通るとき、
繊細な影が彼女に降りかかる、
息吹のように降りかかる。

〔『ライルストンの白牝鹿（*The White Doe of Rylstone*）』一八一五年版、第一篇、三二―六八行、八一―九二行〕

次に挙げる類比は曖昧で風変わりに見えるかもしれませんが、バートラムの旅行記〔四六〕を読んでいたとき、ワーズワスの知性と天才を表現するための一種の寓意、または直喩と隠喩の結合として、次の数行を書き写さずにいられませんでした――「土壌は深く豊かで黒い沃土であり、その下はしっかりとした厚い粘土層になっている。またその粘土層の下は岩盤になっていて、その岩石が諸処で上の二層を突き破って、地表にその背中を見せている。ここに生育する主な樹木は巨大な黒樫、タイサンボク、トネリコ、スズカケ、そして何本かの堂々たるユリノキである。」ワーズワス氏が将来何を生み出そうとしているかは、私の予言できるところではありませんが、彼が何を生み出す力を持っているかは、強い確信をもって明言することができるでしょう。それは《最初の純粋な哲学詩》なのです。

以上の批評が、ワーズワス氏の作品を攻撃し嘲笑することを旨としている人々の偏見を克服するには、役立たないだろうということは、私も承知しています。

真実と慎重さの関係は同心円のイメージで表されるでしょう。ワーズワスがこうした批評家たちを称して、純粋な詩人をそのまま受け入れるにはあまりにも気難しく、しかも彼と正面から取り組むにはあまりにも力弱い連中——「精神のすべての健全な行動が無気力になった、想像力の麻痺した人々——したがって多数者の意見に導かれるままに感じ、あるいは多数者とともに悪意ある挑発をしたがる人々」〔四七〕と言ったとき、彼は慎重さの領域を超えていたかもしれませんが、真実の領域の中に、しっかりと身を置いていたのです。

ワーズワス氏に対する攻撃の理不尽さと、組織的で悪意ある根強さが公平な目で問題にされるまでは、彼が憤慨しすぎていると言って責めないでいただきたい。男らしくないこの論争の総司令官とも言うべき人物が、〔四八〕彼個人としてはワーズワスの天分を賞賛していることを得意気に述べるのを、私自身聞いています。彼はこう宣言したのです。自分の部屋に入った人は誰でも、テーブルの上に『叙情民謡集』が開いて置いてあるのをきっと見つけるだろう、そして（特にワーズワス氏自身による作品のみについて言えば）自分はその詩全部をほとんど暗記しているのだと。しかし「書評」は、売れ行きの良い記事であるためには、個人攻撃的で、鋭く、辛辣でなければならない。だからそれ以来「詩人」は自分自身を、そして自分とともに友人や賞賛者である、またはそう思われているすべての人々を、批評家の復讐の標的にしてしまったのだ——どのようにして？　それはそのような方針で編集された論評について、それが当然受けるべき言葉で反論したことによって。かつて私は、長靴を履き鹿革の服を着た牧師が、こうやって馬になって父親をからかうつもりだ、と言ったのを聞いたことがあります。同様な性質の道徳律が、あまりにも多くの無記名の批評家によって採用されてきたと思われます。学生時代によく言ったように、批評するとき人々は悪者気取りをするのであって、それに不平を言う者は、その遊びを知らない奴として嘲笑の的になる。ペンを手にしていない時は、彼らは尊敬すべき人々です。しかし実のところ、力を揮って（それは彼らの紛れもない曲解と誤言を暴き出さねばならない被害者側の力と比べれば二〇倍もの力ですが）彼ら自身が私的には学識と天分を繰り返し評価してきた作家を（その人の状況が許すならば）疲弊させてしまうほどこき下ろすのです。彼らはその作家が、将来何かを出版＊すれば必ず負債と困窮のあらゆる惨めさに曝されてしまうくらいまで、故意に努力します。しかしこれはすべて彼らの商売上のこと。そして商売でやることを抜きにすれば、「彼らの白眼が黒いと誰が言えるでしょうか」[四九]。

＊ 数ヵ月前、ある有名な書店主が某氏についてどう思うか、と尋ねられた。答えはこうであった。「私はわが国の一流の人々の中には彼の能力を非常に高く評価している人がいるのを聞きました。でも私は、誰かが彼の著書をくれると言っても、もらわないでしょう。なぜなら彼は『クォータリー・レヴュー』ではほとんど、いやまったく取り上げられていないからです。そして『エディンバラ・レヴュー』の方は、ご存じの通り、彼を滅多切りにすることに決めているのですから。」

ワーズワスの長所を貶す人々についてはこれくらいにしましょう。一方私は、より深い共感を望む気持が大きいとはいえ、彼の詩論と、大部分が原因か結果として多少ともその詩論に関連している彼の詩の欠点について私が自由に述べてきたことが、この詩人の賞賛者と支持者のすべてにとって、満足のいく快いものであろうなどと自負するものではありません。彼らの賞賛は私の賞賛の念と比べて、もっと手放しのものかもしれませんが、より深くより誠実なものではあり得ないでしょう。しかし賞賛にせよ非難にせよ、私は自分の意見の形成を余儀なくした理由を説明する序論的文章として以外の形では、意見を述べたことはないのです。そして何よりも私は、そのような批評は必要であるのみならず、十分な能力をもってなされれば、ワーズワス氏の評判に少なからず貢献するに違いないと強く確信していました。彼の名声は今後の時代に属するもので、早めることも遅らせることもできません。美点と比べた欠点の比率がいかに小さいものであるかを、また欠点のどれ一つとして詩的天分の欠如によるものではないことを、私は繰り返し述べてきました。仮に欠点がより多く大きなものであったとしても、私はなお、この時代における彼の文学的性格の支持者として、それらを分析的に表示することを真の得策と考えるでしょう。そうすることによって、ワーズワス氏が《単純素朴》好みであるという奇妙な誤解、これほど根拠薄弱でありながらこれほど遍く熱心に広められている誤解――おおよそ反省的精神にとっては前述の分析がすでに取り除いてくれたに違いない――誤解を、さらに取り除くことができればと願うからです。彼の敵たちが、文体や題材や概念が通俗的だと言って彼を誹謗するのを聞いて私は怒りを覚えますが、賞賛者を気取った者が同じことを飾り立てて語る言葉に対する嫌悪感と比べれば、半分にもなりません。彼らにとってワーズワスは、実に甘い単純な詩人で、それにとても自然なので、チャールズ坊やとその妹が彼の詩をすっかり気に入って、「ブレイクばあさん」や「ジョニーとベティ・フォイ」[五〇]ごっこをして遊ぶというのですから。

もしこの自伝的素描とともに出版される詩集の価値がそのように著名になるのにふさわしいとしたら（そう信じるほどの思い上がりはありませんが）、そのときは、願わくは《私がしたと同じことを、私はしてもらいたい》ものです。

十八ヵ月以上も前に、『シビルの詩片（*Sybilline Leaves*）』[五一]と題する一巻の詩集と、本書のこの頁までがすでに印刷されており、出版の準備が整っています。しかし近年の状況のもとで初めて自然になった調子で自らを語る前に、まだ文筆生活の明け初めのころの自分、

希望が、伸び行く葡萄の蔓のように私を取り巻き、
自分のではない果実と葉叢がわがもののように見えたころ

（「失意のオード」八〇―八一行）

の自分を読者に見ていただきたいと思い、私はドイツからイギリスへ書き送った手紙をいくつか選んでみました。それらは読者にとって最も興味深く、また同時に、本書の書名に最もふさわしいだろうと思われる書簡です。

サティレインの書簡

書簡 1

一七九八年九月一六日、日曜の朝、ハンブルク行き定期船はヤーマスから出帆した。生まれて初めて祖国が遠のいて行くのを見た。陸地が見えなくなる瞬間、熱烈な祈りを祖国のために捧げた。おそらくその時刻には祖国の人々の多くが、教会、礼拝堂、集会所に集まっていたと思うが、そこで天に捧げられた祈りの中に、僕の祈り以上に熱烈な祈りが一つでもあっただろうか。僕はそばに立っていた紳士に話しかけた。「さあこれで国を離れたわけですね。」「いや、まだですよ、まだですよ」と彼は答え、海を指差して言った。「この海もイギリス領ですから。」この機知に富んだ言葉に元気になり、僕は立ち上がって、甲板に出ていた船客たちを見回した。乗り合わせた客は十八人。イギリス人紳士五名と婦人一名、フランス人紳士とその従者、ハノーヴァー人とその従者、プロイセン人一名、スウェーデン人一名、デンマーク人二名、混血の少年一名、ドイツ人の仕立屋とその細君（これほど小柄な夫婦に会ったのは初めてだ）、そしてユダヤ人一名だった。皆甲板に出ていたが、まもなく乗客たちの間に狼狽の様子が見られるようになった。イギリス人の婦人はいくらか取り乱して船室に退き、周囲の人たちの多くはひどく陰鬱で土気色の顔をしていた。そして一時間も立たないうちに甲板に出ている人の数は半分に減った。僕自身は、眩暈はしたものの吐き気はなく、眩暈もすぐに治ったが、その後熱っぽくて食欲不振になった。これは、船底の水垢が放つ「恐ろしく有害な蒸気」が大きな原因だと思った。そしてこの悪臭は船室から外に出ても決して弱まることはなかった。それでも、具合はさほど悪くなかったので、元気な船客たちの仲間に加わっていたが、その中の一人がなかなか巧いことを言っていた。「モモス（二）は、人間の胸の中に窓なんか置くより、もっと簡単に人間の内側を見る方法を発見していたかもしれません。定期船に乗って海を渡る旅をすればよかったんですよ。」

定期船は、乗り合わせた人同士が打ち解けるための乗り物としては、駅馬車よりはるかに優れていると僕は思う。駅馬車は一定の姿勢を取り続けるせいで、ついうとうとしてしまうし、一行が別れる時がはっきりしているために、個々の乗客は、自分がこれから会いに行く相手のことを考え、同乗している相手のことはあまり考えない。しかし、海の上では、どれほどの時間を共に過ごさねばならないかが不確かだから、同乗者の感じの良し悪しはいっそう重要になり、まさにそれだけの理由でも、好奇心がよけいに刺激される。さらに、同国人同士なら、そのことで他の人たちとの区別ができ同胞の絆が作られるきっかけとなるし、異国人同士なら、会話を始める新鮮な動機があって、尋ねるべきことも伝えるべきことも多い。僕は自分が二人のデンマーク人に特別な関心を持たれていることに気付いた。僕は甲板の上に置かれたボートの中に入りこんで寝てしまっていたが、午後三時頃その二人のうちの片方に起こされた。彼は、僕のことをあちこち探していたと言い、ぜひ自分たちといっしょに飲もうと言う。彼の英語の話し方には独特の、滑稽なまでの不正確さがあったが、あまりによどみなく話すので、どこがどう不正確かわからないほどだった。行ってみると、上等な酒が数種類とパイナップルの添えられた葡萄のデザートがあった。二人のデンマーク人は僕を「ティンガク（神学）博士」という名で呼んでいた。黒ずくめの服を着て、大きな靴、黒い梳毛（そもう）の靴下を履いていたので、メソジストの宣教師だと言っても確かに通ったかもしれなかった。それでも僕はその肩書きを否定した。「ではあなたは何を？　資産家ですか？」「違います。」「商売を？」「違います。」「商会の外交員？」「違います。」「牧師さま？」「違います。」「もしや哲学者（フィロゾーフ）さんでは？」――当時の僕は、ありとあらゆる呼び名や役割の中でも「哲学者（フィロゾーフ）」〔三〕という名に何より嫌悪を感じていた。それでも、質問されるのにうんざりしたのと、自分が何者でもない、せいぜい「人間」という抽象的概念でしかないよりはましだと思ったので、その言葉が暗に意味する中傷にさえ甘んじ、頷いて哲学者ということにした。このデンマーク人は、ここにいる仲間も皆同じように哲学者だと僕に言った。哲学者と言っても、僕たちが禁欲主義のストア学派ではないことは確かであった。飲み、語り、歌い、しまいには一斉に語り、また歌い、立ち上がって甲板で一連のダンスを踊ったのだから。このダンスは、少なくとも一つの意味においては、極めてわかりやすく適切に「リール」〔四〕と呼んでいい踊りだった。船酔いでさんざん苦しみながら下の船室で横になっていた人たちは、僕たちのどんちゃん騒ぎの集いを、

　彼らの嘆きには耳障りで不協和な感じの
　調べ

〔ミルトン『闘士サムソン（*Samson Agonistes*, 1671）』六六一―六六二行〕

と思ったに違いない。そのときそんなことを考えた。そして（新たに自分が引き受けた哲学者という役を

演じようという気持も働いたのだと思うが）我々人間の徳の多くは、いかに死に対する恐怖と緊密に結びついているか、そして人間は危険がないときには、いかに苦痛に対して同情心が働かないものか、ということも考えた。

二人のデンマーク人は兄弟だった。一人は、艶のいい色白で、髪も眉も白い愚かそうな男で、発する言葉もその風貌を裏切ることはなかった。もう一人は、区別のために私が「このデンマーク人」と呼んだ人物で、この男もまた白い髪をしていたが、背丈はずっと低く、手足は細く、かなり痩せた顔には少し痘痕（あばた）があった。イギリスの小説や笑劇の忠実な人物描写の多くは、侮辱的なカリカチュアか、たぶんあり得ない人物を描いている、と非難されてきたが、実はそれは軽率な判断だ、という古い評言がある。確かにこの男の風貌を見ていると、それは正しかったと納得した。僕はボートの中の居場所に戻っていたのだが、この男がやって来て傍らに腰を下ろした。かなり酔っている様子だった。彼はことさらに仰々しい態度で会話を始めた。そして自分の自慢話を始めるためのいわばきっかけとして、僕のことをこれでもかというほどおだてたのである。古典喜劇の太鼓持でもこれに比べればおとなしいものだった。彼の言葉遣いと抑揚があまりにも奇妙だったので、後にも先にもこれ限りのことだが、会話の記録を取ろうと決意した。以下がその会話である。実際はいくらか縮約した部分はあるものの、他の点では僕の記憶の限り正確である。

デンマーク人　ツバラチイ（素晴らしい）想像力！　ツバラチイ言葉遣い！　タイチタハクチキ（たいした博識）！　そして、ツバラチイまなこ！　真チロ（真っ白）な額！　いやはやあ、またく、あなた神です！

僕の応答　持ち上げすぎというものです。

デンマーク人　おや、おテジ（お世辞）私言う人であるとお思いか。違う。違う。私の稼ぎ一年一万ポンド。はい、年一万、はい、年一万ポンド。けれども、トンナ（そんな）ことが一体何だと？　タイチタことでない。一万ポンドの一〇倍もらっても私は心売らない。ほんとうに、あなたは神です。私はただの人間。どうか人間と思てね。あのう、あのう、お友だち、聞いてもいいかな、私、言葉は達者であるのか。私の英語、大丈夫であるのか。

僕　はい、見事なものです。ほんとうに。英国人でもあなたほどよどみなく話す人はまずいません。

デンマーク人　（僕の手を強く握り締めて）ああ、お友だち、私たち二人とも愛と忠誠持ています！　でも、どうか言てね。ときどき私、言い間違う人であるのか。変なこと言う人だるのか。

僕　はあ。英語にうるさい人なら、ひょっとすると、あなたがときおり「ですか」の代わりに「であるのか」を使うのに気づくかもしれませんけど。聡明な人たちの間の会話では一般に「私は〜です」（アイ・アム）と言って、「私〜であるの」とか「だるの」（アイ・イズ、アイズ）とは言いません。お赦しください。ほんの些細なことですよ。

デンマーク人　ああ、「であるのか」、「であるのか」ね。「ですか」、「ですか」、「ですか」。はい、はい、わかります、わかります。

僕　「誰は〜です」の活用は、「アイ・アム、ザウ・アート、ヒー・イズ、ウイ・アー、イー・アー、ゼイ・アー」

デンマーク人　はい、はい、わかります。わかります。「アム」は現在形で、「イズ」は完了形。そうそう、そして「アー」は過去完了形ですね。

僕　そして「アート」の場合は？

デンマーク人　お友だち、トレ（それ）は過去完了形、いや違う、大嘘だ。「アート」が大過去完了形だ。（そう言って彼は僕の手を取って前後に揺らし、小さな明るい薄茶色の眼を僕に向けた。その眼は虚栄心と酒のせいで揺れていた。）おわかりか、私もそれなりのガクチキ（学識）あります。

僕　学識？　もちろん疑う人はいませんよ。あなたがお話しになるのを一分でも聞いたら、いやあなたをただ見ているだけで、教養の広さはわかります。

デンマーク人　お友だち！（そう言って今度は慎ましい顔つきをしようと努めながら、まるで推理をめぐらしているかのような声音で）それなりのガクチキないなら、現在形、未完了形、未来形、大過去完了形など語れないね。

僕　そうです。どんな話題についてでも、あなたのような方が口を開けば、知識の深さが自ずと知れるというもの。

デンマーク人　文法的に正しいギリチア語とかね、ハッ、ハッ、ハッ！（彼は笑い、僕の手を前後に揺らしたかと思うと、突然大真面目な態度になって）実はねえ、デンマークのレキチ（歴史）で誰についても記録ないこと、私に起こたです。監督牧師さまから宗教の質問、全部ラテン文法で聞かれたです。

僕　ラテン文法？　ラテン語ということですね。

デンマーク人　（少しむっとして）文法は言葉、言葉は文法です。

僕　大変失礼をいたしました。

デンマーク人　トレがね、私がまだ十四のときでした。

僕　たったの十四歳ですか。

デンマーク人　トノ通り。十四のとき、監督牧師さまが、宗教や哲学やあらゆる話題について、質問ツベテ（すべて）、ラテン語で私に訊いたでした。私は全部に一つひとつ答えたでした。ツベテ、ラテン語で。

僕　神童だ！　まぎれもない神童だ！

デンマーク人　違う、違う、テンドウではない。監督、大監督長。

僕　なるほど監督でしたね。

デンマーク人　監督。ただの説教師でない、テンドウ（伝道）師でない。

僕　どうやら話が通じていないようですね。あなたがそんなに若くしてラテン語で受け答えをなさったとは、まさに神童だった、つまりそれは驚異的なこと、よくあることではない、と申し上げたのです。

デンマーク人　よくある？　デンマークのレキチで一度も記録にない。

僕　そしてその後はどうなさったのですか？

デンマーク人　西インドチョトウ（諸島）に派遣されたです。デンマーク領の島ね。本と関係ないテイカツ（生活）になたです。いや、いや、私のテンタイ（天才）は別のことに使た。だから年一万ポンド稼いでる。テンタァーイでしょう！　だが、お金はお金。貧乏人も私と同じである考えます。ほんとに。ちょとした富は気前のよいわが心に気持ちよいが、なぜか言えば善行できるから。私程度の富でこんなに気前よいこととした人いない。誰も、誰男も、誰女も、違うと言わない。けれど、我等は皆神の子であります。

ここでハノーヴァー人が話に割り込んできた。そしてもう一人のデンマーク人とスウェーデン人、プロイセン人が加わった。流暢にドイツ語を話す若いイギリス人もいっしょで、彼はプロイセン人の冗談をたくさん僕に解説してくれた。プロイセン人は貿易商で、歳は六十過ぎ、背の高い、頑健な肉付きのよい丈夫そうな男で、よくしゃべり、大げさな身振りとおどけた仕草を連発し、笑わせながら財布を掏るペテン師さながらの容貌と魂を持ち合わせた人物だった。彼のおどけた表情や仕草の中に、笑っても動かない表情が一つだけあって、その一つだけが真の顔であとは仮面なのだ。ハノーヴァー人は青白い顔をした、太ってむくんだ若者で、その父親はロンドンで、軍関係の仕事で大きな財を築いたという。彼は財産持ちの若きイギリス人らしく振舞おうとしているように見えた。人の良い男で、知識と学問的素養は多少あったが、相当な気取り屋だった。彼は下院議会の傍聴を習慣としていて、彼が僕に伝えるところでは、討論の会で一度演説をしたとき、大きな喝采を得たのだという。このようなことを成し遂げる資質を彼が身に付けたのは、どうやら賞賛に値する勤勉さのおかげのようだった。というのは、彼はウォーカーの『英語発音辞典』〔五〕に通じており、また、『ロデリック・ランダム』に登場する、英語の発音を教えているというスコットランド人〔六〕をどうしても思い出してしまうような訛りがあって、僕がある言葉を発音すると、それが適切に、「真の繊細さ」をもって発音されてもいなくても、常に僕のより良い判断に敬意を表して発音を真似るからである。彼は話をするとき、たとえそれがほんの短い話でも、必ず立ち上がった。彼がそうする理由は、イギリスの議員たちが演説の中で頻繁に使う優雅な言い回し、「私がこの足で立っている限り」を、彼が特別に好んでいるという理由以外、思いつかなかった。スウェーデン人は、まもなく明らかになる理由から「貴族」と呼んで区別するが、厳つい顔立ちの、かさついた顔の男で、顔色は、赤く熱した火かき棒が冷えかけているときの色に似ていた。彼は例のデンマーク人に惨めに隷属している様子だったが、それでも、船客たちの中では飛び抜けて知識があり理性的だ。実際、彼の態度や会話から、彼が世情に通じた人間であり、かつ紳士であることが分かった。ユダヤ人は船倉にいた。フランス人紳士はひどく具合が悪くて甲板で横になっており、彼の従者が優しく彼を気遣っていること以外、彼に関しては何も観察することができなかった。その従者自身、気の毒にひどい吐き気に襲われていて、終始主人に目をやりつつも、ときおり船べりに駆けて行ってはまたすぐに戻って来て、主人の傍らに腰をおろし、頭を支えたり額を拭ったりしながら、まさになだめるような口調で彼に話しかけている。船室では、ドイツ人の小柄な仕立屋とその小柄な細君との間で、非常に滑稽な夫婦喧嘩があった。仕立屋は、自分の分と妻の分と、寝室を二つ確保していた。細君にとっては、これはあまりに酷い仕打ちに思え、彼女は、寝室は一つでいいと言い張り、航海士に向ってこれ以上ない哀れを誘う調子で、自分は仕立屋のれっきとした妻であると訴えた。航海士と船室係は細君の肩を持ち、優しさが足らないと言ってユーモアたっぷりにその小柄な男を罵り、船酔いの細君と同じ船室に彼を押し込んだのだった。この喧嘩は僕にとって興味を引くものだった。おかげでこのようなことでもなければ得られなかった寝台を確保できたからだ。

　夜七時、波はさらに高くなり、例のデンマーク人は、揺れが激しくなったせいで、それまで飲み込んだものの相当な量を排出し、さらにたくさんの量を飲む余地ができた。彼が好んで飲んでいたのは砂糖入りブランデーで、これはごく少量のお湯にたっぷりのブランデー、砂糖とナツメグを加えたものだ。彼の召し使いである黒い目の混血の少年は、人の良さそうな丸顔で、胡桃の実とまったく同じ肌の色をしていた。問題のデンマーク人と僕は差し向かいでボートの中に腰を下ろしていた。会話は、もはや対話というよりむしろ演説で、前代未聞の仰々しさになっていた。彼が言うには、彼はサンタクルス島〔七〕で大きな財を築き、それを使って楽しく暮らすためにデンマークに戻る途中だった。彼は、これからしようと思っている生き方と、始めるつもりでいる大いなる企てについて長々と論じ、しまいにブランデーが虚栄心を煽り、また虚栄心と饒舌がブランデーを煽り、狂人のような話しぶりで、お願いだからデンマークにいっしょに来てくれ、デンマークに行ったら自分が政府にも影響力があるのが分かるだろう、国王に紹介してあげよう、などと僕に言うのだ。こうして彼は大声を出しながら夢想に耽ったかと思うと、今度は一般的な政治の話題へと非常に軽やかに移行し、通信協会(八)のメンバーさながらに、人間の権利について（まともに論ずるというより）その周辺を巡って熱弁を振るい、自分は財産があるけれど、どんなに貧しい人も自分と同等だと考えると断言する。「皆平等ですよ、皆平等です。我等は皆神の子であります。貧乏人も私と同じ権利持ちます。ジャック、ジャック、砂糖入りブランデー持て来い。ほら、アトコにいる、あれは混血です。でも、あれもまた私と平等です。ヨロチイ、ジャック。（砂糖入りのブランデーを受け取りながら）さあ、どうぞ。この紳士と握手するのだ。私と握手するのだ、お前。ほら、ほら。我等は皆平等であります。私の話、ソクラテス、プラトン、カトーのようでないか？　彼ら皆哲学者だたね、哲学者さん！　皆偉大な人たち。ホメロス、ウェルギリウスも偉大だたが、彼らは詩人だ。はい、はい、ちゃんとわかてます。でもだれがこれよりいいこと言うことできるか。我等は平等、皆神の子であります。私一年に一万ポンド稼ぐ、けれど卑チイ人間と変わらない。私うぬぼれない。でも、「やれ」命令すれば、実現する。ハッ、ハッ、ハッ！　ほら、アトコに紳士がいるでしょう（「貴族」を指差して）、あれはスウェーデンの男爵です。見ててクダタイよ。おーい（スウェーデン人に呼びかけて）、テンチツ（船室）から酒一本取てこい。」スウェーデン人、「おい、ジャック！　ご主人に船室から酒を一本取って来てくれ。」　デンマーク人、「だめだ、だめだ、おまえが行く、自分で行け、タッタと行け。」　スウェーデン人、「ふん。」　デンマーク人、「早く行てこい。」――かくしてスウェーデン人が取りに行ったのだ。

　この後デンマーク人は、宗教について大演説を始め、僕のことを大陸的な「哲学者」と勘違いして、かの無礼な粗忽者、『理性の時代』のトマス・ペイン氏〔九〕の熱狂的大言壮語に非常によく似た大げさな言い方で、神について語り、イエス・キリストがやることは何もかも偽善だ、と僕の耳に囁いたのである。僕以上に、「軽口〔一〇〕」を叩いたツケが回ってもおかしくない人は、たくさんいるだろう。軽口がフランス人の悪徳だというだけの話だとすれば、僕はそれを当然嫌悪すべきだし、英語はそれを表現する言葉を持たないほど実直なのだから、誇りを持って軽口を避けるべきだろう。だが、このときばかりは、誘惑があまりに強かったので、僕は軽口を自分の罪の一覧に入れることになってしまったのだ。ペリクレスは、生きるか死ぬかの状況に直面した親友の一人から、自分の身の安全のためにどうか曖昧な誓いをしてくれと懇願されたときに、こう答えた――「私は友の味方でなければならない。ただ、それは神々への誓いに背かない限りにおいてだ〔一一〕」。友情の場合ですら、最後の、そして最も大胆な一歩は、祭壇の手前で踏み留まるものでなければならないのだ。君には分かるだろうが、僕だって、ペリクレスがたとえ友の命を救うためでも潔しとしなかったことを敢えてやってまで、愚かな酔っ払いの虚栄心渦巻くチョコレート鍋を、泡立ってこぼれるまで掻き回そうなどとは思わない。僕は真顔になって、自分は信仰者であると告白し、とたんに彼の寵愛を失って百尋もの深さに沈み込んだというわけだ。彼は船室に退散し、僕は大きな外套をしっかりとまとい、海を眺めた。美しい白い雲のような泡が、小刻みに、船の舷側を音立てて横切り、小さな輝く星が踊りきらめいてその泡の中に消えて行った。そしてときおり、この白い雲のような泡の分離する光が舷側から離れるとき、一つひとつが小さな群れを伴って海に広がり、荒野のタタール族の一団さながらに、さっと姿を消した。

　外は寒く、船室は僕の嗅覚器官と全面戦争状態だったので、大きな外套があることが嬉しいと思えた。この外套は、ずっしりとした襟高の肩マント付きの悪くない粗い毛織地で、襟の部分を折り返すとかなりいいナイトキャップになった。帆の動きといっしょに揺れている二つか三つの明るい星を見上げながら眠りに落ちたが、月曜の午前一時、にわか雨で目を覚ました。船室に下りないわけに行かなくなり、そこでぐっすりと眠り、目覚めると、朝食時間には食欲旺盛で、全感覚器官の中で最も宥めやすい鼻は、悪臭との折り合いをつけ、実際悪臭を感じなくなっていた。

九月一七日、月曜、スウェーデン人とゆっくり話をした。彼は例のデンマーク人のことを激しい侮蔑で語り、金の亡者の馬鹿野郎と表現した。ただ、デンマーク人が、最初は弁護士として、その後は農園主として、巨万の富を築いたという自慢話は本当だと言った。例のデンマーク人と彼自身の話から、実際彼がスウェーデンの貴族であると察した。決して大きくはない財産を食いつぶして、自分の不動産を例のデンマーク人に譲り渡し、今や完全に彼の世話になっているのだ。彼はデンマーク人の無礼をほとんど苦痛と感じていないように見えた。彼は大いに思いやりのある人間で、一番重症の船酔いに苦しんでいたイギリス人の婦人を気遣い、優しくこまやかに色々と世話を焼いていた。その優しさとこまやかさは、彼が本物の善人であることを証明するように思えた。実際、彼の作法と会話全般は、好感を与えるばかりでなく、興味を刺激さえした。それで僕は、デンマーク人に関する彼の鈍感さも、哲学的堅忍不抜なのだと何とか信じようとした。というのも、デンマーク人はかなりしらふの状態に戻っていたものの、相変わらずその人となりは毛穴一つひとつから滲み出ていたからだ。夕食が済んで再び酒で赤ら顔になると、デンマーク人は十五分毎に、ひょっとするともっと頻繁に、スウェーデン人に向って大声で叫び、「おい、貴族、行てこい」、「これをやれ、貴族殿」、「あの話をこの紳士に話せ」などと、反感と嫌悪を掻き立てるような無礼な態度で言うのだった。ただ、聖なる平等の権利についての下品な大言壮語に加え、英語に限らず文法全般をでたらめにぶち壊して話すものだから、思わず失笑せずにいられなかった。

四時、野鴨が、それもたった一羽で、波の上を泳いでいるのに気付いた。丸い、何もない、水の砂漠の中で、それがどれほど興味を引くものとして目に映ったか、表現するのは容易ではない。僕は大海というものにあまりにも広大な感覚を連想していたので、すっかり陸地が見えなくなったときに、水平線の描く円の狭さと、いわば距離感の近さにひどくがっかりした。イメージでは言葉と結びついている漠然とした感じに満足を与えることがほとんどできないのだ。夜になって、陸地に衝突しないように帆が下ろされた。すぐ近くまで接近しないと陸地が見えないからだ。火曜の午前四時に、「陸だ！」、「陸だ！」と叫ぶ声で目を覚ました。ヘルゴラントと呼ばれる不恰好な島の岩壁が少し離れた左側に見えた。ここは、ヤーマスからハンブルクに向う途中、悪天候のため何週間もうんざりする足止めを食って、そこに住むあさましい連中から法外な代金を要求され、有り金を全部巻き上げられた経験のある多くの乗客たちの間では有名なところだった。少なくとも水夫たちは僕にそういう島だと言った。九時頃になって本土が見えた。それは陸地の上部がかろうじて水の上に出ているかいないかの、低くて平坦で荒涼とした土地で、灯台と陸標が、その荒涼さを表す文字と言語であるかに見えた。船はノイヴェルクを通過してエルベ川河口に入った。ただ、船からはまだ川の右岸しか見えなかった。この陸地に一つ教会が見えて、イギリスに残してきた人たちを愛しく思いながら、航海の無事を神に感謝した。同じ日の午前一一時、クックスハーフェンに到着し、船は錨を下ろした。そしてボートが甲板から降ろされ、ハノーヴァー人と他の乗客二、三人が陸地に運ばれた。船長は、残った僕たちに、あと一〇ギニーでハンブルクまで運ぶことを承知したが、船賃に関しては例のデンマーク人が大きな額を負担してくれたので、彼以外の乗客は一人たったの半ギニー払うだけでよかった。こうして船は錨を上げて川を静かに進んで行った。クックスハーフェンでは天気の良いときなら両岸が見えるかもしれないが、そのとき見えたのは右岸だけだった。何週間も風を待っている多数のイギリスの貿易船が見えた。まもなく両岸が見えるようになったが、両岸ともに平坦で、その整然とした姿は人の手が加えられていることを表していた。左岸には遠くに一つか二つ教会が見えた。右岸には、尖塔と風車と田舎家、それを通り過ぎると次は風車と一軒家、次は風車また風車、そして端正な一軒家と尖塔を通り過ぎた。見えるのはこのようなもので、これらが延々と続く。岸辺は緑が濃く優雅な感じに木が植えられている。クックスハーフェンから三五マイル来て夜になった。エルベ川の航海は危険なので、船はそこで錨を下ろした。

親愛なる友よ、君の目には、月はどのあたりに見えているのだろうか、と僕は思った。僕が見ている月はエルベ川の左岸にあった。月のすぐ上には黒々とした大きな雲があり、丸い月の真中を横切ってごく薄い紐のような雲がたなびいていた。それは縮緬(ちりめん)の喪章リボンのように細くて薄く黒かった。一筋の月光が、長く揺れる道となって水面に広がり船尾へと達していたが、それは薄ぼんやりとした輝きを放っていた。右岸から二、三の灯りが見えた。おそらくどこかの寝室の灯りだろう。両岸に男や女や子供、家畜の群れがたくさん住んでいるこの壮大な川の静寂——つまり、この住人の多い川の夜の静けさと、人けなくうら寂しい海が立てる絶え間ない喧騒とどよめき、派手な音を立てる波の揺れとが、見事な対照をなしていると感じた。船室の乗客たちは皆寝床に入っていた。彼らがいなくなってくれたおかげで、いっそう深くこの静かな風景の興趣を感じたのだった。なにしろその晩はずっと、デンマーク人の従者の一団に加わることを許されたプロイセン人が、デンマーク人を魅了しようと、自分の才能を彼に披露し続けていたのだ。その間中、このプロイセン人の冗談をイギリス人の若者が僕に解説してくれた。冗談はどれ一つとっても下品で不愉快なものではあったが、多少の機知はあり、プロイセン人が体験談として語ったいくつかの出来事は、彼がそれを経験した国の風習を物語るものとして貴重なものだった。

水曜の午前五時、船は錨を引き揚げたが、濃い霧のためにたちまちまた錨を下ろすことを余儀なくされた。この霧は一日中続くのではないかと船長は心配したが、九時頃になって霧が晴れ、船はゆっくりと非常に美しい島の岸近くを、クックスハーフェンから四〇マイル進んだ。風はずっと弱かった。この小島は長さ約一マイル半で、楔形をしていて、木立が豊富にあり、最高に鮮やかな緑をした林間地があって、驚くほど端正な農家の建物がいっそうの興趣を添えていた。その家は、孤独になることなく隠居するために作られた家のように見えた。つまり、ただの訪問者の失礼な訪問は防ぎつつ友人たちを惹き付ける、といったような場所に見えたのである。エルベ川の岸辺の風景は、今度は、豊かな牧草地と低い壁のように川縁りに立ち並んだ木々で、さらに美しさを増した。そしてその向こうには、端正な家々と（特に右岸には）夥しい数の、白、黒、赤の尖塔の頂き部分がのぞいていた。人は本能的な鑑識眼によって、教会を平地に、尖塔付きで建設する。この尖塔は、他のものと見まがいようもなく、まさに空と星とを物言わず指さす。そして雨模様ながら豊かな日没の真鍮色の陽の光を反射するとき、天に向かって燃え上がる炎のピラミッドのように見えたりもするのだ。一度、一度だけだが、山国の狭い谷間に尖塔を見たことがある。見た目の効果はぱっとしないばかりか滑稽でさえあり、思わず松明消しの円錐形を連想してしまった。その尖塔は高い山の麓に立っていたのだが、近くに高い山が迫っているせいで尖塔があまりにもちっぽけに見え、空や雲との繋がりが一切奪われてしまっていたのだ。イギリスのマイルでクックスハーフェンから四六マイル、ハンブルクから一六マイルにある、デンマークの村ウェーデルは、左岸を黒い尖塔で飾り、その近くにはシューラウという、人の手があまり入っていない、鄙びた小村がある。このあたりまでは右岸と左岸の両方が、水際までびっしりと緑で覆われ、川と同じ高さになっていて、公園の掘割の縁に似ていた。木々や家々は同じように低く、ときには背の低い木がさらに低い家を越えて立っていたり、低い家がさらに低い木を越えて建っていたりした。ところが、シューラウでは左岸が突如として四、五〇フィートの高さとなり、ごくまばらに緑の茂みがある、砂でできた垂直の面が、川に面している。エルベ川は、多数の釣り舟と、その回りを旋回する、漁師にとって宿敵であり仲間であるカモメの群れによって、ますます生き生きとした眺めを提供し続けた。ついに船はブランケネーゼという非常に興味深い村までやってきた。それは三つの地区に分かれ、三つの丘に点在する木立の中に家々が点在する村だった。三つの丘はそれぞれ、剝き出しの砂の面が川に面していて、この砂の面が、川岸に並んで停泊している、帆柱から帆を下ろした小舟と、一種風変わりな調和を作り出していた。それぞれの丘の間には、緑の樹木の茂った、それぞれ深さの異なる谷があった。簡単に言うと、それはいくつかの田舎家から成る大きな村で、田舎家の一つひとつが固有の小さな森か果樹園の中央にあって、それぞれに固有の独立した小道がある。つまりそれは小道の迷宮を持つ村、いやむしろいくつかの家の近隣住区〔二〕なのだ。その住人は漁師と小舟製造業者である。ブランケネーゼの小舟はエルベ川航海全般に大きな需要があるのだ。ここで初めてハンブルクの尖塔が見えた。ここからアルトナまでエルベ川の左岸は格別に喜びを与える風景で、産業の発達した共和国の都市の周辺地域と見なされている。それは都市の住人にその田舎に住むよう誘惑するような、それでいてその住人が都会で身に付けた趣味を満足させるような、美しい、というよりこぎれいな様式を持つ地域だ。高い緑の岸沿いに、あずまやと漆喰壁の家が至る所に点在し、農家の壁の板は漆喰を塗らずに派手に緑や黄色のペンキで塗られていた。そしてほとんどすべての木は形を整えられ、人間に、自然の知恵よりは人間自身の力と知性を思い出させるものだった。だが、それでもこれらは都会と田舎を繋ぐものであり、人が日々の習慣の中で失ってしまった鑑識眼や享楽を真似ただけのものには留まらない良さがあった。ハンブルクの町の人々がパイプをくゆらせ、女性や子供がツゲやイチイのあずまやで食事をしている土曜や日曜に、この辺りを通ってみるといい。そうすれば、それは特有の自然の景観になる。水曜の四時に、僕たちは定期船からボートに乗り換え、内陸のアルトナからやって来る、広いエルベ川を窒息させそうな巨大な船舶の集団の間を苦労して通り抜け、ついに、ハンブルクの通行税徴収所のあるところに上陸したのだった。

書簡2（ある女性に）〔一〕

ラッツェブルクにて

マイネ　リーベ　フロインディン（我が愛しき女友達へ）

ほら、自然にドイツ語が出てくるだろう。この国に来てまだ六週間にしかならないのに。――その流暢さといったら、隣人のアムトシュライバー（役所の書記官）が僕に会うたびごとに、それも毎日六回は会うのだけれど、挨拶してくれるときのお決まりの英語に匹敵するくらいだ――「やあこの野郎、親愛なるエゲレスのお人、ぅまく行ってるですか」――これは彼としては最高の愛想なのだ。これが彼の知っている英語のすべてなのだから。でも僕には、自分の流暢さをひけらかそうという望みよりもっとましな理由があったのだ。言葉で君を楽しませてあげようと思ったのだよ。言葉を習って大いに教養を高め、冬の読書の間に、君と君の妹に新しい楽しさを伝える手だてにもしようと心に決めたのだ。それにはまず、この言語が女性に対して持っている優しい心遣いを例に挙げることほど、いい方法があるだろうか。英語の接尾辞の「エス」は「女優」（アクトレス）や「女性支配人」（ディレクトレス）などのようにラテン語から派生したものか、「女主人」（ミストレス）や「公爵夫人」（ダッチェス）などのようにフランス語から来たものに限られていると思う。でもドイツ語の「イン」は、生活の中で起こり得るあらゆる場面で女性を示すことができるのだ。だから市長（アムトマン）の奥さんは「市長夫人（フラウ・アムトマニン）」――書記官（アムトシュライバー）の奥さんは（ちなみに彼女は僕がこれまでにドイツで会った最高の美人だ）この上なく愛らしい書記官夫人（フラウ・アムトシュライベリン）」――大佐（コロネル）の奥さんは「大佐夫人（フラウ・オブリスティンまたはコロネリン）」――そして牧師（パストール）の奥さんも「牧師夫人（フラウ・パストーリン）」になる。けれども僕が特に気に入っているのは彼らが言う「女友達（フロインディン）」で、これはローマ人が言う「アミカ」とは違って、ほとんどの場合、最良の最も純粋な意味で使われている。ところで男性が、その友達が女性であると分かる言葉を使うときに一種の動揺を感じるなら、その友達はすでに友達以上の何かなのだときっと言われるだろうね――でも僕はそれには反対なのだ、少なくとも僕が反論しようと思っている意味ではね。性というものは、僕たちの滅びやすい肉体の中だけではなく《魂》の中にもあるというのが僕の信念なので、これを捨てるくらいだったら異端者として弾劾されたって我慢するよ。魂の性を感じない男は、姉妹を本当に愛することは決してないだろう――いや、妻に対してだって、彼女が妻という神聖な名に値する人ならば当然受けるべき愛を、与えることさえできないだろう。

　優しい友よ、僕は分かっているんだ、君が心の中でぶつぶつ言っていることが――「これってほんとにあの人らしいわ。たまたま空想の表面から吹き上げられた最初のシャボン玉を追いかけて横道に逸れている。あの人がどこにいて、何を見ているのか知りたいのに」。そうだったね。僕は今ラッツェブルクに滞在している。どういう動機でここに来たか、旅の様子はどうだったかについては××〔トマス・プール〕が知らせてくれるだろう。僕が彼に書いた最初の手紙で、彼が炉端に集まった君たち全員を大いに啓発したことは確かだと思うが、あれはエルベ川桟橋から無事ハンブルクに着き、通行税の徴収所で投函したのだ。桟橋に立っている間、ハンブルクからハールブルクまで日に一、二回、川を渡って行くという渡し船の乗客を見ていたのだが、面白かったよ。あらゆる国のあらゆる人々がいろんな服装で、ぎっしり詰め込まれているのだ。男たちは皆パイプをくわえ、そのパイプにもあらゆる形と趣向がある——真直なものや捻れたもの、簡素なものや凝ったもの、長いものや短いもの、材質も藤、陶土、磁土、木、錫、銀、象牙と様々で、ほとんどに銀の鎖と蓋が付いている。パイプと長靴はハンブルクの男性に遍く見られる特徴として、慣れない旅行者の目をまず引くことだろう。ところで、できるだけ日記風に書くという約束をつい忘れていた——というわけで今は九月一九日午後。僕の道連れ〔二〕が並外れて立派なフランス語を話すのは、君も覚えているだろう。彼はフランス人の移民といわば心の通じ合う間柄になっていた。その移民は分別ある人間と見えたし、礼儀作法の点でも完璧な紳士だった。年の頃は五十かもう少し上か。フランス人の作法で、程度の行き過ぎからくる不快な点は、年齢や苦労によって和らげられていた。そしてフランス的作法という種類の中で快いもの、つまり機敏さやちょっとした気遣いの繊細さ等々は残っていたが、そこにはもうせわしなさや身振り手振りや行き過ぎた熱っぽさはなくなっていた。彼の物腰は洗練されたフランス人のこまやかな博愛精神を表していて、しかもそれがイギリス的謹厳さからそのよそよそしさを取り除いたような特徴と混じり合って調和しているのだ。紳士という言葉を強調して、しかもその言葉を、定義するよりも感じるほうがたやすいような意味で使うとき、その意味での紳士的な人柄には不思議な魅力があるものだね。それは優れて高い徳の持ち主という意味を含むわけではないし、必ずしも優雅な礼儀作法を身につけているということですらない。僕は今、ある牧師さんのことを思い浮かべているのだが、彼の生活は名誉裁判にかけられたらほとんど審理に耐えられないだろうし、良心裁判ならなおのことだろう。そして彼の作法は、細かく観察すれば、どちらかと言うと優雅さよりもぎこちなさを感じさせるだろう。にもかかわらず、彼と話した人は誰でも、彼こそ紳士だと感じ、そう認めたのだ。その理由はこういうことだと思う――僕たちが紳士的な人柄の存在を感じるのは、社交的な付き合いのあらゆる状況のもとで、重要な場面ばかりでなくありふれた場面にあっても、物腰や振舞のあれこれ全体を通して、身についた自然さで、その人が他人に対して敬意を表するのを見るときだ。それも、彼自身もまた他人から同じように敬意を払ってもらえるはずだといういつもの確かな期待感を同時に含んでいるような、そんな様子で敬意を表するのだ。つまり紳士的な人柄というのは、「平等」の感情が「習性」として働きながらも、それが「階級」の相違によって柔軟に変化し、そうした相違でまごついたり自分を見失ったりしないという特性から生まれてくるのだね。この説明は、僕が雄弁術の堕落の原因についての面白い対話〔三〕を君に英訳してあげていたときに、君自身が言った感想の根拠をたぶん説明してくれるだろう。「この古代ローマ人たちは何と完璧な紳士だったのでしょう。キケロの哲学対話と書簡交信の英訳を読んでいたときも、同じ印象を受けたのを思い出すわ。でもプリニウスの書簡では私は違った感じを持ったように思います――彼はとても洗練された紳士だという感じがしましたもの。」こう言ったとき、君はまるで付け飾りが内容を損ねて、程度の行き過ぎが種類を変えてしまったと感じたかのようだった。プリニウスは絶対君主の廷臣――キケロは貴族的共和主義の政治家だった。こういうわけで僕が限定した意味での紳士の特性は、英国ではよく見られるけれど、フランスでは稀で、見つかる場合でも年配や高齢の人なのだ。そしてドイツではこの特性はほとんど知られていない。でも紳士のちょうど正反対を探そうとするなら、イギリス系アメリカ人の民衆主義者の中にいるだろうよ。

僕が脇道に逸れてしまったのは、この愛すべきフランス人に道義を果たすためと、僕自身が恥じ入ってしまったためなのだ。というのは、フランスの詩について二人がちょっとした論争をやったとき、彼は僕とは対照的な沈黙の反論で僕の無礼さに気づかせてくれたのだ。あとで僕があまり熱っぽく話したことを謝ったら、彼は快活な驚きの表情を見せて、すぐさま敬意の言葉を返してくれたけれど、それは紳士が威厳をもって語り、喜んで受けるような言葉だった。そういうわけで、僕たちがもしできれば同じ家に部屋を借りようと合意したときは嬉しかった。友人は彼といっしょに下宿屋を探しに出かけ、僕は推薦状を届けに出かけた。

僕はすたすたと歩いて行った。目に入るものに心浮かれてというより、この地球の大陸に生まれて初めて来ているのだという、混乱した感覚で調子が上がっていたのだ。飼育箱で孵った鳥が解放されて、初めて自由に飛び上がって上空に浮かんでいるような感じだった。当然だけれどあらゆるものに目を見張ったよ。イギリスのものにとても似ているものもあれば、まったく似ていないものもある――オランダ人の女性は大きな傘みたいな帽子を被って、それが前の方に半ヤードも張り出していて、後ろにはペティコートがこれでもかと膨らんでいる――ハンブルクの女性の帽子には、金か銀またはその両方を編み込んだ張りのあるレースで縁取りをしたネットが付いていて、それが彼女らの目の前に突き出し、でも低すぎないので、目がその奥からきらきら輝いて見える――ハノーヴァーの女性は前髪の部分は覆っていないが、壁のように直立した堅いレースの付いた帽子を着けていて、帽子の後ろの部分が大量のリボンで尾を引いて、それが背中で垂れたり跳ね上がったりするのだ。

その様子はあらゆる敵に挑みかかるために
広げられた大きな旗印のようだ。

（スペンサー〔四〕）

——淑女は皆イギリス風のドレスを身につけ、紅をさし、歯並びが悪い。それは、よく笑い大声でしゃべる田舎女や召使い娘たちの、ほとんど動物的で、つややかすぎる真珠層みたいに白くてきれいに並んだ歯と比較するとすぐに分かる。彼女たちは清潔な白いストッキングに踵紐のないつっかけ靴を履いて、まるで魔法で泥んこから守られているみたいに汚い道を足取り軽く歩いて行くのだが、その軽やかさには驚きだ。僕なんか、それを履いて階段を上るときガタガタ音を立ててしまうので、これは宿屋では安眠妨害となるものの一つだといつも思っていた。道路は狭くて、僕のイギリス人的な嗅覚には不快千万、皆が長靴を履いている意味がすぐに分かる。歩行者専用の歩道もない。家の切妻壁はみんな道路に面していて、普通の三角形で植物学で言う全縁型のものもあるが、大方は中国風をもしのぐ奇怪さで切り込みやホタテ貝型の縁取りが施してある。何よりも窓の多さには驚いた。大きくてたくさんあるので、家々は全部ガラス製みたいに見える。南米スリナムのヒキガエル〔五〕の背中から子ガエルたちが出現してくるみたいに、ちょこちょこと累進されるピット氏の窓税〔六〕を使えば、ハンブルクの家並の外観はきっと改善されるだろう。ここの家々はやや夏向きの様子でその大きさにもそぐわないし、気候にも合っていなくて、喧噪に満ちた都会の中で、人が家というものに結びつけたいと思う隠遁と自足の感じを初めから除外しているのだ。悪いけれど大火事でも起こることが、ハンブルクに美しい建築を作り出すための大前提だろう。だってほんとうに汚い町なのだから。僕は歩き続けて、巨大な黒い不格好な水車が側にある醜い橋をいくつも渡った。この都市では至る所に水路があって、イタリアの天才だったら建築の中でも最高に美しくて壮麗なものを創る可能性を見たことだろう。ヴェニスと肩を並べていたかもしれないのに、ここは乱雑と醜悪、悪臭と沈滞なのだ。手紙を投函するために通ったユンクファー・シュティーク（つまり若いご婦人の散歩道）は例外だった。それは小道というか散歩道で、三列になった楡の並木があり、毎年枝下ろしと刈り込みをやるので、ほっそりと小振りのままでいる。この小道は四角い池の一辺に沿っているのだが、池にはすっかり人馴れした白鳥がたくさんいて、その白鳥の間を華やかなボートが、夫や恋人に漕いでもらっているご婦人たちを乗せて動いている。……

（ここでいくつかのパラグラフが省かれている）〔七〕

……こうして拙い英語で悩まされ、陰気でしかつめらしい丁重さにはそれ以上に閉口していたものだから、移民氏の召使いが僕を探しに来てくれたとき、その声は昔からの友達の声のように響いた。彼は僕をホテルまで案内しようと来てくれたのだった。街路から街路へと僕は子供のようにうきうきして早足で歩いた。そしてあちこち忙しく眺める僕の目は、確かに子供みたいな驚きの表情をしていたと思うよ。移動できる長椅子を前後二列に付けた、柳枝編みで囲んだ馬車（二頭立ての四輪馬車だった）に面白がったり、店の看板を見て楽しんだり。看板には中で売られている商品がすべて絵に描いてあって、それも異様なごた混ぜとはいえ大変正確に描かれている（いろんな民族が集まる大商業都市では言語に代わる便利なものだ）、そして店や家のドアの鐘が絶えずチリンチリンと音を立てているのも面白い。どのドアにも上に釣鐘があって、出入りするたびに小さな鉄の棒で打たれるようになっているのだ――最後にもう一つ言えば、通りがかりに窓から家の中を覗くのが愉快だった。紳士淑女がトランプをしたりコーヒーを飲んだりしている。そして紳士たちは皆タバコをくゆらしている。僕は絵描きだったらよかったのにと思った。トランプの情景の一つをスケッチして君に送ってあげられたのに。一人の紳士は長いパイプをテーブルの上に置き、その筒は彼の口から半ヤードも先まで伸びていて、まるでチップ入れの側の香炉のようにそこから煙が立ち上っていた――もう一人の紳士はカードを配っていて、当然ながら両手がふさがっているのでパイプをくわえていたが、パイプは彼の膝の間を垂れて足首の所で煙を出していた。ホガース〔八〕でも、こんな努力が引き起こしたほど、姿勢や顔を滑稽に歪めて描いてはいない。側にはまさにそのホガース流の美しい女性の顔もあった。風刺家としての気質の蔭に、詩人として美を愛する心をいつも保っていたあのホガースが、滑稽にデフォルメされた人々の群の中心人物として、あれほど度々、あれほど楽しそうに描いている女性の顔だ。その人物は（真の天才の力とはこういうものだね）対照としての役を演じるとか、演じる意図で描かれたというのではなく、全体に、そして人物群の一人ひとりの上に、融和と人間的温かさの精神をゆきわたらせている。この感情を生み出しているものに意識的な注意が向けられなくなってしまった後でも、それはまだその優しさを、見る人の笑いに混ぜてくれ、それによって自然の悪戯と人間仲間の欠点や可笑しさを教えてくれる愉快さが、軽蔑と憎悪という心の毒に堕落しないですむのだ。

　僕たちの宿屋は「野生人（ヴィルデ・マン）」というのだが（その看板は宿の主の容姿をなかなかよく表している。彼は厳めしい顔にすわりの悪い笑みを浮かべ、誰に対しても愛想よくしようとしていて、実際、一人で練習している役者のように、笑みを浮かべる機会を期待しながら演じ続けている）――つまり宿屋も亭主も最高に優雅な階級に属しているとは言えない。ただ旅行者にとって一つの大きな利点は、それが市場の中にあって、しかも巨大なセント・ニコラス教会の隣にあること。教会の周辺には家や店が建ち並んでいるので、そうしたいぼやこぶのでこぼこの中から高い大きな尖塔が立ち上がっていて、その頂上の近くを大きな金色の玉がネックレスのように取り巻いている。これ以上の道しるべは、まず望めない。教会の内部にある時計の低い張りのある音の、大きくて長く震える恐ろしい反響が僕の心に与えた印象は、これからもずっと忘れられないだろう。その音で午前二時に胸苦しい夢から覚めたのだが、その夢も、ここで毛布の代わりに使われている羽根布団のせいに違いない。この厭わしい習慣に従うくらいなら、荒野のインディアンみたいに毛布を肩にかけて持ち歩いたほうがましだろう。知り合いになった例の移民氏は、高名なリール修道院長〔九〕の親しい友人であること、そして王制のもとで彼が所有していた多額な資産の中から、単に自立した生活というだけでなく身分相応な生活に十分なだけのものを確保していたことが分かった。彼はロンドンで移民仲間の何人かにかなりの金額を融資していたのだが、これ以上の融通はできないと断ったことで彼らから悪意を抱かれるようになり、その結果、陰謀にかかってイギリスから追放されることになった。彼が外国人治安法にもそれを執行した大臣にも、何の非難も口にしなかったことこそ、彼が無実である一つの証明だと僕は思ったものだ。そしてもっと重要な証明となるものは、彼がロンドンのことを本当に嬉しそうに話し、またイギリスで結婚して定住している彼のお気に入りの姪のことを、愛情に満ちた実の親のような情と誇りを精一杯表して話してくれたことだ。国から強制追放され、大損をしながら資産を売らなければならず、そして習慣から彼の幸福に欠かせないものとなっていた楽しみや社交のスタイルから締め出されてしまった男、それでもその感情の大部分は、友情が踏みにじられたことへの憤慨や家庭の情愛から切り離された心痛といった、すべて個人的な性質のものなのだ——そのような男が、どんな仕事においても、特に現在のフランス総裁政府の任務として*スパイ*行為をするなんて考えられないと、僕は敢えて断言できると思う。彼は王制下のパリについて夢中になって語った。それでも彼が説明する個々の事実は、彼自身の身の上話が同じ移民の忘恩をなるほどと思わせたのと同じくらい、フランスという国の価値のなさを深く確信させるものだった。ドイツに来て以来、僕が出会った人たちは、フランス革命を嫌悪している人たちであっても、フランスからの移民について話すとき、誰一人として好意を、いや情けすら示さなかった。この悲惨な戦争（北ドイツは、自国がその恐怖から単に一時的に免れているだけで、安全だとは考えていない）の原因には彼らの影響があったのだという思い込みが、彼らが一般に嫌悪の目で見られる理由の一部かもしれないが、もっと大きな理由は彼ら自身の不品行、同志の裏切りや不人情、そして彼らの多くが家庭的不幸や道義の退廃を、庇護者の家庭にまで持ち込んだことによるものだと、僕は深く確信している。王政復古のとき大陸に逃げ場を求めたイギリスの愛国者たちの、謹厳で愛すべき人柄を思い起こしたとき、僕の心は純粋な誇りで大きく膨らむ思いだった。チャールズ一世時代の内乱をフランス革命といっしょに並べてもらいたくない。イギリスの内乱では、信念の過剰によって聖杯が溢れてしまったのだが、フランス革命では搾り滓が醗酵して溢れたのだ。前者は二党派間の徳と徳高い偏見との戦いだったが、後者は悪同志の戦いだった。フランスの王制のヴェネチアグラスは二重の毒の作用で震え、砕け散ったのだ。

九月二〇日。詩人クロプシュトック氏の弟[一〇]に紹介され、さらに彼からエベリング教授[一一]を紹介してもらった。教授は耳が遠いが知的で活発な人だ。あまりにも聞こえないので話をするのに苦労してしまった。僕たちは真珠を落とすように言葉を一言ずつ巨大なラッパ型補聴器に吹き込まなければならなかったのだから。この礼儀正しく親切な文学者は（ドイツの知識人一般が、最初に会ったこの人に似ているといいなと思う）、けっこう愉快なイタリア語の洒落と面白い逸話を聞かせてくれた。ボナパルトがイタリアに滞在していたとき、何か裏切りに遭って腹を立て、公衆の前で声を荒げてこう言ったそうだ。「まさに諺どおりだ――リー・イタリアーニ・トゥティ・ラドローニ（イタリア人は皆盗人だ）。」すると一人の婦人が勇気を出して答えた。「ノン・トゥティ・マ・ブオナパルテ（全員ではなく、かなりの部分です）」。正直なところこれは僕の耳には、そこで言われていたかもしれないたくさんの面白いことの一つだった。次の逸話はもっと値打ちがある。それはフランス的あてつけのやり方と手管を実例で見せているのだから。オッシュ将軍[一二]は非常に充実した正確な地図から国の地勢に関するたくさんの情報を取得していたが、その地図を作った人物は、聞くところによるとデュッセルドルフ在住の人ということだった。フランス軍がデュッセルドルフに総攻撃をかけたとき、オッシュはこの人物の家と財産は戦火から守るようにと事前に命令し、彼が信頼していた軍隊の将校に、この命令通りにすることを任せた。総攻撃が始まる前に当の人物は逃げてしまっていたことを後になって知って、オッシュはこう叫んだという。「彼が逃げる理由はなかったのだ。フランスが国民の血を流す覚悟で戦争をするのは、こういう人たちのためにやるのであって、彼らを敵にしてやるのではない。」君はミルトンのソネットを思い出すだろう――

偉大なるエマティアの征服者は
寺院や高楼を破壊してもピンダロスの家だけは
攻撃するなと命じた――

〔ミルトン、ソネット八番、一〇―一二行〕

さてデュッセルドルフの地図製作者とテーベの詩人を並べることは、壁を這って薄い膜の線を残して行くカタツムリと、翼で嵐をも突き破り太陽に向かって飛翔する鷲とを並べてみるような感じだが、だからと言ってフランスのジャコバン主義の将軍ごときが、無鉄砲なマケドニア人〔アレクサンダー大王〕ほど勇敢な将軍で優れた政治家ではありえない、と結論することはできない。

　クロプシュトック氏は、エベリング教授の家から、友人と僕とを自分の家まで連れてきてくれて、そこで僕は彼の兄上の立派な胸像を見た。その顔つきには厳かで重厚な偉大さが感じられたが、それは僕が彼の文体と天分から予想していたものと一致していた。そこにはレッシングのとても素晴らしい肖像画もあった。彼の作品は僕が今、一番感心して読んでいるものだ。彼の目は、僕の目にとても似ていて、どちらかと言えばもっと大きく、もっと張り出している。しかし彼の顔の下半分と鼻は――ああ、優雅さと感受性をなんと見事に表していることだろう。額には深さや重さや包容力は感じられない。その風貌全体は、レッシングが敏感で官能的な感性と、活発だが軽やかな空想力を持った人だということ、そして明敏だが、それは現実生活の観察においてではなく、観念の世界を整理し統制すること、つまり鑑識眼と形而上学において発揮される明敏さだということを、語っているように思われた。言っておくけれど、ここに書いた文章そのものは、レッシングの名前と、彼がドイツの著名な作家だということ以外何も知らなかったときに、ただ彼の肖像画を目の前にしてメモ帳に書き込んだものなのだ。

　僕たちは賓客用食卓でまずい晩餐を食べながら二時間以上を過ごした。「《忍耐》さながらドイツ定食の席に着き、つらい時間に微笑んで耐えながら。〔二三〕」ドイツ人はヨーロッパの中で一番料理が下手だ。二人に一本ずつ並のワイン――ラインとクラレット――が交互に置かれている。でも裕福な家では食事中に何度も長い合間があって、その間に召使いたちがもっと高級なワインをグラスに入れて持ってくる。カルピン卿のお邸ではこんな順番だった。バーガンディー、マデイラ、ポート、フロンティニアック、パチャレッティ〔パハレテ〕、オールド・ホック、マウンテン、シャンペン、もう一度ホック、ビショップ、そして最後にパンチ。思うに、かなりの分量だ。定食の最後の料理はスモモの煮たのや他の甘い果物が添えられたロースト・ポークの薄切りで（主な料理は皆大皿で運ばれてきて、そこで切り分けられ、まずみんなが取り回してからテーブルに置かれる）、続いてチーズとバター、それから皿に盛ったリンゴだったが、このご馳走でシェイクスピアを思い出し、*シェイクスピアを思い出したらフランス語の喜劇に行こうと思いついた。[一四]

＊ スレンダーは言う、「煮たスモモの一皿を賭けて長剣と短剣の試合をやり、脛に傷を負ってしまいました。それからというもの、本当に、熱い肉料理の匂いには耐えられないのです」〔『ウィンザーの陽気な女房たち』一幕一場、二五四―五八行〕。さらにエヴァンスはこう言う、「私は食事を終えてしまおう。まだリンゴとチーズがくるはずだ」〔同一幕二場、一〇―一一行〕。

……

いやはや、これはイギリスの現代劇よりもっとひどいよ。第一幕で分かることは、ヴァトロン〔ヴァルトロン〕伯爵とかいう人物について軍法会議が行なわれるということだ。伯爵は彼の義兄にあたる大佐を刀で斬りつけたというのだ。将校たちは伯爵の弁護をする――が無駄だ。伯爵の妻、つまり大佐の妹も、激しく苦悶して嘆願する――が駄目だ。彼女がヒステリーの発作を起こして失神したところで奥の幕が下りる。第二幕では伯爵に死刑が言い渡される――彼の妻は先ほどと同じくらい気違いじみたヒステリー状態だ。彼女は（何と勤勉な役者よ！）これ以上の狂乱状態にはなれないだろう。第三幕は終幕だが、妻はまだ逆上していて、まさに狂乱そのものだ。兵士たちが発砲の構えをし、合図のハンカチが実際に落とされたそのとき、「執行中止、執行中止！」の声が奥から聞こえてきて、なにがし王子が登場し、伯爵を許す。妻はまだ狂乱状態、ただし今度は喜びに狂って。それで終りというわけだ。

ねえ君、こういうのが、笑いの後で憂鬱になるという例の一つだね。この手の劇が、今やあらゆる所でシェイクスピアやラシーヌの代わりをしている。この二人の名前をいっしょにするとき、僕が自分の真情をねじ曲げているのだということは、君はよく分かってくれるだろう。でも僕がフランスの真面目な劇を、その最も完璧な見本でさえも低く見ているとは言え、またフランス劇が言葉の使い方を誤ったり、「自然」が情念の状態にふさわしいと判断するような思考の繋がりや移行を歪曲していたりすることに不服を言うだけの理由はいくらでもあるとは言え、それでもなおフランス悲劇は、一貫した芸術作品で偉大な知性の産物だと思う。部分においては適合性を保ち、全体が調和しているので、それらの劇は、偽の自然ではあってもそれなりの自然を作っているのだ。さらに観客の心を、積極的な思索と高い理想の追求へと奮い立たせてくれる。想像力に畏れや喜びを与える言葉や状況によって高められることもないまま、我々自身の日常の苦しみにつまらない同情をしたり、人を驚かせる意外性に空疎な好奇心を抱いたりすることで、ただ心が恍惚として感情に流されるといった、そういうものではないのだ。(コッツェブー［二五］や彼の模倣者たちのパントマイム的な悲劇やお涙頂戴の喜劇におしかけて行く群衆に尋ねてみたい）あなたたちは何を求めているのですか。喜劇ですか、と。でもシェイクスピアやモリエールの喜劇では、知識がより正確なほど、そしてより深く考えるほど、それだけ大きな満足感が笑いに伴ってくる。これらの作家たちが描き出す性質は、その種類からにせよ行き過ぎからにせよ、実に滑稽で、しかもその滑稽さが絶妙なのだが、それでもそうした性質は人間の精神から自然に生じたもので、背景を多少とも変えれば僕自身の心にも、あるいは少なくとも僕ら人間の全階級に当てはめることができるような性質なのだ。モラリストや形而上学者が、人間の考えや行ないの一般的な真理とそれに付随する法則を例示する一番適切な見本を、悲劇の登場人物のみならず、シェイクスピアのジェークイズやフォールスタッフ、果ては道化役者や戯け者、そしてモリエールの守銭奴や心気症病みや偽善者の台詞の中にさえ見つけることが、何と頻繁にあることだろう。僕が抽象論を推奨しているとは言わないでくれたまえ。登場人物に教訓的な意味を持たせるこのような階級的特徴は、シェイクスピア劇の人物では、それぞれ変化がつけられ独特なものになっているので、実生活の中でも、実在の人物が持つ個性をこれほどはっきりと感じることはないからだ。奇論に聞こえるかもしれないが、幾何学に不可欠な特性の一つは、優れた劇にも同じように不可欠なもので、だから（女性にこんな名前を持ち出して学をひけらかしていると思われたくないが）アリストテレスは個々のものの中に普遍的なものを内包させることを詩人に要求したのだ。〔一六〕主な違いを言えば、幾何学では普遍的真理それ自体が意識の一番上にあるのだが、詩の場合、一番上にあるのは個々の形で、その中に「真理」が包み込まれているのだ。古代の作家の場合、イギリスやフランスの昔の劇作家の場合もそうだが、喜劇も悲劇も詩作品の一種と考えられていた。彼らは喜劇にただ笑わせることを求めたのではなく、ましてや顔を歪めて見せたり、不意にわけの分からない言葉を使ったり、流行の俗語を並べたり、月並みの教訓を登場人物の仕事場や機械的作業から取ってきた隠喩で飾ったりして笑わせることを求めたのでもなかった。また悲劇でも、観衆の前に彼ら自身の卑俗さの写しを、実在するいろいろな卑俗な姿で表現して拍手を引き出そうとしたり、泣き上戸の感傷的な涙とたいして変らないような悲哀で彼らの鈍い同情心に訴えかけたりして、おもねることはしなかった。彼らの悲劇の場面はまさに悲哀を誘うように作られていたが、それは快感の範囲内であって、知性と想像力の両方の働きに結びついていた。彼らは人間精神がこんなに偉大になり得るのだという感覚を持つまで心を高揚させ、このつまらない「あるがままの現実」〔一七〕と、それぞれの人間がたまたま置かれている特殊な状況をいっとき忘れている間に、その偉大さの萌芽を植えつけたいと望んだのだった。個々の人の雑念を、もっと高貴な思想が奏でる音楽の中で一時停止させ、眠らせてしまいながら。

「待って
くれ!」(おや、大衆の代弁者が反論しているようだから、聞いてみよう。僕は原告、彼は被告人だとしよう。)

被告　ちょっと待ってくれ。我々の現代の感傷的演劇は最高のキリスト教的教訓で一杯ではないか。

原告　確かに。教訓はあるにはあるが、それはキリスト教の徳が何一つなくても——君たちにとって本当に苦痛な犠牲を何一つ払わなくても——実行できるような部分だけだ。観衆にへつらい、皆が自分の心に満足して帰って行けるようにさせるだけのものだよ。自分たちの悪徳にすっかり妥協して。悪徳と仲良しになって同情と寛大な心で手を取り合って行けば、悪徳も悪いとは思えなくなる。追従というのは厭わしいもので、私的な集まりで敢えてそんなことを言う人間の顔には唾をひっかけてやりたいと思うほどだが、それを侮辱的な皮肉と解釈しない限り、人は限りない満足感でそれを受け入れるものだ。豚小屋全体で残飯を分け合って一つのかいば桶からがつがつ食べるようなときには。君たちの舞台をシーザーが歩くことはないだろう——アントニーも、デンマークの王子も、オレステースも、アンドロマケも登場しない——。

被告　登場しない。そのような人物はなるべく少なくする。ロンドンやハンブルクの普通の市民が、君たちの言う王や女王や学校で習う昔の異教の英雄たちと、何の関係があるのか。それに、誰でも知っている物語だし、何の興味が持てるのか——

原告　何だって、君、芝居の様式には興味がないのか。心躍るような詩人の言葉にも、場面の状況にも、情熱と情熱の響き合いにも興味がないのかい。

被告　話を急がないでくれたまえ。我々が感じる唯一の好奇心は話の筋なんだ。どういう結末になるかわかっているとき、芝居の終りをはらはらしながら待ったり、それに驚いたりできるだろうか。
原告　話をさえぎって失礼。お互いの立場はいま分かった。昔の賢人は、悲劇を人間の天分が最高に発揮されたものだと考えたものだが、君はその悲劇に、新しい小説、最近のドイツの伝奇小説やそのほか当節の好みに合ったもの、つまり一回だけ楽しめば済むものと同じ満足感を求めているのだね。もしこの感情を姉妹芸術の絵画に当てはめるなら、ミケランジェロのシスティーナ礼拝堂やラファエロの聖書壁画は君の賞賛を期待できないことになる。それらについては以前からすべて知っているし、確かにこういう絵画の題材は、昔の英雄時代の悲劇的物語よりもっと親しまれている。だから君が現代作家の作品を好むのは筋が通っている。昔の偉大な作家たち、少なくとも我々の祖先が偉大だと認めた作家たちは、この種の好奇心を満足させようとはほとんど思っていなかったので、彼らが物語に重きを置かなかったのは、画家がカンバスに重きを置かなかったのと同じだった。つまり物語は、彼ら特有の秀逸さを表す手段ではなく下地であると考えたのだ。物語風のものでも騎士物語的なものでも、新案の出来事の種類が少なく、またそれらの出来事を織り合わせたいという願望を感じさせない点で、セルヴァンテスの『ドン・キホーテ』に匹敵する作品はないだろう。この作品を愛読する人たちは、先へ読み進む前に、少なくとも十回はその前のどこか一章に戻って、もう一度そこをじっくりと読み返したい気持になるのだ。あるいはその本で最も印象的だった部分を開くだろう。ちょうど我々が、性格や行ないを親しく知っている一番好きな友人を一番頻繁に訪ねるように。神のようなアリオスト〔二八〕（彼の同郷人はこの敬愛する詩人をこう呼んでいたが）、そのアリオストの作品に、彼自身が創作した物語、あるいはそれを構成している部分が「昔の伝奇物語」の読者にとって初耳だというような物語が、一つでもあるかどうか僕は聞いてみたい。古代ギリシア人は、悲劇の物語ではその題材が以前から知られたものでなければならないとさえ考えたのだが、それについては簡単に済ませよう。同じ題名で少なくとも五十の悲劇がすでにあったということが、ソフォクレスやエウリピデスがエレクトラを主題に選んだ動機の一つだったのだろう。しかしミルトンは——

被告　ああ、なるほどミルトンね。しかしジョンソン博士や他の立派な人たちによれば、ミルトンは今や学校の課題でしか読む人はいないというではないか。

原告　それが当てはまる人たちがいるならひどいことだ。それならどうして君はシェイクスピアを敢えて賞賛するのか。全部とは言わなくても、彼の劇の大部分は、名前とか主な出来事に関しては、すでに在庫の芝居だ。少なくとも彼の劇のもとになっている物語は、年代記やバラッドや、同時代またはそれ以前のイギリスの作家たちの翻訳の中にすでに存在した。もう一度聞くけれど、なぜ君は敢えてシェイクスピアを賞賛するのか。もしかしてただ賞賛するふりをしているだけではないのか。それにしても、歴史上の有名な出来事や人物、あるいは叙事詩のミューズをすっかり退散させてしまって、彼らの代わりに君たちは何を取り入れたのか。君たちの悲劇のミューズは酒杯と短剣を誰に持たせたのか。いや感傷ドラマのミューズだと言うべきだったかな、君たちが悲劇の王座に座らせたのは。そのミューズはどんな主人公に悲劇役者の靴〔二九〕を履かせたのか。

被告　ああ、我々の善良な友人や隣人たちだよ——正直な商人、勇敢な船乗り、意気軒昂たる退役士官、博愛主義のユダヤ人、徳のある高級娼婦、気の優しい真鍮細工師、それに情にもろい鼠取り屋！（ちょっと無愛想なといったところだが、とても寛大で気の優しい我々の登場人物たちは、実際、皆少々ぶっきらぼうで付き合い嫌いなのだ。そして付き合い嫌いの登場人物は皆とても気の優しい人たちなのだ。）

原告　でも君、教えてくれたまえ。そういう人物はどんな偉大な行為や興味深い行動に携わることができるのか。

被告　彼らは大金をばらまく。つまり貧乏だが他の点ではすばらしい素質を持った若者や娘たちに、たっぷりと持参金をつけてやるのだ。彼らは領主や准男爵や治安判事を脅しつける（その大胆さはまさにヘクトール〔二〇〕のようだ）——また崖から落ちそうになった瞬間に乗合い馬車を救助したり、敵に見つかった子供たちを抱えて逃げたりする。それに我々の役者の何人かは筋骨隆々たる立派な体格の男の役を完璧にこなすので、いつも役者たちの姿を見ている劇作家は、お気に入りの男性登場人物をサムソンのように強い男に仕立ててしまうのだ。それから彼らの跳躍のすごいこと！　それに舞台で行なわれていることが、演じられていることよりもっと際立っている。耳をつんざくような爆発音がして、その一幕の後半は芝居の台詞が一言も聞こえなかった。その時は少量の本物の火薬に火がつけられていて、その臭いが観客全員に広がったから、その場面の自然さときたらまったく驚嘆すべきものだった。

原告　でもそういう人々やそういう動作を、一人の人間の運命に何千人もの運命がかかっているという状況、つまりシェイクスピアやギリシア悲劇の人物にあれほど高貴な魅力を与えている悲劇の筋立てと、どうやって結びつけられるだろうか。感情の中でも最も崇高な感情、運命の力と天の采配の威力は、食い止められない不幸のもとに沈んでいく人物を高貴なものにしてくれるように感じられるが、それらを君の劇中の人物とどうやって結びつけるのか。

被告　ああそれはただの空想じゃないか。今は我々自身の欲望や情熱、自分たち自身の怒りや喪失や悩みを舞台に求めて、そして見つけるのだよ。

原告　それでは君たちが舞台で見たいのは、高められて力を与えられた人間性ではなくて、自分自身の哀れな安っぽい本性だというのかい。それだったら喜びや悲しみも全部含めて、君たちの家庭や教区地域の中に、もっと手軽に見つけられるじゃないか。

被告　その通り。でもここで違いが出てくる。運命は盲目だが、詩人は目を開いて見ている。その上、運命は気まぐれだけれど詩人は我々に配慮してくれる。詩人は何事でも、ちょうど我々が望むような結果に導いてくれる。我々が憎み軽蔑したいと思う人物を憎らしく軽蔑すべきものに描いて、満足させてくれるのだ。

原告（傍白）つまり、詩人は君たちより優れた者をけなすことで、嫉妬心に迎合してくれるということか。

被告　詩人は、隣人たちよりも優れているように振る舞う厳格な道徳家たちが皆、結局は浅ましい偽善者や裏切り者や不人情な悪者だったということを分からせる。そして女性も酒も同じように自由に楽しむ意気盛んな者たちが、真に面目ある人間だということを示してくれる。そして（観衆の誰もが不満を残すことのないように）彼らは最後の場面で行ないを正し、とても誠実ですばらしい夫になるだろうと女性たちに確信させる。ただ、彼らをとても面白い人間にしていたいろいろな性質をなくしてしまわなければならないのは、実に残念だけれどね。それから、貧乏人はたちまち金持ちになる。そして最後に結婚相手を選ぶ段になって、裕福で高貴な生まれの人々自身がこう告白させられるのだ――《ただ徳のみが真に高貴なもの、そして美しい女性はその身一つで持参金なのだ》（一二）と。

原告　すばらしい！　しかし君たちはあの忠誠心の輝かしい光、王や祖国イングランドへのあの母国愛に満ちた讃美を忘れている。このような気持は、特に船とか店とか日常の隠喩で表現されるとき、大衆の讃嘆の心を呼び起こさずにいないし、必ず拍手を受けるものだ。これを入れなかった慎重さは評価するよ。だって君たちの劇の全体的構成は道徳的、知的ジャコバン主義の最も危険な種類のもので、決まり文句でわめいている忠誠心は君たちの劇作家の偽善にすぎないし、彼らに対する君たち自身の共感はまったくの自己欺瞞なのだから。君たちにとって劇の人気の秘密とはすべて次のようなことにあるのだ。つまり、物事の自然な秩序や原因と結果を混乱させひっくり返すこと、そして寛大さや洗練された感覚や優れた道義心といった特質（というよりむしろ君たちの間でそのように通用しているもの）を、経験から考えてもそれらを最も期待しにくいような人間や生活階級の中に表現して観衆を驚かせること、そして美徳が受けるべき共感を、法や理性や宗教が我々の敬意の対象から除名してしまったような罪人に与えることなのだ。

さて今度こそ本当におやすみ！　この最後の一枚はドイツに来なくても書けただろうけれど、家の炉端で君に話をしているような気持になって書いてしまった。こうして時々、僕がそこにいないことを忘れるのは、僕にとってちょっとした楽しみだということはわかってもらえるだろう。それに、君もほかの親しい友人たちも、あるがままの僕を受け入れてくれるし、僕がどこから手紙を書こうと、僕の「旅行記」の一部は、僕自身の心の逍遥から作られるものと思ってくれるだろうから。

書簡 3

ラッツェブルクにて

水中に戻された小さな魚や子供の手から解放された蠅が水や空をどんなに生き生きと楽しんだとしても、この清潔で落ち着いた部屋を楽しむ僕ほどではないだろう。この部屋は、今こうして手紙を書いている窓辺から、ラッツェブルクの街並みや森、湖の美しい景色を満喫できる。ハンブルクのホテルでの騒音や埃っぽさや不健康な大気のせいで、確実に僕の精神は、そしておそらく健康も、落ち込み始めていた。九月二三日の日曜日に僕は、ラッツェブルク市長に宛てて書かれた詩人クロプシュトックの紹介状を携えてそのホテルを出発した。市長は親切にもてなしてくれ、立派な牧師に紹介してくれた。その牧師はいつまででも、何ヵ月でも食事付きで部屋を提供すると言ってくれた。僕が乗ってきた乗り物は、イギリスの駅馬車よりもかなり大きいもので、大きさも形も、象の耳と人間の耳を比較したのと同じくらい、大雑把にしか似ていなかった。その乗り物の屋根は、様々な色のむき出しの板でできていて、以前は様々な羽目板の一部に使われていたようだった。窓はなく、その代わりにガラスをはめ込んだ小さな覗き穴がある皮製のカーテンがかかっていた。それは景色を閉め出し、寒気を取り入れるという目的に完璧に適うものだった。そういうわけで、馬車が止まったところの宿と農家以外はほとんど観察できなかった。農家は大きさを除けばどれも似たり寄ったりで、納屋のように一つの大きな部屋になっていて、その上に干草置き場がある。そして部屋の天井でもあり干草置き場の床でもある板から、藁と干草が束になってぶら下がっている。その部屋の床は街路のように石を敷き詰められているのだが、その部屋の片側から、時には一つの部屋が、時には小さめの二つの部屋が仕切られて作られている。それらの部屋は一つの床を共有している。この大きな部屋には、牛、豚、家禽、男性、女性、それに子供たちが仲良くいっしょに暮らしている。それでもそこには清潔さと鄙びた心地よさがあった。私は農家の家の一つを測ってみた。奥行きは一〇〇フィートもあった。人が住む部屋は大きな部屋の一方の角に寄せて作られていた。これらの部屋と家畜房との間には少し間隔があって、この部分の横幅は四八フィートあったが、家畜房のあるところでは幅が三二フィートだった。もちろん両側にある家畜房の奥行きはそれぞれ八フィートということになる。牛などの家畜は、部屋の内側を向いていた。実際家畜たちは部屋の中にいたから、少なくともお互いに顔が見られるという安心感を得ていた。家畜房での飼育は、ドイツのこの地方では広く行なわれている。このやり方に関しては、農業経営者と詩人では相反する見解を持つだろう。少なくとも大変違った感情を抱くと思う。これらの建物の外部の木造部分は、イギリスの古い家屋のように、漆喰が塗られていない。そして赤と緑に塗装されていて、建物をとても華やかなモザイク模様にしている。ハンブルクからメルンまでは三〇マイルあるけれど、ハンブルクから三マイルも行かないところからメルン近くまでは、見渡す限りまったく平坦で、ただ森が変化を与えるくらいだ。メルンまで行くと景色はとても美しくなった。ほとんど森に囲まれた小さな湖や、イギリス国王が所有していて、御料林監督官が居住している宮殿も見えた。ハンブルクからラッツェブルクまでの三五マイルを移動するのにかかった時間は、ロンドンからヤーマスまでの一二六マイルを移動するのにかかった時間とほぼ同じだった。

ラッツェブルク湖は南北に延びていて、長さは九マイル、幅は場所によって三マイルあるところもあれば半マイルしかないところもある。この湖は最南端から約一マイルのところで、一つの島によって、大きさの違う二つの部分に分割されている。その島は、橋と細長い陸地によって片方の湖岸とつながり、またとても長い橋によってもう一方の岸とつながっていて、完全な地峡になっている。その島の上にラッツェブルクの町が築かれている。例の牧師の家、すなわち牧師館は、市長の家、書記官の家、それに教会とともに丘の頂上近くにあって、その丘を下ると細い陸地と小さい橋がある。島のラッツェブルクの町に入るには、そこから立派な軍用門を通り抜けて行く。この島自体も小さな丘になっていて、それを登って下ると長いほうの橋へ行き、もう一方の岸へ着くことができる。町の南にある湖は「小湖」と呼ばれているけれど、湖全体の美しさをほとんど独り占めしている。その湖岸は緑に覆われたり地面がむき出しになったりして、湖の周囲の大部分を占める大きな森に対して、適切な効果を与えている。その岸辺は曲がりくねって入り組んでいるために、ほぼ十歩進むごとに景色は変化し、景色全体には一種の荘厳な美、女性的な壮麗さがある。「大湖」の北には、その上に姿を現しているリューベックの七つの教会の塔が見える。それは一二、三マイル離れたところにあるのだが、三マイルもないくらいにはっきり見える。この景色の唯一の欠点は、ラッツェブルクの町全体が赤レンガで造られていて、すべての家の屋根が赤い瓦になっているということだ。だから見た目には、レンガ屑の赤が一面に広がっているように見える。けれども今日、一〇月一〇日、夕方五時二〇分、この町はこの上もなく美しく見えた。そして景色全体が和らいでいって、画家の用語を使わせてもらうなら、「完璧な調和」を作り上げたのだ。ラッツェブルクとその東方を覆う空は純粋な夕暮れ時の青色だったが、反対に西方の空は明るい黄土色の雲で覆われていた。その西の空から深紅の光が景色全体に広がっていて、その赤色の町、赤褐色の森、湖岸の黄色みを帯びた赤い葦と乱れることなく調和していたのだ。二、三艘の一人漕ぎのボートが豊かな光の中を漂っていた。その光はそれ自身すべてと調和しつつ、同時にすべてを調和させていた。

最初に君に、僕が一度ハンブルクに戻ったということを知らせておくべきだった。僕は木曜日（九月二七日）にハンブルクに戻って、南へ旅する友人〔ワーズワス〕に別れを告げ、翌週の月曜日にこちらに戻った。ラッツェブルクとハンブルクの中間地点にエンプフェンデという村があり、その村から、砂地の道や物寂しい平地を通ってハンブルクまで歩いて行った。その土地はどこも白っぽく、やせこけていて、まったく粉のようだった。だが町に近づいて行くのは心地よかった。明るく涼しげな家々があり、その裏にある庭まで見通すことができる。その庭には、あずまや、格子細工、草木でできた厚い生垣、それに回廊を形作る木々があり、それぞれの家の前にはきちんと柵があり、その柵の内側には木々の生い茂った敷地がある。すべてのものは、自然に成長するものであれ、人が作ったものであれ、きちんとしていて手が加えてある感じがした。その家や庭や遊び場がもっと貴族趣味のものだったとしたら、これほど僕は喜ばなかっただろう。単に猿まねになっていたいただろうから。忙しく働きまわり、心配性で拝金主義のハンブルクの商人たちだったら、自然の素朴さを取り入れることはできただろうが、それを楽しむことはできなかっただろう。人の心は、自然の中にある自分に都合のいいものをまねることで自然を愛し始める。しかしこれも、まだ低い水準ではあるけれど、知性における一つの前進だ。そうでなかったとしても、周りの人は皆、無邪気な喜びや感覚的な慰めのことを話していたし、僕自身、忙しく働き、心配性で拝金主義のハンブルクの商人たちの楽しみや慰めに対してすら、無節操にも共感してしまった。このような慈悲深く万人に心開かれた気持ちで、僕はハンブルクの町の巨大な城壁にたどり着いた。その城壁は次々に重ねられている緑の大きなクッションで、その隙間から木々が伸びている。それは長い平和の証（あかし）であり、その象徴でもある。帰路については、臨時の馬車で帰ったということ以外には特に伝えることはない。その臨時便は、イギリスでいう駅馬車のようなものだ。ドイツ北部のこういった駅馬車は、幌がなく、枝編みの覆いがついただけの乗り物だ。これと比べれば、イギリスのごみ運搬馬車でさえ洒落た乗り物で、機械装置の傑作だ。それにその馬の痩せ様といったら！　未開人なら、数を数えるのに、自分の指の代わりにその馬の肋骨を数えるだろうよ。馬車が止まるたびに、御者は、自分も食べる茶色いライ麦パンを馬にやり、馬も人間もいっしょに朝食をとるのだった。ただし馬はジンを飲まずに水を飲み、御者は水を飲まずにジンを飲んだけれど。さてこれからは、君にとってもっと興味のある話題、僕がわざわざ君を残して調べに来たもの、すなわちドイツの文学者と文学について話そう。

　W〔ワーズワス〕と僕がクロプシュトック氏に同行して氏の兄である詩人の家に歩いて向かっていたとき、僕は詩人に対して畏敬の念を抱いていた。詩人の家は、町の門から四分の一マイルほど離れたところにあった。それは一列に並んだ小さくてごく普通の夏の別荘（そのように見えた）の一つで、窓の前には四、五列のやせた楡の若木が立っていた。その向こうには、緑に覆われた平地、続いて何も生えていない平地があり、そこを何本かの道路が横切っていた。詩人の眼前に今いかなる美があったとしても、それは純粋に彼が創造したものに違いない（と僕は思った）。僕たちはこぎれいな小さな居間で二、三分待った。その部屋は二人の詩神（ミューズ）の像と版画が飾ってあったが、その版画に描かれていたのはクロプシュトックのオードを主題とするものだった。詩人が入ってきた。その顔立ちにはがっくりさせられた。彼の胸像とはまったく似ていなかった。その額には包容力が認められず、眉毛にも重厚さが感じられず、目には道徳的にも知的にもまったく際立ったものが表れておらず、表情全体に堂々としたものが何もなかった。彼は、どちらかと言えば、小柄なほうだった。非常に大きな半長靴を履いていたが、恐ろしいほど脚がむくんで窮屈そうだった。しかし、Wも僕も彼の人相に崇高さや熱情の印を見出すことはできなかったが、僕たちは二人とも彼の元気な姿と丁重なもてなしには感銘を受けた。彼は、僕の友人とはフランス語で話をし、僕に対しては片言の英語で苦労しながら話しかけてきた。彼の上歯はすっかり無くなっていたが、発音にはまったく影響がなかった。会話の口火を切ったのは彼の方だった。その彼の話題はアンベール将軍率いるフランス軍の分隊が降伏したときに歓喜したというものだった。彼らが任命した委員会およびその他の組織化の仕組みに関するアイルランドでの彼らの一連の行動は、詩人を大いに喜ばせたようだった。そして彼は、ネルソンの勝利を固く信じていると表明し、熱心に、誇らしい喜びをもってその確かさを予想した。彼の言葉、口調、表情は、彼が極めて熱心な反仏主義者であることを物語っていた。話題は文学に転じ、僕はラテン語で、ドイツ詩の歴史と先達のドイツ詩人たちについて尋ねた。大変驚いたことに、彼はその話題についてはほとんど知らないと告白した。時おりごく一部の昔の作家を読むことは読んだが、その優れた点を語れるほどではないという。彼によれば、エベリング教授がおそらくこの種のあらゆる情報を提供してくれるとのこと〔二〕だ。この話題は彼の好奇心を特に掻き立てるものではなかった。それから彼は、ミルトンとグラヴァーについて語り、グラヴァーの無韻詩のほうがミルトンよりも優れていると主張した。Wと僕は驚きを隠さなかった。そしてWは、彼が考える調和の取れた詩の定義と概念を説明し、そのような詩の特質は（とりわけ英語の無韻詩はそうだが）休止と抑揚の適切な配列にあり、また

曲線をなして連なり、長く伸びて行く
——たくさんの美しい一節一節が
〔「快活な人」一三九―四〇行〕

詩節全体の広がりにあるのであって、一つひとつの詩行のなめらかな流れにあるのではなく、ましてや各行の卓越性や対照的表現の力強さにあるのではないと主張した。そのようなものはある特定の目的のために導入されるのでなければ、全体の効果にとってまったく有害であろう。クロプシュトックは同意し、グラヴァーの優越性は個々の詩行に限定したものであると言った。彼はまた、十四歳のときにミルトンを散文訳で読んだことがあると述べた。僕はそのように彼の言葉を解した。Wはクロプシュトックのフランス語を通訳してくれたが、僕が解した通りだった。彼はミルトンについて、いやイギリス詩人全般についてほとんど知らないようだった。彼は自分の『救世主』の英語の散文訳[三]のことを大変憤慨して語っていた。これまですべての翻訳は出来が悪かった、まったく駄目だった。だが英語訳と来たら翻訳ですらない。原文にないところが何頁もあるのだ。そして原文の半分もその翻訳には見当たらないと言うのだ。Wは彼に、僕が彼のオードをドイツの抒情詩の実例として翻訳するつもりであると伝えた。すると彼は「私はあなたが『救世主』を抜粋して英語に訳し、あなたの国の翻訳者に対して私の敵を討ってくださることを願っています」と僕に英語で述べた。それはこの会話の中で彼が発した最も生き生きとした言葉だった。彼は、自分の最初のオードが一番最近のものより五十年も前に書かれたのだと僕たちに語った。僕は大いに感動して彼を見つめた。彼のことを、ドイツ詩の尊敬すべき父、良き人、七十四歳になるキリスト教徒、脚はひどくむくんでいるが、それでも活動的で、生き生きとして、快活で、親切で、そして話好きな人物であると思った。目頭が熱くなるのを感じた。肖像画の中のレッシングはかつらを着けているが、かつらのせいで彼の人相はひどく悪く見えた。クロプシュトックも髪粉をかけて巻き毛にした、同様のかつらを着けていた。ついでながら言うと、老人は髪粉をつけるべきではない。大きくて雪のように白いかつらと老人の肌の色との対照は見る人を不快な気分にさせるし、そのすぐ近くにある皺は汚水溝に見えてしまう。自分が自然の一部と見なされることは、詩人や偉大な人物にとってはむしろ名誉なことである。小手先のごまかしや流行のものを身につけることで台無しになってしまうのは、年を経て立派になったイチイの木が刈り込まれてみすぼらしい孔雀になってしまうのと似ている。『救世主』の著者は、ありのままの白髪でよかったのだ。〔このドイツの〕ウェルギリウス氏の詩が耳に心地よく響かないのと同じように、彼の髪粉やかつらは見た目に美しくなかった。

クロプシュトックは、意味を圧縮するというドイツ語の持つ優れた力を長々と論じた。彼が言うには、これまでにホメロスやウェルギリウスの作品の一部を行ごとに対訳したことがよくあったが、ギリシア語やラテン語の一行を訳すのに、ドイツ語は常に一行で済むけれども、英語の場合はそうはいかない。それに答えて僕は、ギリシア語の英雄詩の一行は一般に英語では一行半の英雄詩体で訳され、この一行半はドイツ語あるいはギリシア語の六歩格よりも音節を多く含むということはないと思うと言った。〔三〕彼には伝わらなかったが、*僕は彼の意見を修正するのではなく聞くことを望んでいたので、むしろそれでよかったと思った。

＊ クロプシュトックの見解は半ば正しいが半ば間違っている。彼の言葉を文字通り取れば、そしてもしその比較を、同一の思想を表現する際にそれぞれの言語で必要となる平均的な長さに限定するならば、彼の見解は間違っている。私は何行かのドイツ語の六歩格の詩行を英語の六歩格の詩行に訳してみたが、平均して三行の英語が四行分のドイツ

語を表現するということがわかった。その理由は明らかである。英語の場合は単音節語と二音節語がたくさんあるからである。ドイツ語の方は、ギリシア語と同様、多音節語の多い言語である。しかし見方を変えれば、彼の言っていることには根拠がないわけではない。ドイツ語は、ギリシア語のように前置詞と形容詞によって複合語を形成できるという無制限の特権を享受しているので、非常に意味の豊かな一語のギリシア語も、一語のドイツ語で表現できる。したがって、力のない、あるいはぎこちない言い換えになる必然性から解放されるのである。ここでは一つ例を挙げておけば十分であろう。すなわち *"ver" "zer" "ent"* それに *"weg"* といった接頭辞の使用である。たとえば「引き裂く」(rend) の意の reißen は、他動詞として、verreißen で「引きちぎる」(rend away) を意味し、zerreißen で「ずたずたに引き裂く」(rend to pieces) を、entreißen で「もぎ取る」(rend off or out of a thing) を意味する。あるいは「溶ける(溶かす)」を意味する schmelzen も、"ver" "zer" "ent" がそれぞれ語頭に付く。あらゆる自動詞も他動詞も同様にして語が形成されるのである。"bedrop" や "besprinkle" や "besot" のような語における接頭辞 be- が失われてしまったことがいかに大きなことか、とりわけ英語の詩的表現におけるその喪失の大きさを考えてみよ。そしてこれと同じ造語法がドイツ語のすべての単純前置詞と複合前置詞、それに多くの副詞についても行なわれるということを考えてみよ。そしてこれらの前置詞や副詞は、大方の場合、動詞から切り離し文末に置くことができるという特権を、ドイツ人は我々と同じように享受していることを考えよ。そう考えれば意味を凝縮するというドイツ語の優越性の事実と理由を難なく理解できるだろう。この優越性に、このドイツの大詩人は勝ち誇っていたのである。ヴィーラント[四]を数頁も読めば必ず、この点に関してドイツ語に匹敵する言語はギリシア語を除けば他にないということに気づくはずである。しかしながら私には、この圧縮や凝縮がドイツ語の優れた特徴を表す一番ふさわしい性質であるとは思えない。その優れた特徴というのは、一つの印象を伝えるのに時間がより少なくて済むということよりも、むしろ印象を伝える際の統一性と同時性にあると思える。その優れた性質はドイツ語をより絵画的にする傾向がある。それはイメージをより絵画化する(depicture)。英語の場合このような力を得たのは、一つにはラテン語に由来する複合動詞があるためである。そしてその大きな効果に気づいていたために、おそらくミルトンは、ラテン語起源の語を使用し、また乱用することになったのだ。しかしそれでもこのような接頭辞は、イギリスの単なる一般の読者には分離した意味も分離可能な意味も伝えず、ドイツ語のような固有で同質な言語の力強さと生き生きとした印象をどうしても与えることはできない上に、それらは特定の語に限定されているのである。

ここで僕らは暇を告げた。クロプシュトックは、フランス革命が起きたときに祝賀のオードを書いていた。さらに彼は、フランス共和政府から名誉として贈り物――黄金の王冠だったと思うが――を与えられた。そして彼は結局辞退はしたけれども、わが国のプリーストリーと同様、立法府のメンバーになるように要請された。しかしフランスの自由の女神が復讐の女神に変貌していったとき、前に書いた詩の内容を取り消す改詠詩を添えてその贈り物を返却し、彼らのやり方に対する憎悪の念を表明した。そしてそれ以来、彼はおそらく必要以上に反仏主義者になった。つまり彼は、革命家たちの犯罪と愚行を軽蔑し憎悪するのは当然のこととしても、革命それ自体は神の摂理の一つの過程であるということ、そして人間の愚かさが神の英知であるように、人間の罪悪は神の善を明らかにする手段であるということを忘れてしまっているのだ。クロプシュトックの家を出た僕たちは、彼のことや彼との会話のことを話しながら城壁の方へ向かって歩いていくと、そのうち僕らの関心は日没の美しさと特異性、その沈む太陽の光が周りの事物に与える影響へと移った。遠方に森が見えた。豊かな黄土色の光（いや、黄土色というよりもはるかに深みのある色だった）がその森に降り注ぎ、森はその輝きの中で黒く見えた。森の中でより強い光が直接当っている箇所の上に、真鍮色の霞が漂っていた。城壁の上の木々とその間を行ったり来たりする人々の半分は暗い影に覆われ、半分は真鍮色の光に照らされていた。もしもその木々や男女の体が定規やコンパスで均等に分けられたとしても、それぞれの部分はこれほどきれいに分割されてはいなかっただろう。他のすべては暗くかすんでいた。まさに幻想的な光景だった。そしてこのように光と影の部分に分割された動く事物の中で、そのロマンティックな性格を濃くしたのは、一人の美しい子供の存在だった。その子はイギリスの子供のように素朴ながら上品な服装をして、堂々としたヤギにまたがっていた。そのヤギにつけられている鞍や馬勒その他の装具はかなり高価で立派なものだった。ここでハンブルクの話題を終える前に伝えておきたいのは、僕が当初の予定よりもそこに一日か二日長く滞在したということだ。それは、共和政体の商都ハンブルクの街の華やかさを味わうことを期待して、この都市の守護天使である大天使ミカエルの祝祭〔五〕をこの目で見るためだった。しかし僕はがっかりした。行列など一切なく、二、三の教会で、二、三人の老婦人に対して、二、三の説教がなされた程度で、大天使ミカエルとそのご加護は他の場所で上流階級の人々によって祈願され、歓楽街や劇場などはその日すべて閉まっていた。ハンブルクにはまったく宗教がないように思えるし、リューベックでは宗教は女性だけのものだ。そこの男性たちは、この世で妻と離婚できないのなら、あの世で離婚しようと心に決めているようにさえ思える。リューベック第一の教会の広大な側廊をオルガンのある二階から眺めた光景ほど風変わりなものは、簡単には想像できないだろう。女性の召使やそれと同じような階層の女性たちで埋め尽くされ、しかも彼女たちが被っている帽子には金色や銀色のヘアネットが掛けられていて、さながら金と銀を敷き詰めた贅沢な道に見えるのだ。

僕はこの手紙を、友人のWが書き留めた覚書をそのまま書き写して終えたいと思う。彼は、僕が出発した後にクロプシュトックと会談した際の会話を書き留めておいたのだ。その会話について、僕はここでは、生意気に思われるかもしれないが一言だけ述べておこうと思う。すなわち、ケーニヒスベルクの尊敬すべき賢者〔カント〕に関するクロプシュトックの見解は、僕が知る限り不当であり間違っている。カントの理論体系はもはや省みられないというのはまったく事実に反していて、ドイツのどの大学を探してみても、カント支持者でもなく、またカントの哲学に基づいてその真理を前提としているフィヒテの弟子でもない教授は一人もおらず、たとえカントの理論的業績に関して彼に反論する者であったとしても、全面的あるいは部分的に彼の道徳体系を受け入れ用語体系の一部を採用することをしていない教授も一人としていないのである。

〔以下ワーズワスの覚え書き〕クロプシュトックが、カンバーランドの『カルヴァリー』〔六〕を見ることを望み、イギリスでそれがどのように評価されているかと尋ねてきたので、私はイギリス人書店主レムナントの書店へ行き、カンバーランドの『カルヴァリー』の書評が収録されている『アナリティカル・レヴュー』誌を入手した。私はその雑誌で、『救世主』の無韻詩による翻訳の一部を読んだことを記憶していた。そのことをクロプシュトックに話していたので、彼はそれもぜひ見てみたいと望んだ。私は彼の家に行き、その雑誌を手渡した。彼は自分の詩に言及して、『救世主』は彼が十七歳のときに書き始めたが、一行も書かないまま計画だけにまるまる三年を費やしたと言った。自分の作品を実際に書くのに、どのように書くか大いに迷ったという。それ以前には、ドイツ語による韻文で成功した実例はなかった。彼は最初の三篇を、一種の律動的な、すなわち韻律的な散文で書いた。それは大変な労力とある程度の成功を伴ったが、決して満足のいくものではなかったという。彼は、学校の課題として、ラテン語やギリシア語の六歩格の詩を書いたことはあったし、ドイツ語においても、この種の形式の韻文を試みたことはあった。しかしそれらの価値はたいしたものとは言えなかった。ある日、彼はこの形式でできそうなことをふと思いつき、食事も取らずに一日中部屋にこもり、ついに夕方までには、以前散文で書いていたものの一部を韻文にして、六歩格の詩を二十三行書き上げたという。自分の努力の成果に満足した彼は、それ以来、散文で創作することを止めた。今日、彼は私に、ミルトンを読む前にすでに構想ができていたと語った。彼は、自分よりも前に同じ道のりを歩んでいた作家がいたことを知って嬉しかったそうだ。これは彼が以前言っていたことと矛盾している〔七〕。彼は、自分の詩については、それが完成するまでは誰にも話したがらなかったが、すでに書き上げていたものを読んだ友人の何人かにそれを雑誌に発表するようにしつこくせがまれ、結局彼は数巻を発表することに同意したのだという。その頃彼はまだ若かったはずで、二十五歳くらいだったと思う。残りの部分は、一回に四巻ずつ、別々の時期に出版されている。最初に出版された作品は大いに賞賛されて受け入れられた。詩全部を書き終えるのにほぼ三十年かかったが、そのうち実際に執筆に費やしたのはせいぜい二年であったという。彼は気の向いたときにしか執筆せず、それ以外に仕事を持っていた。彼は自身のオードの構成を誇りに思っていて、現代の抒情詩人のことを、この点が著しく欠けているとして非難する。私は、それはホラティウスも同じだと言ったが、彼はそれには耳を傾けようとはせず議論を避けた。彼はルソーの『運命へのオード』〔八〕を詩形式で書いた道徳論と見なした。私はドライデンの「聖セシリア祭の歌（'A Song for St. Cecilia's Day' 1687）」について話したが、彼はイギリスの作家についてはあまり知らないようだった。彼はイギリスで無韻詩が劇に使用される場合と叙事詩に使用される場合の違いを知りたがっていた。彼は私に、自分の『救世主』やオードを読むより前に、『ヘルマン』〔九〕を読むことを勧めた。彼は、自分の劇詩がいつかイギリスでも知られるようになると自信満々だった。クーパーの名前は聞いたこともなかったという。彼はフォス〔一〇〕が、それぞれの言語には固有の精神と特質があるということを十分に思い起こさずに、『イーリアス』の翻訳でドイツ語に固有の表現を損なってしまい、それをギリシア語のために犠牲にしたと考えていた。彼は、レッシングがドイツで第一の劇作家であると述べた。私が彼の『ナータン』〔一一〕は退屈だと不満を漏らすと、確かにその劇には十分な動きがないが、それでもレッシングはドイツで最も文体が洗練されている作家であると述べた。彼はゲーテを評価していた。しかし小説『ウェルテルの悩み』が、ゲーテのどの劇よりも優れていて、彼の最高の作品であると言っていた。彼はゲーテの劇の中では最初に書かれたもの〔一二〕を他のものよりも好んだのである。〔一三〕シラーの『群盗』については、あまりに度を越しているのでとても読めなかったという。私は日没の場面について話したが、彼はその場面を知らなかった。シラーはいずれ忘れ去られるだろうと彼は言った。『ドン・カルロス』はシラーの中では最高の作品だと思うが、筋が込み入っていると述べた。彼がシラーの作品をほとんど知らない〔一四〕のは明らかだった。実際、彼自身シラーの作品を読めなかったと言っているのだから。またビュルガーは真の詩人で、死後も読まれ続けるだろうが、対照的にシラーはそのうち忘れ去られるだろうと語った。シラーはシェイクスピアを模倣することに心を奪われていて、シェイクスピアも確かに度を越したところがしばしばあるが、シラーはその一万倍も度を越しているとも述べていた。コッツェブーについては、第一に不道徳な作家として、次に力量がないとして、とても軽蔑的に語った。ウィーンの人々はコッツェブーに夢中になっているが、ウィーンの人々がドイツの中で最も賢いとも機知に富むとも思わないと言った。またクロプシュトックは、ヴィーラントは魅力的な作家で、自国語であるドイツ語の最高の使い手だと言った。この点においてはゲーテすら彼に敵わないし、誰も太刀打ちできない。そして彼の欠点は創意の豊かさが誇大な表現にまで至っていることだというのだ。『オベロン』が英語にちょうど訳されたばかりであると伝えると、彼はその詩が気に入ったかどうか聞いてきた。私は、その物語が第七巻か第八巻あたりで締まりがなくなってくると思うと答え、長詩の興味の中心を動物的な喜びにのみ向けるのは才能ある人間にはふさわしくないと述べた。それに対して彼は、最初は、詩には様々な主題があり、詩人は主題の選択を制限されたくないのだと主張して、弁明しようとしているように思えた。私は、確かに愛の情熱は他のどんな情熱にも劣らず詩の目的にふさわしいと思うが、読者の注意を長い詩を通じてずっとその単なる欲望につなぎとめておくのは、読者を喜ばす安っぽい方法であると答えた。まあ、そうだとしても、そのような詩こそ万人を喜ばすのではないか、と彼は言った。私は、優れた詩人の職分は人々を自分自身の水準まで引き上げることであって、自分から人々の水準まで降りていくことではないと答えた。彼は同意し、自分だったら『オベロン』のような作品は書かなかったであろうと吐露した。ヴィーラントの文体については、彼は夢中になって語り、レツィアが子供を出産する場面を描写した一節をこの上なく美しい箇所であると指摘した。私は、特に際立ったところはなかったが、翻訳は不完全だからしかたがないと述べた。彼は、ヴィーラントの剽窃については、それが非常に巧みにおこなわれているために、どんな偉大な作家でも彼のように剽窃することができたら誇りすら感じるだろうと述べた。彼は、昔のロマンス作家の本や物語を古代神話と同じように捉えて、うまく利用できるものは何でも用いてよい一種の共有財産と見なしていた。以前、あるイギリス人からコリンズのオードを贈られ、彼はそれを喜んで読んだと言う。グレイについては、『墓畔で詠んだ挽歌』を除いて、ほとんど、あるいは何も知らなかった。彼は『リア王』に出てくる道化について不満を漏らした。私は、道化の存在によってリアの悲痛がいっそう恐ろしく荒々しいものになっているように思えると述べたが、それでも彼の不満を除くことはできなかった。彼は、ポープこそ他のどのイギリス詩人よりも巧みに押韻詩を書いたと認められるか聞いてきた。私は、自分としてはドライデンのほうが好きであること、その理由として彼の二行連句（カプレット）のほうが動きという点で変化に富んでいるからだと述べた。彼は、私が挙げた理由はもっともだと思うが、ポープの押韻のほうが正確ではないのか、と言った。私は彼の質問が行末韻のことを言っていると理解し、彼に対して、確かにそうだと思うが、詩全体が優れていれば、行末韻のある程度の不正確さも許されると思うと述べた。私は彼に、英語は、詩の行末に関してフランス語ほど厳密ではないのだと伝えた。彼は、英語では男性韻と女性韻（すなわち単押韻と二重押韻）が区別されないということを知らないようだった。少なくとも彼はこの件で私に尋ねてきたのだ。彼は、これまで形成された言語で、外国語から借用された語法によって豊かにならなかった言語はないと考えているようだった。私は、そのような借用はとても危険なやり方であると主張し、ミルトンもあまりに頻繁にそのような借用を自由に行なったがゆえに、その散文や韻文をしばしば損なってしまったと付け加えた。私は彼に、純粋で本来の英語の模範として、ドライデンの散文作品を推薦した。私は、微妙な話題に踏み込んでいた。クロプシュトック自身がそのような借用をふんだんに行なっていると考えるだけの理由があったからである。

同日、クロプシュトック邸で食事をし、そこで彼と三度目の対談をした。私たちの話題はもっぱら自分たちとは直接関わりのないことだった。私は彼に、カントについてどう思うか尋ねた。彼は、ドイツでは、カントの名声はかなり衰えつつあると語った。そして彼自身はカントのそのような名声の衰えには驚かないと言った。カントの著書は、彼には全く理解不可能だったからである。また彼はカント支持者にしばしば悩まされてきたが、彼らと論争することはめったになかったという。彼が決ってすることは、カントの著書を取り出して、それを開き、ある一節を指差してそこを説明してくれと言うことだった。すると彼らは普通、自分自身の考えに置き換えて説明しようと試みる。それに対してクロプシュトックは、自分が求めているのはあなた方自身の考えの説明ではなくて、目の前にある箇所の説明なのです、と言う。こうして彼は、大抵、議論をすぐに終わらせるそうだ。彼は、ヴォルフについては、ドイツで最初の形而上学者であると言った。ヴォルフには信奉者たちがいたが、学派と呼ばれるほどではなかった。そして幸いなことに、十五年ほど前にカントが登場するまで、ドイツはいかなる哲学の学派にも悩まされず、一人ひとりが一人の師の独断的主張に支配されることなく自身の研究に取り組んできたという。カントは、学派の創始者になる野心を持っているように思えたし、実際彼はそれに成功した。しかしドイツ人は今、正気に帰りつつあるという。ニコライとエンゲル〔二五〕は、それぞれのやり方で、この国の迷いを醒ますことに貢献した。しかし何よりカントとカント哲学の不可解さこそが、この国の迷いを醒ますことに役立ったのだという。クロプシュトックは、カントの学説が、イギリスでは未だ多くの賞賛者を得ていないということを聞いて満足げだった。彼は、イギリス人が、人々の常識や一般的理解を無視するような著者には騙されないだけの英知を持っていると信じて疑わないと言った。私たちは悲劇について話した。彼は涙を誘う力を高く評価しているようだった。私は、観客を涙で浸すことほど簡単なことはなく、最も劣った作家ですら日々行なっていることだと述べた。

友よ、念のために言っておくが、第一に、この覚書等々はクロプシュトックの知力、あるいは「話術の巧みさ」を具体的に示すものとして意図したものではない。それをふとした会話で、しかも見知らぬ人との、また外国人との会話で判断することは、理不尽であるばかりか、中傷にすらなりかねない。第二に、僕は、ここに記録された言葉に対して、それを発した人物が有名人であったという点においてしか、興味がないということだ。最後に、もし『救世主』を読んだか、またそれについてどう思うかと尋ねられたとしたら、僕は、まだ最初の四巻だけしか読んでいないと答えるだろう。僕の意見については（その理由は後ほど）、例の優しい牧師が今朝僕に、クロプシュトックはドイツのミルトンだと語ったとき、僕がつぶやかざるを得なかった次の言葉から推測できるだろう。「まさに極めてドイツ的なミルトンだ。」

神のご加護があらんことを、君と僕に。

S・T・コウルリッジ

第23章

たとえわずかでも不快感を与えるきっかけを取り除こうとする序文で、私のささやかな本〔『痴愚神礼讃』〕を防御することが、何かの役に立ってきたのでしょうか。それは誠実な人なら誰でも満足させるだろうと私は確信しています。しかし生まれつきの強情さから満足しようとしない人、あるいはあまりにも愚鈍で自分自身の満足感を認識できない人には、あなたならどう対処しますか。「テッサリア人はあまりにも間抜けなので、私に騙される能力さえない」とシモニデスがまさに言ったように、人々の中には愚かすぎて冷静さを取り戻すことができない人がいることは、あなたもおわかりでしょう。その上、悪用するために何かを捜し求める人は、それ以外は何も目に入らないというのも、驚くべきことではありません。

（神学者ドルピウスへのエラスムスの手紙[一]）

『友』の改作の中に、私は『人々への呼びかけ』からの抜粋を入れました。[二]『人々への呼びかけ』は、政府に反対する私の情熱がまさに激しく最高潮にあった時期、すなわち一七九五年に、出版とまでは言い難いですが、印刷はされていました。これらの抜粋は、政治についての私の信念に何も変化がないことを証明しています。本章では、ドイツからの私の手紙に加えて、特に現代劇に関する論考を含む書簡との関連から、この一年で書いた『バートラムの悲劇』〔三〕への批評を付け加えました。これは私が唱えた鑑識眼の原理が気まぐれだという非難もまた、同様に不当であったことを証明するものです。この手紙はある友人〔四〕に宛てて書いたもので、書き出しが唐突に見えるのは、前置きの文章を省いてあるからです。〔以下手紙文〕

あなたは覚えておられるでしょう。ホィットブレッド氏〔五〕が、亡くなる少し前に、集まったドルーリー・レーン劇場の出資者に向けて、劇場の事業はある一定の条件と制限のもとに誰か信頼できる人に委託すべきだと提案したことを。そしてその提案は、教養ある愛国的な演劇愛好家たちが、その達成のために自らの出資金を賭ける気になっていた主要な目的に反するものとして、憤りさえ伴って拒絶されたのでした。その目的とは、イギリスの演劇を、馬、犬、象その他同様に動物的な珍らしいものからのみならず、倫理や嗜好においてなおいっそう有害な野蛮さやコッツェブー主義〔六〕からも救済することに他ならないと公言されていました。ドルーリー・レーン劇場は以前の正統派の名声を取り戻そうとしていたのです。ヴァンブルー、コングリーヴ、ウィッチャリーといった勝手な削除を受けていた劇作家〔七〕と共に、シェイクスピア、ジョンソンそしてオトウェイなどが、イギリスの観客層を正当な権利をもって支配する座に就くはずでした。そしてそのヘラクレス的怪力無双の方策は、ドナウ川の岸辺から輸入されたおしゃべりな怪物たちを絶滅させることから始められることになっていました。これらの怪物たちと比べれば、その無口な親類たち、すなわちポリトーの（故ピドコックの）見世物荷馬車に乗ってエクセター取引所からやってくる動物たち〔八〕は従順で無害なものでした。それほど綿密で骨の折れる思い切った計画を、報酬目当ての支配人に任せることができるでしょうか。批評の検疫所で、利益の甘い香りが〔九〕、疫病そのものに健康証明書を与えてしまうような支配人から、その計画の成功を期待することが理にかなっているでしょうか。答えは否です。仕事の責任者は、その仕事にふさわしい人でなければなりません。地位、財産、高等教養教育、そして（当然それらに付随して生じるもの、あるいは必然的結果としての）批判的洞察力、繊細な気配り、公平無私、確かな道徳心、名高い愛国心、信頼できる文化活動への貢献精神、これらはドルーリー・レーン劇場の所有権を有する出資者の投票に影響を与える推薦理由であり、最高経営委員会を選出する動機となったものでした。こうした状況があってこそ、そのような援助のもとに発表され、そのような判断による審判を経た問題の作家の初の悲劇〔『バートラム』〕に関して、一般の人々の心に強い興味が引き起こされたのでしょう。そしてあなたから私が批評を求められているこの悲劇は、多くの理由で正当化された大いなる期待が最終的には選ぶように運命づけられた作品でした。

しかし『バートラムあるいは聖アルドブランドの城』についての考察に入る前に、まったく誤った命名と私が見なしているドイツ演劇という表現に関して、少し述べたいと思います。レッシングの時代にはドイツの演劇界はたいしたものではなく、フランスの演劇に単調に追従した模倣であったように思われます。最初にシェイクスピアの名前と作品をドイツ人に紹介し、賞賛を喚起させたのはレッシングでした。さらに、あらゆる思慮深い人たちに、またシェイクスピアの同国人たちにさえ、シェイクスピアの見かけ上の不規則性の本質を最初に立証したのもレッシングだったと付け加えても、〔一〇〕言い過ぎにはならないでしょう。シェイクスピアの作品の不規則性は、ギリシア悲劇に見られる付帯的性質からの逸脱にすぎず、ギリシア詩人の翼に重くのしかかり、今日なら英雄歌劇と呼んでもいいようなものの範囲内にその飛翔を限定してしまった付帯的性質からの逸脱なのだ、とレッシングは明示しました。自然の真理の場合と同様に、芸術のすべての本質的要素においても、シェイクスピアの劇は、規則性を誇るコルネイユやラシーヌの作品よりも、はるかにアリストテレスの原理と一致していることをレッシングは証明しました。このような確信のもとに、レッシング自身の演劇が創作されたのです。彼の作品は深遠さと想像力においては不十分ですが、筋の構成が優れていて、良識ある心情、道徳的まじめさがあり、言葉遣いや会話も高度に磨き上げられています。要するに、彼の演劇は、ドイツ演劇の名のもとに悪口を言ったり楽しんだりすることが近年の流行になっているすべての演劇とは、まさに正反対のものなのです。この近年の演劇の最も初期の見本は、シラーの『群盗』でした。これは彼の青年期（ほとんど少年期と言いたくなる）の最初の成果であり、それなりのものとして、並外れた天分を保証し、期待させるものでした。より成熟してくると作者の判断力は、ただそれなりのものとしてのみ、この劇を容認していました。しかし彼は生涯を通じて、この作品に関しては、健全な道徳にとっても、優れた鑑識眼にとっても、自分は不快な怪物であったと、必要以上に辛辣な言葉で語っています。そして晩年には、『群盗』の異例とも言える人気に憤慨し、逆方向の極端な行為へと向かったのです。すなわち、作為的に興趣を弱めたり（興趣が出来事や好奇心の興奮から生じるものである限りにおいてですが）、精妙な韻律の言葉を配列し、気取った押韻を用いたり、衒学的に合唱隊（コロス）を用いることにこだわったりしたのです。

　しかし、『群盗』とその所産である無数の模倣作品の真の性質を理解するために、あなたに伝えなければならないこと、あるいは少なくとも思い出していただかねばならないことは、この作品が書かれた頃およびそれ以前の数年間に最も人気のあったドイツ語の本のうちの三冊は、ヤングの『夜想』、ハーヴェイの『瞑想録』、そしてリチャードソンの『クラリッサ・ハーロー』[12]のドイツ語訳だったということです。

そこで、ただ私たちは、ハーヴェイの誇大な文体と奇妙なリズム、つまり散文にはまったく不向きであるという理由でのみ詩的であり、詩にはまったく不向きなので散文的だと言っても同じく適切であるようなもの、繰り返して言うと、これらのハーヴェイ特有の表現を、一方ではヤングの不自然な思想、比喩的な形而上学や重々しい警句に結合させ、他方ではリチャードソンの過度の感受性、細密な描写、心の潮の満ち引きの中のあらゆる思いと感情に対する過敏な意識、要するに自己陶酔と夢のような継続性に結合させさえすればいいのです。そして次に恐ろしい出来事や怪しげな悪人たち（作者の言葉を受け入れるならば、超自然的知性を持った天才ですが、彼らの行動や計略から判断すれば、死刑囚監房にいる最も卑しい悪党と同等の者たち）を付け加え、さらに現代作家が用いる城の廃墟、地下牢、落とし戸、骸骨、血と肉を持った幽霊、そして常に照らしている月光（それら自体は『オトラントの城』（二）と同じような文学に属するもので、その翻訳は前述の模倣作品や改作と共に、それらの原作がイギリスで評判になったように、その当時ドイツでも世間の評判になり始めていた）を付け加えさえすればいいのです。そうすれば、いわゆるドイツ演劇は、これらの材料が適切に混ぜ合わされた集合体であることが分かるでしょう。ドイツの最高の批評家は、このように料理された寄せ集め煮込みを、著者に関しては、病的な想像力の極度の興奮と虚弱さによる痙攣にすぎないものとして非難し、読者に関しては、麻痺した感情に極めて低俗な形で刺激を与えるものとして非難しました。しかしながら、シェイクスピアの不規則性や奔放さに関する昔の誤った見方は、相変わらず流行していたのです。ドイツ人はフランス人の言うことをただ繰り返し、フランス人はイギリスの批評家の言うことをやはりただ繰り返していただけであり、シェイクスピアは最も非シェイクスピア的演劇を支持する典拠として引用されたのでした。実はシェイクスピアの時代に、一人で書いたかのように合作を行なった二人の詩人がいたのですが、（彼らの作品の最悪の特徴を受け継いだ）現代劇の主導者（コッツェブー）は、彼らのできの悪い身内、あるいは精彩を欠く子孫という名誉を求めてもよいかもしれません。なぜなら、もし私たちがボーモントとフレッチャーの喜劇的な面白さ、機知、文体の巧みさ、要するに彼ら二人の詩的な要素すべて、それに天才的要素の九割を忘れることに寛大に同意するならば、その残りがコッツェブーのようなものになるのですから。

そういうわけで、いわゆるドイツ演劇は、その起源がイギリスであり、素材もイギリスであり、イギリスのものが再利用された演劇なのです。そしてコッツェブー、あるいはコッツェブーと同類であれば誰でも、劇作家であれロマンス作家であれロマンス劇作家であれ、教養あるドイツ人の書斎では、元となった作品が置かれている棚とは別の棚に入れられ、母国イギリスでは猿まねの猿まねにすぎないことが証明できるまでは、私たちが育てたこの悪童を私たち自身の肩に背負っていくべきでしょう。もしくはこのようなドイツ演劇を、若い流刑囚が、単に背丈が伸びて態度が改まった程度の改善で流刑から戻ってきたような、品を欠くものとして考えるべきでしょう。

文学界の現象の本質を明確に洞察するには、類似点が目立っているが外見上にすぎず、相違点こそが真実であるような先行作品と比較してみることが、最も効果的だと思います。この場合、『雷に打たれた無神論者』というスペインの古い劇が、このような機会を提供してくれます。この劇は、かつて、そしておそらく今でも、スペインの教会や修道院で上演され、様々な題名（『ドン・ジュアン』、『放蕩者』など）が付けられて、ヨーロッパ中のあらゆる国で一世を風靡しました。〔二三〕これほど怪奇的で途方もない作品の広範囲にわたる人気には、哲学的に注目し考察する必要があり、そうする価値があります。最初に気づく点は、この劇は一貫して想像的であるということです。場所の名前や人名を除けば、現実の世界に属しているものは何もありません。悲劇的な部分と同様に喜劇的な部分も、故人となった人物と同様に生きている人物も、作者の頭脳が創り出したものであり、『楽園喪失』のサタン、あるいは『あらし』のキャリバンのように、通常の蓋然性の規則にほとんど従わず、それゆえ、抽象概念の擬人化として理解し判断されるべきものなのです。美しい容姿、旺盛な精力、頑強な体と共に、地位、財産、機知、才能、身についた知識そして幅広い教養、これらすべての利点は、高貴な生まれや国民性が持つ習慣と共感によって高められ、ドン・ジュアンの中で結合しているように思われます。こうして、あらゆる事柄、出来事、様相だけでなく、私たちの思考、感覚、衝動や行動すべての唯一の基盤および作用因として、神不在の自然という信条をこの作品のあらゆる現実的な因果関係に組み込む手段が、ドン・ジュアンに与えられるのです。自然に従うことこそ唯一の美徳であり、情欲や欲望を満たすことは自然の唯一の指示であり、各個人が持つ我意は、自然が自らの命令を伝えるための唯一の器官なのです。そして、

自己矛盾こそ唯一の悪だ！
厳格な一貫性を保って
行動する個々の人物こそ
皆、精神の法則に適い、正しいのだから。

〔コウルリッジ『ピコローミニ父子』四幕七場、一九一―九四行〕（*PW* III (1), 547）

どんなに不敬で大胆であっても、観念的な意見には、必ずしもそれに対応する行為が伴うとは限らないということは紛れもない真実であり、人間性や社会の慣習に合わないために、そのような意見はどんな場合でも体系的に具体化され得ないということもまた、同様に真実です。全体が地獄であるときにのみ、そこ

は地獄であり得るのです。完璧な一人の悪魔が存在する〔一四〕ためには孤立した悪魔の世界が必要です。しかし他方では、同じように明らかで、少し前の時代のカリエや彼の仲間の無神論者たちの伝記を見れば、敢えて目をつぶらない限りは否定し得ないことがあります。それは、（いわゆる）自然の体系（つまり道徳的責任、現在の摂理、現在と未来の応報を完全に否定する唯物論）が、人間と悪魔との区別をほとんど取り去り、未来の歴史家の書物を狂人の夢物語に似たものにしてしまうほど、個人の性格や行動、さらには社会の性格や行動にさえ影響を与えるかもしれないということです。そういうわけで、性格を抽象的なものにし、蓋然性の諸原則から切り離しているのは、ドン・ジュアンの邪悪さではなく、その邪悪さに相応した行動や出来事の素早い連続、彼の知的卓越性、そして才能と魅力的な特性の集積が、同一人物の中で完全な邪悪さと共存していることなのです。しかしこれはこの不思議な戯曲に魅力と普遍的興味を与えているものでもあります。ドン・ジュアンは終始一貫して理解可能な人物であり、それはまさにミルトンのサタンと同じです。詩人は詩人として求める権利があるものを、ただ読者から求めているだけなのです。それは、そのような存在に対して、理想的であると称される産物に私たちが進んで〔一五〕抱くある種の消極的信仰を求めることであり、またベルヴェデーレのアポロやファルネーゼのヘラクレスのような理想化された像をじっと見つめているときに湧き上がるのと同じ感情を抱く傾向を求めることなのです。ヘラクレス像がその肉体の力強さを目に訴えかけるように、ドン・ジュアンは性格の強さを心に訴えかけます。理想とは、一般性と個別性との巧みな調和にあるのです。一般性は人物を典型的で象徴的なものにし、その結果として教訓的なものにします。なぜなら、個々の違いを考慮しつつ、すべての階級の人々に適応できるからです。個別性は人物に生き生きとした興味を与えます。明確な輪郭を持ち個別化されていないものは、命を持つことも実在することもないからです。このことを完全に理解するためには、歴史画（より適切に言えば詩的絵画あるいは英雄画）を見ていて、あまりに肖像画的に描かれている人物には反感を抱くという特有の感情を思い起こせばいいでしょう。その肖像に描かれている人物の現実の姿といっさい照合しなくても、その人物といっさい面識がなくても、心の充足が妨害された気持になります。それはその肖像画の人物が理想的でないからです。そして理想的でないのは、理想的なものが持つ二つの要因あるいは要素のうちのどちらか一方が過度になっているからです。同じような、またさらに強い反感は、チプリアーニ[一六]の絵のような純粋に抽象的に描かれた一連の人物画に対しても、また輪郭が一つの画法に従って描かれたギリシア的容姿と言われてきたものに対しても感じられるでしょう。これらもまた理想的ではありません。なぜなら、これらの中ではもう一方の要素が過度になっているからです。「形成しつつある形は、形成された形を通して現れる」というのが理想的芸術の定義であり典型なのです。

『ドン・ジュアン』はこの美点を見事に備えているので、同じ題名の無言劇[一七]の場合のように、詩がなくても、いや言葉さえなくても、興味を引き起こすことができるのです。私たちは人物がどのように形作られているかがはっきりわかりますし、次々に起こる突飛な出来事や、ドン・ジュアンの行動の超人的一貫性は、彼の邪悪さが私たちの心に苦痛なほどの衝撃を与えることを防いでくれます。（このような衝撃を受けるほど私たちはそれを信じていませんし、先に述べた一時的な消極的信仰あるいは黙認をもってしても、信じることはありません。）一方、彼の性格の特質は、我がものとしたいくらいであり、私たちの誇りや期待をくすぐるものであって、一方で失ったのと同じ程度の信仰をもう一方で追加して取り戻しているのです。私なら（観客あるいは読者は考えます）ドン・ジュアンのような邪悪な怪物になる危険性はまったくない。私は決して無神論者[一八]にはならない。私なら善悪の区別を拒否することは決してしない。私には自分の恋愛沙汰でドローキャンサーのような非道な乱暴者になる気質は少しもない。でも異性の心を奪い魅了する、そんな力は持ちたい。魅力的な女性、貞淑でさえある女性の心に、これほど深くてひたすら私にだけに向けられた愛情を湧き上がらせたい。私の最大の悪徳も（仮に私が邪悪な人間だとすればだが）、また私の残忍さや不実でさえ（仮に私が残忍で不実だとすれば）、その情熱を根絶し得ないほどの愛情を。私の性格をはっきりと知っていながら、私を守るために女性が死んでくれるほど、この我が身を愛されたい。このことは私たちの特質の二つの面、つまり、良い面と悪い面を捉えています。というのは、愛情が女性にもたらす英雄的な公平無私の精神は、女性に敬意を示す高潔な感情なしには考えられないものだからです。また他方、私たちの中の何か、まさに私たち自身であるものを、目に見える形で確認したいという切望は、神秘の一つであり、私たちの本性の暗い基盤にあるのです。その何かとは、私たちの特性や他者との関係から成り立っているのではなく、それ自体が私たちの特性や他者との関係の支えであり、実質的な基盤となっているものです。私の特性ではなく、私自身を愛してほしいというのは不道徳で正気でない願いかもしれませんが、まったく意味のない願望ではありません。

　力がなければ、徳はその存在を現すのに不十分であり、また不可能でしょう。それは、女主人公が木になるというタッソーの不思議な変身譚〔一九〕に似たものになるでしょう。その女性は木の姿で呻き苦しみ、血を流すことしかできなかったのです。（それゆえに、力は必然的に私たちの願望や賞賛の対象になるのです。）しかしどう考えても、すべての力の中で精神の力こそ、まさに人間の野心の壮大な欲望の対象なのです。知識において神々のようになるということが、私たちの最初の誘惑でしたし、そうであったはずなのです。知性において偉大な君主になることと罪悪との共存は、適切に表現されれば、必ず最大の興味を引き起こしてきました。それは、このような不釣り合いで異質なものの対等関係の中では、私たちは人間の知性を、自らの良心や無限な超越者の意志に従うという本来あるべき状態よりも、もっと完全に自立した存在として考えることができるからです。
これが一般的にシェイクスピアの男性登場人物が持つ神聖な魅力です。彼らは皆、シェイクスピア自身の巨大な知性の性質を帯びています。そしてこれは特にリチャード、イアーゴー、エドマンドなどの明らかな魅力になっています。しかしさらに言えば、すべての知的能力の中でも、目に見えない世界への恐怖を超越する能力が最も幻惑的なのです。その影響は次のような状況によって十分に立証されています。すなわち、それは私たちを抱き込んで、私たちのより優れた知識を自発的に従わせることができ、常々の経験から得られる判断のすべてを一時停止させ、亡霊、魔法使い、魔神また秘密の魔除けなどについてのこの上なく奇抜な物語を、興味津々と読み耽るようにさせることができるのです。もし作品全体の調和がとれているなら、それを書いた真の詩人は、私たちの本性に深く根ざしたこのような傾向を基にして、独特の劇的蓋然性を築き上げるでしょう。それは、構成する人物や出来事がほとんどあり得ないものであるときでさえ、劇の楽しさを十分与えてくれる劇的蓋然性です。詩人は私たちに、目を覚まして信じなさいなどとは要求しません。ただ夢に浸ることだけを懇願します。それも目を開いたまま、判断力をカーテンの背後に潜ませて、自分の意志が動き始めたらすぐに目覚めるような状態で夢を見させようとするのです。ただその間だけ、不信の念を抱かないように求めるのです。心がこのような状態であれば、父親の亡霊が現れたときのドン・ジョンの冷静な大胆さに、感心しない者がいるでしょうか。

幽霊　怪物よ！　この傷を見ろ！
ドン・ジョン　どれ！　いいと思ってつけてやった傷だが、なるほどうまくいったな。
幽霊　後悔しろ、お前の悪行のすべてを後悔しろ。

おれの血が復讐を求めて、天に叫んでいる、
お前ら皆に天罰が下るだろう。
地獄が大きく口を開け、鬼たちは口々にお前らの名を呼び、
お前らが悔い改めぬまま落ちてくるのを、今か今かと待っている。
彼らは永遠に続く恐怖で、お前らを拷問にかけるのだ、
お前らがすべての罪をすぐに悔い改めぬのであれば。

（幽霊、姿を消す。）

ドン・ジョン　さらば、愚かな亡霊よ。悔い改めろだと！　どういうことだ、おれたちの感覚はすっかり混乱している。

ドン・アントニオ　（ドン・ジョンの堕落した仲間の一人）そんなことはない、あれは確かに亡霊だった。

ドン・ロペス　（もう一人の堕落仲間）以前なら、こんな馬鹿げた話はまったく信じなかったが。

ドン・ジョン　もういい！　どうってことはない。なるようになれ、自然の本性に従うまでだ。

ドン・アントニオ　それに、おれたちの自然の本性も変わらない。

ドン・ジョン　その通りだ！　亡霊の本性が、おれたちの本性を変えることなんかできるものか。

〔シャドウェル『放蕩者』二幕四場（一部省略）〕

また、第二のプロメテウスさながらに、最後の恐ろしい試練を耐え抜く彼の凄まじい首尾一貫性に、いくらかの崇高さを認めることのできない人がいるでしょうか。

（悪魔たちの合唱。）
彫像の亡霊　お前たちには後悔も自責の念もないのか。
ドン・ジョン　別の心（ハート）を授けてくれれば話は別だが、この心臓（ハート）のままでは無理な話だ。
ドン・ロペス　不吉なことばかりだ。
ドン・アントニオ　悔い改めたくはないが、何かがおれを怖気づかせる。
ドン・ロペス　できるとしても、もう遅い。悔い改めはしないぞ。
ドン・アントニオ　さあ、かかってこい！
亡霊　消え去れ、不敬な見下げ果てた者どもよ、お前たちに用意された罰を見つけに行くがいい！
（雷鳴と稲光。ドン・ロペスとドン・アントニオは呑み込まれる。）
亡霊　（ドン・ジョンに向かって）見よ、奴らの恐ろしい運命を。そして知るがいい、お前の最期が来たことを！
ドン・ジョン　おれを怖がらせようと思うな、愚かな亡霊よ。お前の大理石の体をこなごなに砕いて、お前の馬も引き倒してやるぞ。
（雷鳴と稲光――亡霊たちの合唱等。）
ドン・ジョン　こんなものを見て、驚きはしても恐れはしない。
地水火風がみな混乱し、昔の混沌に戻るとしても、
硫黄の海がおれを囲んで燃え上がり
その中ですべての人間が叫び声を上げたとしても、
おれは恐れはしないし、良心の呵責を感じたりもしない。

最後の瞬間まで、お前の力に挑み続けよう。
おれは動じずここに立ち、お前の威嚇をことごとく蔑んでやる。
(彼が殺害した人の亡霊に向かって) お前を殺した者がここにいる。
さあ、どんな酷いことでもやってみろ!
(彼は立ちのぼる炎の中に呑み込まれる。)

〔『放蕩者』五幕二場(一部省略)〕

結局、ドン・ジョンの性質は、手段として人間の本性がわがものにしたいと願うあらゆるものが結合したものであり、それゆえそれらは、よく知られた連想の法則によって、ついにはそれ自身として望ましいものになるのです。ここでは手段がそれ自体として、それなりの威厳をもって表されていて、あまりに非人間的な目的に用いられているので、結果としてほとんど目的のない手段のように見えます。構成要素もまた、互いに支え際立たせ合うように、最もふさわしい比率で溶け合っています。とりわけ機知、陽気さ、社交的寛大さが常に相互均衡を保っているときはそうで、その均衡こそ犯罪者が、その最も残虐な行為においてさえ、少なくとも私たちの想像力が判断を下す限り、単なる悪漢にまで落ちぶれるのを防ぐのです。何よりも、高貴な生まれの紳士に特徴的な物腰や感情が全体に行き渡っていることが、この戯曲に生命を与えています。こうして、彼が殺した領主の彫像の亡霊を夕食に招待すると、その大理石の亡霊はうなずいて招待を受け入れたので、ドン・ジョンは宴会を準備したのでした。

ドン・ジョン　おい! 葡萄酒を持ってこい。ドン・ペドロの亡霊に乾杯。もし来ていれば、歓迎してやったのに。
ドン・ロペス　やつは死んでから、お前のことを恐れてるんだ。
（誰かがドアを強く叩く。）
ドン・ジョン　（召使に向かって）　行って見て来い。
召使　あっ、悪魔が、悪魔が！（大理石像の亡霊が登場）
ドン・ジョン　ほう、あの亡霊か！　さあ、出迎えよう！　さあ、どうぞ、領主様、よくおいでくださった。そこにお座り下さい。来られるとわかっていたら、乾杯せずに待っていたのに。

……


領主様の健康を祝って乾杯！　さあ皆さんも！　素晴らしい肉ですよ、このシチューを味わってみください。さあ、お取りしますよ。食べて下さい。そして昔の諍いなど忘れようではないか。

（亡霊が復讐するぞと彼を脅す。）

ドン・ジョン　おれたちの心は決して変えられない。こんなつまらない話はごめんだ。さあ、あなたの愛しい人に乾杯。生きていたときにそういう人がいただろう。かわいい妹さんにも乾杯しよう。

（悪魔たちが登場。）

ドン・ジョン　あれはあなたの従者ですか。悪魔だと？　申し訳ないが、彼らをもてなす燃やしたブランディはありません。悪魔にはふさわしい飲み物だが……

〔『放蕩者』四幕四場（一部省略）〕

引用した場面は、劇的蓋然性のみで興味を掻き立てるものではありません。理に適った道徳も感じ取れます。その道徳は美徳に光彩を添えるものではなく、美徳に代わるものとして、紳士らしい勇気や（一般に認められた敬意の作法すべてにおける）細心の敬意という特質を進んで受け入れようとする多くの人々にとって、格別な注目に値するものです。これは実際、この劇の全体としての道徳的価値であり、現代のジャコバン主義精神から遥か遠くに、この劇を位置づけるものです。ジャコバン主義精神は、悪徳や信念の欠如に甘んじさせるために、道具立てとしてこうした華やかな所作をぎこちなく模倣したものを取り入れています。一方、『雷に打たれた無神論者』は、艶やかに、また色鮮やかに、同じ特質を申し分なく描き出していますが、ただその目的はこうした紳士的特質の空しさを示すためにすぎず、これらの特質や同様な素養は、ただそれらのためにだけ考えられているときは常に、悪徳や美徳とはまったく無関係であることを示すことによって、私たちに用心させるためでもあるのです。

十八年前に私が気づいたことは、ジャコバン主義演劇（ドイツ演劇ではなく、このような言い方が適切でしょう）とその人気全体に関わる秘密のすべては、因果関係における事物の自然な秩序の混乱と破壊にあるということです。すなわち、寛容、洗練された感情、名誉を重んじる立派な心などの特質（正確に言えば私たちの間ではそういうものとして通っているもの）を、私たちの経験からは、持っているとは思えないような人々や社会階層の中に表すことによって、また法律、理性、宗教が私たちの評価の対象から除外してしまった犯罪者に、道徳的美徳にふさわしい共感のすべてを与えることによって驚きを引き起こすところに、その秘密のすべてがあるのです。

ここまでくれば自ずと、『バートラムあるいは聖アルドブランドの城』へと戻っていくわけですが、私の心の中でこの悲劇が『放蕩者』（チャールズ二世の時代にシャドウェルが『雷に打たれた無神論者』をイギリスの舞台向けに改作したもの）と結びついたのは、この現代演劇が内容において『放蕩者』の三幕一場から取られているという事実があるからなのです。しかし原作の判断力は何と目に見えて優れていることでしょう。この世も地獄も、人も霊も、ドン・ジョンに反旗を翻しています。この劇の一幕と二幕では、超自然的なものに対して私たちの心を準備させているだけでなく、驚異的なものに私たちを慣れさせているのです。そういうわけで、船長が「今まで経験したあらゆる危険の中で、こんな恐ろしいものは知らなかった。私はすっかり臆病者になっている」〔三幕一場、三八―三九行〕と言うとき、そして隠遁者が「とてつもなく荒れる海を見たことがあるが、これほど恐ろしい嵐は見たことはなかった、こんな凄まじい稲光、こんな激しい雷鳴も、私の記憶にはなかった」〔三幕二場、三―六行〕と言うとき、状況はまさに私たちの予想する通りなのです。そしてドン・ジョンの驚くべき不敬の噴出は、その効果が劇的であるのと同様に、その動機もわかりやすいのです。

しかし、『バートラム』では、船が難破したとき、嵐の驚異を説明するものが何かあるでしょうか。それは超自然的な作用因を暗示することさえないままの、単なる超自然的な結果にすぎません。驚異的状況への言及が何一つない驚異、根拠もなく導入されて結果もなく終わる奇跡。この劇のあらゆる出来事や場面は、バートラムと彼の船が、よくある強風によって吹き流されたとしても、あるいは食料不足が原因でも、やはり同様に起こっていたかもしれません。でももしそうなら、第一幕はその最も重要で最も格調高い光景を確実に失っていたことでしょう。語られる言葉が一つもない、場面のための場面。それゆえ、私たちはそれを、そういうもの（前例のない希少なもの）として受け入れ、ありがたく思わなければなりません。かなりの数の人々の意見では、あらゆる意味において、それはこの劇で最高の場面でした。その場面は最も無垢であったと私は確信しています。そして暴風雨のさなかでも、うねりとどろく波の上に修道士がかざした蝋燭から、揺らぎもせず静かにまっすぐ立ち上る炎は、確かに奇跡でした。
シチリア島の海岸。修道士たちの一団。夜。この世のものとは思えない不気味な嵐。難破した船。まったく意外な展開で、一人の男が驚異的な力を発揮して泳ぎ、自らの特別な運命に助けられ、生き延びる――

修道院長　一人残らず死んでしまった。
修道士1　さあ、そのびしょぬれになった服を着替えてください。
修道院長　私が知らない人たちだったが、みんな死んでしまった。
（三人目の修道士があわただしく登場。）
修道士3　いいえ、危険をも顧みない必死の努力で、嵐と戦った者がいました。
彼の命は波のままに浮き沈みしましたが、
そんなことはものともしないかのようでした。
彼を助ける者はいないし、彼もまた誰も助けませんでした。
ただ一人で満ち広がる波に立ち向かい、ただ一人彼だけが
生き延びたのです。

〔『バートラム』一幕三場、二―九行〕

さて、この男は修道士たちに導かれてやってきます。ずぶ濡れのままという設定で。そしてごく当然の質問に対し、彼はただ黙っているか、そっけなくぶっきらぼうに返事をするだけであり、三つ四つの短い儀

礼的な言葉を述べたあと、自分を救ってくれた「修道士たちを振り払って」まさに現代の厭世的な英雄が語る崇高な調子で、こう叫ぶのです。

失せろ！　お前ら人間ども。お前らに触られると穢れる。でもおれは屈しなければならない。
このせいで（何のこと？）すっかり体力を無くしてしまったから。

〔一幕三場、三九―四〇行〕

こうして最初の三場が終わります。次の（聖アルドブランドの城の）場面では、召使たちがこの世のものとは思えないような嵐に同じように怯えている姿が見られます。しかしこの嵐が他の暴風雨とどう違っていたのかは、ユーゴーが九頁で次のように述べている以外は、私たちにはわかりません。

ピエトロ　ユーゴー、いいところで会えた。あんたの長い人生の中でも
こんなにひどい嵐の記憶はあるかい。
ユーゴー　近頃はよくあることだが。
ピエトロ　シチリアではますます増えている。
ユーゴー　そう聞いている。でもおれが若い頃はまだ
嵐は自然の熱の発作のように通り過ぎて行き
おかげでみんなもっと健康になった。だが近頃の猛威は
季節はずれで役にも立たず、

天の威嚇のように鳴り響いている。

〔一幕四場、一一—一〇行〕

シチリア島の嵐についてのユーゴー老人の説明には実に当惑させられます。そして大変驚くべきことに、どうやら彼の説明はこの厄介な事象についての彼自身の十分な知識に基づいたものではないようです。なぜならピエトロが、シチリア島では嵐が「ますます増えている」と言うと、老人はこの事実を噂でしか知らないと断言するからです。「そう聞いている」と。しかしなぜ彼はこの嵐が季節はずれだと思うのか、そしてこの嵐が何の役にも立たないし、他のすべての激しい海風にも共通する大気の浄化という自然の力もないという彼の予言（というのも依然として嵐は猛威を振るっている最中なので）は、何に基づいているのか、私たちには知らされないままになっています。同様にこの嵐が（今続いている最中に）彼の若い頃に知っていた嵐とどんな特別な点で違っていると分かったのかも、知らされないのです。ようやくイモジン夫人が現れ、彼女がその夜は「ずっと」安らげなかったことを私たちは知ります。それは嵐のためではなく、

嵐が起こるずっと前に、奥様の落ち着きのない身振りから
平穏にお休みになる姿は見られないと分かっていました。

〔一幕四場、三二—三三行〕

食卓につき、ある肖像画を眺めながら、彼女はこう語ります。第一に、肖像画家というのは記憶から肖像

画を創り出すのかもしれないということ――

画家の技術は、今はいない人の輪郭をたどって描くのかもしれない。

〔一幕五場、二行〕

なぜならこれらの言葉は、そのあと部屋を去るか、ことによると国外に行く人を、画家が自分の前に座らせて描くのかもしれないという意味では決してないでしょう。第二に、肖像画家は悲しんでいる女性に、今はいない恋人にとてもよく似た肖像画を持たせることはできるが、

彼らが会い、そして別れた情景を再現する

〔一幕五場、五行〕

ことはできないと彼女は言います。では誰に描いてもらえばいいのか。答えは当然こうでしょう――情景画家ならきっとできる！　しかし理不尽なこの女性は、線や色のない様々なもの

いろいろな思い、甘くまた苦い追憶、
愛し合っていた頃の恋人たちの至福の夢

〔一幕五場、六―七行〕

を描くようにさらに要求します。引用中の「愛し合っていた頃」というのは、恋人たちが目の前にいて、そしてお互いに愛し合っていたとき、ということを意味していると想定しなければなりません。また、もしこの肖像画が語ることができるなら、「弱い女の一途な思いを赦してくれる」〔一幕五場、一二行〕でしょう。なぜ？　彼女は操を守っていたのか？　いや、彼女は他の男と結婚して今では彼の妻になっています。それならなぜ？　だって結婚式の誓いにも関わらず、彼女は前の恋人を慕い、求め続けていたのですから。

こちらは彼女の体を得て、あちらは彼女の心を得ている。
割に合うのはどちらでしょう。

〔ウィリアム・コングリーヴ「歌――私が騙されてるなんてもう言わないで（'Song: Tell me no more I am deceived'）」一三―一四行〕

しかしながら、やがて分かるように、彼女の恋人はこのような有り難い取り決めに満足してはいませんでした。この女性はさらに次のように語ります。彼女が恋人と別れて長い年月を経る間に、世界のいろいろな所で「このようなこと」が数多く起こっていること、何年もの間に常に起こってきたことで、至福千年に至るまで、常にどこかで必ず起こるでしょうと。それでもこの一節は、言葉においても韻律においても、おそらく、この劇の中で最も優れた部分の一つです。この貴婦人に愛されている話し相手であり、最も尊敬されている侍女のクロティルダが登場し、このような愛と尊敬を受ける理由が明らかになりますが、それは彼女が、まさに答えを引き出すために作られたと私たちには思えるような質問を、たまたま発する要領のよい有り難い質問者であるだけでなく、ひたすら受け身で感情に動かされない聞き手であることが分かるからです。要するに彼女は、興行師が腹話術の技能を少しも持たないまま、何とか対話をさせようとしている操り人形の女主人公を、思い起こさせるのです。それでもこれは、この劇の中で最も優れた場面です。語法違反、間違った表現、乱れた韻律などが多いのですが、熟読している間に、道徳感の働きを一時停止することができるなら、これらの欠点にはるかに勝る美点を持っているのです。この場面は前置きの状況を適切に、しかも情熱的に語り、たいていの第一幕が抱える主要な問題、すなわち、回想の語り部分の問題点を克服しています。この場面はさらに次のことを表します。名誉なことに、イモジンは自分よりもはるかに勝る身分と財産を持つ若い貴族に求婚されたこと、お互いの愛が彼女の中では彼への感謝の念で高められたこと。彼は君主の寵愛を失ったこと。彼の失脚、権利剥奪、そして逃亡。彼は（このように落ちぶれて）恥ずべき無法者に成り下がり、残虐な悪党どもの首領になったこと。そして最も堕落した習慣や凶暴な激情に日常的に浸ることによって、彼の姿も顔立ちもすっかり変わってしまい、

彼を産んだ女でさえ、彼を恐れて後ずさりし、
異邦人のようなその顔が自分の子だとはわからなかった。
それでもなお彼女（イモジン）は彼を愛していた。

〔一幕五場、六七―六九行〕

彼女は決して取り消すことのできない約束を恋人とすでに交わしたことを心に秘めたまま、「冷たいこの世の辛く恥ずべき困窮」〔一幕五場、一〇八―一〇九行〕の中で死にそうな思いをしている父親の無言の懇

願によって、仕方なく彼女の恋人の敵であるアルドブランド卿の求婚を承諾するのです。アルドブランド卿は彼女の恋人バートラムの野望に燃えた計画を挫き、現在、彼に科された死刑判決の執行を任されている人物です。さて、観客の賞賛とまでは言わなくとも、共感を得るために述べ立てられた「女の愛」の証明は、次のようなものです。バートラムは強盗や殺人を生業とし、挙動からして悪党で、しかも実の母親が後ずさりせずにはいられなかったほどの姿や顔立ちをした悪党であり、一方、彼女（イモジン）は「とても立派で尊敬されているアルドブランド卿の妻」であって、アルドブランド卿は一人の男性として尊敬するに値し、夫として模範的で愛情豊かで、夫人のただ一人の子供を溺愛する父親なのです。それにもかかわらず、彼女が胸を叩きながら、次のように自らの心に敢えて語るところに「女の愛」の証がある。

でもお前は今でもバートラムのもの、永遠にバートラムのものよ。〔一幕五場、一二二行〕

さて一人の修道士が登場し、修道院長の代理として懇願します。聖アルドブランド城がいつも人を歓迎する「寛大で高貴な習慣」〔一幕五場、一五三行〕に従って、難破船に乗っていた哀れな数人の人々を迎え入れてほしいと。ここで私たちは、さっきの嵐の超自然現象にもかかわらず、バートラムのみならず彼の仲間全員が助かっていたことが初めてわかって非常に驚くのですが、どんな方法によってなのかは、私たちの推測に委ねられています。彼ら全員が主人公バートラムと同じように必死で泳ぐ力と、助かる運命を持っていたと結論づけるしかありません。こうして第一幕が終わり、それと同時にこの悲劇を生み出した出来事や、その始まりに先立って起こっていた事の両方に関わる話も終わりになります。第二幕には、うなされているバートラムがいる。修道院長は彼の上に身を屈めて、その眠りを「びくっと動く昏睡状態」〔二幕一場、一行〕と称し、七人の眠れる若者〔二〇〕でさえ一人くらいは起こしてしまうような引きつった声で、観客に向かってこう言います。

何と、唇が動いている！　むき出しの歯がきりきり歯軋りしている！
玉のような汗が、歪んだ額から走り落ちているぞ！[*1]

〔二幕一場、四—五行〕

この一節の劇的効果については、私たちは、この悲劇の賞賛者たちに同意してその効果を認めるのみならず、「感覚を焼き焦がす」[*2]ためにこれまで観客に「投げつけられてきた」最も驚くべき一連のもの——歪んだ顔、膨らんで突き出た口、狂人のような身振り——に対して、心の準備をさせるというさらなる利点を認めるのです。

＊1　シェイクスピアは、傷ついた牡鹿が小川の流れの上に頭を垂れている姿を

——大粒の涙が、次々とこぼれ、
その無垢な鼻のわきを哀れにも
追われるように走り落ちていったのです

〔『お気に召すまま（*As You Like It*）』二幕一場、三八—四〇行〕

と描いている。この涙は、鹿の頭を下げた様子から見て自然な描写であり、先行する狩猟のイメージから見てもこの上なく巧みな描写である。「狩人に追われて群れから離れた哀れな牡鹿は、矢に当たって傷を負った」〔二幕一場、

三三―三四行〕。一方、想像されるバートラムの姿勢においては、その隠喩は誤りではないにしても、原作の適切さが完全に失われている。

＊2　この他、不自然に選択された言葉の例として、第一幕でイモジンが次のように断言する箇所が挙げられる。激しい雷雨でさえ「この自暴自棄なやり方でふるまった自暴自棄な男」のための彼女の祈りを中断させることはできなかった。

そう、稲妻が投げつけられて感覚が焼け焦げても
彼女の魂の深い祈りは彼のために唱えられたのよ。
つまり雷雲から彼女を目掛けて放たれた赤熱の稲妻が、彼女の感覚を焼灼したとき、簡単に言えば、目が焼き尽くされたときでも、彼女は変わらず祈り続けたのだ。

これこそ愛ではないの？　そうよ、女はこんなふうに愛するものなのよ！

〔『バートラム』一幕五場、七七―七九行〕

修道院長　この恐ろしい昏睡状態から目覚めさせてやろう。
これは自然な眠りではない！　おい君、目を覚まされよ！（wake thee）

〔二幕一場、六―七行〕

これは再帰動詞のかなり奇妙な使い方だと言わなければなりませんが、悲劇の草稿の中に同じように作動者が受動者になる箇所があることが思い出されます。それは、バートラムに相当する人物が握りこぶしの一撃で一人の男を倒しながら、「おれにお前を殴らせろ（Knock me thee down）、それから命があるか自分に聞け（ask thee）」と叫ぶ箇所です。さて、この見知らぬ男は修道院長の言葉に従って目覚めますが、

彼の眠りがどうあろうと、その目覚めは完璧に自然なものでした。なぜなら昏睡状態そのものが、修道院長ホランド氏の叱りつける大声に耐えられなくなったのですから。次に私たちは、最も確かな証言、すなわち彼自身の告白から、溺死とは相容れなかった運命を持つ人間嫌いの主人公が、バートラム伯爵であることを知るのです。彼は自らの過去の人生を明らかにするだけでなく、残虐さをむき出しにして、イモジンの夫への邪悪な憎しみ、気も狂わんばかりの復讐への渇望を公言します。そしてこの荒れ狂う人物は荒れ狂い、叱りつける人物は叱りつける。それから？　修道院長は行動しないのでしょうか。悪党を拘束してベドラムかニューゲート〔三二〕に連行してもらうために、警吏か強盗逮捕団を呼ばないのか。そんなことはしません。作者は性格の一貫性を守っていて、叱りつける修道院長は最初から最後まで叱りつける以外には何もしない。ただ例外は、この幕の最後の場面で彼が驚くほどの変貌を遂げ、神を冒瀆する救いがたい暗殺者に対して哀れっぽい声を出し、涙を流し、跪くところです。しかもそれは、この勇み立った男への純粋な愛情からであり、その堕天使の崇高さが、星のように輝く背教者（すなわちルシフェルの傲慢さと、悪魔の邪悪さを持った者）にも匹敵するものに思われて、熱狂的賞賛で「彼（前述のホランド修道院長）を興奮させた」〔三幕二場、六八―七一行〕からなのです。

そういうわけで、まさに次の場面では、聖アルドブランドの城に、この悲劇的なマックヒース〔三三〕が仲間の一団と共にいることになるのですが、修道院長としては、彼の侵入を妨げたり、城の女主人公や召使たちに新来の客を警戒させたりする意図はありませんでした。バートラムの「恐ろしい仲間たち」〔三幕二場、四〇行〕は犯罪に慣れていて、犯罪行為を当然のことと見なしている暗殺者であり、

彼らの水浸しになった船倉から財宝も用具もなくなったとき、

彼らは殺人者の本能で短剣を握り締めた
〔三幕二場、四三―四四行〕

ことを修道院長は知っていて、そのことを認めていたし、またバートラムが殺人を職業にしている一団の先導者であると知っていたにもかかわらず。しかしバートラムは、畏敬すべき修道院長の力添えとまでは言わなくとも、彼の同意を得てこの城に入って行きます。では私たちも彼の後について行きましょう。

　主人公が聖アルドブランドの城に無事に落ち着くとすぐ、彼の「野生的で恐ろしい黒い目」、「上着にすっぽりくるまった姿」、「ぞっとするような姿*」や、また「陰気で野生的な」、「高慢で恐ろしい」など、その他同類の漠然とした慣用句が表すような様子で、夫人とその侍女の注意を引き付けます。その表現は、単に言葉上の対照法によって趣が添えられているだけで、せいぜいサウジー作『ジャンヌ・ダルク』のコンラッドを少しだけ変えて写し取ったようなものでしかありません。イモジンは城が見えるテラスつまり城壁に立ち、（彼女が言うには、すべての穏やかで厳かな精神がそうするように）月を拝んでいたのですが、主人公と会って話をしたいと、しかも二人きりで話をしたいと要求します〔二幕三場〕。このような「夜中に一人でそんな恐ろしい姿をした人と話し合うこと」に極めて妥当な判断で反対している侍女が、なぜ、何のためにその場から締め出されるのかを、もし読者が知ろうとするなら、その理由は続いて出てきます――「あら、だからこそ彼を連れてきて」と。私が「続いて出てくる」と言ったのは、その次の「恐ろしいものはすべて私を支配する力を失っている」という行が、中断か間合いによって前の行と離れていて、しかもこれは予想される危険性に対する返答としては非常にお粗末で、この故意に危険に身を晒すという著しく無作法な言動への申し開きにはまったくなっていないからです。ですから私たちは、この台詞を、この優雅な女性の前述の理由の粗雑さを少しは和らげるが、そこに何の重みも加えない単なる付け足しの説明と見なさなければなりません。そしてクロティルダが退場し、バートラム登場。彼は「彼女から目を逸らして立っている」〔二幕三場六一行の後のト書〕。つまり両足を少し開き、両手を腰に当てて、夫人に対し横向きに、体全体がY字を逆さにしたような格好で立っています。しかし彼の不機嫌状態はやがて狂乱状態となり、それから喚き、叫び、罵りが続いて夫人は失神、彼は少しおとなしくなる。そこにイモジンの子供が登場、「お母さま！」と叫ぶ。バートラムは子供をひっつかんで持ち上げ、「神よ、この子に祝福を！　バートラムがお前の子にキスしてやった」と言い、そこで幕が下ります。第三幕は短いので説明も短くしましょう。まずは城に帰る途中のアルドブランド卿が現れ、次の場面ではイモジンが修道院で院長に自分の淫らな心を告白している姿があります。院長はまず持ち前の気性の赴くままに無意味な叱咤の言葉を発し、それから彼女を凶悪な愛人とともに残して去ります。その後すぐに彼女は愛人と会う恥ずべき約束を交わし、その約束が実行され成就されるべく、幕が下りるのです。

＊　この種の繰り返しは、この作者の特徴の一つであり、どの頁にも一つかそれ以上の例が必ずある。たとえば、最初の一頁から二頁、第一幕七行目「そして私は寝られるだろうと判断した」。一〇行「きらめく眩しさの中でよろめき揺れた」。一四、一五、一六行「青の帷の一瞬のきらめきによって、その青白い大理石像たちはとても恐ろしく私を眩しがらせたので、私はそれらが生きていると判断したほどだった」。三七行「地獄の眩しさ」。三五行「ああ、敬虔な修道院長、これはこの世の嵐ではありません」。三八行「これはこの世の嵐ではないのです」。四二行「これは天の仕打ちだ」。四三行「こんなに酷い仕打ちを受けるのだ」。四四行「話せ！　君は何かを見たはずだ」。「恐るべき光景」。四五行「君は何を見たのか。哀れな恐るべき光景」。四八行「揺れるかすかなきらめき」。五〇行「嵐が途切れたとき」。六一行「嵐の途切れ」、等々。

第四幕の導入部分を見て抱いた恐怖と嫌悪の混ざり合った気持は、言葉で言い表すことができません。

その部分は公共精神の堕落を表す憂鬱な証拠と思われたのです。ジャコバン主義の衝撃的な精神は、もはや政治のみに限られたものではないように思われました。残虐な出来事や人物を身近に感じることは、道徳の原理を直接には破壊しないにせよ、鑑識眼に害を与え、穏やかに訴えかけてくるものに対しては総じて感情を麻痺させ、最も粗野で途方もない刺激のみを切望するようにさせてしまったようです。一般的な礼節に対するこのような侮辱にイギリスの観客は何の抵抗もせず、それどころか、この汚らわしくも卑しい行ないを成し遂げて悪臭を放ちながらやって来たと考えられる人物を、万雷の拍手で受け入れることができるという事実を目の当たりにして、こうしたさまざまな思いが、まるで鉛の錘のように私の心を圧迫したので、もし私の隣に率直な初老の男性が座っていなかったら、役者も作者も悲劇も私にはどうでもよくなっていたことでしょう。その男性はとても真面目な顔に驚きと嫌悪の表情を浮かべて、私の肘に触り、役者を指差しながら、半ばささやくようにこう言いました。「ほら、あそこにいるあの小男、あいつが不義を働いてきたんだ！」この滑稽な語りかけが引き起こしてくれた笑いで幾分か気持が和らぎ、私は再び舞台に注意を戻し、バートラムが次のような情報によって、束の間の発作のような悔恨の思いから脱し、元の彼に戻ったことを知りました。それは聖アルドブランドが（もし自らの義務を果たそうとすれば、まともな人間なら誰でも権限を与えられなくてもやったに違いないように）、彼を捕まえて法による正当な仇討ちをする権限を与えられたというものでした。その情報は（バートラムが私権を剝奪された裏切り者であり、世に知られた無法者であり、さらに自ら人殺しを商売にしているばかりか、泥棒、海賊、暗殺者などの一団の首領として悪名高いことは、当人がとうの昔に分かっていることだったので）、確かに彼にとっては決して目新しいものではなかったはずです。しかしながら、このような情報だけで、しかもすぐさま、わめき散らして神を冒瀆し、愚行に至るという、いつもの状態に彼は戻ってしまうのです。次にはイモジンと傷ついた夫とのぎこちない話し合いの場面と、愛と優しさに満ちた夫が修道院の聖アンセルムスの祝宴に出席するために突然また出て行く場面が続きます。これは、こんなに優しい夫が長い不在から戻った数分後にする用事としては実に奇妙なものだと認めなければなりません。しかし初めに彼の妻のほうが「誓いを立てて」いて、自分が罪滅ぼしの苦行を成し遂げないうちに夫のベッドに入ったりしたら――(まさにそのとき彼女はベッドに横たわっていることに注意)――「この誓いを破った魂を暗黒の地獄が呑み込んでくれる」ことを願っていると、彼に話していた〔四幕二場、一五九―六〇行〕。そういうわけでこの不運な夫は、彼女の苦行の間、何をして過ごせばいいのでしょうか。でも読者の皆さん、聖アルドブランドの不在を理由に心を痛めないでください。作者は、夫が作者と愛人の邪魔になるとき、彼を家の外に出すように工夫しているので、彼が必要になればすぐに連れ戻すのに躊躇することはまずないでしょう。さて、夫が一方へ去ると、別の方向から夫人の愛人が急に現れます。しかも、彼女の夫を暗殺するという熟考した末の揺ぎ無い決意を、この上なく残忍で冒瀆的な呪いの言葉で彼女に知らせることによって、この哀れな共犯者である彼女の魂を苦しめてやろうという残虐な目的を持って現れるのです。これも皆作者の側には、一連の過剰に悲劇的な動作を導入しようという趣意があるだけで、それ以外の趣意は見出されません。すなわち、びくっとして、一瞬静止し、悲鳴を上げ、争い、短剣を投げつけ、床に倒れ、再び激しい勢いで起き上がり、ののしり、大声で助けを求め、また倒れ、再び起き上がり、力なくよろめきながらドアの方へ向かう。そしてその場面を終わらせるために、夫人はとても都合よく発作を起こして気絶します。それによって、夫人が屋敷内に危険を知らせる前に、バートラムは自らの憎しみの対象を探し出す機会を得るのです。実際、危険を知らせる時間はそれまでに彼女には十分あったのですが、作者はむしろ、先述のようにわめいたり驚いたりする展開によって、彼女が自分も観客も楽しませるほうを選んだのです。彼女は気絶状態からゆっくりと回復し、そこへ信頼のおける友でもあり悩みを打ち明けられる母親同然の侍女クロティルダが登場。それから演劇の用語では狂乱と呼ばれているものが始まるのですが、作者はもっと正確に、それに譫妄状態という名称を与えています。それは発作的に頭がくらくらする一種の間欠熱として、その場の状況や舞台効果がたまたま必要とするときにはいつも現れるのです。都合よく嵐（これがどのようなものであったかは、読者にはすでに伝えておきました）がまたやって来て、状況を変えてくれました。

小川は修道院の壁を水で浸し
泡立つ洪水になっていた。その川岸に
アルドブランド卿が数人の従者と共に愕然と立ちつくす。
修道院の高い胸壁から松明と鐘を持って
修道士たちが渡し場の方へ呼びたてるが、無駄だった。
今夜、彼は戻らなければならない。

〔四幕二場、三五七—六二行〕

噂をすれば影という諺の通り、聖アルドブランド卿を引き止めるために使者が送り出されて退場するくだりから一〇行と進まないうちに、アルドブランド卿の到着が伝えられる。ここでバートラムが率いる悪漢の一団が登場し、舞台上に並んだので、そのことがイモジンに叫び声を上げさせ錯乱状態にさせる新たなきっかけとなります。舞台裏で致命傷を受けた聖アルドブランド卿が、倒れそうになりながら登場し、血まみれになって苦しみ悶え、この二重に呪われた姦婦の足元で死を迎えます。

第四幕でのイモジンに関しては、さらに二つの点に注目しなければなりません。一つは、夫を騙して許しの言葉を言わせる彼女の卑怯な巧妙さと陰険な企みであり、夫はそれに気づいていないこと。もう一つは、彼女があらゆる所で興味と共感の対象になっているということ。私たちが誠実で敬虔な悔悟者の自責感と習慣的に結びつける感情ほどには穏やかでない感情を彼女がいつ掻き立てたとしても、それは作者が悪いのではありません。イギリスの観客は、このようなことに耐えられたのか。むしろ彼らは拍手でそれを受け入れたのであり、もし軽装馬車や大型貸し馬車の喧噪に掻き消されていなかったら、この拍手喝采は、セント・ポール大聖堂まで届き、人もまばらな平日の集会が行なう夕べの祈りを妨げたかもしれないほどでした。

時代は移り変わり、それと共に私たちも変わる。〔一三〕

第五幕の中で注意すべき唯一のことは（喚き声や無意味な言葉は、今まで通り満ち溢れているが、最終幕に至るずっと前から当たり前のことになっているので）聖餐式のための聖器やその他の準備がすべて整えられた礼拝堂の主祭壇が、冒瀆的にもこの舞台にしつらえられている点です。そんな舞台上で、少年聖歌隊が実際に讃美歌を歌うのです！　その他に注目すべきは、背景に洞窟の岩や絶壁がある暗い森の中をさまよっているイモジンです。彼女はときどきうわ言のようにしゃべるのですが、彼女のガウンや髪が演出しうる限りにおいて、彼女は常に頭が朦朧とした状態なのです。そして何人かの登場人物が無言のまま頻繁に舞台を行き来しますが、それには常に少なくとも次のような理由がある。すなわち彼らは、ドルーリー・レーン劇場の中でほとんど一言も聞き取れない場所にいるかなりの数の観客に、見えるものを提供しているというわけです。さて、イモジンは自分の子をいっしょに連れて行ったようなのですが、その子がどうなっているのか、彼女が殺したのかどうか、誰にもわからないし、知ることもできない。それは上演されたものを見ても謎でしたし、戯曲をとても注意深く熟読したあとでも、依然として謎のままです。

　残念ながら、これ以上は知らない、
　知っていたなら全部話してやるところだが。
　かわいそうな子供がどうなったか
　誰も知る者はいない。

〔ワーズワス「茨」一四四―四七行〕

次の言葉から分かることが、私たちが知り得るすべてです。*

修道院長　ご子息はどこに。
クロティルダ　（覗き込んでいた洞窟を指差しながら）
ああ、坊ちゃまは洞窟の墓の中に冷たくなって横たわっています。
なぜそんな恐ろしい話で奥様を興奮させるのですか。
修道院長　※（読者も気づかれるように、この人物の口やかましさは、挫けることがない）
一つだけ生きている心の琴線を作る（make）※（呼び覚ます（wake）のつもりか）ためにやっ

たのだ。
私の心も張り裂ける思いだが、私はやる。
ご子息はどこですか。
イモジン夫人（狂乱した笑い声を立てながら）
森の悪霊がさらっていった。
悪夢に乗って魔法の森を駆けていく　※（誰が？　悪霊？　子供？）。

〔五幕三場、三九―四六行〕
〔※を付した括弧内はコウルリッジの言葉〕

さてこの最後の二行は、『リア王』の中でエドガーが狂気を装う箇所からの無分別な剽窃にすぎません。エドガーはジプシーの呪文を真似て、魔女を意味する古い言葉（mair）と語呂合わせをしているのです〔二四〕。この二行で同様に無分別なのは、ドライデンが用いた「森の悪霊」と、ミルトンが『リシダス』で伝説に満ちた川として広がり流れていくディヴァ川の特徴を見事に表現した「魔法の流れ」という言葉が借用されていることです〔二五〕。さらにこのような比喩表現は、イモジンがこれ以前や以後に語るどんな言葉にも少しも似ておらず、彼女の言葉の中では特異なものであることに注目して下さい。しかし私たちもくたびれましたね。この幕の登場人物たちは、いたずら好きの子供たちが狭い通りの向こう側から反対側にいる隣人たちの顔に鏡を使って投げかけるカボチャ提灯の光と同じくらいしつこく、あちこちどこへでも跳び回っています。『群盗』のシャルル・ド・モールの残虐さをも凌ぐバートラムは、武器を取り上げられても、聖アンセルムスの騎士の一団（全員が完全武装している）に怯むことなく立ち向かい、陰鬱なまなざしの一撃で、彼らを無抵抗の臆病者にしてしまうのです。私たちは修道院長の様子が急変したことにすでに気づいていましたが、実際あまりにも際立った変化なので、観客の多くは大きな秘密が明かされるのではないかと想像しました。すなわち、この修道院長は、昔は罪深い若者であったのに、年老いた今は口やかましく説教する人に変身した多くの例の一つであったということ、そしてこのバートラムが最後には彼の息子に見えてくるのではないかと想像したのです。イモジンは再び修道院に現れ、自らの命を絶ちます。バートラムも自らの体に剣を突き刺し、彼女の傍らで息絶えるのですが、その最期は、この劇の始まりと同じようにこの劇を締め括るべく、すなわち無意味の上に冒瀆を積み重ねて終わるのです。バートラムは、冗談半分に剣先を向けられても怯えて後ずさりするほどの見下げ果てた臆病者から、剣を取り上げていたのです。そしてこの自殺者であり盗賊の首領、また強盗、不貞行為、殺人、卑怯な暗殺などが忌まわしく退廃的に混在する人物、この極悪非道な人物の最善の行為は、自らが死刑執行人になることによって、彼を絞首刑にするという身を貶める行為を、彼よりは善人と言える人たちが行なわなくて済むようにしたことです。そして彼はまず慈悲深い修道士たちと畏敬すべき修道院長に、彼の魂のために祈ってほしいと頼み、それから次のような愚かで厚かましい言葉を叫ぶのです。

おれは罪人として死ぬのではない、
戦士の武器が戦士の魂を解き放ったのだ！
〔最終行〕

＊　子供は重要な登場人物である。なぜなら作者は、時を得てその子を登場させなければ、第二・三幕を終えることが

できなかっただろうと思われるからだ。その子のその後の運命に言及しないのは、何と恩知らずなことか。

第24章

結論

時々あることですが、過ちが何らかの出来事によって罰せられているのに、その過ちと出来事に何の因果関係もないということが起こります。これこそが最もひどい罰だと私は常に思ってきました。傷の大きさこそ同じですが、傷口はささくれ立ち、しかもその奥深くに鈍い痛みがあって、それが傷の鋭い痛みをさらにひどくした上に、傷が治ったあとまで残るのです。前提と帰結が調和しているという感覚には常に慰めの感情が伴うものです。「前」と「後」の感覚が理解可能で知性に訴えるものとなるのは、私たちがその連続性を「原因」と「結果」の関係において考えるとき、まさにそのときのみなのです。原因と結果は、磁石の二つの極のように相対的な対立によって一つの力の存在と統一性を明らかにし、「時」という実体のない流れに、永続性、同一性、したがって現実性という、いわば土台を与えるのです。それは

「時」という現象の中に姿を現す「永遠」です。そして「過去」に対し「現在」が釣り合うものであり妥当であるという認識と承認が、苦悩する「魂」にとっては、まだ神の姿を見失っていないことの証明になり、「父なるもの」の力強い存在を、たとえ不透明なガラスと濁った大気を通してであっても、またそれが自分を叱責する「父なるもの」であっても、まだ認識できるという証明になるのです。そして疑いもなくそのために私たちは、精神においても、また脳と神経においてさえも、混乱はすべて苦痛であると感じるように造られ組織されているのです。——多くの医者が経験していることですが、奇妙で珍しい症状の病気にかかった患者は、その病気の苦痛や危険性のためというよりも、自分にも他人にもわけがわからないという事実のために精神的にもっと苦しみ惨めに感じるのです。それどころか、そういう患者は、自分の病気の名前と性質を直ちに確定し、それを理解可能な原因による理解可能な結果に変えてくれる新しい症状なり結果なりが現れれば、たとえその発見によって同時に回復の見込みが根こそぎ奪われたとしても、最も確かな慰めを得て、穏やかで揺るぎない明るさを取り戻すものです。そういうわけで神秘主義的神学者たち——彼らの真の直観を、より大きな自信を持って妄想から区別するには、空想力（常に記憶を猿まねし、しきりに記憶を模造し偽造するもの）が描いたこともなければ描くこともできないものは無意味（ナンセンス）だという思い上がりを持たずにその作品を読むようにしなければならないのですが——そのような神秘主義者たちはこぞって、神に見放された魂の状態を恐ろしい夢として描いています。その夢の中には現実感がなく、自分たちが被っている苦痛の現実感すらなく、それは時間のない永遠であり、しかもいわば時間の下の永遠であり、神はその存在を明示することなく存在するのです。しかしこれらは深淵であり、そこに長く留まるつもりはありません。人がもっと普通に共感できるレベルの実例に戻りましょう。するとここに、「光」と明瞭な「視覚」の持つ、同じ癒す力の中に、多くの場合「悩める者たち」にその悲しみを語るように導き、さらにはほとんどそう強いる本能という目的因が見出されるのです。またそこからは「自らの悲しみをさらけ出すこと」の結果として、苦痛の緩和が生じます[二]。そうすれば悲しみは、形のないものをすべて拡大し（文字通り）並外れた大きさにしてしまう霞の中でではなく、このように明確な形で示されます。カジミエシュ[三]が、彼の第三巻第五オードにおいて、この考えを巧みに*表現しています。

沈黙を求めて長く続く熱情が
私をむさぼり、悲しみが骨の髄まで
食い尽くしてしまった。それはあなたの命令を
拒絶するかもしれないが、
あなたの友人たちの耳元を訪れあなたの怒りを
語りや嘆きのなかにぶちまけよと命じられれば、たちまち解消する。
嘆くことによってしばしば嘆きは止み
涙は泣いているうちに乾く。
また心配は、飛び立ってすべての枝々に
舞い降りるなら、さほど強くもなくなる。
苦痛は、人の胸から胸へと渡り歩くことを許されれば
愛情をもった聞き手の前では力を失い、
分割されてますます小さく
なっていく。

（第三巻、第五オード）

＊その表現は、現代人たちの寓意化する空想力と両立する限りにおいて、古典的でもある。現代の空想力は、絶えず内面を投影しようと努力することで、古典作家たちの詩が外界を反映するときの見かけ上の容易さから自らを対照区別している。おそらくカジミエシュはこの特徴的な違いの最も顕著な実例だろう。彼の文体と言葉遣いは真に古典的であるからだ。一方カウリーは、多くの点でカジミエシュに似ているが、彼のラテン語法と、さらには韻律さえも、彼の思想の不均質な性質によってすっかり粗雑にしてしまっている。ジョンソン博士が逆の判断を下し、しかもカウリーのラテン語の詩をミルトンのものよりも好んだというのは、私が間違えていなければ、すべての学者を驚かせてきた気まぐれである。昨夏のことであるが、あるイタリア詩人がカウリーの「ダビデ（'Davideis'）」を一ページ熟読したときの滑稽なまでの驚愕ぶりは、彼がミルトンの「マンソーへ（'Mansus'）」と「父へ（'Ad Patrem'）」を初めに通読し次いで朗読したときの熱狂ぶりとは対照的で、実におもしろいものだった。

しかしながら私はこれを言い訳にして、読者を不平や説明で煩わせるつもりはありません。読者としてはそんな不平や説明にはほとんど、あるいはまったく関心はないのですから。（少なくとも今のところは）次のように言えば十分でしょう。すなわちこの本が印刷されたあと出版がこんなにも遅れた原因は、私自身の怠慢とは一切関係がないこと、そしてそれが本書の第一巻で、才能ある若者たちに向けて書いた、「著述」を「生業」とすることに関する章〔第11章〕への有益な解説となるだろうということです。私はある自伝の冒頭の文章の滑稽な効果を思い出します。その自伝は著者にとっては幸いなことに、「一個人の人生」としては十分あり得るくらい出来事に乏しかったのですが、その書き出しは「私が今まさに書こうとしている、私がこの星に生を受けた瞬間からの波瀾万丈の人生、云々」。しかしそれでも、この警告となる尊大さの例を目の前にしながらも、自分の人生を振り返ってみると、その同じ「波瀾万丈」という形容語句を、それも普通以上に強調して付けずにはいられません。そして私のみに影響するような個人的な感情がその出版を妨げることはないでしょう（もし命と時間があれば、確かに私はそれを書くでしょうから）[三]。これからも考え続けて、私の伝記が一つの重要な真実をより強固にすることに与るという現在の信念が固くなればのことですが。その真実とは、私たちは隣人を自分自身のように愛さねばならないだけではなく、自分自身を隣人と同じく愛さねばならないということ、そして私たちがその両者にも増して神を愛さなければ、そのどちらも愛することはできないということです。

生きているうちに、悪口を
言いも言われもしない人間がいようか？　死んだあとも、
一度たりとも友人から墓を足蹴にされずにすむ者があろうか？
〔シェイクスピア『アテネのタイモン（*Timon of Athens*）』一幕二場、一四〇―四二行〕

とんでもない幻想だと思われるかもしれませんが、三年前私はこの世に敵がいるとは知りませんでしたし、夢にも思っていなかった。それが今では私の最も強い感謝の気持にさえ恐れが入り交じり、「自分には一人でも友人がいるだろうか」とつい問いたくなる自分を叱りつける始末です。「クリスタベル」の執筆から出版までの何年もの間、この作品は、まるで一般に広く販売されているかのように文人たちの間でよく知られたものとなり、詩中の想像上の人物名に至るまで、同じように言及され、同じように好き勝手に利用されました。わが国の最も著名な詩人たちのほとんどから、そして個人的な面識のない詩人たちの何人かからも、ありふれたおとぎ話程度しか意図していなかった作品に対してはまったく不釣り合いであると

（心からそう言えますが）私には思われた賛辞を受け取ったり、噂で聞いたりしました。私の他の詩には、活字にされたものであれ原稿のままであれ、何ら価値を認めず、そのことを私に臆面もなく告げてきた多くの人が、「クリスタベル」と「愛」と題された詩には、例外としてこぞって好意を示しました。くる年もくる年も、しかもまったく種類の異なる人々の集まりの場で、私はその詩を朗読するよう懇願されてきました。そしてそのたびごとに結果はやはり同じで、この点においては、私の創作した他のどの詩であれ、時おりそれを朗読した際に生み出された効果とまるで違っていました。これが出版前のことでした。そして出版後はというと、ごくわずかな例外を除いて、私はこれまで悪口以外聞いていません。しかもそれは、もしその詩があまりにも惨めなまでに並み以下だったとしても、その意図するところに対し、少なくとも以前の賛辞がそうであったのと同じくらい不釣り合いなまでに辛辣な調子であり、不可解なことではそれ以上です。『エディンバラ・レビュー』において、この詩は悪意と個人的な憎しみをもって攻撃されましたが、そのような感情は、こういう激しい非難の長広舌を掲載した雑誌それ自体の価値を損なうにすぎません。そして（真偽は分かりませんが）一般にこの批評を書いたとされる人〔四〕は、私がいるところでもいないところでも、この詩が英語で書かれたその種の詩の中では最高のものだと繰り返し言っていたのです。このことは作家たちへの警告として役に立つでしょう。すなわちある詩の受容の可能性を見積もる際に、その詩を出版する気にさせた賞賛については、その出所がいかに確かであり、また様々であっても、差し引いて考えるべきだということ。そこで、まず個人的な敵意を考慮に入れなければなりません。そういうものが存在するとはおそらく思いもよらないでしょう。つまり匿名の批評という仮面の背後に隠れた個人的な敵意です。次に、批評が売れるためには、ある程度の悪口や嘲りをその中に入れる必要もあるということ。その結果は、もし批評家たちが舞台裏で友達がいないならば、批評家たちにとっては不利な状況にならざるを得ないでしょう。しかし最後に、そして何より考慮すべきものは、興奮と一時的な共感です。それは賞賛者、特に熱烈な賞賛者であり且つ誰もが認める名士によってその詩が朗読されることによって、聴衆の間に呼び起こされるものです。というのもこれはまさに動物磁気〔五〕の一種であり、火付け役の朗読者が絶えず表情や声色で注釈を付けることによって自分自身の意思と理解力を聴衆に貸し与えるからです。その間、聴衆は朗読者の知性の膨張した世界の中に生きるのです。読者がいざ自分一人で読んだとき、その詩の高みに届かなくなることは、その詩が〔朗読者なしに〕それだけでは力を失って読者の感情に届かなくなるのと、同じくらいよくあるとは言えないまでも、同じくらいあり得ることです。しかし私自身の場合には、形而上学に傾倒しているとか、何よりも悪いことに、その傾倒している思想体系が、確立されたロックの教義に近いどころか、プラトンの幻視的飛翔の方に比較にならないほど近く、神秘主義者たちの隠語にさえ近いものだと噂されるという、更なる不幸にも見舞われていました。それ故に私の名前が付されたものは何でも、形而上学として予定されたものとして、あらかじめ非難されたのです。演劇界に大きな影響力を持つある紳士〔六〕に私が送った劇詩の中に次のような一節があります。

ああ、私たちはいつも不満だらけ。ほとんど
すべてが得られなければ幸福にはなれないし
ほんのちょっとしたことですぐ惨めに
なってしまう。

〔『ザポリア』第二部一幕一場、一二三―一二六行　*PW* III (2), 1354–55〕

またここにもコウルリッジの形而上学のお出ましだ（と批評家は叫んだ）。そしてまさに同じ動機が（すなわち、その詩行がわが国の壮大な劇場の現状に合わないということではなく、それが形而上学*だということが）別のところでは、次に引用する二つの箇所の却下の理由とされたのです。一つ目の引用は、ある王位簒奪者が、人民の拍手喝采によって選ばれたという理由で権利を主張したのに対して、それへの返答として語られたせりふです。

どういう人民が、どう招集されたのか、もし招集されたとしても
議会に何百万もの人を引き寄せるその魔法の力は
人々を味方につけたり支配したりする力を
どうしても持たねばならないのか。いやそれよりも、そんなことよりも
あなたの称号を、取り囲む彼方の山々に向かって叫び
無限に反響する音でもって、
岩にお世辞を言わせ、鳴り響く空気に
賄賂によらぬ叫び声を返させるがよい、「エメリック王！」と。
健全な法律で主権に堤防をめぐらし、
抑制によって川床を掘り、
無法な意思を防ぐことによって
水流を壮大な水路に集めて導くことが、人の役目であり、
真の愛国者の栄光である。それ以外のことでは

人は自分自身に頼れない時には、自分よりも
天に頼ったほうが安全だ。あの渦巻く群衆にあってはなおのこと。
そこでは愚かしさが伝染し、賢明な人々でさえも
我に返ればその群衆をたしなめ呆れるだけの良識を
つい忘れてしまうことも多いのだ。

〔『ザポリア』の序幕一場、三五五―七二行〕

＊ 哀れ不運な形而上学よ。それは何であろうか。ただ一つの文がその学問の目的を表現し、それによってその内容を表現している。「汝自身を知れ、そうすれば、被造物に許される限りにおいて、汝は神を知り、神のうちにすべてのものを知るであろう。」確かに多くの人が、不思議なことに――いや、むしろあまりにも当然というべきか――自分自身を知ることを嫌悪しているのである。

二つ目の節は、最も信頼していた人物に裏切られた、経験を積んだ老宮廷人が語るものです。

それでいてサロルタは、素朴で未熟でありながら
あの男のありのままを見抜き、度々私に忠告してくれた。
どこでこのような知恵を得たのか。ああ、サロルタは無垢だった。
そして無垢であることは自然の与えた知恵。
巣立った鳩は空中で獲物をねらう者たちを知り
見つかるや恐れて、隠れ家へ舞い戻る。

そして若馬は、まだ見たことのない毒蛇の立てる音を
初めて聞くや、たじろぎ後足で立ち上がる。
ああ、百の目を持つ疑念よりも確かなのは
あの繊細な感覚。それは心の澄んだ人に
自らの善良さに反するということのみによって
邪悪なものの接近を知らせてくれる。

〔『ザポリア』第二部四幕一場、七〇―八一行〕

そういうわけで私の作家としての性質は、明白な行動に出たとしても、すでに世評によってこれ以上損なわれることはあり得ないので、私はかなりの部分が明らかに形而上学的な作品〔七〕を出版しました。その作品の最初の予告から出版までにはかなりの時間が経過したためにその作品は出版前に批評されましたが、そこにこめられた悪意は、あまりにも明白にそしてもっぱら個人的なもので、現代の人間性一般への軽蔑という、出版の自由を汚し脅かす状況においても前例がないほどだと思います。その私の作品が出版されると、この悪意に満ちた諷刺文の著者〔八〕が『エディンバラ・レビュー』に批評を載せるべく選ばれました。彼が本当に思ったことを書き、批評する作品の著者が彼にとって無関係であった場合のように批評するという唯一の条件をつけるならば、私自身が他の誰よりも彼を評者として選んでいただろうと思います。彼には精神の活力と独自性があり、そして思弁的推論における独特の鋭さがあるからです。ここでカトゥルスの詩を思い出しました。

たとえ誰からであれ、少しでも感謝されたいと願ったり
誰かが感謝してくれるなどと思うのはやめよ。
そんなことをしても感謝されることはない。親切に振る舞っても
何にもならない。むしろそれはうんざりさせるもの、うんざりさせ、有害なもの。
それがまさに私の今の状況だ。たった今まで私を唯一の友達と
思ってくれていた人からこれ以上ないほど悩まされ煩わされている。
〔カトゥルス『詩集』七三番（*Carmina* 73）〕[九]

しかし私が心から言えることは、あらかじめ侮辱すると決めて書かれたこの狂詩曲を読んだときに私が感じた悲しみは、狂詩曲の作者自身がそのすべて且つ唯一の目的としていたものだということ、そしてその文章を読んで私が抱いた怒りに満ちた軽蔑は、彼を雇ってそれを書かせた人にのみ向けられていたということです。私が今この『レヴュー』に言及するのは、ある情報を得たからであり、その情報とは、私の最初の『一信徒の説教』の一節を根拠にした私の「背信の種」へのあてこすりが、ある程度の信憑性をもって受け入れられ広められたというものですが、このことについては、その中傷の張本人を無罪放免にして差し支えありません。その文章を、説教の中に書かれたそのままの形で示しますが、ただ私は人間の外的感覚に訴えて現される奇跡についてのみ語っていたのだということを前置きしておきます。「奇跡によって五感に訴えるのは、五感においてまた五感を通してその座を簒奪されていた真理を、復権させるためなのです。《理性と宗教は、自らを証しするものです。》この意味で、自然の太陽は霊的太陽の象徴となるのです。太陽は完全に昇る前、その栄光がまだ包み隠されているときに、微風を呼び起こし、光を簒奪して

いた夜霧を消散させ、こうして空気自体を自らを浄化するものへと変えるのです。それは天からの光を証明したり解明したりするためではなく、遮っている夜霧を取り除くためなのです。

したがって、類似した状況が同一の道徳的根拠と共にある場合はいつでも、霊の導きのもとに書かれた聖書の中に啓示されている諸原理と、そこに記録されている諸事例とが、奇跡を不要なものにしているのです。そして、もし私たちが奇跡的出来事を期待して、あるいは奇跡的出来事がもう起こらないことを口実にして、聖書の中に明示されている真理を現在の状況に適用するのを怠るならば、私たちは神を試みていることになり、主が現在の私たちと同じような状況にあったファリサイ人たちに与えた答えが、私たちにも向けられることになるでしょう。〔一〇〕」

この説教および注の中には、歴史としての真実性と奇跡の必要性の両方が、強く繰り返し主張されています。「歴史書が提示する証拠は（すなわち、キリストの出現に伴うしるしや奇跡に関連して）、キリスト教会の壮麗で堅固な柱の一つではありますが、礎ではありません。〔一一〕」ですから、自己弁護をしようと思えば、それは教父たちや、宗教改革から名誉革命までの最も著名なプロテスタントの聖職者たちから、同様の意見を述べている一連の文章を引用することで容易にできるのですが、そうする代わりに真のキリスト教証験に関する私の信念を述べるだけにしておきます。一、キリスト教が正当な理性と矛盾しないことを、私は教会堂の外庭、すなわちその建物が立つ共有地と見なす。二、キリスト教を最初に顕わしその証拠となった奇跡を、私は教会堂の階段とポーチと入り口と見なす。三、信者一人ひとりの魂の中にある、キリスト教が何にも増して望むべきものであるという意識、内面の感情――すなわち、キリストとして私たちに与えられた贖罪と恩寵こそ信者が必要とするものだという強い予示に加えて、自分は何かを必要としているという経験――これを私は精神的な教会堂の真の《礎》と考える。一と三からそれに対応する二の歴史的証拠へと流れ込んでくる高い先験的な蓋然性があるからには、実際に確かめてみることを拒否したり怠ったりすることは、罪なくしては誰もできません。しかし、四、福音書の状況に実際に一致することから得られる経験こそが——開眼、夜明けの光、精神的成長への畏れと期待、神を神として愛する幸福、罪として嫌悪される罪の意識の目覚め、そしてキリストなしにはそのどちらにも達し得ないという意識の目覚め、常に下から上ってくる悲しみと、それを上から出迎える慰め、戦争における主導者の内心の裏切りと、無私の同盟者の並外れた忠実さと長い苦しみ——一言で言えば、キリストへの信仰に対する現実の試練とそれに伴う事柄や結果こそが、アーチ状の《屋根》を形作るものであり、そして信仰自体がアーチを完成させる《かなめ石》なのです。キリスト教の信仰を力あるものにするためには、キリスト教徒になっていなければなりません。これは見かけ上は循環論法ですが、私たちが成るという行為によってのみ知ることができるものを、悟性の反省的行為によって捉えようと試みる限り、あらゆる霊的真理、つまり時間と空間の形では示し得ないあらゆる主題に付随するものなのです。「私の父なる神の意志に従え、そうすればあなたは、私が神の子であることを知るだろう。」[一二] これら四つの証が世界にとって、全キリスト教会にとって、極めて必要であったし、等しく必要であった、そして今でもそうであると私は信じています。しかし現在では、そしてキリスト教国に生まれたキリスト教徒の大多数にとっては、第三と第四の証が、第一と第二の証への喜ばしく疑念のない信仰に取って代わるのではなく、それを包摂する形で、最も効力を持っていると思います。贖罪が聖別の結果ではなく前提だと信じているように、「私は信じたが故に分かった」[一三] というのは等しく哲学と宗教の示すところであると私には思われます。すべての霊的賓辞は、行動の様式としても存在の様態としても同じように解釈されるかもしれません。したがって神聖であること (Holiness) と祝福されること (Blessedness) は同じ観念であり、行為に関して見ているのか存在に関して見ているのかなのです。私の「背信の種」に向けられた中傷を人々がすぐに信じたのは、ベネディクト・スピノザの名に付された重い禁止命令が、全体的にあるいは全部にわたって、それだけの正当性を持つかどうかについて、私が疑念を公然と述べたことに一因があるのではないかと思います。ともあれ、理論哲学にせよ道徳哲学にせよ、わが国の学校で現在の神学生に勧められている一部の哲学書の中に、スピノザの『論理学』の最終頁に載せられた以下の文章と同じくらい、完璧に使徒パウロの教えにかない、英国国教会の教義と完全に一致する文章が少しでも見つかるでしょうか。「また精神は、この神の愛すなわち祝福を享受すればするほど、それだけ多く理解する。感情を支配する力がそれだけ増し、悪しき感情に支配されることがそれだけ少なくなる。それゆえ精神は、この神の愛すなわち祝福を享受するに従って、欲望を抑える力を得るのである。誰も、感情を抑制したがゆえに祝福に与るのではなく、反対に、欲望を抑える力は祝福を受けることから生じるのである。」（一部省略）

ユニテリアン派の信徒に関しては、私が彼らをキリスト教徒ではないと言ったと、不謹慎にも断言されました。とんでもないことです。心の敬虔さがどういうものか、悟性におけるどれほどの量の過ちが、一個人の中の全道徳的存在の意図や実際の性質における救いとなる信仰と共存しうるのか、私が知るはずもないのですから。神は心から神を愛する人を決して拒絶しないものです。彼らの思索上の意見が何であろうとも。そしていかなる事例においても、ある意見が、懐疑であれ間違った信仰であれ、心からの神への愛と矛盾しないかどうかは、神のみぞ知ることができるのです。——しかし次のことを私は述べてきましたし、今後も述べ続けていきます。すなわち、キリストにおける真理を全体として構成していると私が信じるいくつかの「教義」がキリスト教であるとするならば、ユニテリアン主義はキリスト教ではないし、その逆も同じなのです。そして神学的に、また一般的に語るなら、すなわち宗教の体系としてキリスト人間論とキリスト神人論について語り、そのどちらかであると告白する個人に言及しないならば、正反対のものを同じ名前で呼ぶことは適切でないというのが常識の命じるところである限り、異なった言語を用いるのは不合理になるでしょう。[二四] もしユニテリアン派の信徒が同じことを私に当てはめて言ったとしても、2足す2は4ならば4足す4は8であると言われるのと同じで、何の怒りも覚えないでしょう。

だが、人間のなかで、
ある者は無思慮なうぬぼれによって
加護を失い
またある者は自らの力を過小評価するあまり
臆病な気持に手を取られ引き戻されて
手の届く名誉を勝ちとることができない。
（ピンダロス『ネメア祝勝歌集（*Nemean Odes*）』第一一歌二九―三二行）

私が目的としてきたこと、そして唯一私の弁明になり得ることは——ああ、私の個人としての人生のみならず「文学者としての人生」もまたこれによって締めくくりたいのですが——すなわちそれは、若者たちの精神を燃え上がらせ、そして蔑む者たちの誘惑から彼らを守ろうという、抑えることのできない願望なのです。そのように懸命に努めてきたという意識もあります。そのために私は次のことを示してきました。すなわち英国国教会の祈禱書や説教集の中で教えられているキリスト教の体系は、人の理性によって見つけられないものではありながら、それでも理性と調和しているということ、必然的な結果によって連鎖は続いていくこと、宗教が理性の視界を超えていってしまうのは、理性の目がその地平線にまさに到達したところなのだということ、そしてそこからは、信仰こそが理性を引き継ぐものであるということ。それはまるで昼の光が弱まって心地よい薄明かりとなり、薄明かりは鎮められて息を止め、そっと闇の中へと入っていくかのようです。今は夜、聖なる夜です。見上げる目には、自らの存在のみを示す星空だけが見え、外界を見つめる目は、畏るべき深淵の中で瞬く閃光、別の世界の太陽を見据えています。こうして見つめているのは、ただ魂を揺るぎなく平静に保つためであり、それは偉大なる全能の神《我在り》に対する内なる崇敬、そして神の存在を永遠から永遠へと繰り返し肯定する神の子の《御言葉》に対する内なる崇敬という純粋な行為において成されるのです。そしてその言葉の合唱が響かせる「反響（エコー）」が森羅万象なのです。

神にのみ栄光あれ

完

訳注

題辞

〔一〕ドイツの詩人・作家・哲学者、ゲーテ（Johann Wolfgang von Goethe, 1749–1832）が一七九八年に創刊した定期刊行物、*Die Propyläen* の序文（*Propyläen: eine periodische Schrift*, I i viii–ix, Tübingen, 1798）からの引用。*Biographia Literaria* では、ドイツ語の原文の後に、「翻訳」として英訳（コウルリッジ自身が意訳したもの）が添えられているが、本書では、この英訳を訳出した。*CN* II, #3221&n 参照。

第1章

〔一〕ウィリアム・ワーズワス（William Wordsworth, 1770–1850）のこと。

〔二〕一七九四年はコウルリッジ二十二歳の年。この年に 'Religious Musings' を書き始め、翌年には 'The Eolian Harp' を書き上げている。最初の詩集 *Poems on Various Subjects* を出版したのは一七九六年。本書の記述には時に正確な年が記されず、ずれが見られることもある。同様に、引用の出典・表現等にも多くの誤記が見られるが、これらは、本書の制作がかなりの部分で口述筆記に拠るものであるという特殊事情を反映している場合も多いだろう。

最初の詩集の書評は『マンスリー・レヴュー（*The Monthly Review*, New Series XX, 1796）』、『クリティカル・レヴュー（*The Critical Review*, XVII, 1796）』、『アナリティカル・レヴュー（*The Analytical Review*, XXIII, 1796）』などに掲載された。全体としては彼の詩才を認める好意的なものであったが、表現の分かり難さ、韻律の不規則さ、造語の気ままさなどが批判されている。

〔三〕「老水夫の詩（うた）」評は、前者では第二九巻（一七九九年）、後者では第二四巻（一七九八年）に見られる。前者はこの詩の「精妙な詩的筆致」を認めながらも、物語としては「不可解な野性味と矛盾に満ちたラプソディー」と評し、後者は次のように書いている。「多くのスタンザは美しい労作である。しかし繋がりの点では不合理で理解し難い。……ここでは天分が、価値のない詩を生み出すのに使われている。」

　コウルリッジが詩人として登場した頃、文化の興隆に伴い出版活動も飛躍的に発展した。時事的話題を中心とした新聞以外に、文学的新刊書を自由に取り上げ引用した定期刊行物・文芸誌が力を得ていた。『マンスリー・レヴュー』と『クリティカル・レヴュー』はその主要なものとして挙げられる。またアーチボールド・コンスタブル（Archibald Constable, 1774-1827）が創刊した『エディンバラ・レヴュー（*The Edinburgh Review*）』、ジョン・マリー（John Murray, 1778-1843）の『クォータリー・レヴュー（*The Quarterly Review*）』が新しい定期刊行物の双璧であった。

〔四〕アレクサンドリアの学者ディデュモス（Didymus Chalcenterus, c. 80-c. 10 B.C.）によるホメロスの『イーリアス』と『オデュッセイア』の注釈書。最近まで、同姓同名の Didymus Chalcenterus（63 B.C.-A.D.10）と取り違えられていたらしい。

〔五〕この前後でコウルリッジの恩師ボイヤーが嫌ったものとして列挙されているのは、いずれも詩や詩の創作に関係する古典的詩語。詩は古来竪琴（リラ）や笛で奏される音楽と強く結びついている。抒情詩（リリック）（lyric）の原義は「リラ（lyre）に合わせて歌うのに適した詩」の意。リュートは十四―十七世紀に多用された琵琶に似た弦楽器。これら弦楽器はいわば詩作の道具であることから、ボイヤーはハープやリラを「ペンとインク」と言い換えている。ギリシア神話の翼を持った馬ペガサスは、「詩的感興・詩才」の意。このペガサスの蹄のひと蹴りで湧出したと言われるのがヒポクレーネの泉（ヘリコン山の詩神の霊泉の一つ、「詩想」）。ピーエリアの泉もまた、詩神の故郷オリュンポス山北麓にあり、その泉の水を飲むと霊感が得られるとされる「霊感の源」。パルナッソス山はギリシア中部にあるアポロと詩神の聖地で、「詩作活動の中心地」。

〔六〕西インド諸島に生育する植物で、白濁した樹液には毒があり、その実はリンゴに似ている。原語は manchineel fruit.

〔七〕プルタルコス（プルターク）Plutarch（c. 46-c. 120）『対比列伝（プルターク英雄伝）』のアレクサンドロス伝にあるエピソード（五〇―五二節）。アレクサンドロスは、あけすけにものを言う友人クレイトスと酒宴で言い争いになり、激昂し彼を槍で突いて殺してしまい、すぐに激しく後悔する。河野与一訳『プルターク英雄伝』第九巻（岩波文庫、一九五六）七二―七六頁。

〔八〕 原語は illeism（字義どおりには he-ism）。コウルリッジの造語で、他者に言及する、もしくは三人称で自己に言及する形で、三人称代名詞（he）を過度に使用することを意味する。ille-ism と並んで tu-ism（＝thou-ism、二人称代名詞の多用）も彼の造語。いずれも「真に自意識のない状態というより意識的な利己主義から発する」、「一人称代名詞の使用を避けようと過度に気を遣うこと」を指す。これらの造語によって、一見他者・読者を気遣うような二人称・三人称表現を用いる長々とした前置きは、紛れもない自己中心癖（egotism）を体よく隠蔽するものだとの洞察をコウルリッジは強調している。*Friend*（*CC*）I, 26; II, 32 参照。コウルリッジが創り出した新造語は数多く、*OED* の初出例には、『文学的自叙伝』を始めとする彼の著作からの引用が多数引かれている。東京コウルリッジ研究会編、『「政治家必携の書—聖書」研究—コウルリッジにおける社会・文化・宗教』（こびあん書房、一九九八）（以下『政治家必携の書』と略記）の付録参照。

〔九〕 原語は private bill. これが国会を通過すると「個別法律（private act）」となる。個別法律とは、特定の地域のみに関する法律（local act）と特定の個人または団体のみに関する法律の両方の総称。（田中英夫他編『英米法辞典』東京大学出版会、一九九一、参照。）

〔一〇〕 Gaius Plinius Caecilius Secundus（c. 62–c. 114）ローマの政治家、文人。彼がローマ皇帝トラヤヌス（c. 53–117）に呈した書簡中にはキリスト教徒に関する最初の公式記録がある。また彼の書簡は当時の上流社会を知る上で貴重な資料。引用は『書簡集』第一巻一六より。Pliny the Younger, *Letters and Panegyrics* I, tr. William Melmoth (LCL 55), 56–59 参照。

〔一一〕 ボールズ（William Lisle Bowles, 1762–1850）は、以前イングランド北部やヨーロッパ大陸各地を旅行した際に作ったソネットのうち一四篇を集め、『旅の途上で詠んだ一四の叙景的挽歌調ソネット（*Fourteen Sonnets, Elegiac and Descriptive. Written during a Tour*）』と題して一七八九年に出版したが、予想をはるかに越えた売れ行きに詩人も出版者も気をよくし、所収のソネットの数を二一篇に増やし、また題も『旅の途上、主にピクチャレスクな土地で詠んだソネット（*Sonnets, Written Chiefly on Picturesque Spots, during a Tour*）』と改めて、同年に部数を大幅に増やして再出版した。コウルリッジが最初に手にしたボールズのソネット集はこの第二版であり、「全二〇篇」とあるのは、正確には二一篇。なお、この二一篇の中の一つに「イチン川に寄せて（'To the River Itchin'）」と題されたソネットがあるが、コウルリッジはこのソネットに触発されて、かつて親しんだ川の再訪という同じモチーフで「オター川に寄せて（'To the River Otter'）」を書いている。

〔一二〕 当時はロンドンにあった名門校（一九〇二年にサセックス州に移転）。紺色の上着を制服にしていたことからBluecoat School と呼ばれる。もとは一五五二年エドワード六世がロンドンのフランシスコ会修道院の建物を利用して創設した捨て子養育院・慈善学校で、「ホスピタル」（老人や孤児、貧困者などを収容した、病院、養老院、救貧院、孤児院、慈善学校などの慈善施設を意味する）の名に歴史の名残を留めている。コウルリッジの在学当時は、貧しいジェントリの子弟のための学校。入学するには、然るべき地位にある人物から推薦を受けることが必要で、入学後はいっさい校費で教育された。グラマー・スクール、数学・航海学、ライティング、リーディング、ドローイングの五つの学校で構成され、優秀な生徒層はグラマー・スクールに通い、そのなかでも特に優秀で大学進学に選ばれた上級生が「グリーシャン（Grecian）」と呼ばれた。友人トマス・プール（Thomas Poole, 1765–1837）に宛てた一連の自伝的書簡のひとつ（一七九八年二月一九日付）で、コウルリッジ自身が学校のシステムを説明している（*CL* I, 388–89）。

　コウルリッジは一七八二年に入学し、九一年ケンブリッジ大学ジーザス学寮に進学するまでの九年間をクライスツ・ホスピタルで過ごした。ここで生涯の友となったチャールズ・ラム（Charles Lamb, 1775–1834）と知り合う。ラムは、『エリア随筆（*Essays of Elia*, 1823）』の「三十五年前のクライスツ・ホスピタル（'Christ's Hospital Five and Thirty Years Ago'）」と題する随想において、コウルリッジが語り手となって自分の経験や心情を描くという設定で、当時の学校生活の様子を伝えている。文学関係ではラムの他、批評家・ジャーナリストのリー・ハント（Leigh Hunt, 1784–1859）、詩人エドマンド・ブランデン（Edmund Blunden, 1896–1974）らも同校出身。

〔一三〕 九歳で父を亡くし、生まれ故郷を離れて寄宿生活をする寄る辺なさを吐露する表現。母親は当時健在だった（一八〇九年没）。「親を亡くし」と訳した原語 "orphan" は、場合によっては片親を亡くした子にも使われ、動物の子について言えば、母親を失った（あるいは捨てられた）子を指す言葉でもある。コウルリッジにとって亡き父の思い出は尊敬と最大の愛着を伴うものであった一方、ここで母親への言及がまったくないことからもうかがえるように、母親に対しては屈折した感情を抱いていたものと推察される。クライスツ・ホスピタル入学前後の状況については、前掲（訳注一二）のトマス・プール宛ての書簡（*CL* I, 388）参照。

〔一四〕エヴァンズ家のこと。一七八八年にコウルリッジが知り合った下級生の家族。彼の家に招かれ、未亡人であった母親と三人の姉妹に紹介され、一家と親しく付き合うようになる。コウルリッジはエヴァンズ夫人を母のように慕い、長女メアリは彼の初恋の人となった。

〔一五〕一七九〇年代後半から一八〇〇年あたりまでの、詩人として多産な時期を指すと考えられる。私生活でも、紆余曲折はあったものの、セアラ・フリッカーとの結婚（九五年）でしばし家庭的な幸福を味わう。ワーズワス兄妹との出会い（九七年）と親交は『叙情民謡集（*Lyrical Ballads*）』出版（九八年）に結実する。この時期に「老水夫の詩」をはじめ、「クリスタベル（'Christabel'）」（第一部）、会話体詩などの初期の優れた詩が書かれた。一八〇〇年七月にケズィック（第3章訳注七参照）のグリータ・ホールに転居したあたりを境に、「クリスタベル」第二部の挫折に加え、家庭不和、持病のリューマチ熱の悪化、強まる阿片への依存傾向など、精神的・肉体的に苦境の時代が始まる。

〔一六〕William Crowe（1745–1829）イギリスの詩人・牧師。奇行に富む説教師として有名。「ルイスドンの丘（'Lewesdon Hill,' 1788）」は、ボールズやコウルリッジ初期の詩につながる感傷的・内省的傾向を持つ、流麗な韻律の詩。

〔一七〕一般に離接的接続（conjunction disjunctive）という用語は、対立的または選択的なものを繋げること、またはそういった表現（or や but など）を、文法的ないしは論理学的観点から述べるときに用いられる（George O. Curme, *Syntax*, D.C. Heath, 1931, 19 1b 参照）。ここではポープ（Alexander Pope, 1688–1744）のヒロイック・カプレットが離接的接続により結び付けられることを指している。

想像力によって事物の本質的なものを一つとして捉えることを重視したコウルリッジは、この離接的接続により思想や感受性を関連付けるというポープの方法を批判している。

〔一八〕原語は *reading* public であるが、「読書する・大衆」という文化に対するコウルリッジの警戒心を考慮し、敢えて「一般読者層」などの穏当な訳語を当てずこのように訳出した。「読書する」の語を強調しているのは、彼が大衆の読書体験の中身を問題視しているからである。第3章冒頭のコウルリッジの原注を参照。また、『政治家必携の書』の原注に、この語に関する一層辛辣な論評がある（*LS*, 36–38;『政治家必携の書』、一三三―三四、及び訳注二一四―一五頁参照）。

〔一九〕 コウルリッジはポリツィアーノ（Poliziano, 1454-94）の『ニュートリシア（*Nutricia*）』としているが、実際は *Silva cui titulus Rusticus* の中の一行。ポリツィアーノ（本名 Angelo Ambrogini）はイタリアの詩人・人文学者。メディチ家の庇護を得てフィレンツェ大学でギリシア・ラテン文学を講じ、抒情詩劇『オルフェオ物語（*Favola d'Orfeo*, 1480）』は当時のイタリア演劇に清風を吹き込んだ。

〔二〇〕 コウルリッジがクライスツ・ホスピタル在学中に熱心に読んだボールズのソネット集（第二版）の中に「ウェンズベック川に寄せて（'To the River Wensbeck'）」というソネットがあるが、その最終行には、旅人がウェンズベック川の流れる美しい景色を思い起こすだろうという意味で、"he will remember you" という自然で口語的な表現が用いられている。

〔二一〕 コウルリッジは神が創造した、神の似姿を持つ人間とはいかなるものか、人間性とは何かに強い興味を抱いていた。人間の精神機能を考えるときも、単に自然的・動物学的に人間を捉えることなく、絶対者である神との関係において類比的に捉えようとする。

　コウルリッジは己の精神の経験を内省しつつ、人間の精神機能はいくつかの位階を異にする要素から成り、一つの秩序をなしていると考えた。その精神機能の秩序を上位から記せば「理性―想像力―悟性／悟性―空想力―感覚」と略記できる（*CM* V, 798; Owen Barfield, *What Coleridge Thought* (Wesleyan UP, 1971) pp. 96-97, 101 参照）。前半の諸機能（理性―想像力―悟性）は、アンテナ末端の理性を通して人間精神の内面に開かれ、神と人間の関係を保つ働きをしている。後半の諸機能（悟性―空想力―感覚）は、アンテナ末端の感覚を通して外界に開かれている。内面の世界を直視する理性は「精神の目」（the mind's eye [*Friend*（*CC*）I, 157]）ともいわれる。コウルリッジはこのように精神機能を「区別」するが、それぞれの機能を「分離」することなく、その協調関係を統一的に考察し、人間を生命の通う秩序、統一のある有機体として考えた。

〔二二〕 カウリー（Abraham Cowley, 1618-67）は、ジョン・ダン（John Donne, 1572-1631）と同様、英国の形而上派詩人。コウルリッジにとっての十七世紀詩人については、Roberta Florence Brinkley ed., *Coleridge on the Seventeenth Century*（The Duke University Press, 1955）に詳しい。

〔二三〕 Gilbert West（1703-56） イギリスの詩人・枢密院書記官。スペンサー（Edmund Spenser, c. 1552-99）を模した

作品やピンダロス（Pindaros, c. 522–c. 440 B.C.）のオードの翻訳で知られる。

〔二四〕トマス・ウォートン（Thomas Warton, 1728–90）のことと考えられる。トマスは、英国の詩人（一七八五―九〇年桂冠詩人）・文学者。兄ジョゼフ（Joseph Warton, 1722–1800）と共に中世のゴシック趣味に精通。十年間オックスフォードの詩学教授を務めた後に『イギリス詩史（*History of English Poetry*）』を著す。自らも多くの優れたソネットを書き、十八世紀後半のソネット復活に中心的役割を果たす。特に「ロドン川に寄せて（'To the River Lodon'）」は、オックスフォードの教え子であったボールズの 'To the River Itchin' に影響を与えた。また、ミルトン（John Milton, 1608-74）の初期の作品を集めた詩集 *Poems upon Several Occasions*（1785）を編纂し、その評注によってミルトンの再評価を行なった。

〔二五〕『課題』は、六巻からなる長篇の無韻詩で、ウィリアム・クーパー（William Cowper, 1731–1800）の代表作。生来憂鬱症を患うクーパーに、友人オースチン夫人が、自分の部屋のソファーを主題にしてユーモラスな詩を書くことを提案したのがきっかけで書かれた。六巻はそれぞれ、「ソファ（'The Sofa'）」、「時計（'The Time-piece'）」、「庭（'The Garden'）」、「冬の夕暮れ（'The Winter Evening'）」、「冬の朝の散歩（'The Winter Morning Walk'）」、「冬の昼下がりの散歩（'The Winter Walk at Noon'）」と題され、全体として田園生活の喜びがうたわれている。

〔二六〕サウジー（Robert Southey, 1774–1843）は、これまでのギリシアやローマの叙事詩が面白くないのは主人公に魅力がないからだと考え、『ジャンヌ・ダルク（*Joan of Arc, an Epic Poem*, 1796）』において、道徳と豊かな感情とを持った主人公を創作した。

コウルリッジは一七九四年オックスフォードを訪ねたときに、オックスフォード大学ベイリオール学寮の二十一歳になるサウジーに紹介され、理想的平等社会パンティソクラシー（Pantisocracy）の企画が誕生した。意気投合した二人はこのとき以来親友となり、ルソーに倣い自然への回帰なども論じている。サウジーは『ジャンヌ・ダルク』の草稿をコウルリッジと出会う以前に書いていたが、一二巻からなるこの長篇詩の出版を決意したのは、パンティソクラシー計画の資金稼ぎが目的だった。コウルリッジは一七九五年五月から八月この詩の特に第二巻の改訂を手伝っている。しかし、この頃から二人のあいだに不和が生じ、サウジーが手を引きパンティソクラシー計画は挫折する。ちなみにサウジーは一八一三年に桂冠詩人となった。

〔二七〕 一八一七年出版のコウルリッジ自選詩集『シビルの詩片（*Sibylline Leaves*）』のこと。『文学的自叙伝』は最初その序文として書き始められた。

〔二八〕 原注に引用される三篇のソネットは、『マンスリー・マガジン（*Monthly Magazine*）』誌の一七九七年一一月号に「当代の作家風ソネット習作（*Sonnets Attempted in the Manner of Contemporary Writers*）」と題して発表された。ソネットⅢはコウルリッジ自身の詩のパロディーと考えられるが、「若き詩人にとって役に立つだろうと考えて」（Joseph Cottle 宛ての書簡、*CL* I, 358）発表したと彼が弁明するこれらのソネットは、彼の交友関係に厄介な諍いの種を蒔くことになった。ソネットⅠは、一七九六年頃一時期コウルリッジ宅に同居して彼から詩の指導を受けていたこともある友人チャールズ・ロイド（Charles Lloyd, 1775–1839）（九七年のコウルリッジの詩集には彼とラムの詩も収録されている）の作風のパロディーと考えられ、ロイドは一七九八年『エドマンド・オリバー（*Edmund Oliver*）』という小説でコウルリッジをモデルにしたと思しき主人公を風刺的に描いた。また彼はラムとコウルリッジに不和をもたらすような行動をとる。ソネットⅡで諷刺の対象になったのはラムともサウジーとも憶測され、自分の詩に対する直接的攻撃と捉えたサウジーは、反撃としてコウルリッジの様式をパロディー化した四篇のソネットを発表した。

〔二九〕 ソネットⅢが下敷にしているのは、“This is the house that Jack built” で始まるイギリスの伝承童謡の有名な積み上げ歌（これに続けて “This is the malt / that lay in the house that Jack built...” と延々と関係代名詞節を重ねていく構成）。古くからある歌で、出版業者ジョン・ニューベリ（John Newbery, 1713–67）によって一七五五年に出版されたいわゆる「マザー・グース」本に初めて収められた。

〔三〇〕『モーニング・ポスト（*Morning Post*）』は一七七二年創刊のロンドンの日刊新聞。一九三七年『デイリー・テレグラフ（*The Daily Telegraph*）』に併合された。一七九五年ダニエル・スチュアート（Daniel Stuart, 1766–1846）の買収以来隆盛となり、コウルリッジ、ワーズワス、サウジー、アーサー・ヤング（Arthur Young, 1741–1820）らの寄稿を得て、文学史上重要になった。ここに引用されている風刺詩は、同紙（一八〇〇年一月二四日版）に ‘To Mr. Pye, on his *Carmen Seculare*’（「パイ氏の『千八百年記念歌』によせて」）と題して掲載されたもの。「『老水夫の詩』の作者へ」というのは、コウルリッジがその題をここで書き換えた言葉である。*PW* I (2), 585 参照。

第2章

〔一〕 原文はラテン語（Genus irritabile vatum）。出典はホラティウス（Quintus Horatius Flaccus, 65 B.C.–8 B.C.）の『書簡詩（*Epistles*, c. 13 B.C.）』第二巻第二歌、ユリウス・フロールス（Julius Florus）宛書簡一〇二行。ホラティウスは、当時の三流詩人たちの虚栄心を揶揄し、自作への批評に対する自意識を歌っている――「勝手な名前で大物に／なればいいのだ。私はもう／これまで我慢をしてきました。／こちらも詩作はしているし、／膝を屈して人々の／批評を求めてきました」（鈴木一郎訳『ホラティウス全集』、玉川大学出版部、二〇〇一、六四三頁）。しかし興奮しやすい詩人たちの「機嫌をとるのは真っ平」だというのである。自らへたな詩を書き散らして自己満足を求める「へぼ詩人」は、一方でホラティウスの詩を読み、酷評して彼をうんざりさせる批評家にもなる。つまり、「興奮しやすい詩人たち」とは、読者でもあり批評家でもある集団として言及されている。

第2章におけるコウルリッジの心理分析は、批評家に煽動されて詩人・作家を面白がって批判する「読者」に始まり、落ち着きなく、興奮しやすい群集のイメージを経由して、二流詩人の攻撃性の分析へとめまぐるしく移行。こうして、読者と二流詩人（そして暗に「批評家」）は、激しやすい性質という同じ括りのなかに収められ、そこから後半の天才論が展開する。一八〇二年友人サザビー（William Sotheby, 1757–1833）宛てに書いたコウルリッジの書簡の中に、本章のテーマの端的な要約が見出せる――「私の信じるところでは、『興奮しやすい詩人たち』という言葉は、未熟な（*bad*）詩人にのみあてはまるものです。（偉大なる天与の才の持ち主は、確かにその天才に不可欠な要素として、大いに感じやすい性質を持ってはいますが、同じように自らの能力に対し大いに自信を持っているのです。）そして人間精神においては、恐れの後には必ず怒りが続くのです」（*CL* II, 863）。コウルリッジは、ここで「未熟な」と訳した bad に、「“a bad temper”（怒りっぽい気質）を持った」という意味を重ねて使っていると考えられる。

〔二〕 原語は circum fana. 英語の fane（寺院）の語源は、ラテン語 fanum で、fanatic は「寺院に関わる、激情を誘う儀式により霊感を受けた」という意味の fanaticus に由来する。コウルリッジは、“fanaticism” と “enthusiasm” とを区別し、前者は「党派・徒党の支持に依拠し」、「混乱した、あるいはぼんやりした概念を伴う強烈な興奮」であるのに対し、後者は、「個人が、自らの抱く概念と信念の鮮明さや強烈さゆえに、熟考する対象に没入すること」と説明している

（*CM* I, 496 参照）。本書では "fanaticism" に、文脈に応じて「熱狂」または「狂信」を、"enthusiasm" には、特に "fanaticism" と区別されている場合には「熱中」、それ以外は「熱狂」の訳語を充てた。

〔三〕 原語は commanding genius. *LS*, 65-66（『政治家必携の書』、一五七―五八頁）参照。自ら翻訳も手がけたシラー（Friedrich von Schiller, 1759–1805）の悲劇『ヴァレンシュタイン（*Wallenstein*）』から、コウルリッジはこの表現と概念を得たとの指摘がある（Carl R. Woodring, *Politics in the Poetry of Coleridge*, University of Wisconsin Press, 1961, p. 87）。天才論に関連して、天才・天分（genius）と才能（talent）、分別（sense）、賢明さ（cleverness）といった他の知性の特質との区別については *Friend*（*CC*）I, 419 参照。

〔四〕 ソネット八六番は、七六番から続くライバル詩人をテーマとしたシリーズの最後を飾るソネット。一群のソネットでシェイクスピア（William Shakespeare, 1564–1616）が競争相手の詩人として意識していた人物については、チャップマン（George Chapman, c. 1559–1634）説、マーロウ（Christopher Marlowe, 1564–93）説など諸説あり、伝記的に問題にされるところ。コウルリッジは、シェイクスピアのソネットのいくつかの作品について、①様式、②内容、③様式と内容の総合、の三つの観点から、優れている度合いを四段階評価で示し分類している。「伝記的に最も重要なソネット」（A. L. Rowse, ed., *Shakespeare's Sonnets: The Problem Solved*, Macmillan, 1964, p. 177）との評価もある八六番については、総合評価で四段階の上から三番目、様式の点では最高の評価を与えている（*CM* I, 83, 86）。

〔五〕 シェイクスピアの原文では prize（ぶん捕り品）。それをコウルリッジが praise とした。

〔六〕 シェイクスピアを主題とするコウルリッジの最初の連続講演は、一八〇八年一月一五日から六月にかけて行なわれた。シュレーゲル（August Wilhelm von Schlegel, 1767–1845）による同様の主題のウィーン講演は一八〇八年春、その講演内容が出版されたのは翌年以降（八年の講演内容は一八〇九年に二巻本で出版され、ここで十分論じられなかったイギリス演劇とシェイクスピア論が書き変えられて一八一一年に三巻目が出版された）。一方コウルリッジはその後もロンドンやブリストルで何度か連続の文学講演を行なっており、ここで彼は「こうしたことを論じた講演の内容については、まもなく出版したい」と抱負を述べているが、結局彼自身の手では実現されることはなかった。彼の書簡（*CL* III, 355-61）に拠れば、シュレーゲルの演劇と文学に関する講演をコウルリッジが初めて読んだのは一八一一年一二月。第二回の一連の講演（一八一一―一二年）の途中からシュレーゲルの著作の論旨・言語表現の借用が顕著になる事実と符号する。剽窃との非難に対しコウルリッジは再三自らのオリジナリティーの弁護を試みているが、彼自身の記憶違いや言いつくろいが、かえって問題を厄介にしてしまった感がある（T. M. Raysor, ed., *Coleridge's Shakespearean Criticism*, 2 vols., Harvard University Press, 1930, I, p. 82n, II, p. 212n 参照）。

もっとも、シュレーゲルの文学講演以前にドイツではすでにシェイクスピア作品の受容と再評価の動きがあり、その担い手となった批評家・文人たち――シラー、レッシング（Gotthold Ephraim Lessing, 1729–81）、ヘルダー（Johann Gottfried von Herder, 1744–1803）（第11章訳注九参照）――は、両者の演劇論・文学論に共通の背景を構成し、その背景にはカント（Immanuel Kant, 1724–1804）の想像力論があった。またドイツ・ロマン派の理論家はイギリス美学の影響を受けてもいる。つまり、ほぼ同時期にそれぞれに類似する発想を抱くことを可能にするような知的環境をコウルリッジとシュレーゲルが共有していたことは間違いなく、コウルリッジが過敏にならざるを得なかった「オリジナリティー」そのものが、そもそも単純に扱えない問題とも言える。*Lects 1808–19* II（R. A. Foakes による序文）及び Raysor 編の前掲書序文と注参照。

〔七〕コウルリッジの「黒婦人（'The Ballad of the Dark Ladié'）」の手稿からの引用。手稿については以下を参照。E. H. Coleridge ed., *The Complete Poetical Works of Samuel Taylor Coleridge*, 2 vols., Oxford Clarendon Press, 1912, p. 1055.

〔八〕John Gower（c. 1325–1408）チョーサー（Geoffrey Chaucer, c. 1343–1400）の友人で詩人。Derby 伯爵に仕え、長篇の教訓的な作品を多く書いた。徳と罪との争いを寓意的に描いたフランス語の『黙想者の鏡（*Mirour de l'Omme*, c. 1376–79）』、一三八一年の農民暴動を題材にしたラテン語の『野に呼ばわる者の声（*Vox Clamantis*, c. 1382）』、英語で書いた唯一の作品『恋人の告白（*Confessio Amantis*, c. 1393）』など。

〔九〕出典不明。ヨーロッパ文学に関する講演の中でもコウルリッジは、やはりレノルズの言葉として、同じ主旨の別の表現を引用している（*Lects 1808–19* II, 234）。

〔一〇〕語や句を絵、記号、数字などで暗示的に表したもの。IOU = I owe you などもその一例。

〔一一〕クリトン（Crito）はソクラテスの幼い頃からの親友で、獄中のソクラテスを逃亡させる手筈を整え、彼を説得しようとした。このときの対話が、プラトン（Plato, c. 428–347 B.C.）の初期の著作『クリトン』。フィランダー（Philander）は、ギリシア語の *philandros*（「人を愛する人」の意）に由来。恋愛物語で人名として用いられ、その結果「（女を）愛する男」と誤解された。

〔一二〕大英博物館の所蔵目録には、一八〇〇―一八年に Philalethes ないし Phileleutheros（-us）の筆名で発表された著作として、合計一一タイトルが掲載されている（*Friend*（CC）I, 211n）。コウルリッジが二冊注釈を付けているヘンリー・モア（Henry More, 1614-87）――哲学者・詩人、ケンブリッジ・プラトン学派の代表的人物――の著作も、Philalethes の名で出版されている。

〔一三〕叙事詩とは本来、歴史的な事件や伝説上の事件において、華々しい英雄的な功業を遂げた人物の行動を語るもの。叙事詩のコンヴェンションのひとつである夥しい固有名詞の列挙が、当代の「叙事詩」にあっては、「存命中の」〔普通の〕人々の実名の列挙に取って代わられている。こうした風潮に対する痛烈な皮肉として、コウルリッジは、叙事詩の草分けホメロス（マエオニデス）と、ホメロスのあとを受けて叙事詩の強力な範型を創造したウェルギリウス（マロ）に呼びかけているのである。

〔一四〕Andrew Marvell（1621-78）が、オックスフォードの主教 Samuel Parker のカトリック的傾向を批判した論文、『翻案された下稽古（*The Rehearsal Transpos'd*, 1672）に用いられた表現。

〔一五〕引用は、John Dryden（1631-1700）の代表作の一つで、ヒロイック・カプレットを用いた政治風刺詩、『アブサロムとアキトフェル（*Absalom and Achitophel*, 1681）』一六三行。

〔一六〕大犬座は猟師オリオンに従う犬に見たてられる。Dog Star と呼ばれるシリウスは大犬座のα星。冬の空に清冽な光を投げかけるシリウスは、ギリシア語のセイリオス（「焼きこがすような」の意）に由来し、この星が日の出直前に東から昇る、いわゆるヘリアカル・ライジング（heliacal rising）の頃が母なるナイルの氾濫期の始まりに一致していたことから、古代エジプトではソティスといい、女神イシスと同一視されて、ことさら崇拝された。

ここでコウルリッジが言及している「プリアモスが見たアキレスの盾の様子を大犬座の天狼星（シリウス）に喩えたホメロスの直喩」とは、秋から冬にかけてオリオン座に付き従うように現れる、ひと際明るく大きな星のイメージに、シリウスが恐ろしいことの予兆であるという言い伝えを交えたもの――「収穫時に現われる星の如く、輝きながら走って来るアキレウスを最初に認めたのは老王プリアモス、その星の光りは、丑三つ時の夜空に、群がる星の間でも一際鮮やかに目に立って、世に「オリオンの犬」の異名で呼ばれるもの、星の中では最も明るく、また凶兆でもあり、惨めな人間どもに猛暑をもたらす。走るアキレウスの胸の上に青銅の武具がその星の如く輝いた」（松平千秋訳『イーリアス』下、岩波文庫、一九九二、三〇八頁）。

フレッチャー（John Fletcher, 1579–1625）の牧歌劇『忠実な羊飼いの女（*The Faithful Shepherdess*, c. 1608–09）』と、スペンサーの『羊飼いの暦（*Shepheardes Calender*, 1579）』の「七月」には、太陽が黄道一二宮の獅子座に入る季節——熱い太陽がシリウス（Dog Star）を従えて獅子座を追いかけるとき——疫病や日照りがもたらされるという季節感が表れている（英語で dog days と言えば Dog Star が太陽と同じ時刻に昇る夏の猛暑の時期、七月三日から八月一一日を指す）。

〔一七〕「地口」（pun）とは「ついて行く、従って行く」あるいは「犬を使って駆り立てる」の意の動詞としての dog と、Dog Star の dog との語呂合わせのこと。コウルリッジは「地口」の心理学に強い関心を寄せていた（*CL* II, 999; *CN* III, #3542, 3762, 4444 参照）。

第3章

〔一〕アヴェロエス（Averroës, 1126–98）はアラビアの哲学者・医学者、アリストテレス（Aristoteles, 384–322 B.C.）の注釈者。哲学と宗教の調和を図り、哲学擁護の書として『矛盾の矛盾』を著した。彼の書はラテン語に翻訳され、トマス・アクィナスをはじめ中世ヨーロッパの哲学・思想に大きな影響を与えた。ただし、ここで言及されている『反・記憶術』の著者は、アヴェロエスではなく、Burhān al-Dīn。

〔二〕貸本屋は一七二五年頃にアラン・ラムジー（Allan Ramsay, 1686–1758）がエディンバラで始めたのが最初といわれる。十八世紀半ばまでには、貸本業は非常な人気を博し、読者層の拡大に貢献した。十九世紀になっても、本はまだ高価で購読者は限られており、貸本業は栄え続ける。利用者の多くは大衆小説愛好家であった。ここでコウルリッジは貸本文化を批判しているが、彼の時代の傑出した文人たちの多くも、その読書体験において貸本屋の恩恵に浴していたことは付け加えておくべきだろう（清水一嘉著『イギリスの貸本文化』図書出版社、一九九四、参照）。コウルリッジ自身、例えばクライスツ・ホスピタル時代の回想の中で、ある紳士の計らいでチープサイドのキングズ・ストリートにある貸本屋に自由に出入りすることを許され、むさぼるように本を読んだ様子を語っている（*CN* V, #6675 f 90)。

〔三〕「暗箱（camera obscura）」はラテン語で「暗い部屋」の意。暗くした部屋の屋根や壁等に小穴をあけ、その反対側の白い壁や幕に、屋外の実像を逆さまに写し出す装置。紀元前に出現し、カメラの起源となる。ここでは、精神がイメージを一時的に固定する働きの喩えとして使っている。

〔四〕接頭辞としての a- の意味は多義的であるが、語源的に前方への動き、ある位置から離れる動きを示唆する（motion onward or away from a position, hence away, *OED* 1）。ただし、実際に amuse［ment］という語を構成する接頭辞そのものは、「ある状態に至らせる（bringing into a state, *OED* 7）」ほどの意。コウルリッジはふざけてこの語を分解し「ミューズの神（学問・芸術を司る九人の女神）から離れること」の意味を持たせ、ミューズの神々と親しく交感するなどという上等な体験をしたこともないのに、そこから身を退けるとはナンセンスだと、「読書する大衆」の散漫な読書態度を皮肉っている。コウルリッジは『省察の助け』においてもこの語を to be away from the Muses と言い換えている（*AR*, 221n）。同じように、息抜き（relaxation）についても、relax の原義「再び（re-）弛む（lax）こと」からすれば、張りつめた経験もないのに「再び弛む」とは不可解だというわけである。

〔五〕韻律（metre）とは音の長短・強弱によるリズム（rhythm）の規則的な組み合わせ。快活な対話や健康によい空気のように、韻律は気付かないうちに微妙な効果をあげる。韻や韻律については本書第14章二六九―七〇頁、第18章三三一―三三三頁参照。

〔六〕フランシス・ジェフリー（Francis Jeffrey, 1773–1850）のこと。スコットランドの裁判官で批評家。『エディンバラ・レヴュー』創刊（一八〇二年）に尽力し、その編集にあたった。彼は、一八〇二年サウジーの『サラバ（*Thalaba the Destroyer*, 1801）』への酷評以来、サウジー、ワーズワス、コウルリッジが詩の一派をなしているとみなし、悪意ある論評を繰り返した。ここでは、彼がケズィック訪問の後、三人を「湖水地方を徘徊している、愚痴っぽいノイローゼ気味の詩人たちの一派」と評したとコウルリッジは書いているが、類する表現はあるものの、引用された表現自体は『エディンバラ・レヴュー』には見当たらない。コウルリッジのこの原注に対し、ジェフリーは、一八一七年八月の同誌上での、まさに『文学的自叙伝』の書評――評者は批評家のハズリット（William Hazlitt, 1778–1830）――に付された注において反論した。いわゆる「湖畔派」（Lake School）という軽蔑的呼称を彼が初めて活字として用いたのも、このときであった（次の注七参照）。

〔七〕湖水地方北部、ダーウェント湖東岸のグリータ川沿いに位置する地（巻頭地図参照）。コウルリッジは一八〇〇年四月、グラスミアのワーズワス兄妹の住まい、ダヴ・コテッジに四週間滞在し、ケズィックに借家グリータ・ホール（Greta Hall）を見つけ、七月に家族を呼び寄せ、暮らし始めた。この期間、コウルリッジとワーズワスはケズィックとグラスミアを行き来して親交を続けた。一八〇二年からはロバート・サウジー夫妻がグリータ・ホールでコウルリッジ一家と共に住む。ちなみに、湖水地方の気候が合わず健康状態が悪化したコウルリッジがこの地を離れた後も、サウジーはコウルリッジの家族をも養いながら（二人の妻同士は姉妹である）ここに留まり、買い取ったグリータ・ホールで生涯を終える。

湖水地方はワーズワスの生まれ故郷であり（北西部の町コカマス Cockermouth 生まれ）、一七九九年以来詩作の拠点であった。コウルリッジ自身がケズィックで過ごした年月は短いものであったが、サウジーとともに、ワーズワスを中心とする一派として一括りにされ、「湖畔派」・「湖畔詩人」と呼ばれることになった。

〔八〕フッカー（Richard Hooker, 1554–1600）は、イギリスの神学者、オックスフォード大学ヘブライ語教授（一五七九—八四年）。八五年からロンドンのテンプル教会主任牧師。カトリシズム及び清教主義に対して英国教会の教義を擁護した。テイラー（Jeremy Taylor, 1613–67）は、イギリスの神学者・高位聖職者、アイルランドのダウンとコナーの主教。神学的には、神の権威と人間の自由意志とは両立しうるとするアルミニウス説を信奉し、徹底した監督主義者であった。その説教集は創意と説得力に富み、また、朗々たる文体の膨大な著作を残し、後代にも影響を与えた。寛容を説く『預言の自由について（*The Liberty of Prophesying*, 1647）』の他、同時代人にとっては、実用的な祈りの本、『聖なる生の規範と実践（*The Rule and Exercises of Holy Living*, 1650）』、『聖なる死の規範と実践（*The Rule and Exercises of Holy Dying*, 1651）』などが親しまれた。

英国ロマン派の詩人・批評家たちの中で、十六・十七世紀の英文学に関心を抱き、その復興に意欲を燃やした人物はコウルリッジとラムであった。ラムはシェイクスピア、マッシンジャー（Philip Massinger, 1583–1640）、ボーモント（Francis Beaumont, 1584–1616）、フレッチャーのような詩・劇詩やウォールトン（Izaak Walton, 1593–1683）の『釣魚大全（*The Compleat Angler*, 1653）』のような作品に対する文学的興味が強かったが、ネオ・プラトニスト的な傾向をも示すコウルリッジの興味範囲は実に広大、多角的であって、哲学思想・説教集・神学思想をも視野に収め、多種多様な思潮を示すこの時代を偉大な思想の時代として把握し、精神的に深い影響を受け、この時代の思索を精神の拠り所、心の故郷としていた。たとえばフッカー、ジェレミー・テイラー、ミルトンなどを読んでは書物にコメントを書き込み、ノートブックや手紙やエッセイの中で論じている。

〔九〕 Joanna Baillie（1762–1851） スコットランド生まれの詩人・劇作家。出版業主ジョゼフ・ジョンソン（Joseph Johnson, 1738–1809）の文人サークルなどを通じ、多くの文人たちと交友を持ち、その作品は当時の文壇で高い評価を得た。彼女の最も熱烈な読者であり親友となったスコット（Walter Scott, 1771–1832）は、シェイクスピアとマッシンジャーの時代以来の「イギリスでもっとも優れた劇作家」と絶賛した。バイロン（George Gordon Noel Byron, 1788–1824）、マライア・エッジワース（Maria Edgeworth, 1767–1849）らも彼女の作品の愛好者。作中人物の心理に焦点を当てた彼女の劇と演劇論は、コウルリッジを含め当時の多くの文人に影響を与え、『激情三部作（*Plays on the Passions*, 1798, 1802, 1812）』のうち、一七九八年に匿名で出版した第一作目に付された雄弁で革新的な序文は、二年後に出版されたワーズワスによる『叙情民謡集』の序文に影響を与えたとも言われている（Paula R. Feldman, *British Women Poets of the Romantic Era*, Johns Hopkins University Press, 1997, p. 22）。彼女が編纂した詩集 *Poetic Miscellanies*（1823）には、スコット、ワーズワス、サウジーも作品を提供した。ジェフリーの批評は、一八一一年八月の『エディンバラ・レヴュー』に掲載された「ジョン・フォード劇作品」の中に見られる。Francis Jeffrey, *Contributions to the Edinburgh Review*, 4 vols. in one, Philadelphia, 1852, pp. 302-3 参照。

〔一〇〕「ダニエル書」補遺（ベルと竜、二六―二七節）参照。ただし、原文では変更を加えて引用。特にコウルリッジは「王（king）」を「王なる大衆（Sovereign Public）」に換えている。

〔一一〕 *The Courier* は一七九二年創刊のロンドンの新聞。一七九六年ダニエル・スチュアートが買収して経営的に安定し、コウルリッジ、ワーズワスらが寄稿したため文学史上重要となった。

〔一二〕 コウルリッジは、一八〇八年一月から六月にかけてロンドンの王立科学研究所で連続講演を行なったのを皮切りに、以降十年余りにわたって精力的に多数の文学講演をこなした。一八一一―一二年にはロンドン哲学協会で十七回連続講演、一二―一三年にかけてロンドンで場所を変えて、一三―一四年にはブリストルで、一八―一九年には再びロンドンで講演。特に一一―一二年の連続講演は、その予告に、「詩の原理の例証としてシェイクスピアとミルトンを論じ、詩の諸原理を批評基盤として、現代の詩人も含め、〔シェイクスピアやミルトン〕以降の英国詩人たちの最もよく知られている作品に応用するもの」とうたわれ、講演の広告と、実際の講演報告が『モーニング・クロニクル』紙や『タイムズ（*The Times*）』紙に掲載された。「現代の詩人（those of the Living）」を含むという予告を見た友人のボーモント夫人（Lady Beaumont, 1755-1829）は、その少し前にコウルリッジ自身から手紙で彼とワーズワスとの仲たがいを知らされていたため、彼が人前でワーズワスを攻撃するのではないかと危惧した。このような反応もあって、存命中の詩人への批評は慎重にすべきだという警戒心をコウルリッジが一層強くしたことは事実のようである（*Lects 1808–1819* I, 153-62）。ただし、「諸時代における英国詩特有の優れた点と欠点に関する連続講演」について、チョーサーからミルトン、ドライデンからトムソン（James Thomson, 1700-48）、クーパーから現代までという計画を変更し、前の二つの時代に限定したという彼の記述は、一八〇八年の王立科学研究所の講演に関する当初の構想と、一一―一二年の講演の軌道修正とを混同したものと考えられる。

〔一三〕「ある個人」とは、詩人サミュエル・ロジャーズ（Samuel Rogers, 1763-1855）である可能性が高い。一八一一年一二月に行なった文学講演（第五講）において、コウルリッジはお茶の楽しみ、酒の楽しみ、希望の楽しみ、不安の楽しみなど、やたらに楽しみ（pleasures）と題する、単なるイメージと抽象的観念の寄せ集めのような詩がもてはやされていることを皮肉ったが、聴衆の中に「記憶の楽しみ（'Pleasures of Memory'）」という詩を書いたロジャーズがおり、彼は自分のことを間接的に批判されたと感じて気分を害したという。*Lects 1808–1819* I, 272; 及び L. A. Marchand ed., *Byron's Letters and Journals* II, J. Murray, 1973, pp. 140-41 参照。

コウルリッジはここで自らの意見を公にする機会がごく限られていたことを強調しているが、『モーニング・ポスト』紙（一七九七―一八〇三年寄稿）や『クーリア』紙（一八〇四―一四年寄稿）以外に、一七九六年発行の『ウォッチマン』、一八〇九―一〇年の『友』などの出版物があった。また文学講演以外にも、まとまった講演として、一七九五年ブリストルで、政治についての連続講演を皮切りに、啓示宗教、奴隷制などについて講演を行なっている。

〔一四〕Sir James Harrington（1611-77）イギリスの政治理論家・文人。著作に、『オシエイナ共和国（*The Commonwealth of Oceana*, 1656）』、『政治的警句（*Aphorisms Political*, 1659）』、『政治論（*Political Discourses*, 1660）』。『オシエイ

ナ』は、想像上の共和的な政治組織を描いた政治小説で、トマス・ホッブズ（Thomas Hobbes, 1588–1679）の政治理論に対する批判を含んでいる。コウルリッジは一八〇四年にハリントンの著作を丹念に読み、「預言的」性質を認めている（*CN* II, #2223）。『政治家必携の書』一一五頁（*LS*, 17）参照。

〔一五〕一コリ三・8。ただし、原文の格言風のラテン語は、ラテン語訳聖書の文言とはかなり異なっている。

〔一六〕詩集 *Poems*（Bath, 1795）の表紙には、実際はサウジーとラベル（Robert Lovell, 1770–96）の名が著者名として記されていたが、個々の作品の作者を示す名として、サウジーがビオン（Bion）、ラベルがモスカス（Moschus）の名を使用していた。ラベルはパンティソクラシー計画の一員で、コウルリッジの義理の弟（コウルリッジの妻セアラの妹メアリと結婚）、二十六歳で夭折した。

〔一七〕*Poems*, 2 vols.（Bristol, 1797–99).『ジャンヌ・ダルク』については、第1章訳注二六参照。

〔一八〕この対話編（*Dialogus de oratoribus*）はタキトゥス（Publius Cornelius Tacitus, c. 55–120）の作とされていたのが、十六世紀に Justus Lipsius によってクィンティリアヌス（Marcus Fabius Quintilianus, c. 35–c.100）の失われた対話編 *De causis corruptae eloquentiae* と認定された。本書執筆の頃にはタキトゥス説が復活していた。

〔一九〕Famiano Strada, *Prolusiones academicae oratoriae, historicae, poeticae*（1617). ストラーダ（1572–1649）はイタリアのイエズス会修道士・歴史家。

〔二〇〕トマス・ウォートンのことか。トマス・ウォートンについては、第1章訳注二四参照。

〔二一〕たとえば以下の作品。*Thalaba the Destroyer*（1801), *Madoc: a Poem*（1805), *The Curse of Kehama*（1810), *Roderick: the Last of the Goths*（1814).

〔二二〕フランシス・ベーコン（Francis Bacon, 1561–1626）の『大革新（*The Great Instauration*, 1620）』の序詞をコウルリッジが意訳したもの。（Spedding, Ellis, Heath, eds., *The Works of Francis Bacon*, Boston, 1863, VIII, 2)「ヴェルラムの男爵」は一六一八年にベーコンに与えられた称号。

〔二三〕ネポマックの聖ヨハネ（c. 1340–93）は、チェコの人でボヘミアの殉教者。司教代理として国王ヴァーツラフ四世に抗したが、拷問の末、国王の命により、踵と頭を結え付けられモルダウ川に投げ入れられた。翌日遺体が岸に打ち上げられプラハの大聖堂に埋葬された。彼が投げ込まれた橋には、今でもその殉教の場所を記念するために七つの星が描かれたプレートが張ってあるが、それは彼が殺害されたその夜、川の水面に七つの星が浮かんでいたという伝説に由来する。今日、チェコ、スロバキア、それにボヘミア地方の守護聖人であり、懺悔者や橋の守護聖人でもある。

聖セシリアは三世紀のローマの殉教者。貴族の娘で敬虔なキリスト教徒であったセシリアは、結婚式を挙げたその日の夜、異教徒の新郎に自分の身は神に捧げていること、したがって自分の処女性を尊重してもらいたいことを告げ、さらにその新郎をキリスト教に改宗させることに成功した。結局その夫は殉教したキリスト教徒の遺体を埋葬した廉で処刑され、セシリアも改宗を最後まで拒み殉教したが、伝説によると、首に斧を三度も打ちつけられた後も、三日間生き続け、その間自身の館を司教に寄付し引渡したと言われている。彼女は十六世紀頃から音楽と音楽家の守護聖人と考えられるようになった。その理由ははっきりしないが、彼女の言行を記した中世の文献の中にある「婚礼の宴でセシリアは、奏でられるオルガンに合わせて、（心の中で）神に対してのみ歌った」という件が「婚礼の宴の席で彼女自身がオルガンを弾いた」と間違って解釈されたことが理由のひとつと考えられる。ローマの音楽アカデミーが一五八四年に設立されたとき、聖セシリアをその組織の守護聖人と仰いだことは、彼女と音楽の結び付きがこの頃すでに広く認められていたことを示す。

〔二四〕ローマの諷刺詩人ユヴェナリス（Decimus Junius Juvenalis, c. 50–c. 130）の『諷刺詩』第一歌一八行。*Juvenal and Persius*, tr. G. G. Ramsay (LCL 91), 4, 5.

〔二五〕一六三一年ケンブリッジ時代に、ミルトンは、大学専属の運送業者・貸し馬車屋のトマス・ホブソン老人（ケンブリッジでは有名な人物で、客に馬を選択させせなかったことから、今日の英語にも、出されたものを取るか取らないかだけの選択を意味する“Hobson's choice”という言葉にその名をとどめている）が八十六歳で亡くなったときに、彼を偲んで、半ば諧謔的、半ば感傷的な二篇の詩を書いた。機知に富んだ逆説や地口を駆使したこれらの詩は、ミルトン初期の詩をまとめた一六四五年出版の詩集で発表されたが、勝手に変更を加えられたものや、不完全な形のものが、匿名で *The Banquet of Jests*（1640）や *Wit Restor'd*（1658）に収録された。「快活な人（'L' Allegro, 1633'）」と「沈思の人（'Il Penseroso,' 1633）」もほぼ同じ時期に書かれた習作の段階に属する作品。コウルリッジはトマス・ウォートン編注によるミルトン詩集（*Poems upon Several Occasions*）の第二版（一七九一年）に、一八二三年書き込みを残している。ミルトンがホブソンについての二作を一六四五年の自分の詩集に収めることを許したことが「驚きである」

と評するウォートンに対し、コウルリッジは、「あたかもこの二つの詩が、『コーマス（*Comus*）』、『リシダス（*Lycidas*, 1637）』その他の〔制作年代的に〕近接する作品の生命と美の全体を脅かす乾腐病であったかのごとく」扱われていると批判し、学生時代のミルトンの「高い学識を備えた諧謔」を認めている（*CM* III, 901-2）。

〔二六〕妻との愛情のもつれに大きな衝撃を受けたミルトンは、『離婚の教理と規律（*The Doctrine and Discipline of Divorce*, 1643）』、『四弦琴（*Tetrachordon*, 1645）』などの四篇の論文を矢継ぎ早に発表した。古代の四弦琴を題名にした『四弦琴』は、婚姻とその無効性に関係する四つのグループの聖句を引用しながら、婚姻・離婚について社会的立場から見解を述べたもの。コウルリッジが引用しているのは、一六四五―四六年頃に書かれたソネット第一一番の第一行で、一六七三年版では、「ある数編の論文を書いた後に受けた誹謗について（'On the detraction which followed upon my writing certaine treatises'）」という題が付されている。

〔二七〕Jean Froissart（c. 1337–c. 1410）フランスの歴史家。ここで言及されているのは、ジョン・バウチャー（John Bourchier, 1467–1533）（イギリスの貴族・政治家・詩人）によるフロアサールの『年代記』の翻訳。

〔二八〕Thomas Sprat（1635–1713）イギリスの説教家、ロチェスター主教。「エイブラハム・カウリー氏の生涯と著作」の著者。カウリーの書簡に賛辞を送りつつも、私信には「人々の魂が寝巻き姿で現れるもの。そのような無造作な服装は……街に出かける姿としてはふさわしくない」という理由から、書簡を印刷することを拒んだ。

〔二九〕一六三九年ミルトン（三十一歳）はイタリアから帰国したが、そのころ政治の激動期が始まろうとしていた英国で、政治的、宗教的論争に参加することになる。ミルトンは英国国教会が「内なる自由」を保っていないことを論じ、監督制度を批判して、一六四一年から四二年にかけて『イングランドにおける教会規律の改革について（*Of Reformation Touching Church-Discipline in England*）』、『監督教会主義について（*Of Prelatical Episcopacy*）』など五つの論文を発表した。それに対して擁護派からの反論がなされたが、次第に問題の核心を逸れて、中傷の攻撃を受けるようになる。四二年自己弁明の論文を出す。この経緯がミルトンの第一期論争時代とされる。

〔三〇〕ローマの歴史家ウェレイウス・パテルクルス（Velleius Paterculus, c. 19 B.C.–c. 31 A.D.）のこと。著書『ローマ史（*Historiae Romanae*）』はローマ建国から三〇年までを扱う。マルカス・カトー（Marcus Cato, 234–149 B.C.）はローマの政治家。

〔三一〕 原語は psilosophy.「哲学」philosophy（ギリシア語の *philo-* 愛 ＋ *sophia* 知恵）をもじって、コウルリッジが造った語。ギリシア語の *psilos* には、「単なる」「実証性のない」「装備が軽い」などの意がある。コウルリッジは『ノートブック』の中でも“psilosopher”を「想像力のない、名ばかりの哲学者（a nominal Ph. without Imagination）」（*CN* II, #3158）と表現している。

〔三二〕 原文はラテン語で出典不明（おそらくコウルリッジ自身の作）。『友』第二号（一八〇九年六月）に既出（*Friend* (*CC*) II, 23）。コウルリッジが引用している『反ジャコバン主義者名詩選集』の注記とは、一七九九年出版の同詩集のジョージ・カニング（George Canning, 1770-1827）の詩「新しき道徳（'New Morality'）」に付されたものを一部改変している。カニングは政治家・著述家で、外相・首相を歴任。週刊誌『反ジャコバン主義（*The Anti-Jacobin*）』を創刊し、自らも寄稿した（一七九七年から翌年まで発行）。

第4章

〔一〕 ここで言及されているのは、一八〇〇年（実際の出版は一八〇一年一月）の第二版。一七九八年の初版は、一巻本で、短い趣意書が添えられ匿名で出版されたが、第二版は、初版を改訂し、詩の配列も大幅に変更、二巻本として出版。英文学史上ロマン主義のマニフェストともみなされる「序文」がワーズワスによって添えられた。コウルリッジの作品としては、初版の「土牢（'The Dungeon'）」の代わりに「恋（'Love'）」が収録され、初版で巻頭に置かれていた「老水夫の詩」は、巻末から二番目へおろされた。当初第二巻に予定されていた「クリスタベル」は取りやめになり、結局第二巻収録の詩はすべてワーズワスの作品となった。表題には“by W. Wordsworth”とのみ記された。『叙情民謡集』は、一八〇二年に第三版（詩の内容は第二版とほとんど変わらないが、「序文」が改訂され、「詩人とは何か」を論じた三千語にのぼる文章と、「詩語に関する付録」が加えられた）、一八〇五年に第四版が出版された。

〔二〕 現実と接する我々の感覚には、具体的には視覚、聴覚、触覚、嗅覚、味覚などがあるが、それらを通しての、思惟によって加工されない意識内容である所与のうち、組織化される以前の末端的なものを、コウルリッジはここで“sensation”と表現し、それよりもやや高次の概念として組織化されているものを“sense”という語で表していると考えられる。ここでは区別の必要から前者を「感じ」、後者を「（認識的）感覚」と訳し分け、特に誤解が生じる恐れがない場合は、いずれも「感覚」と訳した。第12章二二〇頁及び訳注二四「内的感覚」参照。

〔三〕具体的に何を指しているのかは不明。黒と白の石の喩えは、賛成の意思を白い石で、反対を黒い石で表した古代ローマの慣習に言及したもの。「反対投票（をする）」という意の英語の"blackball"は、その慣習に由来する語。

〔四〕*Poems in Two Volumes*（1807）のことか。

〔五〕Giambatista Marini（1569-1625）後期イタリア・ルネッサンスの詩人。彼を中心にMarinismoという詩人の一派が形成された。奇想と隠喩の巧みな使用で有名。コウルリッジのイタリア抒情詩理解に関して注目すべき詩人で、コウルリッジはマルタ島滞在中の一八〇五年彼のソネットを綿密に研究している（*CN* II, #2625; Edoardo Zuccato, *Coleridge in Italy*, Cork University Press, 1996 参照）。

〔六〕トマス・ウォートンのソネット「ロドン川に寄せて」の最終行。ただし、「詩神の栄誉（Muse's laurel）」という表現が「学問の栄誉（academic laurels）」に変更されている。

〔七〕シェイクスピアの『から騒ぎ（*Much Ado about Nothing*, 1600）』に登場する、イタリアのシシリー島メシーナ市の警保官。監視を担当。二人の人物を誤認逮捕し、骨の折れる長い尋問を行なう。愚かで回りくどいことを言い、また脱線をしつつも、ついには真理（メシーナ知事の娘に対する陰謀）を暴露する。本書第10章では、このドグベリーという名が実在の人物の仮名として使われる（一六四頁）。

〔八〕『叙景的小品（*Descriptive Sketches*, 1793）』は厳密には二番目の出版作。同年『夕べの散策（*An Evening Walk*）』が先に出版された。「叙景的小品」は、一八一五年のワーズワスの『詩集（*Poems*）』第一巻に改訂版が収録されている。

〔九〕一七九一―九二年の作と言われる長篇詩。この一部は『叙情民謡集』に「放浪する女」として収録されたが、ワーズワスはもとの長篇詩の用語や内容に不満でたびたび手を加え、一八四二年に『罪と悲しみ（*Guilt and Sorrow; or Incidents upon Salisbury Plain*）』と改題されて出版された。

〔一〇〕エドモンド・スペンサーが*Faerie Queene*（1590-1609）に用いた詩形。弱強五詩脚（iambic pentameter）を八行重ね、最後に弱強六詩脚（Alexandrine）を一行加えた九行から成る。押韻はａｂａｂｂｃｂｃｃ。バイロン、シェリー、キーツらロマン派詩人たちの物語詩にも採用されている。

〔一一〕二行ずつの押韻である対句（couplet）のうち、特に弱強五詩脚の二行連句（英雄対句）。イギリスにおいてはホメロスの叙事詩などの翻訳に弱強五詩脚が用いられ、この叙事詩が heroic poetry とも呼ばれたことから、その詩行は heroic line、その対句は heroic couplet と呼ばれるようになった。詩形そのものは既にチョーサーも用いたものであったが、十七・十八世紀に大いに流行し、ドライデン、ポープによって完成された。

〔一二〕 *Friend* (*CC*) I, 110.（一部改変）

〔一三〕「想像力」(imagination) と「空想力」(fancy) は、単に程度の高低において異なるのではなく種類において異なるものである、というコウルリッジの考えは、この先様々な形で表明されることになる。この理論は特に『叙情民謡集』におけるワーズワスの序文を契機とし、それに対する返答として展開されていく。本章八六頁、第12章二四六頁、第13章二五九頁およびそれぞれの訳注参照。

〔一四〕 原語は desynonymize. *OED* には、この箇所が初出例として挙げられている。言葉を歴史的観点から眺めると、社会・知性の発達と共に、元来同じような意味を持っていた語を意義分化する傾向が見られる。この傾向をコウルリッジは「社会の成長本能」に喩え、これを「集合的、無意識的良識 (collective, unconscious good sense)」と呼んでいる。また、本章八六頁には、「私たちの共通の意識 (our common consciousness)」という表現がある。"collective" と "unconscious" という語の結合とその意味は、ユングの思想（河合隼雄は「普遍的無意識」という訳語を充てた）を先取りした感がある。

ここでコウルリッジが「意義分化」に触れている意図は、後に "fancy" と "imagination" とを区別し論じる際の土台を作り上げておくためと考えられる。

〔一五〕 英国の王政復古期の劇作家トマス・オトウェイ (Thomas Otway, 1652–85) の代表作のひとつ、悲劇『救われたベニス (*Venice Preserved*, 1682)』五幕三六九行。ただし、「大海老 (lobsters)」という表現は、サミュエル・バトラー (Samuel Butler, 1612–80) の風刺詩『ヒューディブラス (*Hudibras*, 1663–78)』の表現がコウルリッジの記憶違いで混入したもので、オトウェイの原典では「月桂樹 (laurels)」。コウルリッジは、「空想力」を、記憶や連想によってイメージを単に併置し集合させる力と考え、これに対して「想像力」は、多様なイメージを、その多様性を保ったまま、有機的な全体の構成部分へと変容させる力と考えた。そして「感覚（五感）と理性の箍がはずれたとき、空想は譫妄に、想像力は狂気になる」と説明している (*TT* I, 489–90)。オトウェイからの詩行はその譫妄の例として引用されている。一方シェイクスピアの引用は、狂気と化した過度の想像力の実例と言えるだろう。これは娘たちに裏切られたリアが、狂人に扮したエドガーを見て、彼も娘に裏切られて気が狂ってしまったと考えて発する台詞である。また、この台詞と共にコウルリッジが言及している「自然の力への呼びかけ」とは、三幕二場冒頭、嵐の中で、激情に駆られたリアが、自分を含めた自然全体を根こそぎ破壊してくれと、風雨や雷に呼びかける場面。その風雨や雷も、彼の邪悪な娘たちと結託して自分の頭に攻撃をしかけていると彼は見る。すなわち、リアの目には、エドガーの演じるみじめな姿にも、自分を取り巻く自然にも、すべて娘たちの忘恩・裏切りというひとつの観念が刻印されて見えるのである。譫妄と狂気の区別については、*AR*, 271 参照。

〔一六〕この二語の意義分化についてかいつまんで言えば、今日の "if" は、"give" の中世英語（ME）の北方方言である "gif" に由来する。つまり "if" の本来の意味は、"given or granted that" である。

〔一七〕William Taylor, *English Synonyms Discriminated* (1813). ウィリアム・テイラー（1765–1836）は、ロバート・サウジーの友人。ドイツ文学の紹介に尽力した。抒情詩人ビュルガー（Gottfried August Bürger, 1747–94）のバラッド「レノーレ（*Lenore*, 1773）」の翻訳は、一七九六年『マンスリー・マガジン』誌三月号に掲載され、イギリスのバラッド熱を煽った。高山信雄『コウルリッジとドイツ文学者』（こびあん書房、一九九三）参照。

〔一八〕『叙情民謡集』の作品を含む一八一五年のワーズワス詩集のこと。この詩集の序文でワーズワスは、ウィリアム・テイラーの類義語辞典の想像力と空想力の定義を引用し批判している。この序文こそ、コウルリッジが本書の執筆に真剣に取り組む「直接的背景」にあったと考えられる（*BL*（*CC*）I, xlix–li）。

〔一九〕「種類」（kind）と「程度」（degree）の関係は、本書の頂点とも言える「想像力」と「空想力」の関係の記述（第一三章）における論理的核心である。想像力と空想力の差異の解釈は、本書において重要な人間の諸機能（the human faculties）の概念、及び「種類」と「程度」の相対的関係の解釈と密接な関係にある。

　ワーズワスの詩論に刺激を受けて、コウルリッジの思索は深まりを見せた。しかし、ワーズワスの目的が詩的表現として結実した想像力と空想力について考察することであったのに対し、コウルリッジの目的は、人間の想像力と空想力が現実においてどのように生成・発展するのか、その生成の原理（the seminal principle）を分析・解釈し記述することであった。コウルリッジにとっては、連想や記憶によるイメージの連合はむしろ空想力に属するものであり、想像力はそれらの多様なイメージを生命的に一体化する力でなければならなかった。したがってこれら二つの力の相違は、程度の差ではなく種類の違いなのである。しかしそれら異種の力は対立するのではなく協働する。高度な直観的知性としての理性が働くには、推論的あるいは経験的能力である悟性の助けが必要なように、想像力の働きには空想力の助けが必要なのである（*TT* I, 426 参照）。また、『政治家必携の書』の索引「悟性」の項の「理性と協働する悟性」、とりわけ、感覚・悟性・想像力を自らの中に含むとされる理性の記述（同書一五九―六〇頁）参照。「種類」と「程度」についてはさらに第10章一四四頁および訳注三参照。

〔二〇〕『教会政治の理法』第一巻第一節。Richard Hooker, *Of the Lawes of Ecclesiastical Politie*, Books I–V, [1594–]1597, The Scolar Press Limited; Menston, 1969, p. 48.

第5章

〔一〕「連合（association）」は、「観念連合」あるいは、より一般的には「連想」と呼ばれる。心の中に貯えられているいくつもの意識内容のうちのある一つが想起されると、それが端緒となって他の意識内容が連鎖的に想起され、単純な印象から複雑に連合された印象の総体が生じる働き。古くはプラトンが『パイドン』一八章（七三C―七四A）において、またアリストテレスが『記憶と想起について』の中で、想起の働きの起こり方について論じている。この心の働きを、より広く哲学や心理学の問題として論じたのはロック（John Locke, 1632–1704）、ヒューム（David Hume, 1711–76）、ハートリー（David Hartley, 1705–57）ら、イギリス経験論の哲学者たちであった。連合が起こる条件としては、印象どうしの時間的・空間的隣接、類似、対比、因果関係などが挙げられる。コウルリッジは連合の作用を、特に詩作における「空想力」の働きと関連させ、より有機的構想力である「想像力」と比較対照させようとしている。

本章と続く第6・7章はマース（Johann Gebhard Ehrenreich Maass, 1766–1823）の『想像力についての試論（*Versuch über die Einbildungskraft*, Halle & Leipzig, 1797）』に依拠するところが大きい。マースはライプニッツ・ヴォルフ学派に属し、カントに対しては批判的であった。宗教、哲学、心理学に関する著書があり、また小説も著している。コウルリッジへのマースの影響については、*BL*（*CC*）I, cxxii–cxxiv 参照。

〔二〕バークリー（George Berkeley, 1685–1753）は当時の自然科学の唯物論的傾向に対して、神の存在を擁護した。知覚とその対象に関しては、"esse est percipi"(存在するとは知覚されることである)――すなわち外界の物体の存在は、それを知覚する精神と切り離しては考えられないとし、知覚されずにある物自体の存在という概念が無意味であることを説いている(『人間知識の原理に関する論考(*A Treatise Concerning the Principles of Human Knowledge*, 1710)』第一部第三節他)。「白いカンバス」すなわち「タブラ・ラサ」はロックの用語として知られているが、コウルリッジはここでこれをバークリーの観念論の説明に援用している。『ノートブック』には次の一文がある。「バークリーの観念論は次のように喩えられるだろう。われわれの知覚は心に記された印象であるが、それは外界の原因に対して、鏡の中の影像が映された対象物に対する関係ではなく、むしろカンバスの上の絵が画家に対するのと同じ関係にあるのだ」(*CN* III, #3605)。鏡の比喩では、人間の知覚は外界の実体の影像にすぎないが、絵と画家の喩えによってコウルリッジは、バークリーにおける知覚が外界の単なる機械的反映ではなく、認識主体の存在によって初めて現前する実体の一形式であることを表そうとしたと考えられる。

〔三〕ガッサンディ(Pierre Gassendi, 1592–1655)はフランスの哲学者・科学者・司祭。ホッブズとともに、近代的な経験哲学の始祖。人間の知覚は、外界のものが何らかの質量的媒体を通して精神に受容されるものであるとし、それを伝えるのは媒質の運動状態であるとした。感覚し得るという性質は外界の対象自体の中にあること、そこから人間の諸器官に伝えられる一種の運動が知覚作用であることを、ホッブズもまた主張している。さらにホッブズは、われわれの知覚は外界の対象物の影像であるとし、それを実体的な「もの」(object)に対して「現れ」(appearance)または「みえるもの」(seeming)などの語で表している。Thomas, Hobbes, *Leviathan*, ed. by Richard Tuck (Cambridge University Press, 1996), pp. 13–14. 永井道雄訳『リヴァイアサン』(『世界の名著』第二八巻、中央公論社、五六頁)参照。

〔四〕「もの」(thing)と「思考」(thought)に関するコウルリッジの考えについては、たとえば*CN* II, #2784, III, #3605参照。それらを区別しながらも、なお単純な二元論を超えることが、彼の哲学の中心課題の一つであった。

〔五〕マッキントッシュ(Sir James Mackintosh, 1765–1832)は英国の歴史家・哲学者。コウルリッジが言及している彼の講演は、一七九九年と一八〇〇年に行なわれている。彼に対するコウルリッジの批判については、*CN* I, #634参照。またマッキントシュ、ホッブズ、ロックに対する彼の意見については、一八〇一年二月に書かれたジョサイア・ウェッジウッド宛の一連の書簡(*CL* II, 685–703)が参考になる。

〔六〕 惑星の運動に関するケプラー（Johannes Kepler, 1571-1630）の三法則は、ニュートン（Sir Isaac Newton, 1642-1727）の万有引力の法則に先鞭をつけるものであった。同様にしてホッブズの思想が、ハートリーの連合論の基礎となったというもの。

〔七〕 本章訳注一七参照。

〔八〕 この出典はデカルト（René Descartes, 1596-1650）の『方法序説』ではなく『哲学原理（*Principia philosophiae*, 1644）』第四部第一九六節。

〔九〕 *Leviathan*, op. cit., p. 20.「思考の継起あるいは連続ということは、一つの思考がもう一つの思考に続いて起こることであり、それは（言葉による談話と区別して）心の中の談話と呼ばれるものである。」

〔一〇〕 コウルリッジは「観念」をさまざまな表現で定義しているが、それは彼にとって単なる感覚的イメージでもまた抽象的概念でもなく、精神の能力としてより上位の、理性と知的直感に関わるものであった。彼が「観念」を定義したいくつかの文例を挙げれば、「観念はその意味において、感覚、イメージ、事実、そして想念から等距離にあり、そしてそれは虚像の同義語ではなく反対語である」（*LS*, 101）、「感覚でも知覚でもなく、個別的（すなわち感覚的直感）にも一般的（すなわち概念）にもならず、外的な事実に関わることもなく、悟性に含まれる知覚の《形式》からも抽象されず、ただ純粋理性の働きを受けた想像力が導き出すもの、そしてそれに対応するものは感覚の世界には存在せずまた存在し得ないもの——このようなもののみが《観念》と言われる」（*Ibid.*, 113-14）、「《観念》は、その言葉の最高の意味においては、象徴を用いなければ伝えられないものなのです」（本書第9章一三三頁）。コウルリッジは“idea”（または“eidos”）のギリシア語の原意が「見えるもの、像」であることをしばしば指摘しているが、彼はその語を、「見る」ということの最高の意味である「観想」「直観」の域にまで高めたものとして用いていると考えられる。

〔一一〕 古代ギリシアの合唱隊用叙情詩人、ピンダロスの『オリンピア祝勝歌集（*Olympian Odes*）』第一〇歌一〇三行。ここでギリシア語の「イデア」は勝利した若者の美しい「姿」を意味し、またアリストファネス『プルートス（福の神）』五五九行では、貧しい人々の痩せて引き締まった「体つき」を表している。さらに「マタイによる福音書」（二八・3）では、キリストの復活を告げるために現われた天使の「姿」に「イデア」の語が使われている。

〔一二〕 "Idea", "eidos", "eidolon" はもともと "idein"（見る）から派生した語で「相、姿」を表すが、"idea" は特にプラトンによって特別な意味を与えられている。『国家』には次のようにある。「われわれは〔……〕それぞれのものの単一の相に応じてただ一つだけ実相（イデア）があると定め、これを〈まさにそれぞれであるところのもの〉と呼んでいる」（藤沢令夫訳）。これに対して "eidolon" は実相に対してその「影像」を意味する。（『国家』第六巻五〇七Bおよび第一〇巻六〇一B参照（田中美知太郎、藤沢令夫編『プラトン全集』第一一巻、岩波書店、一九七六、四七七、七〇七頁）。英語の "idol"（偶像）はこの後者の意味を引いている。

〔一三〕 アリストテレス『形而上学』第一巻第六章（九八七B）参照。「〔プラトンの説は〕感覚的事物は絶えず転化しているので、共通普遍の定義はどのような感覚的事物についても不可能であるというにあった。そこでプラトンは、あの別種の存在をイデアと呼び、そして、各々の感覚的事物はそれぞれその名前のイデアに従いそのイデアとの関係においてそう名づけられるのであると言った。」（『アリストテレス全集』第一二巻、岩波書店、一九六八、二七頁、出隆訳）

〔一四〕 原文では St. Lewis となっているが、フランスのカペー王家のルイ（Louis）六世（1081–1137）と考えられる。

〔一五〕 Ivo Carnotensis（c. 1045–c. 1115）は十一—十二世紀頃パリと並ぶ学問の中心地であったシャルトルで司教を務めた。

〔一六〕 Jeremy Taylor, *XXVII Sermons Preached at Golden Grove* (printed by J. M. for R. Royston, 1678), folio 289–90 (Sermon XII).

〔一七〕 デカルト『人間論（*De homine*, 1662）』（『デカルト著作集』第四巻、白水社、一九七三、二二五頁以下）参照。デカルトは、脳の中に送り込まれる動物精気が、その力や量によって、細かい繊維状の脳実質にさまざまな刻印を残し、それによって種々の情念が生じると論じている。

〔一八〕 ロックは『人間知性論（*An Essay concerning Human Understanding*, 1680）』において次のように述べている。「この語〔観念〕は、およそ人間が考えるとき、知性の対象であるものを表すのに最も役だつと私が思う名辞なので、私は心象（ファンタズム）、思念（ノーション）、形象（スピーシズ）の意味するいっさいを……表現するのにこの語を使ってしまい、頻繁に使わないわけにはいかなかったのである。」（大槻春彦訳「人間知性論」第一巻第一章『世界の名著』第三二巻、七〇頁）。またヒュームは『人性論（*A Treatise of Human Nature*, 1739-40）』において次のように書いている。「きわめて勢いよく、激しく入り込む知覚を印象と名づけてもさしつかえなかろう。……心に初めて現れるときの感覚、情念、感動のすべてをこの名称で包括することにする。また、観念という言葉で、思考や推論の際の勢いのないこれらの心像を示すことにする」（土岐邦夫訳「人性論」第一篇第一部第一節『世界の名著』第三二巻、四一一頁）。

〔一九〕メランヒトン（Philipp Melanchthon, 1497-1560）はドイツの宗教改革者。ルターと親交を結び、彼の協力者となった。神の愛と人間の意志との協調を説く。コウルリッジはここでは特に彼の『霊魂論（*De anima*, 1540）』を念頭においている。アメルバッハ（Veit Amerbach, 1503-1557）はインゴルシュタットの教授。著書に『霊魂論（*De anima*, 1542）』、『自然哲学論（*De philosophia naturali*, 1549）』などがある。ビーベス（Juan Luis Vives, 1492-1540）はスペインの人文学者で、長年イギリスにも滞在した。彼の『霊魂および生命について（*De anima et vita*, 1538）』は近代の心理学のさきがけとなった。

〔二〇〕Juan Luis Vives, *De anima et vita*, Sect. I, 'De cognitione interiore'. ギリシア語の「ファンタシア」とラテン語の「イマギナティオ」については第4章八三頁にも言及がある。コウルリッジ自身の定義については、第13章の章末参照。

〔二一〕ビリヤード球の比喩はホッブズではなくヒューム『人間知性研究（*An Enquiry concerning Human Understanding*, 1748）』第四章第一部二四節に見られる（斎藤繁雄・一ノ瀬正樹訳『人間知性研究』法政大学出版局、二〇〇四、二五頁）。

〔二二〕『人間についての考察（*Observations on Man*, 1749）』において知覚作用は、神経繊維を通って脳の髄質に伝えられる非常に微細な振動によって起こるとハートリーは書いている。外界の物体からの力または刺激の伝達を媒介するものとして、彼はニュートンの『光学』に倣って、極めて微妙でしかも活性的な「エーテル」という流体を仮定している。ハートリーによれば、まず「外界の対象物が感覚神経に印象付けられるときは、それらの対象物と神経とエーテルの間に働く相互作用によって、神経の細穴の中に宿るエーテルに振動が起きる」。次に「こうしてエーテルに起こった振動は、感覚神経の髄質の小さな粒子を同時的な振動によって動かし」そして「エーテルと感覚神経に起こったこの振動がこれらの神経を伝わって脳にまで達する」のである。この最後の一文はコウルリッジの「宗教的瞑想」三六九―七〇行に反映されている。David Hartley, *Observations on Man*, Part I, Chapter I, Section I, Proposition v

(Woodstock Books, 1998, pp. 21-22) 参照。

〔一二三〕 仮定（supposition）の原意は「下に置くこと、土台として定めること」。ギリシア語由来の hypothesis がこれと同じ意味である。「架空の土台すなわち虚構」と訳した原語は hypopoiesis と suffiction で、「土台になっている作りもの」の意。ちなみに *OED* に見られる suffiction の用例はコウルリッジのものだけで、*BL* から二例と、一八三三年の『卓上談話』から一例（*TT* I, 393）が挙げられている。

〔一二四〕 アリストテレス『霊魂論』第一巻第三章。「……おそらく霊魂の本性が、霊魂とは自分自らを動かすもの、あるいは動かすことのできるものであると言う人々の主張しているような性質のものであるということは偽りであるばかりでなく、また霊魂に運動が属するということも不可能なことの一つである……。」（『アリストテレス全集』第六巻、一六頁、山本光雄訳）

〔一二五〕 アリストテレスは観念連合一般についてではなく、とくに「想起」における連合について述べている。『記憶と想起について』第二章には、たとえば次のような文章がある。「想起が起こるのは本性上一定の動きが一定の動きののちに来るようになっている場合である。もしその順序が必然である場合には、明らかにまえの動きが先行すれば常にのちの動きがひき起こされる。だがそれが必然でなくて習慣によって起こる場合には、それ〔のちの動き〕はただ多くの場合起こされることになる。」「……われわれが想起する場合にはいつでも、われわれは通例それののちにかの動き〔想起〕が生ずるところのその動きをわれわれが動かすまで、先行する動きの或るものを動かすのである。この故にまたわれわれが現に在るところのものとか、何か他のものとか、また〔われわれが求めているものと〕似たものとか、反対なものとか、あるいはそれに隣接したものとかから思惟することを始めてのちに、それに続くものを追うわけである。これによって想起が生ずる。」（『アリストテレス全集』第六巻、一三一―一三二頁、副島民雄訳）

〔一二六〕 マッキントッシュはのちに、トマス・アクイナスの書物への書き込みはヒュームの筆ではないことを明らかにしている。またトマスのアリストテレス注解とヒュームの観念連合論との類似性は、コウルリッジがここで述べているほど明らかなものではなく、コウルリッジの思い込みである部分が大きいと言われる。トマスは連合の条件を類似、対比、時間と空間における隣接関係においているが、ヒュームはそれに加えて原因と結果の関係を重視している。しかし前注に引用したアリストテレスの文章（そしてその注解であるトマスの文章）にも表れている言葉「必然〔的順序〕」と「習慣〔による順序〕」は、ヒュームも強調するところであり、ヒュームの「原因と結果」の概念につながるものである。ヒュームがトマス・アクイナスからそのまま借用したというのは間違いであろうが、全般的な意味での影響は否定できないだろう。またコウルリッジ自身は、すでに一八〇一年にトマスのアリストテレス注解をラテン語で読んでいた。同年夏のノートブックには、トマスによる注解（アリストテレス「記憶と想起について」第二章）からの書き写し（セアラ・ハッチンソンの手による）がある。*CN* I, #973A および S. Thomae Aquinatis, *In Aristotelis libros, De sensu et sensato, De memoria et reminiscentia commentarium* (Taurini: Marietti, 1949), pp. 103–05 参照。

第6章

〔一〕Johann Albert Heinrich Reimarus（1729–1814）ドイツの医師でハンブルク・ギムナジウムの道徳学の教授。彼の父親は、伝統的な教会教義を批判し学問的批判的イエス伝研究の端緒を開いたH・S・ライマールス（Hermann Samuel Reimarus, 1694–1768）。コウルリッジは父子ともに高く評価していた。ここでは息子のライマールスの論文（『人間の認識及び自然宗教の基礎について（*Ueber die Gründe der menschlichen Erkenntniss und der natürlichen Religion*, 1787）』）の冒頭の物質主義に対するさりげない反論を念頭においているようである。マースについては、第5章訳注一参照。

〔二〕ヨーロッパ各地にさまざまな形で伝えられている古い民話に基づいたもの。旅人（修道士、巡礼者、物乞いなど）が民家に立ち寄って食べ物を乞うが、女主人は用心して（あるいは出し惜しみして）断る。そこで旅人はポケットから石を出し、女主人に、鍋にお湯を沸かしてくれるだけでいい、と頼む。女主人が言われた通りにすると、旅人は石をその中に入れてかき回しながら、スープを作るふりをする。女性が次第に興味をそそられてくるのに乗じて、旅人はバター、粉、野菜、肉など、次々に少しずつ要求し、ついには本物のスープを作って皆でその御馳走にあずかる、という話。女性は石をきっかけに騙されて食べ物を出し、スープを作らせることになるのである。*The Sack-full of Newes*, Printed by Andrew Clark, and are to be sold by Thomas Passenger at the Three-Bible upon London Bridge, 1673, p. 3f. に載せられた二二編の小話の第二話 'The Friar and the Whetstone' 参照。

〔三〕プリーストリー（Joseph Priestley, 1733–1804）はその論文「ハートリーの人間精神論への序論」の中で、ハートリーの書物が一般に読まれないのは、その理論が分かり難いことと、さらに道徳と宗教の知識体系が詳述されていることに起因すると言い、次のように書いている。「これらの障害物をともに取り除くために、私は本論において、人間精神についての彼の理論を、観念連合の学説に関する限りにおいて紹介し、その振動の学説とそれに関する解剖学的な論考を省略しようと考える。」プリーストリーはハートリーの振動論そのものを否定するわけではなかったが、物質と精神の間に介在するとされるエーテルのような精気の想定や、脳や神経に関する身体の機構についての説明が一般読者には馴染み難いと考えたのである。*The Theological and Miscellaneous Works of Joseph Priestley* (Thoemmes Press, 1999), III, p. 169 参照。

〔四〕「いくつかの情動は、それらがちょうど同時に印象づけられた時か、あるいは隣接して次々に印象づけられた時に連合されると言うことができる」とハートリーは書いている（*Observations*, p. 65）。ハートリーは、観念の連合の仕組みをエーテル的媒体による振動によって説明しているが、この物質論的仮定によれば、共時性あるいは隣接性が連合の唯一の法則になる。しかしこの場合、観念の連合には意志や選択の作用が関わらないことになり、機械的に何が何と連合してもおかしくないことになるとコウルリッジは考えた。彼は「真の実質的な連合の一般法則」として「類似性」「因果関係」「対称性」「順序」などを挙げ、「共時性」はそれらの要因による連合の「条件」であるとしている。このことは、それらの要因を認識する人間の意志の主導性を強調することである。この点については本書第7章一一三頁および一一四―一一六頁、またマースの『想像力についての試論』へのコウルリッジの書き込み（*CM* III, 791–92）参照。

〔五〕Plotinus (c. 205–70) の『エネアデス』一・六・四および九参照（田中美知太郎監修、水地宗明、田之頭安彦訳『プロティノス全集』（中央公論社、一九八六―七）第一巻、二八六、二九七頁、訳は改変）。ただし、引用文中の括弧内は、コウルリッジの説明である。プロティノスはギリシアの哲学者で新プラトン派の創始者。著述を始めたのは五十歳頃からで、最初の論文は「美について」。以後、死の前年頃までに約五十篇の論文を書いた。彼の全著作は弟子のポルピュリオスによって編集され、『エネアデス』として今日に伝わる。

〔一〕　コウルリッジによれば、意志は外界からの混沌とした印象を、自己の意識世界として一つの統一体に作り上げる内面からの働きを意味しており、彼は意志の先行を重視している。他方、ハートリーの連合論によれば、精神は経験的印象としての観念の連鎖によって形成されるものであり、その理論を押し進めるならば、意志や知性もまた観念の連合によって作り出されたもの、すなわち経験の結果である。コウルリッジのハートリー批判の中核はここにある。本章ではこの主張が、前章の論述を受け継いだ形で敷衍されている。

〔二〕　『スペクテイター（*The Spectator*）』紙三六一号（一七一二年四月二四日発行）に、劇場などでやじを飛ばすのに用いる、猫の鳴き声のような音を立てる笛（cat-call）に関する記述がある。それに言及したものと思われるが、コウルリッジはなぜか猫笛（cat-call）ではなく猫琴（cat-harpsichord）と書いている。グリマルキン（Grimalkin）は、猫の名前としてよくつけられたもので、語源的には女性名 Matilda の愛称である Malkin に gray がついたものとされる。そこから猫、特に年とった雌猫を表す普通名詞となった。

〔三〕　この表現はバークリーの“esse est percipi”（存在するとは知覚されることである）の反映であると思われる。第5章訳注二参照。ハーモニーや旋律は、まさにそれを知覚する人間の心によってそう認識されるのであって、さもなければ単に同時にあるいは連続して発せられる音の集まりでしかないということ。

〔四〕　ミルトン『楽園喪失』第四巻、一八一行。

〔五〕　古代バビロニアのハムラビ法典に由来する言葉、「目には目を、歯には歯を」をもじったものか。

〔六〕　エリヤはエリシャの間違い。「共感的批評の原理（‘On the Principles of Genial Criticism’）」（*SWF* I, 353-86）の中ではコウルリッジは正しくエリシャと書いている。聖書に通暁していたコウルリッジが、エリヤは天国へと運ばれたため、地上に骨を残していないことを忘れたとは考えにくく、これは口述筆記した John Morgan の間違いか、コウルリッジの言い間違いと推察される。友人オールストン（Washington Allston, 1779-1843）とは、コウルリッジが一八〇六年にローマで知り合ったアメリカ人画家。一一年にロンドンに移り住み、一三年にはブリストルに居をかまえた。コウルリッジの肖像画も描いている。ブリストルでの彼の絵の展覧会をきっかけに、コウルリッジは『フェリックス・ファーレイズ・ブリストル・ジャーナル（*Felix Farley's Bristol Journal*）』に、一八一四年八月から九月にかけ五回にわたって芸術論を寄稿。これが「共感的批評の原理」。小黒和子編訳『方法の原理――知識の統合を求めて』法政

大学出版局、二〇〇四、九三―一三四頁参照。

〔七〕ヒュームは『人性論』第三部第一四節「必然的結合の観念について」の中で、ある二つの対象物が必然的に結合すると言われるとき、外からの印象に起因しない観念はないのだから、その必然性の観念もまた、印象すなわち先行する知覚に起因しなければならない、と言う。そして精神は習慣によって規定されるものであるから、同じ結合が習慣的に繰り返されることによって、対象物の一つが現れると他の一つも現れるようになるのだと論じている。彼は同じ節において「生得観念」の存在を否定し、また理性のみで観念を生じさせることは不可能としている。『世界の名著』第三二巻、四五二―五七頁参照。

〔八〕コウルリッジが取り上げているのは、ハートリーの『人間についての考察』である。第一部は「人間の身体と精神の構造、およびそれら相互の結合と影響について」、第二部は「人類の義務と可能性」と題されている。

〔九〕連続律（lex continui）とは、宇宙の全存在の相互連関を説く原理で、ラブジョイ（A. O. Lovejoy, 1873–1962）は『存在の大いなる連鎖（*The Great Chain of Being*, 1936）』において、これを西洋の思想史を貫く重要な原理であると述べている。この原理を数学的な表現によって広い射程で位置づけたのがライプニッツ（Gottfried Wilhelm Leibniz, 1646–1716）だった。連続律は「自然はけっして飛躍しない」という言葉でしばしば表現されるが、これによって一見対立するものが連続的な秩序のもとで包括的に捉えられる（例えば静止は無限に小さい運動として、同等性は無限に小さい不等性として、それぞれ同じ法則のもとに理解される）。このように運動や差異を基本におきながら無限を介することで多様性を統一していく方向性が、連続律の意味するところである。谷川多佳子、福島清紀、岡部英男訳『人間知性新論』、『ライプニッツ著作集』第四巻、工作舎、一九九三、二六頁他参照。

〔一〇〕*OED* は本文中のこの箇所を“intensify”の初出として挙げている。さらに語源解説のところに、この原注の文全体を引用している。

第8章

〔一〕一つの物体がある空間的広がりを占拠するとき、その物質を押し退けることなしにその空間に他の物体が侵入することはできないという性質。不可侵入性ともいう。ライプニッツに拠ると、抵抗とは、人がそれに抵抗する当の事物の変化（すなわち、その事物が力を失ったり、方向を変えたり、その両方が同時に起こったりすること）において見出され、二つの物体が同じ場所にあるのを嫌うことに由来する抵抗は、一般に不可入性と呼ばれる（『人間知性新論』、前掲書一二八頁）。物体の本質が作用ないし力の中に位置づけられるという考えは、物質と精神の両領域を結びつける「力動的な哲学」の解釈にとって重要な意味を持つ。不可入性については、カントの『自然科学の形而上学的原理』（坂部恵、有福孝岳、牧野英二編『カント全集』第一二巻、岩波書店、一九九九―二〇〇六、五九―六〇頁）参照。

〔二〕この二文は、コウルリッジが所有していたシェリング（Friedrich Wilhelm Joseph von Schelling, 1775–1854）の『超越論的観念論の体系（*System des transscendentalen Idealismus*, Tübingen, 1800）』（以下『超越論的観念論』または*STI*と略記）の一節の大まかなパラフレーズである。これ以降も本章の他、第9章、第12章にシェリングからの借用が多く見られる。本章でコウルリッジは、さらに『哲学著作集（*Philosophische Schriften*, Landshut, 1809）』所収の『知識学の観念論の解明のための諸論考（*Abhandlungen zur Erläuterung des Idealismus der Wissenschaftslehre*）』からも借用している。ここではいくつかの点のみを記すが、詳細については*BL*(*CC*) Iの序文（pp. cxix–cxxii）および各章の脚注、また*BL*(1847) のセアラ・コウルリッジによる脚注および付記参照。本注に該当するシェリングの原典は、*Sämmtliche Werke* (*SW*と略記)、ed. K. F. A. Schelling (14 vols., Stuttgart & Augsburg, 1856–61), III, pp. 406–7. また、*System of Transcendental Idealism*, tr. Peter Heath (University of Virginia, 1978), p. 57 および赤松元通訳『先験的観念論の体系』蒼樹社、一九四八、一〇八頁参照。

〔三〕予定調和はライプニッツの形而上学思想の核心をなす考え。彼は『モナドロジー』において、先駆思想を継承しつつ、独自の単子論的形而上学思想を説いた。「モナド」とは、単位、一なるものを表すギリシア語のモナスに由来する概念で、古代ではピタゴラス学派やプラトンによって用いられ、近世ではニコラウス・クサヌス（Nicolaus Cusanus, 1401–64）やブルーノ（Giordano Bruno, 1548–1600）が、世界を構成する個体的な単純者、世界の多様を映す一者ととらえた。ライプニッツは物理的原子論を批判し、宇宙を構成する最も単純な要素は、不可分で空間的拡がりをもたぬ単純者であり、いわば「形而上学的点」とも言うべきものとして、魂に類似したものであると考えた。ライプニッツは、神により創造された諸実体の間の直接的相互作用を否定しつつ、現実的世界の創造に先立つ神の可能的世界の構想のうちに、諸実体の間の調和があらかじめ定められており、それに基づいて創造された世界の事物の間に予定された調和の関係が実現されると説き、デカルト以来の心身関係についての問題点の解決をはかろうとした（「実体の本性と実体相互の交渉ならびに心身の結合についての新たな説」『ライプニッツ著作集』第八巻、七三―九〇頁、特に八六頁参照）。コウルリッジはここで「ライプニッツの予定調和説は、間違いなく彼がスピノザから借用した」ものと断定しているが、この断定は性急である。心身の異質性を主張し、その相互作用と統一をいかに説明するかという問題は、デカルト、スピノザにおいても中心的課題の一つであったが、ライプニッツの予定調和説は、デカルトやスピノザを学んだ上で、それらを克服する意図をもって打ち立てられたものである。

〔四〕　デカルトは、無限の広がりをもつ等質の物質が全宇宙を構成するとし、神に創造されたこの物質に神が一定の運動量を与えると、それは無数の微小部分に分かれて運動を始め、その結果我々が見る宇宙の万物が形成されると考えた。こうして質の相違はすべて量の差に還元され、宇宙の構造から地上の物体、気象現象、光の性質まですべてが、ただ等質の物質の諸部分の「大きさ」「形状」「運動」のみによってまったく機械的に説明される。そして、同一の運動法則（慣性の法則や衝突の法則など）が全宇宙を貫いて支配するとされた。デカルトは生命現象をも機械的に理解し、動物を一つの自動機械とみなした。彼によれば、人間の身体もまた心臓を一種の熱機関とするきわめて精巧な自動機械にすぎないということになるが、人間は動物と違って精神をもち、しかも本来は実在的に区別されるべき精神と物体がここでは固く結びついて一体をなしている。その意味で人間は、単なる精神でも物体でもない第三の独特な世界を形づくっている。そこでは心身が互いに働きかけ、互いに動かされ、たえず能動と受動の関係にある。身体の働きかけを受ける精神の受動 passion が情念 passion であり、情念のメカニズムは体内の動物精気（第5章訳注一七参照）の動きによって生理学的に説明される（『方法序説』第五部、『デカルト著作集』第一巻、四六―六〇頁）。

〔五〕　Christian Wolff（1679-1754）　ドイツの哲学者。ハレ大学で数学と自然哲学を教えた。ライプニッツとの文通（一七〇四―一六年）によってライプニッツ哲学から重要な影響を受ける。ライプニッツの哲学を体系化しようと試みたが、その過程でライプニッツに特徴的な考え（モナドの表出作用や予定調和の概念）を捨てざるを得なかった。ヴォルフの経歴については第9章訳注二三参照。

〔六〕　物質は生命と不可分であり、生命は物質の属性であるという説。物質が本質的に活力・生命力、また生命力・運動力の根源としての魂をもつとみる世界観の一つで、機械論的傾向に反対したケンブリッジ・プラトン学派の指導的哲学者カドワース（Ralph Cudworth, 1617–88）が、ギリシア語の hūlē（質量）と zōē（生命）から造語したのが始まりとされる。初期ギリシアの、いわゆる自然哲学者タレス、アナクシマンドロス、アナクシメネスらイオニア（ミレトス）学派の人々、あるいはヘラクレイトスらはそれぞれ「水」「無限者」「空気」「火」を一つの生ける原物質とし、これから万有の生成、あらゆる運動・変化が由来すると考えたが、この考えが物活論の原形。この種の思考は、宇宙の生命そのもの、「産む自然」としての神を主張したルネサンスの自然哲学者ブルーノや十七世紀のスピノザのうちに汎神論的物活論として継承される。カントは物活論を、自然科学の基礎としての惰性律に反するとして批判した。

〔七〕*SW* III, 407; *STI* (tr. Heath), 57. 赤松訳『先験的観念論』一〇八頁参照。

〔八〕*Abhandlungen*, *SW* I, 379.

〔九〕第9章訳注一八を参照。

〔一〇〕*SW* III, 428; *STI* (tr. Heath), 73. 赤松訳『先験的観念論』一四三頁。

〔一一〕プリーストリーとプライス（Richard Price, 1723–91）との往復書簡による論争のこと。この書簡は *A Free Discussion of the Doctrines of Materialism and Philosophical Necessity, in a Correspondence Between Dr. Priestley and Dr. Price*（1778）として出版された。プライスは、知覚と思考の力を働かせるのは物質的な肉体であるが、それらの力そのものは非物質的な実体に存するとし、霊魂の非物質性と自由意志を主張した。これに対し、プリーストリーは、知覚と思考を働かせる力は有機的な肉体のなかに存するとし、物質主義的決定論者の立場で論じた。

〔一二〕コウルリッジが一生の大事業として構想を温めて続けていた『ロゴソフィア』のこと。論理学、自然と人間の科学、哲学、宗教など広範囲の問題を、諸領域に一貫して流れる中心的原理を基盤に考察しようというもので、その中心的原理が「ロゴス（Logos）」（神の御言葉）であり、それを彼は「伝達可能な知性（communicative Intelligence）」と言い換えている（*CL* III, 533）。結局完成を見ることがなかったこの知の集大成の構想について、コウルリッジは *Logos* や *magnum opus*（「最高傑作」の意）など、さまざまな名で友人・知人に語っているが、『ロゴソフィア』の名が与えられたのが、ちょうど本書執筆の頃であった。一八一五年九月二七日付 John May 宛ての書簡（*CL* IV, 589–90）参照。

本書では、第12章にも『ロゴソフィア』構想への言及がある。しかし「本書の終わりで予告する（二二九頁）」と書いた『ロゴソフィア』の「予告」は印刷されなかった。

〔一三〕 フランシス・ベーコン『ノヴム・オルガヌム』第一巻、アフォリズム八八からの一節を踏まえた表現。「ところが遥かに大きな障害が、小心と、人々の努力が自らに課する仕事の貧しさと乏しさとによって、諸学に持ち込まれてきた。しかも（最も悪いことには）そうした小心は、僭越と傲慢を伴わずには現れないものなのである。」（桂寿一訳『ノヴム・オルガヌム』岩波文庫、一九七八、一四二―四三頁）。このアフォリズムをコウルリッジは『ノートブック』に写している（*CN* I, #913）。

〔一四〕 「常識」と訳してある common sense（原文ではイタリックで強調されている）は、「誰もが共有する」と「五感に共通する」を含意。コウルリッジは『省察の助け』の中で、五感（the senses）の表象に依存する（すなわち「五感に従って判断する」）悟性と、依存しない（「感覚の表象を整理し、修正し、無効にする」）理性を対照し、それぞれの所産として、プトレマイオス体系（天動説）と、ニュートンの体系を挙げている（*AR*, 236）。

これと関連して、カントの『純粋理性批判』第二版序文の中に、「感官に反していても、……真の仕方において観察された運動を天空の諸対象のうちにではなく、天空の諸対象の観察者のうちに求めることを敢行」し、ニュートンの万有引力へ道を開いたコペルニクスの偉業への言及がある（有福孝岳訳『純粋理性批判』、『カント全集』第四巻、三七―三八頁）。カントにとって、「認識が対象に従わなければならない」から「対象こそが認識に従わなければならない」への転換こそ「コペルニクス的転回」であり、これによって認識は経験からの従属を離れ、経験を介さずとも純粋な思惟によって対象の本質を捉えることが可能になる。

「常識」（common sense）の意味については、本章一一八頁、第4章八七頁原注参照。

〔一五〕 ポープからの引用としているが、実際はジョン・ブラウン（John Brown, 1715–66）の *An Essay on Satire: Occasion'd by the Death of Mr. Pope* (1745), l. 224（一部改変）。

第9章

〔一〕 「文字」（letter）対「精神」（spirit）の論争は、コウルリッジの時代のみならず、それ以前から英国のあらゆる神学議論の中心であった。聖書では「文字」と「霊」の対比が、「ローマの信徒への手紙」七章六節、「コリントの信徒への手紙二」三章六節に言及されている。一七九〇年代中頃までには、カントおよび批判哲学全体における「文字」と「精神」の区別は一般的なものとなり、超越論的観念論者たち、特にフィヒテ（Johann Gottlieb Fichte, 1762–1814）の好む題材であった。シラー、シェリング、またカント自身もこれらを区別している。

〔二〕ライプニッツ『人間知性新論』第二部第一章「観念について」の次の言葉から取られている。「感覚の内になかったものは知性の内にはなにもない、ただし知性それ自身は除いて」（『ライプニッツ著作集』第四巻、一一三頁参照）。ライプニッツの『人間知性新論』はロックの『人間知性論』の思想を出発点として、それに対する批判ならびに問題解決を試みた著作。ライプニッツが付加した「知性そのものを除いては」という限定条件がなければ、人間の精神は感覚と経験によってのみ描かれていく「白い板」であるというロックの経験論そのものとなる。ライプニッツによるこの限定条件は、コウルリッジの経験論批判にとって大切な役割を持っている。

〔三〕ライプニッツの限定条件のことではなく、ハートリーやコンディヤック（Étienne Bonnot de Condillac, 1715–80）による理解の仕方、すなわち徹底的な経験主義の第一必要条件を認めること。これはコウルリッジにとっては「譲歩」である。

〔四〕水、粘土、切り藁を足で踏みこねた後、枠に入れて日乾しレンガや焼きレンガを作るが、藁なしでは良いレンガはできない。藁とレンガの比喩は旧約聖書の出エジプト記五・7に見られる。

カントの認識論においては、経験が成立するためには、その経験を構成する素材とその素材に秩序や脈絡を付与する形式、すなわち「質料」と「形式」がともに必要であると考えられる。『純粋理性批判』には次のようにある。「しかも、経験は、二つのきわめて異なった要素、すなわち、諸感官から起因する認識の質料と、純粋な直観作用と純粋な思惟作用との内的源泉から質料を秩序づけるある種の形式とを含むのであり、純粋な直観作用と純粋な思惟作用とは、質料の機会において最初に行使され、諸概念を生み出すのである。」（有福孝岳訳『カント全集』第四巻、一六七頁）

ここでコウルリッジが用いている藁とレンガの喩えは、人間の認識において「質料」すなわち感覚的所与に先立つ「形式」の必要性に言及したものである。

〔五〕 生得観念説のこと。ロックは『人間知性論』において、「生得観念」思想を厳しく批判し、観念の経験的発生を説いた。全体は四巻に分けられ、第一巻では「生得観念」というものは存在しないことを説き、第二巻では「観念」の由来、すなわち「観念」の起源が「経験」にあることを述べ、第三巻では「観念」の外的記号である「言語」を論じ、第四巻では「知識」の成立を論じている。

〔六〕 たとえば、「土、雨、空気、太陽が小麦の茎と穂を作っている。なぜならそれらを条件としてのみ、種は育つのだから」というような、条件と真の成因とを混同した誤謬。

〔七〕 コウルリッジが言及しているカントの著書の二箇所は、『純粋理性批判』に見られる次の二つの分類表を指している。カントは「判断における悟性の論理的機能」を、質、量、関係、様相の四つの表題のもとに分類し、各々の表題は三つの契機を含むとして、次のように表記している（有福孝岳訳『カント全集』第四巻、一四七頁）。

一、判断の量……全称的判断、特称的判断、単称的判断
二、〔判断の〕質……肯定的判断、否定的判断、無限的判断
三、〔判断の〕関係……定言的判断、仮言的判断、選言的判断
四、〔判断の〕様相……蓋然的判断、主張的判断、論証的判断

カントはさらに、これらの判断の諸機能に対応したア・プリオリな「純粋悟性概念」（カテゴリー）を以下のように分類している（同書一五六頁）。

一、量の〔カテゴリー〕……単一性、数多性、総体性
二、質の〔カテゴリー〕……実在性、否定性、制限性
三、関係の〔カテゴリー〕……内属性と自存性（substantia et accidens 実体と偶有性）、原因性と依存性（原因と結果）、相互性（働きかけるものと働きかけられるものとの交互作用）
四、様相の〔カテゴリー〕……可能性―不可能性、現存在―非存在、必然性―偶然性

このような悟性のカテゴリーと、時間と空間という感性的直観の二つの純粋形式が、現象に対する我々の認識を可能にし、その主観的認識を超個人的な客観的認識にしている、というのがカントの基本的な考え方。ロックとヒュームに関するカントの言説については、同書一七四―七五頁参照。

〔八〕 Marsilio Ficino（1433–99）のこと。イタリアの人文学者、哲学者。コジモ・デ・メディチ（Cosimo de' Medici, 1389–1464）の庇護を受けて、プラトン、プロティノス、ヤンブリコス、プロクロス等の著書をラテン語に翻訳。その間にフィレンツェのアカデミアの学長となる。彼の解説付きのプラトン翻訳（一四八二年）はプラトンの知識を広めるのに影響を与えた。『魂の不死に関するプラトン神学（*Theologia Platonica de immortalitate animorum*, 1482）』はプラトン的哲学の基礎の上にキリスト教神学を再建しようとするもので、プラトンと新プラトン派の学説とを厳密に区別していない。コウルリッジは一五二五年版を所有。なお、プロクロス（Proclus, c. 410–85）はアテネ最大のプラトン主義者。プレトン（Georgius Gemistus Pletho, c. 1355–1452）はビザンティウム出身、西欧にプラトンを紹介した人物。フィレンツェを訪れた彼の影響で、コジモ・デ・メディチはアカデミア・プラトニカを創設する。

〔九〕 ジョルダーノ・ブルーノ（Giordano Bruno, 1548–1600）のこと。イタリア・ルネサンス期の哲学者。ナポリに近いノーラに生まれる。一五六三年ドミニコ会に入会するが、異端の疑いをかけられ修道院を逃亡（六七年）。英国を含め、ヨーロッパ諸国を遍歴。九一年イタリアに戻り、翌年ベネチアで捕えられ、九三年に宗教裁判に付されたうえ、ローマに引き渡されて七年の禁固の末、火刑に処される。コウルリッジが言及している『原因、原理および一者について（*De la causa, principio, et uno*, 1584）』、『無限と無数（*De immenso et innumerabilibus*, 1591）』の他、『イデアの影像について（*De umbris idearum*, 1582）』など、多くの著作がある。ブルーノの後援者として挙げられているサー・フィリップ・シドニー（Sir Philip Sidney, 1554–86）は、英国のエリザベス朝の宮廷詩人、政治家。フルク・グレヴィル（Sir Fulke Greville, 1554–1628）は、シドニーの親友で詩人・政治家、エリザベス一世の寵臣。ブルーノの滞英中（八三–八五年）、終始彼の面倒を見た。

〔一〇〕 Jakob Böhme（1575–1624） ドイツの神秘主義的自然哲学者。ゲルリッツ近くの寒村に農民の子として生まれ、病弱であった。十五歳のときから靴工として諸方を遍歴したのち、九九年ゲルリッツに定住。教育を受けず、ひたすら神の啓示に導かれた神秘思想家。二十五歳のときの神秘体験を記した『アウローラ（曙光）（*Aurora, oder die Morgenröte im Aufgang*, 1612）』は、教会から異端の宣告を受けた。他に『恩寵の選びについて（*Von der Gnadenwahl*, 1623）』、『大いなる神秘（*Mysterium Magnum*, 1623）』など、神智学の完成者として多くの著作を残し、十八世紀にはドイツ観念論哲学によって高く評価された。

〔一一〕熱中（enthusiasm）と熱狂（fanaticism）の区別は、第2章訳注二一参照。

〔一二〕シェリングのこと。ここで言及されている彼の著書は、『修正されたフィヒテの学説に対する自然哲学の真の関係の明示（*Darlegung des wahren Verhältnisses der Naturphilosophie zu der verbesserten Fichte'schen Lehre*, 1806)』。この書物からの引用（*SW* VII, 119–20）は、次の一段落からその次の段落の最初の文まで続く。ただしこれはコウルリッジが意訳、変更したものである。

〔一三〕Sieur de Thoyras（1661–1725）はフランスの歴史家。しかしおそらくはコウルリッジが言い間違えたか、筆記者モーガンの聞き間違いで、コウルリッジがここで意図したのはドイツの神秘家ヨハネス・タウラー（Johann Tauler, c. 1300–61）と考えられる。タウラーはドミニコ会神秘思想団体の中心人物。シュトラースブルクで説教家となり、正統カトリック神秘思想の発展に大きな影響を与えた。

〔一四〕George Fox（1624–91）イギリスの宗教家。フレンド派（クエーカー派）の創立者。靴屋の徒弟となったが、放浪生活ののち回心を経験し、"Friends of Truth" という集まりを創設。信仰の外面性を廃し、「内なるキリスト」「この世に来ってあらゆる人を照らす内なる光」による救済を説き、中下層階級に多くの信者を得た。英国国教会の激しい迫害を受けたが屈せず、諸国に渡って伝道し同志を得た。

〔一五〕不詳。「光」や「論争の人」などの表現から、G・フォックスが暗示されている。

〔一六〕William Warburton（1698–1779）イギリスの牧師。グロスターの主教。ジョン・ウェスリー（J. Wesley, 1703–91）の見解に反対して『恵みの教義（*The Doctrine of Grace*, 1762）』を書いた。一七四七年にはシェイクスピア全集を編集・出版したが、酷評を受けた。ポープの遺稿管理者で、一七五一年ポープの著作集を出した。他に、理神論者への反論、『神の御使いモーセ（*The Divine Legation of Moses*, 1737–41）』などの著書がある。本文でウォーバートンに言及しているのは、彼が、トマス・ニュートン版（一七五二年以降の版）『楽園回復』の引用箇所（四巻、三二五行）について、「詩人は老詭弁家の悪魔に常にその技で駆け引きをさせている。イエスに（この箇所でのように）同じ武器を使わせているのは残念である。」という注釈を書いているからである。

〔一七〕William Law（1686–1761）英国の神秘主義的思想家・牧師でベーメに傾倒した。『信仰深き聖なる生活への厳粛なる招き（*A Serious Call to a Devout and Holy Life*, 1728）』などの著書がある。

〔一八〕「反省的思考力」（reflective faculty）は、思考の対象を自己と対立した他者として認識し、分類、分析する力。コウルリッジは反省的思考力の価値を否定するものでは決してないが、ここでは、単に反省的な力のみで生み出されるものの限界を、非生命的な性質として表現していると考えられる。コウルリッジは「反省的思考力」を「直観」と対比させ、「理性」（reason）と「悟性」（understanding）の区別を考える際に、「直観」を理性に、「反省的思考力」を悟性に帰属させている。また「理性は観想（contemplation）の能力である」とも書いている。この場合「観想」は「真理を直接に見ること」の意味（*AR*, 158&n, 223–24, 467–68 参照）。観想による知識が直接的（immediate）であるのに対して、悟性による知識は反省的（reflective）なのである。

「単なる反省」に対する批判はシェリングの『自然哲学の理念（*Ideen zu einer Philosophie der Natur*, 1803）』の序文にも見られる。シェリングによれば、「反省」（reflection）は人間の原始的・幼児的時代にはなかったもので、人間は自然と一体だった。しかし人間の意識が成長すると、自然と自分の精神を分離して考えるようになる。そして他者としての客体を考察する（reflect）。これが哲学の始まりであるが、その分離状態は真の人間的状態ではなく、分離は再び統一されなければならない。「この哲学は反省に消極的価値しか与えない」と彼は序文で言い、単なる反省の能力が人間精神全体を支配することに対して警告を与えている（E. E. Harris and Peter Heath tr., *Ideas for a Philosophy of Nature*, Cambridge University Press, 1988, 9-11. 小西邦雄訳「自然哲学の理念」『シェリング初期著作集』日清堂書店、一九七七、二〇九—一一および松山寿一訳「自然哲学に関する考案」『シェリング著作集』１b、燈影舎、二〇〇九、一七—一九）。シェリングのこの序文がコウルリッジの念頭にあったと考えることは可能であろう。

〔一九〕『倫理学』（*Ethica*, 1677）はスピノザ（Baruch / Benedict Spinoza, 1632–77）の思想の結晶とも言われる書。神は万物の内在的原因すなわち生成する自然であるとし、生成された自然としての個々のものは神の属性のさまざまな様態であると考える。これらの様態を永遠の相のもとに正しく認識することが神の直観的認識につながる。この直観的認識こそ人間の喜びであり、神への知的な愛へとつながる。『倫理学』は幾何学の形式を取って論じながら、人間精神の自由と至福の問題へと導いている。第10章訳注四一も参照。

〔二〇〕一八〇一年頃からコウルリッジは本格的にカントを研究し始めた。本文中で言及されているカントの原書名は、順に *Kritik der reinen Vernunft*, 1781（一七八七年改訂版が出され、その一七九九年リプリント版をコウルリッジは読んだ); *Kritik der Urteilskraft*, 1790; *Metaphysische Anfangsgründe der Naturwissenschaft*, 1786（コウルリッジは一七八七年版を所有); *Die Religion innerhalb der Grenzen der blossen Vernunft*, 1793（一七九四年版を所有）。

〔二一〕 主観が、多様で混沌とした感性的所与を悟性によって秩序づけ、一つのまとまった対象として捉える作用を、「統覚」と呼ぶ。カントは、この統覚を、「経験的統覚」と「根源的（純粋、超越論的）統覚」に分けて考え、次のように述べている。

> 「私は考える」ということは、あらゆる私の表象に伴うことができなければならない。なぜなら、そうでなければ、決して考えられえないことが私の内で表象されるであろうからである。このことは、表象が不可能であるか、そうでなければ少なくとも私にとって無であるかのいずれかであろうということにまったく等しいのである。すべての思惟に先立って与えられていることができる表象は直観と呼ばれる。だから、直観のすべての多様は、この多様がそのうちで見出される同一主観における「私は考える」に対する必然的関係をもつ。しかし、この表象は自発性の作用である、すなわち、この表象は感性に属するものとはみなされえない。私は、この表象を、経験的統覚から区別するために、純粋統覚あるいは根源的統覚とも呼ぶ。なぜなら、この表象は、「私は考える」という表象――あらゆる他の表象に伴いえなければならず、かつあらゆる意識において同一のものである表象――を産出することによって、いかなる表象によってもそれ以上は伴われえない自己意識であるからである。（有福孝岳訳『純粋理性批判』、『カント全集』第四巻、二〇五頁）

つまり、個々の一般的認識における自己意識としての「経験的統覚」とは違って、あらゆる個人的経験的認識に先立った、究極的な自己意識を「根源的統覚」と見なし、人間の認識を根底から支えていると考えるのである。その意味で、この「根源的統覚」は、デカルトのコギトと通底すると言えるかもしれない。ただ重要な相違点は、デカルトの認識が純粋な思惟としてのコギトにもっぱら依拠しているのに対して、カントの場合、「根源的統覚」だけでは認識は成立せず、感性的所与という素材が与えられて初めて認識が成立するということである。

〔二二〕 カントの原語は categorical imperative. 道徳法則は、それが意志に対して強制的である限り、理性の命令と呼ばれ、この命令の定式が命法と呼ばれる。定言命法は、何かの意図に関係させることなく、すなわち何か他の目的がなくともそれだけで客観的に必然的な（善い）ものとして行動を命じる実践的原理であり、端的に「……すべし」と命じる道徳法の命令である。

〔二三〕 ハレ大学で教鞭をとっていたヴォルフは、学長退任時の恒例の講演で、キリスト教の倫理が孔子の教説のうちにすでにあると主張したため、無神論の口実にされて、敬虔主義の信者らの攻撃を受け、フリードリッヒ・ヴィルヘルム一世の勅令によってハレから追放となり、マールブルクに去る。フリードリッヒ二世即位後、再びハレに戻り、のち学長となる。カントの場合は、「人間の本性における根本悪について」（のちの『たんなる理性の限界内における宗教』の第一論文）を『ベルリン月報』に発表したとき（一七九二年）、キリスト教を歪曲し軽視したという理由でフリードリッヒ・ヴィルヘルム二世によって、出版を禁じられた。しかしカントは一七九三年に『たんなる理性の限界内における宗教』を出版する。そのため緘口令が課され、王が死ぬまで（九七年）、カントは宗教に関して公に語ることや書くことができなかった。

〔二四〕 フィヒテのこと。ドイツの哲学者。カント哲学を研究して感激し、『あらゆる啓示の批評の試み（*Versuch einer Kritik aller Offenbarung*）』の原稿を携えてカントのもとを訪れ（一七九一年）、カントに認められて出版されたが、匿名での出版であったため、カントの書と思われてしまう。カント自らその著者はフィヒテであることを証し、フィヒテは有名になり、イエナ大学教授となる（一七九四年）。しかし、道徳秩序こそが神であり、神に他のいかなる存在様態も与えることを否定する論文「神の世界支配に対する我々の信仰の根拠について」（一七九八年）によって無神論の非難を受け、無神論論争を引き起こし、大学を罷免される。

〔二五〕 「本体」（ヌーメノン Noumenon）は、「現象」（フェノメノン Phaenomenon）と対をなすもの。両概念の起源はプラトンで、精神（ヌース）によって認識される前者の世界にこそ真理があり、感覚によって知覚される後者の世界は仮象にすぎないとしたが、カントの『純粋理性批判』ではその関係が逆転する。カントにおいては、感性的存在者としての現象すなわちフェノメノンの世界のほうが人間の認識にとっては真実の国であり、ヌーメノンについては、思考は及ぶものの客観的な認識は不可能であるとする（第10章訳注三九参照）。

〔二六〕 Pindaros, *Olympian Odes*, 2, 85 (LCL 56, pp. 72–73).

〔二七〕コウルリッジが依拠していると思われるカントの言説としては、次のようなものが挙げられる。「私はここにおいて、『批判』はもちろん字句どおりに理解されねばならず、しかも、このような抽象的な探求にとってじゅうぶんなだけ陶冶されているような普通の悟性の立脚点からのみ考察されねばならない」と宣言する。」（北尾宏之訳「フィヒテの知識学にかんする声明」『カント全集』第一三巻、二四―二五頁）またカントは、一七九七―九九年頃の書簡において、自分の年齢について語り、体力も衰えたのでいままでのようにはできないと語っている。引用はこれらをコウルリッジが混ぜ合わせたものと考えられる。

〔二八〕フィヒテは一七九八年『哲学雑誌』第八巻第一号に出した論文の中で、宗教は本質的に道徳的行為と結びつくが、神は「生き生きとして活動的な道徳的世界秩序」を意味し、特定の実体としては捉えられず、信仰とは道徳的世界秩序が存するということに対する信仰であると論じ、無神論者として非難された（本章訳注二四参照）。しかしフィヒテは、神は存在者ではなく、純粋な活動であり、超感覚的な世界秩序の生命であり原理であると論じ、自分は無神論者ではないことを訴える。さらに「私記より」（一八〇〇年）の中で、この「秩序」は批判者たちが誤解したような受動的秩序（ordo ordinatus）ではなく、能動的秩序（ordo ordinans）であると主張する。

〔二九〕Querkopf von Klubstick（棍棒の偏屈頭）という名前を用いて、コウルリッジは Friedrich Gottlieb Klopstock（1724–1803）の名前と作品を戯画化している。クロプシュトックはドイツの詩人で、ミルトンの『楽園喪失』の影響を受けて『救世主（*Der Messias*, 1748–73）』全一五巻を書く。コウルリッジはドイツ滞在中の一七九八年九月二一日にワーズワスと共にクロプシュトック氏を訪ね、鬘をつけたその風貌に失望する（本書第二巻「サティレインの書簡3」参照）。さらに、彼の作品についてもミルトンと比較しながら厳しく批評している（*Lects 1808–1819* II, 425–27, *TT* II, 265, etc.）。

〔三〇〕一つの著作に限定するのは難しい。シェリングは一七九七年『自然哲学に関する考案（*Ideen zu einer Philosophie der Natur*）』を出版し、その改訂版が一八〇三年に出た。この他に、一七九九年『自然哲学体系への草案序説（*Einleitung zu seinem Entwurf eines Systems der Naturphilosophie*）』がある。

〔三一〕『哲学著作集（*Philosophische Schriften*, Landshut, 1809）』。

〔三二〕『修正されたフィヒテの学説に対する自然哲学の真の関係の明示』。本章訳注一二参照。コウルリッジが本書を執筆していた時期に、所有あるいは読んでいたシェリングの書は、この他に『哲学著作集（*Philosophische Schriften*, 1809）』、『超越論的観念論の体系』、『自然哲学に関する考案』、さらに『哲学一般の形式の可能性について（*Über die Möglichkeit einer Form der Philosophie überhaupt*, 1794）』も読んでいたと思われる（*BL* (*CC*) I, 164 n）。一八一六年八月三一日付けの本屋への手紙には「シェリングの全著書がほしい」とある（*CL* IV, 665）。

〔三三〕神の啓示を言葉にして語る者の意。コウルリッジは「腹話術師」のイメージをよく使用した。たとえば、*EOT* I, 120; *Friend* (*CC*) II, 127 (I, 192); *LS*, 80.

〔三四〕『監督制度を排撃して教会統治の根拠を論ず（*Reason of Church Government Urg'd against Prelaty*, 1642）』。儀式や世俗的な権威に頼る監督制度（prelacy）を攻撃して、教会統治は霊的な内なるものによって導かれるべきであると説き、宗教上の自由を主張した論説。

〔三五〕Richard Saumarez（1764–1835）ロンドンのマグダレン病院の名誉理事長、外科医。『生理学新体系（*New System of Physiology*, 1798）』、『生理科学と物理科学の原理（*The Principles of Physiological and Physical Science*, 1812）』。コウルリッジは一八一二年七月一七日の手紙（*CL* III, 414）に次週にソマレズ氏と会う予定を記している。ここでコウルリッジが彼に言及したのは、シェリングを連想させる有機的生命論と重力概念に似たものが、ブルーノやベーメは言うに及ばず、シェリングも読んだことがない人物によって、独自に考察されていたことを明示したかったからである。

〔三六〕コウルリッジの誤記。これは『生理科学と物理科学の原理』の副題で、正しくは、「今日普及している哲学の反自然的・人為的体系の検証」である。

〔三七〕「ブラウン医学説」はDr. John Brown（1735–88）によって述べられた。彼はスコットランドの医師。エディンバラ大学で講義した。『医学原論（*Elementa medicinae*, 1780）』を著し、新治療説「ブラウニアズム（興奮性説）」を唱え、生物は興奮性を有するので無生物から区別されるとし、疾病の原因は興奮を異常に要求するような刺激であるとした。この説は一時盛んに論議され、シェリングの自然哲学にも取り入れられたという。ソマレズはこの説を、生命を原因ではなく結果にしてしまうものとして批難した。コウルリッジは一七九九年にブラウンに興味を持ち、「ブラウン医学説」について書かれた物を詳細に要約している。しかし、彼の説の機械論的観点には賛同できなかった。

〔三八〕Simon Grynaeus（1493–1541）スイスの人文主義学者、宗教改革者。フェリンゲンドルフで生まれ、バーゼルで死去。ウィーンとヴィッテンベルクの大学で神学を修めた後、ハイデルベルク大学のギリシア語教授となり、その後バーゼル大学に移り神学教授となる。アリストテレス、プラトン、プルタルコス、クリュソストモスなどの著書をラテン語に翻訳する。またギリシア語とラテン語の辞典を編纂。コウルリッジが言及した箇所については *CN* III, #3951 や *Friend* (*CC*) I, 23–24 参照。

〔三九〕John Barclay (1582–1621) スコットランドの詩人。時世を風刺、批判したラテン語の詩『サテュリコン (*Satyricon*, 1603–5)』やラテン語の政治的、寓意的小説『アルゲニス (*Argenis*, 1621)』を書いた。

〔四〇〕第3章の訳注八、第4章の訳注二〇および第12章の訳注四〇参照。引用は *Of the Lawes of Ecclesiastical Politie*, I, viii (前掲書、六二—六三頁)。コウルリッジが言及した箇所については *CN* III, #3574 参照。

〔四一〕Salvator Rosa (1615–73) イタリアの画家・版画家、詩人、音楽家。ローマで戦争画や聖堂の装飾画を描いた。一六四七年マサニエロの反政府蜂起に参加し、フィレンツェに逃れ、同地で戯曲や作曲を上演。六三年頃ローマに戻る。作品には南部イタリアの風景や戦争画が多い。荒々しい自然を表現した彼の風景画は、十八世紀後半にイギリスで流行し、「ピクチャレスク」趣味の原型となった。詩人としては、ソネット、カンタータなどのほか諷刺詩がある。引用されているのは、*La Musica: Satira* I (一〇—一五行)。なお、引用中の「アプレイウス」は、古代ローマ時代の詩人・哲学者。彼の主著の一つ『黄金のロバ』(原題『変身譚』) は、主人公ルキウスがひょんなことからロバに変身してしまい、様々な体験をするという内容。

第10章

〔一〕ここに記されているように、esemplastic はコウルリッジ自身の造語で、ギリシア語の eis (の中へ)、en (一つ)、plattein (作る) を組み合わせた語。第13章梗概でも「想像力」を言い換えて「一つに形成する力（エゼンプラスティック・パワー）」と表現している (二四九頁)。*OED* の初出例は『文学的自叙伝』からのもの。コウルリッジはこの語を、ドイツ語の Einbildungskraft (想像力、構想力) と同義と考えたが、これはコウルリッジの誤解である。この場合ドイツ語の ein は「一つ」ではなく「中に、中で」を意味し、一般的には「〔心の〕中に作る、思い描く」の意味。しかしシェリングは、「多数のものを一つに構成する」という意味で In-Eins-Bildung という用語を用いており、これは esemplastic と同義である。

〔二〕 狐狩りはイギリス上流階級の人々の間で古くからおこなわれている野外スポーツで、狐を狩ると記念としてその尾を集めた。

〔三〕 「程度」と「種類」の区別は、アリストテレスの時代からすでに哲学的問題であったが、コウルリッジは、我々の日常的な認識の中では対照的、異質的と考えられるものが、「種類」においては同一なものであり得ること、また単に「程度」の差と考えられるものが、哲学的認識においては「種類」の差であり得ることを考察する必要性を説いている。具体的に言うならば、湯は温かく氷は冷たいが、氷の融解熱や凝固熱（潜熱）、あるいは氷自体における温度差などを考えると、一般的表現における温と冷とは、「熱」という同一の「種類」における「程度」の差となる。第4章訳註一九参照。

〔四〕 「感覚的」と訳した"sensuous"という語は、ミルトンの『イングランドの宗教改革について（*Of Reformation in England*, 1641）』で初めて用いられたとされる。また彼は『教育について（*Of Education*, 1644）』の中でも、詩を論理学と比較し、繊細さや細やかさには劣るが「より素朴で感覚的（sensuous）で情熱的である」と述べている。なお、コウルリッジは、この"sensuous"を、ドイツ語の"*empfindlich*"の概念を訳出するために用い始めた。

〔五〕 コウルリッジの「理性」と「悟性」の区別については、第9章訳注一八参照。

〔六〕 コウルリッジは、カントやフィヒテあるいはシェリングの超越論的哲学以前の哲学の方法に言及している。

〔七〕 『新救済論（*A New Theory of Redemption, upon Principles Equally Agreeable to Revelation and Reason*, 1789）』のタイトル・ページに著者の名前は明記されていないが、『クリティカル・レヴュー』誌の書評には、サマセットシャーのオールド・クリーヴの教区牧師ジェイムズ・ニュートン（James Newton）の名が挙げられている。

〔八〕 ヨハネの黙示録、第一七章の「緋色の大淫婦」のことか。「わたしは、赤い獣にまたがっている一人の女を見た。……女は紫と赤の衣を着て、金と宝石と真珠で身を飾り、忌まわしいものや、自分のみだらな行ないの汚れで満ちた金の杯を手に持っていた。その額には、秘められた意味の名が記されていたが、それは、『大バビロン、みだらな女たちや、地上の忌まわしい者たちの母』という名である。」（三―五節）

〔九〕 コウルリッジはケンブリッジ時代、ウィリアム・フレンド（William Frend, 1757–1841）の影響でユニテリアンになり、一時はユニテリアン派の牧師になることも考えた。ユニテリアンとは、父なる神・子なるキリスト・聖霊を一体と見なす三位一体（trinity）の考えを否定し、キリストの神性を認めず、神を単一にして不可分の力と見なす立場をとるキリスト教の一派。異端的見解とされたにもかかわらず、信仰における理性の働きや自由を重視する姿勢は、十八世紀の時代思潮に合致し、当時の多くの人に支持された。ただユニテリアンが法的に信仰の自由を認められたのは、一八一三年になってからのことである。

〔一〇〕アメリカのヴァージニア州産の、黄金色をした強い臭いの煙草。

〔一一〕フランス革命時のジャコバン派が標榜していた過激急進的な共和主義。

〔一二〕原語は“democracy”で、ギリシア語の「dēmios（民衆）」と「krātos（支配）」に由来する。当時この言葉は、専制君主政治、貴族政治、あるいは寡頭政治と対比されて用いられていたが、今日的な「民主主義」が持つ平等主義とか国民の自由と権利の尊重といった意味合いはまだあまりなかった。

〔一三〕断食日（fast days）反対論を掲載した『ウォッチマン』第二号の発行日（一七九六年三月九日）は、ちょうど四旬節（Lent）の時期、国教会が定めた特別な断食日にあたった。四旬節とは、キリスト教で復活祭（Easter）前の四十日間、荒野のキリストを記念するために断食が行なわれる期間。コウルリッジは大方の非国教徒と同様に、特別な断食日をもうけることを、英国国教会の時代錯誤の習慣として反対した。多くの貧しい人々の日常の食事が、富裕階級にとっての断食日の粗食でしかないような現状にあって、こうした習慣を強いる不合理を唱える彼の主張は真摯なものであったが、宗教的な問題を面白おかしく辛辣な語り口で論じたことで、生真面目な読者から不興を買うことになった。

〔一四〕第3章訳注三一参照。

〔一五〕具体的には小ピット内閣がフランス革命による国内の動揺を防止するために議会に提出した「反逆行為法案」（Treasonable Practices Bill）と「扇動集会法案」（Seditious Meetings Bill）のこと。小ピットはこの二つの法案を一七九五年に成立させ、国王や政府に対する侮辱や批判を含む内容の執筆、出版、談話、説教を反逆罪と見なし、反政府活動の取り締まりの重要手段として利用した。

〔一六〕実際は一〇号で廃刊。

〔一七〕John Parsons という名の本屋に言及。コウルリッジは手紙で彼のことを“rogue”（ごろつき）呼ばわりしているが、ここでもそれに類するような表現が伏字にされていると考えられる。*CL* I, 368 参照。

〔一八〕当時は、借金を返済できない債務者を投獄する "Debtor's Prison" と呼ばれる刑務所があった。

〔一九〕トマス・プールのこと。サマセットシャーのネザー・ストーウィ（Nether Stowey）に住む製革業者で地元の名士。しばしばコウルリッジを経済的にも援助し、彼の生涯の友となった。

〔二〇〕フランス革命に伴って一七九三年から一八〇二年にかけて行なわれた、革命に干渉しその脅威を取り除くための対仏戦争。一八〇二年のアミアンの和約によって一時的に和平が成立するが、ナポレオンが皇帝になるに及んで再び戦争となる。

〔二一〕コウルリッジが、トマス・プールの用意してくれたネザー・ストーウィの家に引っ越したのは一七九六年一二月末、フランスが実際にスイスに侵攻したのは一七九八年三月。「ロンドンのある朝刊紙」とは『モーニング・ポスト』紙のこと。第1章訳注三〇参照。なお、コウルリッジの反ジャコバン主義言明に関するセルウォールの批判については、B. R. Pollin, "John Thelwall's Marginalia in a Copy of Coleridge's *Biographia Literaria*," *Bulletin of the New York Public Library* 74 (1970), 73–94 参照。

〔二二〕ウィリアム・ピット（通称「小ピット」William Pitt, the Younger, 1759–1806）は、一七八三年、二十四歳でイギリス最年少の首相に任命された。フランス革命に対しては、当初は傍観していたが、革命が激化するにつれ警戒心を強め、諸国を糾合してフランスに対抗した。国内的には革命がイギリスに波及することを恐れ、人身保護律の停止や煽動集会法の制定など反動的政策を採った。フォックス（Charles James Fox, 1749–1806）は、ホイッグ党の首領で反ピットの急先鋒。フランス革命が勃発するとこれを支持し、ピットの対フランス戦争と弾圧政策に反対し続けた。

〔二三〕英語の "fig" だけでなく、「イチジク」を意味するいくつかのヨーロッパの言葉は、イチジクと女性器が類似していると考えられたために、親指を人さし指と中指の間にさし込む下品な軽蔑のしぐさをも表わすようになった。ここでも、"sycophants" は、時の政府に反抗する姿勢を示す行為として「下品な軽蔑のしぐさ」をする者を密告する人、という意味も担っていると考えられる。

〔二四〕一八一五年六月のワーテルローの戦いにおけるナポレオンの敗北に言及している。

〔二五〕ナポレオン没落後の一八一四年にスペイン王に復辟したフェルディナンド七世（1784–1833）が、それまでの民主的改革を否定されたことに言及している。

〔二六〕 士師記第五章二〇節（一部改変）。シセラは、イスラエル人に敵対し彼らを支配するカナンの王ヤビンの将軍。女預言者デボラの預言どおり、最後は一人の女性に殺された。

〔二七〕 Edmund Burke（1729-97）はアイルランド出身の政治家。『現在の不満の原因の考察（*Thoughts on the Cause of the Present Discontent*, 1770）』では、ジョージ三世が議会の権利の制限と王権の拡張をもくろんでいるとして王を非難した。『フランス革命の省察（*Reflections on the Revolution in France*, 1790）』では、血を流さずに自由と議会政治を確立した名誉革命を称賛する一方、フランス革命の流血を非難し、その原因をルソーらの主張した自然法や自然権の考えに基づく平等主義に求めた。また、十八世紀後半に注目を集めた美学的概念「崇高」（the sublime）を論ずる彼の『崇高と美の観念の起源（*A Philosophical Enquiry into the Origin of our Ideas of the Sublime and Beautiful*, 1757）』は、美学史上重要な著作。

〔二八〕 アイルランド出身の詩人・小説家・劇作家、オリバー・ゴールドスミス（Oliver Goldsmith, c. 1730-74）の未完の詩『返報（*Retaliation*, 1774）』の中の、バークを描写した一節（一部改変）。ゴールドスミスはバークの友人で、共にダブリンのトリニティー・コレッジで学んだ。ちなみに現在この大学の正門前に、この二人の銅像が左右に並び立っている。

〔二九〕 カトリック解放を主題とする六通の手紙で、署名は「アイルランドのプロテスタント」。*EOT* II, 373-417 に収録。

〔三〇〕 ギリシア・ローマ神話に出てくる、頭が三つで尾が蛇の、地獄の門の番犬。

〔三一〕 スピノザのことを「スパイ・ノーズィ」と聞き違えたもの。「スパイ・ノーズィ」は「鼻の大きいスパイ」という意味であり、「詮索好きなスパイ」という意味もこめられている。ただし、この聞き違えのエピソードに関する信憑性については疑う向きもある。

〔三二〕 第2章三〇頁参照。

〔三三〕 封建反動の打倒を目指し、一五二四年から二五年にかけてドイツの南西部を中心に起こった大農民一揆。農民は農奴制の廃止や封建的賦課の軽減などの一二ヵ条の要求を領主に突きつけた。一時は南ドイツの三分の二を制圧したが、当初同情的だったルターは、一揆の過激化・革命化に伴い、諸侯による武力的鎮圧を支持した。結局、一揆の急進的指導者ミュンツァー（Thomas Müntzer, c. 1489–1525）は捕らえられて斬首され、農民軍は地域的分裂と内部対立のために諸侯・領主の軍によって完全に鎮圧された。

〔三四〕 十六世紀に起こった急進的な新教の一派。スイスやドイツに始まり、一五三〇年代にはイングランドにも伝えられた。無自覚のうちに行なわれる幼児洗礼を無効とし、成年に達してから自覚的な洗礼を受けるべきだと主張。無抵抗主義・財産共有・一夫多妻などを唱え、国家権力の干渉を一切否定したために、信者数は決して多くはなかったにもかかわらず危険思想と見なされ弾圧された。

〔三五〕 一六四七—六〇年まで。チャールズ一世の専制政治に反対した清教徒（ピューリタン）を中心とする議会派が王党派と衝突して、一六四二年に内乱が勃発。チャールズ一世は一六四六年にニューアークでスコットランド軍に捉えられ、翌年初めに議会派に引き渡され投獄された。四七年一一月には脱走してワイト島に逃れスコットランド軍と手を結ぶことに成功するが、結局議会派に敗れ、四九年処刑される。その後一六六〇年にチャールズ二世が即位して王政が回復されるまで、クロムウェル（Oliver Cromwell, 1599–1658）独裁の共和制となった。

〔三六〕 ジョン・ミルトンが一六四六年頃に書いた短詩、「長期議会にはびこる、新しい良心弾圧者たちに（'On the New Forcers of Conscience under the Long Parliament'）」二〇行（一部改変）。

〔三七〕 一六四三年、長期議会（Long Parliament）とスコットランドとの間に結ばれた協定。清教徒革命時に、チャールズ一世の専制政治に対抗するために結ばれた。スコットランド側は、監督制度（Episcopacy）の強制をやめること、そして長老派教会の制度をイングランドとアイルランドに導入することを要求した。

〔三八〕 自分たちの宗教を守るために、十六世紀から十七世紀にかけて盟約（convenant）を結んだスコットランドの長老派。一五五七年、長老派の指導者たちが旧教の支配に対抗するために盟約を結んだことに始まる。一五八一年に改めて盟約が結ばれ、長老主義のもとに結束が確認された。その際、スコットランド王ジェイムズ六世（後のイングランド王ジェイムズ一世）も署名している。一六三八年にはチャールズ一世によるスコットランドへの監督制強制に対抗して国民盟約（National Covenant）が結ばれた。さらに清教徒革命時の四三年には、イングランドの議会派とも同盟関係を築くために厳粛同盟（Solemn League and Covenant）が結ばれた。

〔三九〕 A thing in itself（独 Ding an sich）. カントの用語。本体（noumenon）とも呼ばれる（第9章訳注二五参照）。経験を超えた超感性的存在であるが、同時に我々が経験することができる現象（phaenomenon）の源泉となる「物そのもの」。超越論的客観（transcendental object）とも。カントによれば、「物自体」は現象界には現れず、我々はそれ自身を決して認識できないが、思惟可能な対象であり、また現象の背後に存在すると考えざるを得ない思惟の要請である。「物自体」に関しては「プロレゴーメナ」『カント全集』第六巻、二七三―七四頁他参照。

〔四〇〕 *Der einzig mögliche Beweisgrund zu einer Demonstration des Daseyns Gottes*, 1763. 出典はカントの同著第一部第四考察の「注意」より。コウルリッジはヤコービ（Friedrich Heinrich Jacobi, 1743–1819）の『スピノザの教え（*Über die Lehre des Spinoza*, Breslau, 1789）』に引用された形のまま、カントのこの部分を引用しているが、頁数はカント『論考集（*Vermischte Schriften*）』に依拠している。ただし※※の間の一文はカントの原典には見られない。この引用に相当する文章は『カント全集』第三巻三七頁および Immanuel Kant, *Theoretical Philosophy, 1755–1770*, tr. David Walford and Ralf Meerbote（Cambridge University Press, 1992）I, 133 に見られる。

〔四一〕 デカルトは、実体を「それ自身によって存在するもの、その存在のために他物を必要としないもの」と定義し、精神と物体を無限実体たる神に依存する二つの有限実体と考えたが、スピノザはそのデカルトの考えをさらに推し進めて、神（＝自然）を唯一の実体とした。そして精神と物質は相互に独立したものと考えるデカルトの二元論的見方を否定し、精神の属性である思惟も物質の属性である延長も唯一の実体である神のもつ無限の属性のうちの、人間が知りうる二属性にすぎないと考えた。このようにスピノザは、唯一の実体である神の永遠にして絶対に無限なる性格を強調し、神即ち自然（deus sive natura）という汎神論を提唱した。コウルリッジが「無限性」と言っているのは、このスピノザが強調する神の無限性を指している。一方パウロやヨハネの言説に典型的に見られるキリスト教的神は、スピノザの考えるような内在的な神ではなく、超越的な神で、かつ人格神である。コウルリッジが「人格」と言うのは、そのような典型的なキリスト教の人格神論に言及している。

〔四二〕 コウルリッジはここで、創造・三位一体や受肉のような聖書に物語られているキリスト教の神秘は、啓示によってのみ示されると考える啓示宗教的な立場から離れ、「三位一体の理念」や「創造的知性としての神」という表現にうかがえるように、それらの神秘を自然宗教的に捉えようとしていたことを語っている。また、このすぐ後で、「理性において」キリストの「受肉や贖罪を、超然たる神と両立させることはできませんでした」と、この時点の自己の精神的境位を把握し記している。彼のキリスト教に対する「疑念」は、聖書が物語る「救いの営み」の骨格をなす受肉・贖罪を、神の愛として理性的に理解できなかったということと重なっている。

〔四三〕 聖アウグスティヌス（St. Augustine of Hippo, 354-430）は『告白録』第七巻第九―二一章にかけて、プラトン派のロゴスの説をキリスト教の教義と比較し、後者の優位性を認めている。

「そこで、あなたはまずはじめに、わたしに、どのように『あなたが高慢な者を退け、謙遜なものに恵みを与えたもう』かを、また『あなたの言が肉体となり人の間に住んだ』ということにより、いかに大きなあなたの憐れみが人間に謙遜の道を示されたかを、明らかにするために、恐るべき傲慢の膨れあがっていたある人物を通して、ギリシア語からラテン語に翻訳されたプラトン派の書物を、わたしのために準備されました。」（宮谷宣史訳『告白録』上、『アウグスティヌス著作集』第五巻I、教文館、一九九三、三四四頁）

「プラトン派の書物」は、おそらくプロティノスやポルフュリオスの書物かと思われる。また『告白録』第七巻二一章には次のようにある。「あのプラトン派の書物のなかで読んだ真実なことは、ことごとく聖書の中にあり、あなたの恵みに対する賞賛とともに語られていることを見出しました。」（前掲書、三六九頁）

〔四四〕 ジョサイア（Josiah Wedgwood, 1769-1843）とトマス（Thomas Wedgwood, 1771-1805）は、十八世紀の著名な陶磁器製造業者ジョサイア・ウェッジウッド（Josiah Wedgwood, 1730-95）の息子。ウェッジウッド兄弟はトマス・プールを通じて、コウルリッジの経済的な窮状を知り、生涯にわたって年一五〇ポンドの援助を約束し、コウルリッジはそれを受け入れた。一八〇五年に弟トマスが死去した際、その遺言書の中で彼の負担分を今後も支払い続けることが明記されていた。しかし一八一二年、兄ジョサイアは当時行なわれていた英米戦争のために大きな経済的な損失を蒙り、彼の負担分は打ち切られることとなった。

〔四五〕 Ulfilas（c. 311-83）はニコメディア（現トルコのイズミット）の司教で、西ゴート人のために聖書を翻訳した。またギリシア語を基に、ラテン語を幾分参考にして、ゴート語のアルファベットを創ったと言われている。

〔四六〕 ドイツ南西部の地方で、中世の公国。ちなみにテオティスカ語（Theotiscan）は、ドイツ語を意味する中世ラテン語 Lingua Theotisca に由来する。

〔四七〕 十二・十三世紀を中心にドイツで活躍した一群の抒情詩人。その主な主題は、騎士がその主君の夫人に対して抱くプラトニックな恋愛であるが、政治、道徳、宗教なども扱われることがあった。プロヴァンス語で同じく恋愛を中心に歌った南フランスの吟遊詩人（トルバドゥール）の影響を受けている。最も重要で代表的なミンネジンガーとして、十三世紀に活躍し、ゲーテ以前のドイツ最大の詩人と言われるヴァルター・デル・フォーゲルヴァイデ（Walther von der Vogelweide, c. 1170–1230）の名が挙げられる。

〔四八〕十五・十六世紀頃のドイツに現れた職業的詩人兼歌人。靴屋や仕立屋などの手工業者を中心として、他の職業の同職組合（ギルド）と同じような歌人のための階級的組合が組織され、作詩、作曲、歌唱の優れた者がマイスターとなった。

〔四九〕コウルリッジは「明けの明星（'The Morning Star'〔原題 'Wie Schön leucht uns der Morgenstern'〕」がザックスの作品だと述べているが、作詞者は不詳。ちなみにバッハは、フィリップ・ニコライ（Philipp Nicolai, 1556–1608）作曲の同名の曲を基にカンタータを作っている。コウルリッジは、この「明けの明星」を、ザックスがルターを称えて書いた「ヴィッテンベルクのうぐいす（'Die Wittenbergisch Nachtigall' 1523）と混同している。

〔五〇〕例えば、"chemikalisch"（chemical）、"Konvertierung"（conversion）、"rosenfarbig"（rose-coloured）など。

〔五一〕ヨーロッパ中東部の、オーデル川中上流域に広がる地方で、かつてはドイツの一部であった。現在はポーランド領とチェコ領に分かれる。シロンスク、あるいはシュレジエンとも。

〔五二〕ドイツ「古典主義」前期の作家たち。ゲレルト（Christian Fürchtegott Gellert, 1715–69）は、ライプチヒ大学で詩学、倫理学、修辞学を講じるかたわら、ドイツの近代小説の端緒となる作品を創作した。クロプシュトックは、ドイツ近代抒情詩の父（第9章訳注二九参照）。ラムラー（Wilhelm Ramler, 1725–98）は、古典詩の韻律・形式の模倣に優れていた。レッシングはドイツ啓蒙主義の作家。コウルリッジはドイツ留学中と帰国直後に、彼の評伝を書くつもりで熱心に研究し、高く評価していた。

〔五三〕スペンサー・パーシヴァル（Spencer Perceval, 1762–1812）は一八〇九年、ポートランド公が健康上の理由で首相を辞任した際、その後継者に指名された。パーシヴァル政権は、対外的には小ピットの遺志を継いで対仏戦争を続行する一方、国内的には戦争による経済不況に直面し、その対応にも力を注いだ。一二年五月一一日、破産したために政府を恨んでいた人物によって、下院控室で撃たれた。イギリス史上、唯一の暗殺された首相。

〔五四〕リヴァプール伯（Robert Banks Jenkinson, 2nd Earl of Liverpool, 1770-1827）を首班とした政権（一八一二—二七）。

〔五五〕グレンヴィル（William Wyndham Grenville, 1759-1834）は、従兄であるピットのもとでいくつかの要職を歴任し、外相在任中（一七九一—一八〇一）は首相ピットの意向に従い対仏強硬策を推し進めた。一八〇六年、ピットの死に伴い、チャールズ・ジェイムズ・フォックスと共に内閣を組織し首相に就任したが、フォックスの急死によって翌年内閣は瓦解した。

〔五六〕「フィリップ二世下のベルギー地方の革命」とは、十六世紀後半に始まった、スペイン・ハプスブルク家フィリップ（フィリペ）二世の圧制に対するネーデルラント地方の独立運動のこと。この運動の初期の中心は現在のベルギーにあたる南部の十州であったが、次第に運動は北部七州も巻き込んで全域的な独立戦争（一五六八—一六〇九年）に発展した。しかし途中、カトリックの影響が残る南部とカルヴァン主義がかなり浸透していた北部との宗教的対立と経済的利害の不一致のために南部十州は独立戦争から離脱し、北部七州のみユトレヒト同盟を結成して独立のための団結を誓い、一五八一年に独立を宣言し、ネーデルラント連邦共和国（オランダ）が成立した。「一世代前のフランスでの内乱」とは、フランス国内の旧教徒勢力と新教徒勢力との間の対立に王権を巡る政治的闘争が絡んだ、いわゆるユグノー戦争（一五六二—九八年）。スウェーデンにおける「もっと最近の出来事」は、スウェーデン国王で対ナポレオン強硬派であったグスタフ四世アドルフが、ナポレオン戦争に敗北し、さらにロシアとの戦争にも敗北を喫し、その結果一八〇九年に立憲革命により廃位させられたこと。スペインの出来事とは、ナポレオンによるスペイン支配に対して、一八〇八年スペイン国民が激しく抵抗し反乱を起こしたことを指す。

〔五七〕谷間の声が反響すると一種の増幅現象が起こり、何倍もの音になって聞こえる。第2章三〇頁「猛り狂う雄牛」参照。

〔五八〕*LS*, 144にも「大衆に迎合する人たち」(mob-sycophants)の表現がある。本章一六〇頁の“sycophants”（ここでは「密告者」と訳した）の意味に関するコウルリッジ自身の説明及び訳注一三参照。

〔五九〕カートライト（William Cartwright, 1611-43）は、イギリスの神学者、詩人、劇作家。ベン・ジョンソン（Ben Jonson, 1572-1637）の影響を受けた、いわゆる「ベンの息子たち」の一人。『王様の奴隷（*The Royal Slave*, 1636）』

は、彼の最も成功した戯曲。

〔六〇〕 Louis Antoine Henri de Bourbon-Condé, Duc d'Enghien（1772–1804）. ブルボン家の血を引くコンデ公の息子。ナポレオンはブルボン家を威圧するため、彼を無実の罪で捕らえ処刑した（一八〇四年三月二一日）。

〔六一〕 一七九九年のいわゆる「ブリュメール一八日のクーデター」でナポレオンにより倒された総裁政府の後に成立した政府。統領政府ともいう。三人の執政（統領）をおき、そのうち強力な行政権や宣戦講和権、陸海軍統帥権を握った第一執政（任期一〇年）にはナポレオンが就任した。名目上は共和制であるが、実質的にはナポレオンによる独裁的色彩が濃い。その後一八〇二年に国民投票によりナポレオンは終身執政となり、一八〇四年には皇帝となるに及んで、執政政府は解体し、名実共に共和制は終わる。なお、『モーニング・クロニクル』紙に「その主張を撤回することを余儀なくさ」せたとコウルリッジが考えるのは、おそらく、『モーニング・ポスト』紙の一七九九年一二月七、二六、二七、三一日号に掲載された彼の論文「フランスの憲法について」を念頭に置いてのことであろう。*EOT* I, 31-57 参照。

〔六二〕 前者は一八〇二年九月二一、二五、二九、一〇月二日の四回にわたって『モーニング・ポスト』紙に、また後者は同紙の一〇月一二日号に載せられている。*EOT* I, 311-39, 359-66 参照。

〔六三〕 一八〇九年一二月から一〇年一月にかけて八回にわたって『クーリア』紙に掲載された「スペイン国民に関する書簡」。*EOT* II, 37-100 参照。「ネーデルラント北部七州同盟がフィリップ二世に対して起こした戦争」については本章訳注五六を参照。

〔六四〕 英国の植民地だったマルタは、一時ナポレオン率いるフランス海軍の手に落ちたが、一八〇〇年ネルソンの英国海軍がこれを奪取。英国は地中海支配権を回復し、マルタはシチリアとともにその拠点となっていた。当時マルタの海軍審判法廷弁護人として任命されたジョン・ストッダード卿（Sir John Stoddard, 1773–1856）からの勧めもあって、コウルリッジは療養目的で一八〇四年五月から翌年の九月下旬までこの島に滞在した。そこでマルタの総督アレグザンダー・ボール卿（Sir Alexander Ball, 1757–1809）と懇意になり、彼に要請されて、急死した秘書官の後任が来るまでのあいだ彼の秘書官を務めることになる。

〔六五〕 Gaius Valerius Flaccus, *Argonautica*, I, ll. 29–31（LCL 286, pp. 4–5）. ヴァレリウス・フラッカスは一世紀のローマ

の文法家。アウグストゥス・ティベリウス時代に活動し、アウグストゥスの孫 Lucius Gaius の教師となる。

〔六六〕 Manuel Philes（c. 1275–1345), *De animalium proprietate: De aquilis*, ll. 12–13. フィレスはビザンティウムの詩人。

〔六七〕 実際に改訂して出版された三巻本の『友』には、それらの記事は部分的に用いられているだけで、そのままの形では含まれていない。

〔六八〕 引用はクラウディウス・クラウディアーヌス（Claudius Claudianus, c. 370–c. 404）の 'Phoenix' からの一節。彼はアレクサンドリア出身のローマの詩人。西ローマ帝国のホノーリウス帝に仕え、皇帝を称える多くの詩を書いた。この一節は一八一二年版および一八年版の『友』の題辞にも用いられている。

〔六九〕 ヨブは旧約聖書「ヨブ記」の信仰心厚い人物で、様々な不幸にも関わらず忍耐強く神への信仰を持ち続ける。彼が財産を失い、子供達を失い、恐ろしい病気に苦しんでいるとき、三人の友が彼を見舞いに来る。彼らは、すべての苦難は罪に対する罰なのだから、悔い改めるならばその苦難は去るだろうと主張するが、ヨブは自分にやましいところは何一つないといって反論する。「ヨブの慰安者（Job's comforter)」という言葉は、うわべは相手を慰めるように見せて、実際はかえって一層悲しませるような人のことを意味する慣用句になっている。

第11章

〔一〕 Samuel Whitbread（1758–1815） 英国の有名な醸造業者の息子。ホイッグ党の政治家。ホイッグ党の自由主義路線を確立した政治家フォックスと親しく、救貧法改正、奴隷の解放、宗教的寛容、教育制度の改革、憲法改正など急進的政策を主張し、対仏和平などで野党の先頭に立った。後年ドルリー・レーン劇場の経営に関わり、鬱病を患って自殺した。

〔二〕 William Whitehead, *A Charge to the Poets*, 1762. ホワイトヘッド（1715–85）は劇作家として成功し、一七五七年に桂冠詩人となったが、その後酷評を受け、これに対する反論としてこの詩を書いた。

〔三〕 ロバート・サウジーと考えられる。

〔四〕 キケロ（Marcus Tullius Cicero, 106 B.C.–43 B.C.）は政治家、クセノフォン（Xenophon, c. 427 B.C.–354 B.C.）は軍人でもあった。またトマス・モア（Sir Thomas More, 1478–1535）は裁判官、下院議員としても活躍し、大法官とな

る。ベーコンも法律家、下院議員、枢密顧問官などを経て大法官となった。バクスター（Richard Baxter, 1615–91）は穏健な非国教会牧師として説教や公開討論を行ない、清教徒的道徳の実践の普及に努める一方で、『聖者の永遠の安らぎ（*Saints' Everlasting Rest*, 1650）』や『改心した牧師（*The Reformed Pastor*, 1656）』を著した。ダーウィン（Erasmus Darwin, 1731-1802）は詩人であると同時に博物学者であり、医師としても活躍した。また歴史学者ロスコー（William Roscoe, 1753-1831）も『ロレンツォ・デ・メディチ伝（*Life of Lorenzo de' Medici*, 1796）』や児童書などの詩集を出版しているが、弁護士や銀行家としての経歴を持っている。

〔五〕洗礼、婚礼、葬儀などの儀式。

〔六〕イギリスの小説家フィールディング（Henry Fielding, 1707–54）の『ジョゼフ・アンドリューズ（*The History of the Adventures of Joseph Andreus, and of his Friend Mr Abraham Adams*, 1742）』に出てくる無教養な田舎牧師。

〔七〕ウェルギリウス『アエネーイス』第三歌三四三行。語り手はヘクトールの妻であったアンドロマケ。彼女がアエネーアスの子アスカニウスの安否を尋ねて、彼の父がアエネーアスであり、伯父が亡き勇者ヘクトールであることが、彼を励まして勇気を与えてくれているだろうか、と問うている部分。アエネーアスの妻がヘクトールの妹である。

〔八〕シェイクスピア『ハムレット』第一幕第四場、四〇—四一行。ハムレットが父の亡霊に呼びかける言葉「清められた霊にせよ、呪われた悪鬼にせよ、天の清風を吹かせるにせよ、地獄の毒気をもたらすにせよ」をもじったもの。

〔九〕Johann Gottfried Herder, *Briefe, das Studium der Theologie betreffend* (2 vols., Frankfurt & Leipzig, 1790), I, 371. ヘルダーはドイツの思想家、文学者。初め医学を学ぶが、のちに神学を修めた。リガのカテドラル・スクールで教鞭を取る傍ら『新ドイツ文学批評断章（*Fragmente über die neuere deutsche Literatur*, 1767）』、『批評の森（*Kritische Wälder*, 1769）』などの文学評論を執筆。のちにゲーテの推挙によりワイマールの教会監督長および説教者となった。シュトゥルム・ウント・ドランク運動に力を与え、ロマン主義にも影響を及ぼした。主著は『人類の歴史哲学考（*Ideen zur Philosophie der Geschichte der Menschheit*, 1784–91）』。文化史、言語、美学などに関する諸著に加えて、諸国の民謡を集めた *Stimmen der Volker in Liedern*（1778–79）という編著もある。

〔一〇〕原語はドイツ語。コウルリッジは次の原注にこのヘルダーの文章の彼自身による英訳を付している。本書ではこの英訳を訳出した。

第12章

〔一〕ヤコブ・ベーメ（第9章訳注一〇参照）あるいはスウェーデンボルク（Emanuel Swedenborg, 1688–1772）を指していると推測される。前者については*CL* III, 278、後者については*CL* III, #3474参照。

〔二〕Joachim Camerarius, *Symbolarum et emblematum ex re herbaria desumtorum centuria* No.93（1590, etc）に用いられたエンブレム（寓意画）に付けられた銘の異形。

〔三〕コウルリッジはこのような還元を機械論哲学の特色であるとしている。

〔四〕「人為的」意識と「自然的」意識の対比については、シェリング『超越論的観念論』（*SW* III, 345; *STI* tr. Heath, 9; 赤松訳『先験的観念論』一〇頁）参照。

〔五〕『エネアデス』三・八・四（『プロティノス全集』第二巻、四三〇頁参照）。またA. H. Armstrong, tr., Plotinus, *Enneads* III (LCL 442), 369参照。

〔六〕カント以降、主に認識論の中で用いられるようになった語で、日本では、九鬼周造が『西洋近世哲学史稿』（一九四八）でこれらの訳語を提起して以来、次第に普及した。人間の認識または自由行為が成立するために、あらかじめ備わっている認識の可能性の条件ないしは認識の仕方に関する概念や判断の特徴を示す。

「超越論的」は、「事象的」の対概念を表す。この用語については、カントの『純粋理性批判』の次の箇所を参照。「諸対象に専念〔関与〕するというよりも、むしろ諸対象についてのわれわれの認識の仕方——この認識の仕方がアプリオリに可能であるべきかぎりにおいて——に一般に専念〔関与〕するすべての認識を、私は超越論的と呼ぶ」（有福孝岳訳『純粋理性批判』、『カント全集』第四巻、八七頁）。また「超越的」については次の文章がある。「私の理解する超越的諸原則とは、あのすべての境界標を引き倒すこと、そもそもいかなる境界設定をも認めないまったく新しい地盤を自分のものと僭称することを、われわれに不当に要求する現実の諸原則である。だから、超越論的と超越的とは同一ではない」（同全集第五巻、一三頁）。

〔七〕Samuel Johnson, *A Dictionary of the English Language*（1755）によるこの二語の定義は次の通り。

Transcendent. *Adj*. Excellent; supremely excellent; passing others.（非常に優れた）

Transcendental. *Adj*. 1. General; pervading many particulars.（一般的、多くの個に行きわたっている）2. Supereminent; passing others.（抜きん出て素晴らしい）

〔八〕 コウルリッジは読者とのこの約束を忘れたのか、改訂版において実行しなかった。

〔九〕 Henri Estienne or Henricus Stephanus（1531–98）, *The Thesaurus graecae linguae*（5, 1572）. 収録語数最大のギリシア語の辞書。*Classical Journal* を発刊した Abraham John Valpy（1787–1854）らが編纂し直し、一八一六―二八年に一二巻本で再出版された。

〔一〇〕『エネアデス』（前掲書、四三〇頁、及び *Enneads* III, 368–73）参照。ただ黙して観て〔理解して〕いるうちに、観照的な本性を持つもの、つまり「観照の形相」が生じてくる、というプロティノスの言葉に依拠して、コウルリッジは、このような理解こそが「直観知」であることを示唆している（彼はギリシア語の「テオレーマ（観たもの）」を intuition すなわち直観的認識と訳している）。自然が行なう無言の創造と人間の直観知との類比は、魂と蝶の両方を表すギリシア語 psyche を用いた創造的変身の説明においても見られ（第4章八一頁）、またそのイメージ・思想は本章の「空気の精」（air-sylph）のシンボル（二一五頁）としても表れている。

〔一一〕 Synesius［Synesios］（c. 370–414）, Hymn, III, 227–28; Synésios de Cyrène, *Hymnes*, tr. Christian Lacombrade（Paris: Les Belles Lettres, 1978）, p. 50. シネシオスはギリシアの哲学者。初めプラトン学派に属したが、のちにカトリックに改宗し、プトレマイス（リビア）の司教となった。

〔一二〕『エネアデス』五・五・八（『プロティノス全集』第三巻、四八一―八二頁参照）。

〔一三〕 この文を含むこの段落の終わりまでは、シェリングの『知識学の観念論』（*Phil Schrift*, 327–28; *SW* I, 442–43）に依拠するところが大きい。さらに次の段落以降にも、シェリング、カント、ヤコービなどからの援用が多数見られる。詳細については、一八四七年版のセアラ・コウルリッジの注（*BL 1847* I, 251 ff）および *BL*（*CC*）の注（I, 243 ff）参照。

〔一四〕 旧約聖書のヨセフ物語によれば、エジプト滞在中のイスラエル民族の一部が住んだ土地（創世記四七・6、27）。エジプト側史料にはこの地名は発見されない。ナイル川のデルタ東端の肥沃地帯を指していると思われる。

〔一五〕 ここからこの文を含むこの段落の終わりまでの十数行は、ヤコービ『スピノザの教え（*ULS*）』の p. 1 および

pp. 395–97 の数箇所に依拠している。またこのヤコービのテクストにはライプニッツからの引用が含まれている。

〔一六〕 カバラは、ユダヤ教の釈義的文献においては、トーラー（モーセ五書）以外の旧約聖書中の全文書に対する術語として用いられたが、中世にユダヤ教内の神秘主義的潮流を指す語となった。この運動はタルムード時代から今日に至るまで、実に多様な変化発展を遂げながらも中断することなく一貫した流れを形成してきた。ユダヤ神秘主義の特徴は、神と人との直接的な触れ合いに関する教えが、決して個人的・私的な宗教経験とされることなく、伝承された知および秘密の教えとして理解されてきた点にある。一二〇〇年頃からカバラの運動は、プロヴァンスからスペインへと広がり黄金時代を迎えた。聖書の言葉を神秘主義的に熟考するという注解形式を取り、また神的力が被造世界の一切のものの内に生きて活動していると考え、神性の世界の秘密を探求した。

〔一七〕 ヘルメス主義は、古代エジプトの知恵の神トートとギリシア神話の神ヘルメスが結合したヘルメス・トート（ヘルメス・トリスメギストス）の啓示として書き残されたヘルメス文書（前三世紀—後三世紀）に基づく信仰と思想。文書の大部分はギリシア語で、神智学、人間学、宇宙創世論、占星術、魔術など多様な問題にわたっている。古代キリスト教教父たちに影響を与え、近代ではブルーノやベーメなどにもその影響が見られる。

〔一八〕 原語は forma substantialis. スコラ哲学の術語。事物の「本質そのもの」あるいは「本質を構成する部分」を意味する。この両義性は本質（ウーシア）をめぐるプラトンやアリストテレス以来の議論に由来する。事物の生成消滅は質量の存在を前提とし、質量と実体的形相との結合・分離により、現実に何かであるものが実体として存在したりしなくなったりする。他方、基体となる実体に依拠して偶有的に存在する（つまり、「自存しない」）性質や量の変化は偶有的形相（forma accidentalis）によってもたらされる。人間について例を挙げれば、色白・長髪・肥満など。その人自体にとって決して本質的なものではなく、たまたまその時その人に起こっている性質にすぎないような性質は、付随的（偶有的）である。

〔一九〕 アリストテレスにおいては「完全現実態」または「完全態」と訳され、事物がある目的（telos）をもって完成に達した状態を示している。有機的生命体を完成させる力としての精神や霊魂の意味ともなる。

〔二〇〕 引用の一四行はシネシオスの原典では一五行。本文では〔 〕内の一行で *BL* で脱落している部分を補った。

〔二一〕 シネシオス『賛歌（*Hymnes*）』第三、一八五行（前掲書、四九—五〇頁）。自然のうちには絶対的で無限な唯一の実体があり、それが神である、というスピノザの考え方と重ね合わせたものと考えられる。スピノザ『倫理学（エチカ）』第一部「神について」定理一四、一五などを参照。

〔二二〕「要請」も「公準」も原語は postulate で、日本語では一般に哲学用語としては要請、数学用語としては公準という訳語が当てられている。本書でもそれに準じて訳し分けた。シェリング、『知識学の観念論の解明のための諸論考』(*Phil Schrift*, 329–32; *SW* I, 444–46)。

〔二三〕理性の省察、推論、帰結などに先立って、それらの根源に存在することを「原初的」という。「哲学」においても、この段落に記されている「数学」における「公準」(postulate) の導入のように、明証を要求されても証明不可能な命題は、学問上または実践上、その基本的構成を直接把握し、前提・原理として承認して議論の起点とせざるを得ない。この哲学における「公準」すなわち要請は、内省され主題化されるに先立って、人間主体の最も基本的・直接的な次元で直観的に解決済みのものとみなすのである。

〔二四〕外界の時空や物体・物的現象などにではなく、主体の「精神の世界」に向けられて、そこに適用対象を見出す、直接的認知を掌る感覚をいう。自己の内に（自己意識に）向けられた、対象を「自由に」直接把握する感覚といってもよい。内的感覚は外界から影響・干渉を受けることはなく、自由な行為である。コウルリッジは人間の理性をこの「内的感覚の器官」(an organ of inward sense〔*Friend* (CC) I, 156〕) であるとし、理性や想像力を神の力の関係概念であるかのように類比的に描いている。

〔二五〕『メノン』一六―一九節（八二B―八五B）には、ソクラテスとメノンの対話の中で、ソクラテスがメノンの召使いの少年に、一つの正方形の二倍の面積を持つ正方形を作るには、初めの正方形の対角線を一辺として作ればよいのだということを、地面に図形を描いて少年と問答しながら、少年自身に発見させてゆくプロセスが書かれている。加来彰俊、藤沢令夫訳『ゴルギアス、メノン』(『プラトン全集』第九巻、二七九―九一頁)。

〔二六〕デルポイのアポロ神殿に刻まれているという神託。ユヴェナリスの『風刺詩』第一一歌二七行（*Juvenal and Persius* (LCL 91), 222–23)。

〔二七〕この文章以下、二二五頁まで四段落に亘って、コウルリッジは概ねシェリングの『超越論的観念論』の「序論」第一節「超越論哲学の概念」に依拠している（*SW* III, 339–41; *STI*, tr. Heath, 5–7; 赤松訳『先験的観念論』一―六頁参照）。しかし主題文第一（二二五頁）の「偉大な預言者〔モーセ〕が、神性の裾野の〔シナイ〕山で神の幻を見たとき」（出エジプト記二四・12―18）はコウルリッジ自身の挿入。カントやシェリングに依拠しながらも、哲学の言語に宗教あるいは詩の言語を挿入しつつ論を進めるのがコウルリッジの特徴である。

　コウルリッジの哲学的基盤としての真理論・認識論を築き上げるのに、「客体」（object）、「主体」（subject）の語は必然的に相関名辞として重要な意味を担わされている。「客体」は、受動的・物質的な意味に限定された、現象を含む外的自然、「精神に提示されているもののすべて」すなわち非自己（it is）を指す。「客体」と対立的に用いられる相関名辞「主体」は、主観的なものの総体、知覚力の備わった存在、精神・人間的知性・自己（I am）を指している。このI amは、「客体」と融合することによって初めて真の自己意識となり、自己の内面と同時に外界の存在をも、真に生きて在るものとして形成する基盤となる。この意味におけるI amは、本章の命題六の原注および第13章の「第一の想像力」の定義において、the infinite I AMすなわち出エジプト記三・14における神の名「我在り」と関係付けられている。

　またコウルリッジは「真理は思想と物の合致、表現と表現される客体との合致において、普遍的に位置付けられる」と述べることにより、「オグデン＝リチャーズの意味の三角形」の思想を先取りしていただけではなく、表現に精神〔主体〕を介在させ、テクスト解釈論にも発展し得る基礎を作り上げているとも言えよう。

〔二八〕『方法序説』『デカルト著作集』第一巻、三五頁参照。引用訳は改変。

〔二九〕これに続く二つの段落は、ホラティウスからの引用も含めてシェリングの『超越論的観念論』（*STI*, tr. Heath, 8–9; *SW* III, 343–44, 赤松訳『先験的観念論』八―一〇頁）に依拠。ホラティウスの言葉はHorace, *Epistles, Satires, Ars Poetica*（LCL 194）, 316–17.

〔三〇〕この段落の最初から中頃の「機械論哲学云々」までは、シェリングの『知識学の観念論』（*Phil Schrift*, 273–74; *SW* I, 403）および『超越論的観念論』（*STI*, tr. Heath, 73; *SW* III, 427–28; 赤松訳『先験的観念論』一四二頁参照）に依拠している。

〔三一〕Nathaniel Lee（c. 1649–92）王政復古期の劇作家で、一六八四―八九年の間、精神病院に閉じ込められたが、彼を訪問する客も多く、彼の風刺的言葉は多くの本に記録されている。

〔三二〕この命題の内容には、シェリング『超越論的観念論』第一章第二節の「原理自身の演繹」と「説明」の諸処からの反映がある（*SW* III, 361-73; *STI*, tr. Heath, 21-31; 赤松訳『先験的観念論』三四―五四頁参照）。

〔三三〕この命題には、ヤコービの『スピノザの教え』（*ULS*, 426-27）、およびシェリングの『哲学の原理としての自我について（*Vom Ich als Prinzip der Philosophie*）』の第三節に類似した表現が見られる（*Phil. Schrift*, 9; *SW* I, 168、および高月義照訳「哲学の原理としての自我について」『シェリング初期著作集』一六頁参照）。コウルリッジは本章の命題全体にわたって『超越論的観念論』と、当時彼が所有していた『哲学著作集』所収の『哲学の原理としての自我』そして『知識学の観念論』の諸処を、かなり自由に援用している。またヤコービの『スピノザの教え』からの影響も、本章全体にわたって散見される。

〔三四〕James Beattie（1735-1803）　スコットランドの詩人。一七六〇年アバディーンの Marischal College の倫理学教授となる。トマス・リード（Thomas Reid, 1710-96）やドゥーガルド・スチュワート（Dugald Stewart, 1753-1828）らとともに日常的な理性としてのコモンセンス（common sense）を重視するスコットランド派を形成（本章訳注四一参照）。バークリとヒュームへの反論の書、『詭弁と懐疑主義に対抗し真理の本質と不変性を論ずる試論（*Essay on the Nature and Immutability of Truth, in Opposition to Sophistry and Skepticism*, 1770）』を著した。詩人としては、長詩『吟遊詩人（*The Minstrel*, 1771, 74, 84）』が代表作。

〔三五〕これもシェリングの影響を受けたと思われる箇所。自己意識は、主体が「直接に」客体となり「対立」を生じる行為であり、自己の二重化とも言える。神学者としてのアウグスティヌスが、自己の内的経験に真理の基礎を求めた省察の人であったのとも似て、コウルリッジの思想が『省察の助け』へと展開しているのが読み取れる。

〔三六〕Nicolas Malebranche（1638-1715）　フランスのプラトンと称された、デカルト学派の一人。『真理探究論（*De la recherche de la vérité*, 1674）』の著者。

〔三七〕ブルーノからヤコービ経由でシェリングが使っていた語を、コウルリッジが英語に取り入れたと思われる。*OED* は、この使用例を初例としている。

〔三八〕山本道雄訳「可感界と可想界の形式と原理（*De mundi sensibilis atque intelligibilis forma et principiis*）」、『カント全集』第三巻、三三四―三五頁。

〔三九〕　カントのラテン語の原語 “cognitionis intuitivae”（邦訳では「直観的認識」）を、コウルリッジは “intuitive”（直観的）を用いず “sensuous evidence”（感覚的証拠）と英訳している。このことは “intuitivae” という語の解釈において、カントとコウルリッジの間にずれがあることを示している。カントは「連続の概念と無限の概念」のような時空間的に表象できないものは「直観的認識」の対象としては不可能であると言うが、コウルリッジはむしろこれらは「感覚的証拠」の対象としては不可能であると言うべきだと考えるのである。この差異については、コウルリッジのこの原注の第二パラグラフ、および次の訳注四〇を参照。

〔四〇〕　コウルリッジはイギリス十七世紀のフッカーを始めとする思想家たちの著作を通して神学的思索を深めていた。彼は『省察の助け』において「理性とは、（偉大なフッカーによれば）真理を直接に見ること、内面を観想することである」と書いている。フッカーの『教会政治の理法』の中には、「一般に人々にとって最大の確信となるものは、真っ直ぐな目で見、直観的に眺めたものである」（I, §8; II, §7. *Of the Lawes of Ecclesiastical Politie*, 62-63, 117）という文章があるが、コウルリッジはフッカーのこれらの文章に共感するところが大きかった（第10章一四五頁および *SWF* I, 369 参照）。彼はフッカーに倣って「直観」（intuition）という語をその原義、すなわち「直接に見ること」であるとし、その対象をカントにおける「空間的・時間的に表象され得るもの」を超えて精神界、神的世界にまで広げている。コウルリッジのカント批判の背後に見え隠れする問題は、「真の形而上学は真の神学に他ならない」（本章二四四頁）というコウルリッジの批判精神に由来するものである。彼にとっては「知的直観の可能性の否定」は、神に祈るという経験の否定にも通じ得るものとして、受け入れ難いものであり、したがってカント的思想をそのまま受容することはできなかったのである（T・S・エリオットも、十九世紀から二十世紀初頭の哲学が神学から遊離していることを嘆き、コウルリッジとほぼ同じ観点から批判している）。

〔四一〕　フランシス・ベーコンの『学問の進歩（*De augmentis scientiarum*, 1623）』第六巻第三章からの引用。Spedding, et al eds., *The Works of Francis Bacon*, II. 478-79.

〔四二〕　リード博士はスコットランドの哲学者。一七三七年牧師となり、五一年母校アバディーン大学の倫理学教授、その後グラスゴー大学の倫理学教授となり、終生そこに留まった。英知を有するすべての者が共有できる意見こそ常識であるとする、常識哲学派の代表者。ヒュームの懐疑主義に対抗した人物。スチュワート教授は、リード博士の意見をさらに発展させた。コウルリッジの空想力と想像力の区別の一面を予想させるところがあった。この二人の学者については本章訳注三四参照。

〔四三〕『ノヴム・オルガヌム』第一巻「アフォリズム」七七および八八より。桂寿一訳、前掲書一二五、一四三頁参照。

〔四四〕ロバート・サウジー編『雑録集（*Omniana*, 1812）』No. 174. Robert Southey and S. T. Coleridge, *Omniana*（ed. Robert Gittings, Centaur Press, 1969）, pp. 181–85 参照。

〔四五〕第4章（八三頁）に示唆されていた、ワーズワスの「序文」に対する批判としての「想像力」と「空想力」の弁別が、ここでより明らかに説明されている。ワーズワスは「集合と連合、喚起と連結」の力が「空想力」に属すると同時に「想像力」にも属する、つまり記憶と観念連合によって心像を連鎖的に結び付ける機能もまた、「想像力」の働きの一つであると言うが、コウルリッジは、そうした機械的な連合の機能は「空想力」のものと限定し、「想像力」の名は、あくまでも有機的な統一の力、すなわち第10章と第13章の冒頭に見る「一つに形成する力」にのみ与えるべきであると主張している。ワーズワスに従えば「空想力」と「想像力」は同じ種類における異なった程度の力ということになるが、コウルリッジによれば、これら二者は異なった種類のものなのである。

しかし同時にコウルリッジは、「空想力」と「想像力」が協働するものであることをも主張している。「二つの大いに異なる道具を同時に用いる」とはその意味。この協働関係については、第1章の注二一参照。

〔四六〕Jeremy Taylor, 'Via Pacis,' *The Golden Grove, a Choice Manual*, Sunday Decad I, 8（London, printed by J. M. for R. Royston, 1685）, p. 62.

第13章

〔一〕ここで「自然」と訳出した語は nature であるが、ミルトンの原典では matter（原質、質料）である。コウルリッジはこの語をことわりなしに nature に変えている。このことは彼が、matter という語が示唆する「第一質料」と、そこから万物が流出するという創世論に対して懐疑的であったことを表していると考えられる。一方ここに言う「自然」は「産出する自然」であり、有機的生成発展の原理を内包するものと考えられる。

〔二〕本書第10章に、この引用の最後の四行とそれに続く二行が引用されており（一四六頁）、そこでコウルリッジは

「推論的理性（discursive reason）」と「直観的理性（intuitive reason）」の相違に言及している。「直観的理性」は普遍的真理を直接に観想あるいは洞察する力を表し、「推論的理性」は、コウルリッジのいう「悟性」の範囲内での高度な力を表していると見ることができる。彼はシェイクスピア『ハムレット』から“discourse of reason”という言葉を引用し、これを「理性に属する道具としての機能」と説明している（*LS*, 68-69）。また『友』の中の一論「理性と悟性」においては“discourse of reason”を「理性の光を受けた悟性」と表現している（*Friend* (*CC*) I, 156）。ミルトン『楽園喪失』の一節を借りてコウルリッジは、人間の機能には感覚、空想力、悟性、推論的理性、直観的理性という次第に上昇する諸段階があること、それらは神の創造の原理によって発展的に連繫していることを表そうとしていると思われる。

〔三〕ここまではG. W. Leibniz, 'De ipsa natura, sive de vi insita,' *Opera Omnia*, ed. Louis Dutens (6 vols., Geneva, 1768), II, Part ii, 53. 河野与一訳「自然そのもの」『単子論』（岩波文庫、一九五一）三三三頁参照。訳は一部改変。さらにダッシュ以下この引用の終りまでは、Leibniz, *Opera Omnia*, III, p. 321. 横山・長島訳「力学概要」『ライプニッツ著作集』第三巻、五〇四―五頁参照。

〔四〕コウルリッジはここでライプニッツのラテン語の原語 imaginationi を phantasiae に変えている。コウルリッジが考える「想像力」と「空想力」の区別の概念が、こうした引用語句の意図的な改変にも表れている。

〔五〕コウルリッジの引用では rerum（事物）とされているが、ライプニッツの原典では formam（形相）である。

〔六〕Immanuel Kant, *Versuch den Begriff der negativen Grössen in die Weltweisheit einzuführen*, 1763. 田山令史訳「負量概念の哲学への導入」、『カント全集』第三巻、一二三―六六頁参照。カントは「対立」の概念には二つの意味があることを指摘し、一つは矛盾による論理的対立、もう一つは矛盾を含まない実在的対立であると言う。論理的対立の結合の結果は「無」であるが、実在的対立の結合の結果は「静止」である。力学的例をとれば、ある物体が運動していると同時に運動していないというのは矛盾であり、そのような物体は不可能であり無である。しかしある物体に同じ強さの二つの力が反対方向から働いているという状態は、その物体について可能であり、結果は物体の静止である（同書一三二頁）。この後者の場合、一方の力に対してもう一方の力は「負の量」を持つことになる。コウルリッジはここで、「対立するものの調和」という彼の理論の導入のために、カントを援用している。

〔七〕ジョージ・バークリーの『アナリスト（*The Analyst*, 1734）』の副題は「ある不信仰な数学者に宛てて書かれた論考。現代的分析の対象、原理そして結論が、宗教的神秘と信仰の核心に比べて、より明確に思考され、より明白に導き出されているか否かの検討」。哲学者であるとともに聖職者であった彼の、十八世紀当時の科学的無神論の傾向に対する批判を表している。

〔八〕サム上一七・38―39。

〔九〕『カント全集』第三巻、一三二頁。前出の訳注六参照。

〔一〇〕才能（talent）と天才（genius）の対比については第2章訳注二参照。

〔一一〕コウルリッジ自身と考えられる。

〔一二〕本書第4章七三頁の原注参照。

〔一三〕「クリスタベル」一六九行（*PW* I(1), 488）。

〔一四〕トロポーニオスは古代ギリシアの伝説的人物で、弟のアガメーデスとともにデルポイのアポロンの神殿を建てた建築家と言われる。死後は神託を与える神として崇敬され、レバデイアの洞窟が彼の聖所とされた。彼の神託を伺う者は洞窟の地底に連れて行かれ、そこで不思議な光を見せられた後に啓示を受けたと言われている。

〔一五〕コウルリッジがたびたび言及してきた『ロゴソフィア』のこと。第8章訳注一二参照。

〔一六〕『サイリス（*Siris*, 1744）』の副題は「タール水の薬効、およびそれに関連して連鎖的に生じる多様な問題に関する一連の哲学的考察と探求」。全体は三六八の項目で構成され、タール水のさまざまな薬効の列挙に始まり、動植物の生理学、ニュートン、デカルト、ガリレイへの言及などを経て、プラトンの世界霊など、形而上学的問題へと移り、最後は聖書と三位一体論の考察で結ばれている。身近な医学に始まって哲学と宗教へと次第に上昇する思想の連鎖によって、万物の連鎖を表そうとした試みと考えられる。

〔一七〕前出の注一五に同じ。

〔一八〕この予告は実現されていない。

〔一九〕神が自らの名としてモーセに語った言葉（出エジプト三・14）。「無限の『我在り』における永遠の創造行為」という表現は、神が創造主として、終ることのない創造の行為をおこなっていることを示唆している。神は単に過去において世界を「造った」機械工（機械論的有神論）ではなく、現在においても世界にその創造行為の恵みを与え続け、万物を保持しているということ。第12章命題六に引用されている言葉「我らは〔現在神の中に〕生き、動き、存在を得ている（使一七・28）」（本書二三五頁）参照。

〔二〇〕　コウルリッジが想像力を「第一」と「第二」に分けて論じているのはここだけである。この二つの区別については、多くの解釈がなされてきた。「第二の想像力」が芸術作品の創作に関わるものであるという点においては、批評家たちの解釈は一致している。しかし「第一の想像力」に関しては、単なる日常の感覚的知覚と解するものから、普遍的真理に向けられた直観力と解するものまで、さまざまである。この解釈の幅は、「あらゆる人間の知覚の生きた力」という表現と、「無限の『我在り』における永遠の創造行為」の「反復」という表現の間にある、一種の落差から生じるものであろう。ちなみに一八四七年版の『文学的自叙伝』を編纂したセアラ・コウルリッジは、出版された一冊の中に、コウルリッジが「無限の『我在り』」以下の文章を線引きして削除あるいは推敲しようとした跡があることを指摘している（*BL* (1847), Vol. I, 297; *BL* (1907) I, 272)。ここで言えることは、「第一の想像力」が単なる感覚的知覚であるとしても、そこには認識する主体と認識される客体との有機的な統一が前提とされる、ということである。このことはコウルリッジにとって、客体を真の実在として認識するための必須の条件であった。これは人間のレベルにおける「我在り」の認識であり、第12章で彼が「自己意識」と呼んだものに相当する。「この『我在り』という存在を背後に持たずには、外界のあらゆる存在様式は、色の付いた影として私たちの前をよぎるだけで、……奥行きも根源も実体も持たない」と、彼は『政治家必携の書』に書いている（一六六―六七頁、*LS*, 78)。またコウルリッジがここに記している「想像力」の二段階は、シェリングの『自然哲学の一体系への構想序説』の冒頭にある次の文章の反映であるとも考えられている。「知性は二つの仕方において生産的である。すなわち、盲目的で無意識的にか、あるいは自由で意識的にかの二様である。世界を直観することにおいては無意識的であり、理想的世界の創造においては意識的である。」('Introduction to the Outlines of a System of Natural Philosophy,' Peter Heath tr., *The Journal of Speculative Philosophy*, Vol. I (1867), No. 4, 193.) 薗田宗人訳「自然哲学の一体系への構想序説」、『ドイツ・ロマン派全集』第二〇巻（国書刊行会、一九九二）、一三頁参照。また後藤正英訳「自然哲学体系への草案序説」『シェリング著作集』Ｉｂ、二〇四頁参照。（右の引用文和訳は邦訳書のものとは異なっている。）

「第二の想像力」は「第一の想像力」によって認識された諸対象を、単なる個々の知覚対象としてではなく、生命的な統一体である芸術作品の一部として再認識するための、人間の意志的で意識的な営みである。「第一の想像力」が無意識的、直観的に創造するのに対して「第二の想像力」は意識的な努力によって創造する。しかし両者はともに生命的な創造の力であること、すなわち「一つに形成する（esemplastic）」力であることにおいて種類を同じくするものである。それに対して「空想力」は、観念連合に基づいて諸対象を単に結びつける作用であり、想像力とは種類を異にするというのがコウルリッジの考え方。本書を通して彼が超克を試みてきた経験論、観念連合論に対する、ロマンティシズムの一つの返答として、この定義を読むことは可能であろう。

〔一一〕　この「序文」については一八一五年の復活祭の週にバイロン宛に書かれた書簡（*CL* IV, 561）にも言及されているが、結局は書かれなかったらしく、現存していない。

第14章

〔一〕　実際はいくつかの例が示されるだけで、注釈らしい注釈は書かれていない。したがって、この章の梗概は本文よりも先に書かれ、その後きちんと見直されなかったのではないかと考えられる。

〔二〕　一七九七―九八年のこと。コウルリッジは九六年よりサマセット州のネザー・ストーウィーに住んでおり、ワーズワスは妹ドロシーとともに九七年七月初め、そこにコウルリッジを訪れてしばらく滞在した際、四マイルほど離れたホルフォードという村で、美しい風景の中にあるオールフォクスデン・ハウス（Alfoxden House）という大きな家を見つけ、交渉の結果そこを借りることになり、七月半ばにレイスダウンから移り住んだ。こうしてコウルリッジとワーズワスの緊密な交友関係が始まることになる。

〔三〕　ここでコウルリッジは、詩作品においては、超自然的なものも疑念を持たれることなく「真実らしさの感覚（semblance of truth）」を引き出すことができることを説いている。常識的に考えれば現実にはありそうにないことも、詩を読むときには自然にあり得るものとして受け入れることができる。読者をひと時そのような心の状態にさせるのが詩人の想像力である、と彼は言う。「不信の念の自発的な一時停止（willing suspension of disbelief）」は、端的に言えば、読者が自ら進んで詩人の想像力の世界に入ること。これを彼は「詩的信仰（poetic faith）」の状態と呼んでいる。

続く文章にあるように「老水夫の詩」や「クリスタベル」における超自然は、この「詩的信仰」の世界に読者を誘うものとして書かれたものである。日常的な判断や批判を自発的に一時停止させるという芸術作品の力については、コウルリッジは本書の中でも折々に論じている。例えば第22章四〇九頁および訳注九、第23章五二五頁参照。

〔四〕最後に付け加えられた「ティンターン修道院」や、「家から少し離れたところで詠んだ詩（'Lines Written at a Small Distance from My House'）」、「早春に詠んだ詩（'Lines Written in Early Spring'）」などの詩を指す。

〔五〕第4章訳注一および本書巻末の解説を参照。

〔六〕最近の詩集とは一八一五年に出版された二巻本の詩集（*Poems* in two volumes, 1815）のこと（以下『一八一五年詩集』と略記）。この詩集は、『叙情民謡集』初版・第二版で発表された作品や、一八〇七年の二巻本詩集で発表された作品などをまとめたもの。作品は「子供時代に関する詩」、「想像力の詩」、「自由に捧げるソネット群」などの項目ごとに分類され、序文等の散文を除いても全巻で約七〇〇頁に及ぶ大部な詩集。ここで新たに序文を書き下ろしたワーズワスは、『叙情民謡集』第二版以降に掲載してきた序文を、新しい詩集にはしっくりこないと考え、第二巻の末尾に移動した。

〔七〕アナクレオン（Anacreon, c. 570–c. 485 B.C.）はイオニア出身のギリシアの抒情詩人。バシラス（Bathyllus）はサモス島に住む美しい少年で、サモス島の僭主ポリュクラテス（Polycrates）やアナクレオンに愛された。バシラスの美しさはアナクレオンのオード二九番に描かれている。Francis Fawkes tr. 'Odes of Anacreon,' xxix, *The Works of the British Poets*, ed. Robert Anderson (Edinburgh, 1795), XIII, 172–73. さらにDavid Campbell tr. 'Anacreontea,' *Greek Lyric* II (LCL 143), 185–87, no. 17 参照。またアレクシスは、ウェルギリウスの『牧歌』二の中に描かれた、コリュドーンに愛される若者の名。Virgil, *Eclogues, Georgics, Aeneid I–VI* (LCL 63), 11–15 参照。

〔八〕ペトロニウス（Gaius Petronius, ?–66）はローマの風刺詩人で『サテュリコン（*Satyricon*）』の作者とされる。皇帝ネロに仕え、優雅の判定者（Arbiter Elegantiae）と呼ばれた。引用は『サテュリコン』第一一八章からのもので、そこでペトロニウスは、出来事をただ列挙するのは歴史家の仕事であり、叙事詩人は話の脱線や神々の干渉といったものを描きながら、その「自由な精神は先へと急ぐものである」と語って、ローマの詩人ルカヌス（Marcus Annaeus Lucanus, 39–65 A.D.）の『ファルサリア（*Pharsalia*）』を批判していると言われる。『ファルサリア』はカエサルとポンペイウスの間の内戦を描いた叙事詩。

〔九〕 バーネット（Thomas Burnet, 1635-1715）の『地球の聖なる理論』は一六八一年に前半の二巻が、八九年には後半の二巻がラテン語で出版され、八四年から九一年までには著者自身によって全四巻が英訳されて *The Sacred Theory of the Earth* のタイトルで出版された。バーネットはこの書物で、地球の誕生と変転の歴史を、聖書の記述と当時の科学的知識との両面から解説し、その融和をはかろうと試みている。原始の混沌に始まり楽園、洪水、現在の地球、世界炎上、千年王国、そして最後には恒星になる地球の六段階の変転を、壮大な叙事詩的散文で描いた。コウルリッジはこの作品を無韻詩にしようと考えたこともあった（*CN* I, #61）。

〔一〇〕 第13章末尾の想像力と空想力の定義のことではなく、第13章にあとで追加するつもりだった論考か、あるいは第4章八三―八六頁に述べられたことを指しているものと考えられる。

〔一一〕 コウルリッジが考える精神の諸機能すなわち理性、想像力、悟性、空想力、感覚のすべてを協働させること。下位の機能である感覚は悟性に奉仕し、悟性は理性に奉仕する。それらを繋ぐのは下位においては空想力であるが、すべてを調和した統一体へと融合させ、理性にまで繋げるのが想像力の働きであり、これがあって初めて詩人の芸術は「理想的な完璧さ」に至るという考え。一八一〇年五月の覚え書きにも、詩とは「人間の諸能力の最大数を、お互いの調和のもとに働かせ満足させるような創作法」という表現がある（*CN* III, #3827）。この考え方は「芸術は全人間を……最高なるものの認識へと導く」というシェリングの言葉を想起させる（*SW* III, 630; *STI*, tr. Heath, 233; 赤松訳『先験的観念論の体系』四五七頁）。さらにプラトンの『国家』第七巻（518c）の有名な文章、すなわち人は「魂の全体と一緒に［真理の方を］観る」ように導かれなければならない、という言葉の反映が感じられる（『プラトン全集』第一一巻、五〇一頁）。シェリングもプラトンも、真理や美は単に知性だけでは把握できない全人間的なものであることを説いており、コウルリッジがこのような思想を受け継いでいた、あるいは共有していたと考えることは可能であろう。

〔一二〕 ジョン・デイヴィス卿（Sir John Davies, c. 1569-1626）は詩人で法律家。エリザベス女王及びジェイムズ一世は彼の詩の賞賛者で、ジェイムズ一世は彼をアイルランドの法務長官に任命した。代表作は哲学詩 ‘Nosce Teipsum’（1599, “Know Thyself” の意）で、これは第一部 ‘Of Humane Knowledge’ と第二部 ‘Of the Soule of Man and the Immortalitie Thereof からなり、引用された部分は第二部の九〇―九二節。

〔一三〕 コウルリッジはデイヴィスから直接引用しているのではなく、一八一一年の『ノートブック』(CN III, #4112)から引用しているため、第三スタンザは、オリジナルとは大きく異なっている。

第15章

〔一〕 本章における批評的分析の基になっているのは、一八一一年から一二年にかけて行なわれたシェイクスピアとミルトンについての連続講演の中の第四回講演(*Lects 1808–1819* I, 239–59)。邦訳は『シェイクスピア批評』(岡村由美子訳、こびあん書房、一九九一)、三一―四一頁。『ヴィーナスとアドーニス』(一五九三年)と『ルークリース』(一五九四年出版、一六一六年に『ルークリースの陵辱』と改題)は、『ソネット集』に先立つシェイクスピアの初期の詩集。前者は、愛と美の女神ヴィーナスが美少年アドーニスを恋い求めるギリシア神話を題材にした、官能性と躍動感に溢れた長編物語詩で、ローマの詩人オウィディウス『変身物語(*Metamorphoses*)』にヒントを得ている。アドーニスに恋をしたヴィーナスは、狩猟に行く彼を引き留めて言い寄るが、彼の心を得られず、狩の最中に猪に殺された彼の姿を発見して嘆き悲しみ、彼の傷から流れ出た血をアネモネの花に変える。後者は、前者に比して暗い厳粛な雰囲気に満ちた作品。ルークリース(ラテン名 Lucretia)は、紀元前六世紀ローマの貴族コラタインの妻。夫の出陣中、彼女の美しさに魅了されたローマ王の息子タークウィンに貞操を奪われ、その後、帰宅した夫にことの次第を語り、自害する。

〔二〕 才能と天才の相違については第2章三一頁参照。

〔三〕 シェイクスピア『ヴェニスの商人』(第五幕第一場)の中でロレンゾーが恋人と音楽を聞きながら言う台詞。「そういう人はただ謀反、陰謀、破壊にのみ向いている」と続く。

〔四〕 第2章三七―三八頁。

〔五〕 原文は Poeta nascitur non fit. 十七世紀までには一般に使用される表現になっていたが、出典は不明。

〔六〕 原語は“the flux and reflux of the mind.”『叙情民謡集』第二版序文でワーズワスが使用した言葉を踏まえている。ワーズワスは「興奮状態にあるときの我々の感情と観念の結びつき方を例証する」という詩の目的を言い換えて、それは「人間の本性の偉大にして素朴な感情によって引き起こされた心の潮の満ち引きを辿る」ことだと説明している（*W Prose* I, 126）。

〔七〕アリオスト（Ludovico Ariosto, 1474-1533）は、イタリアの詩人・劇作家。イタリア喜劇の創始者。長編叙事詩『狂乱のオルランド（*Orlando Furioso*, 1516）』が代表作で、後世のヨーロッパ文学に大きな影響を与えた。コウルリッジはアリオストをルネサンス期最大の詩人と見なし、『狂乱のオルランド』に大いに魅了されたようだが、その「不愉快な放縦ぶり」を嘆いてもいる（*CN* III, #4115n）。ヴィーラント（Christoph Martin Wieland, 1733-1813）はレッシングと並んでドイツ啓蒙主義を代表する詩人・翻訳家。シェイクスピアに心酔し、その多くの戯曲を散文に訳した。代表作に、自伝的教養小説『アーガトン物語（*Geschichte des Agathon*, 1766-67）』、韻文物語『ムザーリオン（*Musarion*, 1768）』、風刺小説『アブデラの人々（*Die Abderiten*, 1774）』、韻文ロマンス『オーベロン（*Oberon*, 1780）』などがある。「サティレインの書簡3」では、クロプシュトックとの会話の中でヴィーラントが話題になる（五一〇—一一頁参照）。

〔八〕ここではシェイクスピアのこと。コウルリッジは他にも、ミルトンやニュートン、「ボイルの法則」を発見した物理学者・化学者のロバート・ボイル（Robert Boyle, 1627-91）などにも、類似した表現を使用している。

〔九〕オウィディウス『変身物語』第三巻四六六行にある表現で、コウルリッジが好んで引用した文句（引用はラテン語）。ナルキッソスが、恋い焦がれる相手が水面に映った他ならぬ自分の姿であることに気づき、美貌の豊かさ故に苦境に陥っていることを嘆く台詞。該当箇所は、中村善也訳では「豊かすぎるわたしの美貌が、そのわたしに、貧しい身であるかのようにそれを求めさせた」と訳されている。オウィディウス『変身物語』上、岩波文庫、一九八一、一一九頁参照。

第16章

〔一〕ポープは『イーリアス』第一章を一七一五から二〇年の間に、『オデュッセイア』は一七二五から二六年にかけて、ヒロイック・カプレット形式の韻文に英訳している。「ダーウィンの自然の殿堂」は、エラズマス・ダーウィン最後の長編詩、*The Temple of Nature*（1803）のことで、元は「社会の起源（'The Origin of Society'）」と題され、ミクロの生命体から文明社会に至るまでの生命の発展を辿る進化論の概念をテーマとする。ポープとエラズマス・ダーウィンに関しては、第1章一七―一八頁参照。

〔二〕エコーはギリシア神話の森のニンフ。美少年ナルキッソスに恋し、顧みられず憔悴して身はやせ細り、ついには声だけになったという逸話で知られる。オウィディウスの『変身物語』によれば、彼女のおしゃべりが女神ヘラ（ユノー）の怒りを買って、話の終わりを繰り返すこと、聞いた言葉をそのまま繰り返すことだけしかできない身にされてしまった（前掲の『変身物語』上、一一四頁参照）。スフィンクスは、エジプト起源の人間の頭とライオンの胴体をもった怪獣。オイディプス伝説に登場し、テーバイの外れで岩に座り、旅人に謎をかけては解けない者を食い殺したとされる。

〔三〕原題は *De vulgari eloquentia*（コウルリッジはこの書のタイトルをイタリア語で“De la nobile volgare eloquenza”と書いている）。ダンテの未完の詩語論で、その第一巻の初めで彼は vulgaris（vernacular）という語を、人が生まれた時から自然に身につける日常の母国語を意味すると説明している。それに対するのは grammatica であるが、それは文語あるいは学術語として用いられる言語（この場合はラテン語）である。ダンテはこの論考において、一般に通用する母国語をより貴重なものとして、それを文学作品に用いる際の修辞法を論じている。ここで特に参考になるのは同書第二巻第四章および第七章。そこでダンテは、日常語の中でも主題にふさわしい、良い（格調ある）言葉を選択する必要性を強調している。Dante, *De vulgari eloquentia*, ed. & tr. by Steven Botterill (Cambridge University Press, 1996), pp. 5, 56–59, 66–69 参照。このテクストは羅英対訳。

〔四〕Thomas Hobbes, *Examinatio et emendatio mathematicae hodiernae*, *Opera philosophica quae latine scripsit*, ed. Gulielmi Molesworth (5 vols., London, 1839–45), IV, p. 83.

〔五〕実際は『ゴルギアス』ではなく『クラテュロス』（四三五 d-e）。『プラトン全集』第二巻、一五六頁。

〔六〕Epictetus (c. 55– c. 135), *Discourses* (I, xvii, 12). Tr. by W. A. Oldfather (LCL 131), 117. 邦訳は『人生談義』鹿野治助訳（岩波文庫、一九五八）上巻、七三頁参照。

〔七〕ガレノス（Galen, 129–c. 199）はギリシアの医者・解剖学者・哲学者。引用は『単純な医薬の性質と効用について』(*De simplicium medicamentorum temperamentis ac facultibus*, 3. 13) より。この原典に当ることはできなかったが、この引用部は一九九五年リールで開かれたガレノス国際学会の会報（一九九七）に掲載されたジョナサン・バーンズ（Jonathan Barnes）の論文に見ることができる。*Galen on Pharmacology, Philosophy, History and Medicine*（Proceedings of the Vth International Galen Colloquium, Lille, March 1995), ed. Armelle Debru（Leiden, New York, Köln, 1997), p. 21. ガレノスにはまた『言葉に起因する錯誤（*De Captionibus penes dictionem*）』という言語論があるが、それは題名が示す通り、言葉の曖昧な用い方がいかに理解の錯誤を起こすかについての論考である。その本文（希英対訳）は次の書物に見ることができる。Edlow, Robert Blair, *Galen on Language and Ambiguity*（Leiden, 1977), pp. 87–112.

〔八〕 スカリゲル（Julius Caesar Scaliger, 1484–1558）はイタリアの古典学者・医者。引用の出典はアリストテレスの作とされている（しかしその事実は疑わしい）『植物について（*De plantis*）』という論考に関して、スカリゲルが書いた注釈書である。原題は *Julii Caesaris Scarigeri in liblos de plantis, falso Aristoteli attributo*（1556).

〔九〕 ゼンネルト（Daniel Sennert, 1572–1637）はドイツの医者・哲学者。本文のホッブズからの引用の後のダッシュ記号以下はゼンネルトからの引用で、｛ ｝内はコウルリッジによる挿入。『脈拍の違いについて（*De pulsuum differentiis*）』はゼンネルトではなくガレノスの著書名で、出典となったゼンネルトの正しい著書名は『化学者とアリストテレス・ガレノス主義者の一致と不一致』（*De chymicorum cum Aristotelicis et Galenicis consensu ac dissensu*, Operum in quinque tomos divisorum, Lyon 1666, I, p. 193）。

〔一〇〕 「勇敢なるアロンゾと麗しきイモジン（'Alonzo the Brave and Fair Imogine'）」は、Matthew Gregory Lewis（1775–1818）の代表作である怪奇小説『修道僧（*The Monk*, 1796）』中に挿入されたバラッド。M・G・ルイス（通称"Monk Lewis"）は、英国の小説家・劇作家・詩人。ゲーテやシラーなどドイツ・ロマン派文学から強い影響を受けた。コウルリッジは一七九七年に『修道僧』の書評を『クリティカル・レヴュー』に寄稿している（*SWFI*, 57–65 参照）。このバラッドの韻律への言及は、*CN* I, #1128 & n 参照。

〔一一〕 近年の羅英対訳は次の二書参照。*Catullus, Tibullus, Pervigilium Veneris*（LCL 6), pp. 2–3 および Peter Green tr., *The Poems of Catullus*（University of California Press, 2005), pp. 44–45. この紀元前一世紀のヴェローナの詩人カトゥルスについては、本書第1章にも言及がある。

〔一二〕 「燕」は Francis Fawkes, tr. 'Odes of Anacreon,' xii and xxxiii in *The Works of the British Poets*, XIII, 169, 173–74. 「き

りぎりす」は Ode xliii, *Ibid.*, 175-76. また *Greek Lyric* II (LCL 143), 'Anacreontea' では 10(pp. 172-75), 25(pp. 194-97), 34(pp. 204-07) に見ることができる。

〔一三〕アルノ川はフィレンツェからピサの付近を通って地中海に注ぐイタリア中部の川。ダンテは「アルノの詩人」とも呼ばれている。アイシス川はテムズ川の上流でオックスフォード付近を流れる川。またケム川はケンブリッジを通ってウーズ川に注ぐイングランド南東部の川。十五―六世紀に古典を復興させたイタリアとイギリスの詩人たちを指している。

〔一四〕コウルリッジは原注の末尾に、英訳ではなく原文のイタリア語のままマドリガルを引用しているので、本書では、日本語訳の後に原文を添えた。ただし、*BL*(*CC*) 版の誤記と思われる箇所（第四マドリガルの六行、a Dii）は o Dii に修正した（*CN* II, #2599 参照）。

〔一五〕トスカナはフィレンツェを州都とするイタリア中部の州。メディチ家の支配のもとでイタリア・ルネサンス文化の中心となる。文学では特にダンテ、ペトラルカ、ボッカチオの名がこの地方と結びついている。ただしこれらの文豪たちをトスカナと結びつけるのは、地域の共通性よりもむしろ言語の共通性である。ダンテの『日常語の修辞法』（訳注三）に見るように、ラテン語に代わる文学語としてイタリアの地方語が用いられるようになり、特に右の文豪たちによって洗練されたトスカナ語は、近代イタリア文学の基礎的言語となり、後に話し言葉として全国に普及した。

〔一六〕イタリア半島は、ローマ帝国の崩壊後、十九世紀における国土の政治的統一（一八六一年）に至るまで、長く小国分立状態が続き、このような歴史的要因が、方言の分化を強化・促進することになった。

〔一七〕レノルズ（Sir Joshua Reynolds, 1723-92）の『講演集（*Discourses*）』のこと。肖像画家として知られたレノルズが王立美術院の院長として行なった一連の講演（一七六九―九〇年）をまとめたもの。十八世紀の美学の諸原理を集めたイギリスの代表的な文献である。レノルズは、正しい審美力の育成は個々人の趣味に勝手に従うことではなく、過去の偉大な作品から学びそれを模倣することから始まらなければならない（ただしこうして修得されたものは、単に借用されるのではなく内在化されなければならない）と強調する。彼自身はミケランジェロを最高の規範としていた。本文に言及されているレノルズの考え方がよく表れているのは『講演集』「第二講」である。*Fifteen Discourses Delivered in the Royal Academy*, Discourse II (Everyman's Library, 1928), pp. 12-26.

〔一八〕 James Harris (1709-80)『言語学的諸論考』第二部第一二章の結びの数節参照。*Philological Inquiries* (London 1781; reprinted by AMS Press, New York, 1975, II, pp. 233-36)。ここでハリスは、古典を初めとする最高の文人たちの作品を読み、それらに対する鑑賞力を養うことが、正しい審美力の育成の方法であると述べている。傑作を読む楽しみは、それらを読む習慣によって養われるのだと彼は主張している。著書ではこの他に『ヘルメス、または普遍的文法の哲学的論究 (*Hermes, or a Philosophical Inquiry concerning Universal Grammar*, 1751)』がある。彼はまた海軍省、財務省などの長として要職を務めた。

第17章

〔一〕 一八〇二年版の『叙情民謡集』の巻末に付けられた詩語についての解説の内容を指している (*W Prose* I, 160)。

〔二〕 原語は petty annexments.『ハムレット』三幕三場二一—二二行の表現 (Each small annexment, petty consequence...) のうち二語を組み合わせたもの。

〔三〕 第18章三三九頁および訳注一五参照。

〔四〕『叙情民謡集』第二版 (一八〇〇年) の序文 (*W Prose* I, 124 参照)。ただし、ここでの引用には、第二版の序文の文言に一部修正が加えられており、直接的には、『一八一五年詩集』巻末に収録された『叙情民謡集』序文から引用したものと考えられる (*WP 1815* II, 366 参照)。

〔五〕 *Enthusiasmus Triumphatus*, § XXXV: *A Collection of Several Philosophical Writings* (1662) ii 24. ヘンリー・モアはコウルリッジが高く評価した哲学者・詩人、ケンブリッジ・プラトン学派の代表的人物。引用は、モアが十六世紀の熱狂的信仰家 David George について語っている一節を文脈に合うよう改変している。

〔六〕 救貧法 (Poor Law) は、エリザベス一世の時代一六〇一年に集大成された貧民の救済 (実質的には、貧民を管理して社会秩序を維持すること) を目的とする立法。ヘンリー八世の修道院解散 (一五三六年) によって中世的教会の貧民保護が停止され、囲い込みによる農村人口の減少や産業の発展などの要因とあいまって、貧民が大量に発生するという社会背景があった。一六〇一年のエリザベス救貧法は、浮浪と乞食を禁止し処罰すること、児童と成人を問わず労働能力のある者の就業、無能力者の保護を、末端の地域自治体である教区に命じ、必要な経費は救貧税として徴収した。貧民の処遇は、各教区の地主たちに任された。初期の救貧法は、浮浪と乞食を厳しく処罰したため「血の立法」として悪名高かった。十七世紀後半には貧民を労役場（救貧院）に収容して職業を与える、労役場マニュファクチャーが各地で行なわれた。

一七九五年になると、ナポレオン戦争と凶作のため、農民窮乏が深刻化。バークシャーで導入されたスピーナムランド制度は一定基準以下の賃金労働者には救貧税から生活補助金を支出することとした。初めは人道主義的改良と思われたこの制度は、借地農業家が賃金を切り下げることを可能にする一方、労働意欲を低下させ、救貧税負担を増大させる結果となった。

コウルリッジがここで読者に比較を促している事実が示唆するように、救貧法の管理運営は地方差が大きく、教区によってまちまちであるという欠点があった。概して救貧法の管理は、スコットランドや北部イングランドにおいては、南部や東部に現れていたような巨大な悪弊を露呈していなかった。救貧法は、一八三四年（コウルリッジの没年）新救貧法が施行されるまで続いた。救貧法及び救貧税の現状について、コウルリッジは懐疑的な見解を示している（*LS*, 221–23 参照）。

〔七〕　アリストテレス『詩学』第九章冒頭（『アリストテレス全集』第一七巻、三八―三九頁）参照。

〔八〕　テオクリトス（Theocritos, c. 310 B.C.–c. 250 B.C.）は古代ギリシアの牧歌詩人。ギリシアにおける牧歌の伝統の草分けで、ドーリア地方の方言で田園の情景や農夫、動物などを純粋な愛情を持って描き、ウェルギリウスをはじめ、多くのローマ詩人に模倣された。

〔九〕　シェイクスピアの『ルークリースの陵辱』一四九行（シェイクスピアの原文では “the things we are”）。

〔一〇〕　*Friend* (*CC*) II, 217–18.

〔一一〕　一七九八年の『叙情民謡集』初版に添えられた「趣意書」では、「茨」の語り手について、詩人自身の声と区別され、「話の進行につれて話し手のおしゃべりな性格は十分明らかになるだろう」と書かれていた。第二版（一八〇〇年）から、「茨」に詳細な注が加えられ、語り手の性格付けや、詩の用語に関する実験的試みが強調されている。

〔一二〕　一八〇〇年版の『叙情民謡集』序文（*W Prose* I, 124）。コウルリッジが言及しているのは、この第二版以降に詩に添えられた注のこと（*WPW* II, 512–13）。

〔一三〕 *W Prose* I, 12.

〔一四〕 トマス・ブラウン（Thomas Brown, 1663–1704）は、風刺詩人（通称トム・ブラウン）。ロンドンの下層階級の生活についての口の悪いユーモアと知識で有名だった。ロジャー・レストレンジ卿（Sir Roger L'Estrange, 1616–1704）は、翻訳家で王党派のパンフレット作家、イギリスにおける先駆的ジャーナリスト。ほぼ今日の日刊新聞の体裁を備えた *The Intelligencer*（一六六三―六六年）や、*The Observator*（一六八一―八七年）などの新聞を発行。コウルリッジは、彼をテムズ川の船頭たちの言葉を紹介した人物として認識している（*CM* I, 182）。

〔一五〕 一八〇〇年版および〇二年の序文、三箇所からの引用（改変あり）。*W Prose* I, 123, 134, 135 参照。

〔一六〕 アルジャーノン・シドニー（Algernon Sidney, 1622-83）は、イギリスの政治家。共和主義者で、内乱では議会軍に参加、王政回復後、亡命先からの帰国を許されるが、チャールズ二世とその子（後のジェームズ二世）を暗殺しようとするライハウス事件（Rye House Plot）に荷担したとして斬首された。彼の死後の一六九八年に出版された遺著『政治論（*Discourses concerning Government*）』は、ジェームズ一世やチャールズ二世が信奉していた王権神授説を論駁し、共和主義的政治理論を展開している。ワーズワスはソネットの一つで彼を称えた。コウルリッジも『友』の中で何度も彼に言及し（*Friend* (*CC*) I, 68,79, 92, 215, 217, 266, 324）、またその著作に書き込みを残している（*CM* V, 36–45, *CN* II, #3117, #3118 他参照）。

〔一七〕『日常語の修辞法』（本書、第16章訳注三参照）第一巻第九章への言及と考えられる。

〔一八〕 ワーズワスの正確な表現は、「強烈な感動を受けている状態にある（[the real language of men] in a state of vivid sensation）」（*W Prose* I, 118）。

〔一九〕「士師記」第五章二七節。「茨」に付された注の中で、ワーズワスは、この一節を「繰り返しと明らかな類語反復が、往々にして最高の種類の美になっている」ことを例証するために引用している（*WPW* II, 513）。

第18章

〔一〕 第17章訳注一一参照。

〔二〕 コウルリッジが言及しているのは、『楽園喪失』第五巻、一五三―二〇八行のアダムとイヴの祈り。この祈りの文言の後に、「このように、彼らは清らかな心に導かれるままに祈った」とある。

〔三〕一八〇〇年版序文（*W Prose* I, 134）。ワーズワスが問題にしているのは、このソネットの一三行目の fruitless という語で、散文では fruitlessly とするところを、詩特有の用法で副詞の代わりに形容詞を用いている例。参考のために原文を付す。イタリックはワーズワスによるもの。

In vain to me the smiling mornings shine,
And reddening Phœbus lifts his golden fire:
The birds in vain their amorous descant join,
Or cheerful fields resume their green attire.
These ears, alas! for other notes repine;
A different object do these eyes require;
My lonely anguish melts no heart but mine;
And in my breast the imperfect joys expire;
Yet morning smiles the busy race to cheer,
And new-born pleasure brings to happier men;
The fields to all their wonted tribute bear;
To warm their little loves the birds complain.
I fruitless mourn to him that cannot hear,
And weep the more because I weep in vain.

(Gray, 'Sonnet on the Death of Richard West')

〔四〕ワーズワスは一八〇〇年版序文の中で、詩の目的は「溢れ出るような喜びを伴う興奮状態を生み出すこと」だと述べ、力強い言葉によって興奮状態が限度を越える危険があるのに対し、韻律はこれを緩和する働きがあると指摘する——「ここで何か規則的なもの、興奮状態にないときや興奮の程度が小さいときに心が慣れている何かが伴っていると、通常の感情をまじえることによって熱情を和らげたり抑制したりするのに、必ず大きな効果を持つ」と述べている（*W Prose* I, 146）。コウルリッジは、韻律自体が暗に興奮状態を含意するものであることをワーズワスに述べたが、ワーズワスがこれを十分な形で扱っていないという批判を、一八〇二年七月のサザビー宛て書簡に書いている（*CL* II, 812）。

〔五〕引用は、三箇所ほど原典と異なっているが、特に意味の変化が生じた箇所のみ挙げると、「……人工の手も、／自然が作るもの」と訳した箇所。コウルリッジが ev'n that art と書いているところは、シェイクスピアでは o'er that art となっており、この通り訳すと「……人工の手も、／自然が作る人工が支配するもの」となる。

〔六〕Christopher Smart（1722-71）は、数々の不幸にみまわれ、精神的に不安定な生涯を送った英国の詩人。飲酒のため借金に悩まされ、ケンブリッジ大学を中退後、ロンドンで新聞・雑誌に雑文を書くなどして生計を立てていたが、やがて精神に異状をきたし、最後は借財のために獄中で亡くなった。詩人としての代表作は抒情詩『ダヴィデに寄せる歌（*A Song to David*, 1763）』。引用は、'To the Rev. Mr. Powell on the Non-Performance of a Promise He Made the Author of a Hare'（1752）より。引用二行目の文は、直訳すると、「野ウサギを送ったのか（スマートの原文では「野ウサギを持っているのか」）、それともあなたが呑み込んでしまったのか」。「二行連句」（押韻した連句）とあるが、引用一行末 Cadwallader の第二音節以降の三つの音節と、二行末の swallow'd her とが、三音節連続して韻を踏む、三重韻となっている。

〔七〕十六世紀中頃イングランド東部のノーフォークに起源をもつバラッド 'Babes in the Wood' のこと。パーシー（Thomas Percy, 1729-1811）の『古謡拾遺集（*Reliques of Ancient English Poetry*, 1765）』にも収められており、ここではパーシー版のタイトル 'Children in the Wood' が採られている。父親が死んでおじのもとに預けられた男女二人の幼児が、遺産目当ての強欲なおじに雇われた男によって森の中に置き去りにされて死ぬ、という物語。ワーズワスは序文の中でこのバラッドと、ジョンソンが創ったバラッドの連構成のパロディー（本章三四三頁、訳注一八参照）とを対比し、両者の差異は「韻律や言葉使いや語順から来るのでなく、表現されている内容が問題だ」と述べている（*W Prose* I, 154）。

〔八〕『ウィリアムの見た農夫ピアズの夢（*The Vision of William concerning Piers the Plowman*）』は、チョーサーと同時代の

詩人、ラングランド（William Langland, c. 1332–c. 1400）の作とされる長篇詩。中世文学特有の寓意的な夢幻詩で、農民の悲惨な生活を描き、上流社会や宗教界の腐敗堕落を批判し、労働の神聖を説く。チョーサーがすでに使用しなくなった古英語以来の頭韻法を守り、古英語頭韻法の最後を飾る記念碑的作品。

〔九〕 John Marshall, *Marshall's Cheap Repository. Tracts* (1796–97). チャップブック（呼び売り本）を集めたもの。チャップブックは、行商人が売る通俗的物語や俗謡が書かれた安価な小冊子。

〔一〇〕「怪力のトム・ヒカスリフト（'Tom Hickathrift the Giant'）」は、英国の伝説上の人物で、ウィリアム一世（c. 1027–87）（在位一〇六六―八七）の時代に生まれた身長七フィートの怪力の大男で、意地悪な巨人を倒して英雄となる。「巨人殺しのジャック（'Jack the Giant-Killer'）」は、英国民話。コーンウォールの農夫の子ジャックは、隠れ蓑、飛行靴、金剛剣、全知の帽子という四つの宝を手に入れ、国中の巨人族を退治する。「おくつが二つちゃん（'The History of Little Goody Two-Shoes,' 1765）」はオリバー・ゴールドスミスの作とも言われる教訓的な童話。そろった靴を履いたことがなかった貧しい少女が、初めて一足の靴をもらい、喜んで「おくつが二つ（Two shoes !）」と誰かれとなく見せて回ったことから、こう呼ばれるようになった。コウルリッジが言及する教会の場面は、その第七章。「赤ずきん（'Little Red Riding-Hood'）」は、グリム童話でおなじみだが、ヨーロッパの口承民話で、フランスのシャルル・ペロー（Charles Perrault, 1628–1703）が童話集に再編した。

〔一一〕 これら（正確には、最後の挿話の題名は「死んだ驢馬」）は、英国の小説家、ロレンス・スターン（Laurence Sterne, 1713–68）の『感傷旅行（*A Sentimental Journey through France and Italy*, 1768）』に収められている物語。

〔一二〕 コウルリッジはMairと綴っているが、これはmareの北方方言綴り。彼が指摘するように、夢魔／悪夢（nightmare）のmareは、雌馬を意味する語（古英語のmere）ではなく、鬼・怪物を意味する語（古英語のmare）。夢魔は、睡眠中の人の上に乗って窒息させるとされる魔物。ここでは言及されていないが、コウルリッジがnightmareの語から連想していたと推測されるのは、英国で活躍していたスイス出身の画家フューズリ（Henry Fuseli, 1741–1825）の『夢魔』（一七八一年）。フューズリを一躍有名にし、印象的な構図と題材で数多くのカリカチュアに素材を提供することになったこの作品には、眠っている女性の腹の上に魔物が座り、背後には、魔物を運んできたのか、馬がその様子を覗うように頭部だけ描かれている。画家の意向は別として、雌馬（mare）と魔物の誤った連想を強化するのにこの作品が一役買った感がある。この原注の中でコウルリッジが言及しているシェイクスピアの描写は、『リア王』三幕四場一二一行、荒野の場面、エドガーの歌に出てくる。「彼は夢魔と、その九頭の子馬に出会った（He met the night-mare and her nine-foal[s]）」。「九頭の子馬（nine foal[s]）」とした部分は、シェイクスピアのテクストでは「九重の（nine-fold）」とも表記され、議論のある箇所。コウルリッジは、一七九四年一二月サウジー宛の手紙の中で、この夢魔の描写のくだりを引用し、同時に、フューズリにも言及している（*CL* I, 74）。

〔一三〕原語は mordaunt（mordant）で、染料を繊維に定着させるために用いる物質のこと。特に金属の酸化物や水酸化物などを指す。

〔一四〕「詩は力強い感情が自然に溢れ出たものである」（*W Prose* I, 126）参照。

〔一五〕「詩情あるいは芸術について（'On Poesy or Art'）」の講演においてコウルリッジは、「模倣」には二つの要素が共存しなければならないとし、次のように続けている。「その二つの構成要素とは類似と非類似、同一と相違であり、すべて純粋な芸術作品にあってはこれらの相反する二要素の合一がなければなりません。」それに対して「模写」は、蝋に押した印のように全く同じ形を作ろうと目指すもので、結果は不自然、不気味、あるいは滑稽なものになる。*BL* (1907) II, 253-63（小黒和子編訳『方法の原理』、一四〇—四一）参照。*BL* (*CC*) における模写と模倣への言及は、本章の他、第4章七七頁、第17章三〇三頁、第22章四二七頁などに見出せる。

〔一六〕学校で生徒が詩の創作を学ぶときに、つい安易に頼って使用しがちな、おさだまりのイメージのこと（原語は a school-boy image）。本書第1章一〇頁には、クライスツ・ホスピタル時代のコウルリッジの恩師ボイヤーが、徹底的に排除しようとしたこの種の紋切型の喩えが列挙されている。

〔一七〕引用は、正確には『妖精の女王（*The Faerie Queene*, 1590; 1596）』の第一巻第二歌第一連。原文は以下の通り。

By this the northern waggoner had set
His sevenfold teme behind the stedfast starre,
That was in ocean waves yet never wet,
But firm is fixt and sendeth light from farre

To all that in the wild deep wandering are.
And chearful chanticleer with his note shrill
Had warned once that Phoebus's fiery carre
In haste was climbing up the easterne hill,
Full envious that night so long his room did fill.

〔一八〕『古謡拾遺集』を編纂し十八世紀後半のバラッド・ブームに火をつけた英国の主教・詩人トマス・パーシーが、あるお茶の席で、バラッドの「美しい素朴さ」に惜しみない賞賛を与えたときに、サミュエル・ジョンソンは、バラッドの韻律が日常会話に使えるほど簡単だという証明として、即興でバラッド形式のパロディーを作った。引用はその冒頭の四行。（I put my hat upon my head / And walk'd through the strand: / And there I met another man, / Whose hat was in his hand.）ジョンソンはここではパーシーをからかっていたわけだが、実際はパーシーの仕事に力を貸し、『古謡拾遺集』の用語解説の作成の手伝いなどもしている。ワーズワスは序文で、一七八五年四月号の『ロンドン』誌（*London Magazine*）掲載のこのパロディーを引用し、「森の子供たち」と比較している。

〔一九〕*W Prose* I, 154.

〔二〇〕サミュエル・ダニエル（Samuel Daniel, 1562–1619）は英国の詩人・歴史家、桂冠詩人（1599–1619）。ソネット集『ディーリア（*Delia*, 1592）』をはじめ、多くの詩作品・劇、詩論も手がけている。『内乱（*The Civile Wars*, 1595–1623）』は、薔薇戦争を扱った八巻からなる未完の史詩。引用に続く段落で、コウルリッジは、ダニエルの『書簡詩（*Epistles*）』と『ヒュメナイオスの勝利（*Hymen's Triumph*, 1614）』の文体に言及しているが、『書簡詩』についての論評は、*CM* I, 44–47, *CN* II, #2224〔49〕参照。また、ダニエルとワーズワスとの比較については本書第22章四三四―三五頁参照。

〔二一〕ここで引用されているのは、一八〇〇年版の「兄弟」の一節（一部改変）。コウルリッジが自然な会話になるように"there"の位置を変更したと申告している箇所は、"And told them that he **there** would wait for them" および、"Which at this time was James's home, **there** learn'd" の二ヵ所で、どちらの場合も there を最後にもってきている。ちなみに、ワーズワスは、一八〇二年版で、すでにいくつかの修正をおこなっており、コウルリッジが問題にしている部分（a circumstance of which they took no heed）も、"Of this they took no heed" と変更されている。さらに一八二七年版で改訂は終了し、この前後の描写はより平明で具体的になった（*WPW* II, 11-12 参照）。

〔一二〕一八〇〇年序文（*W Prose* I, 144）（一部改変）。ここで引用されているのは文の途中までで、この後に次のように続く。「〔思うままである〕のに対し、押韻と韻律の場合は、韻律は一定の法則に従っており、詩人も読者もこれを進んで受け入れるが、それは、この法則が確定したものであり、また長い年月を経て一致した証拠が示すように、韻律と共存する快楽を高めたりより良くしたりすること以外には、この法則が熱情に干渉することがないからである。」引用で「意志を伴う」と訳した箇所は、本来ワーズワスの原文では "regular"（規則的な）となっているところを、コウルリッジが "voluntary" としたもの（*W Prose* I, 144）。上記ワーズワスの引用中の「詩人も読者もこれを進んで受け入れる（willingly submit）」という表現を念頭に置いて改変している可能性もある。

〔一三〕ワーズワスは『一八一五年詩集』に付した序文の中で、詩の制作に必要な諸力の筆頭に、観察力と描写力を挙げている（*W Prose* III, 26; *WP 1815* I, viii）。コウルリッジは、特にシェイクスピア批評において、内観と単なる観察との違いを繰り返し強調する。

〔一四〕民話で、さらった子の代わりに妖精たちが残す醜い子。

〔一五〕ドズリー（Robert Dodsley, 1703-64）は英国の詩人・劇作家、出版業者。ジョンソンやポープ、ヤングなど、名だたる作家・詩人たちの作品を出版し、一二巻からなる戯曲集、『古劇選集（*A Selected Collection of Old Plays*, 1744）』を編纂・出版し、エリザベス朝・ジェームズ朝演劇の復興に貢献した。ここで言及されている詩集とは、一七四八年に三巻本で、一七六五年に五巻の拡大版で出版された『詩人選集（*A Collection of Poems by Various Hands*）』のこと。

〔一六〕サットンとは、イングランド東部サフォークの外科医の息子 Daniel Sutton と Robert Sutton を指す。十八世紀初頭にトルコからもたらされた天然痘のための予防接種を一七六〇年代に改良した。引用の詩は、William Lipscomb（1754-1842）の「予防接種の効用（'Beneficial Effects of Inoculation' 1772）」から（一部改変）。厳密には、この詩の主題は「二人のサットン」ではない。

〔一七〕カウリーはピンダロスの「オリンピア祝勝歌」第二歌をギリシア語から英訳するにあたって、逐語訳は原典の味わいを損ねて意味も不明にするだけだと強調し、自分の時代の英語によって原典を自由に言い換えて、原典を再表現するのが彼の「翻訳」または「模倣」の方法であると述べている。ピンダロスの原典は一〇〇行であるが、カウリーの自由英訳は一九三行に及んでいる。*The Poetical Works of Abraham Cowley* (Edinburgh, 1777), Vol. II, 171–81. また *Pindar I, Olympian Odes, Pythian Odes* (LCL 56), 62–75 参照。

第19章

〔一〕クリスティアーン・ガルヴェ (Christian Garve, 1742–98) は、ゲレルトの後任としてライプチヒ大学哲学教授になった。アダム・スミス、アダム・ファーガソン、エドマンド・バークの著書などをドイツ語に訳している。その道徳論や批評の明晰な文体で知られている。

〔二〕クリスティアーン・フュルヒテゴット・ゲレルト。ドイツの詩人でライプチヒ大学教授。敬虔主義と啓蒙主義を併せ持ち、当時の人々に非常に大きな影響を与えた。代表作に、笑いの中に道徳と人生訓を説く『寓話と物語 (*Fabeln und Erzählungen*, 1746)』や、「自然における神の栄光」(ベートーヴェン作曲)を含む『宗教的頌歌 (*Geistliche Oden und Lieder*, 1757)』などがある。第10章訳注五二参照。

〔三〕引用は、『クリスティアーン・ガルヴェ評論集 (*Sammlung einiger Abhandlungen von Christian Garve*)』所収の「ゲレルトのモラル、著作全般、それに性格についての様々な注釈 ('Vermischten Anmerkungen über Gellerts Moral, dessen Schriften überhaupt, und Charakter')」から。ただしコウルリッジが言うように「逐語訳」ではなく、かなり意訳している。

〔四〕メンデルスゾーン (Moses Mendelssohn, 1729–86) はドイツのユダヤ人哲学者。作曲家のフェリックス・メンデルスゾーン (Felix Mendelssohn, 1809–47) の祖父。レッシングと非常に親しく、レッシングの『賢人ナータン (*Nathan der Weise*, 1778–79)』は彼がモデルになっていると言われている。カントとも文通をしていた。彼は、人々が宗教上の違いによって差別されることに強く抗議し、信仰の自由を擁護した。また哲学的には、思惟と意志の他に、感覚 (感情 Empfindung) の働きの独立性を認め、J. Sulzer にならって精神能力の三分説を主張した。一七六三年にはベルリン・アカデミーの懸賞論文で、カントと競い合って勝ったが、後にカントの批判哲学に深い興味を示し、「すべてを押しつぶし無にするカント」と評した。

〔五〕出典は、英国の劇作家 Thomas Tomkis（c. 1580–c. 1634）の喜劇『言語、あるいは言葉と五感との間の優越をめぐる戦い（*Lingua, or the Combat of the Tongue and the Five Senses for Superiority*, 1607）』一幕一場六〇—六一行。トムキスの作品には、この他に、アラビアの天文学者を扱ったもう一つの大学喜劇『アルブマサル（*Albumazar*, 1607）』がある。

〔六〕エドマンド・ウォラー（Edmund Waller, 1606–87）は国会議員も務めた王党派の詩人で、クロムウェルの時代に一時投獄されていたこともある。ドライデンはウォラーを "the father of our English numbers" と評し、彼とジョン・デナム（John Denham, 1615–69）が英詩の黄金時代とされるオーガスタン時代をもたらしたと考えている。「行け、美しい薔薇よ（'Go, lovely Rose'）」はウォラーの初期の作品で、一輪の薔薇に、美しいものはすべてはかないものであるというメッセージを託し恋人に伝えようとするという内容。「薔薇をつかめ（carpe rosam）」あるいは「この日をつかめ（carpe diem）」をモチーフにした優美な作品。

〔七〕チャールズ・コットン（Charles Cotton, 1630–87）は、英国の詩人・翻訳家。ウェルギリウスのパロディーである『スカロニード、あるいは戯作ウェルギリウス（*Scarronides, or Virgil Travestie*, 1664–70）』や、フランスの思想家モンテーニュ（Michel Eyquem de Montaigne, 1533–92）の『随想録（*Essais*, 1572–88）』の翻訳（*Essays*, 1685）で知られる。『スカロニード』という題名は、コットンと同時代のフランスの作家で同じく『戯作ウェルギリウス』を書いたポール・スカロン（Paul Scarron, 1610–60）の名に因んだもの。またアイザック・ウォールトンの『釣魚大全（*The Compleat Angler*）』第五版（一六七六年）の第二部を構成する Piscator と Viator の対話はコットンの手に成る。また『ピーク地方の奇観（*The Wonders of the Peake*, 1681）』は、イングランドの丘陵地帯ピーク地方の風光明媚を詠った地誌詩。ワーズワスも彼の詩を賞賛している。

〔八〕実際にはある種の規則に従って発音されたりされなかったりしているので、ここでコウルリッジが言うように「随意」ではない。

〔九〕「純粋で穢れない英語」は『妖精の女王』第四巻第二編三二連に言及したもの。「トロイルスとクリセイデ」の引用箇所は *Troilus and Criseyde*, V, 603–37, 645–51.

〔一〇〕ジョージ・ハーバート（George Herbert, 1593-1633）は十七世紀のいわゆる形而上詩人の一人。この章におけるハーバート論と彼の詩集『聖堂（*The Temple: Sacred Poems and Private Ejaculations*, 1633）』からの引用は、彼の詩を広く知らしめることに大いに貢献した。ハーバートの詩についてのコウルリッジのコメントは、*Friend* (*CC*) II, 44; *CL* IV, 893; *CM* II, 1032-41 参照。

〔一一〕第1章二二―二三頁参照。

〔一二〕ドレイトン（Michael Drayton, 1563-1631）による六三篇のソネット連作『イデア（*Idea*, 1619）』の第九番、一―五行。これに先んじてドレイトンは「愛（'Amour'）」と題する五一篇のソネットから成る『イデアの鏡（*Ideas Mirrour*, 1594）』や、九篇の田園詩から成る『イデア――羊飼いの花冠（*Idea: the Shepherds Garland*, 1593）』など、「イデア」という名称を用いた連作を出している。「イデア」は彼が愛を捧げたとされる女性の称。ここに言及する一六一九年の『イデア』は、初期の作品に基づいたと思われるものも含むが、それらは大幅に改作されて新しい連作になっている。コウルリッジの引用は *The Works of the British Poets*（1795）, III, 551 に見られるが、近年の版としては *The Works of Michael Drayton*, ed. by William Hebel (Oxford, Shakespeare Head Press, 1961), II, 315 も参照。ドレイトンは、さまざまなジャンルの詩を手がけた多作の作家であったが、その伝記的な面はほとんど知られていない。貧困のうちに死んだが、ウェストミンスター寺院に埋葬されている。人口に膾炙した詩 'Since there's no helpe, come let us kiss and part' は『イデア』（一六一九）のソネット六一番。他にイングランドの長大な地誌詩『多幸の国（*The Poly-Olbion*, 1612, 1622）』がある（本書第20章でこの詩が引用されている）。

〔一三〕Christopher Harvey (1597-1663), 'Confusion,' ll.1-16, in *The Synagogue: or the Shadow of the Temple*.

〔一四〕引用は、四連から成る「徳（'Virtue'）」の一―三連。ただし、第三連では box が nest に変更されている。

〔一五〕このソネットの本来の表題は単に 'Sinne' であるが、コウルリッジは最終行の表現を採って 'The Bosom Sin' としている。

〔一六〕岩はキリストの象徴。出一七・5―6及び一コリ一〇・4参照。

〔一七〕原詩の "my debt" をコウルリッジは "my guilt" としている。

第20章

〔一〕第19章三五八—五九頁、および訳注一参照。

〔二〕トマス・ムア（Thomas Moore, 1779–1852）はアイルランドの詩人で、代表作にアイルランド民謡の旋律に合わせて作った叙情詩集『アイルランド歌曲集（*Irish Melodies*, 1807–35）』があり、これによってアイルランドの国民詩人と目される。そこに収められた「夏の最後の薔薇（'The Last Rose of Summer'）」は、「庭の千種」という題で日本でも早くから紹介され（「庭の千種も虫の音も枯れてさびしくなりにけり」）、小学唱歌として広く歌われた。また東洋的な物語詩『ララ・ルーク（*Lalla Rookh*, 1817）』の出版とともにヨーロッパ中にその名が知られるようになった。

〔三〕ロバート・サウジーのこと。サウジーはヘンリー・ジェイムズ・パイ（Henry James Pye, 1745–1813）の後任として一八一三年に桂冠詩人になった。

〔四〕ワーズワスの「ペットの子羊——牧歌（'The Pet-Lamb—A Pastoral,' 1800）」六三—六四行。ただし引用の二行目は、原詩では「半分だけが彼女のもので、残り半分は私のもののように思える」となっている。この詩は、語り手が、少女と子羊との心温まるやり取りを目にして、彼女の心が自分の心に入ってくるような思いを持つという内容で、この二行は、この少女が詩を詠むことができたらこう詠んだであろうと想像した詩を書いた上で、語り手自身が述べた感想の部分である。

〔五〕「虹を見ると私の心は躍る（"My Heart leaps up when I behold..."）」で始まる有名な短詩（一八〇七年発表）の第七行。この詩の七—九行は「不滅なるものの暗示（'Ode: Intimations of Immortality from Recollections of Early Childhood,' 1807）」のエピグラフとしても用いられている。

〔六〕この詩の副題は、「グラスミアの谷間に戻ってきた後、炉辺で語った物語（A Tale Told by the Fire-side, after Returning to the Vale of Grasmere）」となっている。

〔七〕「ウィナンダーミアの少年」（"There was a boy..." で始まる『叙情民謡集』の中の一編）一〇—二五行。途中一行（一三行目）省略している。

〔八〕実際にはジョンソンの辞書では、"scene" の六つの定義の最初のものは、コウルリッジがここで強調している本来の意味、すなわち詩劇における「舞台」である。

〔九〕『楽園喪失』四巻一三九―四二行。サタンが神に復讐するために侵入してきたエデンの園を描写する箇所より。

〔一〇〕『楽園喪失』一一巻六三七行。原罪を犯し楽園を追放されるアダムに対して、天使ミカエルが幻によってこれから起こる出来事を示す箇所。

〔一一〕「牧人クリフォード卿が先祖の地へ復帰するにあたって、ブロウアム城での祝宴で詠める詩」('Song, at the Feast of Brougham Castle')一三八―六四行。クリフォード家は十三世紀頃から台頭し男爵位を受け継いできた。五代ロバートはエドワード二世の臣下としてロバート・ブルースと戦い、バノックバーンの戦いで戦死。九代ロジャーは百年戦争に加わり活躍。薔薇戦争ではクリフォード家はランカスター派の一員として戦い、十二代トマス、十三代ジョンもヨーク派との戦いで敗死。この詩でうたわれている十四代ヘンリーは領地をヨーク家に没収され、牧童として育つが、ヘンリー七世の時代に称号を回復。その後十五代ヘンリーの時に、カンバーランド伯に叙せられ、その後五代にわたって同爵位を継承したが、十七世紀後半にトマス・クリフォードが改めてクリフォード男爵家を再興した。

第21章

〔一〕本章の主眼は、フランシス・ジェフリーを批判することによって理想的な批評のあり方を論ずること。これは、ジェフリーから厳しい評価を受けたワーズワスを次の第22章で評価し直すための言わば布石である。

〔二〕第1章訳注三および第3章訳注六参照。

〔三〕この現代批評家についての詩はこの箇所が初出。*PW* I(2), 927–28 に収録されている。引用中の「生体解剖」の原語は "*viva sectio*" で、vivisection（<*vivus* living + *sectio* cutting）のこと。"The action of cutting or dissecting some part of a living organism"（*OED*）の意。

〔四〕「細心の注意を払い、しばしば理性を用い、そして常に第一印象を当てはめ、しかる後に非難なり賞賛なりをすれば――どちらでもかまわないが――私は満足します」（一八〇二年九月サザビー宛書簡、*CL* II, 863）。

〔五〕英国の聖職者トマス・レンネル（Thomas Rennell, 1754–1840）の説教集（*Discourses on Various Subjects*, 1801）に対する批評。レンネルは、後にウィンチェスター大聖堂の主席司祭を務めた（一八〇五―四〇年）。問題の批評は『エディンバラ・レヴュー』第一号（一八〇二年）に掲載され、評者はレンネルの著書を「明らかな真実を熱烈な言葉で表現している」価値のない作品と酷評している。さらにレンネル自身については、「まるで大言壮語と強い毒舌で不信心に反対して自分の主張を押し通し、人々を無理やりキリスト教徒にできるかのように、威張り散らす聖職者、我が物顔の福音伝道者のような態度を取っている」と表現されている。

〔六〕知恵の書一・4。

〔七〕Mark Akenside, *The Pleasures of Imagination* (1744), I, 30. 引用は原文と語順が一部入れ替わっている。

〔八〕*The Rule and Exercises of Holy Dying*, I iii 2. ジェレミー・テイラーの代表作の一つ（第3章訳注八参照）。この中で、朝日の「金色の角」（光）がモーセの角に喩えられている（P. G. Stanwood ed., *op. cit.*, Oxford UP, 1989, p. 33）。

〔九〕川の神。デーイアネイラ（Deianira）姫をめぐりヘラクレスと争い、蛇や牛となって戦ったが、角を折られて敗れた。

〔一〇〕パーン（Pan）。森、野原、牧羊の神で、頭に角があり、耳と脚はヤギ。

第22章

〔一〕『一八一五年詩集』を指す。以下同様。これ以降、この詩集から引用・言及される個々の作品の参照箇所を、コウルリッジが明示していない場合には、〔第二巻〇頁〕のように出典に添える。この詩集については、Jonathan Wordsworth 監修の復刻本シリーズ、*Revolution and romanticism, 1789–1834* の以下の版（*WP 1815*）を参照。William Wordsworth, *Poems 1815*, in 2 vols., Oxford: Woodstock Books, 1989.

〔二〕ワーズワスはコウルリッジのこの批評を意識してか、この詩を読んだことのないある羊飼いが、この最後の四行とほとんど同じ言葉を語ったのを、ある旅人が実際に聞いたという話を、のちにイザベラ・フェニックに語っている（*WPW* IV, 417 参照）。

〔三〕Abraham Cowley, *A Discourse by Way of Vision, Concerning the Government of Oliver Cromwell. Works* (1681), iv, pp. 52–78 参照。

〔四〕Anicius Manlius Severinus Boethius (c. 480–524), *De consolatione philosophiae*. バークリーについては、第9章訳注三

九参照。

〔五〕 Metastasio は「変身」の意。本名は Pietro Bonaventura Trapassi（1698–1782）。イタリアの詩人、オペラ台本作者。アルカディア・アカデミーの院長グラヴィーナに認められ養子となってメタスタージオと呼ばれる。彼の抒情詩劇はグリュック、ヘンデル、モーツァルトら、著名な作曲家によって楽劇となっている。

〔六〕 第18章三三一頁参照。

〔七〕 盲目の少年が船にしようと考えたのは、一八〇七年版では「甲羅」ではなく「桶」だった。コウルリッジは一八〇八年の『ノートブック』（*CN* III, #3240）で、自分なら洗濯桶ではなく、ウィリアム・ダンピアの旅行記にあるような緑亀の甲羅にするだろう、と書いている。ワーズワスはこの示唆に基づいて、ありふれた家庭用品をより珍しいイメージに変えたが、彼が実際に聞いた話では桶が使われたことを付記している。

〔八〕 この表題は一八二〇年出版の詩集で付けられたもの。『一八一五年詩集』では表題はなく、「愛情に基づく詩」の二〇番目の詩として収録されている。

〔九〕 本書第14章二六四頁に述べられている「詩的信仰」すなわち、「想像力が生み出した影像」に対する「不信の念の自発的な一時停止」という心の状態を、ここで再び繰り返し述べている。

〔一〇〕 アリストテレス『詩学』第九章冒頭（『アリストテレス全集』第一七巻、三八—三九頁）参照。

〔一一〕 Sir William Davenant（1606–68）, *Preface to Gondibert*（Paris, 1650）, pp. 24–25. 強調はコウルリッジ。

〔一二〕 *Excursion*, III, ll. 23–73.

〔一三〕 一般にバニアンの木といわれるイチジクの種類と考えられる。多くはインドや東南アジアに生育する。垂れ下がった枝が地面に根を張るために、一本の母木の周りに何本もの子木が育ったような形になり、葉叢を屋根として木々を柱とした回廊のような木陰を作る。

〔一四〕 ベーコンにこの言葉通りの記述はないが、視覚と聴覚については『森の森』第三部（*Sylva sylvarum*, Century III, *Works* IV, 287–94）参照。また「二重ペン」（penna duplex）とは、手の一つの動作で二本のペンが同時に動く仕組みになったペン。

〔一五〕 テーベの遺跡にあるアメンホテプ三世の二体の巨大な石像を指す。そのうちの一体は紀元二七年に地震で上半身に亀裂が入ったが、東に向って建てられているその像は、朝日の光を受けると弦を弾いたような音を発するようになったという。おそらく亀裂の中の空気の温度上昇が原因。メムノンの像では光が音を招いたが、ミルトンの詩行が表しているのはその反対に、音の反響が柱廊のイメージを浮かび上がらせるというのが、コウルリッジの意味するところと考えられる。

〔一六〕芸術作品の「直接の」目的は喜びであるという考え方は、本書第14章（二六八頁）にも表れている。また『共感的批評の原理』序論（*SWF* I, 358）参照。芸術の「究極的」目的は科学の場合と同様に「真理」でもあり得るが、その「直接の」（immediate）目的は、まず美を通して直観的に快感を与えることであるとコウルリッジは強調している。

〔一七〕エピクテトス（第16章訳注六参照）はギリシアのストア派の哲学者。奴隷の身分であったが、ネロの重臣であった主人に才能を認められて解放され、哲学の教師となる。彼の講義録はのちの皇帝アントニヌス（Marcus Aurelius Antoninus, 121–180）のストア哲学に大きな影響を与えた。

〔一八〕天分を持ちながら世に知られることなく埋もれたまま一生を過ごす人々が数多くいるというワーズワスのやや感傷的な見解に対して、コウルリッジは天分そのものが稀なものであり、またそれが真の天分であれば、不利な境遇をも突破して現れてくるものだと強調する。『ノートブック』（*CN* III, #3415）ではグレイの「エレジー」から「たくさんの花々が人に見られることなくバラ色に染まる」という一行を引用し、それに対してレッシングの「プラウトゥスの生涯と作品」から次の文章を引用している。「運命は偉大な精神をどの階級からも出現させる。そのような精神はつねに前へと進まねばならず、世の賞賛を受けるようになるものなのだ。」

〔一九〕Thomas Chatterton（1752–70）は十七歳の若さで自ら命を絶った英国の天才的少年詩人。Thomas Rowley の偽名で詩集を出した。彼の詩はワーズワスやキーツに高く評価され、コウルリッジもクライスツ・ホスピタル時代に「チャタートンの詩を悼む哀歌（'Monody on the Death of Chatterton'）」を書いている。

〔二〇〕Daniel Defoe（1660–1731）言及されている作品の原題は *The Fortunes and the Misfortunes of the Famous Moll Flanders; The History and Remarkable Life of the Truly Honourable Colonel Jack.* Henry Fielding（1707–54）の作品名は *The History of Tom Jones, a Foundling; The History of the Adventures of Joseph Andrews.* デフォーとフィールディングに関するコウルリッジの批評については、*CM* II, 158–68, 687–95 参照。

〔二一〕　ホラティウス『詩の技法（*Ars poetica*）』一一四―一一九、一五三―七八行（LCL 194, pp. 458-61, 462-65）参照。ホラティウスは登場人物の言動を、その立場にふさわしく、またその立場を代表するものとして描くべきであると説いている。

〔二二〕　クロプシュトック（第9章訳注二九参照）の『救世主（*Der Messias*）』をコウルリッジはミルトンの『楽園喪失』と比較して、クロプシュトックの語りや出来事はミルトンのそれと比べて作為的な感を与えると評している。*Misc C*, 162, *CL* II, 811 参照。カンバーランド（Richard Cumberland, 1732-1811）は、イギリスの劇作家。財産と恋人を巡って兄弟が争う喜劇『兄弟（*The Brothers*, 1769）』や、西インド諸島（ジャマイカ）で生まれ育った主人公の寛大さと純朴さをロンドンの文明的で退廃的な都会的生活と対比して描いた『西インドの人（*The West Indian*, 1771）』のような感傷的な喜劇に加え、悲劇や小説や伝記なども書いた。またアリストファネスの『雲』を英訳している。『カルヴァリー、あるいはキリストの死（*Calvary, or the Death of Christ*, 1792）』はキリストの死を主題にした宗教的叙事詩。

〔二三〕　本章訳注九参照。

〔二四〕　原語は ventriloquism で、詩やドラマの登場人物を通して作者自身の声を聞かせること。つまり作者が自らの姿を滅却し切れずに、作中の人物の中に自分を現してしまうことであり、その「腹話術」から完全に脱却している真の劇作家がシェイクスピアであるとコウルリッジは考える。この言葉は次の箇所に見られる。*Lects 1808–1819* I, 138, 351; II, 441, 513; *Misc C*, 54, 90, 394, 411. また、本書9章訳注三三参照。

〔二五〕　該当する詩は 'Anecdote for Fathers,' sts. 4-13 及び 'Extract from the conclusion of a poem.' ただし『一八一五年詩集』では六二頁に該当する頁は Juvenile Pieces という区分のタイトル・ページの裏で白紙になっており、それに向き合う頁に "Extract..." があるが、そこには頁付けがない。

〔二六〕　ヘラクレスは誤ってイフィトスを殺してしまった罪として、リディアの女王オンパレーから、女性の服を身につけ女奴隷の間で三年間毛糸紡ぎをする刑に処せられたという。

〔二七〕　グライム（Johann Wilhelm Ludwig Gleim, 1719-1803）は、ドイツのアナクレオン派の代表的詩人、晩年は青年詩人の保護者として活躍。アナクレオン派は十八世紀ドイツの文学流派で、ギリシア詩人アナクレオン（第14章訳注七参照）に倣い、優美な作風で恋愛と酒をテーマに人生の楽しみを歌った。ギリシア詩人テュルタイオス（紀元前六五〇年頃活躍）は、スパルタ軍を鼓舞する歌を作り、それがスパルタ軍の勝利に導いたと言われる。コウルリッジがグライムをこの二人のギリシア詩人に重ねているのは、プロイセン王フリードリッヒの戦争に触発されて書いた彼の代表作で、愛国的かつアナクレオン的な『或る擲弾兵のプロイセン軍歌（*Preussische Kriegslieder von einem Grenadier*, 1758）』などが念頭にあったからと考えられる。

〔二八〕 Friedrich Heinrich Jacobi, *Über die Lehre des Spinoza*, p. 51.

〔二九〕 マタ九・22、マコ五・39、ルカ八・52参照。

〔三〇〕「模倣」と「模写」については第18章三三九頁および訳注一五参照。

〔三一〕 第16章二八六―八七頁参照。

〔三二〕 第1章二二頁参照。

〔三三〕 Gaius Sollius Apollinaris Sidonius（c. 430–88） ガリアのローマ貴族。ローマで高官となり、クレルモンの司教を務める。若干の皇帝賛歌の他、多くの書簡を残している。

〔三四〕 クライスツ・ホスピタル時代の恩師ボイヤーの教えを念頭において書かれたものと思われる。第1章九頁参照。

〔三五〕 *Logic*, 15-16 参照。

〔三六〕 例えば青年期のコウルリッジがボールズに傾倒していたこと。第1章一四頁参照。

〔三七〕「星を眺める人々（'The Star-Gazers'）」九―二四行を指す。

〔三八〕『序曲』（一八〇五年版）では第一巻四二八―八九行に相当する部分（一部改変）が、『一八一五年詩集』では「自然の影響（'Influence of Natural Objects'）と題して収録されている。引用は『序曲』第一巻四六五―七三行に相当。

〔三九〕「子猫と落葉（'The Kitten and the Falling Leaves'）」六三―七五行、及び「カッコーに寄せて（'To the Cuckoo'）」。

〔四〇〕 ワーズワスは、主題とした人物になりきって描くのではなく、その人物との間に、いわば芸術家と対象の間の距離をおいているということ。コウルリッジは一八三三年二月の卓上談話の一つで、ワーズワスとゲーテの共通な性格として次の点を挙げている。「かれらは両方とも詩の主題に対する非共感性という性質を持っている。彼らはどちらも常に外から見ているのだ。シラーにはゲーテより何千倍も心がこもっている」（*TT* I, 342）。またワーズワスが劇作品的な対話を詩に織り込むことには不向きであるとして、次のようにも語っている。「彼はまさに彼特有の……観想者的な立場を、決して放棄すべきではなかった。彼にふさわしい名称は外からの見物者なのだ」（*TT* II, 178）。本章四一九頁および訳注二四参照。

〔四一〕「ある者は愛のために死んだという（'Tis said that some have died for love'）」。

〔四二〕コウルリッジはこの語（fancy）により、観念連合の力によってさまざまなイメージを想起し、それらを結びつける働きを意味することが多い。比喩表現や寓意的表現もその中に入る。これに対して「想像力」はコウルリッジにとって、「空想力」が連合によって集めたイメージ群を、作品の中で有機的全体としてまとめる形成力を意味している。「空想力」と「想像力」という用語の意味については、特に第4章八三―八四頁および訳注一三、一五、一九、第13章二五九―六〇頁および訳注二〇参照。

〔四三〕ワーズワスが用いた"pining"（しおれる）という語を、コウルリッジは"pinal"（マツの）としている。

〔四四〕次の七編のソネットを指す。「あの船が旅行く国はどこにあるのか（'Where lies the Land to which yon Ship must go ?'）」、「龍の目のように（'Even as a dragon's eye'）」、「ダドン川に寄せて（'To the River Duddon'）」、「ウェストミンスター橋にて詠める（'Composed upon Westminster Bridge'）」、「王座への階段を見たように思った（'Methought I saw the footsteps of a throne'）」、「うるわしい夕べ（'It is a beauteous Evening'）」、「スイス征服に関する一英国人の思い（'Thought of a Briton on the Subjugation of Switzerland'）」。

〔四五〕『ライルストンの白牝鹿（*The White Doe of Rylstone*）』は、一八一五年に発表された作品。本章で論じられてきた『一八一五年詩集』には収録されておらず、二〇年の詩集に収められた。

〔四六〕William Bartram（1739-1823）はアメリカの自然誌家。動植物の標本を求めてアメリカ南東部をまわったときの記録をまとめた旅行記（*Travels*, 1791）はイギリス・ロマン派の作家たちに影響を与えた。フィラデルフィアに植物園を開園した植物学者John Bartram（1699-1777）の子。

〔四七〕『一八一五年詩集』の第一巻の巻末に付されたワーズワスによる「序文への補遺」（'Essay, Supplementary to the Preface'）からの引用。*W Prose*, III, 66; *WP 1815* I, 348 参照。この論考は、『エディンバラ・レヴュー』の有力な編集者フランシス・ジェフリーを筆頭とする何人かの批評家が、ワーズワスの新しい詩の方法を酷評したことに対する反論として書かれたもので、その最初のパラグラフが、批評家のやり方を辛辣な言葉で非難しているため、その後の版では削除されることになった。

〔四八〕フランシス・ジェフリーのこと。コウルリッジは一八二五年七月のダニエル・スチュアート宛の書簡にも、これと同様な話を書いている（*CL* V, 475）。ところでヘンリー・ネルソンおよびセアラ・コウルリッジの編纂による一八四七年版の*BL*は、この話の真偽のいかんにかかわらず個人的な言述であり、父コウルリッジもおそらく活字にすることを望まなかっただろうとして、このパラグラフと、続く原注を削除している。*BL*(1847) I, clviii–clix; II, 184 参照。

〔四九〕諺的な表現で、「白眼を黒いと言う」とは「あら捜しをする」の意。

〔五〇〕『叙情民謡集』初版に発表された「ブレイクばあさんとハリー・ギル」、「白痴の少年」のこと。ブレイクばあさん（Goody Blake）は貧しい生活を送る老婆で、ハリー・ギルの生垣から暖をとるための小枝を盗む。ハリーに見つかると跪いて、ハリーの体が暖まりませんようにと神に祈る。それ以来ハリーは寒くて震え続け、歯をガチガチ鳴らしているという内容。ジョニーとベティ・フォイは、「白痴の少年」の主人公の少年とその母親。ベティは、病気の隣人スーザンのために、溺愛する息子を子馬に乗せ、夜道を町まで一人で医者を呼びに行かせるが、一向に戻らぬ息子を心配し、憔悴しながら一晩中探し回ってようやく森の中で息子を見つけ、ベティとジョニーを心配したことでなぜか元気を回復し迎えに来たスーザンと共に帰路に着く。この詩については第17章で言及されている（三一〇頁）。

〔五一〕いくらか誇張された表現。一八一五年九月に原稿が印刷業者に渡された時点では、『文学的自叙伝』は全体の四分の三程度の入稿にすぎず、翌月に『シビルの詩片』と共に印刷は開始されたが、第22章の拡大を含む最終的な形が決まるのは出版年である一八一七年に入ってからとなった。

サティレインの書簡

書簡1

〔一〕第22章と第23章の間に挿入された三つの書簡は、いずれも一七九八―九九年のドイツ留学にまつわるもので、一八〇九年に『友』第一四、一六、一八号で発表された（*Friend* (*CC*) II, 187–96, 209–21, 236–47）。「サティレイン(Satyrane)」は、スペンサーの『妖精の女王』に登場するサテュロスの息子で、ユーナ（真理）に仕える騎士の名に由来する。『友』第一四号巻頭の詩の中で、コウルリッジはサティレインを「偶像破壊者」と呼んでいる（*Friend* (*CC*)II, 184）。ハンブルクまでの船旅を記したこの第一の書簡は、一七九八年一〇月三日付の妻への手紙を改訂したもの（*CL* I, 420–28）。この旅行にはワーズワス兄妹、友人のジョン・チェスターが同行した（「一番重症の船酔いに苦しんでいたイギリス人の婦人」として言及されるのはドロシー・ワーズワスである）。コウルリッジはドイツ滞在中に週に二度、妻セアラと友人トマス・プールに交互に手紙を書く約束をしていた。書簡2は、一七九八年一〇月二六日付けのプール宛書簡と一一月八日付けの妻宛の書簡をまとめたもの（*CL* I 430–40）、書簡3は、九八年一一月末から翌年一月にかけて二人に宛てた四通の手紙がもとになっている（*CL* I, 441–49, 453–58, 460–61）。

〔二〕ギリシア神話の夜の女神ニュクスの子、非難と嘲笑の神。胸に窓でも持つのでなければ心が見えないという理由で、人間を創造した火と鍛冶仕事の神ヘーパイストスを嘲笑した。

〔三〕原語はフランス語（un philosophe）。ここでは敢えて「哲学者」と訳出したが、「フィロゾーフ（philosophe）」は、狭い意味では、ディドロ（Denis Diderot, 1713–84）やヴォルテール（Voltaire, 1694–1778）をはじめとする十八世紀フランスの啓蒙思想家・知識人、ある種の自由思想家を指す言葉。概して言えば、理性を拠りどころとした、キリスト教を含む伝統的な権威の徹底的な批判が「フィロゾーフ」たちに共通する特徴的な姿勢と言える。この呼び名には、浅薄な哲学的知識をひけらかす人（philosophaster）という含みもある。当代の「哲学者」について（ただし、ここでの原語は英語の philosophers）、ドイツに旅立つ半年ほど前の一七九八年三月、兄ジョージ宛書簡の中で、コウルリッジは、イギリスとフランスの両方で哲学者や自由の友（擁護者）の称号を独占している者たちの道徳的・知的傾向を非難している（*CL* I, 395）。「哲学者」を名乗った顛末はまもなく語られることになるが、そこではより端的に「大陸的な意味での哲学者」としての「フィロゾーフ」が問題になる。

〔四〕スコットランド高地地方の軽快な踊り。同じ綴りの reel には「千鳥足」の意味がある。

〔五〕John Walker (1732–1807), *A Dictionary of the English Language, Answering at Once the Purpose of Rhyming, Spelling, and Pronouncing* (1775). コウルリッジの時代によく使われた辞典であった。

〔六〕トバイアス・スモレット（Tobias Smollett, 1721–71）の小説『ロデリック・ランダムの冒険（*The Adventures of Roderick Random*, 1748）』に登場するスコットランド出身の学校教師。その訛りのひどさは、「まるでアラビア語かアイルランド語のようで、四分の三は理解不能であった」と書かれている。

〔七〕 当時デンマーク領だったヴァージン諸島セントクロイ。

〔八〕 ロンドン通信協会。フランス革命の勃発に刺激され、トマス・ペイン (Thomas Paine, 1737–1809) の『人間の権利 (*The Rights of Man*, 1791–92)』に啓発されて、一七九二年ロンドンで結成された急進的な労働者階級の政治団体。靴職人トマス・ハーディ (Thomas Hardy, 1752–1832) を中心に少数の有志によって発足したが、たちまち組織が拡大、国内諸都市の改革団体やフランス国民公会とも連携を保ちながら、民衆の自己啓発・情報交換、議会外改革運動の全国規模への組織化を実践した。先導するジャコバン主義者たちは、ロンドンのハイド・パークでよく熱弁を振るった。

〔九〕 ペインはイギリスの職人階級出身で、一七七四年アメリカに移住、アメリカ独立革命を促進した『コモン・センス (*Common Sense*, 1776)』を執筆。後にヨーロッパに渡り、エドマンド・バークのフランス革命批判（『フランス革命の省察』）への反論として『人間の権利』をイギリスで発表。当時の急進主義に最も大きな影響を与えた（訳注八参照）。共和制の擁護に努め、反逆罪に問われてフランスに亡命。『理性の時代 (*The Age of Reason*, 1794)』では、理神論の見解を公にした。『理性の時代』に対するコウルリッジの反応については、『政治と宗教に関する講演』(*Lects 1795*, 149 ff) 参照。

〔一〇〕 原語のフランス語 (*persiflage*) は、「からかう (persifler)」という動詞の派生語で、冗談、揶揄、物事を扱うときの軽薄さを意味する。この語のニュアンスの理解には、*OED* に挙げられている、英国の福音主義の作家、いわゆるブルーストッキングの一人、ハンナ・モア (Hannah More, 1745–1833) の『女子教育論 (*Strictures on the Modern System of Female Education*, 1799)』からの用例が参考になるかもしれない。「フランス人が……*persiflage* という言葉で非常に巧く言い表すものを構成する、皮肉と不敬と利己心と嘲笑の冷たい合成物 (The cold compound of irony, irreligion, selfishness, and sneer, which make up what the French... so well express by the term *persiflage*.)」。

〔一一〕 Aulus Gellius (c. 123–c. 165), *Noctes Atticae*, 1. 3. 20. ここではラテン語で引用されているが、原典中でのペリクレスの言葉はギリシア語。*The Attic Nights of Aulus Gellius*, with an English Translation by John C. Rolfe (LCL 195) p. 19.

〔一二〕　コウルリッジはこの言葉（原語は neighbourhood）を、精神的・政治的性格上の結びつきを持たずに近接する集団のあり方を意味する語として使っている（*Friend*（*CC*）I, 200n 参照）。

書簡2

〔一〕　妻セアラのこと。書簡1の訳注一参照。

〔二〕　ウィリアム・ワーズワスのこと。ワーズワス兄妹はハンブルクまでは同行していたが、その後コウルリッジはラッツェブルクに、ワーズワス兄妹はゴスラーに落ち着き、書簡を交わしながらそれぞれのドイツ生活を送ることになる。

〔三〕　第3章訳注一八参照。

〔四〕　Edmund Spenser, *Amoretti*（1595）, Sonnet. V, 11–12（一部改変）。

〔五〕　コモリガエル。雌が雄の助けを借りて卵を背面につけ、卵は背中の皮膚のくぼみの中で発育する。一八〇八年四月二八日付のサザビー宛書簡でもコウルリッジは同じ喩えを使い、次々に生まれてくる自分の思想を、母蛙が背中で卵を孵化させて子蛙が四方に散らばって行く様子に喩えている（*CL* III, 94–95）。

〔六〕　各家屋の窓の数を基準に課税する窓税の歴史は十七世紀末に遡る。そもそもガラス入りの窓が高価なものだったこともあって窓が課税の対象になり、主として富裕層に課せられた税金だった。大ピットの時代には窓税が引き上げられ、課税対象も十五以上の窓をもつ住宅から七つ以上となる。小ピット政権下では、一七九二年に導入された累進窓税をさらに三倍にする増税がなされた。コウルリッジが言及しているのはこの小ピットの政策と考えられる。中流階級にとって大きな重荷となった窓税は、一八五一年に廃止されるまで、時代によって変更が加えられながら、英国の建築に影響を与えた。

〔七〕　瑣末な詳細を含む省略部分については *CL* I, 432 参照。

〔八〕　ホガース（William Hogarth, 1697–1764）は、風刺画集『当世風の結婚（*Marriage à la Mode*, 1745）』で有名な、英国を代表する画家。コウルリッジは、イギリスの聖職者・歴史家トマス・フラー（Thomas Fuller, 1608–61）の『英国名士の歴史（*The History of the Worthies of England*, 1662）』（コウルリッジが所有していたのは一八一一年出版の二巻本）に書き込みを残しているが、彼がその散文を高く評価していた著者フラーも含め、シェイクスピア、ミルトン、デフォーといった文人と共に、ホガースを、他に類を見ない五人の偉大な英国人として挙げている（*CM* II, 816）。

〔九〕 Jean Baptiste Isoard（Delisle de Sales）（1743–1816）.『自然の哲学について（*De la philosophie de la nature*, 1770, 74, 77)』で特に知られるフランスの哲学者。

〔一〇〕 Victor Klopstock（1744–1811） 一七六七年に刊行されたハンブルクの新聞、*Neue Zeitung* および商業新聞 *Adresskomptoirnachrichten* の編集に携わった。

〔一一〕 Christoph Daniel Ebeling（1741–1817） ハンブルク・アカデミー・ギムナジウムの古典と歴史の教授、図書館長。北米の地理・歴史の研究家。

〔一二〕 Lazare Hoche（1768–97） フランス革命軍の将官。オーストリア・プロイセン軍をアルザスから撤退させ（一七九三年）、ヴァンデにおける王党派農民の反乱を鎮圧した（九四—九六年）。

〔一三〕 シェイクスピアの『十二夜（*Twelfth Night*)』二幕四場一一三—一四行のヒロイン、ヴァイオラの台詞（「彼女は石に刻まれた『忍耐』像さながらに、悲しみに微笑みかけじっと耐えていました」）をもじった表現。

〔一四〕 Heinrich Friedrich Möller（1745–98）作『ヴァルトロン伯爵あるいは隷属（*Der Graf von Walltron oder die Subordination*, 1776)』をフランス語に翻訳した劇（*Le Comte de Waltron*）。メラーは俳優で劇作家。『ヴァルトロン伯爵』は、当時はよく知られた劇で、いくつかの版を重ね、一八三〇年代まで様々な場所で上演された。『友』一六号（一八〇九年一二月七日付）でも、コウルリッジは彼の作品を、コッツェブー（訳注一五参照）の感傷的な「パントマイム的悲劇とお涙頂戴の喜劇」への批判と結び付けて論じており（*Friend*（*CC*）II, 216–17）、一八一三年の文学と教育を論じた講演でも、コッツェブーとその模倣者たちの現代劇の特徴である感情の歪曲の例証としてこの劇を引き合いに出している（*Lects 1808–1819* I, 568）。ただしメラーは、時系列的には、コッツェブーの模倣というより先駆なものと位置づけられる。

〔一五〕 August Friedrich Ferdinand von Kotzebue（1761–1819） ドイツの劇作家。若くしてロシアに赴き官職に就き（一七八一—九五年）、コウルリッジがドイツ留学していた頃には、ウィーンの宮廷劇場の座付き作家だった（一七九八—一八〇〇年）。二〇〇篇以上の戯曲を書き、ドイツだけでなくイギリスでもよく知られていた。コウルリッジは、大いに人気の高かった彼とその亜流の作品を低俗なものとみなし、文学講演の中で、当代の趣味の低劣さの体現として批判している（*Lects 1808–1819*, 520, 568）。

〔一六〕アリストテレス『詩学』第九章（『アリストテレス全集』第一七巻、三八―三九頁）参照。

〔一七〕第17章訳注九参照。

〔一八〕第15章訳注七参照。

〔一九〕悲劇役者の靴と訳した原語は buskins で、厚底の編み上げ長靴のこと。古代ギリシア・ローマの悲劇役者が履いたことから「悲劇」を表わす言葉ともなった。

〔二〇〕ギリシア神話の人物で、トロイの王子、アンドロマケの夫。トロイ戦争でトロイ側の総大将として最も勇敢な働きをしたが、アキレスに討たれた。

〔二一〕《 》内の前半は、ユヴェナリスの『風刺詩』第八歌二〇行。*Juvenal and Persius* (LCL 91), 158, 159. 後半は『リア王』一幕一場二四一行を踏まえた表現。

書簡3

〔一〕リチャード・グラヴァー（Richard Glover, 1712–85）はたくさんの無韻詩を書いたが、その中には『レオニダス（*Leonidas*, 1737）』、『ロンドン、あるいは商業の発展（*London, or the Progress of Commerce*, 1739）』、『アテナイド（*The Athenaid*, 1788）』などの作品が含まれる。しかし彼が今日記憶されているのは、パーシーの『古謡拾遺集』にも収録された「ホージャー提督の幽霊（'Admiral Hosier's Ghost,' 1740）」の作者としてである。ホージャー提督（Francis Hosier, 1673–1727）は西インドで熱病に罹り四千人の海兵とともに没した。

〔二〕*The Messiah. Attempted from the German of Mr. Klopstock*（1763）メアリー・コリア（Mary Collyer）とジョゼフ・コリア（Joseph Collyer）の共訳。その後六年で四版が出版された。

〔三〕ギリシア語の英雄詩体は長短短調の六歩格（dactylic hexameter）であり、したがって一行は一八音節となるが、英語の英雄詩体は弱強調五歩格（iambic pentameter）、すなわち一行が一〇音節からなる。

〔四〕第15章訳注七参照。

〔五〕九月二九日のこと。実際には大天使ミカエルはハンブルクの守護天使ではないが、ミカエルを奉じる聖ミヒャエル教会はハンブルクの象徴である。

〔六〕 第22章訳注二二参照。

〔七〕 クロプシュトックは、十四歳のときにミルトンを読んだことがあると語っている。本章五〇三頁参照。

〔八〕 Jean Baptiste Rousseau（1671–1741）はフランスの詩人・劇作家。傲慢な性格で知られ、文人たちを痛烈に風刺する詩を書いたために訴えられて国外追放となった。ブリュッセルで客死。生前はマレルブやボアローの後継者と目され名声を博したが、没後は人々の記憶から忘れ去られた。『運命へのオード（*Ode à la fortune*）』は彼の代表作。その他に性格喜劇の『おべっか使い（*La Flatteur*, 1696）』など、戯曲も多数残している。

〔九〕 クロプシュトックの戯曲『ヘルマンの戦い（*Hermanns Schlacht*, 1769）』のこと。

〔一〇〕 Johann Heinrich Voss（1751–1826） ドイツの詩人、翻訳者。オイティン（Eutin）のギムナジウムの校長を務めた。古典的作風で創作し、『神話の手紙（*Mythologische Briefe*）』（2 vols, 1794）によりギリシア神話に対する関心を喚起するのに貢献した。『オデュッセイア』と『イーリアス』を翻訳したが、コウルリッジはこの翻訳を絶賛している（*CL* IV, 655）。

〔一一〕 レッシングがボッカチオの『デカメロン（*Decamerone*, 1348–53）』の中の話を基に書いた『賢者ナータン（*Nathan der Weise*, 1779）』のこと。第19章訳注四参照。

〔一二〕 ゲーテの若い頃の代表作『ゲッツ・フォン・ベルリッヒンゲン（*Götz von Berlichingen*, 1773）』。中世末期のドイツを舞台に、自由のために宮廷の利己主義や不正と戦う誠実剛毅な騎士を主人公にしたシェイクスピア風の戯曲。

〔一三〕 シラー『群盗（*Die Räuber*, 1781）』三幕二場。『群盗』は老伯爵フォン・モールの息子である兄カールと弟フランツとの確執を扱った悲劇。この場面はカールが沈みゆく太陽の美しさに感動し、自分のかつての無垢な心が失われてしまったことを嘆く場面。

〔一四〕 Gottfried August Bürger（1747–94） ドイツの抒情詩人。結婚後に妻の妹を愛し、詩の中でその苦悩をうたった。情熱的なバラードをたくさん書いているが、中でも夢と現実の錯綜した『レノーレ（*Lenore*, 1774）』は傑作とされる。

〔一五〕 クリストフ・フリードリッヒ・ニコライ（Christoph Friedrich Nicolai, 1733–1811）は多作な作家で本屋でもあった。カントをはじめ、当時の様々な思想家を攻撃した。

〔一六〕ヨハン・ヤコブ・エンゲル（Johann Jakob Engel, 1741–1802）はドイツの作家で、小説や劇の他、『世界のための哲学者（*Der Philosoph für die Welt*, 1775–78）』のような哲学書も書いている。

第23章

〔一〕オランダの人文主義者・神学者、エラスムス（Desiderius Erasmus, c.1466–1536）の『痴愚神礼賛（*Encomium Moriae*, 1509）』に付された書簡。ラテン語風刺文学『痴愚神礼賛』は、聴衆を前にした痴愚女神（モリア）の自画自賛の長広舌という形式で、権威者の痴愚への隷従ぶりを描きつつ、この世の愚者こそ神の前には英知の人であることを暗示する。

〔二〕*Friend* (*CC*) I, 326–38. 反体制的と言われる講演『人々への呼びかけ（*Contiones ad Populum*）』は *Lects 1795*, 25–74 に見られる。

〔三〕Charles Robert Maturin（1782–1824）, *Bertram; or, The Castle of St. Aldobrand* (1816). (Jonathan Wordsworth 監修の復刻本シリーズ *Revolution and romanticism, 1789–1834* に収録。）マチュリンはアイルランドの小説家・劇作家。ダブリンのセント・ピーターズ教会牧師。小説『運命の復讐、あるいはモントリオ一族（*The Fatal Revenge; or the Family of Montorio*, 1807）』は、ウォルター・スコットの好意的な書評を得る。悲劇『バートラム』は、スコットの斡旋のあと、当時ドルーリー・レーン劇場の選考委員だったバイロンの尽力により、一八一六年五月から同劇場で上演された。また、代表作『放浪者メルモス（*Melmoth the Wanderer*, 1820）』は、ゴシック小説の分水嶺的作品で、フランスの小説家バルザック（Honoré de Balzac, 1799–1850）や詩人ボードレール（Charles Pierre Baudelaire, 1821–67）にも注目された。

　本章は、一八一六年八月二九日、九月七、九、一〇、一一日付けの『クーリア』紙上にコウルリッジが匿名で寄稿した五つの手紙で構成される『バートラム』批評が基になっている。ただし、第一の手紙の後半部は大幅に削除されている。『バートラム』評者としてのコウルリッジの立場は難しいものだった。ドルーリー・レーン劇場で『バートラム』が、シェイクスピア役者として有名な Edmund Kean（1787–1833）主演で大成功を収めた同じ頃、コウルリッジの戯曲『ザポリア（*Zapolya*, 1817）』は、同劇場の選考委員会により上演が却下される。ただし、彼の前作『悔恨』

は、同劇場の上演レパートリーにまだ入っていた。このような中でコウルリッジは、同時代のライバル作家の作品を批判し、利害関係のある劇場の演目の選考のあり方に疑問を呈しているのである。『クーリア』紙上の劇評は、*BL* 中でも彼自身が盛んに嫌悪を表明している「匿名の批評家」としての立場で書かれたもの。本章では削除された第一の手紙の文面には、劇場の方針に対する苦々しい感情が露わに読み取れる（『クーリア』における劇評及び *BL* 版との異同については、*BL*(*CC*)II, Appendix B, 257–79; *EOT* II, 435–40 参照）。ホイットブレッド（訳注五参照）の死後、新たに劇場の経営責任者となった Alexander Rae 宛の一八一七年四月一五日付けの書簡の中でコウルリッジは、『クーリア』の手紙について、考えそのものは自分のものだが、書いたのは彼の筆記者モーガンだという苦しい言い逃れをしている（*CL* IV, 720 参照）。

〔四〕実際は『クーリア』紙の編集者。前訳注参照。

〔五〕ホイッグ党の政治家で（第11章訳注一参照）、ドルーリー・レーン劇場を再建・改革するための運営委員会の委員長を務めた。一八一五年に彼が亡くなった後、劇場の運営には Thomas Dibden と Alexander Rae が共同であたり、それを補佐したのが、バイロンをはじめとする六名の委員からなる選考委員会だった。ドルーリー・レーン劇場は一六六二年にロイヤル劇場（the Theatre Royal）として創設された由緒ある劇場で、現在の劇場は一八一二年に建造されたもの。

〔六〕書簡2訳注一四、一五参照。

〔七〕いずれも王政復古期のイギリスの劇作家で、ロンドンの上流社会を舞台に恋の駆け引きなどの風俗を会話体の散文で描くのを特徴とする風俗喜劇（Comedy of Manners）を書いた。ヴァンブルー（John Vanbrugh, 1664–1726）は、二つのプロットが展開する処女作『逆戻り（*The Relapse*, 1696）』などの作品で知られる。彼はまたフランスで建築を学び、後年バロック的建築家としても名を成した。コングリーヴ（William Congreve, 1670–1729）は復古劇の最もすぐれた作家で、風俗喜劇を完成させた。『二枚舌（*The Double Dealer*, 1693）』、『愛には愛（*Love for Love*, 1695）』など多数の作品を創作し、『浮世の習い（*The Way of the World*, 1700）』が代表作。ウィッチャリー（William Wycherley, 1640–1716）は風刺の名手で、『田舎女房（*The Country Wife*, 1675）』が最も有名。一七六〇年代以降、ロンドンの舞台では、これら王政復古期の戯曲の削除訂正された版が上演されることが一般的になっていた。

〔八〕ロンドンのストランド街にあったエクセター取引所（Exeter Exchange〔Exeter 'Change として一般に知られる〕）内の動物園で、一七七三年からこの建物が取り壊されるまであった。この建物は、一階にいつくかの店舗があり、上階でトラ、ライオン、サルなどの外来動物を集めて見世物にしていた。長年 Pidcock 家が所有していたものを Stephani Polito（c. 1763–1814）が買い取った。これらの動物はそこから運ばれて、バーソロミュー祭（聖バルトロメオ祭日にロンドンで開かれた大定期市）や巡業サーカスなどの見世物になった。

〔九〕ユヴェナリス『諷刺詩』第一四歌二〇四行（*Juvenal and Persius*（LCL 91）, 278, 279）。

〔一〇〕劇におけるいわゆる三統一の規則のうち、特に時間の統一と場所の統一を指していると思われる。もう一つは筋の統一。アリストテレスは『詩学』において、筋すなわち物語の統一性を強調し、また悲劇（歴史劇に対して）における時間の統一性を論じてはいるが、場所の統一性については特記していない。三統一の規則はむしろ新古典主義時代のフランスでコルネイユやラシーヌらによって取り入れられた。しかしシェイクスピアは、場所と時間を制限するそれらの規則から逸脱し、より壮大で豊かな表現に成功している。コウルリッジはこのことを「シェイクスピアとミルトンに関する講演」の第三講（*Lects 1808–1819* I, 217–33）その他で論じている。なおここで、シェイクスピアの「見かけ上の不規則性」が持つ本質的優越性を、英国人に先んじて指摘したのはレッシングだった、というのはコウルリッジの思い違いで、英国ではすでにドライデンが *An Essay of Dramatick Poesie*（1668）において、またジョンソンが *Preface to Shakespeare*（1765）において、規則を超えたシェイクスピア劇の、より偉大な精神を称揚している。またこの点を指摘したドイツの作家としては、コウルリッジは実際にはシュレーゲルに依拠するところが大きかったと考えられる（T. M. Raysor, ed., S. T. Coleridge, *Shakespearean Criticism*, "Introduction" Part iv 参照）。

〔一一〕Edward Young（1683–1765）, *The Complaint, or Night Thoughts on Life, Death, and Immortality*, 1742–45; James Hervey（1714–58）, *Meditations among the Tombs*, 1748; Samuel Richardson（1689–1761）, *Clarissa Harlow*, 1747–48. ヤングの『夜想』は、人生についての暗い瞑想をうたう宗教的教訓詩。ヤングは十八世紀中頃に流行した、黄昏と墓場をうたう「墓地派（Graveyard School）」の詩人の一人。ハーヴェイは英国の宗教的著述家。初期メソジスト運動で活躍。『瞑想録』は、ヤングの『夜想』同様、夜陰と死滅の陰鬱な気分をうたう。リチャードソンの『クラリッサ・ハーロー』は、十八世紀中頃に流行したセンチメンタリズム文学を代表する小説の一つ。

〔一二〕Horace Walpole（1717-97）, *The Castle of Otranto*, 1764. 中世イタリアを舞台とする怪奇小説。十八世紀後半から十九世紀の初めにかけて一世を風靡したゴシック小説の最初の作品。ホレス・ウォルポールは、宰相ロバート・ウォルポール （1676-1745）の息子。

〔一三〕「ドン・ジュアン」と言えば、イギリス・ロマン派文学ではバイロンの未完に終わった同名の長編風刺詩が有名だが、そもそもドン・ファン（Don Juan）は、ファウストと並んでヨーロッパに流布していたスペインの伝説的遊蕩貴族。ドン・ファン伝説を構成するのは、美貌と地位に恵まれあらゆる女性を魅惑し騙しては逃げる色事師という要素と、自らが殺害した死者の石像を不敵に挑発して宴に招くという石の招客という要素。こうした伝説を吸収し定着させたのが、スペインの劇作家ティルソ・デ・モリナ（Tirso de Molina, c. 1571-1648）の戯曲『セヴィーリャの色事師と石の招客（*El burlador de Sevilla y convidado de piedra*, 1630）』。これが後に芸術の各分野で次々と現れるドン・ファンの原型となった。メルセス会の修道士であるティルソによって描かれた放蕩者 Don Juan Tenorio の末路は、石像と握手して烈火に焼殺され地獄に落ちるというもの。この物語はイタリアでもコメディア・デラルテ（即興喜劇）の題材となり、イタリアからフランスに渡ったドン・ファン劇は、モリエール（Molière, 1622-73）によってフランス語に翻案され、『ドン・ジュアン——石像の宴（*Don Juan, ou le festin de Pierre*, 1655）』として上演される。十八世紀後半には、モーツァルト（Wolfgang Amadeus Mozart, 1756-91）の有名なオペラ『ドン・ジョバンニ（*Don Giovanni*, 1787）』が生まれる。コウルリッジが挙げている『雷に打たれた無神論者』はイタリア語で、*L'Ateista fulminato* が正確な原題。コウルリッジは *Atheista Fulminato* と綴っているが、これは後で彼がかなりの紙面を割いて取り上げるシャドウェル（Thomas Shadwell, c. 1642-92）の『放蕩者（*The Libertine*, 1675）』の序文から知識を得て書いたことが影響していると考えられる。シャドウェルは序文で、スペイン起源のドン・ファン劇が、『雷に打たれた無神論者（*Atheisto Fulminato*）』という題名で、イタリアの教会で日曜に礼拝の一環として演じられたと伝えている（Helen Pellegrin ed., *Thomas Shadwell's The Libertine*: A Critical Edition, Garland Publishing, INC., 1987, p. 4 参照）。シャドウェルの『放蕩者』は、イギリス版のドン・ファン劇の最初の作品。主人公は英語名でドン・ジョン（Don John）。シャドウェルはドライデンのあとを継いだ桂冠詩人で、シェイクスピアの改作など多くの戯曲を書いた。

〔一四〕Jean Baptiste Carrier（1756-94） フランス革命家・ジャコバン党員。王党派によるヴァンデの反乱の鎮圧にあたり、捕虜となった数千人の人々をロワール川に船ごと沈めて溺死させるなど、残虐な大量殺戮で知られる、いわゆるナントの虐殺の張本人。一七九四年一二月にパリで断頭刑に処せられる。

〔一五〕ベルヴェデーレのアポロは、ローマのバチカン宮殿内の絵画館にある石像で、十九世紀に古典美の典型と考えられた。ファルネーゼのヘラクレスは、イタリアの名門ファルネーゼ家のコレクションの一つで、十六世紀ローマのカラカラ浴場から発掘され、しばらくファルネーゼ宮殿に飾られていたと言われる彫刻。現在ナポリの国立考古学博物館所蔵。

〔一六〕Giovanni Battista Cipriani（1727–85）イタリアの画家・銅版画家。英国王立美術院の創設者の一人。フィレンツェで制作した後、一七五五年以降ロンドンに定住。同じく六四年ロンドンに移住したイタリアの銅版画家バルトロッツィ（Francesco Bartolozzi, c. 1727–c. 1815）と共同制作した。彼らは独特な点描法で知られる。

〔一七〕*Don Juan, or The Libertine Destroyed*（1782）. 俳優でドルーリー・レーン劇場の管理者にもなった、David Garrick（1717–79）が制作し、何度も上演された。

〔一八〕チャールズ二世の寵臣・政治家で、多くの悪政をなし醜聞を残したGeorge Villiers, 2nd Duke of Buckingham（1628–87）作の茶番劇『下稽古（*The Rehearsal*, 1672）』に出てくる空威張りする自慢屋。最後に敵味方を皆殺しにする。

〔一九〕イタリアの叙事詩人Torquato Tasso（1544–95）の『エルサレムの解放（*La Gerusalemme Liberata*, 1581）』の中のエピソード（XIII sts. 38ff）。この作品は第一回十字軍を主題とし、独創的な性格の作中人物が描かれ、叙事詩の世界的傑作の一つに数えられている。

〔二〇〕紀元二五〇年に、キリスト教信仰のためにローマ皇帝デキウス（Decius, c. 201–51）に迫害され、ほら穴の壁の中に閉じ込められて一八七年間も眠っていたと伝えられるエペソ出身の七人のキリスト教徒。目覚めたときにはローマがキリスト教化されたという。

〔二一〕「精神病院か監獄」の意。ベドラムはSt. Mary of Bethlehem精神病院の通称。ニューゲートはロンドンの旧市街の西門にあった有名な牢獄。

〔二二〕英国の劇作家John Gay（1685–1732）の風刺的な台詞にドイツ人John Christopher Pepusch（1667–1752）が音楽

をつけたバラッド・オペラ、『乞食オペラ（*The Beggar's Opera*, 1728）』の主人公で、盗賊の首領。

〔一三〕原文はラテン語。この言葉の起源は中世に遡ると考えられるが、最初にWilliam Harrison（1534–93）が『ブリテン島の歴史的叙事（*An Historicall Description of the Islande of Britayne*, 1577）において引用し、それ以来十六・十七世紀の作家たちが引用した。

〔一四〕『リア王』三幕四場一二〇―一二一行。第18章訳注一一参照。

〔一五〕「森の悪霊」は、ドライデンがボッカチオ（Giovanni Boccaccio, 1313–75）の『デカメロン』の挿話を英訳した、「テオドーレとホノーリア（'Theodore and Honoria'）」に出てくる亡霊のこと。この作品は、ボッカチオの他、ホメロス、オウィディウス、チョーサーの作品からいくつかを選んで翻案した、一七〇〇年出版の『寓話（*Fables*）』の中で発表された（James Kingsley ed., *The Poems of John Dryden*, vol. IV, Oxford Clarendon Press, 1958, pp. 1626–37 参照）。「魔法の流れ（wizard stream）」は、ミルトンの『リシダス』五五行。

第24章

〔一〕「並外れた大きさ」と訳した言語はenormousであるが、それに「文字通り」という形容詞がついているのは、enormousが語源的に、「さしがね（直角に曲がった定規）」を意味するnormaに、out ofの意味の接頭辞eが付いたものであり、まさに常軌を逸したという意味の語だからである。また霞の中ではものが巨大に見えるというのは、当時ことわざ的によく言われたことのようで、この比喩をコウルリッジは『政治と哲学に関する講演』や『ウォッチマン』および『時局に関する論説集』の中でも用いている（*Lects 1795*, 52: *Watchman* (CC), 125; *EOT* II, 283, 405, 462）。ちなみにこの「霞」は、精神やものを被ってはっきり見えなくさせるものという意味で*OED*ではmistの三番目に定義されているが、そこにジョンソン博士『英国詩人伝（*Lives of the Most Eminent English Poets*, 1779–81）』の「カウリー伝」冒頭部分から、次の文が引用されている。"All is shown confused and enlarged through the mist of panegyric." すなわちジョンソン博士もこの比喩を用いているわけで、コウルリッジがこの霞について述べた直後に言及するカジミエシュに付けた原注の中で、幾分唐突にジョンソン博士の「カウリー伝」について述べているのは、その連想が働いたものと思われる。

〔二〕 カジミエシュ（Maciej Kazimierz Sarbiewski, 1595–1640）はポーランド出身のイエズス会士の詩人。母語のポーランド語ではなく、ヨーロッパ公用語であった近代ラテン語（Neo-Latin）で詩を書いたため、当時の最も優れたラテン語詩人の一人としてヨーロッパ中で名声を博し、ラテン名 Matthias Casimir Sarbievius のミドルネームのみで認識されたが、十九世紀以降ラテン語の衰退とともに忘れられていった。一三〇以上のオードと一四五のエピグラム等があり、特にそのホラティウス風オード（ホラティウスに倣って四巻にまとめられている）が高く評価されている。コウルリッジも『ウォッチマン』の中で「ルクレティウスとスタティウスを別にすれば、着想の大胆さ、空想力の豊かさ、あるいは詩形の美しさにおいて、カジミエシュに匹敵するラテン語詩人はいない」と賞賛している（*Watchman*（*CC*）, 68）。

〔三〕 コウルリッジは結局自分の伝記を書かなかった。同時に彼は *BL* を自分の本当の伝記とは見なしていなかった。

〔四〕 コウルリッジは、この批評がハズリットによって書かれたと信じていた。

〔五〕 近代心理療法のひとつである催眠療法の先駆となるメスメリズムの考案者メスマー（Franz Anton Mesmer, 1734–1815）は、術師が患者に催眠術をかける時に、ある種の力が作用すると考え、その力を動物磁気と命名した。

〔六〕 バイロンのこと。第23章訳注三参照。

〔七〕 『政治家必携の書』のこと。『政治家必携の書』は、二つの『一信徒の説教』のうちの一つとして、一八一六年一二月に出版された。

〔八〕 コウルリッジはハズリットのことを念頭においている。ハズリットは、『政治家必携の書』が出版される三ヵ月前に広告が出された際、すでにそれについて書評を書いているが、それは批判的な内容であった。しかもハズリット自身は、その著書をまったく見ていなかったのである。彼はこのような否定的な批評を、『エディンバラ・レヴュー』誌はもとより、『エグザミナー』誌にも書いている。

〔九〕 *Catullus, Tibullus, Pervigilium Veneris*（LCL 6）, 153 および Peter Green, tr., *The Poems of Catullus*, p. 183 参照。

〔一〇〕 『政治家必携の書』一〇九頁（*LS*, 10）。

〔一一〕 『政治家必携の書』一四九頁（*LS*, 55–56）。丸括弧の中は、ここに引用する際にコウルリッジが付加したもの。

〔一二〕 原文は "Do the will of my father, and ye shall KNOW whether I am of God." であり、ヨハネによる福音書七・17

“If any man will do his will, he shall know of the doctrine, whether it be of God, or whether I speak of myself.” を踏まえていると考えられる。

〔一三〕 原語は “Credidi, ideóque intellexi” で、アウグスティヌスの有名な言葉 “crede ut intelligas”（“believe in order that you may understand”）を踏まえていると思われる。アウグスティヌスの言葉は、七十人訳聖書（ギリシア語訳の旧約聖書 Septuagint）のイザヤ書七・９ “Except ye believe, ye shall not understand” を受けている。『ヨハネによる福音書講解説教（*In Joannis Evangelium tractatus*）』第二九説教第六節、『アウグスティヌス著作集』第二四巻八八―八九頁参照。

〔一四〕 キリスト人間論（Psilanthropism）はギリシア語の psilos（mere）と anthropos（man）を組み合わせたコウルリッジの造語。キリスト神人論（Theanthropism）は、*OED* にはこの箇所が初出として挙げられているが、theanthropic あるいは theanthropos という語はもっと以前から存在した。このパラグラフの趣旨は次のように解釈することができる。キリスト神人論とキリスト人間論は、教義としては反対の主張をしている。キリスト神人論を Christian*ity* と呼ぶならば、キリスト人間論すなわち Unitarian*ism* は Christian*ity* と呼ぶことはできない。異なった教義に同じ名称を付けることは論理に反するからである。しかし信仰において大切なことは、キリストに倣い彼を通して神を愛することであり、そのような心を持つ者は、教義がどうであれ、キリスト信徒（Christ*ian*）であると言うことができる。したがってユニテリアンであってもクリスチャンであり得るし、逆に神人論者でも真のクリスチャンではないかもしれない。このように、個々人の信仰の問題を語る言葉は教義を語る言葉とは異なり、それらを混同して用いると不合理が起こるということ。言葉の曖昧な解釈によって起こった誤解をはらそうとするコウルリッジの試みは他にも見られるが、特に『卓上談話』からの次の文章が適切であろう。「私は信者（*ans*）と主義（*isms*）とを大きく区別している。もしユニテリアニズムはクリスチャニティだと思う、と言ったなら、それは真実さを欠く言い方になるだろう――いや、それは救い主イエスの宗教とは関係ないことなのだ。しかしあなたや他の多くのユニテリアンが……立派なクリスチャンであることを疑うとしたら、それはとんでもないことである。われわれは論理で天国に到るのではないのだ。」（*TT* I, 278.）

解説

『文学的自叙伝』は、現在ではイギリスの文芸批評における最高傑作と見なす人も多く、コウルリッジの代表作といえば「老水夫の歌」や「クブラ・カーン」とともにこの作品がまず思い出されるほどよく知られたものである。しかしその豊かすぎる内容が災いして、コウルリッジ自身の言葉を借りれば「まとまりのない雑録集」のようにも見える上に、哲学的な部分が難解な印象を与えることもあって、出版当初は真価が十分に理解されず、厳しい批判にさらされる。また出版社が二年後に倒産するという不運にも見舞われ、コウルリッジの生前に再版されることはなかった。さらに彼の死後、ドイツ哲学からの剽窃の非難を浴びるなどもあって、そのまま忘れ去られるかに見えた。

しかし『文学的自叙伝』は決してそのまま消え去る運命にはなかった。コウルリッジの名誉挽回と、この作品の真価を問うべく娘のセアラと、その夫でコウルリッジの甥のヘンリー・ネルソン・コウルリッジによって、特にドイツ哲学との関わりについての詳しい注の付けられた版が、初版から三十年の時を経て遂に出版される。こうして再び容易に入手可能になったことで、その評価は次第に高まっていった。二十世紀に入ると、ジョン・ショークロスによる詳注付きの版が出され研究も進んでいく。そして多方面にわたって様々な示唆を与えるこの作品の豊かな可能性が多くの人々から注目されることになるのである。二十世紀には文芸批評が大きく発展し、いくつかの新しい理論が生まれるが、そのほとんどの萌芽をコウルリッジに見出すことができるほどである。ショークロス版以降もいくつかの版が出版されたが、一九七〇年代から始まったキャサリン・コウバーン監修の『コウルリッジ全集』の中の一冊として、八三年に、ジェームズ・エンゲルとW・ジャクソン・ベイトの編注による最新の版が出版された。この邦訳の底本としたのはその版である。

一八一七年、コウルリッジが四十五歳になる年に二巻本として出版されたこの大作がどういう作品であるのかを一言で言い表すことは難しい。もともとは、コウルリッジがそれまでに書いた詩をまとめて一冊の詩集として出版するにあたり、その「序文」として書き始められたものだった。しかしそこに自伝的要素が加わった結果、序文の域を超えてしまい、タイトルにも自叙伝と銘打たれることになる。にもかかわらず、正式な自伝はいずれ別に書きたいという希望がそのなかで述べられている上に、彼の詩論と詩の批評が詳細に展開されたこの作品が、単なる自伝にとどまらないことは明らかである。では自伝の形を取りつつ本格的な哲学書・文学理論書・文芸批評書を目指していたのであろうか。確かに彼にとって最も重要な概念のひとつで、彼の詩論の根幹を成すものでもある想像力の定義が第一巻のクライマックスであり、そこに至るまでの哲学的考察が第一巻の大きなテーマとなっている。しかし想像力の定義を導き出すための最後の議論については、途中で打ち切られてしまう。その理由は、それが内容においても分量においても、この自伝的な作品には不似合いであるので、自分の主著となるはずの別の作品のために取っておきたいということだった。なぜそのようなことになったのかは、このあとこの作品の執筆過程を見ていくことである程度明らかになるが、いずれにせよ『文学的自叙伝』を書き進めるにつれ、コウルリッジはそれを今後書く予定の作品の先駆けともなる重要なものと考えて非常な熱意を注ぎ、彼の長年にわたる思索の成果を盛り込んでいった。予告された作品のほうは結局書かれずに終わってしまったものの、結果としてこの作品は、自伝としても批評理論としても彼の主著たるに恥じない作品となったのである。いや、むしろ両者が結合した結果、極めてユニークな作品となったと言える。このことは、ワーズワスが彼の主著としていずれ完成させたいと願っていたもの——コウルリッジによれば最初の真の哲学詩——をついに完成させることがなく、それへの序として書いていた、その名も『序曲』という自伝的作品が、今では彼の最高傑作と見なされていることと似ている。もともとコウルリッジに宛てた詩として書かれた『序曲』と、ワーズワス批評が主要なテーマの一つである『文学的自叙伝』という、お互いに相手のことを強く意識しながら書いた自伝的作品が、それぞれの代表作となったところに、後半生は疎遠になるとはいえ、二人のつながりの強さ、相互に及ぼした影響の大きさが感じられるとともに、ロマン主義文学の一面が伺われるように思われる。

では『文学的自叙伝』を書いたコウルリッジはどのような人物であったのか、そしてこの作品はどのようにして生まれることになったのだろうか。

コウルリッジの知的成熟

サミュエル・テイラー・コウルリッジは一七七二年、イングランド南西部の町オタリー・セント・メアリーの教区牧師ジョン・コウルリッジとその妻アンの十人の子どものなかの末息子として生まれた。三歳の頃には聖書を読むくらい早熟だった彼は、幼少時から子どもらしい遊びよりも書物を好む少年だった。父親ジョンが古典語にも堪能でグラマー・スクールの校長を兼務していたこともあり、コウルリッジも早くからギリシア語、ラテン語を身につけ、ウェルギリウスなども読んでいたという。九歳のときに父親が突然亡くなり、コウルリッジはロンドンの寄宿学校クライスツ・ホスピタルに入ったが、そこでも近くの図書館の本を毎日手当り次第に読み、その読書の範囲はあらゆる分野に及んでいた。既に十代前半でプラトンやプロティノスにも親しんでいたということである。彼の優れた語学の才と旺盛な知識欲はやがて校長の目に留まるところとなり、その英才教育を受けた結果、期待に違わずケンブリッジ大学のジーザス・コレッジへと進学する。

このように極めて早熟で、行動的というよりは思索的で夢想家であり、両親から溺愛されて育ち、愛想がよくて誰からも好かれるコウルリッジだったが、時には激しい感情を示したり、思いがけない行動を取ったりすることもあった。子ども時代の印象的なエピソードとして彼自身が語っていることだが、七歳のときにすぐ上の兄フランシスと喧嘩になり、激情に駆られてナイフを取って飛びかかろうとしたのである。母に制止されたコウルリッジは家を飛び出し、一〇月というイギリスではかなり寒くなっている時期に橋のたもとに隠れて一晩過ごし、翌朝凍えているところを発見されたという。またケンブリッジ在学中に、借金と失恋のショックから突然軍隊に入隊し、数ヵ月後ようやく消息がわかり連れ戻されるということもあった。

ケンブリッジ時代には、のちの桂冠詩人で、しかしこのときには急進的な思想を持っていたロバート・サウジーと知り合って意気投合し、アメリカに理想的平等社会を建設することを計画する。この計画自体は潰れるが、これがきっかけでコウルリッジはサウジーの婚約者の姉セアラ・フリッカーと結婚することになった。

一七九七年頃より始まったウィリアム・ワーズワスとの親交は、コウルリッジの人生にとって非常に大きな出来事となる。一七九八年に二人は共著として『叙情民謡集』を出版する。二年後、第二版が出版されたとき、ワーズワスはコウルリッジの勧めでそれに長い序文を付け、彼らの詩が目指したものを高らかに宣言するが、それが大論争を巻き起こすことになる。そしてそのことがコウルリッジの『文学的自叙伝』が生まれるひとつのきっかけとなった。

強烈な個性を持った二人の詩人との出会い、理想社会の建設計画と挫折、結婚、詩集の出版とさまざまな出来事を経験する一方で、コウルリッジは旺盛に知的探求を進めていった。最初はロック、ヒュームやハートリー、バークリーらによるイギリス経験論哲学に惹かれ、息子たちにハートリー、バークリーと名づけるほど心酔するが、『叙情民謡集』出版後ドイツへ渡ったことで、カント、フィヒテ、シェリングのドイツ観念論哲学を学び、機械論的哲学とは決別することになる。このようにしてコウルリッジの思想は熟成されていき、それらを書き溜めたノートブックは膨大な量に及ぶ。

『文学的自叙伝』の端緒——「序文」執筆の背景

ドイツから帰国後のコウルリッジの主な文筆活動としては、定期刊行物『友』の出版がある。そこに書かれた記事のテーマは非常に多岐にわたり多くの人に影響を及ぼすが、経済的には失敗に終わる。それ以外には劇『悔恨』の上演や、シェイクスピア、ミルトンについての講演を行ない、これらはかなりの成功を収める。しかし着実に大作を出版していたサウジーやワーズワスに比べると、コウルリッジは自分が目立った成果を上げていないように感じていた。さらにコウルリッジは、一八〇四年に療養も兼ねて単身マルタ島に渡る。その間、妻子はサウジーに委ねられた。ところが帰国した一八〇六年頃より妻子と完全に別居することになり、そのままサウジーに妻子の面倒を全面的に見てもらうことになったのである。このことで彼は非常に負い目を感じていた。このままではいけない、何かをなさねばならないという思いが募っていた。

十代の頃からリウマチに苦しんでいたコウルリッジは鎮痛剤としてアヘンを常用していたが、一八一三年一二月にその中毒症状で一時寝たきりになってしまう。幸い友人たちの献身的な介護により回復し、アヘンの摂取量も減らすことに成功して以前の快活さを取り戻した。再び文筆活動を行なえるようになったコウルリッジは、当時彼の書記を務めていたジョン・モーガンとともに、一八一四年一二月にウィルトシャーの町カーンに移り住み、再起を期することになる。そこは古代遺跡の環状列石で有名なエイヴバリーにも近く、美しい自然に満ちた場所で、コウルリッジの生まれ故郷によく似た雰囲気のところだった。ここでコウルリッジはR・H・ブラバント医師や詩人のウィリアム・ボールズらと親しく付き合い、特にブラバントとは政治や哲学などさまざまな話題について手紙をやり取りするようになる。

田舎に退いてから、目立った活動もないまま一年あまりが過ぎ、その間には、彼のたぐいまれなる才能が発揮されないままに終わったことを惜しむ記事まで現れ、彼は既に過去の人であるかのように語られ始めていた。したがってできるだけ早く何らかの形で公の場に復帰すべきだった。そこでコウルリッジは、これまでに書いた詩をすべて集めた詩集に序文を付けて出版することを計画したのである。

自分の詩集への序文を書こうと思ったとき、コウルリッジが意識していたのはもちろん一八〇〇年版『叙情民謡集』の序文だった。それはコウルリッジの求めに応じてワーズワスが書いたものであり、当時二人が詩について何度も語り合い、互いに共通する考えを多く見出して深く共感し合い、尊敬し合っていたときの会話から生まれたものであった。最初コウルリッジは自分で書くことを考えていたが、『叙情民謡集』にはワーズワスの詩のほうが多いということもあり、彼のほうがふさわしいと考えて彼に書くことを依頼したものである。しかしそれが書かれた当時から、コウルリッジは詩に対する考え方にワーズワスとはどこか根本的に異なるところがあるのではないかという気がしていた。またワーズワスの優れた詩はワーズワス自身の理論には合わないもので、むしろ無理に彼が自分の理論に従って書いた部分は欠点となっているのではないかと感じていた。それでいつかその点を明らかにし、詩の批評における明確な基準を示したいと考えていると、早くも一八〇二年七月にサウジー宛の手紙で述べている。また一八〇七年にワーズワスが詩集（*Poems in Two Volumes*）をロングマン社から出版したのにおそらくは触発され、コウルリッジも自分の二巻本の詩集の出版に関してトマス・N・ロングマンと契約を結ぶが、それに自分がこれまで長年心に抱いてきた、詩の原理についての三〇ページの序文を付けたいという希望をロングマンに伝えている（一八一一年五月二日付手紙）。この詩集は結局出版されなかったが、その実現の機会が再び巡ってきたというわけである。前年から縁があった『フェリックス・ファーレイズ・ブリストル・ジャーナル』の出版業者であるジョン・M・グッチとウィリアム・フッドが、印刷を引き受けてくれることになった。

一方コウルリッジはできればロンドンへ復帰したいと考えており、そのため可能ならこの詩集をロンドンで出版したいと考えた。そこでその足がかりを得るためにバイロンに手紙を書き、出版社に紹介してほしいと頼んでいる。そしてその手紙のなかでも、その詩集には芸術、特に詩の批評の原理に関しての序文を付けるつもりだと述べている（一八一五年三月三〇日付）。バイロンからはすぐに翌日付けで温かい返事が届き、コウルリッジは着々と準備を進めていく。

ところがそれから一ヵ月ほど経った四月末に、ワーズワスの『一八一五年詩集』が出版されるのである。それには新しい序文が付けられ、詩はいかに創作されるかが論じられていた。しかもコウルリッジが問題にしてきた『叙情民謡集』の序文は、巻末に掲載されるという形でもはや過去のものとされてしまっていた。すなわちコウルリッジが意図していたことが先取りされてしまった形だったのである。さらにコウルリッジの詩論にとって最も重要な概念である想像力と空想力についても、ワーズワスは新しい序文の中で彼自身の理論を展開していた。その結果、「序文」を執筆している間中、『叙情民謡集』に加えて、このワーズワスの新しい詩集が絶えずコウルリッジには意識されることになった。

さらに五月末頃にはワーズワスと久しぶりに手紙をやり取りし、前年に出版されたワーズワスの長編詩『逍遥』と、以前彼に朗読してもらい深く感銘を受けたワーズワスの自伝的長詩『序曲』について、自分の意見を詳しく書き送っている。一八一〇年頃から二人は疎遠になっていたが、ワーズワスの詩に対するコウルリッジの賞賛の念は決して変ってはいなかった。彼に対する熱い思いがよみがえってきたのである。

「序文」から『文学的自叙伝』へ

このような状況のもとで書き始めた「序文」は、たちまちのうちに単なる序文の域を超えていった。実は当初コウルリッジは、二日かせいぜい三日もあれば完成するとか、長さも数ページ程度になる予定だといったことを周囲の人々に語っている。コウルリッジが本気でそう考えていたかどうかは定かでないが、ともあれ、五月末あるいは六月初め頃から書かれ始めた序文はみるみる拡大していき、二ヵ月後には堂々たる一冊の本に値する内容と分量を持つものになっていた。そして『文学的自叙伝——文学者としての我が人生と意見の素描（*Autobiographia literaria, or Sketches of my literary Life & Opinions*）』という、ローレンス・スターンの小説『トリストラム・シャンディ（*The Life and Opinions of Tristram Shandy, Gentleman*）』を思わせるようなタイトルが付けられた。

それでもまだこの時点では、最終的に出版されたものの半分程度の分量だったが、既にこの作品が彼にとってどのような意味をもつものか、そしてどのような性格の作品となるかをかなり意識し始めていたことであろう。印刷業者に渡す締め切りを過ぎているのに、さらに二ヵ月近くにわたって書き続けたことについて、序文を『文学的自叙伝』へと「どうしても拡張しなければならなくて」という表現で医師ブラバントに書き送っているのをみると、実は書き始めた当初から並々ならぬ思い入れと覚悟があったのではないかと想像したくなる。そのため「毎日朝一一時から午後四時までと、午後六時から一〇時まで」書斎にこもることになったのであろう。そして、これまでの長年の思いが盛り込まれた結果、この作品は非常に豊富な内容を持つものとなり、この段階で既に独立した作品であるかのようにタイトルも与えられていた。コウルリッジ自身かなりの手応えを感じていたのであろう。

執筆の第一段階は七月末にひとまず終わりを迎える。健康が回復したといっても万全の状態とは言いがたい状況で、しかもアヘン中毒から立ち直るために、禁断症状と戦いながら少しずつアヘンの摂取量を減らす努力も続けるなか、コウルリッジが長期間にわたって連日何時間も書き続けたことは注目すべきことである。もっともその体調のために自力で執筆できたわけではなく、もっぱらジョン・モーガンへの口述筆記によって書かれたのである。彼の献身的な助けがなければ『文学的自叙伝』は日の目を見ることはなかったかもしれない。この方法で書かれたことによって、その特徴的なスタイルが生まれたといってもいいだろう。

さて、締め切りに大幅に遅れ、フッドらの信用を失うことを恐れたモーガンは、八月一〇日に五七ページ分の原稿を送るとともに、完成間近であることを示そうとして、進捗状況を知らせ、印刷に関する指示も出している。それによると、残りの一〇〇ページ分も完成しており、形而上学的な部分の五、六枚を書き直す必要があるが、翌週には送れるはずだということだった。そして興味深いのは、その印刷に関する指示である。この「序となる作品」を、コウルリッジはワーズワスの『一八一五年詩集』と同じ形で出版したいと望んでいるのである。つまり『一八一五年詩集』の序文と同じ活字を用い、本の大きさも同じにしてほしいということだった。もはやこの作品は単なる序文ではなく、独立した作品と言ってよいくらいのものになっていて、『文学的自叙伝』というタイトルまで考えられていたのだが、まだこの段階では詩集に対する序という位置づけだった。ワーズワスの『一八一五年詩集』と並ぶ自分の詩集を出版したいという思いがよほど強かったのであろうか。

こうしてほぼ完成したかに見えた『自叙伝』だったが、まだ終わりではなかった。形而上学的な部分の書き直しに取りかかったはずが、いわゆる哲学の章の本格的な執筆の開始となったのである。それらの章は書き終わるまでに一ヵ月以上かかり、原稿全体の四割を占めるほどのものになった。ワーズワスの詩の本質を明らかにすることで、詩とは何かを述べるにあたり、キーワードとなる想像力について論じる必要は当然あった。特にワーズワスが『一八一五年詩集』の新しい序文で述べている想像力と空想力についての議論は、コウルリッジには不十分と思われた。「想像力とは何か」という問いへの答えを求め続けてきた彼の哲学遍歴を書くことは、文学的自叙伝としてふさわしい内容である。その結果これらの章（第5—13章）は、七月に一応書き上げられていた第1章から第4章と、第14章から第22章の間に挿入されることになる。

以上のような経過を経てコウルリッジの「序文」が、モーガンの助けによって第22章まで完成をみたとき、それは当初の思惑とは全く異なるものとなっていたのである。ここまでのすべての原稿を印刷に出す二日前の九月一七日にコウルリッジはグッチに次のように書き送っている。すなわち、自分の詩よりも、詩と詩人に関する意見のほうが人々の好奇心と興味をより強く喚起すると思われるため、「詩集」と「序文」ではなく、「自伝」と「詩集」、すなわち詩と哲学に関する意見を述べた自伝的素描に詩集『シビルの詩片』を付加する形にしたい。『シビルの詩片』は未完の「クリスタベル」を除くすべての自分の詩を含むものだが、自伝のほうが主要な作品だと自分は考えている。そして本の体裁に関しては、ワーズワスの一八一五年詩集に合わせる必要はない。さらに、自伝はいかなる意味でも序文ではなく、独立した一つの作品であるため、章に分けたいと。ほんの一ヵ月余り前にはワーズワスの詩集を強く意識していたのだが、今やそれは完全に無くなっていた。そしていずれ書きたいと思っている、コウルリッジの畢生の大作となるはずの『ロゴソフィア（*Logosophia*）』の先駆的作品という地位が与えられたのである。こうしてようやくのことで『文学的自叙伝』の原稿はフッドとグッチのもとに送られたのだった。

印刷から出版までの状況

『文学的自叙伝』と詩集『シビルの詩片』の印刷は、一八一五年一〇月よりグッチの監督のもとブリストルで始まった。一方コウルリッジは経済的に困窮していたため、できあがってくるゲラの校正を行ないつつ、別の仕事を手がけることになる。コウルリッジは、彼の悲劇『悔恨』を賞賛してくれていたバイロンに、新しい悲劇を書くことを約束する。バイロンはドルーリー・レーン劇場の運営を行なう委員の一人であった。コウルリッジは、シェイクスピアの『冬物語』にヒントを得た『ザポリア（*Zapolya: A Christmas Tale*）』の執筆に取りかかる。

『文学的自叙伝』の執筆は心身に相当な負担だったようで、体調は決して良くなかったが、何とか一八一六年一月末頃には『ザポリア』は書き上げられた。そこでコウルリッジが目指したのはロンドンへの復帰だった。すなわち『文学的自叙伝』と『シビルの詩片』をロンドンの出版社から出版し、『ザポリア』をロンドンで上演することを希望した。彼は四月一〇日にバイロンにこの劇を送り、その直後ついに二人は会うことになるのである。この対面で二人はお互いに魅了されることとなった。実はこの時期バイロンは陰になり日向になりコウルリッジを支えている。ロンドンまでの旅費も出せないほど困窮していたコウルリッジに救いの手を差し伸べたのもバイロンだった。また「クリスタベル」を非常に高く評価していたバイロンは、ジョン・マリーを紹介し、その出版を実現させる。その結果ジョン・マリーはコウルリッジが今後書く全作品の出版にも意欲を示すのだった。

ロンドンへの復帰はまた別のことをコウルリッジにもたらした。ロンドン近郊のハイゲイトに住む若い医師で、アヘン中毒の治療に関しても知見のあるジェイムズ・ギルマンに紹介されたのである。まるでずっと以前から知り合いであったかのように二人が意気投合した結果、コウルリッジはギルマンの家に患者として、また客人として下宿することになり、四月一五日に移り住む。そしてこれ以降、亡くなるまでの一八年、ギルマン宅で生活することになるのである。ギルマンの医学的指導のもとで暮らした最初の数年間が、コウルリッジの作家生活で最も実りの多い時期となる。

一方『文学的自叙伝』のほうは、詩もあれば注もあり、ドイツ語に加えラテン語やギリシア語といった古典語まで含まれている原稿の印刷に植字工が慣れていなかった上に、体調不良の状態で根気のいる校正を行なうのにコウルリッジ自身が疲れ果てたこともあって、印刷には非常に時間がかかっていた。そのことがさらに問題を引き起こすことになる。印刷が始まってから半年以上が過ぎた四月、ようやく三分の二まで印刷が終わったところで、一緒に出版される『シビルの詩片』よりも『文学的自叙伝』のほうがはるかに大部になることがグッチから伝えられる。彼の提案に応じ『文学的自叙伝』を二巻に分けることにしたコウルリッジは、内容的なまとまりを考慮した末、第13章までを第一巻とすることに決める。ところがさらにそれから三ヵ月ほどが過ぎた七月、最終章（第22章）の校正刷りが送られてくるとともに、今度は第二巻が一五〇ページほど足りないため、それを埋める原稿を新たに提供するようグッチから求められるのである。コウルリッジはしばらく返信もしないほどだった。こうした不運が続いた結果、両者の気持ちは大きくすれ違うことになり、コウルリッジは残りの印刷と出版をロンドンの別の出版社に引き継いでもらうことにした。しかし「クリスタベル」を出版し、コウルリッジの全作品の出版に最近まで関心を示していたジョン・マリーは、「クリスタベル」の売れ行きが芳しくなかったことから手を引いてしまったため、最終的に『文学的自叙伝』の出版を引き継いだのはゲイル&フェナーという出版社だった。そしてコウルリッジは足りないページを補うために、ドイツ滞在中の紀行文的書簡である「サティレインの書簡」、マチュリンの劇『バートラム』を批評した第23章、そして自作「クリスタベル」、『ザポリア』および『政治家必携の書』を弁護した第24章を加えることにする。この引き継ぎでさらに時間が費やされることになり、『文学的自叙伝』が現在の構成で出版に至ったのは一八一七年七月のことであった。

さて、その後出版された主な版はこの解説の最初に挙げたが、それらに加えて次のような版もある。一九二〇年のジョージ・サンプソン（George Sampson）によるケンブリッジ版。これは選集で第1章から第4章までと第14章から第22章までを収録している。そのあとには一九五六年のジョージ・ワトソン（George Watson）によるエヴリマンズ・ライブラリー（Everyman's Library）版。これは「サティレインの書簡」と「バートラム批評」は省かれて、コウルリッジが最初に意図した形に近いものとなっている。さらに一九九七年には、コウバーン編の『全集』版に基づいて、コウルリッジを専門的に研究しようとする学生の要望に応えつつ、一般読者にも読みやすいように配慮したものが、ナイジェル・リースク（Nigel Leask）によってエヴリマンズ・ライブラリーから出されている。

『文学的自叙伝』を貫く思想

このような過程を経て成立した『文学的自叙伝』は、どのように読み、どう評価すべきであろうか。全体は一見まとまりが無いように見えながらも、さまざまな挿話や比喩の中で、コウルリッジは彼自身の一貫した思想を展開している。それは単に作品批評に止まらない、作品の形成原理についての彼の考え方である。本来自伝的作品として構想された本書の中で、コウルリッジはその原理を理論的な体系として表現するのではなく、自らの経験の中に織り込んだ形で述べていると言えるだろう。彼の主要な概念は、その一つひとつが綿密な解釈を必要とするものであるが、ここではそのいくつかを、ごくかいつまんだ形で記しておきたい。

第一巻で読者が気づく特徴の一つは、用語の意味をまず正確に把握しなければならないというコウルリッジの一貫した考え方であろう。このことは少年時代に恩師によって培われた、言葉に対する感性の話（第1章）から始まり、第2章では天才（genius）と才能（talent）の区別、そして熱中（enthusiasm）と狂信（fanaticism）との区別となって表れる。このように対立する概念を厳密に区別することによって世界を捉えようとするのがコウルリッジの思考のひとつの特徴である。しかしそれは、形成され固定された、言わば死んだ世界を機械的に分析するためではなく、自らを生成してゆく生きたものである世界を動的に認識し、対立するものをも融和・融合することで、有機的な統一体へと再構成して捉えようとする行為である。そのような世界観の上に議論は展開されていくのである。

さて、自己の中に集中する「熱中」に対して、「狂信」は一人で考え行動することのできない群衆が「同じ寺院（fana）の回りに」集まって熱気をあげる行動である。大勢に乗じて熱弁をふるう無責任な文芸批評家、ひいては政治的活動家を念頭においての批判と言えるだろう。さらにこのことは、単に才気があって器用な人間が自分の「才能」を「天才」と思い込むのと相通じるものがある。見識のない批評家が、しかも匿名で裁判官となり、著者を糾弾し始めたという当時の世相への批判（第3章）は、コウルリッジの作品が個人的不満を超えて文芸社会のあり方全般を批判する、皮肉に満ちたものであることがわかる。

このような用語の区別は第4章において、本書の中心課題の一つである「想像力（imagination）」と「空想力（fancy）」の区別へと進んでいく。ワーズワスの『一八一五年詩集』の序文に書かれたそれらの機能の説明は、コウルリッジには満足のいかないものであった。ワーズワスの目的は、詩の中に現れた効果という面から両者の相違を考察することであるが、自分の目的はそれらを生成の原理という観点から考察することによって、両者を「種類」として区別することだと述べている。それではコウルリッジの考える「想像力」「空想力」とはどのようなものか、彼の理論の基礎を作ってきた哲学遍歴が、第5章から第13章にわたって述べられる。

そこではアリストテレスに始まり、近世、近代の哲学者の思想が説明されているが、主としてホッブズ、ロック、バークリー、ハートリーら、十七、十八世紀のイギリス経験論や観念連合論への批判がコウルリッジの思想形成の起点となっている。彼の主張は、経験に先んじて人間が本来もっていると考えられる内的統一の感覚であった。そのアプリオリな知性とも言えるものは経験によって作られるものではなく、経験そのものを可能にする前提なのである。この点でコウルリッジはカントに強く惹かれている。またそれと同時に彼は、同時代のシェリングの動的、生命的世界観に自分と共通する多くのものを見出し、それを生来の「快い一致」であると表現するほどであった。第12章などにはシェリングの書物からの無断の引用のような箇所が多数見られ、剽窃との批判も受けているのはよく知られた事実である。しかしコウルリッジは、シェリングの考えは自分自身もすでに抱いていた考えであり、借用と疑われる箇所は、出典をことわっていなくてもシェリングのものと見なしてもらってかまわない、シェリングの思想がイギリスで理解されることが大切なのだと述べている。

コウルリッジにとって人間の認識作用とは、外界の刺激が眼や脳に伝わってそこに刻印されるといった受動的なものではなかった。人間の感覚作用は単に受身なものではなく、外界の対象と能動的に一体になることなのである。これが彼の有機的統一という概念の基盤になっている。この有機的統一の力は、さらに、認識されたさまざまな対象を一つの主導的意志によって調和融合させる。それが詩ないし芸術作品を形成する力なのである。観念連合によって機械的に連結されたものは、芸術の材料とはなってもそれだけで作品にはならない。場所や時間や類似性によって対象をいわば連想的に結びつける力を彼は「空想力」と呼び、それら多様な対象を一つの有機体として統一する、より生命的な力を「想像力」と呼んだ。第10章の初めに書かれている彼の造語「一つに形成する力（esemplastic power）」がこれに相当する。「集合と連合、喚起と連結は空想力に属するだけでなく想像力にも属する」としたワーズワスの理論は、機械的連合力としての「空想力」と有機的統一力としての「想像力」を、ワーズワスが同種のものの異なった表れと考えていることを示唆しており、それはコウルリッジにとって受け入れ難かったのである。

長い哲学の章である第12章は、認識主体（subject）としての人間の精神と認識対象（object）としての外界との有機的統一の概念を導き出そうとする努力であると言えるだろう。彼は主体としての「自己」と客体としての「自然」を便宜的に分けてその両側から論じることを試みているが、いずれの側から考えを進めても両者は同時的に存在し一つなのである。そしてその統一を可能にする原点は、「汝自身を知れ」ということ、つまり主体である自己自身を客体として知るという、自己における主客統一の内的な感覚であると言えるだろう。「私が在る」という第一の公準が、人間の生成的認識ひいては生成的想像力の基体なのだと彼は考える。

しかしこの問題は、つきつめてゆくと芸術や哲学の限界を超えて神の「言葉」すなわち「ロゴス」の問題に及ぶことを彼は予想している。このことは特に第12章命題六において暗示されているが、この作品はそこまで論じる場では
ないとおそらく判断したのであろう、それに続く考察の中でも、彼は宗教の領域に立ち入ることを慎重に控えているのが感じられる。第13章が「想像力」と「空想力」の定義を書くだけで一見唐突な終り方をしているのも、そのためではないだろうか。未刊に終った『ロゴソフィア』は、『文学的自叙伝』によって開かれた道の先に、自然、人間、そして神における創造的知性「ロゴス」の顕れを論じようとした、まさに壮大な計画だったのである。

第二巻ではワーズワス評を中心として、シェイクスピアや十七世紀の詩人たちの作品を豊富に引用しながら、いわゆる実践的批評(practical criticism)が行なわれる。まず第14章において、新しい詩の時代を画するとされる『叙情民謡集』の企画について語られる。それはワーズワスが日常生活の題材を日常の言葉で詩作することを主眼とするのに対し、コウルリッジは超自然的あるいは伝奇物語的な題材を用いて、そこにどのように真実らしさの感覚を生み出すかを試みるというものであった。これら二つの要素は、中世から庶民の間で伝承されてきたバラッドが持つ二つの要素でもあり、前世紀の技巧的な作風から脱してより古い純朴さを復活させようとした彼らが、その詩集に「民謡集(*Ballads*)」という名を与えた所以でもあると考えられる。

第14章以下でコウルリッジが取り上げる主要なテーマは、日常生活の題材を実際の日常の言葉で詩に作るというワーズワスの主張が引き起こし得る問題であった。コウルリッジは「散文の言葉と韻文作品の言葉の間には本質的な差異はない」というワーズワスの主張に反論し、人が詩を書くということは散文とは違った言葉遣いをするということではないか、と反論する。ワーズワスの詩で彼の真の天分を表しているのは、彼が田野の人々の言葉に強いて近づけようとした所ではなく、感動を自分自身の言葉で表現している所ではないか、とコウルリッジは言い、ワーズワスの詩句を多数引用しながらその実例を示している。日常の言葉遣いと詩の言葉遣いとの本質的な違いはどこにあるのか、この問題が第二巻の中心的テーマとなる。

一方、超自然的なものごとを題材とするというコウルリッジの試みは、ワーズワスの目的とは対照的であった。『老水夫の詩』の世界がその代表的なものである。しかし人間の心の中にはそうした世界に共鳴するものがあり、現実の世界では信じられないような人物や出来事も、詩の中では真実性を持ったものとなることができる。作品を読んでいる間、これはあり得ないという不信の念を人は一時的に中断し、詩人の想像力が生み出した世界に進んで入っていこうとする。これをコウルリッジは「不信の念の自発的な一時停止（willing suspension of disbelief）」と表現し、「詩的信仰（poetic faith）」とも呼んでいる。日常の意識の下にある超自然への共鳴に注目している点は、彼が時代に先んじた感覚の持ち主であったことを示す一例とも考えられるだろう。

第15章のシェイクスピア評では、あるギリシアの司祭から借りた表現として、「万人の心を持つ（myriad-minded）」という形容辞をシェイクスピアに当てはめ、彼こそ真の天才であると評している。「シェイクスピアは自ら身を投じ、あらゆる種類の性格や情熱へと変る」ことができるが、彼自身は作品の中の様々な人間模様からは一段高い所におり、描かれた人物や情景からいわば自分自身を離脱させることによって、対象そのものの姿を浮かび上がらせているのだ。こうしたシェイクスピア批評はキーツが最も共感するところだったのではないだろうか。よく言及されるキーツの「消極的受容力（negative capability）」は、詩人の自我を背後に消して、描く対象そのものになる力という意味に解釈されるからである。

第16章では、十五、六世紀のイタリアの詩人たちの飾り気のない雅趣、あえて目新しさを追求しようとしない素直な美しさを、マドリガルに例をとって述べている。ここでコウルリッジは、詩作品の楽しさは題材の新しさにあるのではなく、古くから知られたテーマをどのような言葉で表現するかにかかっているのだということを強調している。表現の美しさは新奇な用語で飾り立てることではなく、母国語が持つ本来の純粋さを保つことによって作られるのだということを、コウルリッジはダンテの『日常語の修辞法』に言及しながら説明する。ここでもコウルリッジは、ワーズワスの言う「日常語」の意味を念頭におきながら、真の日常語とは何かを思索していると思われる。それは限られた社会の人びとの言葉をそのまま用いることではなく、人びとが生まれたときから慣れ親しんできた母国語を正しく使うことなのではないだろうか。

散文的言語と詩的言語に関するワーズワスの持論をきっかけとした考察は、第17章以下でさらに具体的に展開されていく。散文と詩はその素材となる「語」においては共通であるが、文体においては違うのである。ワーズワスは人びとが話す「実際の言葉を選んで……できるだけ彼らの言葉をそのまま採用しようと思う」と言うが、「実際の言葉」は、そこに詩人の精神が注ぎ込まれることによって初めて真の「模倣(imitation)」となるのであって、実物そのままの再現はただの「模写(copy)」にすぎない。芸術は表現する主体と表現される客体との融合であるというコウルリッジの思想がここにも表れている。

また韻律とは、ワーズワスによると、その規則性によって詩的な興奮状態を緩和し抑制するものと説明される。苦痛に満ちた内容を伝える場合にも、強すぎる感情が伝わることを防ぎ、読者に持続的な喜びを与えることを可能にするものである。そういうわけで、散文の言葉と韻文の言葉に本質的な違いはないと主張しながらも、自分は韻文を選ぶのであると『抒情民謡集』の序文で述べている。それに対してコウルリッジは、詩的感情の高揚そのものが躍動感のある言葉遣いを生みだす源であり、自分が「韻律形式で書くのは、散文とは違う言葉遣いをしようとしているからである」と反論する。そしてその言葉を韻律という形に整えるためのもう一つの力としてコウルリッジは、熱情とは相反しながらもそれと協働して秩序を与えようとする意志の働きを挙げている。熱情と意志とは相互に浸透し一体となっていなければならない。韻律は後から付け加えられるものではないのだ。詩的感情の高まりのない文章に意図的に韻やリズムをつけたなら、平俗で滑稽なものになるだろう。内容にふさわしい韻律は、詩の直接の目的である喜びの感情を持続させるものであり、その「音楽的喜びの感覚」を通して、読者は詩人が語ろうとする真理へと導かれていくのである。

さらにコウルリッジは、韻文で書かれていても美しい話し言葉の模範となるようなものがあることを指摘し(第19章)、例としてハーバートの「知られざる愛」や、チョーサーの『トロイルスとクリセイデ』の一節を挙げている。特にこの後者の語り口は、「純粋で汚れない英語」を使う人たちの日常会話においても、これほど自然な言葉を聞くことができるだろうかと問うている。ワーズワスは「自然で良識に基づいた言葉に対しては正しい嗜好をもっていたので、彼が打破しようとした虚偽虚飾の文体とはかけ離れた文体への好みをあまりにも誇張した」のではないか、批評家はワーズワス自身が意図した以上に無限定にその詩論を解釈した結果、幼稚なパロディーなどで彼を批判するような結果を招いたのではないか、とワーズワスの立場を弁護している。

コウルリッジは、ワーズワスの詩論が断定的でしかも言葉の意味が十分に定義されていないことから誤解や曲解を招きやすいこと、そしてその詩論の有効性には限界があることを批判しているが、ワーズワスの詩の大部分については賞賛を惜しまない。特に第22章では最もワーズワス的な作品として「オード――不滅なるものの暗示」や「ライルストンの白牝鹿」その他の抜粋を挙げて思想の深さと格調の高さを賞賛している。ワーズワスの詩は全体として彼本来の格調を保っているのだが、ときにその調子が崩れて平凡なものになり、その落差を感じさせることがある。それは彼が、彼自身の言葉によってではなく、鄙びた暮しの人びとの言葉をそのまま使うという彼の理論に合わせようとした結果なのではないか。その変化はあたかも水の上で悠然と動いている白鳥が、ひと時水草をかき分けて遊んだ後、ふたたびもとの端正な動きに戻っていくのに似ている、とコウルリッジは評している。

本体となる文学論の後に付け加えられたという三つの「サティレインの書簡」には、一七九八年の秋、初めて船旅をしてドイツに渡った二十六歳のコウルリッジの若々しい好奇心と興奮が表れているのがわかるだろう。ひどい訛のある英語を話すデンマークの商人との対話などでは、世界の違う人間との話の食い違いそのものをも楽しんでいるようだ。ハンブルクでは、想像の中で畏敬の念を抱いていた詩人クロプシュトックに会い、期待していたほど共感が持てなかったことに落胆する。さらにハインリッヒ・メラーの喜劇『ヴァルトロン伯爵』のフランス語訳を観に行って、単に大げさな演技で観衆を惹き付けようとするその稚拙さにがっかりする。また舞台で実際に発せられる爆発音で聴衆を驚かせたり、流行の俗語を使って笑わせたりすることは単に現実味を出そうとする安易な試みにすぎないとコウルリッジは批判する。真の想像力がもたらす「不信の念の自発的一時停止」の世界に観衆を浸らせることにはならないからである。

コウルリッジが『クーリア』誌に五回にわたって送った書簡をもとにした第23章の『バートラム』評も、このドイツでの現代劇鑑賞の経験と関連した内容になっている。ドルーリー・レーン劇場ではコウルリッジの『ザポリア』は採用されず、アイルランドの劇作家マチュリンの『バートラム』が上演されたのだった。主人公バートラムはさまざまな悪行を経てきた人物として現われるが、悪という特性はどのように描かれるべきなのか。コウルリッジはふたたびシェイクスピアに言及し、リチャード、イアーゴーなどの悪の性質が、本質的に作者の知性の性質を帯びていることを指摘する。ミルトンのサタンにおいてもそうである。そのことが悪の権化としての人物を「単なる悪漢にまで落ちぶれる」ことから防ぎ、観衆は人間の本性の一部を見て共感し畏怖を感じるのである。コウルリッジは「劇的蓋然性」という表現を用いて、人物や出来事が現実にはほとんどあり得ないような時でさえ、観衆の「不信の念」を「一時停止」させて舞台の世界に引き込むのが作家の想像力であると強調している。『バートラム』にはそのような「劇的蓋然性」はまったくない。役者の台詞や行動にも、単に便宜的に辻褄を合わせようとするような不自然さがあって、必然性が感じられない。そしてコウルリッジを最も悲しませたのは、このようなドタバタ劇とも言えるものを楽しむ観衆の鑑識眼の低下だった。彼が文化におけるジャコバン主義と称しているものは、イギリスが伝統的に持っていた高雅な趣味が、大衆に迎合した平俗なものに変っていったことだと言えるだろう。

「結論」として書かれた第24章では「クリスタベル」、『ザポリア』そして『政治家必携の書』が受けた個人的な悪意に満ちた批評への苦言が再び述べられるが、それは文筆家としての彼の経験が、作家を志す若い人たちへの指針になるようにと願って書かれた第11章を補うような形で書かれている。終りに彼は、『政治家必携の書』に自ら書いた奇蹟の問題を取り上げる。人は奇蹟を見ることによって神を信じるのではない、神の恩寵を心から感じて神に自分の存在を委ねるとき、奇蹟は自ずと理解できるものになるのだ。このことをコウルリッジはスピノザの『エチカ』の結びの部分（定理四二）からの一節を引用しながら説明している。神的な世界は感覚ではなく内面の目によって静かに観想されるのであり、そのとき森羅万象は神の「ロゴス」の「反響（echo）」として見えて来るのである。ここで第一巻の終りの定義すなわち「第一の想像力」（人間の創造的認識行為）を神の永遠の創造行為の「反復」と考え、さらに「第二の想像力」（詩人の形成的想像力）を「第一」のそれの反響とした想像力の定義が、より宗教的な言葉で繰り返されているように思われる。

以上見てきたように、『文学的自叙伝』には、文学、特に詩に対するコウルリッジの鋭い洞察が盛り込まれており、さらにそれを支えるものとして、長年にわたって思索を行なってきた彼の哲学が、彼の精神史として自伝的に示されている。当初二日か三日で書き終えるはずが、次々と書きたいことが溢れ出してきて、抑えようもなく拡大していったこの作品は、コウルリッジが心から書きたかったことを書いたものであって、どのページを開いてみても、興味深い内容が魅力的な表現で語られていて思わず引き込まれてしまう。初対面の人とどんな話題で話し合っても、たちどころに相手を魅了したというコウルリッジらしい語りと言える。コウルリッジの思想の全体像を摑むには、膨大なノートブックから本への書き込みまであらゆるものを紐解く必要があるが、この作品はそのスタート地点とするにふさわしい、親しみやすさと内容の豊かさを兼ね備えたものと言えるだろう。

後半生は散文に専念していたような印象があるが、実はコウルリッジは「失意のオード」を書いたとはいえ詩作をやめてしまったわけではなく、その後も生涯にわたって詩を書き続けていた。『文学的自叙伝』は、そのように終生詩人であり続けたコウルリッジならではの作品となっている。彼は、「詩とは何か」という問いは「詩人とは何か」というのと極めて近い問いであると言い、詩人とは「人間の魂全体を活動させ」、そうすることによって作品に「一つの基調、そして統一の精神を行き渡らせ」るのだと述べているが、この作品はコウルリッジがまさに彼の魂全体を活動させてまとめ上げたものだと言えるかもしれない。したがって、哲学書であり批評理論書でありながら、そこかしこに詩的なイメージや美しい比喩がちりばめられた優雅な作品となっている。一例を挙げるならば、第7章に見る水棲昆虫アメンボの比喩などは実にコウルリッジらしいものと言えるだろう。「日の当たった川底に、虹色の輪に囲まれて五つの点がある影を落としている」アメンボは、上流に進んで行くためには、水流に抵抗する「能動」と水流に身をまかせる「受動」の運動を交互に行なっている。人が思考するときにもこのような能動と受動の働きがある。そしてこの能動と受動とが一体となった力が、広義の「想像力」であると彼は表現しているのである。このように哲学的に推論によって真理を追求するアプローチと、詩的に直感的に真理を捉えようとするアプローチが共存しているところが、この作品をユニークなものとしていると言える。また多くの詩があちこちに引用されているこの作品は、一つの詩作品のように考えて読んでみてもよいのではないか。第14章で彼自身が「詩作品は、真実ではなく喜び（pleasure）を直接の目的とすることで科学の論文とは対照的である」と述べているように、性急に論理を求めて読むよりは、変化に富む表現や、多くの引用された詩をじっくり味わうことから得られる喜びを求めて読むのも、本書の読み方としてふさわしいのかもしれない。「哲学は決して学ぶことはできない。せいぜいのところ哲学的に思索することを学びうるのみである」とカントは言ったが、コウルリッジの動的な哲学や世界観は、それ自体を学ぼうとするよりも、彼が哲学的に思索してきた過程を彼とともに楽しみつつ歩むのが、真理に近づくよりよい道かもしれないと思われるのである。

山田崇人

あとがき

Biographia Literaria の邦訳が初めて一冊の書物として出版されたのは、一九四九年、桂田利吉氏による『文学評伝』（思索社）であった。これは原典の初版本（一八一七年）を底本とし、詩と文学一般および文芸批評を中心とする十二の章を選んで抄訳したものであり、後に多少の手を加えられて、河出書房新社から『文学評伝抄』として出版された（一九六〇年）。その後、桂田氏に八名の共訳者が加わって、残りの十二の章と三つの書簡の訳を追加したものが一九七六年の、『文学評伝』（法政大学出版局、りぶらりあ選書）である。こうして Biographia Literaria の本文が全訳されたが、本文中の諸所にコウルリッジが書き加えた原注の部分は含まれていない。この邦訳の出版後、本書が底本としている二巻本を含む『コウルリッジ全集』（プリンストン大学出版）の全一六巻二七冊が整い、またコウルリッジの思想や人となりを読み解くために重要な『ノートブック』もキャスリン・コウバーン他の編集で詳細な注が付されて全巻が刊行されるに至った。これらは言うまでもなく、コウルリッジ研究の一つの集大成であり、さらなる研究の発展を促すものである。複雑で難解な *Biographia Literaria* のテクスト理解も、編者の解説、詳細な脚注、索引等によって大いに助けられ、また他の著作との関連性も辿りやすくなったことで、同書の占める重要な位置も一層明らかになったと言える。

このような成果を背景に、東京コウルリッジ研究会は独自の翻訳に着手した。タイトルもあらたに『文学的自叙伝』とし、コウルリッジの原注も含めて、厳密な意味での同書の全訳を試みた。本文中に挿入されたコウルリッジの原注はかなりの数に及び、ときには本筋からの脱線のように見えながらも、*Biographia Literaria* という著作を豊かに肉付けていて、本文の理解には欠かせないものだからである。また訳者による注の作成にも力を注いだ。本書の訳注は、底本にした *BL*（*CC*）の編者による注に負うところも多いが、コウルリッジが本文中に引用したり参考にしたとされるさまざまな書物については、可能な限り原典に当たってそれらを参照した。また邦訳または英訳があるものについてはその書名、訳者名を記した。

東京コウルリッジ研究会がこの邦訳を目標として、原典を読み訳文を作るという作業を始めたのは十年以上前のことである。当初は六名であったメンバーがひとまず分担をきめて和訳の草稿を作り、毎月あるいは隔月に一度ほどの研究会の場で、その訳文を検討するという形で仕事を進めた。コウルリッジの原文は、けっして訳しやすいとは言えない文章である。それは基調となる一つの考えが次々に新しい枝を生み出しながら伸びていくような入り組んだ構造であることが多い。またそこに盛り込まれた思想内容の解釈を始めとして、古典から十九世紀にいたるまでの多数の文献からの引用を、それぞれの原典の文脈のなかで解釈することが必須であったために、一回の集まりで進む分量は僅かだったが、それなりに実り多い時間であった。

第一巻の訳を大方終えた頃、この研究会の創始者であり指導者でもあった成蹊大学教授の原孝一郎先生が亡くなられるという不幸があった。会員にとって大きな悲しみであった。原先生からは、コウルリッジを理解する上で最も重要な一面であるキリスト教神学に関して特に多くのご教示をいただき、またいくつかの主要な概念についての訳者注の原案をいただいている。せめてなるべく早く第二巻とともに完成させて、先生のご霊前に報告したいと思った。原先生亡きあと、会の拠点を同じ成蹊大学の山田崇人研究室に移し、五名で共訳を続けることになった。それから早くも数年が経ってしまったが、ようやく出版にこぎつけることができた次第である。残された会員の当然の思いとして、本書は原先生に捧げられている。

第一巻、第二巻を通して、最初の訳稿の作成を次のように分担した。

原孝一郎　第6章、12章
山田崇人　第1章、7章、14章、24章
安斎恵子　第2章、8章、17章、18章、サティレインの書簡1
岡村由美子　第3章、9章、15章、23章
笹川浩　第4章、10章、19章、20章、21章、サティレインの書簡3
小黒和子　第5章、11章、13章、16章、22章、サティレインの書簡2

なお訳者による注の作成は右の分担章に限らず、適宜手分けをして行なった。

研究会での原稿の読み合わせでは、誤訳が疑われる部分の検討はもちろんのこと、主要な用語の訳語の選択、論理の筋道、詩人らしい感性、そしてコウルリッジ独特の皮肉やユーモアの表現などをめぐって、メンバーの間では活発で忌憚のない意見が交わされた。個々の訳者の原案を重んじながらも、読み合わせの度に推敲を重ねていった。したがってこの共訳は、いわゆる分担ではない。メンバーの一人ひとりがすべての章の翻訳に関わっていると言ってよいと思う。本書の訳文が統一性を保つことに成功しているとすれば、それはこの共同推敲の作業によるものである。複雑な論述の筋道を原文に沿って辿りながら、できるだけコウルリッジの文体の特徴を伝えるように、しかも日本語として読みやすくするように努力した。

また個々の表現のニュアンスを、原語を生かしてなるべく正確に伝えるように心がけたつもりであるが、まだまだ不備な点があることと思う。読者の方々のご教示をいただければ幸いである。

日本語の文体については当初から議論が交わされ、試行錯誤が行なわれたが、第1章の冒頭でコウルリッジ自身が言及している自伝的な「語り」の手法を意識し、またコウルリッジが語り手として格別な魅力を持った詩人・思想家であったこと、そして実際に本書が口述筆記によって作られたものであることを考えて、あえて口語体のデスマス調を基本とし、著者の原注を文章体のデアル調にして本文と区別した。ただし第12章の「命題」については文章体を採った。第二巻の「サティレインの書簡」については、親密な相手に宛てた書簡が基になっていることと、それらが日記または紀行文としての性格を持っていることを考慮して口語的なデアル調を採用し、他の章とは調子を変える試みをした。口語体は文章の流れを緩慢にする。しかしそのことが、言葉を探し、言い換え、その時どきに説明や比喩を加えながら思想を表現していくコウルリッジの心の動きを伝えるのには、意外にふさわしいのではないかと思っている。この作品は哲学的文学論でありながら、コウルリッジという詩人が持っていた迷いや自責の念、社会に対する不満や批判と同時に他者へのこまやかな心遣いなど、交錯した感情を背後に感じさせる、きわめて人間的な告白だとも言えるだろう。この邦訳が、このような彼の人間性を伝えるのにも役立つことができれば幸いである。

草稿作成の段階での分担についてはさきに記したが、それぞれのメンバーの主な役割について、ここで簡単に紹介させていただきたい。山田研究室で行なわれた研究会の作業では、研究室のパソコンに送られてきた各訳者の草稿を、その場で交わされる議論と推敲にしたがって入力し直していくという、忍耐のいる仕事を山田が行なった。黙々と入力作業に集中を強いられていた山田が、メンバーの議論を傍に聞きながら折々ふと手を休めて、はっとするような正解を出してくれたのが印象的だった。笹川は特に訳の正確さを目指して原文や原語との照合をし、さらにこの原書が書かれた時代のイギリス、ドイツ、フランスの歴史的背景について有益な知識を提供してくれた。岡村は日本語としての語句や文字遣いについて細かい検討を行ない、また直訳的表現と解釈的表現の選択などの問題で示唆を与えた。内容に関連する文献の探索は、小黒を中心に各メンバーが分け持っている。小黒は主として早稲田大学図書館において、十八世紀以前の作品の古書やマイクロ資料などを集めて、解釈と訳注作成の一助とした。そして早い時期から小黒とともに内容解釈と訳文推敲に力を入れてきたのは安斎である。さらに安斎は、メンバーから寄せられた問題点をあらかじめ周到に整理した上で、会を能率的に進行させるという中心的な役割を担った。また小黒とともに校正や索引の作成と併行して、訳文と訳者注を全体的に読み直して統一・訂正を行ない、本書全体の構成を整えることに力をつくした。

おわりに、翻訳にあたって各メンバーが直接間接にご指導いただいた内外の方々に、ここでお礼を申し上げたい。特にこの訳書の出版を最初に引き受けてくださった法政大学出版局元編集長の平川俊彦氏のご厚意に深謝している。そして何年にもわたって辛抱強く待ってくださった編集担当の五味雅子さんには本当にお世話になった。五味さんからは時折の打ち合わせでの親切なご助言に加えて、書物としての最終的な仕上げについても細やかな配慮をいただいた。訳者一同、心からの感謝の気持を表したい。

二〇一三年　立春

訳者一同

人名索引

＊文学作品の作中人物・神話上の人物名は，事項索引に収めた．
＊著者名への言及がない作品名は，事項索引に収めた．
＊頁数を囲む［　］は訳者が翻訳の際に補った表現の掲載箇所であることを示す．
＊訳注中の頁数は主なもののみを拾いイタリックで示し，本文と区別した．

ア　行

アイスキュロス（Aeschylus, 525 B.C.–456 B.C.）　340, 415
アイヒホルン　（Johann Gottfried Eichhorn, 1752–1827）　180
アヴェロエス　（Ibn Rushd Averroës, 1126–98）　50, *581*
アウグスティヌス（Aurelius Augustinus / St Augustin of Hippo, 354–430）　178, *623*, *682*
アウグストゥス帝（Gaius Julius Caesar Octavianus Augustus, 63 B.C.–14 A.D.）　9
アディントン〔内閣・政権〕（Henry Addington, 1st Viscount Sydmouth, 1757–1844）　160, 187
アーデルング（Johann Christoph Adelung, 1732–1806）　183
アナクレオン（Anacreon, c.570 B.C.–c.485 B.C.）　219, 268, 289, 290, 425, *641*
「きりぎりす（‘Grasshopper’）」　289, *646-47*
「燕（‘Swallow’）」　289, *646-47*
アプレイウス（Lucius Apuleius, c.125–?）　141, *616*
アメルバッハ（Veit Amerbach, 1503–1557）　94, *597*
アリオスト（Ludovico Ariosto, 1474–1533）　276, 491, *644*
アリストテレス（Aristoteles / Aristotle, 384 B.C.–322 B.C.）　93, 95-99, 102, 218, 291, 306, 307, 409, 489, 518
「記憶〔と想起〕について（‘De Memoria et Reminiscentia’）」　95
『自然学小論集（*Parva Naturalia*）』　95, 97, 98
『霊魂論（*De Anima*）』　95, 96
アリストファネス（Aristophanes, c.448 B.C.–c.380 B.C.）　75, [76], 93, [281]
『蛙（*Frogs*）』　[76], [281]
アルキメデス（Archimedes, c.287 B.C.–c.212 B.C.）　251
アレクサンダー大王（Alexandros / Alexander the Great, King of Macedon, 356 B.C.–323 B.C.）[485]
アンガン公爵（Louis Antoine Henri de Bourbon-Condé, Duc d’Enghien, 1772–1804）　188, *626*
アントニヌス（皇帝）（マルクス・アウレリウス Marcus Aurelius Antoninus, 121–180）　414
アンベール将軍（Jean Joseph Amable Humbert, 1767–1823）　502
イヴォ司教（Ivo Carnotensis, c.1045–c.1115）　94, *596*

イザヤ（Isaiah, 聖書） 270
ヴァレリウス・フラッカス（Gaius Valerius Flaccus, fl. 80） 190, *626*
『アルゴナウティカ（*Argonautica*）』 190
ヴァンブルー （John Vanbrugh, 1664-1726） 516, *676*
ウィッチャリー（William Wycherley, 1640-1716） 516, *676*
ヴィーラント（Christoph Martin Wieland, 1733-1813） 276, 505, 510-11, *644*
『オベロン（*Oberon*）』 510-11
ウェイクフィールド（Gilbert Wakefield, 1756-1801） 213
ウェスト （Gilbert West, 1703-56） 23, *574*
ウェックスフォード大陪審（Wexford） 164
ウェッジウッド，ジョサイア（Josiah Wedgwood, 1769-1843） 178, *623*
ウェッジウッド，トマス（Thomas Wedgwood, 1771-1805） 178, *623*
ウェルギリウス（Publius Vergilius Maro / Virgil, 70 B.C.-19 B.C.） 9, 20, [46], 254, 268, 466, 504, *580*
『牧歌（*Eclogues*）』 254, *641*
ウォーカー （John Walker, 1732-1807） 464, *669*
ウォートン，トマス（Thomas Warton, 1728-90） 23, 56, *575*
ウォーバートン（William Warburton, bishop of Gloucester, 1698-1779） 131
ウォラー（Edmund Waller, 1606-87） 359, *658*
「行け，美しい薔薇よ（'Go, lovely Rose'）」 359, *658*
ヴォルテール（François Marie Arouet Voltaire, 1694-1778） 54, 104, *669*
ヴォルフ（Christian Freiherr von Wolff, 1679-1754） 118, 132, 252, 512, *604*, *613*
ウルフィラス（Ulfilas, bishop of Nicomedia, c.311-83） 180, *623*
エウリピデス（Euripides, 485 B.C.-406 B.C.） 492
エピクテトス（Epictetus, c.55-c.135） 287, 414, *664*
エベリング（Christoph Daniel Ebeling, 1741-1817） 484, 486, 502, *672*
エラスムス（Desiderius Erasmus, 1466-1536） 20, 515, *675*
『痴愚神礼讃（*Moriae encomium*）』 [515], *675*
エリザベス一世（Elizabeth I, Queen of England and Ireland, 1533-1603） 160
エンゲル（Johann Jacob Engel, 1741-1802） 513, *675*
オウィディウス（Publius Ovidius Naso / Ovid, 43 B.C.-17 A.D.） 9, 20
オッシュ将軍（Lazare Hoche, 1768-97） 485, *672*
オトウェイ（Thomas Otway, 1652-85） 84, 516
オーピッツ（Martin Opitz von Boberfeld, 1597-1639） 183
オールストン（Washington Allston, 1779-1843） 110, *601*

カ 行

ガウアー （John Gower, c.1325-1408） 38, *579*
カウリー （Abraham Cowley, 1618-67） 22, 61, 74, 84, 120, 352, 402-03, 556, *574*
「愛の遍在（'All-over, Love'）」 120
クロムウェル論（*A Discourse by Way of Vision, Concerning the Government of Oliver Crom-*

well） 403
「ダビデ（'Davideis, a Sacred Poem of the Troubles of David'）」 556
『ピンダロスのオードの文体と流儀を模倣して書かれた，ピンダロス風オード（*Pindaric Odes, written in imitation of the style and manner of the odes of Pindar*）』 352
カエサル（Gaius Julius Caesar, c.101 B.C.–44 B.C.） 8
カジミエシュ（Maciej Kazimierz Sarbiewski / Casimir, 1595–1640） 555-56, *681*
ガッサンディ（Pierre Gassendi, 1592–1655） 90, *594*
カトゥルス（Gaius Valerius Catullus, c.84 B.C.–c.54 B.C.） 9, 289-90, 562-63
『詩集（*Carmina*）』七三番 563
「雀（'Sparrow'）」 289
カトー，マルカス（Marcus Porcius Cato, 234 B.C.–149 B.C.） 65, 466
カートライト（William Cartwright, 1611–43） 187, *625*
『王様の奴隷（*The Royal Slave*）』 187
カリエ（Jean Baptiste Carrier, 1756–94） 522, *678*
ガルヴェ（Christian Garve, 1742–98） 358, 371, *657*
『クリスティアーン・ガルヴェ評論集（*Sammlung einiger Abhandlungen von Christian Garve*）』 358
ガレノス（Galenos / Galen, 129–c.199） 287, *645-46*
カント （Immanuel Kant, 1724–1804） 132, 133, 136, 137, 139, 173, 235, [241], 243, 252, 359, 507, 512-13, *608*, *611-14*
『可感界と可想界の形式と原理（*De mundi sensibilis et intelligibilis forma et principiis*）』 242, *634*
『神の存在の唯一可能な証明根拠（*Der einzig mögliche Beweisgrund zu einer Demonstration des Daseyns Gottes*）』 173, *622*
『自然科学の形而上学的原理（*Metaphysische Anfangsgründe der Naturwissenschaft*）』 132, *603*, *612*
『純粋理性批判（*Kritik der reinen Vernunft*）』 126, 132, 173, *608*, *611-13*, *629*
『たんなる理性の限界内の宗教（*Die Religion innerhalb der Grenzen der blossen Vernunft*）』 132, *612*
『判断力批判（*Kritik der Ueteilskraft*）』 132
カンバーランド（Richard Cumberland, 1732–1811） 417, 508
『カルヴァリー（*Calvary, or the Death of Christ*）』 417, 508, *665*
キケロ（Marcus Tullius Cicero, 106 B.C.–43 B.C.） 9, 200, 478, *627*
キリスト [131], 178, 181, 467, 564-65
⇒ （事項）キリスト，キリスト教
クィンティリアヌス（Marcus Fabius Quintilianus, c.35–c.100） 56, 291
『雄弁術の堕落の原因（*De causis corruptae eloquentiae*）』 56, *586*
クセノフォン（Xenophon, c.427 B.C.–354 B.C.） 200, *627*
クーパー（William Cowper, 1731–1800） 23, 54, [167], 509, *575*
『課題（*The Task*）』 23, 167, *575*
グライム（Johann Wilhelm Ludwig Gleim, 1719–1803） 425, *665-66*

グラヴァー（Richard Glover, 1712-85） 502-03, *673*
グリュナエウス，ジーモン（Simon Grynaeus, 1493-1541） 140, *615-16*
グレイ（Thomas Gray, 1716-71） 18, 19, 43, 327-28, 339, 357, 511
「吟唱詩人（'The Bard'）」 18, 43
「ソネット――リチャード・ウェストの死にあたって（'Sonnet on the Death of Richard West'）」［328］
『墓畔で詠んだ挽歌（'*Elegy Written in a Country Churchyard*'）』 43, 511
グレヴィル，フルク（Sir Fulke Greville, 1st Baron Brooke, 1554-1628） 127, *609*
グレンヴィル卿（William Wyndham Grenville, 1759-1834） 184, *625*
クロー（William Crowe, 1745-1829） 16, *573*
「ルイスドンの丘（'Lewesdon Hill'）」 16
クロプシュトック（Friedrich Gottlieb Klopstock, 1724-1803） 183, 417, 484, 486, 497, 501-13, *614*
『救世主（*Messias*）』 417, 503, 504, 508, 509, 513, *614*, *665*
『ヘルマンの戦い（*Hermanns Schlacht*）』 509, *674*
クロムウェル（Oliver Cromwell, 1599-1658） 403
ゲーテ（Johann Wolfgang von Goethe, 1749-1832） 3, 510, *569*, *674*
『ウェルテルの悩み（*Die Leiden des jungen Werthers*）』 510
ケプラー（Johannes Kepler, 1571-1630） 91
ゲレルト（Christian Fürchtegott Gellert, 1715-69） 183, 358, 359, *624*, *657*
コウルリッジ（Samuel Taylor Coleridge, 1772-1834） 25, 53, 155, 160, 166, ［194］, ［242］, ［431］, 514, ［521］, ［549］, 560
「愛（'Love'）」 558
『一信徒の説教（*Lay Sermons*）』 563
『ウォッチマン（*The Watchman*）』 151, 156-57
「小川（'The Brook'）」 168
『悔恨（*Remorse*）』 24, 193, 199, 337
「クリスタベル（'Christabel'）」 264, 557-58
「黒婦人（'The Ballad of The Dark Ladié'）」 264
『ザポリア（*Zapolya*）』［559-62］
「失意のオード（'Dejection: An Ode'）」 454
『シビルの詩片（*Sibylline Leaves*）』 454, *576*
「宗教的瞑想（'Religious Musings'）」 6-7, 153
「諸国民の運命――幻想」（'The Destiny of Nations: a Vision'）」 24, ［112］
『叙情民謡集（*Lyrical Ballads*）』⇒ ワーズワス，ウィリアム
ソネット（Sonnets I-III） 24-27, *576*
「猛り狂う雄牛（'Recantation: Illustrated in the Story of the Mad Ox'）」 30
『友（*The Friend*）』 44, 83, 146-148, 156, 171, 179, 185, 190, 213, 256, 307, 515
『ピコローミニ父子（*The Piccolomini: or The First Part of Wallenstein*）』［521］
『人々への呼びかけ（*Conciones ad Populum, or Addresses to the People*）』 515, *675*
「フランス（'France: An Ode'）」 172, 277

「老水夫の詩（‘The Rime of the Ancient Mariner’）」 7, 27-28, 260, 264, *569*
『ロゴソフィア（*Logosophia*）』 [136], 229, 233, *605-06*
「ワーズワスに（‘To William Wordsworth’）」 [194], [199], [257], [431]
コッツェブー（August Friedrich Ferdinand von Kotzebue, 1761–1819） 488, 510, 516, 520, *672*
――主義 516
コットン（Charles Cotton, 1630–87） 359, *658*
『戯作ウェルギリウス（*Scarronides, or Virgil Travestie*）』 359, *658*
コリンズ（William Collins, 1721–59） 18, 511
コルネイユ（Pierre Corneille, 1606–84） 518
コングリーヴ，ウィリアム（William Congreve, 1670–1729） 516, [536], *676*
「歌――私が騙されてるなんてもう言わないで（‘Song: Tell me no more I am deceived’）」 [536]
コンディヤック（Étienne Bonnot de Condillac, 1715–80） 54, 91, 126, 245

サ 行

サウジー，ロバート（Robert Southey, 1774–1843） 24, [42], 52-53, 55-56, 59, 62-67, 69, 70, 110, 246, 371, 430, 542, *575*
『ケハマ（*The Curse of Kehama*）』 59, 63
『雑録集（*Omniana, or Horae otiosiores*）』 246
『サラバ（*Thalaba the Destroyer*）』 59, 63
『シッド（*The Chronicle of the Cid*）』 59
『ジャンヌ・ダルク（*Joan of Arc, an Epic Poem*）』 24, 55, 542, *575*
『ドン・ロデリック（*Roderick: the Last of the Goths*）』 59, 63, 110
「バークリーの老女（‘The Old Woman of Berkeley’）」 63
『マドック（*Madoc, a Poem*）』 59, 63
「モスクワ再訪（‘Return to Moscow’）[「モスクワ遠征（‘The March to Moscow’）」] 63
サウル（Saul, 聖書） 252
ザックス，ハンス（Hans Sachs, 1494–1576） 180, 182
サットン（Daniel Sutton and Robert Sutton, fl. 1760） 351, *656*
サンダーソン（Robert Sanderson, 1587–1663） 145
シェイクスピア（William Shakespeare, 1564–1616） 8, 9, 18, 19, 22, 32-35, 54, 77, 84, [130], 147, [165], 273-83, 285, 307, 311, 331, 337, 340, 346, 372, 379, 442, 487-89, 492, 493, 510, 516-519, 525, 539, [557], *578*, *643*, *654*, *677*
『アテネのタイモン（*Timon of Athens*）』 [557]
『あらし（*The Tempest*）』 521
『ヴィーナスとアドーニス（*Venus and Adonis*）』 8, 273-76, [281], 282, *643*
『ウィンザーの陽気な女房たち（*The Merry Wives of Windsor*）』 [487]
『ヴェニスの商人（*The Merchant of Venice*）』 [18], *643*
『お気に召すまま（*As You Like It*）』 [539]
『オセロー（*Othello*）』 8, 279

『恋の骨折り損（*Love's Labour's Lost*）』 8
『ソネット集（*Sonnets*）』 33
「ソネット三三番」 278
「ソネット八一番」 33
「ソネット八六番」 33
「ソネット九八番」 279
「ソネット一〇七番」 279
『ハムレット（*Hamlet*）』 8, 163-64, *628*, *637*, *648*
『冬物語（*The Winter's Tale*）』 330-31
『ヘンリー四世（*King Henry IV*）』 [165]
『ヘンリー五世（*King Henry V*）』 [165]
『マクベス（*Macbeth*）』 8, [72]
『リア王（*King Lear*）』 8, [84], 279, [337], 511, 549, *654*
『ルークリース（*The Rape of Lucrece*）』 8, 273, *643*
『ロミオとジュリエット（*Romeo and Juliet*）』 8, [130], 311
シェリング（Friedrich Wilhelm Joseph von Schelling, 1775–1854） 136-39, 217, 220, *603*, *610*, *611*, *615*
『自然哲学に関する考案（*Ideen zu einer Philosophie der Natur*）』 136, *611*, *614*
『知識学の観念論の解明のための諸論考（*Abhandlungen zur Erläuterung des Idealismus der Wissenschaftslehre*）』 220, *630*, *632*, *633*
『超越論的観念論の体系（*System des transscendentalen Idealismus*）』 136, 138, *629*, *632*, *633*, *634*
シドニー，アルジャーノン（Algernon Sidney/Sydney, 1622–83） 318, *650*
シドニー，サー・フィリップ（Sir Philip Sidney, 1554–86） 56, 127, *609*
シドニウス・アポリナリス（Gaius Sollius Apollinaris Sidonius, c.430–88） 429, *666*
シネシオス（Synesius of Cyrene, c. 370–414） 214, 218, 219, [239], [240], 251, *630*
『賛歌（*Hymnes*）』 [218], [219], [239], [240], 251
シモニデス（Simonides, c.556 B.C.–c.468 B.C.） 515
シャドウェル（Thomas Shadwell, c.1642–92） [526], 530, *678*
『放蕩者（*The Libertine*）』 520, [526]-31, *678*
シュレーゲル（August Wilhelm von Schlegel, 1767–1845） 35, 136, *578-79*
ジョンソン，サミュエル（Samuel Johnson, 1709–84） 52, 56, 116, 143, 213, 379, 492, 516, 556, *655*, *660*, *680*
シラー（Johann Christoph Friedrich von Schiller, 1759–1805） 510, 518
『群盗（*Die Räuber*）』 510, 518, 549, *674*
『ドン・カルロス（*Don Carlos*）』 510
シーワド，トマス（Thomas Seward, 1708–90） 46-47
スウィフト（Jonathan Swift, 1667–1745） 61
『ガリバー旅行記（*Gulliver's Travels*）』 62
『桶物語（*A Tale of a Tub*）』 62
スカリゲル（Julius Caesar Scaliger, 1484–1558） 287, *646*

『植物について（*De plantis*）』 287
スコット （Sir Walter Scott, 1771–1832） 170
『スコットランド国境地帯の詩歌（*Minstrelsy of the Scottish Border*）』 170
スターン（Laurence Sterne, 1713–68） 333, *653*
「マリア（'Maria'）」「修道士（'The Monk'）」「貧者の驢馬」［「死んだ驢馬（'The Dead Ass'）」］ in『感傷旅行（*Sentimental Journey through France and Italy*）』 333, *653*
スチュワート（Dugald Stewart, 1753–1828） 245, *634-35*
ステファヌス（Henricus Stephanus / Henri Estienne, 1531–98） 213, *630*
ストラーダ（Famiano Strada, 1572–1649） 56, *586*
ストロッツィ，ジョヴァンニ・バティスタ（Giovanni Battista Strozzi, 1504–71） 289
ストロッツィ，フィリッポ（Filippo Strozzi, fl 1593） 290
ストロッツィ，レオネ（Leone Strozzi, fl 1580） 290
ストロッツィ，ロレンツォ（Lorenzo Strozzi, fl 1593） 290
スピノザ（Baruch / Benedict Spinoza, 1632–77） 54, 118, 131, 134, 173, 218, 219, 233, 425, 566, *611*, *622*
『倫理学（*Ethica*）』 131, 566, *611*, *632*
スプラット（Thomas Sprat, 1635–1713） 61, *588*
スペンサー（Edmund Spenser, 1552–99） 35, 47, 48, 80, 341, 342, 359, 480
『妖精の女王（*The Faerie Queene*）』 342-43, 359, *590*, *654*
『羊飼いの暦（*The Shepheardes Calender*）』 47, *581*
スマート（Christopher Smart, 1722–71） 332, *652*
「野ウサギを贈る約束の不履行について，パウエル師に宛てて（'To the Rev. Mr. Powell on the Non-Performance of a Promise He Made the Author of a Hare'）」［332］, *652*
〔聖〕セシリア（St. Cecilia, fl. 2nd or 3rd century） 58, *587*
セルヴァンテス（Miguel de Cervantes Saavedra, 1547–1616） 491
『ドン・キホーテ（*Don Quixote*）』 491
ゼンネルト（Daniel Sennert, 1572–1637） 287, *646*
『化学者とアリストテレス・ガレノス主義者の一致と不一致について（*De Chymicorum cum Aristotelicis et Galenicis consensu ac dissensu*）』 *646*
ソクラテス（Socrates, c.469 B.C.–c.399 B.C.）［43］, 222, 466, *632*
ソフォクレス（Sophocles, c.496 B.C.–c.406 B.C.） 492
ソマレズ（Richard Saumarez, 1764–1835） 138-39, *615*
『生理学新体系（*New System of Physiology*）』 138, *615*
『生理科学と物理科学の原理（*Principles of Physiological and Physical Science*）』138, *615*

タ　行

ダーウィン，エラズマス（Erasmus Darwin, 1731–1802） 17-18, 74, 144, 200, 286, *628*, *644-45*
『自然の殿堂（*The Temple of Nature*）』 286, *644*
『植物の園（*The Botanic Garden*）』 17
『ズーノミア（*Zoonomia*）』 144

ダヴェナント（Sir William Davenant, 1606–68） 409
タッソー（Torquato Tasso, 1544–95） 524
ダニエル（Daniel, 聖書） 53
ダニエル，サミュエル（Samuel Daniel, 1562–1619） 344-46, 434, 436, *655*
『書簡詩（*Epistles*）』 346, *655*
『内乱（*The Civil Wars*）』 344, *655*
『ヒュメナイオスの勝利（*Hymen's Triumph*）』 346, *655*
ダビデ （David, King of Judah and Israel, 10th century B.C.） 252
ダン（John Donne, 1572–1631） 22, 338, 350, *574*
『魂の遍歴（*Progress of the Soul*）』 350
ダンテ（Dante Alighieri, 1265–1321） 182, 275, 287, 319, 435, *647*
「カンツォーネ（'Canzone'）」 [435]
『饗宴（*Convivio*）』 [435]
『日常語の修辞法（*De vulgari eloquentia*）』 287, *645*
チプリアーニ（Giovanni Battista Cipriani, 1727–85） 523, *679*
チマローザ（Domenico Cimarosa, 1749–1801） 108
チャタートン（Thomas Chatterton, 1752–70） 416, *664*
チャーマーズ（Alexander Chalmers, 1759–1834） 42
『イギリス詩人作品集（*The Works of the English Poets*）』 42
チャールズ一世（Charles I, 1600–49, 在位1625–49） 169, 484, *621*
チャールズ二世（Charles II, 1630–85, 在位1660–85） 52, 85, 87, 94, 169, 530
チョーサー（Geoffrey Chaucer, c.1343–1400） 21, 32, 38, 54, 180, 182, 341, 360
『トロイルスとクリセイデ（*Troilus and Criseyde*）』 360, *658*
デイヴィス，ジョン（Sir John Davies, c.1569–1626） 271, *642*
ティツィアーノ（Tiziano Vecellio, c.1490–1576） 163
ティッヒセン（Thomas Christian Tychsen, 1758–1834） 180
ディデュモス（Didymus Charcenterus, c.80 B.C.–10 B.C.） 9
テイラー，ウィリアム（William Taylor, 1765–1836） 86, *592*
テイラー，ジェレミー（Jeremy Taylor, 1613–67） 52, 57, 94, 247, 270, 318, 396, *583*
『聖なる死』（『聖なる死の規範と実践（*The Rule and Exercises of Holy Dying*）』） 396, *583*
「平和の道」（'Via Pacis,' *The Golden Grove, a Choice Manual*） 247, *636*
テオクリトス（Theocritus, c.310 B.C.–c.250 B.C.） 9, 21, 306, *649*
デカルト（René Descartes, 1596–1650） 91, 92, 94, 95, 117, 118, 172, 222, 226, 235, 251, *604*
『省察（Meditationes de prima philosophia）』 226
『方法叙説（*Discours de la méthode*）』 91, 92, [172], 226, *595*
デ・トイラス （Paul de Rapin, Sieur de Thoyras, 1661–1725） 129
デフォー（Daniel Defoe, 1660–1731） 416, *664*
デモクリトス（Democritus, c.460 B.C.–c.370 B.C.） 218
デモステネス（Demosthenes, c.385 B.C.–c.322 B.C.） 9
テュルタイオス（Tyrtaeus, fl. 650 B.C.） 425

テレンティウス（Publius Terentius Afer, c.195 B.C.–159 B.C.） 9
ドズリー（Robert Dodsley, 1703–64） 351, *656*
トマス・アクイナス（St. Thomas Aquinas, c.1225–74） 97, 98
トムソン（James Thomson, 1700–48） 23, 54
ドライデン（John Dryden, 1631–1700） 44, 54, 183, 338, 379, 509, 511, 512, 549, *580*, *591*, *677*, *680*
「聖セシリア祭の歌（'A Song for St. Cecilia's Day'）」 509
ドレイトン（Michael Drayton, 1563–1631） 363, 380, 382, *659*
『イデア（*Idea*）』 363, *659*
「ソネット九番（'Sonnet IX' in *Idea*）」 363
『多幸の国（*Polyolbion*）』 382

ナ　行

ナポレオン（Napoléon Bonaparte, 1769–1821） 188, 189
ニコライ（Christoph Friedrich Nicolai, 1733–1811） 513, *674*
ニュートン（Sir Isaac Newton, 1642–1727） 91, 116, 123, 225, 235, 344
〔聖〕ネポマック（John of Nepomuc, St., fl. 1340–93） 58, *586*

ハ　行

バイロン（George Gordon Noel Byron, 1788–1824） 110, 371, 430, *676*, *678*
『チャイルド・ハロルド〔の巡礼〕（*Childe Harold's Pilgrimage*）』 110
〔聖・使徒〕パウロ（St. Paul, ?–c.65 A.D.） 173, 174, 218, 235, 566
ハーヴェイ，ジェームズ（James Hervey, 1714–58） 518, 519, *677*
『瞑想録（*Meditations and Contemplations*）』 518
バカン（William Buchan, 1729–1805） 209
バーク，エドマンド（Edmund Burke, 1729–97） 52, 162-63, 186, 188, 318, *620*
バクスター（Richard Baxter, 1615–91） 200, *628*
バークリー，ジョージ（George Berkeley, 1685–1753） 90, 122, 123, 125, 252, 258, *593-94*, *638*
『アナリスト（*Analyst*）』 252, *638*
『サイリス（*Siris*）』 258, *638*
バークリー，ジョン（John Barclay, 1582–1621） 140, 403
『アルゲニス（*Argenis*）』 140, 403, *616*
パーシー（Thomas Percy, 1729–1811） 23, *652*, *655*
『古謡拾遺集（*Reliques of Ancient English Poetry*）』 23
パーシヴァル（Spencer Perceval, 1762–1812） 184, *624*
バシラス（Bathyllus of Samos, 6th century B.C.） 268, *641*
パーセル（Henry Purcell, c.1658–95） 108
バトラー（Samuel Butler, 1612–80） 109
「雑感（'Miscellaneous Thoughts'）」 110
バートラム（William Bartram, 1739–1823） 451, *667*

『旅行記（*Travels*）』 451, *667*
ハートリー（David Hartley, 1705–57） 91, 93, 96, 98-100, 102, 108, 110, 111, 113, 125, 126, 159, 239, 245, *593, 600-02*
『人間についての考察（*Observations on Man*）』 159, *597*, *602*
バーネット（Thomas Burnet, 1635–1715） 270, *642*
『地球の聖なる理論（*The Sacred Theory of the Earth*）』 270, *642*
ハーバート，ジョージ（George Herbert, 1593–1633） 363-70, *659*
「知られざる愛（'Love Unknown'） 366
『聖堂，あるいは宗教詩と個人の叫び（*The Temple: Sacred Poems and Private Ejaculations*）』 363, 364
「徳（'Virtue'）」 365
「胸の内の罪（'The Bosom Sin'）」（「罪（'Sinne'）」） 366
バーリー（William Cecil, Baron Burghley, 1520–98） 35
ハリス（James Harris, 1709–80） 291, *648*
ハリントン（Sir James Harrington, 1611–77） 54, *585-86*
パルメニデス（Parmenides, c.515 B.C.–c.445 B.C.） 218
バーンズ（Robert Burns, 1759–96） 81, 415-16
「タモ・シャンター（'Tam o'Shanter'）」 [81]
ヒエロクレス（Hierocles of Alexandria, fl. 430） 207
ピット（William Pitt, the Younger, 1759–1806） 152, 158, 184, 186, 480, *619*
ビーティ（James Beattie, 1735–1803） 232, *634*
ピドコック（Gilbert Pidcock, fl. 1813） 516
ビーベス（Juan Luis Vives, 1492–1540） 94, 95, *597*
ピュタゴラス（Pythagoras, c.570 B.C.–c.490 B.C.） 100, 207, 218, 229
ヒューム（David Hume, 1711–76） 54, 91, 93-94, 97-98, 111, 126, 244, 245, *593*, *596-97*, *598-99*, *602*
ビュルガー（Gottfried August Bürger, 1747–94） 510, *674*
ピンダロス（Pindaros / Pindar, c.522 B.C.–c.440 B.C.） 57, 93, 182, 352, 415, [436], 485, 567
「オリンピア祝勝歌（'Olympian Ode'）」 352
『オリンピア祝勝歌集（*Olympian Odes*）』 58, [436], *595*
『ネメア祝勝歌集（*Nemean Odes*）』 567
フィチーノ，マルシリオ（Marsilio Ficino, 1433–99） 140, *609*
『プラトン神学（*Theologia Platonica de immortalitate animorum*）』 127, *609*
フィヒテ（Johann Gottlieb Fichte, 1762–1814） 134, 137, 138, 507, *607*, *613*, *614*
フィリップ二世（Philip II, King of Spain, 1527–98） 185, 189, *625*
フィールディング（Henry Fielding, 1707–54） 416, *628*
フィレス（Manuel Philes, c.1275–1345） 190
『動物の特質について（*De animalium proprietate*）』 190, *627*
フェッシュ枢機卿（Joseph Fesch, Cardinal, 1763–1839） 188
フォス（Johann Heinrich Voss, 1751–1826） 509, *674*

フォックス，ジョージ（George Fox, 1624–91） 129, 131, *610*
フォックス，チャールズ・ジェームズ（Charles James Fox, 1749–1806） 158, 188, 213, *619*
フッカー（Richard Hooker, 1554–1600） 52, 88, 141, 145, 317, 318, *583*, *635*
『教会政治の理法（*Of the Lawes of Ecclesiastical Politie*）』 88, *593*, *616*, *635*
プトレマイオス（Claudius Ptolemaeus / Ptolemy, fl. 127–48） 123
プライス（Richard Price, 1723–91） 121, *605*
ブラウン，トム（トマス，Thomas Brown, 1663–1704） 317, *650*
プラトン（Plato, c.428 B.C.–347 B.C.） 93-94, 100, 127, 140, 151, 178, 201, 208-09, 218, 222, 229, 250, 258, 270, 287, 436, 466, 559, *579*, *593*, *596*, *642*
『ゴルギアス（*Gorgias*）』 287
『ティマイオス（*Timaeus*）』 208
プリーストリー（Joseph Priestley, 1733–1804） 102, 121, 244, 506, *599-600*, *605*
プリニウス（Gaius Plinius Caesilius Secundus / Pliny the Younger, c.62–c.114） 13, 59, 478
『書簡集（*Epistolae / Letters*）』 13, 59
プール，トマス（Thomas Poole, 1765–1837） [159], [477], *619*
ブルーノ，ジョルダーノ（Giordano Bruno, 1548–1600） 137, 218, *603*, *609*
『無限と無数（*De immenso et innumerabilis*）』 127, *609*
『原因，原理および一者について（*De la causa, principio et uno*）』 127, *609*
ブルーメンバッハ（Johann Friedrich Blumenbach, 1752–1840） 179
フレッチャー（John Fletcher, 1579–1625） 46, 48, 520, *581*
『忠実な羊飼いの女（*The Faithful Shepherdess*）』 46, *581*
フレッチャー判事（William Fletcher, fl. 1814） 164
プレトン（Georgius Gemistus Pletho, c.1355–1452） 127, *609*
フロアサール（Jean Froissart, c.1338–c.1410） 60, *588*
プロクロス（Proklos / Proclus, c.410–85） 127
プロティノス（Plotinus, c.205–70） 106, 127, 212, 214, 215, 218, 222, 258, *600*
『エネアデス（*Enneads*）』 214, [223], *600*, *630*
フンボルト（Karl Wilhelm von Humboldt, 1767–1835） 188
ペイン，トマス（Thomas Paine, 1737–1809） 467, *670*
『理性の時代（*The Age of Reason*）』 467
ペイン，トマス（Thomas Payne, a bookseller, 1752–1843） 97
ベイリー（Joanna Baillie, 1762–1851） 53, *584*
ベーコン，フランシス（Francis Bacon, 1561–1626） 54, 57, 122, 200, 243, 317, 318, 411, *586*, *628*, *635*
『ノヴム・オルガヌム（*Novum Organum*）』 245, *606*
ペトラルカ（Francesco Petrarca, 1304–74） 14, 195, 341
『書簡集（*Epistorae*）』 14
「バルバート・ダ・スルモナへの書簡詩（‘Epistora Barbato Sulmonensi’）」 14, [195]
ペトロニウス（Gaius Petronius Arbiter, ?–c.66） 269, *641*
ベーメ，ヤコブ（Jakob Böhme, 1574–1624） 127-29, 131, 137, 218, 425, *609*
ペリクレス（Pericles, ?–429 B.C.） 467

ベル（Andrew Bell, 1753–1832） 325
ヘルダー（Johann Gottfried von Herder, 1744–1803） 206, *628*
ヘロデ王（Herod Antipas, King of Judas, ?–c.40 A.D.） 178
ヘロドトス（Herodotus, c.484 B.C.– c.425 B.C.） 415
ホィットブレッド（Samuel Whitbread, 1758–1815） 197, 516, *627*, *676*
ボエティウス（Anicius Manlius Severinus Boethius, c.480–524） 403, 429
『哲学の慰め（*De consolatione philosophiae*）』 403
ホガース（William Hogarth, 1697–1764） 482, *671*
ボッカチオ（Giovanni Boccacio, 1313–75） 204, *674*, *680*
『ダンテの生涯（*Origine, vita, studi e costumi del chiarissimo Dante Alighieri*）』 204
ホッブズ（Thomas Hobbes, 1588–1679） 87, 90, 91-95, 239, 287, 409, *586*, *594*
『今日の数学の検討と修正（*Examinatio et emendatio mathematicae hodiernae*）』 287, *645*
『人間の本性（*Human Nature*）』 91
ボナパルト 434, 484 ⇒ ナポレオン
ポープ（Alexander Pope, 1688–1744） 17, 32, 34, 42, 47, 123, 286, 511
『イーリアス（*The Iliad of Homer, translated by Mr. Pope*）』（翻訳） 17, 42, *644*
『髪の強奪（*The Rape of the Lock*）』 17
『人間論（*An Essay on Man*）』 17
ホメロス（Homeros / Homer, c. 8th century B.C.） 9, 21, 42, 47, 340, 415, 466, 504
『イーリアス（*Ilias / Iliad*）』 509, *580-81*
ボーモント（Francis Beaumont, 1584–1616） 520
ホラティウス（Quintus Horatius Flaccus / Horace, 65 B.C.–8 B.C.） 20, 29, 56, 227, 416, 509, *577*
『詩の技法（*Ars poetica*）』 *665*
『書簡詩（*Epistles*）』 227, *577*
ポリツィアーノ（Angelo Ambrogini Poliziano, 1454–94） 20, *574*
『ニュートリシア（*Nutricia*）』 20
ポリトー（Polito, fl. 1816） 516
ボールズ（William Lisle Bowles, 1762–1850） 12-16, [20], 23, 371, 430, *571-72*
『ソネット集（*Sonnets, Written Chiefly on Picturesque Spots, during a Tour*）』 23, *571-72*
『マトロックにて詠める哀歌（*Monody at Matlock*）』 23
『希望（*Hope, an Allegorical Sketch*）』 23
ホワイトヘッド（William Whitehead, 1715–85） 197, *627*

マ 行

マエオニデス 44 ⇒ ホメロス
マーヴェル（Andrew Marvell, 1621–78） 44, *580*
マーシャル（John Marshall, fl. 1790） 333, *653*
——氏の選集（*Marshall's Chap Repository. Tracts.*）
「赤ずきん（'Little Red Riding-hood'）」 333
「おくつが二つちゃん（'The History of Little Goody Two-Shoes'）」 333

「怪力のトム・ヒカスリフト（'Tom Hickathrift'）」 333
「巨人殺しのジャック（'Jack the Giant-killer'）」 333
マキャベリ（Niccolò Machiavelli, 1469–1527） 54
マース（Johann Gebhard Ehrenreich Maass, 1766–1823） 99, *593*
マッキントッシュ（Sir James Mackintosh, 1765–1832） 90, [91], 97-98, *594*
マルブランシュ（Nicolas Malebranche, 1638–1715） 239, *634*
マリーニ（Gianbattista Marini, 1569–1625） 74, *590*
マロ 44 ⇒ ウェルギリウス
ミカエル（大天使） 507
ミケランジェロ（Michelangelo Buonarotti, 1475–1564） 396, 491
モーセ像（the statue of Moses） 396
ミドルトン博士（Thomas Fanshaw Middleton, 1769–1822） 14
ミルトン（John Milton, 1608–74） 8, 9, [16], 19, 21-22, 35, 36, 54, 60, 64, [80], 84, 131, 138, 145, 169, 182, 201, 256, 282-83, 324, 327, 340, 357, 372, 379-80, 411, 417, [435], 442, [459], 485, 492, 502-03, 505, 508, 512, 513-14, 522, 549, 556, *587-88*
「快活な人（'L'Allegro'）」 60, [503]
『教会統治の理由（*The Reason of Church Government Urg'd against Prelaty*）』 138, *615*
『コーマス（Comus）』 8
「シリアック・スキナーに捧ぐ（'To Cyriack Skinner upon his Blindness,' Sonnet 22）」 [36]
「ソネット八番」 [485]
「ソネット二二番」 [36], [80] ⇒「シリアック・スキナーに捧ぐ」
「大学専属運送屋を偲んで（'On the University Carrier'）」 60, *587*
「父へ（'Ad Patrem'）」 556
「沈思の人（'Il Penseroso'）」 60
『闘士サムソン（*Samson Agonistes*）』 [459]
「テトラコルドンと題する書が最近出された（'A book was writ of late call'd Tetrachordon,' Sonnet 11）」 60, *588*
「マンソーへ（'Mansus'）」 556
『楽園回復（*Paradise Regained*）』 8, 130, 201
『楽園喪失（*Paradise Lost*）』 8, 16, 146, 165, 250, 256, 411, 417, [435], 521
『リシダス（*Lycidas*）』 549
ムア，トマス（Thomas Moore, 1779–1852） 372, 430, *660*
メタスタージオ（Metastasio / Pietro Bonaventura Trapassi, 1798–1782） 403, *663*
メランヒトン（Philipp Schwarzert Melanchton, 1497–1560） 94, *597*
メンデルスゾーン（Moses Mendelssohn, 1729–86） 359, *657*
モア，トマス（Sir Thomas More, 1478–1535） 200, *627*
モア，ヘンリー（Henry More, 1614–87） 305, *648*
『克服された熱狂（*Enthusiasmus Triumphatus*）』 305, *648*
モーセ（Moses, 聖書） [225], 397
モリエール（Jean Baptiste Poquelin Molière, 1622–73） 488

ヤ　行

ヤーヴェ（Yahweh，聖書） 234
ヤコービ（Friedrich Heinrich Jacobi, 1743–1819） 425, *622*, *630-31*
『スピノザの教え（*Über die Lehre des Spinoza*）』 *622*, *630*
ヤング（Edward Young, 1683–1715） 518, 519, *677*
『夜想（*The Complaint, or Night Thoughts on Life, Death and Immortality*）』 518, *677*
ユリウス二世（Julius II, Pope; Giuliano della Rovere, 1443–1513） 396
ヨハネ（St. John, Apostle，聖書） 173

ラ　行

ライプニッツ（Gottfried Wilhelm, Freiherr von Leibniz, 1646–1716） 113, 118, 125, 126, 177, 217, 251, *602*, *603-04*, *607*
ライマールス（Johann Albert Heinrich Reimarus, 1729–1814） 99, *599*
ラシーヌ（Jean Baptiste Racine, 1639–99） 488, 518
ラフェエロ（Raphael / Raffaello Sanzio, 1483–1520） 60, 122, 491
『キリストの変容』（絵画） 122
ラ・フォルジュ（Louis de La Forge, 1632–66） 92, 222
ラベル（Robert Lovell, c.1770–96） 55, *586*
ラム（Charles Lamb, 1775–1834） 67, 346, *572*, *576*, *583*
『英国劇詩人精選集（*Specimens of the English Dramatic Poets*）』 346
ラムラー（Karl Wilhelm Ramler, 1725–98） 183
ランカスター，ジョゼフ（Joseph Lancaster, 1778–1838） 325
ラング（Malcolm Laing, 1762–1818） 17
『スコットランド史（*The History of Scotland*）』 170
リー（Nathaniel Lee, c.1649–92） 229, *633*
リチャードソン（Samuel Richardson, 1689–1761） 518-19, *677*
『クラリッサ・ハーロー（*Clarissa Harlowe*）』 518, *677*
リード（Thomas Reid, 1710–96） 245, *634-36*
リール修道院長（Jean Baptiste Isoard（Delisle de Sales）, 1743–1816） 483, *672*
リンネ（Carl von Linné, 1707–78） 144
〔聖〕ルイ王（Louis VI, St., 1081–1137） 94
ルクレティウス（Titus Lucretius Carus, c.96 B.C.–c.55 B.C.） 9, *681*
ルソー（Jean Baptiste Rousseau（1671–1741） 509
『運命へのオード（*Ode à la fortune*）』 509, *674*
ルター（Martin Luther, 1483–1546） 179, 182-83
レストレンジ，ロジャー（Sir Roger L'Estrange, 1616–1704） 317, *650*
レッシング（Gotthold Ephraim Lessing, 1729–81） 183, 390, 425, 486, 504, 509, 517, 518, *579*, *624*
『賢者ナータン（*Nathan der Weise*）』 509, *657*, *674*
レノルズ（Sir Joshua Reynolds, 1723–92） 42, 291, *647*

レンネル（Thomas Rennell, 1754–1840） 392, *661-62*
ロー（William Law, 1686–1761） 131, *610*
ローザ，サルバトール（Salvator Rosa, 1615–73） 141, 291, *616*
『諷刺詩（*La Musica: Satira*）』 141, *616*
ロスコー（William Roscoe, 1753–1831） 200, *628*
ロック（John Locke, 1632–1704） 94, 125, 126, 235, 245, 559, *593-94*, *596*, *607*, *608*
『人間知性論（*An Essay concerning Human Understanding*）』 [126], *596*, *607*, *608*

ワ 行

ワーズワス，ウィリアム（William Wordsworth, 1770–1850） [12], 19, 34, [36], 43, 52, 53, 55, 69-71, 74, 76, 77, 79, 82, 83, 86, [98], [159], 214, 246-47, 256, 263-66, 283, 301ff, 324, 326, 327, 332-34, 337-39, 342, 347, 349, 357-58, 371ff, 387, 393, 397, 399ff, [500], [501], [508], [548]
「アオカワラヒワ（'The Green Linnet'）」 [439]
「アリス・フェル（'Alice Fell'）」 74, 334
「泉（'The Fountain'）」 [433]
「イチイの木（'Yew-Trees'）」 [444]
「イチイの木の下の腰掛けに書き残した詩（'Lines left upon a Seat in a Yew-Tree'）」 70
「茨（'The Thorn'）」 71, 311, 323, [324], [548], *649*
「移民の母親（'The Emigrant Mother'）」 [405]
『隠者（*The Recluse*）』 372
「ウィナンダーミアの少年（'There was a Boy'）」(cf. *The Prelude*, V, ll. 364–88) 378, *660*
「オード――幼年時代の回想から受ける不滅なるものの暗示（'Ode. Intimations of Immortality from Recollections of Early Childhood'）」 [423], 435, [448], *660*
「カッコーに寄せて（'To the Cuckoo'）」 439
「彼女の目は狂おしく（'Her Eyes are Wild'）」 [441]
「彼女は育って三年（'Three years she grew in sun and shower'）」 [439]
「カンバーランドの老乞食（'The Old Cumberland Beggar'）」 70
「兄弟（'The Brothers'）」 70, 304, 307, 347, *655*
「雲のように孤独に（'I wandered lonely as a cloud'）」 [421]
「狂った母親（'The Mad Mother'）」 304, 440
「決意と独立（'Resolution and Independence'）」 [407], [416], [444]
「乞食（'The Beggars'）」 334
『国家の自由と独立に捧げる詩（*Poems Dedicated to National Independence and Liberty*）』 [12], [283]
「最後の羊（'The Last of the Flock'）」 [322]
「サイモン・リー（'Simon Lee'）」 71, 334, [432]
「鹿跳びの泉（'Hart-Leap Well'）」 70
「自然の影響（'Influence of Natural Objects'）」(cf. *The Prelude*（1805）, I, ll.428–89) 438, *666*
「ジプシー（'Gipsies'）」 [421]

「ジョアンナへ（'To Joanna'）」 380-81
『逍遥（*The Excursion*）』 [98], [214], [324], 383, 394, 397, 409, 410, [414-15], 417, [419], 420
『序曲（*The Prelude*）』 36
『叙景的小品（*Descriptive Sketches*）』 77, [78], 82, *590*
『叙情民謡集（*Lyrical Ballads*）』 7, 69, 71, 73, 74, 79, 86, 264-65, 322, 452, *573*, *589*
「ジョニーとベティ・フォイ」 454 ⇒ 「白痴の少年」
「スイス征服についてのソネット」(「スイス征服に関する一英国人の思い（'Thought of a Briton on the Subjugation of Switzerland'）」) 444
「水夫の母（'The Sailor's Mother'）」 334, 337, 347
『一八一五年詩集（*Poems* (*1815*)）』 [76], [78], 400ff
「小さなキンポウゲ（'The Small Celandine'）」 [434]
「父親たちのための逸話（'Anecdote for Fathers'）」 334
「忠誠（'Fidelity'）」 400-01
「ティンターン修道院（'Lines Composed a Few Miles Above Tintern Abbey, on Revisiting the Banks of the Wye during a Tour'）」 70, 71, [79]
「暢気な牧童たち（'The Idle Shepherd-Boys'）」 373-74
「ハイランドの盲目の少年（'The Blind Highland Boy'）」 374-76, 404
「白痴の少年（'The Idiot Boy'）」 310, *668*
「ハリー・ギル」 310⇒「ブレイクばあさんとハリー・ギル」
「雲雀に（'To a Skylark'）」 [406]
「ピール城の絵に示唆されて書いた悲歌（'Elegiac Stanzas, Suggested by a Picture of Peele Castle'）」 [442]
「ブレイクばあさん」(「ブレイクばあさんとハリー・ギル（'Goody Blake and Harry Gill'）」 454, *668*
「ブロウアム城での祝宴で詠める詩（'Song, at the Feast of Brougham Castle'）」 382, *661*
「放浪する女（'The Female Vagrant'）」 79, *590*
「牧人クリフォード卿」⇒ 「ブロウアム城での祝宴で詠める詩」
「ボナパルトに寄せるソネット」(*Poems Dedicated to National Independence and Liberty*, Sonnet IV, 'I grieved for Buonaparte') 434
「マイケル（'Michael'）」 304, 307-10
「マーガレットの苦悩（'The Affliction of Margaret—of—'）」 440
『夕べの散策（*An Evening Walk*）』 82
『ライルストンの白牝鹿（*The White Doe of Rylstone*）』 448-51, *667*
「ルーシー・グレイ，あるいは孤独（'Lucy Gray or, Solitude'）」 373
「ルース（'Ruth'）」 70, 304, 376-78
「ロブロイの墓（'Rob Roy's Grave'）」 34
「ワイ川を再訪して」 79 ⇒ 「ティンターン修道院」
「私たちは七人（'We are Seven'）」 426

事項索引

＊頁数を囲む〈　〉は，著者自身の作品以外の引用中の表現，［　］は訳者が翻訳の際に補った表現の掲載箇所であることを示す．
＊訳注中の頁数は主なもののみを拾いイタリックで示し，本文と区別した．

ア　行

カ　行

サ　行

タ　行

ナ　行

ハ　行

マ　行

ヤ　行

ラ　行

ワ　行

S. T. コウルリッジ年譜

1772年　10月21日/英国国教会の牧師ジョン・コウルリッジ（John Coleridge）とその妻アン（Ann）の10番目の末子としてオタリー・セント・メアリー（Ottery St Mary, Devonshire）に生まれる。

1781年（9歳）　10月4日/父ジョン，心臓発作により急死。

1782年（10歳）　7月/ハートフォード（Hertford）にあるクライスツ・ホスピタルの上級小学校（Christ's Hospital Junior School）に入学。9月/ロンドンの本校に移る。

1784年（12歳）　5月/トマス・エヴァンズ（Thomas Evans）がクライスツ・ホスピタルに入学。コウルリッジは彼と親しくなり，彼の家族とも交流。

1791年（19歳）　2月/ケンブリッジ大学ジーザス・コレッジ（Jesus College）の特別免費生に選ばれ，同時に成績優秀な聖職者の子弟に与えられる30ポンドのラスタット奨学金を約束される。3月/姉アン（Anne）が肺病で死去。10月/ジーザス・コレッジ入学。

1792年（20歳）　1月/ジーザス・コレッジのフェローでユニテリアンのウィリアム・フレンド（William Frend）を知る。6月/奴隷貿易についてギリシア語で書いたサッポー風のオードにより大学から表彰される。7月/夏休みにオタリー・セント・メアリーに帰郷する途上，ロンドンのエヴァンズ家を訪ね，長女メアリ（Mary）に強く惹かれる。

1793年（21歳）　5月/フレンドが扇動的な言動により大学で裁判にかけられ，結局大学を追われる。その裁判において，コウルリッジはフレンドを公然と支持し，危うく逮捕されるところだった。7月/夏休みに帰郷。兄ジェイムズとジョージに自分の大学での借金について釈明。コウルリッジは，ケンブリッジに着いてすぐ室内装飾業者に多額の借金を負い，チューターからの借金も含めると，全部で150ポンド近くに上っていた。この時期，おそらく彼が尊敬していたウィリアム・ライル・ボールズにソールズベリで会っている。エクセターでは，ある文学会に参加し，ワーズワスの「夕べの散策」が朗読され，論じられるのを聞く。11月中旬/借金問題やメアリ・エヴァンズとの関係に悩んだ末，自暴自棄になり，ケンブリッジを離れロンドンに向かう。12月2日/軽竜騎兵第15連隊（15th Light Dragoons）に入隊。4日/連隊が駐屯しているレディング（Reading）で，サイラス・トムキン・カンバーバッチ（Silas Tomkyn Comberbache）という偽名で入隊の宣誓をする。

1794年（22歳）　4月7日/兄ジョージが除隊に必要な25ギニーを支払い，「精神錯乱」という理由でコウルリッジの除隊が認められる。10日/ケンブリッジに帰り，1ヵ月の謹慎処分となり，90頁に及ぶギリシア語の文章の英訳を命じられる。6月15日/学友ジョゼフ・ハックス（Joseph Hucks）とウェールズへの旅に出る。途中，クライスツ・ホスピタル時代の友人で，当時オックスフォード大学の学生だったロバート・アレン（Robert Allen）に会うためオックスフォードに立ち寄り，そこでロバート・サウジーに出会う。サウジーや彼の友人だった

ジョージ・バーネット（George Burnett）との話の中で，パンティソクラシー（Pantisocracy）の計画が生まれる。8月5日/ブリストルに行き，サウジーと再会。その友人ロバート・ラヴェル（Robert Lovell）も加わりパンティソクラシーの計画を進める。翌週フリッカー（Fricker）家の姉妹たちに会う。ラヴェルは次女メアリ（Mary）と結婚したばかりで，サウジーは三女イーディス（Edith）に求愛していた。コウルリッジもパンティソクラシー計画の遂行のために8月末には長女セアラ（Sara）と婚約。8月中旬/ネザー・ストーウィー（Nether Stowey）に住む裕福な皮なめし業者のトマス・プールを知る。8月下旬/パンティソクラシー計画の資金作りのためにロベスピエールの死を題材にした詩劇『ロベスピエールの没落』（*The Fall of Robespierre*）をサウジーと共同で執筆。9月17日/ケンブリッジに帰る。18日/サウジー宛の手紙でセアラへの愛を伝える。22日/『ロベスピエールの没落』出版。10月初旬/メアリ・エヴァンズから，パンティソクラシー計画中止を求める手紙を受け取る。サウジーは，コウルリッジの中でセアラと結婚する意志が揺らいでいるのではないかと疑う。12月9日/学位をとることなくケンブリッジを去りロンドンへ。24日/メアリ・エヴァンズから，他の男性と結婚することを告げる手紙を受け取り，彼女に別れの手紙を書く。29日付サウジー宛手紙で，メアリに対する切ない気持ちと自分がセアラを愛していないことを述べる一方，「自分の義務は果たすつもりだ」とも述べ，セアラと結婚する意志を伝える。

1795年（23歳） 1月下旬～2月初旬/ブリストルで3回にわたる「道徳と政治に関する講義」を行なう。この時の講演は，『人々への呼びかけ』と題して11月に出版。5月～6月/6回にわたる「啓示宗教に関する講演」。6月16日の最終講演は奴隷貿易について。7月/サウジーとの関係が悪化。サウジーは，結局，パンティソクラシー計画に当面加わらないことを伝え，事実上計画が失敗に終わる。8月/セアラへの愛情が深まり，「イオリアン・ハープ」（'The Eolian Harp'）を執筆。9月初旬/ブリストルの砂糖商人の家で初めてワーズワスと出会う。10月4日/ブリストルにある聖メアリ・レドクリフ教会（St Mary Redcliffe）でセアラ・フリッカーと結婚式を挙げ，クリーヴドン（Clevedon）に住み始める。11月/セアラを残して，単身ブリストルに戻る。その時の心境を詠う詩「隠棲の地を去ったことを考える」（'Reflections on having left a Place of Retirement'）を執筆。12月/『ウォッチマン』発行を計画，ブリストルの有力者で購読予約してくれた人を対象に集会を開く。

1796年（24歳） 1月9日/ウォッチマンの購読者を募るために，ウスター，バーミンガム，ダービー，ノッティンガム，シェフィールド，マンチェスターなどを周る旅に出る。23日頃/エラズマス・ダーウィンと会い，啓示宗教について議論。3月1日/『ウォッチマン』第1号刊行。その後9号がほぼ8週の間隔で刊行される。4月16日/コトルによって，「宗教的瞑想」等を収録したコウルリッジの詩集『種々の主題に関する詩』（*Poems on Various Subjects*）出版。5月3日/ロバート・ラヴェル病没。セアラの妹であるラヴェル夫人とその子供を自宅に引き取る。5日/『ウォッチマン』の打ち切りを決める。19日/困窮している作家を救済するための王立文学基金（the Royal Literary Fund）から，10ギニーを送ら

れる。7月/『モーニング・クロニクル』紙の編集者ペリー（James Perry）より，共同編集者への就任を依頼されるが，ロンドンに住みたくなかったので辞退する。8月19日/若き詩人チャールズ・ロイド（Charles Lloyd）を紹介される。9月19日/長男ハートリー（Hartley）誕生。10月/自分のソネットに加えてチャールズ・ラム，ロイド，サウジー，W. L. ボールズ，シャーロット・スミス（Charlotte Smith），アナ・シーワード（Anna Seward）等のソネットをあわせて簡易な装丁のソネット集『種々の作者によるソネット集』（*Sonnets by Various Authors*）を編集し，個人的に200部印刷。12月下旬/セアラとハートリーを伴って，ネザー・ストーウィーに引っ越し，プールの家の裏庭に接した場所に居を構える。

1797年（25歳） 1月/ブリッジウォーター（Bridgwater）やトーントン（Taunton）のユニテリアンの教会堂で説教をする。2月初旬/シェリダン（R. B. Sheridan）から，ドルーリー・レインで上演するための詩劇の執筆の依頼を受ける。これは後に『オソーリオ』（*Osorio*）となる。3月末から4月初旬にかけて，ワーズワスがブリストルからレイスダウン（Racedown）に帰る途中，ネザー・ストーウィーを訪れる。互いの作品を論じる。6月5日/レイスダウンのワーズワスを訪問，ドロシーに初めて会い，彼女に鮮烈な印象を与える。28日/ワーズワスを伴ってネザー・ストーウィーに帰る。後にドロシー，チャールズ・ラムも加わる。7月7日/ラム，ワーズワス兄妹，セアラたちは滝を見にオルフォクスデン（Alfoxden）まで散策に出かけるが，コウルリッジは火傷を負い一人残る。その時の経験を，「この菩提樹の木陰は私の牢獄」（'This Lime Tree Bower my Prison'）と題した詩に詠う。13日/ワーズワス兄妹がオルフォクスデンに転居。17日/ジョン・セルウォール（John Thelwall）が訪問。8月/フランス軍侵攻の懸念が高まる中，過激な思想で知られるセルウォールの訪問により，ワーズワスとコウルリッジは周囲から疑いの目で見られるようになる。彼らを監視するために政府からスパイが送りこまれる。11月/ワーズワス兄妹と，ポーロック（Porlock），リントン（Lynton）方面へ徒歩旅行。ワーズワスと共同で物語詩「カインの放浪」（'The Wanderings of Cain'）を書くことを計画するが，結局うまくいかず，代わりに「老水夫の詩」が書かれることになる。「ネヘミア・ヒギンボトム」（Nehemiah Higginbottom）という名で，自身とラムとロイドのそれぞれのパロディーである3篇のソネットを『マンスリー・マガジン』誌（*Monthly Magazine*）に送る。12月/ブリストル近郊のトマス・ウェッジウッド，ジョゼフ・ウェッジウッド兄弟の自宅に招待され，そこで歴史家ジェイムズ・マッキントッシュと出会う。彼はコウルリッジを『モーニング・ポスト』紙の編集長ダニエル・スチュアート（Daniel Stuart）に紹介し，スチュアートはコウルリッジに定期的な投稿を依頼する。この頃，詩を書くためにウェッジウッド兄弟から送られた100ポンドを受け取るか，あるいはシュルーズベリーでユニテリアンの牧師職に就くか悩む。

1798年（26歳） 1月5日/経済事情を考え，ユニテリアンの牧師に就くことに決め，ウェッジウッドに100ポンドを返却。14日/シュルーズベリーのユニテリアンの教会堂で説教をして成功を収める。ユニテリアンの牧師の父を持つ若き日のウィリアム・ハズリット（William Hazlitt）に出会う。16日/ウェッジウッド兄

弟から，詩と哲学研究に専念するために今度は年150ポンドの支給を申し出る手紙を受け取り，最終的に申し出を受け入れる。2月〜6月/頻繁にワーズワスやドロシーと周辺を散策し，互いの家を訪問しあう。3月5日/ワーズワス兄妹，オルフォクスデンの家主から賃貸契約更新を拒否する旨の通知を受け取り，夏には立ち退かねばならなくなる。5月14日/二男バークリー（Berkeley）誕生。16日/ワーズワス兄妹とチェダー峡谷（Cheddar Gorge）を訪れる。5月下旬/ブリストルの出版者ジョゼフ・コトル（Joseph Cottle）が訪れ，『抒情民謡集』出版について話し合う。8月3日付プール宛手紙で，ドイツ留学の考えを伝える。9月16日/ワーズワス兄妹，ネザー・ストーウィーの友人ジョン・チェスター（John Chester）と共にヤーマス（Yarmouth）からドイツのハンブルクに向けて出航。18日/『叙情民謡集』が匿名で出版される。19日/ハンブルク着。21日/ワーズワスと共にドイツの詩人フリードリッヒ・クロプシュトックと会い，1時間ほど文学論を交わす。23日/チェスターとラッツェブルク（Ratzeburg）へ。その地の美しさに感銘を受ける。27日/ハンブルクに戻り，翌日ワーズワスらと合流。29日/聖ミカエルの祝祭を見学し，その地味な様子に拍子抜けする。30日/チェスターと共にラッツェブルクへ。10月3日/ワーズワス兄妹，ハンブルクを発ちゴスラー（Goslar）へ。11日/コウルリッジ，船でリューベック（Lübeck），さらにキール（Kiel）へ。16日/トラフェミュンデ（Travemünde）へ。この時期，ドイツ語の習得およびドイツ文学の研究に熱心に取り組む。ホラティウスやカトゥルスのドイツ語訳，ルターの書簡，レッシングの伝記執筆のための資料を読む。12月初旬/息子バークリーが天然痘の予防接種を受けて体調を崩したことを知らせる11月1日付のセアラからの手紙が届く。

1799年（27歳） 2月6日/ゲッティンゲン大学で学ぶために，ラッツェブルクを発つ。12日/ゲッティンゲン（Götingen）に到着。前日，バークリーがブリストルでひきつけを起こし夭折。セアラはサウジー家の世話を受ける。4月4日/プールからの手紙でバークリーの死を知る。6日/セアラに手紙を送り，その中にバークリーを弔う詩「洗礼前に夭折した幼児に」（‘On an Infant which died before Baptism’）を書き記す。5月11日/友人たちとハルツ山脈の最高峰ブロッケン山に向かう。16，17日/ヴェルニゲローデ（Wernigerode）でセアラに手紙を書き，「ブロッケンの頂上に立って」（“I stood on Brocken’s sovran height...”）で始まる詩行を送る。6月24日/ゲッティンゲンを出発，帰国の途につく。7月末/ネザー・ストーウィーに戻り，セアラの強い要請で，サウジーに和解を求める手紙を書く。8月中旬/サウジーと再会し和解。10月26日/コトルと共にワーズワスが滞在していたダラム州のソックバーン・ファーム（Sockburn Farm）を訪ねる。そこにはワーズワス兄妹の幼友達のハッチンソン姉妹が住んでいて，初めてセアラ・ハッチンソンに出会う。11月初旬〜中旬/ワーズワスと湖水地方のウィンダミア，ホークスヘッド，ライダル，グラスミア，ケズィック，コカマスなどを訪れ，またヘルヴェリン山（Helvellyn）にも登る。10日/『モーニング・ポスト』紙の編集者ダニエル・スチュアートより専属記者の契約を提示される。18日/ワーズワスと別れ，再度セアラ・ハッチンソンに会うためにソックバーンに戻る。24日/サウジーに宛てて手紙を書き，自分を誹謗している

『反ジャコバン主義者名詩選集』(*The Beauties of the Antijacobin*, 1799) を一部購入したことを伝える。出版者を名誉毀損で訴えるべきかどうか思案。26日/『モーニング・ポスト』紙の仕事を引き受けるためにロンドンへ。12月20日/ワーズワス兄妹，グラスミアのダヴ・コティジ (Dove Cottage) に移る。21日/セアラ・ハッチンソンへの愛に触発されて書いたコウルリッジの詩「黒婦人の物語の序」('Introduction to the Tale of the Dark Ladié', 後に 'Love' と改題) が『モーニング・ポスト』紙に掲載される。25日/「クリスマス・キャロル」('A Christmas Carol') が『モーニング・ポスト』紙に掲載。ウィリアム・ゴドウィン (William Godwin) と会食。

1800年 (28歳) 1月〜4月/『モーニング・ポスト』紙に記事を書く。1月22日/マッキントッシュの「自然および国家の法」('The Laws of Nature and of Nations') と題された講演を聴講。2月/シラーの『ワレンシュタイン』(Wallenstein) の翻訳に取り組む。3月1日/ダニエル・スチュアートに，多忙を理由に，『モーニング・ポスト』の定期的な記事執筆は引き受けられない旨を伝える。4月6日/グラスミアのワーズワスを訪問し，4週間滞在。『叙情民謡集』の第2版を計画。20日/『ワレンシュタイン』第1部の翻訳が完成。7月24日/家族で湖水地方のケズィックにあるグリータ・ホール (Greta Hall) に引っ越す。この後，マルタ島に療養に行くために湖水地方を離れる1804年1月まで，ワーズワスと頻繁に交流し，湖水地方をともに散策。8月27日/初めてスキドー山 (Skiddaw) に登る。この時の経験は，メアリ・ロビンソン (Mary Robinson) に捧げた詩「見知らぬ吟遊詩人」('A Stranger Minstrel') で言及される。31日/グラスミアでワーズワスに「クリスタベル」の一部を朗読。9月1日/ワーズワスがコウルリッジに「ジョアンナへ」('To Joanna') と「樅の木の森」('The Fir Grove') を朗読。14日/息子ダーウェント (Derwent) 誕生。10月4日・5日/『叙情民謡集』第2版に収録しようと考えていた「クリスタベル」をワーズワスに読み聞かせる。6日/ワーズワスは「クリスタベル」が他の詩と調和しないという理由で『叙情民謡集』に収録しないことを決める。12月/主に『叙情民謡集』の編集に従事。15日/出版者トマス・ロングマン (Thomas Longman) に手紙で，『叙情民謡集』がすでに完成したことを伝える。20日/グラスミアを訪れ，そこでリューマチが悪化。25日/セアラ・ハッチンソンに，クリスマス・プレゼントとして，アナ・シーワードのソネット集を贈る。この年の暮れから翌年3月にかけて，コウルリッジはリューマチに苦しみ，ほとんど寝たきりの状態で，アヘン服用の頻度が増す。

1801年 (29歳) 1月/ワーズワスの名前で『叙情民謡集』第2版が出版される。コウルリッジの名前は伏せられ，単に "A Friend" と書かれた。2月〜3月/哲学研究に勤しむ。3月25日付ゴドウィン宛の手紙に，「私の中の『詩人』は死んでしまった。」と記す。4月23日/セルウォールに，健康状態の悪化を伝える手紙を書く。7月5日付プール宛手紙で，金を工面できればアゾレス諸島 (the Azores) で冬を過ごすつもりだと伝える。16日/ダラム (Durham) に行き，大聖堂図書室でドゥンス・スコトゥス (Duns Scotus) の著書を読む。ダラム近郊にあるセアラ・ハッチンソンの兄の家で彼女と会う。9月22日付ゴドウィン宛手紙の中で，

資金不足のためアゾレス行きを断念したと伝える。11月10日/湖水地方の冬の寒さを避けるためにケズィックを離れロンドンへ。ロンドンでは主に新聞関係の仕事に従事。12月25日/ハンフリー・デイヴィー（Humphrey Davy）と会食。26日/プールに会いにネザー・ストーウィーへ。

1802年（30歳） 1月21日/ロンドンに戻り，王立研究所（the Royal Institute）でデイヴィーの講演を聴く。2月29日/セアラ・ハッチンソンが病気であるとの報に接し，彼女に会いにロンドンを出発。3月2日/セアラがいるガロウ・ヒル（Gallow Hill, Scarborough 近郊）に到着し，彼女を看病する。15日/ケズィックに帰る。28日/ワーズワス兄妹が訪ねてくる。ワーズワスは「オード—不滅なるものの暗示」を朗読。4月4日/セアラ・ハッチンソンに宛てた詩を夜中まで書き続ける。20日/グラスミアに行き，翌日ワーズワスにこの詩「セアラ・ハッチンソンへの手紙」（'A Letter to —'）を朗読。これが後に「失意のオード」（'Dejection: an Ode'）となる。7月中旬/詩人で劇作家のウィリアム・サザビー（William Sotheby）と知り合う。7月29日付サウジー宛の手紙で，『叙情民謡集』第2版「序文」の半分は自分の頭から生まれたものであり，それは自分とワーズワスとの会話の産物だが，「詩に関する理論ではいくつかの点で両者に根本的な相違があるのではないかと考える。その違いを究明し，詩に関する批評の平明で明快な，しかし皮相でない根本原理を規定したい」と述べる。8月1日〜9日/湖水地方を一人で徒歩旅行。5日/スコーフェル・パイク山（Scafell Pike）に登る。この時の体験とドイツの女性詩人フリーデリケ・ブルン（Friederike Brun）の原詩を基に，後の「日の出前に詠める讃歌，シャモニの谷にて」（'Hymn before Sunrise, in the Vale of Chamouni'）が書かれる。8月中旬/チャールズ・ラムとメアリ・ラムがケズィックを訪れ3週間滞在。9月11日/『モーニング・ポスト』紙に「日の出前に詠める讃歌」が掲載される。10月4日/ワーズワスとメアリ・ハッチンソンがロンドンのブロンプトン教会（Brompton Church）で結婚。コウルリッジの「失意のオード」，『モーニング・ポスト』紙に掲載。11月4日/ブリストル近郊で病気療養中のトマス・ウェッジウッドに付き添うために急遽出発。トマスは静養のためのフランス行きに付き添いを必要としていた。翌年1月に出産を控えていたコウルリッジ夫人は，夫が付き添いでフランスに行くという考えに激怒。5日/馬車の接続がうまくいかなかったので，たまたま親戚の家に来ていたセアラ・ハッチンソンとペンリスで一日過ごす。これを聞いたコウルリッジ夫人は憤慨する。11月中頃/ブリストル郊外のトマス・ウェッジウッドを訪問。13日/トマスとウェールズ旅行へ。12月23日/娘セアラ（Sara）生まれる。24日/トマスと共にケズィックに帰る。

1803年（31歳） 2月/ブリストルのトマス・ウェッジウッド宅を訪問，フランス，イタリアを経由してシシリー島に行く計画を立てる。3月/ロンドン滞在。この間，自分の海外渡航を考えて，家族のために生命保険を申し込む。14日/遺言書を作成し，プールとワーズワスを管財人に指名。4月8日/英仏間で戦争状態に入る恐れがあったので大陸行きを断念し，ケズィックに帰る。リューマチ熱で1ヵ月ほど寝込む。8月9日/ワーズワス宅でサミュエル・ロジャーズ（Samuel Rogers）と出会う。13日付ボーモント夫妻（Sir George and Lady Beau-

mont）への手紙で，ワーズワスの「決意と独立」と自分の「失意のオード」の写しを一緒に送る。15日/ワーズワス兄妹とスコットランド旅行へ。18日/ロバート・バーンズの墓を訪れる。29日/ワーズワス兄妹たちとアロカー（Arrochar）近くで別れ，このあとは一人でスコットランドを旅する。9月5日/フォート・オーガスタス（Fort Augustus）でスパイと見なされ逮捕されるがすぐに釈放される。10日/パース（Perth）に到着。サウジーから，一人娘のマーガレットの死を知らせる手紙が届く。サウジー夫妻とラヴェル未亡人はグリータ・ホールに入居。コウルリッジはサウジーに返信し，その手紙の中に自身の悪夢の経験に基づく詩「眠りの苦しみ」（'The Pains of Sleep'）を書き記す。15日/コウルリッジ，ケズィックに到着。10月/サウジーと頻繁に山を散策。3日付プール宛手紙で，自分を苦しめる悪夢のことを語る。11月25日/ケンダルにいるジョン・セルウォールに手紙を書き，自分の健康状態が思わしくないこと，そして療養のためにマルタ島かマデイラ島（Madeira）に行くことを考えている旨を伝え，ケンダルの薬局でアヘンとアヘンチンキ（Laudanum）の購入を依頼する。12月20日/ドロシーの誕生日を祝うために，息子ダーウェントを連れてグラスミアを訪問。すぐにでもマデイラに渡航するつもりが，体調が悪化しドロシーに看病してもらう。ドロシーはコウルリッジが悪夢にうなされる姿にショックを受ける。

1804年（32歳） 1月/体調が回復し始める。ワーズワス，後に『序曲』となる自伝的長詩の一部をコウルリッジに読み聞かせる。14日/十分に回復したコウルリッジは，グラスミアを出発，途中リヴァプールに滞在，23日ロンドン着。ロンドン滞在中にスチュアートが新しく始めた夕刊紙『クーリア』（*Courier*）に6本の記事を書く。2月7日/エセックスのダンモウ（Dunmow）にいるボーモント卿を訪問。その間，主に湖水地方を描いた風景画家で日記作家でもあるジョゼフ・ファリントン（Joseph Farington）と出会う。17日/ボーモント卿，餞別としてコウルリッジに100ポンド渡す。18日/ロンドンに戻る。4月9日/コウルリッジが乗った船スピードウェル号がマルタ島に向けポーツマス（Portsmouth）を出港。5月18日/マルタ島着，当地で法務官を務めていた知人のジョン・ストダート（Sir John Stoddard）宅を訪問。20日/マルタ島の行政長官アレグザンダー・ボール卿（Sir Alexander Ball）を訪問。ボール卿はコウルリッジを月25ポンドの報酬で私設秘書として雇用する。

1805年（33歳） 1月18日/ボール卿の公設秘書が没したために，その代わりをコウルリッジが務める。報酬は月50ポンド。2月12日のノートブックに「キリストがいなければ神もいない……三位一体がなければ神はいない……ユニテリアニズムはいかなる形をとっても偶像崇拝になる」と記し，ユニテリアニズムと決別。3月31日/ボール夫人から，ジョン・ワーズワスの訃報を知らされ，衝撃を受ける。7月10日/トマス・ウェッジウッド死去。遺言には，コウルリッジに支給されている年金のうち，半分は今後も生涯にわたって毎年支給することと記されてあった。9月23日/マルタを発ち帰国の途に就く。途中シラクサ，カタニア，メッシーナ，ナポリ，ローマ等に滞在。

1806年（34歳） 1月/ローマでフランス軍進駐の噂を聞き，ローマに留まるべきか

どうか思案の末，結局留まる。ここで，プロシア大使ヴィルヘルム・フォン・フンボルトや彼の庇護を受ける芸術家たちと交流。4月3日/洗足式を見るため聖ピエトロ寺院を訪れる。4日/ミケランジェロの「最後の晩餐」を見にシスティナ礼拝堂へ。5月18日/ローマを出発。その後，フィレンツェ，リヴォルノ，ピサを経て，ようやく8月17日に帰国。9月16日/帰国後初めて妻に手紙を書く。10月30日/ほぼ3年ぶりにグリータ・ホールに帰る。11月19日頃/ワーズワス兄妹宛の手紙で，妻セアラとの別居の決意を伝える。12月21日/ハートリーを連れて，ワーズワス兄妹の転居先コレオートン（Coleorton, Leicestershire）を訪れる。

1807年（35歳） 1月7日/ワーズワス，コウルリッジに『序曲』を朗読。コウルリッジはそれに触発され「ウィリアム・ワーズワスに」と題した詩を書く。4月2日付兄ジョージ宛手紙で，妻セアラとの別居の理由を述べる。6月6日/事情を説明するために妻セアラとハートリーと共にオタリー・セント・メアリーに向かい，途中ネザー・ストーウィーのプールの家に立ち寄る。そこで，家族の病気のためコウルリッジ一家を迎えられない旨を伝える兄ジョージの手紙を読み，兄に対して憤りを覚える。7月/ブリッジウォーター（Bridgwater）でトマス・ド・クインシー（Thomas De Quincey）に初めて会う。9月/ハンフリー・デイヴィーの招聘を受け，ロンドンの王立研究所での講演を計画。10月/講演のためにロンドンに出発する準備をするが，病気のためにブリストルに留まり，ジョン・モーガン（John Morgan）一家の看病を受ける。11月23日/ロンドン着。しかしデイヴィーの病気のために講演は延期。

1808年（36歳） 1月15日/連続講演の1回目。しかしコウルリッジの体調が悪く，2回目は延期。6月/病気のために講演を中断。それまで18回の講演が行なわれ，100ポンドの報酬を得る。ロンドンを離れ，クラークソン夫妻（Thomas and Catherine Clarkson）が住むベリー・セント・エドマンズ（Bury St Edmunds）に行く。7月/トマス・クラークソンの『奴隷貿易廃止の歴史』（*History of the Abolition of the Slave Trade*）の書評が，エディンバラ・レヴューに掲載される。9月1日/グラスミアのアラン・バンク（Allan Bank）にあるワーズワスの家を初めて訪問。12月/アラン・バンクで『友』刊行に取り組む。セアラ・ハッチンソンが筆記者としてコウルリッジを手伝う。『友』の趣意書を知人たちに送付。12月14日付ハンフリー・デイヴィー宛の手紙で，『友』は大衆のためではなく，大衆に影響を与える人のために書くのであり，批評，立法，哲学，道徳及び国際法において，偽りの原理に対抗する真の原理を基礎付けるために書く，と決意を語る。

1809年（37歳） 6月1日/『友』第1号刊行。10月20日/サウジー宛の手紙で，『友』は一般大衆の趣味には全く合わないために失敗だったと嘆く。11月4日/母死去。

1810年（38歳） 3月15日/『友』最終号となる第27号刊行。この頃，それまで献身的にコウルリッジを支えていたセアラ・ハッチンソンが，兄の住むウェールズに行くため彼の元を去る。5月2日頃/アラン・バンクを去り，グリータ・ホールに帰る。10月18日/ロンドンでアヘン中毒の治療を勧めるバジル・モンタギュー（Basil Montague）とロンドンへ。28日/モンタギューと口論する中で，

彼からワーズワスがコウルリッジを厄介者と見なしていると聞かされ，ワーズワスに対する強い不信感を抱く。11月3日/ハマースミスのモーガン家を訪れる。この頃，ヘンリー・クラブ・ロビンソン（Henry Crabb Robinson）に初めて会う。

1811年（39歳） 4月20日/リッチモンドの兄ジェイムズの知人宅で，甥のジョン・テイラー・コウルリッジ（John Taylor Coleridge）とヘンリー・ネルソン・コウルリッジ（Henry Nelson Coleridge）に出会う。ジョンの『卓上談話』（*Table Talk*）で最初の談話が記録される。28日付ダニエル・スチュアート宛手紙で，15年にわたって自己を卑下し傷つけながらもワーズワスに対して熱烈な友情を抱いてきたのに，彼が与えた心の傷はあまりに深いので，彼を思い起こさせるグラスミアやその周辺には帰れない，と述べる。11月18日/スコッツ・コーポレーション・ホール（Scot's Corporation Hall）で，シェイクスピアやミルトンに関する連続講演を始める。

1812年（40歳） 1月27日/連続講演最終回。聴講者も多く成功裏に終わる。この頃，以前刊行した『友』への人々の関心が高まってきたので，既刊号を出版する計画を立てる。2月～3月/『友』の再刊行された号を収集するため湖水地方を訪れる。湖水地方滞在中，あえてワーズワスに会おうとはしなかった。3月26日/ロンドンに向かう。この後コウルリッジが再び湖水地方を訪れることはなかった。4月24日付リチャード・シャープ（Richard Sharp）宛の手紙で，ワーズワスを「私の最もひどい中傷者」と表現する。5月4日付のワーズワスへの手紙で，彼に対する気持ちを吐露。この頃，ロビンソンやラムがコウルリッジとワーズワスの関係修復に尽力する。11日/首相スペンサー・パーシヴァルが暗殺され，彼を好意的に評価していたコウルリッジはその報に接してショックを受ける。14日/『クーリア』紙にパーシヴァル追悼文を書く。19日/ウィリス・ルーム（Willis' Room）で連続講演の第1回目（講演は6月5日まで続く）。6月4日/ワーズワスの二女キャサリン（Catherine）が三歳で死去。11月3日/サリー協会（Surrey Institution）でシェイクスピアやミルトンを中心とした文学に関する講演を始める。12月1日/ワーズワスの二男でコウルリッジが可愛がっていたトマス（Thomas）死去。コウルリッジ，ジョサイア・ウェッジウッドに手紙を書き，弟トマスが1805年に亡くなった後も半分が支払われていた年金を辞退する旨を伝える。7日/ワーズワスに，トマスの死を悼む手紙を書く。しかしワーズワスを弔問することはなかった。

1813年（41歳） 1月23日/『悔恨』がドルーリー・レイン（Drury Lane）で上演され，成功をおさめる。全部で20回上演。26日/連続講演の最終回。9月2日/スタール夫人（Madame de Staël）に会う。10月28日/ブリストルで連続講演を開始。最初の6回はシェイクスピア，次の2回は教育について。

1814年（42歳） 1月/アヘン依存のために前年の暮れから体調を崩す。連続講演は中断。4月5日/延期されていた講演が再開され，21日まで6回の講演が行なわれる。テーマは主にミルトンと『ドン・キホーテ』。コウルリッジは丹毒に罹っていて体調は万全ではなかった。8月1日/『悔恨』がブリストルで上演される。8月から9月にかけて『フェリックス・ファーレイズ・ブリストル・ジャーナ

ル』誌（*Felix Farley's Bristol Journal*）に「共感的批評の原理」（'On the Principles of Genial Criticism'）が掲載。9月12日/ウィルトシャー（Wiltshire）の小村アシュリー（Ashley）にいたモーガン家と同居し始める。12月/モーガン家と共に，カーン（Calne）の外科医の家に引っ越す。

1815年（43歳） 3月26日/ウィルトシャーのブレムヒル（Bremhill）にあるボールズ宅を訪問，ボールズの詩について意見を交わすが，後にコウルリッジは「彼は修正意見は受け入れたが修正者は許さなかった」と述べる。4月3日付ボーモント夫人宛手紙で，ワーズワスの『逍遥』について，多くの美しい描写が含まれているものの，彼以外の人にとっては自明で陳腐な教訓や語句に力が傾注されていると否定的に論評する。5月～7月/自身の詩集に長い序文を付することを考える。5月6日/長男ハートリーがオックスフォードのマートン・コレッジに入学。7月29日付ブラバント宛手紙の中で，当初序文として書いていたものを，「文学者としての自身の伝記と詩および詩の批評に関する自身の見解の素描」としての「文学的自叙伝」（Autobiographia Literaria）に発展させる構想に言及し，その執筆に精力的に取り組んでいると伝える。基本的に口述筆記で，筆記者はモーガンが務めた。9月17日付のグッチ（John Gutch）宛の手紙で，当初の計画だった詩集とその序文という体裁を変更し，それぞれ詩集『シビルの詩片』と評論『文学的自叙伝』を独立して出版することにしたと伝える。また『文学的自叙伝』は，自分の集大成としてのロゴスに関する壮大な作品にとっての重要な先駆的業績になるとも伝える。19日/原稿をブリストルの印刷所に送る。10月/印刷始まる。7日付ダニエル・スチュアート宛手紙で，自叙伝で展開された詩論にワーズワスは不満を抱くだろうが，彼の詩の欠点を明らかにすることが，その長所を正当に評価するためには欠かせないと述べる。また現時点で自分は「娯楽的な劇（『ザポリア』）」と『ロゴソフィア』に取り組んでいると報告する。

1816年（44歳） 1月31日付サザビー宛手紙で，『文学的自叙伝』は，ワーズワスの正しい評価に役立つ「真の哲学的批評」であると述べる。2月14日/サザビーの推薦により文学基金財団（Literary Fund）から30ポンド贈られる。15日/バイロンより100ポンドの援助を受ける。3月中旬/モーガンとロンドンに行き，コベント・ガーデンでの『ザポリア』上演の準備をする。ロンドン滞在中，体調が悪化し，モーガンの旧知の医師ジョゼフ・アダムズ（Joseph Adams）の治療を受ける。4月9日/コベント・ガーデンでの『ザポリア』上演を断られる。12日/バイロンの推薦によりジョン・マリー（John Murray）が「クリスタベル」の出版を引き受け，コウルリッジに80ポンド支払う。15日/アダムズの紹介により，ハイゲイトのモアトン・ハウス（Moreton House）で開業する医師ジェイムズ・ギルマン（James Gillman）の患者となり，その家に同居し始める。この頃，外交官で翻訳家でもあるジョン・フックハム・フリア（John Hookham Frere）と親しくなる。5月25日/「クブラ・カン」，「クリスタベル」，「眠りの苦しみ」がマリーによって出版。6月2日/『エグザミナー』誌上でハズリットが「クリスタベル」を酷評。6日/マリーと『ザポリア』1000部分の版権を譲渡する契約を結び，50ポンド受け取る。8月29日/ドルーリー・レインがチャールズ・マチ

ュリン（Charles Robert Maturin）の『バートラム』を上演したことを批判するコウルリッジの文章が『クーリア』誌に掲載される。このコウルリッジの批判はその後も数回にわたって『クーリア』紙上で展開された。この批判は，バイロンとの間に溝を作ることになる。12月/『政治家必携の書』（*The Statesman's Manual*）出版。『エディンバラ・レヴュー』誌にハズリットの否定的な書評が掲載される。18日/グッチから『文学的自叙伝』の印刷費として284ポンドの請求書が送られてくる。コウルリッジは出版社のゲイル・アンド・フェナー社（Gale and Fenner）に援助を求める。

1817年（45歳） 1月/『文学的自叙伝』の印刷済み原稿の引き受けについてゲイル・アンド・フェナー社がグッチと交渉。前者の出版が決定。2月/『文学的自叙伝』を2巻本として出版するために『ザポリア』を加えることを検討。結局「サティレインの書簡」の方が適していると判断したが，その過程で『ザポリア』の版権を取得していたマリーに「卑劣な取引」をしたと疑われる。3月26日/マリーから『ザポリア』の版権を買い戻す。4月/『一信徒の説教』第2巻出版。6月13日/外科医でロイヤル・アカデミーの天文学教授でもあるジョゼフ・グリーン（Dr. Joseph Henry Green）宅で，ドイツの小説家・劇作家で，以前ローマで会ったこともあるルドヴィッヒ・ティーク（Ludvig Tieck）と再会。7月/レスト・フェナー社（Rest Fenner，旧ゲイル・アンド・フェナー社）から『文学的自叙伝』と『シビルの詩片』が出版される。10月/『ブラックウッズ・マガジン』誌上に『文学的自叙伝』の書評が掲載される。そこには作品への酷評に加え，著者への誹謗も含まれていた。評者はおそらくジョン・ウィルソン（John Wilson）。コウルリッジは名誉棄損で告訴することも考えたが，ワーズワスやロビンソンと相談して結局断念。11月/レスト・フェナー社により『ザポリア』出版。

1818年（46歳） 1月/コウルリッジ執筆の「方法論」（'Treatise on Method'）所収の『エンサイクロペディア・メトロポリタナ』（*Encyclopaedia Metropolitana*）出版される。27日/ロンドン哲学協会主催で，詩と演劇に関する連続講演を始める（全14回）。その講演を通じてトマス・オールソップ（Thomas Allsop）と出会う。4月30日/ロバート・ピール（Robert Peel）が提出した児童労働を規制する法案を支持する小冊子を書く。11月/『友』を3巻本で出版。12月/哲学史に関する連続講演（1818年12月14日から翌年3月29日までの全14回）とシェイクスピアに関する連続講演（1818年12月17日から翌年1月28日までの全6回）開始。

1819年（47歳） 3月/レスト・フェナー社倒産。コウルリッジの被った損失は1000ポンド以上であった。4月11日/ハイゲイトをグリーンと歩いている時，偶然キーツ（John Keats）に出会う。グリーンは以前ガイズ・ホスピタルでキーツの実地教育担当教師であった。14日/長男ハートリーがオックスフォード大学オーリエル・コレッジ（Oriel College）のフェローに選出される。10月8日/レスト・フェナー社倒産の報に接したオールソップから100ポンドの援助を受ける。

1820年（48歳） 5月/オーリエル・コレッジが不品行を理由にハートリーのフェローの身分剝奪を決定。コウルリッジはその報を翌月受け落胆する。10月/三男ダーウェント，ジョン・フリアの援助を受けケンブリッジ大学セント・ジョンズ・コレッジ（St. John's College）に進学。

1822年（50歳） 2月25日/『クーリア』紙に，コウルリッジが，「精神形成及び勉学の方向付けの手助けをするために，19ないし20歳以上の少数の限定された紳士」を募集する広告を出す。5月下旬/アンブルサイド（Ambleside）で学校を経営しているジョン・ドーズ（John Dawes）に手紙を出し，ハートリーを教師として採用してくれるように依頼。7月1日付手紙でハートリーに，アンブルサイドの学校の教師の職を引き受けるように促す。ハートリーは結局その職を引き受ける。10月8日付オールソップ宛手紙で，自分の人生における「腹痛を起こすほどの，自分をとらえて離さない四つの悲しみ」として，結婚の失敗，ワーズワスとの仲違い，うまくいかなかったセアラ・ハッチンソンとの関係，それに子供たちとのぎくしゃくした関係を挙げる。12月29日/ヘンリー・ネルソン・コウルリッジがコウルリッジの話を『卓上談話』に記録し始める。

1823年（51歳） 1月3日/妻と娘セアラが初めてハイゲイトを訪れ，3週間ほど滞在。11月初旬/ケント州の海沿いの保養地ラムズゲイト（Ramsgate）に滞在。その間『省察の助け』（*Aids to Reflection*）の校正に取り組む。ギルマン家，モアトン・ハウスから同じくハイゲイトのザ・グロウヴ3番地（The Grove）に転居。コウルリッジは屋根裏部屋を自分の寝室兼書斎とする。

1824年（52歳） 1月/ダーウェント，ケンブリッジを卒業。父親が望む聖職には就かずに，プリマス（Plymouth）の学校の教師になる。3月16日/コウルリッジは1820年に設立されたばかりの王立文学協会（Royal Society of Literature）の会員に選ばれ，年100ギニーの奨励金を支給される。5月25日/『ロンドン・マガジン』の編集者も務めたことがある劇作家で，当時は植民地省に勤めていたヘンリー・テイラー（Henry Taylor）に，木曜日の来訪を提案する。この頃コウルリッジの話を聞きに訪問する客が増えてきていたが，これをきっかけに，以後主に毎週木曜日の夜に多くの人がギルマン宅を訪ねるようになる。6月10日（木曜日）には，ラム，ロビンソン，ヘンリー・テイラー，裕福なドイツ人商人のアダーズ夫妻（Mr. & Mrs. Aders），モンタギュ，グリーン夫妻など，多くの人がギルマン宅に集まり歓談を楽しむ。ロビンソンは「豪華な夕べ」と表現し，主な話題は「キリスト教の内的根拠の優越性」であったと記録する。また別の機会には，カーライル（Thomas Carlyle）やロセッティ（Dante Rossetti，詩人ダンテ・ガブリエルとクリスティナの父）も訪問。

1825年（53歳） 5月18日/王立文学協会で「アイスキュロスの『プロメテウス』について」（‘On the *Prometheus* of Aeschylus’）と題して講演。5月下旬/『省察の助け』出版。

1826年（54歳） 10月29日/ダーウェントがエクセター主教により執事（deacon）に任命される。11月19日付の甥エドワード宛の手紙で，当時教師として勤めていた学校が廃校になり不安定な生活を送っていたハートリーのことを嘆く。

1827年（55歳） 1月4日/プールがハイゲイトを訪問。2月7日/ボーモント死去。コウルリッジ夫人，ワーズワス，サウジーにそれぞれ100ポンドを遺すが，コウルリッジには何も遺贈されなかった。コウルリッジは，このことを「自分の名誉と人格への暗黙の，しかし広く宣言される烙印」であると述べる。7月15日/ダーウェントがエクセター主教により司祭に任命される。12月6日/ダーウ

ェント，メアリ・プリダム（Mary Pridham）と結婚。

1828年（56歳） 1月12日/兄ジョージ死去。4月/兄ジェイムズがハイゲイトを訪問。22日/サザビー宅でウォルター・スコットとジェイムズ・フェニモア・クーパー（James Fenimore Cooper）に会う。4月末/クーパーとサザビーがハイゲイトを訪問。6月18日/アダーズ宅で，ワーズワス，ロビンソンを交えて朝食をとる。21日/ワーズワスとその娘ドラ（Dora）と共にロンドンを発ち，ドイツのラインラント地方に旅行へ。7月初旬/ライン川沿いの温泉町ゴーデスベルク（Godesberg，現 Bad Godesberg）にあるアダーズ夫人の屋敷に滞在。その間，シュレーゲルの訪問を受ける。コウルリッジはシュレーゲルによるシェイクスピアのドイツ語訳を称賛し，シュレーゲルはコウルリッジによるシラー（Friedrich von Schiller）の『ヴァレンシュタイン』の英訳を原文に忠実でしかも表現の美しさで優れていると称えた。8月/『コウルリッジ詩集』（*The Poetical Works of STC*）（全3巻）がピカリング社（Pickering）より出版。8月6日/ロンドンのワーズワスの宿に戻る。10月17日/ダーウェントの長男で，コウルリッジの初孫となるダーウェント・モウルトリ・コウルリッジ（Derwent Moultrie Coleridge）誕生。

1829年（57歳） 4月下旬/プールがハイゲイトを訪問。5月/『コウルリッジ詩集』第2版出版。7月14日/ボーモント夫人死去，コウルリッジに50ポンド遺贈。9月3日/娘セアラと甥ヘンリー・ネルソンが結婚。17日/遺言書を作成。12月/『教会と国家の構成原理』（*On the Constitution of the Church and the State*）がハースト・チャンス社（Hurst, Chance and Co.）から出版される。

1830年（58歳） 5月/『教会と国家の構成原理』第2版出版。セアラとヘンリー・ネルソン，ハムステッドに居を構える。7月2日/遺言に追加条項を加え，ハートリーに残す財産は，彼の将来のために管財人が保管する旨を記す。10月7日（あるいは8日）/セアラとヘンリー・ネルソンとの間に長男ハーバート（Herbert）が生まれる。12月24日/ロンドン滞在中のワーズワスがコウルリッジを訪問。ワーズワスはこのロンドン滞在中，数回コウルリッジを訪ねるが，その後二人は二度と会うことがなかった。

1831年（59歳） 『省察の助け』第2版出版。5月/王立文学協会から毎年支給されてきた奨励金が打ち切られる。代わりに2年分の奨励金200ポンドを提示されるが，コウルリッジは屈辱を感じ辞退。この損失を埋め合わせるために，以後フリアが金銭的援助を申し出る。

1832年（60歳） 体調がますます悪化。4月/アメリカでも『省察の助け』が出版され，コウルリッジの名が知られるようになり，アメリカからも来客が増える。7月2日/セアラとヘンリー・ネルソンの間に第2子イーディス（Edith）誕生。この頃からセアラの健康状態が悪くなる。8月/教え子のアダム・シュタインメッツ（Adam Steinmetz）が若くして死去し，コウルリッジに300ポンドを遺贈。9月29日/ロビンソンとウォルター・サヴェッジ・ランダー（Walter Savage Landor）が訪問。ロビンソンは，コウルリッジの衰えぶりを記録。

1833年（61歳） 6月/反奴隷制協会（the Anti-Slavery Society）の事務局長を務めていたトマス・プリングル（Thomas Pringle）に宛てて病床から手紙を書き，「奴隷制を熱心に，そして殆ど生涯を通じて非難してきた者」として，奴隷制廃止の支

持を伝える。この頃，議会では奴隷解放について審議されていて，法案は8月に議会を通過し，28日に国王の裁可を得た。6月下旬/ケンブリッジで開催された英国学術協会（the British Association for the Advancement of Science）にギルマン，グリーンと共に出席。7月/ハートリーの最初の詩集が出版され，コウルリッジに捧げられる。8月5日/アメリカからエマーソン（Ralph Waldo Emerson）が訪問。10月下旬/自身の墓碑銘（"Stop, Christian passer-by!"）を書き，グリーン，チャールズ・アダーズ，ロックハート宛の書簡にそれぞれ同封。

1834年　1月初旬/娘セアラが双子のバークリー（Berkeley）とフロレンス（Florence）を出産するが，二人とも間もなく死去。3月〜7月/3巻本の『コウルリッジ詩集』が出版される。7月25日/ハイゲイトにて死去。享年61歳。生前希望していた通り検死解剖がおこなわれ，心臓がかなり肥大していたことがわかる。8月2日/遺体がハイゲイトのハイ・ストリートに面した墓地に埋葬される。

1961年　6月6日/遺骨が聖マイケル教会（St Michael's Church）の身廊の下に改葬される。

笹川　浩

《叢書・ウニベルシタス　994》
文学的自叙伝
文学者としての我が人生と意見の伝記的素描

2013年5月28日　初版第1刷発行

サミュエル・テイラー・コウルリッジ
東京コウルリッジ研究会 訳
発行所　財団法人　法政大学出版局
〒102-0071 東京都千代田区富士見 2-17-1
電話 03(5214)5540 振替 00160-6-95814
印刷: 三和印刷　製本: 誠製本

Printed in Japan

ISBN978-4-588-00994-5

著　者

サミュエル・テイラー・コウルリッジ（Samuel Taylor Coleridge）

1772–1834。イギリス・ロマン主義の詩人・思想家・哲学者。20歳代の作品「老水夫の詩」「クブラ・カーン」「深夜の霜」など，幻想的・瞑想的な詩作で知られる。また当時の社会や政治の問題にも関心をもち，執筆・講演を行なった。30歳代以後は哲学と宗教への関心をいっそう深め，古代から同時代にいたる思想家の書物に広く学びながら，独自の思想体系を構築。シェイクスピア論その他の文芸批評に加え，哲学史の連続講演も行なう。自らの思想的遍歴を辿りながら「想像力」理論の確立とその応用を試みた本書（1817）は主著の一つ。晩年には『省察の助け』（1825）などにおいて，宗教に仕えるものとしての哲学の位置づけを明らかにした。病みがちな一生を通じて彼が書き残した数多くの覚書も，未完の素材の味わいを持つ魅力的な断片集である。

訳　者

安斎恵子（あんざい・けいこ）

1990年お茶の水女子大学大学院人間文化研究科（博士課程）単位取得退学。お茶の水女子大学ほか非常勤講師。共著に東京コウルリッジ研究会編『「政治家必携の書―聖書」研究――コウルリッジにおける社会・文化・宗教』（こびあん書房），『伝統と変革―― 一七世紀英国の詩泉をさぐる』（中央大学出版部）ほか。

小黒和子（おぐろ・かずこ）

1958年東京女子大学文理学部英米文学科卒業。1966年米国ワシントン大学大学院修士課程修了。元東京女子大学助教授，元早稲田大学非常勤講師。主な著書に『詩人の目――コールリッジを読む』（校倉書房），訳書にニコルソン『暗い山と栄光の山』（国書刊行会），『円環の破壊』（みすず書房）ほか。

岡村由美子（おかむら・ゆみこ）

1979年法政大学大学院人文科学研究科英文学専攻博士課程単位取得。茨城県立医療大学人間科学センター准教授。共著に『最新和英口語辞典』（朝日出版社），東京コウルリッジ研究会編『「政治家必携の書―聖書」研究』（こびあん書房），訳書に『シェイクスピア批評』（同），『コウルリッジの生涯』（共訳，同）ほか。

笹川　浩（ささがわ・ひろし）

1992年早稲田大学大学院文学研究科英文学専攻博士後期課程満期退学。中央大学商学部教授。共著に『地誌から叙情へ――イギリス・ロマン主義の源流をたどる』（明星大学出版部），論文に「コウルリッジとボウルズ」（『イギリス・ロマン派研究』第23号）ほか。

山田崇人（やまだ・たかひと）

1989年東京大学大学院人文科学研究科英語英文学専攻修士課程修了。成蹊大学法学部教授。共著に東京コウルリッジ研究会編『「政治家必携の書―聖書」研究』（こびあん書房），論文に「*Lyrical Ballads* における Wordsworth の聖書への言及について」（『成蹊法学』第56号）ほか。